Omega erforderlich
Welt der Wölfe Band 1
von Dessa Lux

Aus dem Englischen von Lena Seidel

Impressum
© dead soft verlag Mettingen 2021
http://www.deadsoft.de

© the author
Titel der Originalausgabe: Omega Required

Übersetzung: Lena Seidel

Cover: Irene Repp
http://www.daylinart.webnode.com
Bildrechte:
© Tony Marturano – shutterstock.com
© Derek R. Audette – shutterstock.com

1. Auflage
ISBN 978-3-96089-433-9
ISBN 978-3-96089-434-6 (epub)

Kapitel 1

Der kurz vor seiner Promovierung stehende Arzt Beau Jeffries tat sein Bestes, es nicht zu zeigen, aber er konnte kaum glauben, dass er auf dem Campus der Rochester-Klinik herumwanderte, die vielleicht sein zukünftiges Zuhause war. Das Bewerbungsgespräch für das Assistenzprogramm war eigentlich ein kompletter Tag voller Gespräche, unterbrochen von Mahlzeiten und anderen ‚nebensächlichen' Ereignissen, von denen Beau wusste, dass sie für den Eindruck, den er machte, nicht weniger entscheidend waren.

Er musste einen *makellosen* Eindruck hinterlassen. Beau war der einzige Werwolf, der für einen Aufenthalt in Rochester ausgewählt worden war.

Selbst mit exzellenten Noten und brillanten Empfehlungen würde es ein harter Kampf werden, sich einen Platz in dem Programm, das den Schwerpunkt Humanmedizin hatte, zu sichern.

Als er zum Wartebereich vor dem Büro des Direktors dieses Programms geführt wurde, lächelte ihn die Verwaltungsassistentin leicht an, und er versuchte, das mit der gleichen Intensität zu erwidern. „Dr. Aster wird gleich bei Ihnen sein."

„Kein Problem", sagte Beau und ging zu den Stühlen, auf die sie gedeutet hatte, um sich zu setzen. Sie nickte und kehrte an ihren Schreibtisch zurück.

Wie praktisch jeder Mensch, also jede Person, die er in Rochester getroffen hatte, wirkte sie überhaupt nicht verängstigt oder übermäßig neugierig. Er hatte hier sogar Werwölfe bemerkt, die als Sicherheitskräfte oder Ordner arbeiteten. Er war keinem von ihnen vorgestellt worden und hatte sie nicht verraten, indem er sich anmerken ließ, dass sie ihm aufgefallen waren, aber sie waren da, arbeiteten mit diesen Menschen und wurden von ihnen akzeptiert.

3

Abgesehen von der Rochester-Klinik war das nur ein weiterer Punkt, der ihn veranlasste, dieses Programm gedanklich als seine erste Wahl einzustufen, noch bevor er sein Gespräch beendet hatte.

Bei sämtlichen Bewerbungsgesprächen, die er allesamt hervorragend gemeistert hatte, war Beau der einzige Werwolf-Medizinstudent gewesen. In seiner Abschlussklasse hatte sich eine Handvoll anderer befunden, aber er hatte sich für die Northwestern entschieden, weil es eine der wenigen Medizinfakultäten im Land war, die bekennende Werwolf-Studenten hatte. Es gab nicht viele Werwölfe in der Medizin, und außer Beau gab es keinen, den er kannte, der Menschen behandeln wollte, statt in den brandneuen Bereich der Werwolfforschung zu gehen.

Natürlich konnte man dort viel Gutes tun. Beau war genauso neugierig wie jeder zu erfahren, wie seine eigene Art wirklich tickte. Aber Werwölfe waren Jahrhunderte lang vor der Offenbarung ohne moderne Medizin ausgekommen, vor allem weil Werwölfe verdammt schwer zu töten waren. Die Entscheidung, dass Werwölfe Menschen waren und sie zu töten Mord bedeutete, war im gleichen Jahr in Kraft getreten, in dem Beau die Highschool abgeschlossen hatte, und diese Entscheidung hatte die Lebenserwartung der Werwölfe mehr verbessert, als es die gesamte Ärzteschaft jemals konnte.

Menschen dagegen konnten von allen möglichen Dingen umgebracht werden. Beau wollte Arzt werden, weil er Menschen retten wollte – und das bedeutete, dass er ein Arzt für die Menschen sein wollte, die Rettung brauchten.

Er hatte davon geträumt, am Rochester zu arbeiten, lange bevor er die medizinische Ausbildung anfing. Rochester war die letzte Zuflucht für viele kranke Menschen, die weltbekannte Klinik für schwierige Fälle. Wenn Beau beweisen wollte, dass die Sinne eines Werwolfs, in Verbindung mit einer fundierten medizinischen Ausbildung, durch eine verbesserte Diagnose Leben retten konnten, war dies der richtige Ort, um es zu tun.

Also musste er wirklich aufhören, jedes Mal zu grinsen wie ein Idiot, wenn er ein neues Schild, einen Briefkopf oder ein Mitarbeiterschildchen mit dem Rochester-Klinik-Emblem sah. Er war hier, um für eine Assistenzarztgenehmigung in Betracht gezogen zu werden, und nicht um ein Autogramm einer medizinischen Einrichtung zu bitten.

Während er wartete, hielt er den Blick gesenkt, und konnte nicht anders, als auf sein eigenes Besucherschild zu starren. Sein Bild prangte darauf, kopiert von einem Foto, das er mit seiner Bewerbung mitgeschickt hatte. Er hatte sich große Mühe gegeben, sein Lächeln richtig in Szene zu setzen, ein warmer Ausdruck, der dem Klischee eines dunkelhaarigen, dunkeläugigen Alpha-Werwolfs entgegenwirkte. Er war gut zwei Meter groß, mit der breiten, muskulösen Alpha-Figur, die die Menschen vor ihm zurückschrecken ließ, noch bevor sie wussten, was er war, wenn er nicht darauf achtete, freundlich und ungefährlich auszusehen. Es erinnerte ihn daran, wie er auszusehen versuchte, liebenswürdig und zugänglich, und nicht vor idiotischer Freude zu strahlen.

„Mr Jeffries?" Die Direktorin selbst stand in der Tür zu ihrem Büro, und Beau sprang vielleicht ein wenig zu schnell auf seine Füße. Sie und ihre Assistentin zeigten kurze Anzeichen von Schreck, aber nicht mehr.

Beau lächelte und strich sein Hemd glatt. Er schritt langsam vor, während Dr. Asters Gesichtsausdruck zu einem professionellen Lächeln wurde.

Dieses Gespräch war sein letztes des Tages und es war nur für ungefähr fünfzehn Minuten angesetzt, keine Zeit für eine ausführliche Unterhaltung. Beau nahm an, dass es nur ein Händedruck und ein kleines Schwätzchen wurden – eine Formalität.

Diese Vorstellung hielt ungefähr zwei Minuten, während er mit Dr. Aster Höflichkeiten austauschte. Dann sagte sie: „Ich möchte den Elefanten im Raum nicht länger ignorieren. Sie sind anders als jeder andere Medizinstudent, den wir interviewen."

Beau nickte, behielt jedoch seinen Gesichtsausdruck bei. In seinen anderen Bewerbungsgesprächen waren ihm mehrmals verschiedene offene Fragen zur Lykanthropie gestellt worden. Auf alle hatte er sehr gute Antworten gefunden.

„Wenn Sie angenommen werden", fuhr die Direktorin fort, „hätten Sie andere Bedürfnisse als alle anderen Kollegen, und wir versuchen, einen Überblick darüber zu bekommen, was das bedeuten würde. Das ist Teil unserer Aufnahmepolitik für Werwölfe im Eingliederungsprogramm hier in Rochester. Ich hätte gern, dass Sie es sich ansehen und mir sagen, was Sie davon halten, oder mir alle Fragen stellen, die Ihnen dabei einfallen."

Beau starrte sie einige Sekunden an, bevor er sich zwang, ihr die Papiere aus der Hand zu nehmen. Wie er es gelernt hatte, hielt er seine Miene neutral und seine Hände ruhig, aber er konnte die Worte vor sich kaum lesen, all die zusätzlichen Regeln, denen er folgen sollte, damit er sein konnte, was er war.

Eine Vorschrift ziemlich weit oben sprang ihn an:

Von Werwolfauszubildenden wird erwartet, dass sie starke und anhaltende Unterstützung durch andere Werwölfe vorweisen (durch das Herkunftsrudel/ örtliche Rudelaufnahme und/oder einen Partner/Ehepartner).

Beau konnte nicht einmal so tun, als würde er weiterlesen, seine Kehle wurde eng und sein Herz raste, während er auf das Papier starrte, das plötzlich wie eine Mauer zwischen ihm und allem stand, für das er die ganze letzte Dekade gearbeitet hatte.

„Ich …" Beau zwang sich, aufzusehen und dem höflich wirkenden Blick des Menschen zu begegnen. „Ich bin kein Mitglied eines Rudels."

Technisch gesehen konnten sie ihn nicht zwingen, etwas über seine Mitgliedschaft in einem Rudel offenzulegen, wenn er keine hatte, aber wenn sie ihn fragten, was mit dem Rudel geschehen war, in das er geboren wurde, warum er es verlassen hatte, musste er antworten. Lügen war keine Option, aber die Wahrheit war etwas, vor dem er eine lange Zeit weggelaufen war. Er wollte nichts davon hier erzählen, aber wenn er musste, wenn das der Preis war …

Dr. Aster bestand nicht auf das Thema. „Ich nehme an, dass Sie gestern zum Dinner keinen Partner mitgebracht haben, ist dann nicht nur das Zweikörperproblem in der Zeitplanung?"

Beau schüttelte leicht den Kopf. Er hatte seit seinem sechzehnten Lebensjahr keine Zeit für Dates gehabt und war davor noch nie in jemanden verknallt gewesen.

Seit er von zu Hause weg war, hatte er alle Zeit und Anstrengung darauf verwandt, ohne Rudel zu überleben, das College abzuschließen und dann Medizin zu studieren.

Die Werwölfe unter den Medizinstudenten nannten sich manchmal Rudel, aber das kam nicht annähernd an die gesetzliche Definition heran. Angesichts der Tatsache, dass jeder in diesem ‚Rudel' entweder noch zur Schule ging oder in einem Wohnheim wohnte, wären sie selbst als legitime Gruppe nicht als Unterstützungsnetzwerk geeignet gewesen. Niemand würde ihm glauben, wenn er behauptete, dass sie sein Support seien.

„Es gibt einige lokale Rudel in der Gegend, mit denen wir in Verbindung stehen", sagte Dr. Aster vorsichtig. „Es gibt mindestens zwei, die dafür offen zu sein scheinen, ein vorübergehendes oder dauerhaftes neues Mitglied aufzunehmen. Ausgehend von dem, was diese Rudel sagten, als wir darüber diskutierten, denke ich, dass diese Art der Unterstützung wirklich von entscheidender Bedeutung wäre. Es wäre weder für Sie noch für andere sicher, wenn Sie versuchen, ein so anspruchsvolles Programm wie unsere Ausbildung ohne Unterstützung abzuschließen."

Da war es – unverblümter ausgedrückt als irgendwo sonst, wo er sich vorgestellt hatte. Wir können nicht verantworten, dass Sie durchdrehen und Patienten beißen. Er fragte sich, ob die Richtlinie eine zusätzliche Sicherheitsvorkehrung für seine Schichten vorsah, Leute, die bereit waren, ihn auszuschalten, wenn er wild wurde, oder ob sie das als seine alleinige Angelegenheit betrachteten.

Er dachte an die anderen Werwölfe, die ihm aufgefallen waren, und erkannte, dass sie alle das Geheimnis unbedingt für sich behalten mussten. Sicher würde Rochester den Werwolf-Sicherheitsleuten nicht mehr vertrauen als einem Werwolf-Mediziner. Er konnte es nicht riskieren, andere zu gefährden, indem er zeigte, dass er ihr Geheimnis kannte. Wenn er hierher käme, könnte er keinen von ihnen anerkennen, selbst wenn sie die ironische Aufgabe hätten, ihn unter Kontrolle zu halten.

Beau setzte ein bescheidenes Lächeln auf und brachte sich dazu, aufzusehen und das erstickende Gefühl der Klaustrophobie zu ignorieren, das ihn bei der Vorstellung, unter dem Deckmantel der Offenheit zu solch schrecklicher Geheimhaltung zurückzukehren, überfiel. „Ich verstehe. Es würde einige zusätzliche Anpassungen bedeuten, aber natürlich würde ich alles tun, um mich an die Programmrichtlinien zu halten, wenn ich angenommen werde."

Dr. Aster lächelte.

Beau kannte sie nicht im Entferntesten gut genug, um einen besonderen Einblick in die Bedeutung ihres Geruchs oder Herzschlags zu bekommen, aber sie schien ruhig und gelassen zu sein. Nicht wütend oder ängstlich, nicht grausam, aber entschlossen, die richtige Richtung einzuschlagen.

Beau schaffte es, den Rest des Gesprächs mit dem Autopiloten zu absolvieren, aber er wollte bereits wieder in Chicago sein, weg vom falschen Versprechen dieses Ortes. Auf keinen Fall würde er die Rochester-Klinik auf seine Liste möglicher Wirkungskreise setzen. Egal wie sauber und ordentlich sie es klingen ließen, er würde sich nicht anmelden, um sich sein Privatleben von Menschen diktieren zu lassen.

✳✳✳

Sechs Wochen später hatte Beau seine Liste der Eingliederungsprogramme etwa tausend Mal auf- und umgestellt. Die Frist für die Abgabe seiner bevorzugten Wahl war nur wenige Stunden entfernt und er wusste, dass das Auswechseln seiner siebten und achten Platzwahl nicht wirklich das war, worüber er sich Sorgen machen musste.

Er hatte nur neun Programme auf seiner Liste.

Bei zwölf hatte er vorgesprochen und die beiden, die er nach der Rochester-Klinik besucht hatte, waren jeweils ein absolut klares Nein gewesen. Alle waren höflich gewesen, aber er hatte in Bezug auf beide Orte ein unglaublich schlechtes Gefühl gehabt und war nicht in der Lage gewesen, auch nur versuchsweise mit den Ärzten oder Auszubildenden zu sprechen, die er getroffen hatte. Es hatte keine Werwolfwachleute gegeben, nur Menschen.

War das wichtig? War er nach Rochester einfach nur hyperempfindlich? Er wusste es nicht, aber ihm stellten sich die Haare im Nacken auf und er spürte ein Knurren in seiner Kehle vibrieren, wenn er nur daran dachte, auch nur ein Wohnheim von diesen beiden auf seine Liste zu setzen.

9

Die Ironie war, dass er sich immer noch daran erinnerte, wie glücklich er sich in Rochester gefühlt hatte, bis zu dem Ende mit Dr. Aster. Jedes Mal, wenn er daran dachte, hatte er nur diesen sonnigen, fröhlichen Vorortscampus vor sich. Er hatte beinahe elf Jahre in Chicago verbracht und war bereit, irgendwo anders hinzugehen, wo seine Wolfssinne nicht ganz so strapaziert wurden. Kein Aufenthaltsprogramm würde so sein wie das, in dem er aufgewachsen war, aber Rochester war eine der kleineren Städte, die er besucht hatte, und es war von einer Vielzahl von Wäldern und Nationalparks umgeben. Es war *Minnesota*.

Dort könnte er glücklich sein, wenn nicht diese …

Er schüttelte den Kopf. Nein. Er würde sich nicht von seinem Ausbildungsprogramm in ein Rudel zwingen lassen und sich selbst zum Spielball für die Entscheidungen eines fremden Alphas machen. Das konnte unmöglich besser laufen als beim ersten Mal. Und natürlich würde er sich nicht zu einer *Paarung* drängen lassen. Er konnte das nicht, nicht so. Nicht, um Menschen zufriedenzustellen, die vielleicht niemals damit zufrieden waren, dass er keine Zeitbombe mit lykanthropischen Aggressionen war, geradewegs einer verdrehten Sensationsgeschichte über einen weiteren Werwolf entsprungen, der von einem Menschen in sogenannter Selbstverteidigung getötet worden war.

Das bedeutete allerdings auch, dass nur noch neun Wahlmöglichkeiten auf seiner Liste standen. Ihnen war immer und immer wieder vor den Bewerbungen und Vorstellungsgesprächen eingebläut worden, dass die Chance, genommen zu werden, bei neunzig Prozent und höher lag, wenn zehn oder mehr Auswahlmöglichkeiten auf ihrer Liste standen.

Aber das waren natürlich Statistiken für *menschliche* Medizinstudenten. Dr. Pavlyuchenko, der als halboffizieller Berater für sämtliche Werwolfstudenten am Northwestern fungierte, hatte ihm im Vertrauen gesagt, dass zehn das absolute Minimum war, wenn er hoffte, genommen zu werden.

Die Aufnahme zwischen Bewerbern und Aufenthaltsprogrammen wurde national geregelt, jeder Medizinstudent im achten Semester fand am selben Tag heraus, ob man aufgenommen wurde, und dann, ein paar Tage später, wohin man gehen durfte. Wenn er nicht aufgenommen wurde, musste er kämpfen, um ein Programm zu finden, das ihn annahm.

Und wenn er einen Platz fand, würde es in Werwolfmedizin sein und nicht in Humanmedizin. Wenn er zwei oder drei Jahre in einem Programm verbrachte, das auf Lykanthropie spezialisiert war, konnte er seine Chancen, von der Ärztekammer für Humanmedizin angenommen zu werden, in die Tonne treten.

Also musste er einen Platz finden. Er musste einen Platz in einem der zwölf Programme finden, bei denen er sich beworben hatte, oder es war alles umsonst gewesen.

Es war nicht so, dass Rochester ihn auf jeden Fall annahm, wenn man bedachte, wie sie über Werwölfe dachten. Und wenn es auf seine zehnte Wahl ankam ...

Beau biss die Zähne zusammen und tippte die Rochester Klinik ans Ende seiner Liste. Er klickte auf Senden, bevor er es sich ein zweites Mal überlegen konnte. Damit hatte er zehn Programme auf seiner Liste. An neun davon würde er glücklich sein. Er hatte noch das letzte Semester vor sich und konnte keine Zeit mehr damit verschwenden, darüber nachzudenken, wohin er passen könnte. Jetzt lag es nicht mehr in seinen Händen.

Kapitel 2

„Mr. Lea? Sie können weitermachen, wenn Sie wollen, aber ich muss den Timer ausschalten."

Roland kniff die Augen zusammen und presste sich die Fingerknöchel gegen die Stirn, als könnte er damit das Hämmern seiner Kopfschmerzen zurückdrängen. Außerdem versteckte er sich damit ein wenig vor dem sanften, geduldigen Blick von Susan, seiner Fallbearbeiterin im North Chicago Omega Schutzgebiet.

Susan war ebenfalls ein Omega, und sie konnte natürlich damit umgehen, wenn ihm wirklich die Tränen kamen, aber wenn er sein Gesicht vor ihr verbarg, würde sie es nicht genau wissen. Vermutlich.

Er hörte sie ein paar behutsame Schritte näher zu seinem Ende des Tisches kommen, und benutzte seinen anderen Arm, um den Fragebogen abzudecken, auf den er – ohne eine einzige Antwort aufzuschreiben – gestarrt hatte, seit … er wusste nicht, wie lange. Lange genug, damit Susan es aufgegeben hatte, darauf zu warten, dass er irgendeinen Fortschritt in diesem Test im Zeitlimit machte.

„Nicht", brachte Roland fertig zu sagen, seine Kehle fühlte sich selbst für das viel zu eng an. „Nicht hinsehen. Bitte."

Susan blieb stehen, dann hörte er sie zurückgehen. „Ich wollte nicht auf Ihren Test sehen. Aber vielleicht wollen Sie sich Ihr Gesicht waschen, danach können wir über das hier reden. Darüber, wie es weitergehen soll."

Roland nickte gegen seine Faust und klammerte sich sofort an die in ihrem Vorschlag angebotene Flucht. Er griff nach seinem Testheft, als er aufstand, seine Schultern hoben sich, während er sich abwandte, ohne in Susans Richtung zu sehen. Er hastete aus dem kleinen Bespre-chungsraum zum nächstgelegenen Waschraum, schloss sich ein und presste sein brennendes Gesicht gegen die Metalltür.

Er wusste nicht, was seinen Körper zum Zittern brachte und ihn sich überall heiß und schwach fühlen ließ, sogar jenseits der Scham und Wut über sein neuestes, offensichtlichstes Versagen. Schon seit Wochen hatte er sich so gefühlt, noch ehe er in das Schutzgebiet gekommen war. Es fühlte sich ein wenig wie Hitze an – dieses unangenehme, quälende Fieber, aber schlimmer, hässlich und schmerzhaft.

Und er kam mit Sicherheit nicht in die Hitze. Die Beruhigungsmittel, die er in seinem Schließfach versteckt hielt, schützten ihn davor. Er nahm sie zuverlässig jeden Tag und hütete die Flasche heftiger als alle anderen seiner wenigen Besitztümer.

Er würde nicht mehr so hilflos sein, so ohne eigenen Sinn. Niemals. Niemand würde ihn jemals wieder so benutzen.

Das war die Entscheidung, die er getroffen hatte, als er endlich genug Verstand aufgebracht hatte, um zu erkennen, dass er sich von Martin trennen musste, egal ob er auf Besseres hoffen konnte oder nicht. Dies war das Einzige, dessen er sich während seines Kampfes ums Überleben sicher war, bevor er in das Schutzgebiet gekommen war. Er würde nichts davon noch einmal machen. Aber er musste etwas tun.

Ohne einen beschissenen Alpha-Freund, geschweige denn einen richtigen Kumpel oder ein Rudel, musste Roland einen Weg finden, sich selbst zu helfen. Wenn er bei den Beruhigungsmitteln blieb, würde ihm die Hitze bei der Arbeitssuche nicht in die Quere kommen. Er könnte sogar wieder unter Menschen gehen. Er könnte ein Leben haben, oder etwas, das dem nahekam. Vielleicht würde er kalt und einsam sein, aber er könnte auf eigenen Beinen stehen.

Alles, was er tun musste, war einen Job zu finden, obwohl er die Highschool nie beendet hatte, nie einen richtigen Job hatte und …

Roland öffnete die Augen und stieß sich mit beiden Händen von der Tür ab, um den Fragebogen auf der Metalloberfläche auszubreiten. Er starrte grimmig auf die Seite, auf der er sich befunden hatte, als Susan die Stille im Arbeitszimmer gestört hatte, aber hier war es nicht anders, obwohl er allein war. Die Wörter verwischten zu unleserlichen Flecken, als er sie ansah, und wenn er eines entschlüsselte, konnte er es nicht in einen Satz einordnen. Bis er das nächste Wort durchgearbeitet hatte, hatte er das erste vergessen.

Er war gebrochen.

Irgendwann in den vergangenen acht Jahren, als er nicht aufgepasst hatte – und der Mund wusste, dass er hart daran gearbeitet hatte, nicht aufzupassen – hatte er sogar die Fähigkeit zu lesen verloren. Die Fähigkeit, richtig zu denken. Er hatte kein bisschen Wolfsbann zu sich genommen, seit er in das Schutzgebiet gekommen war, wo er einen sicheren Platz zum Schlafen und genug Essen hatte, aber die zitternde Schwäche hatte nicht nachgelassen.

Roland wandte sich von der Tür ab und stolperte zum Waschbecken, um sich Wasser ins Gesicht zu spritzen. Er betrachtete sich im Spiegel und versuchte, nicht vor dem Anblick zurückzuschrecken. Seine blassgrünen Augen starrten ihn an, die Farbe sah neben dem blutunterlaufenen Weiß seiner Augen grell aus. Er war hager und blass. In einem der Asyle, in denen er übernachtet hatte, hatte er sich die Haare rasiert, ehe er das Schutzgebiet fand, weil sie in Büscheln ausgefallen waren. Sein Kopf zeigte ein paar blasser Stoppeln auf der nackten Haut, sogar noch bleicher als sein Gesicht. Die klaren, nicht verheilten silbernen Verbrennungen ragten aus dem Kragen seines Hemdes. Roland richtete den Schal, den er trotz der falschen Jahreszeit trug, um sie zu verstecken, und wischte sich mit einem Ende das feuchte Gesicht ab.

So stellte ihn niemand ein und er war sowieso für nichts gut. Er konnte nicht zur Schule zurück und war nicht in der Lage, die schwere Arbeit zu verrichten, die viele Alphas und Betas mit Werwolfstärke und Heilung verrichteten. Das Schutzgebiet war berühmt dafür, dass alle Omegas, die hier lebten, einen Plan, ein Ziel hatten. Roland hatte Susan gesagt, dass seines sei, die Ausbildung zu machen, die er verpasst hatte, als er mit sechzehn Jahren mit einem älteren Alpha davongelaufen war, der versprach, sich gut um ihn zu kümmern.

Wenn er keinen Plan hatte, würden sie ihn rauswerfen?

Würde er zu den menschlichen Obdachlosenunterkünften zurückkehren müssen? Zurück zum Betteln an Straßenecken, frierend und hungrig in Hauseingängen schlafen, wenn ihn das Mitleid menschlicher Fremder nicht ernährt hatte?

Roland kniff die Augen zusammen. „Fuck. Fuck."

Es klopfte leise an der Tür. „Mr Lea?"

Susan. Natürlich. Susan war nett und geduldig und unerbittlich. Sie würde nicht zulassen, dass er sich für immer in diesem Waschraum versteckte.

Roland schob den Fragebogen in den Mülleimer, vergrub ihn tief unter feuchten Papiertüchern und benutzten Taschentüchern. Er wusch sich die Hände, trocknete sie ab und öffnete die Tür.

„Werden Sie mich rauswerfen?"

Susan blinzelte ihn an. Sie war mindestens sechzig, obwohl es durch eine vernünftige Lebensweise und Werwolfgene schwer zu sagen war; sie redete nie über sich selbst, über ihr eigenes Leben, aber Rolands Vorstellung ließ sie als Großmutter aus einem schönen Vorort arbeiten und unter den gefallenen Omegas des Schutzgebiets Gutes tun.

Sie war jedoch immer noch eine Wölfin. Sie hatte immer noch Zähne. Sie zuckte nicht vor ihm zurück, und wenn es an der Zeit für ihn war zu gehen, hatte er keinen Zweifel, dass sie ihn zum Tor begleiten und ihn persönlich rauswerfen würde.

„Nein", sagte sie nach einem Moment. „Das machen wir hier nicht. Aber ich glaube, wir müssen Ihre Optionen überdenken."

Als ob er noch Optionen gehabt hätte. Aber wenn sie ihn nicht rauswerfen wollten, war das ein Anfang, und er schuldete es diesem Ort, alles zu tun, was nötig war.

„Okay", sagte Roland und ließ den Türrahmen los. „Klar, überlegen wir noch einmal."

Susan führte ihn vom Waschraum weg, nicht zurück in das Arbeitszimmer, das nach seiner Verzweiflung und Hoffnungslosigkeit stinken musste, sondern in ein ruhiges, kleines Wohnzimmer. Sie schloss die Tür fest, aber die Fenster standen offen, man blickte auf den Innenhof der Schutzhütte. Ein paar kleine grüne Triebe ragten aus dem Boden, die ersten tapferen Blüten des Frühlings.

„Also", sagte Susan. „Ich werde dir auf keinen Fall sagen, dass du die Highschool nicht beenden sollst, aber es scheint, als wäre das ein längerfristiges Projekt."

Roland starrte auf seine Hände hinunter, klammerte sie umeinander, bis seine Knöchel weiß hervortraten. So war Susan immer, sie tat so, als hätte er eine Zukunft, als könnte er alles machen, was normale Leute taten, als wäre seine Vergangenheit tatsächlich vergangen.

„Ich denke, du brauchst mehr individuelle Unterstützung, als dir das Schutzgebiet geben kann", fuhr sie fort. „Ich weiß, du sagtest, dass es kein Rudel und keine Familie gibt, mit der du Kontakt haben möchtest, und ich werde dich sicher nicht drängen, an dieser Stelle einem eigenen Rudel beizutreten."

Dann schwieg sie. Roland dachte, dass das klang, als wollten sie ihn doch rauswerfen oder ihn in eine noch institutionellere Institution schicken, denn was zum Teufel sollte das sonst bedeuten?

Er hob den Kopf, um sie anzusehen. Susan hielt eine Broschüre in der Hand. Sogar er konnte die beiden verschlungenen Symbole auf dem Cover erkennen: *Alpha* und *Omega*.

Einen Moment lang starrte Roland den Umschlag an, dann sah er zu Susan auf, die einen sanften Ausdruck im Gesicht hatte. Er vergrub sein Gesicht in den Händen und begann wild und ein wenig schmerzerfüllt zu lachen. „Sie ... was ...“

Susan war so gelassen wie immer. „Das ist eine Agentur, die hilft, einzelne Alphas und Omegas in Kontakt zu bringen. Sie arbeiten manchmal mit uns zusammen, um geeignete Partner für Omegas zu finden. Du hast Eric bisher noch nicht getroffen, glaube ich, aber er ist einer unserer Freiwilligen und ein ehemaliger Assistenzarzt – er hat seinen Partner durch die Agentur gefunden. Sie würden nichts erzwingen, aber sie können dir helfen, einen Partner zu finden, der dich in jeder Hinsicht unterstützt.“

Roland zwang sich, aufzuhören zu lachen, bevor etwas anderes daraus wurde. Eine kurze Weile atmete er nur, hielt dabei sein Gesicht verborgen. Dann lehnte er sich auf seinem Stuhl zurück und wischte sich mit dem Ende seines Schals über das Gesicht. Anschließend riss er sich den Schal vom Hals und zog den Kragen seines Hemdes herunter, damit Susan die silbernen Verbrennungen wirklich sehen konnte, die immer noch seinen Hals mit hässlichen, geschwollenen Flecken überzogen, die an den Rändern Blasen warfen.

Ihre Augen weiteten sich leicht. „Roland! Das ist ...“

„Sie heilen nicht“, sagte Roland, stopfte den Schal wieder an seinen Platz und wandte den Blick ab. „Ich war in der

Klinik. Ich verwende die Salbe zwei Mal täglich, aber … sie heilen nicht ab. Und das … das ist noch nicht annähernd alles."

Er knirschte mit den Zähnen, verjagte die Erinnerung an den Schmerz in seinem Bauch und zwischen seinen Beinen, an die starken Hände der Hebamme, an die spöttischen Bemerkungen seines Alphas. *Wer will dich jetzt noch? Du bist nur für eine Sache gut.*

„Vertrauen Sie mir, ich bin kein Material zum Verkuppeln. Kein Alpha wird mich wollen. Oder wenn doch, wollen sie mich nur für …" Roland schüttelte den Kopf und starrte erneut aus dem Fenster.

„Ich stimme dir zu, es muss jemand ganz Spezielles sein", sagte Susan. „Aber die Chancen stehen gut, dass der Alpha für Sie irgendwo da draußen sein kann, Mr Lea. Sich bei der Agentur zu registrieren, verpflichtet Sie zu gar nichts, abgesehen von Treffen mit angehenden Alphas. Wenn Sie sich bei keinem, der Ihnen vorgestellt wird, wohlfühlen, sagen Sie Nein und damit hat sich die Sache. Aber wenn Sie glauben, es wäre möglich, dass es jemand gäbe, bei dem Sie Ja sagen könnten, möchte ich wirklich, dass Sie es versuchen."

Dann hätte er einen Plan, nicht wahr? Dann könnte er sagen, er hätte es versucht. Sie würden ihn hierbleiben lassen und er könnte weiter versuchen, gesund zu werden. Vielleicht konnte er sogar wieder lesen, wenn er mehr Zeit zur Genesung hatte, und dann könnte er seine Pläne überdenken.

Niemand würde ihn auswählen, und er war sich seiner Fähigkeit, Drecksäcke wie Martin, die ihn nur benutzen wollten, zu erkennen, ziemlich sicher, und dann konnte er immer noch Nein sagen. Vielleicht ließen sie ihn ein paarmal jemanden ablehnen, bevor sie entschieden, dass er es gar nicht versuchen wollte, und wie viele Alphas suchten tatsächlich nach jemandem wie ihm?

Roland seufzte und machte für Susan deutlich, dass er aufgab. „Okay, ja. Was muss ich machen, um mich zu registrieren?"

Kapitel 3

Der Tag der Bekanntgabe war, wie viele Gelegenheiten, die eigentlich freudig und aufregend sein sollten, hauptsächlich stressig. Beau hatte die E-Mail, dass er wahrhaftig einen Treffer *hatte*, bereits vor einigen Tagen erhalten, und damit war der Teil der Spannung vorbei, aber die restlichen zweiundsiebzig Stunden waren mit der Sorge, in welchem Programm er landen würde, angefüllt gewesen.

„Gratulation", sagte der Dekan und grinste sein breites, sorgloses Menschenlächeln, als Beau den Umschlag auf der Bühne vor seinen Klassenkameraden entgegennahm. „Bei deinem Fachgebiet befürchtete ich bereits, dass du unseren perfekten Rekord bei der Vermittlung unserer Werwolfstudenten ruinierst, aber du hast es geschafft!"

Beau lächelte zurück, fühlte sich jedoch krank. Er schaffte es, sein Lächeln aufzubehalten und – den Umschlag in einer Hand – mit der freien Hand ein halbes Dutzend Hände zu schütteln. Er hätte zum Mikrofon zurückgehen können und wenn er eine vollkommen andere Person gewesen wäre, hätte er das Kuvert geöffnet und den Inhalt denjenigen seiner Klassenkameraden vorgelesen, die noch immer auf den Stühlen saßen und auf ihr eigenes Ergebnis warteten. Stattdessen verließ er die Bühne so schnell wie möglich und lief direkt aus dem Auditorium auf den Treffpunkt zu, den er und die anderen Werwolfschüler mit Dr. Pavlyuchenko vorbereitet hatten.

Lauren wartete an der Tür zum Treppenhaus, ein wenig rotäugig, aber lächelnd. Er hob eine Augenbraue, doch sie winkte ihn nur herein, wo er ein bisschen Privatsphäre hatte und Lauren für ihn Wache stand. Beau berührte mit dem Umschlag in schweigendem Dank sein Herz, duckte sich durch die Tür und setzte sich sofort auf die erste Stufe.

Seine Beine hätten ihn keinen Schritt weiter getragen.

Er riss den Umschlag auf, überflog rasch seinen Namen und den Namen seiner Medizinschule bei ...

Rochester Klinik, Ausbildungsprogramm für Innere Medizin.

Einen Moment lang konnte er weder atmen noch sich bewegen. Genau diesen Albtraum hatte er bereits ein dutzendmal gehabt.

Aber es blieb real, egal wie oft er seine Augen schloss und öffnete und sich umsah, um sicherzugehen, dass die Mauern um ihn herum massiv waren. Er schnüffelte sogar am Papier, erdete sich selbst durch den bitteren, penetranten Geruch der Tinte. Es war nicht zu leugnen.

Rochester und dessen Vorurteile und Anforderungen, und all diese scheinbar freundlichen Leute, die er zu mögen geglaubt hatte, bevor sie ihre Karten auf den Tisch gelegt hatten. *Rochester.*

Beau ließ das Blatt fallen und vergrub sein Gesicht in seinen Händen. Auch als er bekannte Schritte von unten hörte, von einem Werwolf, den er seit vier Jahren kannte, hob er den Kopf nicht.

Dr. Pavlyuchenko legte eine Hand auf Beaus Knie, während er sich neben ihn hockte, nah genug, um zu lesen, was auf dem Papier stand.

„Ah", sagte er. „Nun, das ist nicht überraschend, oder? Wenn man bedenkt, wie weit sie dir entgegengekommen sind?"

Bei diesen Worten zuckte Beau zusammen. „Mir *entgegenge...*"

Es verschlug ihm die Sprache; er starrte Dr. Pavlyuchenko nur an, während der unbeirrt auf ihn herabblickte. Er hatte Dr. Pavlyuchenko von der Werwolfbestimmung erzählt, die sie ihm gezeigt hatten, und er hatte die Augenbrauen nach oben gezogen und genickt, aber nichts gesagt. Beau war sich absolut klar darüber gewesen, sie nicht auf seine Liste zu schreiben, aber ...

Aber Dr. Pavlyuchenko hatte ihn erinnert, dass er tatsächlich zehn Möglichkeiten auf seiner Liste brauchte.

„Was …" Diesmal war Beaus Stimme ein dünnes Krächzen.

„Beau", sagte Dr. Pavlyuchenko sanft. „Sie *haben eine Bestimmung geschrieben.* Sie *haben die Hand nach ihren lokalen Werwolfrudeln ausgestreckt,* und das bedeutet, die haben irgendwie eines oder mehrere heimische Rudel dazu gebracht, mit den Leuten einer humanmedizinischen Einrichtung zu sprechen. Sie meinen es sehr, sehr ernst damit, dich bei ihnen haben zu wollen, und sie werden es sehr, sehr ernst nehmen, dass du Erfolg hast."

Beau öffnete und schloss den Mund ein paarmal, aber er hatte gelernt, bei solchen Sachen auf Dr. Pavlyuchenko zu hören, bei all den sozial-politischen Manövern, die er noch nie beherrscht hatte. Er schaffte noch nicht einmal den Werwolfweg, solche Angelegenheiten zu regeln – das bewies sein Rauswurf aus seinem ersten Rudel zweifelsfrei – geschweige denn die menschliche Weise.

Für eine Sekunde spielte er mit dem Gedanken, das Angebot abzulehnen, aber er konnte sich vorstellen, wie schlimm sich das für ihn und wahrscheinlich für viele andere Werwölfe nach ihm auswirken mochte. Vor allem, wenn die Politik von Rochester wirklich ein Zeichen dafür war, dass sie Werwölfe ausbilden wollten.

„Also, ich, was?", fragte Beau hilflos. „Ich nehme mir eine Auszeit von meinem letzten Semester an der Medizinschule, um einen Partner zu finden?"

Dr. Pavlyuchenko drückte sein Knie und warf ihm einen prüfenden Blick zu, bevor er sich neben Beau auf die Stufe setzte. „Nun, ich bin sicher, du weißt, dass diese Dinge wesentlich schneller gehen können, wenn du die richtige Person gefunden hast. Wenn du einen Tipp brauchst, wo man jemanden treffen kann …"

Bei diesem Gedanken verzog Beau das Gesicht. Er wusste, dass es Werwolfklubs gab, Orte, an denen Werwölfe jeden Geschlechts und jeder Vorliebe nach Kameraden suchten, jeder von ihnen stand in Konkurrenz zum anderen. Beau war sich sicher, dass er in einer Ecke landen und versuchen würde, sich aus allem herauszuhalten, was ihn nirgendwohin brachte. Wie auch immer, wenn er so dringend einen Gefährten brauchte, konnte er genauso gut ...

„Eigentlich", sagte Beau und erinnerte sich an ein paar halb verzweifelte nächtliche Suchen, die bereits einige Jahre zurück lagen, als die Einsamkeit akut war und er noch nicht gelernt hatte, sie wie jedes andere Verlangen zu kontrollieren. „Ich glaube, ich weiß, wohin ich mich wende."

„Ist das so?" Dr. Pavlyuchenko wirkte ein wenig amüsiert und gleichzeitig leicht skeptisch.

„Es gibt eine Agentur", erwiderte Beau. „Wahrscheinlich gibt es mehr als eine, aber ... da ist von vornherein alles organisiert, um Alphas und Omegas zusammenzubringen. Wenn ich einen Partner brauche, ist das vermutlich der schnellste Weg. Meinen Sie nicht?"

„Mm", brummte Dr. Pavlyuchenko nicht weniger skeptisch als zuvor, sagte ihm aber nicht, dass es nicht funktionieren könnte. „Das ist sicher ein direkter Ansatz. Trotzdem solltest du dich bald mit ihnen in Verbindung setzen, nur für den Fall, dass die Formalitäten eine Zeit brauchen."

Beau nickte und beugte sich vor, um den Zettel aufzuheben. Er dachte noch einmal darüber nach, was Dr. Pavlyuchenko gesagt hatte und dass er selbst Rochester als Zehntes von Zehn in seine Liste geschrieben hatte.

„Die anderen Programme, bei denen ich mich vorgestellt habe ... Keines davon hatte Bestimmungen. Bedeutet das ..."

„Denk jetzt nicht darüber nach", erwiderte Dr. Pavlyuchenko sanft, was eindeutig hieß: *Ja, sie hatten nie vor, dich aufzunehmen.* „Du gehst nach Rochester! Das ist das beste Programm für das, was du machen willst. Jetzt geh und übernimm die Türwache für Lauren. Adam wird bald hier sein."

Beau nickte und hievte sich von der Stufe in die Höhe. Er hatte eine Menge Praxis darin, sich dem zu stellen, was getan werden musste. Das hatte er sowohl im Medizinstudium gelernt als auch lange davor. Müdigkeit war egal, Einsamkeit war egal, Angst oder Ärger oder Unsicherheit waren egal. Mach deine Arbeit.

Also stopfte er den Zettel in seine Tasche und ging zurück auf den Flur, wo Lauren wartete.

Sie umarmte ihn wortlos, er umarmte sie ebenfalls, presste seine Wange gegen ihr lockiges rotes Haar und atmete ihren bekannten Beinahe-Rudel-Duft tief ein.

Sie fragte nicht, wohin er gehen würde – sie musste jedes Wort gehört haben, das er und Dr. Pavlyuchenko gewechselt hatten, aber wie jeder gut erzogene Werwolf würde sie das nicht zugeben, bis er etwas sagte. Sie wollte auch nicht, dass er fragte, wohin sie ging, sie drehte sich nur um und ging mit den Händen in den Taschen den Flur entlang.

Bald darauf kam Adam mit grimmiger Entschlossenheit auf ihn zu, was wahrscheinlich gar nicht nötig war. Adam wollte Werwolfforschung betreiben und hatte sich nur für Programme beworben, die bereits einen signifikanten Prozentsatz an Werwolfauszubildenden hatten. Das bedeutete jedoch nicht, dass Beau gleich wusste, was Adam Sorgen machte – sie waren vielleicht die einzigen zwei Alphas unter den Werwölfen in ihrem Jahrgang, doch das hatte sie keineswegs zu engen Freunden gemacht. Beau machte einen Schritt von der Tür weg und ließ Adam durch.

***

24

„Ich will nicht wirklich einen Partner."

Beau hätte etwas Diplomatischeres sagen sollen, als er die Vertreterin der Alpha-Omega-Partnervermittlung zum ersten Mal traf. Er hatte die Gebühr für ihren Service bereits vor Wochen bezahlt und ihnen dabei auch alle möglichen Informationen gegeben und wartete und wartete seitdem auf ein Treffen. Jetzt konnte er nicht mehr zurück, nachdem nur noch so wenig Zeit übrig blieb.

Aber sie hatte sich selbst vorgestellt – Ellen Dawson, verpartnerter Omega, trug den Kragen ihres Shirts hoch genug, um die Narbe eines Bissbundes oder das Fehlen einer solchen zu verstecken, sehr modern und gleichberechtigt – und gesagt: „Sag mir ehrlich, was suchst du? Was erwartest du von deinem Partner?"

Ja. Okay. Er war ehrlich gewesen ...

„Ah", erwiderte Ms Dawson und hob ihre Augenbrauen leicht. „Was *willst* du dann?"

Beau seufzte und fuhr sich mit einer Hand durch das Haar. „Ich will Arzt werden. Für Menschen. Ich habe gerade das Medizinstudium abgeschlossen – ich bin sicher, das wissen Sie – und mein Ausbildungsprogramm fordert von mir, *eine stabile Bindung zu anderen Werwölfen vorzuweisen*, also ..."

„Also bist du zu uns gekommen." Ms Dawson lehnte sich auf ihrem Stuhl zurück und betrachtete ihn gedankenvoll. „Glaubst du, diese Menschen haben unrecht, das von dir zu fordern? Bist du deswegen verärgert?"

Beau seufzte wieder, wollte aber sichergehen, dass er diese Frage ehrlich beantwortete; ob sie es nun laut zugab oder nicht, er wusste, Ms Dawson würde jede noch so kleine Reaktion beobachten, um ihn zu beurteilen. Es gab keinen Grund, jetzt weniger ehrlich zu sein als zu Anfang.

„Nein, ich bin nicht verärgert. Es ist frustrierend, aber ich weiß, dass sie es nur gut meinen. Und es wäre – wird –

25

einfacher, jemanden bei mir zu haben, der mir hilft; einen anderen Werwolf, mit dem ich reden kann, wenn ich meine gesamte Arbeitszeit mit Menschen verbringe. Außerhalb der Arbeit werden viele Kontakte geknüpft; darin bin ich nicht gut. Ich ..."

Beau zuckte angespannt die Achseln und blickte nach unten. „Ich schätze, ich wollte es einfach anders machen. Nicht so, wissen Sie, dass mein Rudelführer jemanden auswählt und sagt, hier ist dein Partner, und alles für mich entschieden wird, oder dass ich in einen Klub gehe und mich an die erstbeste Person hänge, die richtig riecht, und dann in irgendein Rudel gehe, dem er angehört und das ich nicht kenne. Ich möchte jemanden treffen, ihn kennenlernen, sein Leben und seine Familie kennenlernen. Mich verlieben. So was eben."

Ms Dawson nickte, ihre Miene war unlesbar. Nun, sie wäre wohl nicht in dem Geschäft, in dem sie tätig war, wenn sie nicht an die Idee glaubte, dass sich Leute verlieben konnten, ohne dazu gezwungen zu werden.

„Ich habe keine Zeit für so was", fuhr Beau fort. „Hatte ich noch nie. Die Medizinschule ist irre. Das Ausbildungsprogramm wird noch schlimmer sein. Ich werde in den nächsten drei Jahren kaum Zeit haben. Wie kann ich einen vollkommen Fremden bitten, sich das anzutun?"

Einen Augenblick lang antwortete Ms Dawson nicht; er hörte das leise Tippen ihrer Finger auf Glas und hob den Kopf, um sie stirnrunzelnd auf ein Tablet blicken zu sehen, das sie auf ihrem Knie balancierte.

„Denkst du an etwas Vorübergehendes?"

Beau öffnete den Mund und schloss ihn wieder. Darüber hatte er noch nicht nachgedacht – drei Jahre waren eine schrecklich lange Zeit, um danach einfach zu gehen – aber jemanden zu finden, der sich auf drei Jahre festlegte, war aussichtsreicher als sich *für immer* festzulegen, nicht wahr? Vielleicht reichte auch schon ein Jahr. Wenn er das erste

26

Jahr schaffte, sich bewies, zeigte, dass er es versuchte ...
Falls es danach nicht klappte, konnte Rochester ihm nicht
die Schuld daran geben, oder?

„Könnte ich mir vorstellen", sagte Beau langsam. „Das
könnte funktionieren. Aber wie, äh ..."

Werwölfe nahmen sich nicht so leicht und unwiderruflich
lebenslange Partner, wie die Menschen glaubten und Filme
das zeigten, aber es war schwierig, ein echtes Partner-
schaftsband zu durchtrennen. Er war sich nicht sicher,
warum ein Omega dem zustimmen sollte.

„Ehevertrag, legale Ehe", sagte Ms Dawson lebhaft. „Du
verpflichtest dich zu einer bestimmten Abfindung und ver-
sprichst, die Scheidung unter gewissen Bedingungen nicht
anzufechten – innerhalb eines bestimmten Zeitrahmens
und solange es keine Kinder gibt, keine mit Bissen besie-
gelte Bindung, so etwas."

Kinder. Beaus Gehirn verschloss sich einen Moment lang
vor diesem Gedanken, dann schüttelte er ihn ab. „Auf
keinen Fall ... auf keinen Fall Kinder. Ich würde nie ...
wenn es nur vorübergehend ist, würde ich nie ... und
natürlich würde ich keine Ansprüche stellen ..."

„Sex ist optional", fasste Ms Dawson für ihn zusammen,
tippte dabei weiter auf ihrem Tablet. „Hitzen sind natürlich
ein Problem. Wärst du bereit, einen sicheren, privaten
Bereich mit geeigneten Annehmlichkeiten bereitzustellen?"

Beau nickte benommen, sogar noch, als er an die Grund-
risse der Häuser dachte, die er sich angesehen hatte, um zu
entscheiden, welches das Passendste wäre.

Das alles klang viel realer, als er geglaubt hatte, als er
durch diese Tür gekommen war. Erst jetzt erkannte er, dass
er eine sofortige Zurückweisung von Ms Dawson erwartet
hatte, weil er mit falschen Absichten hergekommen war.
Aber sie schien ihn ernst zu nehmen und zu glauben, dass
sie einen Omega finden könnte, der ihn unter diesen
Bedingungen haben wollen würde.

„Das Beste für dich – das, was ich für dein persönliches Wohlergehen und deinen Erfolg raten würde – wäre einen Omega zu wählen, der zufällig keine starke Rudelbindung hat, die ihn hier hält, und der ein guter, unterstützender Partner sein könnte."

Ms Dawson sah ihm wieder in die Augen und das Gewicht ihrer Aufmerksamkeit ließ ihn sich vorbeugen, als wolle er sich instinktiv gegen eine Herausforderung auflehnen. „Du brauchst mindestens jemanden, der sich um den Haushalt kümmert und der dir auf sozialer Ebene den Weg bereitet, indem er Kontakt mit den Ehepartnern der anderen Ärzte pflegt. Es ist nicht unmöglich, jemanden zu finden, der dafür qualifiziert ist, der bereit ist, ein platonischer Gefährte zu sein, und der bereit ist, sich mit dir in – wie sieht der Zeitrahmen aus? – umzuziehen."

Beau errötete. „Das Residenzprogramm startet nächsten Monat."

Ms Dawson kniff ihre Lippen leicht zusammen, nickte jedoch. „Nun, vielleicht müssen wir ein wenig suchen, aber wahrscheinlich finden wir jemanden, der geeignet ist, dich zu unterstützen."

Beaus Augen verengten sich. „Oder?"

Ms Dawson neigte schweigend den Kopf zur Seite, und Beau glaubte eine schwache Veränderung in ihrem Geruch und dem Herzschlag zu entdecken, ein Zucken um ihre Augen herum, das ihm sagte, dass er gerade genau die richtige Frage gestellt hatte. Oder zumindest eine sehr Interessante, was sie allerdings nicht zugab.

„Das wäre das Beste für *mich*", stichelte Beau. „Für meinen Erfolg. Aber gibt es noch etwas zu berücksichtigen?"

„Es gefällt dir nicht", sagte Ms Dawson achselzuckend, ihr Ausdruck entspannte sich, sie zeigte die Haltung sorgloser Offenheit. „Dein Hintergrund wurde überprüft, auf dem Papier erfüllst du all unsere Standards, aber die ganze

Idee dieser Art von Partnersuche gefällt dir nicht. Und ich bin der Meinung, dass es für Omegas selten gut ausgeht, wenn man ihre Alphas zu etwas zwingt, was sie nicht mögen."

Beau zuckte bei der Andeutung zusammen, doch er wusste genug von dem, auf was sie anspielte, um den Mund zu halten.

Ihr Gesichtsausdruck wurde trotzdem ernst. „Es ist nicht unsere Aufgabe, Alphas bequem warme Körper zur Verfügung zu stellen, Mr. Jeffries. Unser Ziel ist es, erfolgreich einvernehmlich Partner zusammenzubringen. Und ich denke, die besten Erfolgsaussichten bestehen darin, diese Situation in etwas zu verwandeln, das Sie *wollen*. Nicht den am wenigsten unerwünschten Omega, sondern einen, den Sie wirklich mit sich nehmen möchten."

Beau wandte den Blick ab, sein Kiefer spannte sich an. Er hatte eine Menge Übung darin, seine Reaktion auf das Sträuben seiner Nackenhaare zu unterdrücken, aber es war sehr lange her, seit er einen Omega getroffen hatte, der das mit solcher chirurgischen Präzision auslöste.

Er zwang sich, Ms Dawson wieder anzusehen. Er fühlte sich ein wenig schuldig, weil er wütend auf sie war, nachdem sie ihm genau das gesagt hatte, was er von ihr erwartet hatte. Dass er es falsch anging und sie ihm keinen Omega vermitteln konnte, wenn er gar keinen Partner wollte. Andererseits hatte es den Moment gegeben, an dem es lösbar schien, möglich …

„Haben Sie eine Idee, wie *das* funktionieren könnte?" In seiner Stimme schwang nur ein ganz leises Knurren mit.

Ms Dawson lächelte nur. „Tatsächlich habe ich die. Es ist mehr Intuition, also vielleicht irre ich mich auch. Aber … anstatt uns darauf zu konzentrieren, welcher Omega am besten für Sie geeignet ist, könnten wir uns überlegen, für welchen Omega *Sie* am besten geeignet sind."

„Ich bin nicht …"

„Zum Beispiel", fuhr Ms Dawson fort, als hätte er nichts gesagt. „Einige unserer Omegas leben in sehr, sehr schwierigen persönlichen Verhältnissen. Wir arbeiten mit dem North Chicago Omega Schutzgebiet zusammen, einem Obdachlosenheim. Per Definition sind sämtliche Omegas dort ohne den Schutz eines Rudels. Die meisten fliehen vor missbräuchlichen oder ausbeuterischen Beziehungen und würden einen Umzug nicht als Nachteil ansehen.

Beaus Miene verfinsterte sich allein bei dem Gedanken, dass eine solche Einrichtung gebraucht wurde. „Und Sie wollen sie aus einem sicheren Ort wie diesem holen und wieder zu einer Partnerschaft zwingen? Nach allem, was sie durchgemacht haben?"

„Die Omegas registrieren sich freiwillig bei uns, Mr. Jeffries, und wir vermitteln sie mit Sicherheit nicht an den nächstbesten Alpha. Diese Omegas brauchen einen Alpha, der freundlich und geduldig ist und dem sie vertrauen können, dass er keine Anforderungen stellt, mit denen sie sich nicht wohlfühlen. Einen Alpha, der bereit wäre, sie gehen zu lassen, wenn sie merken, dass sie etwas anderes als einen Gefährten wollen. Sodass alles, was sie durchgemacht haben, nicht das Ende sein muss, sondern der Beginn eines neuen Lebensabschnittes sein kann."

Beaus Lippen öffneten sich, er lehnte sich zurück und dachte darüber nach. Ein Omega, der einen sicheren Ort brauchte, der ihn für den Abstand brauchte. Der *froh* wäre, einen Alpha zu haben, der nicht diese Intimitäten mit einem Fremden wollte, der keine Kinder wollte. Der einverstanden war, ihn nach einem oder drei Jahren wieder gehen zu lassen.

„Die befristete Vereinbarung könnte einem Omega, der ein ernstes Trauma durchlebt hat, Zeit geben, gesund zu werden und über seine Möglichkeiten nachzudenken. Vielleicht zurück auf die Schule zu gehen oder eine Ausbildung anzufangen und sich so darauf vorzubereiten, ein wirklich unabhängiges Leben zu beginnen."

Beau lächelte leicht. „Sie wollen, dass ich ein Übergangswohnheim für einen Omega leite?"

Ms Dawson sah ihn wissend an. „Würden Sie lieber drei Jahre mit einem absolut netten Omega verbringen, der nichts von Ihnen braucht?"

Der Gedanke an jemanden, dem er *helfen* konnte – an jemanden, der das vorübergehende Zuhause *brauchte*, das er bieten konnte – stellte das ganze Problem auf den Kopf. Es war keine Verpflichtung, kein Schlupfloch. Es war eine Gelegenheit, seiner eigenen Art etwas zurückzugeben, obwohl er seine Karriere damit verbringen wollte, Menschen zu helfen.

„Ja", sagte er. „Ja, Sie haben recht, das würde ich gerne tun."

„Ausgezeichnet", erwiderte Ms Dawson. „Ich habe da jemanden im Sinn – haben Sie eine Geschlechtspräferenz?"

Beau zuckte die Schultern, schüttelte den Kopf und ballte die Fäuste, um nicht nach dem Tablet zu greifen. „Ich stehe auf männliche Omegas, aber nicht unbedingt. Jeder Omega ist in Ordnung, wenn … wenn er Schlimmes erlebt hat, wie Sie sagten. Wenn ich helfen kann."

Ms Dawson nickte und drehte das Tablet um. „Das ist Roland Lea. Er ist bereits seit ein paar Monaten in dem Schutzgebiet."

Beau runzelte die Stirn. „Haben die dieses Foto gemacht, als er dort ankam?"

„Ich habe es selbst aufgenommen, gerade diese Woche. Wir möchten sichergehen, dass Sie genau das bekommen, was Sie sehen."

Beau lehnte sich zurück und verschränkte die Arme vor der Brust. „Ich sehe einen akut Wolfsbannsüchtigen, der bald eine tödliche Überdosis nehmen wird. Das wird in dem Schutzgebiet erlaubt?"

31

Ms Dawson runzelte die Stirn und wirkte zum ersten Mal, als hätte er sie auf dem falschen Fuß erwischt, sagte aber: „Nein. Rauschmittel sind nicht erlaubt. Und ich habe mich mit Mr. Lea getroffen. Er hatte ein Problem, bevor er in das Schutzgebiet kam, aber ich versichere Ihnen, dass er jetzt clean ist."

„Er kann nicht …" Beau beugte sich vor, spähte auf das Tablet und griff danach, ohne nachzudenken. Ms Dawson gab es ihm und Beau berührte den Screen, um das hochauflösende Bild zu vergrößern, damit er jedes Detail von Roland Leas Erscheinung genau betrachten konnte.

Er war eindeutig unterernährt, obwohl er sich seit Wochen, bevor dieses Bild aufgenommen worden war, im Schutzgebiet befand, was darauf hindeutete, dass etwas ganz und gar nicht stimmte. Es gab nicht viele Krankheiten, die einen solchen Effekt auf einen Werwolf hatten, und wenn er eine davon hätte, wäre er inzwischen gestorben oder hätte jemanden angesteckt, was sicherlich aufgefallen wäre.

Beau warf erneut einen Blick zu Ms Dawson, aber sie schien das Abbild von Gesundheit zu sein. „Sehen andere Omegas in dem Schutzgebiet auch so aus?"

Sie schüttelte langsam den Kopf. „Seine Sachbearbeiterin ist sich sicher, dass da irgendetwas verkehrt läuft, aber … er hat eine Menge durchgemacht und seine Gemütsverfassung ist nicht die beste. Sie dachte an … Vereinsamung oder eine zerrissene Partnerbindung."

Beau schnaubte und senkte den Kopf. *Vereinsamung.* Genauso gut konnte man sagen, er starb an einem Übermaß an schwarzem Humor, wie es im frühen Mittelalter hieß. Nicht dass sie irgendwie nicht mehr im frühen Mittelalter lebten, wenn es um Werwolfmedizin ging, aber hier musste etwas Biologisches vorliegen.

Beau vergrößerte das Bild bei Roland Leas blutunterlaufenen Augen, die eher elfenbeinfarben als sauber weiß waren, dann bei seinem Haaransatz, halb rasiert, halb haarlos. Er scrollte zu der untersten Ecke des Fotos, das kaum mehr als sein scharfes Kinn zeigte. Als er weiter scrollte, brachte ihn das zu Leas Profil und er erhaschte einen Blick auf *Unbekannte Anzahl ehemaliger Sexualpartner,* ehe er rasch von der Information aufsah, die er nicht haben sollte.

„Gibt es eine Hebamme in dem Schutzgebiet?"

„Ja, aber Mr. Lea ist natürlich nicht schwanger und steht auch nicht kurz vor der Hitze, er hat …"

Beau massierte sich die Nasenwurzel, während sich in seinem Kopf die Gewissheit bildete, was mit Roland Lea los war. Es war offensichtlich, dass Ms Dawson nichts davon wusste. Wahrscheinlich wusste es niemand, was hieß, dass Beau die Geheimnisse dieses Omegas nicht einfach verraten konnte, vor allem nicht an die Leute, die kontrollierten, ob er einen sicheren Platz zum Leben hatte.

„Ich muss mit ihm reden. Heute. Ich nehme ihn mit, ich bin mit allem einverstanden – ich muss nur jetzt mit ihm reden, weil er in schrecklicher Gefahr ist."

Kapitel 4

Roland saß draußen auf einer Bank, atmete den grünen Duft von Gras und wachsenden Blumen ein. Es war fast Sommer, und Sommer hatte nie so gerochen, bis er in die Stadt kam.

Er konnte etwas Bitteres in seinem Mund schmecken und Fieber in seine Knochen kriechen spüren, ein schlimmer werdender Schmerz in seinem Bauch. Er wusste nicht, was mit ihm geschah, aber er glaubte nicht, dass er lange genug leben würde, um viele Bewerber abzuweisen.

„Mr. Lea?"

Roland öffnete die Augen und sah Susan auf ihn zukommen. Er konnte sie riechen, was gut war, weil seine Sicht immer schlechter wurde, nicht mehr nur wenn er versuchte zu lesen. Das hatte er bisher niemandem erzählt. Er wollte nicht, dass die Hebammen nachstocherten und Fragen stellten oder dass irgendjemand wusste, was mit ihm passierte, solange er es noch verheimlichen konnte.

Susan lächelte, stellte er fest, als sie sich auf das Ende der Bank setzte. Aus einem Reflex heraus lächelte er zurück, hielt dabei jedoch den Mund geschlossen, um die Chancen zu reduzieren, dass sie an seinem Atem roch, wie krank er war.

„Ich habe wunderbare Neuigkeiten, Roland", sagte Susan.

Roland konnte spüren, wie gern sie ihn bei diesen Worten berührt hätte, um die Freude zu teilen. Roland verbarg die Hände – die immer kalt waren, sogar in der Frühsommersonne – noch entschlossener unter seinen Armen.

Susans Lächeln verblasste langsam, aber sie fuhr fort. „Ms Dawson von der Agentur ist wegen Ihnen hier. Mit einem Alpha! Er freut sich schon sehr, Sie kennenzulernen; sie sagte, er kann es kaum erwarten. Ich weiß, das ist ziemlich ungewöhnlich, aber wenn Sie ihn treffen wollen, könnte das etwas wirklich Wundervolles für Sie werden."

Roland wandte den Kopf ab und atmete ein paarmal schnell und scharf ein, ohne dass sie sein Gesicht sehen konnte.

Nun, er hatte gewusst, dass er einige Mal Nein sagen musste, und ein Alpha, der sich *so* freute, ihn kennenzulernen, war vermutlich jemand, zu dem er definitiv Nein sagen wollte.

Obwohl es wahrscheinlich niemand war, zu dem er *leicht* Nein sagen konnte.

„Werden Sie mich begleiten?" Vorsichtig sah Roland zu Susan hinüber.

Susans Ausdruck schmolz dahin, nur für einen Moment, und sie streckte die Hand nach ihm aus, zog sie aber zurück, ohne ihn zu berühren. „Natürlich, Roland. Wir werden Sie nicht mit ihm verbinden, ohne ihn zuvor gesehen zu haben. Möchten Sie, dass Ms Dawson mit ihm hier herauskommt oder in eines der Wohnzimmer geht?"

„Hier", sagte Roland sofort. Es musste nicht sein, dass Susan mitbekam, wie lange er brauchte, um hineinzukommen, und er musste sich nicht in einem engen Raum aufhalten, in dem der Geruch nicht verfliegen konnte. Mit einem Alpha, der ihn wollte.

„Dann warte kurz." Susan tippte auf etwas auf ihrem Telefon.

Roland atmete ein und aus und konzentrierte sich darauf, seinen Kopf genau gerade zu halten – weder seine Kehle noch seinen Nacken zu entblößen – während er den Weg beobachtete, auf dem Susan gekommen war. Es dauerte weniger als eine Minute, bis er zwei verschwommene Gestalten wahrnahm. Eine war schlank und mittelgroß, was mit seiner Erinnerung an Ms Dawson von der Agentur übereinstimmte; die andere, groß und breit, mit dunklem Haar, musste der Alpha sein. Es brauchte ein paar Sekunden mehr, bis er erkannte, dass der Alpha einen Anzug trug, was einige seiner halb ausgegorenen Erwartungen erschütterte. Er wusste nicht, ob er in den letzten acht Jahren von einem Alpha gefickt worden war, der sogar einen Anzug besaß.

Natürlich hatte er nicht sonderlich viel über die Alphas gewusst, die ihn in den vergangenen acht Jahren gefickt hatten. Eine schreckliche Sekunde lang fragte er sich, ob das einer von ihnen war, aber dann fing Roland seinen Geruch ein. Er war ihm völlig unbekannt, abgesehen von den Basisnoten aus *Werwolf* und *männlich* und *Alpha*. Er konnte nicht sagen, ob er diesen Geruch mochte oder hasste, aber er kannte ihn nicht.

Der Ausdruck des Alphas war, als er näherkam, ebenso unbekannt: Er wirkte entschlossen, beinahe beunruhigt, und sein Blick wich nicht von Rolands Gesicht.

Er blieb auf dem Weg stehen, weit genug entfernt, dass er nicht über Roland aufragte. Roland kam der Gedanke, dass er vielleicht aufstehen sollte oder so.

Er blieb sitzen.

„Roland, Sie erinnern sich an Ms Dawson", sagte Susan, „und das ist Beau Jeffries, der Alpha, der sich unbedingt treffen wollte. Mr. Jeffries, Mr. Lea."

Beau Jeffries verneigte sich tatsächlich leicht, wobei er die Hände an den Seiten behielt. Sein Blick war nach wie vor auf Roland gerichtet.

„Hallo, Mr. Lea. Ich freue mich, Sie kennenzulernen. Wie geht es Ihnen heute?"

Mr. Jeffries Stimme war tief und warm, angenehm zu hören, allerdings war die Frage nicht ganz so angenehm. Rolands Herz begann schneller zu schlagen.

Er weiß es.

Roland hatte der Agentur meistens die Wahrheit gesagt, und es war auch nicht so, als fühlte er sich nicht offensichtlich unwohl, von seinem rasierten Kopf bis hin zu der Tatsache, dass er sich in einem Omega-Refugium befand. Er konnte nicht anders, als nach oben zu fassen und seinen

Schal fester um den Hals zu wickeln, während er Mr. Jeffries zunickte.

„Gut, danke. Ähm. Ihnen?"

Mr. Jeffries lächelte leicht, sein Blick wandte sich noch immer nicht von Roland ab, und etwas Warmes blühte in seiner Magengrube auf. Oh nein. Er sollte diesen Alpha nicht mögen. Er sollte es endlich besser wissen, als sich wieder in einen zu verlieben.

„Mir geht es gut", sagte Mr. Jeffries. „Allerdings bin ich nervös, weil ich dabei bin, einem Fremden einen Heiratsantrag zu machen, und ich mir nicht sicher bin, ob er an dem, was ich bieten kann, interessiert sein wird. Und ich möchte wirklich sehr, dass er Ja sagt."

Roland blinzelte und musterte Mr. Jeffries von oben bis unten. Er schien perfekt zu passen und ziemlich wohlhabend zu sein. Seine Hände sahen weich und sauber aus, passend zu dem schönen Anzug, und er hatte nicht die Härte, die Roland seit Langem bei Werwölfen kannte, die auf der Straße lebten oder arbeiteten. Wie konnte er daran zweifeln, dass irgendein Omega ihn haben wollte?

„Wissen Sie", Mr. Jeffries kam einen Schritt näher und ging in die Hocke, sodass er zu Roland aufsah, der noch immer auf der Bank saß. „Ich habe gerade die Medizinschule abgeschlossen."

Dann besaß er wohl mehr als einen Anzug und hatte absolut keinen Grund, sich mit einem gebrochenen Wesen wie Roland abzugeben.

Aber er hatte von *Heirat* gesprochen, und das vor Zeugen.

Heirat war menschlich, legal. Man bekam dabei ordentliche Papiere und alles. Roland wartete immer noch darauf, ob die Briefe, die die Unterkunft in seinem Namen abgeschickt hatte, seine Identität genügend bestätigten, um ihm eine Kopie seiner Geburtsurkunde zu verschaffen. In den letzten Jahren hatte niemand auch nur angeboten, ihn mit in den Mietvertrag aufzunehmen, wenn er an einem Ort lebte, der schön genug war, um Papierkram zu erfordern.

„Was, äh?" Roland schluckte hart und versuchte zu überlegen, wie man mit jemandem wie Mr. Jeffries redete. Ein Arzt. „Welches … Spezialgebiet?"

Dr. Jeffries Lächeln wurde breiter. „Eigentlich ist das der schwierigste Teil. Ich möchte Menschen behandeln, keine Werwölfe. Ich denke, dass ich – natürlich mit der Erlaubnis der Patienten – als Diagnostiker viel Gutes tun kann."

Er fragte Roland nicht, ob er verstand, was das Wort bedeutete. Er wartete auf Rolands Reaktion und Roland wusste, dass er sie nicht verstecken konnte.

Er weiß es, er weiß es, er weiß es.

Roland kämpfte darum, seine Sprache wiederzufinden. Er konnte den Blick nicht von Dr. Jeffries Augen nehmen. Sie waren fast schwarz, aber nicht vollkommen. Gerade noch war die kaffeebraune Iris um das dunkle Zentrum herum zu erkennen. „Und Sie glauben, sie erlauben das, wenn Sie verheiratet sind?"

Dr. Jeffries schüttelte den Kopf, bedacht und ernst. „Nun, nein, ich glaube nicht, dass mir das bei den Patienten helfen wird. Aber ich brauche noch drei Jahre Praxiserfahrung – mein Praktikum – und dieses Programm verlangt, dass ich verheiratet bin. Ich will mich nicht dazu zwingen lassen, aber Ms Dawson schlug vor, dass ich mir jemanden suche, dem ich helfen kann, während er mir ebenfalls hilft, jemand, der einen sicheren Platz zum Leben braucht und der bereit ist, von Chicago wegzuziehen. Es wäre nicht für immer. Ich würde einer Scheidung zustimmen, damit derjenige nach einer gewissen Zeit wieder gehen kann. Wir hätten einen Ehevertrag. Und als mir Ms Dawson Ihr Profil gezeigt hat, wusste ich, dass ich Sie kennenlernen muss."

Rolands Herz schlug so schnell, dass es wehtat, und er konnte kaum sämtliche Konsequenzen von Dr. Jeffries

Worten erfassen, da nur eine einzige durch seinen Kopf donnerte.

Er weiß es, er weiß es, er weiß es.

Roland stemmte sich auf die Füße, ohne darüber nachzudenken, was er tat. Dr. Jeffries stand ebenfalls auf und machte einen Schritt zurück, damit Roland ihm nicht zu nahe kommen musste, wenn er um die Bank herum und über den Rasen davongehen wollte. Er hielt seine Arme um seine Mitte herum geschlungen und den Blick zu Boden gerichtet und ging, so schnell er konnte. Für einen Moment konnte er nichts anderes, als die Leichtigkeit in seinem Kopf zu fühlen, konnte nichts anderes als den Donner seines Herzens hören.

Auf der anderen Seite des großen, schattigen Baumes, der in der Mitte des Hofes wuchs, blieb er stehen, lehnte sich mit dem Rücken gegen den Baum und bedeckte sein Gesicht mit den Händen. Er rang nach Luft, versuchte nachzudenken, sich vorzustellen, was das bedeutete, warum Dr. Jeffries wirklich hier war, was er tat, wenn er es tatsächlich wusste.

„Mr. Lea?"

Dr. Jeffries Stimme ertönte von der anderen Seite des Baumes. Roland drückte seine Hände auf jeder Seite flach gegen die Rinde und beugte sich vorsichtig vor, um über seine Schulter zu spähen.

Dr. Jeffries stand ihm gegenüber, zum Großteil verdeckt vom Baum.

Susan und Ms Dawson waren lediglich verschwommene Schatten bei der Bank.

Gut, er brauchte in dieser Situation wirklich keinen Aufpasser.

„Es tut mir leid", sagte Dr. Jeffries leise. „Ich wollte Sie nicht erschrecken oder in Verlegenheit bringen, ich meinte jedes Wort so, wie ich es sagte. Mein Angebot ist absolut aufrichtig. Aber ich mache mir auch große Sorgen um Sie. Nehmen Sie Suppressiva?"

Rolands Kiefer klappte nach unten, er lehnte sich gegen den Baum und kniff die Augen zusammen.

Was hatten die Beruhigungsmittel damit zu tun? Er sollte jetzt sowieso nicht läufig sein.

„Hat sich Ihr Gesundheitszustand verbessert, seit Sie ins Schutzgebiet gekommen sind?", fragte Dr. Jeffries leise und in einem auffordernden Tonfall. „Oder hat er sich weiter verschlechtert, obwohl Sie keinen Wolfsbann mehr nehmen und einen sicheren Platz zum Schlafen und genug zu essen haben?"

Rolands Finger gruben sich in die Rinde, aber er antwortete nicht. Vielleicht musste er auch gar nicht.

„Ich glaube nicht, dass die Hebamme Ihnen etwas verschrieben hat", fuhr Dr. Jeffries leise fort. „Und das kann sehr gefährlich sein, Mr. Lea. Es ist nicht mein Spezialgebiet, aber nach dem, an was ich mich erinnere, was in meinem Rudel passiert ist, als ich jung war und was ich bei Ihnen sehe und rieche ... Es gibt einen Grund, warum Hebammen vorsichtig damit sind, sie zu verschreiben. Grundsätzlich ist es Gift. Eine der Hebammen, die ich kannte, hatte die Theorie aufgestellt, dass sie die Hitze stoppen, indem sie dafür sorgen, dass man krank genug ist, um sich nicht fortpflanzen zu können. Sie sind Gift, sorgfältig auf einen bestimmten Patienten abgestimmt. Aber wenn man es von sich aus nimmt, und wenn man es über eine lange Zeit nimmt ..."

„Ich brauche es", flüsterte Roland. „Ich kann nicht ... Ich will nicht. Ich *will nicht.*"

Er konnte sich nicht einmal vorstellen, noch mehr zu diesem netten, Anzug tragenden Alpha mit seinen weichen Händen zu sagen und seine Schande zuzugeben. Er konnte nur wiederholen: „Ich brauche sie. Ich will nicht."

„Wenn Sie jetzt damit aufhören würden, wären Sie immer noch weit davon entfernt, in Hitze zu geraten", sagte Dr. Jeffries, immer noch leise, immer noch dort stehend, wo Roland ihn nicht sehen oder riechen musste, wo nicht die Gefahr einer Berührung bestand. „Und sommerliche Läufigkeit ist selten, obwohl Ihr Zyklus wahrscheinlich für eine Weile unregelmäßig sein wird, wenn Sie lange Zeit Suppressiva eingenommen haben. Aber die Alternative ist, dass Sie immer kränker und kränker werden, Mr. Lea. Bitte, auch wenn Sie mir in keiner anderen Hinsicht vertrauen möchten, nehmen Sie sie bitte nicht mehr, nur für ein paar Tage, eine Woche, so lange Sie es aushalten. Sie sind hier in Sicherheit, auch wenn Sie ..."

Rolands Knie gaben bei dem bloßen Gedanken daran nach, dass dieses Fieber seinen Körper überschwemmte, ihm den Verstand raubte, ihm die Kontrolle stahl und ihn ohne zusammenhängende Erinnerungen an das zurückließ, was ihm angetan worden war, während die Hitze in ihm wütete.

„Ich kann nicht." Es war nur ein Flüstern, das größtenteils in dem Geräusch unterging, mit dem er an dem Baum herunterrutschte und sich an der Wurzel zusammenkauerte, die Knie bis zur Brust hochgezogen.

„Bitte." Dem Klang seiner Stimme nach kniete auch Dr. Jeffries und bekam wahrscheinlich Grasflecken auf seinem hübschen Anzug. „Mr. Lea – Roland – ich möchte niemandem davon erzählen müssen, aber ich bin Arzt. Ich kann dich nicht einfach sterben lassen, ohne dir zu helfen. Wenn du mit mir kommst, werde ich sicherstellen, dass du während der Hitze einen sicheren Platz hast, mit Türen, die du vor mir versperren kannst, alles, was du brauchst. Ich würde dich niemals zwingen, niemals ..."

Sogar durch sein eigenes Grauen konnte Roland in Dr. Jeffries' Stimme die raue Kante der Verzweiflung hören. Er meinte es wirklich so. Er hatte all das getan, seinen Anzug

41

angezogen und war zum Schutzgebiet gekommen, weil er zu wissen glaubte, warum Roland krank war und dass er damit aufhören musste.

Eine plötzliche Erinnerung an seine Mutter blitzte in Rolands Gedanken auf, die verzweifelte Aufrichtigkeit in ihrer Stimme. *Ich habe es versucht, Baby, ich schwöre, ich habe sie gefragt, ich habe sie angebettelt, aber sie haben ‚Auf keinen Fall‘ gesagt.*

„Ist das …“ Seine Stimme war beinahe lautlos und Roland schluckte und begann noch einmal. „Ist das der Grund, warum – wenn sie Gift sind, werden sie nicht – wollten nicht – die Hebamme sagte, ich sei zu jung, als meine Mutter fragte.“

„Ja“, sagte Dr. Jeffries leise. „Ja, in meinem Rudel bekommt es niemand bis nach der Highschool oder bis man eine bestimmte Größe und ein gewisses Gewicht erreicht hat, denke ich. Es ist eine Belastung für den Körper, hemmt das Wachstum, all das.“

Roland atmete zitternd aus. Niemand hatte ihm jemals gesagt, warum. Nicht, dass es geholfen hätte, Bescheid zu wissen, aber bisher hatte ihm noch niemand erklärt, warum. Bis auf diesen Alpha.

Er drückte die Handballen gegen seine Augen und sagte: „Ich kann nicht … Ich kann jetzt im Moment gar nichts entscheiden. Können Sie …“

„Ich komme morgen wieder“, antwortete Dr. Jeffries. „In Ordnung? Ich habe ein paar Wochen Spielraum, ich kann Ihnen etwas Zeit geben. Aber bitte, Mr Lea, denken Sie darüber nach, was ich Ihnen gesagt habe.“

Er würde an nichts anderes denken können, dessen war sich Roland sicher. Und er würde nicht aufhören können darüber nachzudenken, wie sehr er von Dr. Jeffries lieber wieder Roland genannt werden wollte als Mr Lea.

Kapitel 5

Als Beau in sein Apartment zurückkehrte, kam es ihm wie fremdes Gebiet vor. Er hatte bereits für den Umzug gepackt, und jetzt hing alles auf eine völlig neue Art in der Luft.

Roland – *Mr Lea*, er war immer noch alles außer einem Fremden – hatte nicht Nein gesagt, nur *Ich kann gerade nichts entscheiden.* War das die Doppeldeutigkeit eines Omegas gewesen, der einen drängenden Alpha beschwichtigen wollte? Würde Beau morgen an der Tür abgewiesen werden?

Oder würde er von etwas Schlimmerem begrüßt werden? Mr Lea war wirklich verzweifelt gewesen, wirklich verängstigt, und er war bereits so schwach.

Beau konnte nichts dagegen tun. Mr Leas Sachbearbeiterin schien aufmerksam und freundlich zu sein, und das Schutzgebiet schien allgemein ein guter Ort zu sein. Sicher bemerkten sie Mr Leas Verzweiflung und sahen in gewissen Abständen nach ihm.

Beau musste nur bereit sein, morgen wiederzukommen, Mr Lea zu zeigen, dass er alles erfüllen wollte, was er versprochen hatte. Er packte seinen Computer und einen Notizblock und setzte sich zwischen die Stapel von Lehrbüchern, um eine Liste mit allem zu erstellen, was er für die Recherche benötigte: verfügbare Häuser in Rochester, Eheverträge, was genau er in Bezug auf Geld und Papierkram brauchte, um so schnell wie möglich zu heiraten, alles, was man über Beruhigungsmittel wissen musste ...

Er dachte einen Moment an Adam, seinen ehemaligen Klassenkameraden und Alpha-Kollegen. Adam hatte vorgehabt, sofort nach seinem Abschluss abzureisen, um mit seinem Forschungsprogramm zu beginnen, doch er hatte niemandem gesagt, was oder wo das war. Beau wusste, dass sich Adam für Omega-Gesundheit interessierte – sie hatten sogar einmal über Beruhigungsmittel gesprochen. Adam stimmte der Toxizitätshypothese zu, wurde darüber jedoch auf eine Weise *wütend*, die Beau davon abhielt, das Thema jemals wieder anzusprechen.

Adam wurde über die meisten Sachen, die Omegas betrafen, wütend. Beau fragte sich schon seit einer Weile, ob er einen Omega-Bruder hatte, den er beschützen wollte, aber er hatte keinen Weg gefunden, danach zu fragen, ohne zu klingen, als wollte er Adams hypothetischen Bruder *daten*. Das war nicht die Art von Frage, die ein Alpha stellen konnte, ohne einen Kampf auszulösen, und Adam schien sowieso ständig auf einen aus zu sein.

Auf den zweiten Blick war Adam vielleicht genau die falsche Person, die man um Rat wegen dem kranken, verängstigen Omega, den Beau Hals über Kopf heiraten wollte, fragen sollte. Es war sowieso egal. Beau wusste, was mit Roland los war, und Roland war alles, worüber er sich gerade Sorgen machte.

✳✳✳

Er hatte nicht geschlafen, aber wenigstens geduscht, gegessen und frische Kleider angezogen. Er steckte seinen Laptop in seine Tasche, zusammen mit dem Ordner mit Papieren, die er ausgedruckt hatte, und an dessen Rand er seinen Prüfungs-Glücks-Stift gesteckt hatte.

Auf seinem Weg in das Schutzgebiet sah er ein halbes Dutzend Mal auf seine Uhr, um sich daran zu erinnern, dass der Mond immer noch abnahm, dass der Einfluss des Vollmonds vorbei war. Das juckende, unruhige Gefühl, das er hatte, kam nicht vom Mond, es war Mr Lea und dass er wissen wollte, ob er in Sicherheit war, egal ob er Beau nun heiraten wollte oder nicht.

Vorübergehend. Zu ihrem gegenseitigen, legal erklärten Nutzen.

Als er sein Ziel erreicht hatte, war der Drang zur Verwandlung so stark, wie er es nicht mehr gespürt hatte, seit er sein Rudel verlassen musste. Auf der Straße vor dem Schutzgebiet musste er stehen bleiben und einige tiefe Atemzüge machen, um sich unter Kontrolle zu bringen.

Das dauerte allerdings nur so lange, bis er einen Hauch von Mr Leas Geruch in der Luft bemerkte, der kränklich-süß und blutunterlaufen war. Beau rannte die Stufen hinauf, um zu klingeln.

„Ah ja", sagte der Omega, der die Tür öffnete. Er war fast so groß wie Beau und ausgesprochen männlich. „Mr Leas Besucher? Er wartet im Innenhof auf Sie. Folgen Sie mir."

Beau zwang sich, einen halben Schritt hinter dem unbekannten Omega zu bleiben, während sie durch die öffentlichen Bereiche des Schutzgebiets zur Tür zum Innenhof gingen.

Als die Tür offen war, interessierte ihn nichts anderes mehr als Roland, der an der Bank auf und ab ging, auf der er am Tag zuvor gesessen hatte. Seine Schritte waren qualvoll langsam und zittrig. Er hielt an, als Beau in den Innenhof kam, sah nervös und mit einem Ausdruck von nicht völligem Erkennen auf seinem Gesicht in Beaus Richtung, als ob die paar Meter zwischen ihnen für ihn zu viel wären, um klar zu sehen.

Als Beau auf ihn zueilte, sah er den Moment, in dem Roland ihn mit Sicherheit erkannte, unmittelbar gefolgt von Roland, der sich umdrehte und entschlossen zu dem Baum ging, bei dem er sich am Tag zuvor versteckt hatte.

Beau passte seine Schrittgeschwindigkeit Rolands an, um den Eindruck zu vermeiden, er wolle ihn jagen. Er folgte ihm lediglich, wohin Roland ihn führte.

Roland saß bereits gegen den Baum gelehnt, als Beau ihn erreichte, und Beau ergriff die Chance und ging um den

Baum herum, ehe er sich neben ihn ins Gras setzte und ihn ansah.

Roland hatte die Arme um sich geschlungen, sein Kopf war so weit gesenkt, dass sein Gesicht halb durch den weichen Strickschal, den er trug und der absolut nicht zur Jahreszeit passte, verdeckt wurde.

„Hi", sagte Beau leise, weil er nicht wusste, wie er anfangen sollte.

Roland umklammerte sich noch fester und murmelte in seinen Schal: „Ich konnte nicht. Ich habe es versucht, aber ich … ich konnte nicht. Es tut mir leid, ich konnte nur nicht … ich konnte sie nicht weglassen. Ich konnte es nicht."

Beau hielt seine Atmung und seinen Herzschlag gleichmäßig. Er durfte Roland nicht erschrecken. „Du meinst, du hast deine Beruhigungsmittel heute wieder genommen?"

Roland nickte steif. „Ich … ich konnte nicht …"

„Es ist in Ordnung." Es war nicht in Ordnung, aber das zu sagen half nicht, wenn Roland ohnehin so verletzt war, und Beau wollte ihm tatsächlich helfen und nicht nur mit seiner Diagnose recht haben. „Daran zu denken ist schon ein guter Anfang. Es heißt, dass Sie mir glauben, was ich Ihnen gestern gesagt habe."

Roland zuckte die Schultern, dann nickte er ruckartig. „Es ergibt Sinn. Ich habe eine der Tabletten zerbrochen und wusste dann, dass eine Art Eisenhut enthalten ist. Selbst die Spaßmischungen von Eisenhut sind … Ich meine, es steckt *giftig* in *vergiftet*."

Beau versuchte, nicht zu beeindruckt auszusehen, obwohl er nicht erwartet hatte, dass Roland diese Verbindung herstellte. Die meisten Menschen verstanden nicht, dass high zu werden bedeutete, sich selbst auf eine gewisse Weise zu vergiften.

„Sie haben recht", sagte Beau leise. „Eisenhut tut niemandem einen Gefallen. Sie sehen …"

Er sah schlimmer aus, mehr als Beau von einem Tag auf den anderen befürchtet hatte. Vermutlich war es die Angst, aber auch seine Haut hatte einen stärkeren Gelbstich als am Tag zuvor. Beaus Alpha-Instinkte, die auf dem Weg hierher ziellos geflattert hatten, konzentrierten sich jetzt perfekt: Alles, was er im Leben wollte, war, Roland in seine Arme zu nehmen, ihn zu halten und das hier irgendwie besser werden zu lassen.

„Würden Sie …" Roland sah ihn zum ersten Mal an, er hob sein Gesicht zwar nicht aus dem Schal, sondern sah durch seine Wimpern zu Beau auf. „Wenn ich mit Ihnen käme, würden Sie sie mich weiter nehmen lassen?"

Es war verlockend, einfach weich zu werden, doch Beau erwiderte ein hartes: „Nein."

Roland sah aus, als wäre das die Antwort, die er erwartet hatte. Er nickte leicht, sah aber immer noch nicht auf.

„Ich würde Sie aber auch niemals zwingen, eine Hitze mit mir zu verbringen", sagte Beau und lehnte sich dabei ein wenig nach vorn. „Und sobald Sie sich erholt haben, würde ich eine Hebamme suchen, die Ihnen hilft, eine sichere Dosis oder ein besseres Medikament zu finden, damit Sie keine Hitzen mehr bekommen, wenn Sie das nicht wollen. Ich schwöre dir, Roland, ich werde niemals etwas davon erzwingen. *Niemals.*"

„Ich kann nicht." Roland senkte den Blick wieder und lockerte einen Arm aus der Umklammerung, in der er sich selbst hielt, um seinen Unterbauch zu berühren, eine Geste, die von Schmerz erzählte. „Ich bin innerlich kaputt. Deshalb kann ich nie … egal, wie viele Hitzen, egal was, ich werde nie Kinder haben können. Aber wenn Sie mich nur für eine gewisse Zeit wollen, ist das vielleicht sogar besser?"

Einen Augenblick lang konnte Beau nicht antworten und erstickte beinahe an der Trauer um den Verlust, von dem Rolands verkrampfte Finger sprachen, und an der Wut über jeden, der ihn so verletzt hatte. Kaputt, sagte er, und

Beau konnte das Echo seiner schmerzhaften Erinnerungen in seiner Stimme hören. Das war keine bloße theoretische Diagnose.

„Das ändert nichts an meiner Meinung", brachte Beau schließlich ruhig heraus. „Ich würde dir gerne helfen. Ich möchte, dass du mich heiratest."

„Du willst mich wirklich heiraten?" Rolands Blick wanderte wieder nach oben. „Mit Papieren und so, und Trauzeugen? Und dem – Ehevertrag, sagtest du? Richtig?"

„Ja", antwortete Beau, warf seine Tasche auf den Boden und öffnete sie. „Ja, ich habe einen ausgedruckt, du kannst ihn dir ansehen."

Er zog die Unterlagen aus der Tasche und hielt sie Roland hin, aber Roland behielt seine Hände, wo sie waren, und vergrub sein Gesicht tiefer im Schal. „Ich kann nicht, äh ..."

Beau begann jedes Mal, wenn Roland ‚Ich kann nicht' sagte, Schmerzen zu empfinden. Seine Hand stockte, dann legte er die Papiere zwischen sie. Rolands Augen folgten ihnen, ehe er sie wieder hob, um Beau anzusehen.

„Es ist wie – Gift, kann das die Sicht beeinträchtigen? Denn mit Eisenhut verschwamm sie manchmal oder alles hatte Lichtschleier, oder ..."

Er hatte Beau aus einer Entfernung von fünf Metern nicht wirklich erkennen können. Er konnte die Worte des Vertrags nicht lesen.

„Ja", sagte Beau und schluckte, um den Hauch von Härte aus seiner Stimme zu wischen. „Ja. Verschwommene Sicht ist ein Symptom von ... verschiedenen Arten der Vergiftung."

Aber auch von verschiedenen Arten von *Organversagen*, von dem er sich ziemlich sicher war, dass Roland kurz davor stand. Es konnte blitzschnell passieren, und Beau hatte kein Recht, irgendetwas zu tun, um zu helfen, wenn er Roland nicht überreden konnte, ihm dieses Recht zu geben.

Roland bewegte sich und zog etwas unter seinem Hemd hervor – einen versiegelten Umschlag. Er legte ihn auf die Papiere und sagte: „Kannst du ...? Ich glaube, das ist etwas, auf das ich gewartet habe."

Beau hob den Umschlag auf und bemerkte, dass er vom Staat Wisconsin, dem Gesundheitsministerium war. Er riss den Umschlag vorsichtig auf und zog eine Geburtsurkunde heraus.

Roland Michael Lea. Großer Mond am Himmel, er war erst vierundzwanzig Jahre alt. Beau hätte geschätzt, dass er zehn Jahre älter sei. Er war in einem Krankenhaus in einer Stadt in Wisconsin geboren worden, deren Name Beau nichts sagte, was nur bedeutete, dass es nicht Milwaukee oder Madison war.

„Deine Geburtsurkunde", sagte Beau und legte sie vorsichtig auf den Entwurf des Ehevertrags. „Es hat ein Siegel in der Ecke und alles, du kannst es fühlen. Jetzt ist alles in Ordnung und legal."

„Also kann ich heiraten, oder?", fragte Roland leise und streckte die Hand aus, um mit seinen Fingern über das Dokument zu streichen, bis er das erhabene Siegel fand. „Scheint fast wie ein Zeichen. Wenn du es wirklich ernst gemeint hast, es so zu machen. Richtig und legal."

„Ich schwöre es", erwiderte Beau. „Ich schwöre es dir, Roland."

„Und es gibt nur dich und mich, richtig? Du wirst mich nicht teilen, weil ich dir gehöre. Das ist die legale Weise."

„*Ja*", stieß Beau erstickt aus, während er die Wut einmal mehr unterdrückte. „Ja, ich würde dich nie ..."

„Okay", unterbrach ihn Roland. Vielleicht war es nicht mehr, als dass Roland Beaus Proteste nicht mehr hören wollte, aber er zog seinen Schal herunter und neigte den Kopf zur Seite, entblößte seine Kehle.

Sie war bedeckt mit hässlichen, rotglänzenden Verbrennungen, die wahrscheinlich auf Silber zurückzuführen waren. Jemand hatte ihm für eine verdammt lange Zeit ein Halsband angelegt, um ihn daran zu hindern, sich zu verwandeln oder sich zu wehren, aber es gab kein Anzeichen für einen Paarungsbiss. Und jetzt bot er sich Beau an. Er vertraute ihm oder war einfach zu schwach, um sich zu widersetzen.

„Roland", sagte Beau hilflos und streckte die Hand aus. Er berührte die gesamte Haut unter Rolands Kiefer mit den Fingern, dann glitten sie nach hinten in Rolands Nacken, wo er seine Hand flach auf Rolands Haut legen konnte. „Ich – ich werde dich nicht beißen, nicht … Noch nicht. Das ist Teil des Vertrags, eigentlich werden wir keine derartige Bindung eingehen. Auf diese Weise …"

Rolands Augen waren geschlossen, seine Stimme ruhig, fast verträumt, als er sagte: „Meine Familie nannte mich Rory, als ich …" Er schluckte und fuhr fort: „Könntest du auch. Wenn du willst. Wenn ich für eine Weile dir gehöre."

Als ich eine Familie hatte, hatte er das nicht gesagt? Aber er musste jeden verloren haben, der sich wirklich um ihn gekümmert hatte, um so hier zu landen.

„Du gehörst mir", erwiderte Beau und rutschte auf dem Gras näher, bis er Roland, Rory, in seine Arme ziehen konnte. Der Omega fühlte sich so zerbrechlich, so schrecklich anschmiegsam an. Beau legte den Schal um seinen Hals und rieb mit der Nase über die nackte Kopfhaut, wobei er sich auf die schnellen, zittrigen Bewegungen von Rorys Atmung konzentrierte. „So lange du mir gehören willst, Rory, wirst du es auch. Und du solltest mich Beau nennen."

Rory nickte gegen seine Schulter und murmelte gehorsam: „Okay. Beau."

Kapitel 6

Roland wusste, dass er sich vermutlich fürchten sollte oder wenigstens ernsthaft beunruhigt sein, aber er war zu müde, um sich darum zu kümmern.

Es war nicht so, als würde es einen Unterschied machen, wenn er sich fürchtete. Er hatte den Entschluss gefasst, sich in die Hände dieses Alphas zu begeben, und er war nicht in der Lage, sich mehr vor Beau zu schützen als vor jedem anderen Alpha, mit dem er Fehler begangen hatte. Sich zu fürchten hatte nie geholfen.

Diesmal hatte er richtig gewählt, oder zumindest weniger falsch.

Aber Beau hatte ihn nicht gebissen, aber er versprach nach wie vor, ihn zu heiraten. Als er letzte Nacht mit Susan darüber geredet hatte, hatte sie versprochen, dass sie mit Rory in Verbindung bleiben und nach ihm sehen würde. Wenn etwas falsch lief, würde sie ihm helfen, Beau zu verlassen und zurück in die Unterkunft zu kommen.

Damit gab es keinen Grund zur Vorsicht mehr. Selbst wenn er vorsichtig sein wollte, war er zu müde, um das hinzubekommen. Nicht nach einer schlaflosen Nacht, in der er sich stundenlang im Griff der Panik befunden hatte, wobei er auf die Flasche mit den Tabletten – mit dem *Gift* – gestarrt hatte und doch nicht widerstehen konnte, eine weitere zu nehmen. Sein Bauch fühlte sich schlimmer an als sonst, ihm tat alles weh und der schlechte Geschmack in seinem Mund wurde stärker.

Aber Beaus Arm um ihn herum hatte sich gut angefühlt. Wie viel es ihn später auch kosten mochte, es tat so gut, einen Alpha zu haben, der ihn festhielt und ihm sagte, dass er sich um alles kümmern wollte.

Es gab einen *Grund*, warum er so oft den Fehler gemacht hatte, Alphas zu vertrauen. Es gab manchmal gute Sachen, wie das. Das war gut.

Nach einer Weile murmelte Beau: „Hast du heute schon etwas gegessen? Rory?"

Rolands Mund zuckte ein wenig bei der absichtlichen, unbeholfenen Art, wie Beau seinen Spitznamen benutzte, als sei er fragwürdig. Aber er mochte den Klang aus Beaus Mund. Bisher hatte er keinem anderen Alpha angeboten, ihn so zu nennen; niemand hatte ihn so genannt, nicht seit dem letzten Mal, als er seine Mutter gesehen hatte, und selbst sie hatte ihn bis dahin meistens Roland gerufen.

„Auch etwas zu trinken?", wollte Beau wissen.

Roland zuckte die Schultern. „Etwas Wasser? Mein Magen ... fühlt sich nicht gut an."

„Nimmst du deine Suppressiva mit Wasser?"

Roland zuckte zusammen. „Sollte ich eigentlich. Aber in letzter Zeit ..."

„Dein Magen ist leer, du fühlst sich bereits krank und zu viel Wasser macht dich noch kränker", sagte Beau, als wäre alles vor ihm ausgebreitet. „Also hast du nicht viel Wasser zu deinen Tabletten getrunken. Oder hast du überhaupt wenig getrunken?"

Roland nickte gegen seine Schulter.

„Okay", seufzte Beau. „Also dehydriert und niedriger Blutzucker, dein Magen ist verstimmt und wahrscheinlich gereizt von den Tabletten ohne genug Flüssigkeit, um sie zu puffern. Wie wäre es mit ..."

Er schlang einen Arm fester um Roland, zog dafür den anderen weg und kramte in dem Rucksack, den er mitgebracht hatte. Wie ein Kind mit einer Schultasche, dachte Roland zärtlich, aber dann hätte Beau ja gerade erst die Schule beendet, oder?

Das Medizinstudium, aber wahrscheinlich schleppten sie ihre Bücher und Sachen nicht in schwarzen Arzttaschen herum, nur weil es diese Art von Schule war.

Etwas knisterte in Beaus Hand, er führte es zu seinem eigenen Mund und zerrte mit den Zähnen an einer Plastikhülle. Ein würziger Geruch stieg auf, nur leicht süß, der das Wasser in Rolands Mund zusammenlaufen ließ.

„Das ist eine Ingwersüßigkeit, echter Ingwer", erklärte Beau und hielt es an Rolands Lippen. „Wenn man es nicht gewöhnt ist, kann es ein wenig intensiv sein. Leck einfach daran und schau, ob du es magst."

Roland leckte gehorsam daran und der scharf-süße Geschmack hielt ihn fast davon ab zu bemerken, dass er dabei auch Beaus Fingerspitzen ableckte. Der Geschmack schien die kranke und schale Panik aus seinem Mund zu spülen, er nickte und öffnete den Mund, damit Beau das Bonbon hineinwerfen konnte.

„Es wird auch deinen Geruch verändern, wenn ein Wolf in deiner Nähe unhöflich ist und an dir schnuppert, um festzustellen, was mit dir los ist."

Roland bog den Kopf leicht zurück, um Beau in die Augen sehen zu können, und Beau zwinkerte.

Rolands Mund bog sich nach oben zu einem Lächeln, sein Inneres fühlte sich auf eine völlig neue Art lustig an. Es war eine gute Sache, dass er diesen Fehler bereits gemacht hatte, denn es wäre umso peinlicher, wenn man sich lediglich durch ein Bonbon und eine kleine zärtliche Berührung in die Falle locken ließ.

Er schloss die Augen und konzentrierte sich auf das Bonbon in seinem Mund, ließ alle Sinne von dem leicht scharfen Brennen, dem Hauch von Süße vereinnahmen. Er konnte nichts anderes mehr hören, konnte kaum etwas anderes riechen. Er fragte sich, ob Beau diese Bonbons mochte, weil sie seinen Geruch verschleierten, oder weil sie ihm halfen, jeden anderen Geruch zu ignorieren. Oder hatte er einfach vergessen zu essen und nun Magenschmerzen? Das Medizinstudium war hart und anspruchsvoll, so viel wusste Roland.

„Da kommen die Anstandswauwaus", murmelte Beau, und Roland öffnete die Augen, damit er Umrisse, die schätzungsweise Susan und Ms Dawson waren, über den Rasen kommen sehen konnte. „Ich wette, sie wollen mit dir allein reden, also werde ich dir etwas Warmes zu trinken suchen und danach können wir ins Büro gehen."

Beaus Griff festigte sich noch einmal für einige Sekunden, dann stand Beau auf und ließ Roland sich anlehnen, bis er sicher auf den eigenen Füßen stand. Umsichtig behielt Beau eine Hand an Rolands Ellbogen, während er sich bückte und mit der anderen die Papiere aufhob, die er Roland übergab, als die anderen Omegas zu ihnen stießen. „Roland hat eingewilligt, mich zu heiraten, aber ich bin sicher, Sie wollen den vorläufigen Ehevertrag mit ihm durchgehen? Bitte reden Sie mit ihm über jeden Punkt, ob es etwas gibt, was er geändert haben möchte. Ich glaube, er ist dabei, mir zu sehr zu vertrauen. Ich bin mit jeder Änderung einverstanden."

Susan nahm die Dokumente an sich, doch Beau zog das oberste Blatt zurück und steckte die Geburtsurkunde vorsichtig in den Umschlag zurück, ehe er ihn Roland in die Hand drückte. „Das kannst du halten, das ist kein Teil der Verhandlungen."

Roland nickte, drückte Beaus Arm an der Stelle, an der er ihn immer noch hielt, und ließ ihn dann los.

∗∗∗

Als sie damit fertig waren, die Dokumente durchzugehen, war sich Roland ziemlich sicher, dass sie trotz Beaus Bemühungen realisiert hatten, dass er nicht lesen konnte. Aber sie sagten nichts deswegen, sondern redeten über den Wortlaut jeder einzelnen Zeile mit ihm, damit er alles einwandfrei verstand.

Tatsächlich war es gar nicht kompliziert. Roland wurde gestattet, zu jeder Zeit die Scheidung einzureichen, und würde automatisch Geld von Beau bekommen, wenn sie geschieden waren. Geschah das nach mehr als einem Jahr Ehe, bekäme er mehr Geld, und doppelt so viel, wenn sie drei Jahre verheiratet blieben. Beau erklärte sich schriftlich damit einverstanden, vielleicht nie Sex zu haben, und dass das kein Grund für Beau war, die Scheidung einzureichen oder einen Teil ihrer Vereinbarung zu ändern.

Beau sagte zu, ihn zu nichts zu zwingen, und versprach, dass Roland, wenn er Hitzen hatte, sie weder mit Beau noch sonst wem verbringen musste. Beau wusste, dass er gebrochen war, wenn er auch keine Ahnung hatte, wie es dazu gekommen war; Beau hatte die Narben seines Halsbandes gesehen. Und Beau gab ihm trotzdem das alles, und Ingwerbonbons, und eine Tasse mit süßem heißem Pfefferminztee, die er neben Rolands Ellbogen abstellte, ehe er leise wieder davonging.

Als Susan Roland noch einmal fragte, ob er sich absolut sicher sei, dass er das alles wollte, lachte er, nickte und wischte sich mit dem Handrücken über die Augen. Er würde kein besseres Angebot als das bekommen, und egal, wie es zwischen ihnen wurde, es war auf jeden Fall besser, als hier allein kränker und kränker zu werden.

„Nun denn", sagte Susan. „Wir sollten zusehen, dass wir dich für den Standesbeamten schick machen, nicht wahr?"

Roland stimmte vorsichtig zu und fand sich bald darauf unter der Dusche wieder, danach wurde er mehr gestylt, als er jemals in seinem Leben erlebt hatte. An seinem Haar gab es nichts zu tun, aber er war damit einverstanden, drei verschiedene Augentropfen, Make-up und mehr Aufmerksamkeit auf seine Fingernägel zu bekommen, als er ihnen je zuvor geschenkt hatte. Susan und Ms Dawson brachten ihm saubere, neue Kleider, die er anziehen konnte.

„Wage es nicht zu weinen", sagte Susan und tupfte dabei ihre eigenen Augen mit ihren Fingerknöcheln ab, als sich Roland im Spiegel anstarrte. „Wenn du das Make-up verschmierst, brauchen wir zwanzig Minuten, um das wieder zu richten."

Er sah ... lebendig aus. Gesund, verglichen mit dem, was er in den letzten Monaten oder Jahren im Spiegel gesehen hatte. Es fühlte sich wie eine Maske an, oder wie ein flüchtiger Blick auf eine alternative Version seiner selbst, und völlig fremd, da er sicher war, dass sein Geruch ihn nach wie vor verriet und sein Körper in den feinen neuen Kleidern genauso schmerzte und unsicher wie immer war. Er wusste, dass selbst das Make-up für einen gesunden Werwolf nicht so überzeugend aussah wie für ihn – aber für einen Menschen reichte es, vermutete er. Der Beamte war wahrscheinlich ein Mensch.

Er zog nervös am Kragen des weißen Hemdes mit den schmalen Streifen in rosa und lila. Es verdeckte die meisten Verbrennungen um seinen Halsansatz, aber wenn es aufklaffte oder wenn einer der Striemen durch den steifen Stoff gereizt wurde und zu nässen begann ...

„Kann ich nicht meinen Schal tragen?" Sehnsüchtig warf er einen Blick darauf, obwohl selbst er sehen konnte, dass die dunklen Cranberry- und Navystreifen in der dicken Wolle nicht zu seinem schicken neuen Outfit passten. Der Schal sah eintönig und leicht schmutzig aus, trotz der satten Farbe, die ihn dazu getrieben hatte, ihn aus dem Gebrauchtkleidercontainer einer menschlichen Unterkunft zu fischen, in der er vor dem Asyl geblieben war. Er hatte ihn monatelang ohne Unterbrechung getragen, daher war das keine Überraschung.

„Es ist Juni, Schatz", sagte Susan und legte ihm sanft eine Hand auf die Schulter. „Sie können im Juni keinen Schal tragen. Halten Sie einfach Ihren Kragen gerade – Sie werden sowieso nicht lange vor dem Standesbeamten stehen."

Roland ballte die Hände zu Fäusten, er wollte den Schal einfach nur aufheben und mitnehmen. „Er ist ... er gehört immer noch mir, oder? Sie werden ihn niemandem anderen geben?"

Susan schüttelte den Kopf, faltete den Schal zusammen und legte ihn energisch auf seinen Spind. „Er gehört Ihnen, Mr Lea. Er wird hier auf Sie warten, wenn wir vom Standesamt zurückkommen. Jetzt lassen Sie uns Ihren Alpha finden."

Roland nickte und ließ sich von ihnen aus seinem kleinen Einzelzimmer zurück in die öffentlichen Bereiche des Asyls führen. Er wusste nicht, was Beau von ihm halten würde. Vielleicht gefiel es ihm nicht. Vielleicht gefiel es ihm zu gut und wollte, dass Roland diese Maske die ganze Zeit trug, die Narben und den kahlen Kopf bedeckte und hübsch für ihn war, obwohl sie beide wussten, dass es eine Lüge war.

Dann trat Roland durch eine Tür und Beau stand da, ein Stück dunkelblau-weiß gestreiftes Tuch in der einen Hand, sein Telefon in der anderen. Er musterte Roland von oben bis unten, nickte und lächelte ihn schief an.

„Vielleicht brauchst du das dann überhaupt nicht. Ich dachte, du hättest gern ein Halstuch zu deinem Hemd? Es befindet sich in deinem Kragen, nicht wie eine Krawatte, also läge es weich auf deiner Haut ..."

Rolands Kehle war zu eng, um zu sprechen, er konnte kaum atmen und brachte nur ein festes, ruckartiges Nicken zustande.

„Ich habe gerade nachgeschaut, wie man es bindet", erklärte Beau und kam näher. „Es war mir zu peinlich, im Geschäft zu sagen, dass ich keine Ahnung habe. Darf ich ...?"

Roland nickte, hob die zitternden Hände, um die obersten Knöpfe seines Hemdes zu öffnen, und gab Beau so den Platz, den Kragen zu lösen und das weiche Tuch um seinen Hals zu legen.

„Da ist ein kleiner Fleck Rot wie bei deinem Schal darin", murmelte Beau, seine Hände bewegten sich geschickt und zogen das Tuch an seinem Hals fest, streng, aber nicht abschnürend. „Aber hauptsächlich marine und weiß, das fand ich gut für den Sommer. Du kannst es bei lässigen Sachen wie einen Schal tragen – ich könnte noch weitere in anderen Farben besorgen, wenn es dir gefällt. Du kannst es zu deiner ganz persönlichen Stilsache machen."

Beau fummelte an Rolands Kragen herum und ging dann einen halben Schritt zurück, damit Roland seine eigenen Hände heben und den einfachen Stoff um seinen Hals herum berühren konnte. Es verbarg definitiv die Verbrennungen und polsterte sie gegen sein Hemd ab, fühlte sich aber eher wie eine Krawatte als ein Schal an.

„Danke", schaffte er zu flüstern.

Beau nickte nur und drückte Rolands Schulter mit seiner großen Hand. „Ich danke dir. Für alles. Weil du mir vertraut hast."

Roland wandte den Blick ab, als ihm all die schrecklichen Dinge, die er über Beau gedacht hatte, durch den Kopf rauschten. Er hatte diesen Alpha nicht verdient und früher oder später würde Beau das realisieren. Ein guter Mann wie er wollte keinen Omega um sich haben, der ständig darauf wartete, dass er sich wie alle anderen benahm.

Aber noch wusste Beau das nicht.

Roland hatte es noch nicht versaut. Er zwang sich, Beau wieder in die Augen zu sehen, und lächelte leicht.

Beau lächelte zurück und zog ihn näher an sich, legte einen Arm um ihn, damit sich Roland an ihn lehnen konnte, eingehüllt in seinen starken Duft. Während Roland beschäftigt gewesen war, hatte er sich ein wenig ins Schwitzen gebracht – er war zu dem versnobten Laden gelaufen, wo man ihn in Verlegenheit gebracht hatte, nur um Roland etwas Seidenweiches zum Anziehen zu besorgen.

„Bereit?", fragte Beau weich.

Roland nickte, und Beau begleitete ihn aus der Eingangstür zu Ms Dawsons wartendem Wagen.

***

Der Standesbeamte war menschlich und schien von der ganzen Sache fürchterlich gelangweilt zu sein, der schwierigste Teil war, als Roland ihm seine brandneue Geburtsurkunde präsentierte, zusammen mit einem Brief, den der Direktor des Asyls als Identifikationsmittel geschrieben hatte. Der Brief begann damit, dass das Asyl *in loco gentits* (anstelle der Familie; Anm. des Übers.) handelte und das Schreiben deshalb vergleichbar mit einem Dokument der Rudelzugehörigkeit war, was zur Identifikation genügte. Das erntete eine Menge Geblinzel und gebrummte *Hmmms,* danach verschwand der Standesbeamte für einige Minuten mit Rolands gesamten Papieren, ehe sie urplötzlich anerkannt wurden.

Erst ganz zum Schluss, nachdem er ein offiziell aussehendes Dokument über die Theke geschoben hatte, lächelte der Standesbeamte. „Gratulation, Gentlemen. Viel Glück bei der Hochzeit."

Das war der Moment, als Roland dachte: *Warte, was? Ich dachte, das war die Hochzeit.*

Er konnte Beau an seiner Seite spüren, ebenso erstarrt, und dann lächelte der Alpha breit, legte einen Arm um Roland und schnappte sich mit der anderen Hand das Dokument. „Danke."

Roland ließ sich zur Seite drehen und nach hinten schieben, wo Susan und Ms Dawson auf sie warteten. Erst als er hörte, wie der Beamte die nächste Person aus dem Wartebereich aufrief, wagte er zu Beau zu flüstern: „Aber wann sind wir verheiratet?"

„Bald", erwiderte Beau eifrig und drückte Roland noch ein bisschen enger gegen sich. Roland berührte behutsam mit den Fingern sein Halstuch, dann gratulierten Susan und Ms Dawson ihnen dazu, ihre Heiratsgenehmigung erhalten zu haben – wie sich herausstellte –, aber tatsächlich noch … nicht verheiratet zu sein.

Erst als sie im Wagen saßen, sah er Beau auf sein Telefon tippen, und er fühlte ihn seufzen.

„Ich habe nicht daran gedacht, vorher darauf zu sehen", murmelte Beau. „Ich habe es nicht kapiert. Die Genehmigung kann nicht vor morgen verwendet werden."

Roland ballte die Hände zu Fäusten und drückte sie gegen seinen Magen. Noch ein Tag. Nur ein Tag mehr.

Ein Tag mehr, an dem er sich entscheiden musste, ob er Gift nehmen wollte oder sich nicht traute. Ein weiterer Tag ohne einen Alpha, der auf ihn aufpasste und beschützte. Ohne *Beau*.

„Ihr werdet feststellen", sagte Susan vom Vordersitz aus, „dass wir eine sehr, sehr lange Strecke zurück zum Asyl nehmen. Das dauert vielleicht Stunden. Ich wäre nicht überrascht, wenn es bereits nach Mitternacht wäre, wenn wir dort eintreffen."

Susan drehte sich um, um zu zwinkern, während Roland ein paar Sekunden gegen seine Schockstarre kämpfte und dann begriff. Er senkte den Kopf, um sein Grinsen zu verstecken. Natürlich hatten sie all das geplant. Sie wussten, dass ein Alpha nicht wie ein Mensch warten wollte, um seinen Anspruch auf den Omega, den er auserwählt hatte, geltend zu machen.

Sie wussten nicht, dass Roland derjenige war, der es nicht erwarten konnte, oder warum.

Beau drückte ihn an sich und murmelte: „Warum schließt du nicht einfach deine Augen? Du kannst dich genauso gut ausruhen, wenn es ohnehin eine derart lange Fahrt wird."

Roland legte den Kopf nach hinten gegen Beaus Arm und kuschelte sich so eng an, wie er es wagte, ohne dabei Make-up auf Beaus Anzug zu verschmieren. Er schloss die

Augen und atmete Beaus Duft ein, der schwer im geschlossenen Inneren des Wagens hing. *Mein Alpha. Er wird mich nach Hause bringen, er wird mir helfen, gesund zu werden. Er hat es versprochen. Wirklich versprochen, auf Papier und alles.*

Er schlief ein wenig, oder zumindest drifteten seine Gedanken für eine Weile durch eine stille Leere. Als die Vordertür des Wagens geschlossen wurde, kam er wieder zu sich. Nur er und Beau saßen noch im Auto. Roland öffnete die Augen und sah Beaus Gesicht näher bei sich, als er erwartet hatte.

Nahe genug für einen Kuss.

Sein Atem stockte, er spürte die gefährliche Spannung der Erwartung, obwohl er es besser wissen sollte, obwohl er sich alles andere als das lieber wünschen sollte.

Beau lächelte nur. „Bereit für deinen Hochzeitstag?"

Roland schaute aus dem Fenster zu der wenig mitteilsamen Front des Asyls. „Sie haben doch nicht … etwas geplant, oder? Es wird nicht so sein wie …" Ein Durcheinander von Bildern ging ihm durch den Kopf, hauptsächlich menschliche Hochzeiten, die er im Fernsehen und in Filmen gesehen hatte, aufwendige, langwierige Ereignisse, bei denen immer jemand schrecklich gedemütigt oder enttäuscht oder auf andere Weise zum Weinen gebracht wurde.

„Ich denke, sie kennen dich gut genug, um zu wissen, dass du nichts Großes und Anstrengendes willst", sagte Beau leise. „Ich vermute allerdings, dass es Kuchen geben wird. Glaubst du, du könntest vielleicht ein kleines Stück Kuchen essen?"

Roland biss sich auf die Lippe, sein Magen wand sich unruhig. „Hast du noch mehr von diesen Ingwerbonbons?"

Beau lächelte und holte eines aus seiner Tasche, wickelte es aus, bevor er es an Rolands Lippen hielt. Er schloss die Augen und öffnete den Mund, das erste scharfe Brennen des Ingwers ließ ihn schlucken und stach in seinen Augen.

Beau blieb ruhig an seiner Seite und hielt ihn die ganze Zeit im Arm. Nach einem weiteren Augenblick sagte Roland: „Ich schätze, wir müssen irgendwann aus dem Auto steigen."

„Nicht wirklich so, wie ich mir unser Zusammenleben die nächsten Jahre vorgestellt habe", stimmte Beau zu, machte jedoch keine Anstalten, Roland aus dem Auto zu lassen, bis Roland den Kopf hob und sich zur Tür drehte.

Als sie das Asyl betraten, *gab* es Kuchen, und Susan und Ms Dawson und Dr. Hanek, der das Asyl leitete und, wie sich herausstellte, eingetragener Standesbeamte als auch Notar war. Er ließ Roland und Beau erst den Ehevertrag unterschreiben, beglaubigte ihn notariell und bezeugte ihn auf mehreren Kopien.

Was bedeutete, dass Roland seinen Namen schreiben musste, ohne ihn lesen zu können.

„Es ist okay, lass dir Zeit", murmelte Beau und legte seinen Finger auf die Seite. „Genau dort. Direkt über meinem Finger. Wenn du so weit bist."

Roland atmete ein paarmal ein und versuchte, seine Finger locker um den Stift zu legen, sich an die Bewegungen zu erinnern, mit denen er seinen Namen schrieb. Ihm fiel nicht mehr ein, wann er das jemals gemacht hatte, aber das bedeutete nichts, es konnte nicht so schwer sein. In der Schule hatte er Schreibschrift gelernt. Er wusste, wie man seinen eigenen Namen schrieb, mehr brauchte es wirklich nicht. Sein eigener Name, in Schreibschrift, besagte, dass er sich bereit erklärte, unter all diesen Bedingungen mit Beau verheiratet zu sein.

Als er fertig war, blinzelte er den Schriftzug an; es sah ein wenig schief und wackelig aus, aber es schien sein Name zu sein. *Roland Lea.* Er hatte es geschafft.

Und dann musste er noch dreimal unterschreiben.

„Eine Kopie gebe ich hier zu den Akten", erklärte Dr. Hanek, „und schicke das andere an die staatliche Initiative für Omegarechte. Sie haben viele solcher Dokumente, nur um auf der sicheren Seite zu sein."

„Natürlich", sagte Beau leichthin. „Und Roland bekommt ebenfalls ein Exemplar für seine Unterlagen."

Die Kopie wurde ordnungsgemäß in einen Umschlag gesteckt und Roland hielt sie zusammen mit seiner Geburtsurkunde, während sie den Rest der Hochzeitsformalitäten erledigten. Alles lief so ruhig und sachlich ab, er brauchte nur auf der kleinen Couch neben Beau in einem der Wohnzimmer des Asyls zu sitzen, während Susan und Ms Dawson und Dr. Hanek sich auf den anderen Stühlen um sie herum versammelten. Roland merkte kaum, dass die Fragen, die er beantwortete, sein Eheversprechen waren, selbst als er automatisch antwortete: „Werde ich."

Aber dann gab es leisen Applaus, und Roland drehte sich um, um Beaus Blick zu begegnen.

Beau hob die Augenbrauen, stellte still eine Frage. Roland nickte leicht und dann – oh, oh – senkte Beau seinen Kopf und berührte Rolands Lippen, weich und keusch. Ein Kuss. Ihr erster Kuss.

Sie waren verheiratet.

Es gab noch ein Dokument zu unterzeichnen, aber Beau ließ Roland erneut an seinem Finger unterschreiben, wobei seine Hand nicht schlimmer zitterte als die ersten vier Male.

„Ausgezeichnet. Wir werden das entsprechende Datum eintragen und es morgen zur Archivierung einreichen, aber Sie sind jetzt offiziell verheiratet. Herzlichen Glückwunsch an Sie beide."

„Danke", murmelte Roland und sah dann zu Beau auf, der ihn ein wenig enger an sich drückte.

„Wir werden zuerst etwas Kuchen essen", sagte Beau. „Und dann sehen wir weiter."

Kapitel 7

Rorys sämtliche Besitztümer passten in eine einzige Papiereinkaufstüte, was schrecklich war, aber den Umzug aus dem Asyl in Beaus kleines Apartment vereinfachte. Rorys Hände zitterten, als er einen bestimmten, in einer Plastiktasche verpackten Gegenstand mit einem dumpfen, rasselnden Geräusch in die Tüte schob, und Beau brauchte nicht zu fragen, was sich darin befand. Er bat Rory nicht, es ihm zu geben – nicht jetzt, nicht hier.

Beau schulterte seinen eigenen Rucksack, in dem er seine Kopien ihrer brandneuen Dokumente sicher verwahrt hatte, legte seinen Arm um Rory, verließ mit ihm das Asyl und ging auf das Taxi zu, das am Straßenrand wartete. Die Sonne schien immer noch, es war später Nachmittag. Kaum achtundvierzig Stunden zuvor hatte er Rorys Bild zum ersten Mal gesehen, jetzt waren sie verheiratet und er nahm ihn mit sich nach Hause. In sein halb ausgeräumtes Studioapartment.

Na, dachte Beau, während er gegen seine eigene Hysterie ankämpfte, *wenigstens wird es ihm nichts ausmachen, dass ich kein Essen im Kühlschrank habe.*

Tatsächlich schien Rory eingedöst zu sein, als sie bei Beaus Apartment ankamen. Beau bezahlte die Fahrt und weckte ihn dabei genug auf, um den Kopf zu heben und sich umzusehen. Er schien in sich zusammenzusinken, und Beau legte wieder den Arm um Rory, so schnell er konnte, dirigierte ihn aus dem Taxi und über den Gehweg.

Während er die Haustür aufschloss, war Rory an seiner Seite ganz still, aber er wimmerte, als Beau ihn in Richtung der Treppe brachte. „In welchem Stock wohnst du?"

Beaus Herz krampfte sich bei der dünnen Stimme, der entschlossenen Ruhe der Frage schmerzhaft zusammen. Er hatte *gesehen*, wie langsam Rory selbst über ebenen Untergrund gegangen war, es war klar, wie viel Anstrengung ihn das kostete.

„Im vierten", gab Beau zu. „Tut mir leid, ich habe nicht nachgedacht ..."

„Ist schon gut", sagte Rory fest. „Ich kann es, ich bin nur langsam."

Beau wollte etwas erwidern, aber Rory hatte schon den Handlauf ergriffen und sich die ersten Stufen auf den Weg nach oben gemacht. Beau folgte ihm ein paar Schritte dahinter und ließ eine Seite der schmalen Treppe für jeden frei, der ihnen entgegenkam. Es war schmerzhaft zu sehen, wie sich Rory die erste Treppe hinaufkämpfte, die zweite war noch schlimmer. Auf halber Höhe der Dritten stolperte er, und Beau schaffte es kaum, ihn von hinten aufzufangen, bevor er den ganzen Weg wieder hinunterpurzelte.

Rory schnappte nach Luft, baumelte beinahe völlig schlaff in Beaus Griff und ließ den Kopf hängen. „Tut mir leid, ich ..."

„Nein, es tut mir leid", sagte Beau. „Baby, bitte, lass mich dich den Rest des Weges tragen. Bitte."

Rorys rauer Atem stockte, und Beau sah die Röte in sein Gesicht steigen, bemerkte eine Träne fallen – aus genauso viel Verlegenheit und Frustration wie aus allem anderen, dachte Beau.

„Bitte. Es ist doch ein Hochzeitsbrauch, oder? Dich beim ersten Mal über die Schwelle tragen? Bitte, Rory, ich weiß, dass du es kannst, wenn du unbedingt musst, und ich lasse dir alle Zeit, die du brauchst, wenn du das willst, aber bitte lass mich helfen."

Rory schniefte und nickte dann, ohne den Kopf zu heben und Beau anzusehen, und Beau kam auf ihn zu, um ihn sich auf die Arme zu heben.

Er war erschreckend leicht. Es war, als würde man einen Erste-Hilfe-Dummy oder eine der Übungspuppen aus dem Medizinstudium hochheben. Rory fühlte sich auch so zerbrechlich wie ein Skelettmodell in Beaus Armen an, und er machte sich steif und drehte sein Gesicht weg von Beaus Schulter.

„Entspann dich. Ich habe dich", sagte Beau und versuchte, Rory näher an seine Brust zu drücken.

Rory schüttelte den Kopf. „Ich habe so Zeug im Gesicht, das würde an deinen Anzug kommen."

„Das kann man auswaschen", erwiderte Beau entschieden. „Bitte, du bist schwerer zu tragen, je weiter du von meinem Körperschwerpunkt entfernt bist."

Dieses Argument sorgte dafür, dass Rory einknickte, und Beau hasste es zwar, bereute es jedoch nicht, da Rory endlich entspannt gegen ihn sank, seine Wange ruhte auf Beaus Schulter. Er hatte seine Einkaufstüte nicht losgelassen, sie lag jetzt in seinem Schoß und raschelte an Beaus Brust.

„Okay", sagte Beau, dann lief er die Stufen nach oben und versuchte dabei, seine Bewegungen sanft zu halten, ohne Zeit zu verschwenden. Beau musste Rory auf die eigenen Füße stellen, um die Schlüssel hervorzuholen und die Tür aufzuschließen. Dabei lehnte Rory wie ein nasser Sack an ihm und nahm kaum die Veränderung in seiner Position wahr. Trotzdem hielt er die Einkaufstasche fest in der Hand.

Er regte sich genug, um ein leises, protestierendes Geräusch von sich zu geben, als Beau ihn wieder auf die Arme hob, um ihn in die Wohnung zu tragen, doch Beau sagte: „Nein, hey, das hier ist der Teil mit der Schwelle, das ist Tradition."

Rory hob den Kopf, als Beau die Tür hinter ihnen zu trat, und nachdem Beau ihn diesmal auf die Füße stellte, blieb er stehen und sah sich um.

Beau fuhr sich mit der Hand durch die Haare und fragte sich, wie die kleine Wohnung und die Stapel von Kartons auf einen Fremden wirken mochten.

Für Beau sah es gemütlich aus. Er war in diese Schuh-schachtel von Wohnung gezogen, kaum dass er sich eine eigene Bleibe mehr oder weniger leisten konnte, etwa sechs Monate, nachdem er nach Chicago gekommen war. Es war nicht besonders komfortabel gewesen, als er vom City College nach Loyola wechselte, um die Schule zu beenden, oder während des Medizinstudiums, aber es war vertraut: seine eigene kleine Höhle in dieser überfüllten, lauten, menschlichen Stadt. Er hatte sie nicht verlassen wollen, bevor es unbedingt sein musste.

Der eine Raum war lediglich eine rechteckige Schachtel mit einer Küchenzeile an der linken Wand und einem Badezimmer rechts, aber er hatte die letzten neun Jahre in diesem Bett geschlafen, die Bücherregale waren so ange-bracht, dass sie es halb umschlossen. An den kleinen Tisch, den er selbst zusammengebaut hatte, hatte er studiert und zahllose Mahlzeiten gegessen.

Das war Zuhause.

Er wusste, dass es, objektiv gesehen, beschissen war, und es war nicht einmal wichtig, wenn Rory es nicht mochte, weil sie innerhalb weniger Tage in ein Haus zogen, das sich Beau zum Teil deshalb leisten konnte, weil er geknausert hatte und auch deshalb sparen konnte, eben weil er neun Jahre lang in dieser winzigen Schuhschachtel gelebt hatte, aber er wollte nicht, dass Rory schlecht darüber dachte. Von ihm, weil er ihn in dieses Zuhause gebracht hatte.

„Es riecht nach dir", sagte Rory schließlich, wobei er Beau noch immer nicht ansah. „Es fühlt sich … sicher an."

„Es ist sicher", erwiderte Beau, jede andere Reaktion hinunterschluckend. „Du bist hier sicher, Rory."

Rory nickte und sah sich um. „Ich werde mir mein Gesicht waschen gehen." Die Papiertüte hielt er nach wie vor in der Hand, als er sich zum Badezimmer umdrehte, Beau streckte die Hand aus und berührte sie.

„Du musst mir die Beruhigungsmittel geben", sagte Beau leise. „Das war die Abmachung. Ich bin jetzt dein Alpha, wir sind verheiratet, und du gibst sie mir. Wenn du gesund bist, werde ich Ersatz für dich finden."

Rory spannte sich an und biss die Zähne zusammen.

Beau war froh, diesen kleinen Anflug von Widerstand zu sehen, denn es bedeutete, dass Rory tief im Inneren noch ein wenig Selbsterhaltungstrieb hatte. Aber er konnte Rory die Beruhigungsmittel nicht weiter nehmen lassen; er würde die Herausgabe erzwingen, wenn es sein musste, um Rory eine Chance zu geben, gesund zu werden, wenn er sich Mühe gab. Allerdings war es nicht genau das, wie er ihre Hochzeitsnacht beginnen wollte.

„Sobald es sicher ist", redete Beau leise beruhigend weiter. „Sobald du stark genug bist, werde ich sie dir mit einer sicheren Dosis wieder geben, das schwöre ich dir. Ich weiß, dass du keine Hitzen haben möchtest, und ich weiß, dass du sie nicht mit mir verbringen wirst, wenn du doch welche bekommst. Aber im Moment brauche ich diese Flasche."

Rory nickte steif. Es dauerte einen weiteren Augenblick, bis er die Hand in die Tüte schob, zwischen den plastikverpackten Bündeln herumkramte und das eine herauszog, das Beau kannte.

Beau nahm es ihm aus der Hand, anstatt Rory zu zwingen, den Arm auszustrecken und es ihm zu geben, und sagte, ohne den Tonfall zu ändern, um eine große Sache daraus zu machen: „Danke. Ich werde uns Essen zum Mitnehmen bestellen. Gibt es etwas, das für dich gerade richtig gut klingt?"

Rory zuckte mit den Schultern, schüttelte den Kopf und wandte sich ab. Dabei stockte er in seinem Schritt, was mehr war als nur seine Langsamkeit. Er wartete darauf, was Beau ihm antun würde, wenn er wegging, ohne eine zufriedenstellende Antwort zu geben. Ohne entlassen zu werden.

Beau stopfte die Plastiktasche und die Flasche in seine Tasche. Dann stellte er sich vor die Fenster, drehte Rory den Rücken zu und legte seine Stirn gegen das Glas, während er die Liefer-App öffnete und ein paar Schüsseln Hühnersuppe und einige Brotlaibe von dem koscheren Feinkostladen, den er am liebsten mochte, bestellte. Er hatte das eigentliche Geschäft nie betreten, aber er hatte jahrelang ihre Suppen geordert. Alles, was sie machten, schmeckte nach richtigem Essen, nicht nach Chemikalien und Konservierungsstoffen.

Er hörte, wie hinter ihm der Wasserhahn am Waschbecken des Badezimmers aufgedreht wurde. Aus diesem Winkel hatte er die Geräusche, die die Rohre machten, wenn das Wasser lief, noch nicht gehört; es verwirrte ihn für einen Moment, als hätte sich die Wohnung um neunzig Grad gedreht. Aber es war nicht die Wohnung, die sich seitlich verschoben hatte. Es war Beaus gesamtes Leben.

Er sah sich in dem kleinen Apartment um, um ein Versteck für die Beruhigungstabletten zu finden – er wollte, dass sie weg waren, wenn Rory aus dem Bad kam, aber er wollte die Wohnung nicht verlassen, nicht einmal für den kurzen Weg zum Müllschlucker. Er holte die eingewickelte Flasche aus der Tasche, wickelte die Plastiktüte ab und legte eine Glasflasche mit Plastikverschluss frei. Im Inneren konnte er die Umrisse der Tabletten sehen, kleine Kugeln mit leicht unterschiedlichen Größen und Formen. Eindeutig von einer Hebamme handgemacht. Die Flasche war nur zu einem Viertel voll, aber der Größe der Pillen nach, hätten sie ursprünglich für ein Jahr oder länger gereicht.

Nach den Auswirkungen auf Rory zu urteilen, genügten sie vermutlich, um einen Werwolf – oder einen Menschen – umzubringen, wenn man alle auf einmal nahm. Er konnte nicht zulassen, dass irgendjemand diese Flasche samt Inhalt fand.

Er ging zur Spüle und drehte das kalte Wasser voll auf, ehe er eine Flasche Essig aus dem Schränkchen unter dem Spülbecken holte. Dann öffnete er den Verschluss der Pillenflasche und kippte den gesamten Inhalt in den Abfallzerkleinerer und schaltete ihn ein, sobald alle Tabletten darin verschwunden waren, und jagte sie mit einer halben Flasche Essig den Abfluss hinunter, um sicherzugehen, dass kein Geruch in der Spüle zurückblieb. Anschließend schloss er das leere Glas, wickelte es wieder in die Plastiktüte und stopfte es in den Müll, wo Rory es sehen und riechen konnte, wenn er nachschaute.

Wenn Rory das Geräusch der Müllentsorgung erkannt hatte, verriet er mit keinem Zeichen, dass er wusste, was es bedeutete. Beau hörte die Toilettenspülung, als er die Essensbestellung abschloss, und wechselte in eine andere App, um zu erfahren, wie er am schnellsten ein paar Pfund dieser Ingwerbonbons und guten Pfefferminztee bekommen konnte.

Er hatte vor, ruhig und ungezwungen zu sein, wenn Rory aus dem Bad kam, aber sobald er aufblickte, ließ er sein Handy auf die Küchentheke fallen und rannte auf den Omega zu.

Er hatte gewusst, dass die neuen Kleider und das Make-up Rorys Zustand nur maskierten. Er hatte es gewusst.

Er hatte Rory in natura gesehen, bevor er zum Schminken entführt worden war.

Der Kontrast bei Rorys Aussehen nach ein paar weiteren Stunden Stress und Erschöpfung war einfach nur schockierend. Er sah verhungert aus, seine Haut war so blass, dass sie fast grau war, von dem kränklichen Gelbstich einmal abgesehen. Er hatte sowohl das Halstuch als auch das neue Hemd ausgezogen, sodass seine unverheilten Verbrennungen zu sehen waren. Seine linke Hand drückte er gegen seinen Bauch, der unter dem dünnen T-Shirt, das er trug, konkav war. Beau konnte fast seine Rippen zählen und unterdrückte das Verlangen, seine Leber abzutasten.

„Komm, leg dich hin", sagte Beau und legte einen Arm um Rory. „Ich habe Essen bestellt, du kannst dich ausruhen, bis es hier ist. Okay?"

Rory nickte müde und murmelte: „Wasser?"

„Ja, natürlich." Beau manövrierte ihn zum Bett und legte ihn hin. Er konnte beinahe das erfreute, besitzergreifende Knurren seines Wolfes spüren, als Rory sich mitten in das Gewirr aus Kissen und Decken schmiegte, die alle Beaus Geruch trugen. Er zog eine Decke hoch und ging, um eine Wasserflasche zu füllen, damit sich Rory zum Trinken nicht aufsetzen musste, und brachte den weichen Winterschal mit, den Rory normalerweise um den Hals trug.

Rory schien bereits zu schlafen, als Beau zu ihm zurückkam, wachte aber so weit auf, dass er ein paar Schlucke trank, nachdem Beau ihm das Mundstück an die Lippen setzte. Als Beau ihm den Schal um den Hals legte, lächelte er schwach, doch seine Augen öffneten sich nicht.

Beau setzte sich an das Fußende des Bettes und beobachtete ihn, bis das Essen kam, lauschte dem leicht unregelmäßigen Herzschlag und überlegte, was zum Teufel er tun sollte, wenn er sich weiter verlangsamte.

Aber das würde er nicht. Bestimmt würde er nicht noch langsamer werden.

Sobald Rory die Beruhigungsmittel nicht mehr brauchte, würde er wieder auf die Beine kommen. Er musste einfach. Er war hier, lebendig, und schlief in Beaus Bett. Beau konnte nicht zu spät gekommen sein.

Kapitel 8

Rorys Welt verwandelte sich in eine Reihe vager, verwirrter Wachphasen, die nur teilweise durch die leere Schwere des Schlafes drangen.

Der Geruch seines Alphas war allgegenwärtig, selbst wenn er von etwas Schärferem durchbrochen wurde. Hühnchen und Zwiebeln und Karotten; Ingwer; Pfefferminze. Sein Alpha summte und murmelte, hielt ihm einen Löffel oder eine Tasse an die Lippen, einen Arm dabei um Rorys Schultern geschlungen, und er tat sein Bestes, um zu befolgen, um was sein Alpha ihn bat, nur damit er bleiben konnte.

Er wollte einfach nur hierbleiben.

Einmal träumte er, dass er aufwachte, ins Bad taumelte, das nicht dort war, wo es sein sollte, um eine gefühlte Ewigkeit zu pinkeln. Nachdem er herausgetorkelt war, trank er etwas Wasser und sah sich nach seinen Sachen um, schnüffelte nach dem herben Medizingeruch seiner Beruhigungsmittel. Er fand seine Tasche, der ein Hauch von Geruch entströmte, aber die Flasche war nicht da. Er musste sie finden, er musste.

Sein Alpha war da, hielt ihn, brachte ihn zurück zum Bett und beruhigte ihn, als er versuchte, ihm zu entwischen. Rory wollte ihn nicht verärgern, aber er musste dafür sorgen, dass er verstand.

„Ich brauche es, ich brauche meine … meine Medizin", beharrte Roland und kämpfte gegen den Griff seines Alphas an. „Ich brauche sie, ich muss, damit ich nach Hause gehen kann, ich will nur nach Hause. *Bitte*, ich kann normal sein, wenn ich sie habe, ich will nur *nach Hause*."

Er weinte, und der Traum war eine gedämpfte Mischung aus Furcht und Ärger. Er wusste bereits, dass es zu spät war, und dennoch spürte er das rasende Bedürfnis, es in Ordnung zu bringen. Sich in Ordnung zu bringen.

„Du bist zu Hause, Rory", sagte sein Alpha, hielt ihn fester. „Du bist normal, Baby, du fühlst dich gerade nur nicht gut. Du brauchst einfach noch mehr Ruhe. Aber du bist wirklich zu Hause. Du bist hier sicher, ich verspreche es."

„Ich will meine … meine …" *Medizin*, das war das Wort, aber es wollte ihm nicht über die Lippen kommen, und er konnte sich nicht bewegen, und er konnte nicht denken. Der Traum versank bereits im Nebel und wurde vage.

„Ich will meinen Dad", flüsterte er, oder vielleicht auch *Mom*, oder vielleicht sagte er auch einfach *Ich will nach Hause*.

„Ich hab dich", murmelte sein Alpha, schaukelte ihn wie ein Kind. „Ich habe dich, Rory, du bist schon zu Hause. Schließ einfach deine Augen. Mach die Augen zu, Baby, du musst dich ausruhen."

Rory krallte seine Finger in das Hemd seines Alphas, damit er Rory nicht wegschicken konnte. Der Traum verschwand in einem weiteren dunklen, ereignislosen Abschnitt von Schlaf.

***

Er erwachte in der Dunkelheit und wusste, dass er wach war. Er konnte seinen eigenen sauren Schweiß riechen und dachte daran, ihn abzuduschen, aber sobald er sich bewegte, atmete er den Geruch seines Alphas ein – *Beau*, sein *Ehemann*, wenn das alles nicht nur ein teilweise sehr lebhafter Traum gewesen war.

Beau roch ungewaschen und erschöpft, und Rory tastete sich in Richtung des leisen Geräusches seines Atems und fand ihn. Beau lehnte gegen die Seite des Bettes und döste, seinen Kopf dabei gegen die Matratze gelehnt.

Sein Alpha saß mitten in der Nacht auf dem Boden und überließ Rory das Bett.

Sobald Rorys forschende Finger durch sein dunkles Haar strichen, hob Beau den Kopf. Seine Stimme war klar und bestimmt, seine Augen vollständig geöffnet. „Was brauchst du? Hast du Hunger?"

Tatsächlich hatte Rory ein klein wenig Hunger, was ein seltsames Gefühl war, aber noch lieber als etwas zu essen würde er gern etwas anderes als sich selbst in diesem großen, sauberen Bett riechen.

Er versuchte zu sprechen und hustete, und auf der Stelle kniete Beau sich hin und bot ihm eine Flasche Wasser an. Rory trank genug, um seine Kehle zu befeuchten, dann gab er sie an Beau zurück. „Komm einfach ins Bett, das ist alles."

„Nein, hey, du musst nicht …"

„Nicht zum Ficken", schnitt Rory ihm das Wort ab. „Lege dich nur zum Schlafen hin. Du hast vorhin nicht geschlafen." Er zuckte zusammen, als die Worte aus seinem Mund purzelten. Es war unhöflich, einem Fremden zu sagen, was er an seinem Geruch erkennen konnte. Jeder andere Alpha, mit dem er zusammen gewesen war, hätte ihn wahrscheinlich dafür geschlagen, weil er es gewagt hatte, ihnen zu sagen, was sie brauchten. Oder dass sie nicht ficken würden.

Aber Beau hatte neben dem Bett gesessen und darauf gewartet, ob er etwas brauchte. Rory wagte es, nach ihm zu greifen und leicht am Saum seines Hemdes zu ziehen. „Bitte?"

„Du brauchst nicht bitte sagen", murmelte Beau, was definitiv nicht die Art war, wie er diesen Satz zuvor beenden wollte.

„Okay, ich werde … wenn das so ist …" Rory zog wieder an dem Hemd, da Beau nicht wollte, dass er bitte sagte.

Beau sagte: „Ich werde fester schlafen, wenn ich mich hinlege, aber weck mich auf, wenn du etwas brauchst, okay? Irgendetwas."

Rory nickte und zog erneut an dem Hemd. Beau seufzte, kletterte auf das Bett und krabbelte über Rory, um sich auf den Platz an der Wand zu legen. Er zog keine Show ab, dass er ihn vor dem Platz an der Tür beschützen wollte. Er engte ihn nicht ein. Beau berührte ihn nicht, sah ihn nicht einmal an, sondern rollte sich mit dem Gesicht zur Wand und schnappte sich eine Ecke des Kissens und eine halbe verheddterte Decke.

„Okay?", murmelte Beau. Sein Herzschlag verlangsamte sich, sein Geruch wurde durch den nahen Schlaf wärmer und seine Worte undeutlicher.

„Okay", flüsterte Rory und drehte sich zu dem breiten Rücken seines Alphas um.

Als er sicher war, dass Beau schlief, rutschte Rory näher und noch ein bisschen näher, bis er seine Stirn an Beaus Wirbelsäule legen konnte. Er atmete den Geruch seines Alphas ein, aalte sich in seiner Wärme und schlief innerhalb einer Minute ein.

***

Rory erwachte bei dem Geruch von Haferflocken und fragte sich ein paar Minuten verschlafen, ob er heute zur Schule gehen musste oder ob er vielleicht krank zu Hause bleiben könnte oder ob es überhaupt ein Schultag war. Juni, war es nicht Juni? Der Winkel des Morgenlichts gegen seine Lider, die künstliche Kühle des Zimmers …

Rory drehte sein Gesicht zum Kissen und der Geruch weckte seine Erinnerung. Für einen Moment blieb er vollkommen still, dann zeigte er seine beste Imitation einer Drehung im Halbschlaf im Bett, wobei er sich so umdrehte, dass sich sein Gesicht dem Geruch von Haferflocken und dem Geräusch des Herzschlags eines anderen Werwolfs zuwandte.

Beau, sein Alpha, sein Ehemann. Beau, bald Arzt für Menschen, der ihm gesagt hatte, dass seine Beruhigungsmittel Gift seien und ihn davon überzeugt hatte, sie aufzugeben. Er erinnerte sich verschwommen an einen wirren Traum, in dem er Beau oder seine Mutter oder … jemand anderen … um die Beruhigungsmittel bat, damit er nach Hause gehen konnte. Damit er wieder zur Schule gehen konnte, ins Haus seiner Eltern und an einem kühlen Morgen Haferflocken essen.

Rory öffnete ein Auge und musterte Beau, der eine Pyjamahose und ein weiches, verblasstes marineblaues T-Shirt mit einer Art Logo, vielleicht in Kreuzform, auf der Brust trug. Feuerwehr?

Rorys Magen knurrte hörbar. Beau sah zu ihm herüber und begegnete seinem halb versteckten Blick.

Beau lächelte nur. „Hungrig?"

Rory nickte gegen das Kissen und drückte sich in die Höhe, umklammerte die Laken, als ihm schwindelig wurde. „Wie lange habe ich …"

„Drei Tage", antwortete Beau lässig. „Wenn du dich erst waschen möchtest, mach das ruhig, das hier braucht noch ein paar Minuten."

Rory nickte vorsichtig, als der Schwindel verblasste. Er stemmte sich behutsam auf die Füße und überprüfte sich dabei auf irgendeinen neuen oder unterschiedlichen oder schlimmeren Schmerz.

Er fühlte sich von Kopf bis Fuß wund und krank, aber das war bei ihm jetzt schon eine lange Zeit so. Sein Magen schmerzte leicht, aber er dachte, das sei Hunger und nichts weiter. Sein Mund schmeckte, als hätte er sich die Zähne nicht geputzt oder eine Weile nichts getrunken, aber er schmeckte nicht nach Krankheit oder etwas Schlimmerem.

Sein Arsch tat nicht weh, und tiefer in seinem Bauch auch nichts. Er trug seinen eigenen Pyjama aus dem Asyl, Flanellhosen und ein langärmeliges Shirt. Beides fühlte sich an und roch, als hätte er es bereits mindestens drei Tage an, aber es war kein Geruch nach Sex daran, nur Schweiß und Krankheit. Er hatte nicht das kriechende, dunkle Gefühl, das ihn in den letzten Jahren so oft in den Wachzustand zurückgebracht hatte – die Erkenntnis, dass irgendetwas Schlimmes passiert war, an das er sich nicht mehr erinnern konnte.

Er streckte sich vorsichtig, dann ausgiebig. Seine Wirbelsäule knackte und er stöhnte über die seltsame Erleichterung bei dieser Empfindung. Sofort darauf spürte er eine Bewegung und erstarrte, seine Augen blitzten auf, als Beau mitten im Schritt erstarrte, eine Hand ausgestreckt, die Augen weit aufgerissen.

Er musste denken, das sei ein Schmerzenslaut gewesen, erkannte Rory. Und jetzt wusste er, dass es eindeutig nicht so war.

Rory stand einen Moment einfach nur da, die Arme immer noch ausgestreckt, und dann lächelte Beau ihn ein wenig verlegen an und sagte: „Entschuldigung, alles okay. Sagst du Bescheid, wenn du etwas brauchst?"

Rory nickte, Beaus Stimme hallte in seinen Ohren wider. *Weck mich auf, wenn du etwas brauchst.* Beau hatte neben ihm geschlafen … letzte Nacht? Irgendwann.

Verspätet ließ er die Hände an seine Seiten sinken und ging Richtung Bad, wobei er unterwegs seine Tasche aufhob. Sobald er mit seinem eigenen Geruch alleine war, brauchte er nicht lange, um zu beschließen, dass er unbedingt eine richtige Dusche brauchte. Er beeilte sich, so gut er konnte, nicht nur, weil Beau auf ihn wartete, sondern weil ihm in der dampfenden Hitze einer Dusche schwindelig werden würde, wenn er zu lange brauchte. Die meiste Zeit über musste er eine Hand gegen die Duschwand halten, aber er wusch sich, sein eigener, kranker Gestank wurde durch den sauberen Duft von Beaus Seife ersetzt. Halb war er versucht, sich Beaus Shampoo über die Kopfhaut zu reiben, nur um das Duftprofil zu vervollständigen, aber dann würde Beau wissen, dass er sein nicht vorhandenes Haar schamponiert hatte. Stattdessen schnupperte er nur an der Flasche, ehe er das Wasser abstellte.

Er trocknete sich ab und erst da realisierte er, dass das heiße Wasser an seinem Nacken nicht annähernd so gebrannt hatte, wie er es gewohnt war. Er tastete mit den Fingern nach den Verbrennungen und zuckte zusammen, als er feststellte, dass sie nach wie vor mächtig schmerzten, wenn er sie anfasste. Dann trocknete er sich weiter ab und mied wie üblich seinen eigenen Anblick im Spiegel. Eigentlich war er durchaus neugierig zu sehen, ob sich die Verbrennungen besserten, aber er wollte sich dem Rest nicht stellen. Nicht jetzt, da Beau draußen auf ihn wartete.

Er holte saubere Boxershorts und ein langärmeliges T-Shirt aus seiner Tasche mit seinen Besitztümern, die die Hälfte der winzigen Badezimmerablage einnahm. Er nahm sie wieder mit nach draußen, als er das kleine Bad verließ, unsicher, was er sonst noch anziehen sollte. Die schöne Hose von seinem Hochzeitstag, die er nirgendwo im Badezimmer gesehen hatte? Die durchgeschwitzte Schlafhose, die er gerade ausgezogen hatte?

Als er aus dem Bad kam, wanderten seine Augen zuerst zum Herd; der Topf mit Haferflocken stand da und dampfte noch, obwohl er sich jetzt auf einer kalten Herdplatte befand. Als Nächstes suchte Rory nach Beau: Er war halb versteckt hinter Pappkartons und kramte in einem Müllsack, der nicht nach Müll roch. Mit einem Lächeln sah er auf, als Rory einen zögerlichen Schritt auf ihn zu machte. „Hey, ich habe nur geschaut … ich dachte, das könnte dir passen. Ich hatte diesen irren Wachstumsschub, gleich nachdem ich hier eingezogen war, also hatte ich nie die Chance, sie aufzutragen, aber sie rochen immer noch so vertraut und Chicago nicht, also habe ich sie behalten." Beau stand auf und hatte zwei zusammengefaltete Jeans in

78

dunkler Waschung in der Hand. Er legte sie auf einen Karton, schüttelte ein Paar aus und hielt sie in Rorys Richtung. „Vielleicht ein bisschen lang, aber ich war verdammt dünn, also werden sie wohl nicht rutschen? Obwohl, ich meine, wir können dir auch neue Sachen kaufen", korrigierte Beau, senkte die Jeans und wirkte unsicher, als Rory schwieg und verblüfft erstarrte. „Ich hasse es einfach, neue Sachen zu kaufen, vor allem ist es zu anstrengend, sie nach Zuhause riechen zu lassen. Und hoffentlich wirst du genug an Gewicht zunehmen, wenn es dir besser geht, dass du dir einfach alles neu kaufen musst, also dachte ich, es wäre einfacher ..."

Rory gelang es schließlich, ruckartig zu nicken. „Ja, das, ich werde ..."

Er stellte die Tasche mit seinen Sachen in der Mitte des Raumes ab und streckte die Hand aus, und Beau kam die zwei Schritte auf ihn zu, um ihm die Hose zu geben.

Sie fühlte sich weich in seiner Hand an – reine Baumwolle, das wusste er bei der ersten Berührung, festes, gut gefärbtes Denimgewebe. Keine Marke, kein Label, nur ein kleines Zeichen in Rot und Gelb war in der hinteren Mitte des Bundes eingestickt, und ein weißes an der rechten Hüfte. Gute Wünsche, traditionelle Talismane.

Die Hose war für Beau handgemacht worden. Von seinem Rudel gemacht. Natürlich hatte er sie behalten, als er an den fremden Ort kam – aber jetzt bot er sie Rory an.

Er schluckte hart, erinnerte sich an den letzten vorhandenen Sweater, den ihm seine Mutter gegeben hatte. Zuletzt war er zu klein gewesen und so aufgetragen, dass er beinahe durchsichtig war, und zum Schluss hatte er ein Loch gehabt, das sich nicht mehr flicken ließ. Doch auch wenn er ihn nicht mehr tragen konnte, hatte er ihn aufgehoben, so lange er konnte, gut verstaut in einem Schubfach. Eines Tages war er einfach weg gewesen, und Martin hatte gesagt, er hätte nach Abfall ausgesehen, also hatte er ihn weggeworfen. Er konnte seinen Omega schließlich nicht in Lumpen herumlaufen lassen, oder? Und dann hatte Roland dankbar zu sein gehabt, obwohl er viel lieber über den Verlust geweint hätte, und dankbar zu sein bedeutete nur eines.

Bei dieser Erinnerung fühlte sich Rory leicht krank, seine Haut kribbelte; er zuckte zurück, als sich Beaus Hand zu seinem Ellbogen hin bewegte, um sich darauf zu legen, und Beau zog die Hand weg.

„Ich werde nur …" Rory packte seine Einkaufstasche, hastete ins Bad und schloss die Tür entschlossen hinter sich.

Er setzte sich auf den Toilettendeckel und knickte in der Mitte ein, als er versuchte, sein Gleichgewicht zu finden. Als er wieder bei Atem war, konnte er nicht aufhören zu denken: Blöd, saublöd, was machst du denn?

Warum hatte er seine Sachen wieder hier hereingebracht? Warum versteckte er sich hier drinnen? Er hätte sich auch auf das Bett setzen können oder auf einen Stuhl am Tisch, falls er schon nicht aushielt, dass Beau ihn stützte, wenn er sich eine Hose anzog.

Er setzte sich so gerade hin, um die Jeans auszuschütteln, die sauber und wie Beaus Apartment roch. Es gab ein paar dünnere Stellen an den Säumen und den Knien, ansonsten war sie jedoch in hervorragendem Zustand, viel hübscher als alles in den Spendenboxen, in denen Rory auf der Suche nach Kleidung gegraben hatte. Und sie roch nicht nach einem Fremden oder aggressivem Waschmittel oder dem seltsamen Nichtgeruch starker Geruchsneutralisierer. Sie duftete, als gehörte sie Beau – genau wie Rory.

Er stand auf und zog sie an. Sie schlackerte über seine Füße, aber sie hing ihm nur leicht lose an der Hüfte und fühlte sich so weich und bequem an wie alles, was er angehabt hatte und an das er sich erinnern konnte. Er zog sein T-Shirt nach unten, um zu verstecken, dass sie doch zu weit war, griff nach seiner Tasche und kam wieder aus dem Bad. Vorsichtig lächelte er in Beaus Richtung.

Beau grinste sofort. Inzwischen saß er am Tisch und füllte zwei Schalen mit Haferflocken. Auf dem Tisch standen brauner Zucker und ein Honigtopf in Bärenform sowie Ahornsirup, eine Plastiktüte mit Walnüssen, ein Glasstreuer mit Zimt und eine Packung Sojamilch.

„Sieht gut aus", sagte Beau. „Wir können sie kürzen, es gibt eine Näherei ein paar Blocks weiter unten, die schnell arbeiten."

„Oh nein, ich kann doch einfach ..." Rory stellte seine Einkaufstasche wieder ab und schlurfte zum Tisch. Er wollte seine Füße nicht richtig heben, um nicht zu stolpern.

„Na, dann lass sie mich für dich umschlagen", meinte Beau und winkte Rory auf einen der beiden Stühle. Er setzte sich, beäugte die Schale Haferflocken, die für ihn hingestellt worden war, und dann kniete sich Beau neben seine Füße und schlug rasch die Säume der Jeans um.

„Wir könnten dir vielleicht Hosenträger besorgen", schlug Beau vor und lächelte zu ihm auf. „Das würde das Ganze ziemlich hip machen, hm? Und vielleicht Flanellhemden?"

Rory wusste nicht, was er darauf sagen sollte. Er konnte sich nicht genau als Person vorstellen, von der plausibel behauptet werden konnte, ein Hipster zu sein, sondern viel eher schlecht sitzende Kleidung zu tragen, weil er obdachlos war, aber er wollte Beau nicht widersprechen oder riskieren, diese fröhliche, freundliche Stimmung zu vermiesen.

Beau schien sowieso keine Antwort zu erwarten. Er kehrte zu seinem Platz zurück und sagte: „Ich hoffe, dir machen die Haferflocken nichts aus? Ich dachte, die wären für deinen Magen nicht zu schwer. Das ist Sojamilch, weil ich nicht – hast du irgendwelche Allergien? Ich hätte das früher fragen sollen."

Rory öffnete und schloss den Mund ein paar Mal und sagte dann: „Mein Mund und meine Ohren fühlen sich komisch an, wenn ich Bananen esse."

„Oh, das", Beau wedelte mit dem Finger vage zu Rory, aber er schien mit der Geste nicht schimpfen zu wollen. Seine Augen waren auf die Haferflocken gerichtet, während er einen Löffel braunen Zucker und Walnüsse darüber streute. „Ich habe von solchen Allergien gehört. Das kommt von einem Protein, auf das dein Körper reagiert, keine echte Lebensmittelempfindlichkeit."

Rory biss sich auf die Lippe und verteilte über seinen Haferflocken ebenfalls einen Löffel braunen Zucker, dann ein paar Walnüsse, die er nacheinander hineinlegte. „Das mit deinen Ohren kommt von den Eustachischen Drüsen", fügte Beau an. „Sie verlaufen bis in den Hals, wo sie gereizt werden können. Fühlt sich das vielleicht irgendwie kratzig an? Wie auch immer – keine Bananen, ich habe verstanden."

Rory blickte auf, während er den Zucker in die Haferflocken rührte und versuchte, die Walnüsse gleichmäßig zu verteilen. Beau schob sich gerade einen großen Löffel voll Haferflocken in den Mund. „Aber ... du sagtest, es ist keine echte Allergie."

Beau zuckte kauend die Schultern. Er nickte zu Rorys Schale und schob ihm die Tüte mit den Walnüssen zu. Rory streute noch ein paar über sein Essen, rührte um und probierte vorsichtig.

„Ich meine, wenn du sie so sehr magst, verspreche ich dir, dich aus sicherer Entfernung mit einem EpiPen zu überwachen", sagte Beau. „Aber irgendwie hat es sich angehört, als wäre es nicht unbedingt lustig, sie zu essen, wenn sie deinen Mund zum Jucken bringen."

„Sie, ähm", Rory starrte in seine Haferflocken und zuckte steif mit den Schultern. „Sie ... manchmal will ich einfach Obst, verstehst du?"

„Ja, das ist ein Vitamindefizit – oh, hey, ich habe Vitamine." Beau ging und holte eine strahlend bunte Flasche vom Schrank und zeigte sie Rory, während er sich wieder setzte. Rory konnte Fred Feuerstein auf dem Etikett erkennen, wenn auch nicht die Worte, die drum herum standen, aber es war klar, dass das für Kinder gedacht war.

Beau öffnete die Flasche, schüttelte zwei Tabletten heraus und warf sie sich in den Mund. „Willst du? Zwei für Erwachsene, und sie haben eine ‚Lycane Formel', deshalb schmecken sie nicht allzu scheußlich und behaupten, wenigstens eine recht gute Nahrungsergänzung für uns zu sein."

„Sie behaupten es?" Rory streckte die Hand aus. Beau hatte sie genommen, und es waren Feuerstein-Vitamine. Was konnte es also schaden? Beau schüttelte zwei Vitaminpillen in Rorys Hand – nicht die kleinen, harten Tabletten, die er erwartet hatte, sondern weiche Gummidinger.

Er kaute darauf herum, und Beau hatte recht, sie schmeckten nicht allzu übel, nicht wie … er verjagte diesen Gedanken. Gerade jetzt musste er sich nicht an diese Dinge erinnern. Er musste auf seinen Alpha hören.

„Mm, also, Vitamine", sagte Beau und machte mit einer Hand eine wippende Geste. „Bei ihnen ist das anders geregelt als bei richtigen Medikamenten, deshalb lässt sich schwer sagen, was tatsächlich drin ist, sie werden nicht mal auf besondere Wirksamkeit geprüft. Aber ein Präparat wie das hier richtet wohl kaum Schaden an und hilft vielleicht sogar, wenn du in letzter Zeit wenig Obst und Gemüse gegessen hast. Magst du Orangen? Beeren?"

Rory war ein wenig schwindelig über den unerwarteten Verlauf, den diese Unterhaltung genommen hatte. Schließlich sagte er: „Orangen, ja. Beeren … sind so teuer."

Bananen waren billig, weswegen er sie aß, obwohl er sich ab und zu schon gefragt hatte, ob seine Kehle danach eines

Tages nicht einfach zuschwellen würde. Und Bananen schmeckten immer ziemlich genau nach Banane.

„Yeah, und die Beeren, die man in den normalen Lebensmittelläden bekommt, sind Müll, zumindest elf Monate im Jahr", stimmte Beau abwesend zu, auch wenn Rory das nie zu sagen gewagt hätte. „Wir können schauen, ob wir Bessere bekommen – dieses Wochenende ist Bauernmarkt oder so was. Wenn wir nach Rochester kommen, gibt es vielleicht ein ‚Pflück es dir selbst'-Gebiet. Ich muss nachsehen, ob es in der Nähe eventuell einen Gemeinschaftsgarten gibt, aber ich weiß nicht, ob man mitten in der Saison beitreten kann."

„Oh", machte Rory schwach. Das alles klang nach mehr Mühe, als er von irgendwem erwarten würde, nur um ein paar Himbeeren zu bekommen, die es wert waren, gegessen zu werden, aber … Beau würde Arzt werden. Ärzte hatten üblicherweise gute Sachen. Erwartete Beau, dass Rory lokale Produkte einkaufte? Für ihn kochte? Sich um ein schickes Haus wie aus einem Magazin kümmerte?

Beau hatte für ihn gekocht. Rory hatte drei Tage geschlafen und Beau hatte sich um ihn gekümmert, als er nutzlos, hilflos war.

Rory schob sich hastig einen weiteren Löffel voll Haferflocken in den Mund, und nachdem er geschluckt hatte, sagte er: „Danke für das Frühstück. Es ist sehr gut."

Beau lächelte. „Es ist schwer, Haferflocken zu vermasseln. Ich meine, ich schätze, ich hätte sie leichter anbrennen lassen können als Suppe vom Lieferservice, aber ich dachte, ich sollte eine Grenze ziehen und dich nicht neun Mal hintereinander mit Suppe füttern."

Rory leckte sich über die Lippen, die Erinnerung des Geschmacks kam in ihm auf – salzige, fettige Brühe und leckere Karotten. „Hühnersuppe mit Nudeln?"

Beau grinste. „Ich hatte das Gefühl, du wärst manchmal wach gewesen. Ja, ziemlich gutes Zeug."

Rory sah auf seine Haferflocken hinab und nahm noch einen kleinen Bissen. Er war immer noch hungrig, aber auch … alles andere.

„Danke", sagte er wieder leise. „Ich kümmere mich um den Abwasch."

„Okay", erwiderte Beau, ohne den kleinsten Hinweis darauf, ob das die richtige Antwort war oder ob es überhaupt eine richtige Antwort *gab*. „Wenn du dich dafür fit genug fühlst. Wenn nicht, ist es auch nicht schlimm. Ich bin es gewöhnt, mich um mich selbst zu kümmern, und zwei brauchen nicht viel mehr Geschirr als einer."

„Ich würde aber gern", sagte Rory mit dünner Stimme. Am anderen Ende des Tisches nickte Beau nur, als wäre das alles, was man dazu machen konnte. Beau nahm sich noch mehr Haferflocken, diesmal mit einem Schuss Sojamilch, Honig und Zimt. Rory dagegen schob sich immer kleinere Bissen in den Mund.

Er war hungrig, oder war es gewesen, und Beau hatte das hier für ihn gemacht, es ihm serviert, ihm die guten Dinge hingestellt, die er hinzufügen konnte, doch sein Magen schmerzte und er begann die ganze Wirbelsäule hinab zu schwitzen, während er mit jedem Bissen kämpfte. Seine Schale war nicht mal annähernd leer.

„Rory?"

Rory sah scharf auf und war sich sicher, dass die Dinge nun doch so laufen würden, wie er befürchtete.

„Vielleicht habe ich dir mehr gegeben, als du derzeit bereit bist anzunehmen", sagte Beau sanft. „Du hast während der letzten drei Tage kaum feste Nahrung zu dir genommen, dein Magen kommt wahrscheinlich mit einer großen Schüssel Haferflocken noch nicht klar. Es ist in Ordnung, wenn du nicht aufessen kannst oder willst."

Rory zog den Kopf ein, seine Augen prickelten vor Dankbarkeit und Verwirrung, die tiefer ging als das Schwindelgefühl. Beau blieb weiterhin *nett* und Rory war

85

zwischen Ärger auf sich selbst, weil er vergessen hatte, dass Beau ein guter Kerl war, und der Unfähigkeit zu glauben, dass irgendein Alpha wirklich nett sein konnte, hin und her gerissen.

„Wirf es ruhig weg, wenn du willst", sagte Beau, und Rory hielt den Atem am, um über den freundlichen Ton nicht anzufangen zu weinen. „Haferflocken sind billig, es ist eine Menge da. Wir können noch welche machen. Du kannst es mit ihnen – oder etwas anderem – später noch einmal probieren."

Rory nickte und nutzte die Gelegenheit, um sich abzuwenden. Er stand vorsichtig vom Tisch auf, um nicht wieder dieses Schwindelgefühl zu bekommen, aber sein Kopf blieb klar. Es waren nur ein paar Schritte bis zur Spüle und ein kurzer forschender Blick ergab, dass es einen Müllzerkleinerer gab, sodass er die Haferflocken in den Abfluss spülen konnte, anstatt sie in den Mülleimer zu werfen, wo der Geruch bleiben und ihn an seinen Misserfolg mit dem Essen erinnern würde.

Anstatt sie in den Kühlschrank zu stellen und sich immer wieder zum Essen zu zwingen, während sie mit jedem Mal weniger appetitlich, aber nicht verschwendet wurden.

Er kratzte die Schüssel sauber, ließ den Zerkleinerer laufen, dann schrubbte er seine Schale und den Löffel sauber.

Während er das tat, kam Beau zurück und löffelte die letzten Haferflocken aus dem Topf in seine eigene Schüssel, anschließend stellte er den Topf und den Holzlöffel in die Spüle. Rory bedankte sich murmelnd und wusch auch dieses Geschirr ab.

Er versuchte, den Schmerz in seinen Händen und Armen während der Arbeit zu ignorieren, und stützte dazu die Ellbogen gegen den Rand des Waschbeckens. Er beugte sich tiefer und tiefer und versank in den Versuch, jeden noch so kleinen Haferflockenrest aus dem Topf zu waschen, dann spülte er jede Spur von Seife ab, und dann …

Dann lag Beaus Arm um ihn herum, der tropfende Topf wurde ihm aus der Hand genommen und auf die Theke gestellt. Beau sagte: „Lass mir auch noch etwas zu tun übrig, Baby. Ich werde es abtrocknen, und du setzt dich eine Minute hin."

Rory nickte – er würde den Teufel tun und ‚Nein' zu seinem Alpha sagen. Er drehte sich um, um sich auf einen Stuhl am Tisch zu setzen, doch Beau dirigierte ihn entschlossen zurück ins Bett. Er wimmerte leise in Beaus Griff, zwar wehrte er sich nicht, doch ihm gefiel die Idee trotzdem nicht. Aus den Laken konnte er seinen eigenen kranken Geruch aufsteigen riechen.

„Okay", sagte Beau. „Hier, setz dich einfach eine Minute hin."

Rorys Beine streckten sich unter ihm aus, er saß am Fußende des Bettes, die Ellbogen auf die Knie gestützt, das Gesicht in den Händen verborgen.

Er spürte und hörte Beau sich um ihn herumbewegen, doch er konnte nichts anderes riechen als die Schärfe des Spülmittels an seinen Händen. Dann berührte Beau seine Schulter, drückte ihn nach hinten, bis er auf dem Bett lag. Rory war zu müde, um dagegen anzukämpfen.

Seine Augen gingen auf, als seine Wange das Kissen mit einem frischen, kühlen Bezug berührte, der nach Beau und Waschmittel roch und nur einen Hauch von seinem Geruch trug. Er sah zu, wie Beau seine Beine auf einem frischen Laken richtete, das alte wegzog und aus dem Weg warf, und das neue unter der Matratze feststeckte.

„Hat man dir das im Medizinstudium beigebracht?"

Beau sah zu ihm auf und lächelte leicht. „Nah, aber ich habe ein paar Monate als Pflegehelfer gearbeitet, nachdem ich eine Pause von den Fahrten mit der Ambulanz brauchte."

Rory runzelte die Stirn und blinzelte zu Beaus Shirt, dem Logo, das er nicht ganz zuordnen konnte. „Ist das ...“

Beau kam zu ihm, setzte sich neben ihm auf das Bett und zeichnete mit einem von Rorys Fingern das Zeichen auf seiner Brust nach. „Chicago Fire Department. Während dem College habe ich als Sanitäter gearbeitet, und als ich dann die Prüfungen hatte, als Rettungsassistent.“

Rory ließ seine Augen zufallen und drückte seine Hand gegen Beaus Brust und das weiche, warme T-Shirt. „Ich dachte, das wäre dasselbe.“

„Nein“, entgegnete Beau. Er strich mit der Hand über Rorys kahlen Kopf, und obwohl es sich warm anfühlte, zitterte er. Beau ließ seine Hand in Rorys Nacken liegen. „Ein Rettungsassistent braucht drei Semester mehr und einige Prüfungen. Und dann ein Vorstellungsgespräch, obwohl ich über ein Jahr als Sanitäter bei ihnen gearbeitet hatte.“

Sanitäter, Rettungsassistent, Medizinstudium, Doktor für Menschen. „Du rettest immer Leute, hm?“, murmelte Rory.

„Na, ich versuche es“, erwiderte Beau leise, dann drückte er Rorys Nacken sanft. „Schlaf ein wenig, Baby. Ich wecke dich, wenn es Zeit fürs Mittagessen ist.“

Kapitel 9

Den Rest des Morgens saß Beau nicht neben Rory und starrte ihn an. Er holte ihre Wäsche aus der Reinigung und hängte Rorys Cargohose und sein Button-Down-Hemd neben seinen eigenen Anzügen in den Schrank. Anschließend führte ein sehr höfliches Telefonat mit seinem Makler in Minnesota und füllte dann einige Formulare aus, um sie zu scannen und zurückzusenden. Er erledigte Onlineeinkäufe und markierte viele Dinge, kaufte sie jedoch nicht. Er hatte schon das Haus aussuchen müssen, ohne nach Rorys Meinung zu fragen, da wollte er keine weiteren Entscheidungen für ihn treffen, wenn es auch anders ging. So konnte er nur jeweils vielleicht zehn Minuten von jeder halben Stunde neben ihm sitzen und sein schlafendes Gesicht beobachten.

Er sah schon besser aus: Die richtige Flüssigkeitszufuhr und das Essen, das Beau bisher in ihn hineinbekommen hatte, zeigten Wirkung. Sein Gesicht sah viel weniger hager aus und der gefährliche Anfall von Gelbsucht war kaum noch zu erkennen. Die heftigen Verbrennungen an seinem Hals begannen sich zu verändern, die Blasen verschwanden und das Rot verblasste zu Rosa. Seine Augen waren ebenfalls nicht mehr so farblos, und wann immer er Beau während der Stunde, die er wach gewesen war, angesehen hatte, schien er sich ohne Anstrengung konzentrieren und ihn wirklich sehen zu können.

Beau wusste, dass das – objektiv gesehen – nicht viel war, verglichen mit der Weise, wie Werwölfe normalerweise heilten. Trotzdem war es genug, um ihn sicher sein zu lassen, dass Rory lediglich genug Zeit brauchte, Zeit, Sicherheit und den Verzicht auf die Beruhigungsmittel, um gesund zu werden.

Ihm fiel Rorys herzzerreißendes Flehen, als er das letzte Mal aufgewacht zu sein schien, wieder ein. *Ich brauche meine*

Medizin. Ich kann normal sein. Als Beau ihm das erste Mal erzählt hatte, wie gefährlich die Beruhigungsmittel waren, an dem Tag, als sie sich kennenlernten, hatte er gesagt: *Die Hebamme sagte, ich sei zu jung, als meine Mutter danach gefragt hat.*

Er war in einem Krankenhaus geboren worden, in einer mittelgroßen Stadt in der Nähe von Milwaukee. Nicht gerade Rudelgebiet – und Beau hatte nie von einem Omega gehört, der in einem Krankenhaus entbunden hatte. Ihre Anatomie war den menschlichen Ärzten zu fremd.

Rorys Mutter war also kein Omega. Aber Rory war einer. Das Einzige, was für Beau in dieser Hinsicht Sinn ergab, war, dass Rory gebissen worden war und sich bei seiner Verwandlung als Omega manifestiert hatte. Das war selten, aber Beau war sich ziemlich sicher, dass er davon schon gehört hatte.

Kein Wunder, dass Rory Beruhigungsmittel wollte; kein Wunder, dass er *normal* sein wollte. Nach Hause gehen zu einem Leben, zu dem er niemals zurückkehren konnte. Er wollte menschlich sein, ein menschliches Leben leben.

Beau wollte ihm helfen, wenigstens so nahe an die Erfüllung dieses Wunsches heranzukommen, wie er konnte, in welcher Zeit auch immer, bevor Rory beschloss, ihn zu verlassen. Denn wenn Rory kein Omega sein wollte, würde er definitiv nicht mit einem Alpha verheiratet bleiben. Beaus Gegenwart tröstete ihn vielleicht auf einigen widerwilligen, instinktiven Ebenen, aber das konnte nicht sein, was Rory wirklich wollte.

Es war gut, das jetzt schon zu wissen, sagte Beau sich. Er durfte es nur nicht vergessen. Er musste nur dem Drang widerstehen, sich neben ihn zu setzen und zu beobachten, wie das Sonnenlicht über die scharfen Züge von Rorys Gesicht wanderte, sich zu erinnern, dass er heute Morgen mit seinem Omega in den Armen aufgewacht war, der noch süß und friedlich schlief. Für diesen einen Moment hatte er sich Zuhause gefühlt, dass er alles hatte, was er je brauchte. Für diesen einen Moment war er nicht allein.

Das war reiner Instinkt, wiederholte er für sich selbst, und sah sich um, was es noch zu tun gab, während Rory schlief. Für Werwölfe bedeutete Instinkt eine Menge – was aber nicht hieß, dass es jemals genug für jemanden war, der kein Omega sein wollte. Beau musste nur seine eigenen Instinkte unter Kontrolle halten, für Rorys Sicherheit sorgen und ihn gehen lassen, wenn es so weit war.

***

Schlagartig wachte Rory auf, als Beau seinen Namen sagte, stemmte sich auf einen Ellbogen und sah sich um.

Beau versuchte, sein Lächeln nur freundlich zu halten und nicht die Hand nach ihm auszustrecken. „Mittagessen, wie ich sagte. Möchtest du Hühnersuppe? Oder ein Sandwich?"

Rory blinzelte einige Male und fuhr sich schließlich mit der Hand über die Augen. „Ich, äh, Suppe, bitte? Ich kann …"

„Lass dir Zeit", sagte Beau und ging zum Kühlschrank, um die gekühlte Suppe in einen Kochtopf zu schütten.

Rory stattete dem Bad einen Besuch ab, anschließend setzte er sich auf die Kante eines Stuhls am Küchentisch. Die Suppe musste eigentlich nicht überwacht werden, doch Beau stand am Herd und beobachtete, wie Klumpen erstarrten Fetts in der Brühe schmolzen.

„Als ich ein kleines Kind war", sagte Rory, dann brach er ab.

Beau starrte weiter in die Suppe, erinnerte sich an die Abstriche, die er früher machen musste, und wie verschieden Rorys Kindheit von seiner eigenen gewesen sein musste. Er gab ein kleines, ermutigendes Geräusch von sich, sah ihn dabei jedoch nicht direkt an, sondern gab ihm den Raum zu entscheiden, ob er reden wollte oder nicht.

Rory zappelte für ein paar Sekunden am Rand von Beaus Sichtfeld herum, dann fuhr er fort. „Als ich sechs oder sieben war, kam ich eines Tages von der Schule heim und fragte meine Mutter, warum wir keine Mikrowelle haben. Jeder hatte eine Mikrowelle, sie waren so *schnell*. Warum musste sie das Essen auf dem Herd warm machen?"

Beau starrte in die Suppe und bemühte sich, sich seine Verwirrung nicht anmerken zu lassen. Das klang wie …

„Sie versuchte es mir zu erklären, aber ich war stur und schrie, wie unfair das sei, und ich brachte damit auch meine Schwester zum Schreien. Nach einer Weile setzte sie uns beide ins Auto und fuhr mit uns zur Tankstelle. Die hatte eine dieser Mikrowellen für Lebensmittelläden, weißt du?"

Beau zog eine Grimasse und nickte. Er wusste, wie diese Geschichte enden musste, und fragte sich, wie er alles *so* falsch hatte verstehen können.

„Meine Mutter schaltete sie auf eine Minute und sagte uns, wenn wir beide bei der Mikrowelle stehen bleiben können, ohne die Hände von den Seiten zu nehmen, bis sie fertig ist, können wir direkt zum nächsten Geschäft fahren und eine kaufen." Am Rand von Beaus Sichtfeld schüttelte Rory seinen glänzenden Kopf und verzog die Lippen zu einem winzigen Lächeln. „Ich hielt *acht Sekunden* aus, dann hielt ich mir die Ohren zu. Georgie – sie ist ein Jahr älter als ich und hat immer auf mich aufgepasst – packte meinen Arm und zerrte mich mit ihr nach draußen, meine Mutter war eine halbe Sekunde hinter uns."

Das spezielle Fingernägel-auf-Schultafel-Kreischen einer Mikrowelle war ebenso ein Gefühl wie ein Geräusch, unhörbar für Menschen, soweit Beau das beurteilen konnte, selbst Hunde schienen sich daran nicht zu stören. Beau hatte mehr als nur einmal bis spät in die Nacht mit Lauren und Adam und den anderen darüber diskutiert, was zur

Hölle es tatsächlich war. Das war eine weitere Frage, die irgendwer eines Tages erforschen musste. *Können Werwölfe Mikrowellenstrahlung selbst hören oder fühlen, und wenn ja, wie?* Um das zu erforschen, müsste man natürlich Werwölfe dazu bringen, sich dem quälenden Geräusch/Gefühl einer Mikrowelle auszusetzen. Aber wahrscheinlich würde es Probleme mit der Ethikkommission geben, noch bevor jemand versuchte, Probanden zu rekrutieren.

„Also du, äh …" Es war offensichtlich, dass er nicht gebissen worden war, dass seine Mutter und seine Schwester ebenfalls Werwölfe waren. Beau wagte es nicht, in dem Ersten, was Rory freiwillig über seine Vergangenheit erzählt hatte, herumzustochern. „Du bist also nicht in einem Rudel aufgewachsen?"

Rory schüttelte den Kopf. „Ich bin in einem Vorort aufgewachsen. Oder, na ja, Waukesha, das ist eine Art eigene Stadt. Aber ja, mein …"

Beau erinnerte sich an das leise, verlorene Flüstern. *Ich will meinen Vater.*

„Meine Mutter verließ ihr Rudel, als sie heiratete, und so bekam sie uns alle in einem Krankenhaus", sagte Rory. „Mein V… ihr Ehemann war menschlich. Meine Schwester und ich sind beide geborene Wölfe, aber unser kleiner Bruder wurde als Mensch geboren."

Beau konnte nicht anders, als nun doch zu Rory zu sehen. Wenn sein Vater ein Mensch war *und* seine Mutter kein Omega …

Aber das hatte er nicht gesagt. Er hatte sich korrigiert, als er es beinahe gesagt hätte. Weil der Mann, mit dem er aufgewachsen war, nicht sein Vater sein konnte, *biologisch* gesehen. Nicht wenn er menschlich und Rory doch ein Omega war.

Rory warf ihm einen Blick zu, nickte langsam, dann senkte er die Augen wieder. „Ich hatte keine Ahnung, bis ich mich mit dreizehn während Vollmondnächten seltsam gefühlt habe. Da waren wir gerade in der Offenbarung. Die Leute fingen an, wirklich zu wissen, dass wir existierten. Ein Kind, das die ersten Hitzen hatte ..."

Er hatte seine Familie außer Gefahr bringen müssen, seine Mutter und Schwester, seinen offensichtlichen Nicht-Vater, seinen kleinen Bruder. Alleine unter Menschen leben, die jetzt wussten, dass es Werwölfe gab, in diesen frühen Tagen, als die Vorstellung regierte, dass Werwölfe eine Bedrohung darstellten, die darauf wartete, wie Schläferzellen in Aktion zu treten. Es war nicht einmal definitiv illegal, sie wie Monster zu töten ... Sie waren weitaus gefährdeter als ein ganzes Rudel, das zusammenlebte, und Beau wusste ganz genau, wie sehr die Gefahr der Entlarvung die traditionellen Rudel belastet hatte. Ganz zu schweigen von der Tatsache, dass Rory der lebende Beweis dafür war, dass seine Mutter ihren Ehemann betrogen haben musste – aufgedeckt mehr als dreizehn Jahre nach dem Vorfall.

„Meine Mutter hat mich fortgeschickt, um mit ihrem Rudel zu leben, in dem sie aufgewachsen war, weit im Norden", sagte Rory. „Ich, äh ... ich war mit der Highschool noch nicht fertig, als ich einen zehn Jahre älteren Alpha kennenlernte, der mir sagte, dass wir wie Menschen in der Stadt leben können, und ich war so ein idiotisches Kind, also ..."

Beau sah in den Topf. Die Suppe sprudelte mittlerweile. Er rührte sie um.

„Ich bin in einem großen Rudel aufgewachsen", erzählte Beau. „Aber ... seltsamerweise hat dort niemand meine Ambitionen unterstützt, also bin ich gegangen, sobald ich achtzehn war, bevor man mich verjagte. Ich verließ den Staat, änderte meinen Namen. Seitdem habe ich kein Wort mehr von ihnen gehört."

Rory starrte ihn an und sah merkwürdig fassungslos aus. „Also bist du … ich meine, offensichtlich willst du jetzt Beau genannt werden, aber ist das …"

Rorys Spitzname aus Kindertagen war wertvoll für ihn, er mochte den Gedanken eindeutig nicht, dass Beau seiner vorenthalten wurde.

Beau schüttelte den Kopf. „Ich wurde immer Beau gerufen, also ist es in Ordnung. Es war ein Spitzname, als ich ein Kind war, abgeleitet vom Mittelteil meines Namens. John Beaumont. Mein Dad war schon Johnny und sein Vater war Jack. Die Alphas des Rudels, solange ich mich erinnern kann. Niemand konnte sich je erinnern, *seinen* Vater etwas anderes als Alpha zu genannt zu haben, oder *Sir*. Und so haben sie mich immer Beau genannt. Es machte keinen Unterschied, es zu ändern, außer dass ich ihren Namen losgeworden bin."

Er hörte, wie Rory seine Hände über die Schenkel der Jeans rieb, die er trug. Beaus Großtante hatte sie für ihn während seines letzten Jahres auf der Highschool gemacht, als er bereits die Entscheidung, das Rudel zu verlassen, gefällt hatte, und im Rudel gerade noch geduldet wurde, weil er sich auf keine Kämpfe einließ und sich bestrafen ließ.

Er hatte diese Jeans behalten, selbst als er noch fünfzehn Zentimeter größer geworden war und sechzig Pfund zugenommen hatte, weil sie nach Zuhause roch, nach Rudel, und die bekannten Schutzzauber eingestickt waren.

Wenn jemand seine Darstellung von Gleichgültigkeit Bullshit nennen konnte, war es Rory, doch Rory schwieg. Er strich nur mit den Händen gegen Beaus, als Beau die Schüssel mit der erhitzten Suppe abstellte.

Als Beau in die Grundschule ging, war er einmal nach Hause gekommen und hatte seine Mutter gefragt, warum es nirgendwo im Rudelgebiet Mikrowellen gab. Er hatte von einem Klassenkameraden davon gehört, und erfahren, dass sie so viel schneller waren. Sie hatte ihm den Grund nicht gezeigt, sie hatte ihm nur gesagt: Manchmal ist es besser, Dinge langsam zu machen.

Jahre später, als er sechzehn war und sie ihm sagten, er solle geduldig sein, um die Dinge sich entfalten zu lassen, hasste er diesen Rat mehr als alles andere, was ihm jemand aus dem Rudel sagte. Aber jetzt, als er am Tisch saß und zusah, wie Rory mit kleinen, vorsichtigen Bissen aß, dachte er, dass seine Mutter vielleicht doch recht gehabt hatte.

**

Nach dem Mittagessen erledigte Rory erneut den Abwasch und schaffte ihn diesmal komplett. Als er fertig war, sah er müde aus, aber triumphierte, und hatte immer noch ein wenig Farbe im Gesicht.

Beau grinste und winkte ihn zurück auf den Stuhl am Tisch. „Hier, ich habe etwas für dich. Ich wollte dir das schon früher geben, aber du bist ziemlich heftig zusammengebrochen."

Rorys Herz legte einen Spurt ein, seine Haltung richtete sich auf, und ein eifriger Ausdruck erschien auf seinem Gesicht, trotzdem gab es noch etwas in ihm, das auf Ärger gefasst war.

Beau machte sich ein geistiges Bild von dem, was Rory nicht über die fehlenden Jahre zwischen Highschool und jetzt erzählt hatte, diesen älteren Alpha, der ihn von den Füßen und direkt in eine Abwärtsspirale gerissen hatte.

Geschenke konnten gefährlich sein. Beau war sehr froh, dass er es nicht eingewickelt oder sogar zurück in die Schachtel gelegt hatte.

Er zog den Stecker aus dem neuen Telefon, das größte, das noch ein Telefon und kein Tablet war, der Bildschirmzoom war bereits voll hochgedreht und alle Eingabehilfen aktiviert, und brachte es ihm, ohne darum einen Wirbel zu

machen. „Ich wusste nicht, welche Art Hülle dir gefällt –
meine sind immer ziemlich langweilig – aber wir können
jederzeit eine besorgen."

Er legte das bereits geladene Telefon in Rorys Hände.

Rory blinzelte es einen Moment an und sagte dann: „Das
ist. Danke, ich … ich werde …"

„Hey, kein Grund, mir zu danken." Beau ging in die
Hocke, um in Rorys Gesicht aufsehen zu können und ihn
nicht zu überragen. „Und wenn du den Bildschirm immer
noch nicht gut lesen kannst, kannst du die Sprachbefehle
verwenden oder ich kann …"

Rory wischte bereits vorsichtig über den Screen und Beau
hielt den Mund und ließ ihn einfach machen. Er hielt bei
einem Bildschirm mit nur zwei Icons darauf an, die jeweils
fast ein Sechstel des Screens einnahmen.

„Das ist Susan", sagte Rory, nachdem er eine Sekunde
lang auf den Bildschirm gestarrt hatte. „Und das bist du."

„Ja." Beau holte sein eigenes Handy heraus und wedelte
damit herum. „Ich habe jedes Mal ein Beweisfoto
geschickt, dass du noch lebst, wenn Susan eines wollte.
Aber jetzt kannst du das übernehmen, wenn du dazu bereit
bist. Sie möchte wirklich mit dir reden und sicherstellen,
dass alles in Ordnung ist. Ich kann spazieren gehen, wenn
du etwas Privatsphäre brauchst."

Rory schüttelte den Kopf, ohne von dem Handy aufzusehen. Er blinzelte schnell, aber Beau sah, wie sich Tränen
in seinen Augen sammelten. „Könntest du … ich glaube
nicht, dass ich … nicht gerade jetzt?"

„Okay", erwiderte Beau leise und legte eine Hand auf
Rorys Knie. „Ist schon gut. Wenn du bereit bist, möchte sie
wirklich gern deine Stimme hören. Aber du kannst dein
Telefon verwenden, wie immer du möchtest. Du kannst
dein eigenes Passwort eingeben, jemanden anrufen,
irgendwas runterladen. Es gehört dir. Nur dir."

Rorys Kiefer spannte sich an – hatte er das zuvor schon gehört oder wollte er Beaus Beschwichtigungen nicht hören, nicht wissen, was er dachte? – aber nach einem Augenblick schluckte er und sagte: „Danke, Beau."

„Kein Problem." Beau drückte sein Knie. „Nun, das kommt jetzt wahrscheinlich ziemlich plötzlich, wir haben vorher nicht so viel darüber gesprochen, aber ... erinnerst du dich, dass ich bald ein Aufenthaltsprogramm anfange? In Minnesota?"

Rory blinzelte auf das Handy hinunter, sein Griff darum wurde fester, dann holte er tief Luft, hob den Kopf und sah Beau an, während er nickte. „Dann ziehen wir um?" Er schaute sich um, sein Blick wanderte über die Kartons, ehe er wieder zu Beau sah. „Heute?"

Beau stieß den Atem aus und verbot sich daran zu denken, wie viele plötzliche und chaotische Adressen-wechsel Rory in den Jahren hinter sich hatte, in denen Beau sich in seinem kleinen Apartment verkrochen hatte.

„Nein, nicht so plötzlich. Wir haben noch ein paar Tage. Mein Mietvertrag läuft bis Ende des Monats, aber ich wäre gerne früher umgezogen, damit wir noch Zeit haben, uns einzugewöhnen, bevor das Programm beginnt. Auf diese Weise wären wir vor dem leeren Mond dort. Aber die neue Wohnung ist viel größer und wir werden mehr Möbel brau-chen. Ich möchte jetzt schon anfangen, die Sachen zu bestellen, damit sie geliefert werden, sobald wir dort sind. Würdest du mir helfen, die Sachen auszusuchen?"

Rory runzelte die Stirn. „Ich bin nicht ... Ich kann nicht ..."

„Es geht hauptsächlich um die Farben und so Zeug", meinte Beau und drückte Rorys Knie erneut. „Ich hole meinen Laptop, wir können uns auf das Bett setzen und uns alles ansehen, okay?"

Rory nickte, er wusste offensichtlich nicht, was er sagen sollte, und Beau fragte sich, ob er das alles nicht doch hätte erledigen sollen, während Rory geschlafen hatte, und ihn vor vollendete Tatsachen stellen. Aber Rory stand auf, nachdem Beau aufgestanden war, und folgte ihm zum Bett hinüber.

Nach ein wenig Überredung verriet er eine Vorliebe für satte Juwelenfarben und tiefe, weiche Polster; sobald sie einen gemeinsamen Nenner gefunden hatten, ließ Beau ihn sogar noch ein paar Klamotten und eine Telefonhülle aussuchen. Seine Herzfrequenz verlangsamte sich schließlich zu etwas wie Ruhe, als er sich an Beaus Seite kuschelte und Beau leicht einen Arm um ihn legte, und dachte, dass er letzten Endes vielleicht doch die richtige Entscheidung getroffen hatte.

Kapitel 10

Rory schlief festgeklemmt unter Beaus Arm ein und erwachte ausgestreckt und allein im Bett, allein im Raum. Er setzte sich auf und sah sich um, streckte seine Sinne aus und fand dennoch den vertrauten Herzschlag seines Alphas nicht.

Dafür fand er irgendwie einen zusammengelegten Karton, der zwischen dem Fußende des Bettes und der Rückseite des Bücherregals abgestützt war. In dicken roten Buchstaben, fast dreißig Zentimeter hoch, stand dort:

BIN BALD ZURÜCK
BEAU

Als wenn irgendwer sonst diese Nachricht für ihn hinterlassen hätte oder wollte. Trotzdem rutschte Rory zum Ende des Bettes, fuhr mit den Fingern über die Buchstaben, die er beinahe ohne Problem lesen konnte. Der Versuch seines Alphas, ihn zu beruhigen.

Die Bewegung machte ihn auf den scharfen Umriss in der Tasche seiner neuen Jeans aufmerksam – sein Telefon, größer als eine seiner Hände. *Seines*, darauf hatte Beau bestanden. Seins zum Benutzen, seins zum Sperren. Seins, um jeden anzurufen, den er wollte. Er zog es heraus und berührte den Screen, der sich ohne Passwortabfrage für ihn öffnete.

Vielleicht sollte er Beau fragen, wie er eines einrichtete, oder ... vielleicht auch nicht.

Jetzt allerdings öffnete sich der Bildschirm mit den beiden Fotos: Beau und Susan.

Rory leckte sich die Lippen und dachte darüber nach, Beau anzurufen, nur um nachzufragen, wo er war und wie lange es dauerte, bis er zurückkam.

Die vertraute elende Rechnung ging sofort los. *Durfte* er anrufen? Oder durfte er nicht anrufen, weil Beau ihm ja eine Nachricht hinterlassen hatte? Wenn er anrief, würde Beau ihm die Wahrheit sagen, wie lange er fort sein würde, oder eher zurückkommen, um ihn zu überraschen? Oder später heimkommen, damit Rory auf ihn wartete?

Er konnte die Angst davor bereits in sich aufsteigen spüren – die Erwartung, bei etwas erwischt zu werden, was er nicht tun durfte, obwohl er keine Ahnung hatte, was er tun oder nicht tun durfte. Die Angst, dass Beau nicht zurückkam oder Freunde mitbrachte oder vor ihm mit einem hübscheren Omega flirtete oder ...

Rory schüttelte den Kopf, schob die ganzen Gedanken beiseite und schaute wieder auf den Bildschirm. Mit zitternden Fingern tippte er auf Susans Bild.

Das Telefon klingelte zweimal, dann hörte er Susans Stimme in seinem Ohr, beinahe so klar, als wäre sie mit ihm hier im Zimmer. „Hallo? Sind Sie das, Mr. Lea?"

Rorys Kehle war fast zu eng zum Sprechen, und dann brachte er heraus: „Ja. Ich glaube, ich habe meinen Namen nicht geändert."

Susan gab ein sanftes kleines Geräusch von sich, und Rory rollte sich auf dem Laken am Fußende des Bettes zusammen, versteckt in der Ecke zwischen Wand und Bücherregal und Beaus riesiger Kartonnachricht. Er hielt das Handy fest an sein Ohr gepresst und zog die Decke über seinen Kopf und die Schultern, versteckte sich mit dem Klang einer vertrauten freundlichen Stimme.

„Beau sagte, Sie ... Sie wollten, dass ich Sie anrufe", fügte Rory zögerlich an.

„Nun, ich hatte gesagt, wir werden in Kontakt bleiben", sagte Susan lebhaft. „Ich kann nicht sicher sein, dass Ihr Alpha Sie ordentlich behandelt, wenn ich nicht mit Ihnen spreche, nicht wahr? Ist er da?"

Die letzte Frage stellte sie in dem gleichen leichtfertigen Tonfall, in dem sie den Rest gesagt hatte, aber Rory wusste, was sie damit meinte. *Hört er zu? Können Sie frei reden?*

„Er ist ausgegangen", sagte Rory. „Ich habe geschlafen, aber er hat mir eine Nachricht hinterlassen. Er hat sie wirklich groß geschrieben, damit ich sie lesen konnte. Es stand nur *Bin bald zurück* drauf, aber er ... er hat sie für mich geschrieben. Damit ich Bescheid weiß."

Rory biss sich auf die Lippe, nachdem er fertig war. Es war wirklich keine große Sache, vielleicht verstand Susan nicht, was sie bedeutete, oder wie es sich anfühlte, oder warum es wichtig war.

„Klingt, als wollte er nicht, dass Sie sich Sorgen machen", erwiderte Susan sanft. „Das wirkt sehr freundlich."

Rory nickte gegen die Matratze. „Ich weiß, es sind erst ein paar Tage und davon habe ich die meiste Zeit verschlafen, aber er ist ... er ist immer ... *freundlich*."

Nicht nur *nett* – nicht höflich und kurzfristig gute Manieren zeigend, so kurzfristig wie eine blinkende Neonleuchtreklame, um erkennen zu lassen, was er aus Rory herauszuholen versuchte. Nettigkeit brachte immer die Gefahr mit sich, dass die Nettigkeit endete und die scharfen Zähne enthüllt wurden, die sie nur halb verborgen hatte.

Beau war *freundlich*, gab ihm genau die Dinge, die er brauchte, sowohl materielle *Dinge* als auch ...

„Er hat auf dem Boden geschlafen", platzte es aus ihm heraus, als Susan still blieb. „Er saß schlafend neben dem Bett, damit ich alleine schlafen konnte. Und selbst als ich ihn ins Bett holte, hat er nicht – aber ich warte nur darauf, dass er so ist ..."

Rory unterbrach sich erneut, presste diesmal die Fingerknöchel gegen seinen Mund. Das hatte er nicht sagen wollen. Er *wusste*, dass Beau nicht so war. Deshalb hatte er mit Beau das Asyl verlassen, hatte ihn geheiratet.

„Na, dann sind Sie ja vorbereitet, wenn er schlimme Anzeichen zeigt", sagte Susan einfach. „Aber ich glaube, es besteht die Möglichkeit, dass Sie mit ihm einen guten Fang gemacht haben. Das passiert manchmal, obwohl nur der Mond weiß, wie lange es dauert, bis wir wieder vertrauen können. Ich glaube, ich habe drei Kinder geboren, bevor ich aufhörte, meinem Alpha zuzutrauen, seine Klauen an mir zu wetzen, wenn eines schrie oder Unordnung machte."

Rory presste einen kleinen, engen Laut aus seiner Kehle, nicht völlig atemlos. Sie sagte das so sachlich, so leichthin.

„Oh ja", schnaubte Susan leise. „Ich weiß, ich sehe nicht mehr so aus, als könnte ich mich an etwas anderes als ein angenehmes Leben erinnern, aber glauben Sie mir, wenn es so etwas wie das Asyl gegeben hätte, als ich in Ihrem Alter war, hätte ich mich darin verbarrikadiert und wäre nie wieder herausgekommen. Ich konnte es in Ihren Augen sehen, als Sie zu uns kamen, Mr. Lea. Sie suchten nach einem ruhigen Ort zum Sterben. Ich bin froh, dass wir Ihnen helfen konnten, etwas Besseres zu finden."

„Ich ..." Für einen Moment verbarg Rory sein Gesicht und bemühte sich, seine Atmung ruhig zu bekommen. Er hatte geglaubt, es wüsste niemand. „Glauben Sie, er ... glauben Sie, das ist wirklich besser? Er hat nicht ... er hat mich nicht so berührt. Er will mich nicht behalten."

Und ich kann keine Kinder bekommen, aber das sagte er nicht. Er konnte das nicht wieder eingestehen, noch nicht.

„Trotzdem", sagte Susan. „Besser als das, woran Sie vorher gedacht hatten. Und wenn er nicht das ist, was er zu sein scheint, auch gut. Seit mich das letzte Mal ein Alpha herumgeschubst hat, habe ich ein oder zwei Dinge gelernt. Ich habe noch immer viele eigene Krallen, Mr. Lea. Sie müssen nur was sagen."

Rory schluckte und erinnerte sich an das Echo der Stimme seiner Mutter, schließlich flüsterte er: „Glauben Sie, Sie … würden Sie mich bitte Rory nennen? Bitte?"

„Oh", erwiderte Susan, und er glaubte, dass sie dem Klang der einen Silbe nach vielleicht Liebling oder Schatz sagen wollte, und es klang beinahe genauso, als sie sagte: „Rory, natürlich."

***

Er setzte sich an den Küchentisch und untersuchte sein Telefon akribisch, als Beau nach Hause kam. Er konnte die warme Süße von frischen Beeren riechen, sobald Beau durch die Tür kam, und dann, darunter, den reichen, roten Duft von frischgeschlachtetem Fleisch.

Beau grinste, als er ihn dort sitzen sah, und Rory schluckte hektisch, um seinen wässrigen Mund unter Kontrolle zu bekommen, ehe er zurückgrinsen konnte.

„Ich dachte, du möchtest zum Abendessen vielleicht etwas, das nicht aus Hühnersuppe oder Haferflocken besteht", sagte Beau. „Du kannst ohnehin mehr Protein brauchen, huh?"

Rory nickte und fügte „Danke!" an, sobald er sprechen konnte. „Auch für die Nachricht. Und", Rory wedelte mit dem Telefon, als Beau die Taschen auf dem Tisch abgestellt hatte und anfing, sie auszupacken. „Ich habe mit Susan gesprochen, sie sagte, sie wird dich für eine Weile nicht mehr stören."

„Hey, ich wusste, für was ich unterschreibe", sagte Beau. „Ich bin froh, dass du die Chance hast, mit ihr zu reden. Was willst du auf dein Steak?"

Rory biss sich auf die Lippe, verschluckte die reflexartige Antwort – *was immer du magst, ist mir recht* – und erinnerte sich an das, was Susan ihm gesagt hatte. *Versuchen. Kleinig-*

keiten. Einfach versuchen. „Ich hätte gern ... Salz und Pfeffer? Vielleicht Butter?"

„Lässt sich machen", entgegnete Beau einverstanden und stellte Salz und Pfeffer neben ein unbeschriftetes Gewürzglas.

Rory atmete ein paar Minuten durch und sagte dann: „Kann ich dir helfen?"

Er schrubbte die Kartoffeln, während Beau den Ofen anschaltete und eine Pfanne dafür fand, und saß die ganze Zeit, die es brauchte, um die Kartoffeln zu braten, aufrecht am Tisch und ließ sich von Beau die Funktionen auf seinem Telefon zeigen, bis es Zeit wurde, die Steaks fertigzumachen.

Rory futterte so viel von den Kartoffeln und dem Steak, dass er nur noch ein paar Handvoll Himbeeren hinunterbrachte, aber Beau versicherte ihm, dass sie ein oder zwei Tage halten würden.

Rory streckte sich auf dem Bett aus, sein voller Bauch machte ihn wieder schläfrig.

Als er von dem Geräusch des laufenden Wasserhahns aufwachte, war es dunkel. Mit halbgeschlossenen Augen sah Rory zu, wie Beau auf ihn zukam, offensichtlich bettfertig und von einem Hauch scharfen Zahnpastageruchs begleitet.

Rory griff neben sich und klopfte auf das Bett an der Seite zur Wand. Beau blieb stehen und sagte: „Ja?" Rory nickte und wiederholte die Bewegung. Beau kam, stieg hinein und drehte sein Gesicht wie davor an die Wand. Rory drehte sich zu ihm um und rollte sich neben seinem Rücken zusammen, sein Kopf berührte kaum Beaus Schulter, da schlief er wieder ein.

***

Die nächsten paar Tage vergingen ebenso, Mahlzeiten und Schläfchen und gelegentliches Erwachen während der Sonnenstunden. Rory vermied immer noch, sich selbst im Spiegel zu betrachten, aber sein Hals brannte nach jeder Dusche weniger und weniger, und während der restlichen Zeit konnte er das Brennen beinahe vergessen.

Und dann war der Morgen vor dem Umzugstag angebrochen. Er aß seine Vitamine und ein Frühstück aus Eiern, Toast und Früchten, anschließend spülte er das Geschirr und überlegte währenddessen, ob er Beau dabei helfen konnte, die letzten Kleinigkeiten einzupacken, damit sie für den morgigen Tag fertig waren. Als er die Bratpfanne abtrocknete, drehte er sich zu Beau um, um ihn zu fragen, in welchen Karton sie sollte.

Er sah Beau absolut ruhig am Küchentisch sitzen und ihn beobachten. Etwas in diesem Blick ließ Rory erstarren. Es war nicht raubtierhaft, es war nicht beängstigend, aber es war etwas, das früher nicht da gewesen war. Etwas, das ihm das Gefühl gab, an Ort und Stelle festgepinnt zu sein.

In der nächsten Sekunde entspannte sich Beaus Miene, er hob beschwichtigend die Hände, wie er es ein halbes Dutzend Mal pro Tag machte. „Nein, nein, es ist nicht – setzt du dich zu mir?"

Rory nickte und setzte sich auf seinen üblichen Platz am Tisch, das Geschirrtuch und die Bratpfanne immer noch in Händen haltend. Seine Hand krampfte sich um den Griff, ohne dass er darüber nachdachte, und ihm fiel auf, dass er überlegte, wie hart er Beau damit wohl schlagen konnte – fest genug, um aus der Wohnung zu kommen?

Nein. *Stop.* Das war nicht diese Art von Blick. Das hier war *Beau*, er würde nicht …

Beaus Hand erschien in seinem Sichtfeld, schlüpfte unter das Handtuch und berührte Rorys Hand. „Hey, das ist … das ist keine schlechte Sache. Du kannst Nein sagen, wenn du nicht bereit bist. Es macht mir nichts aus, okay?"

Rory versuchte sich zu erinnern, wie man atmete, aber er zuckte vor der Berührung zurück und erstarrte, als Beau flüsternd fluchte.

„Nein, nein, das lag an mir, weil ich eine große Sache daraus gemacht habe."

Beau rutschte von seinem Stuhl und ging neben dem Tisch auf die Knie, damit er Rory ins Gesicht sehen konnte. Rory hätte ihn nicht dazu bringen sollen, hätte … sollte … seine Knöchel schmerzten von dem Griff um den Pfannenstiel und sie zitterte leicht in seinem Schoß.

„Es ist nur ein Picknick", sagte Beau und sah ihm mit ernsthaftem Ausdruck in die Augen. „Baby, es ist nur ein Mittagessen draußen am See, das ist alles. Wir nehmen uns etwas zu essen mit und sitzen am Wasser, bevor wir von hier wegziehen."

Rory starrte Beau an, in seinen Ohren hallte sein rasender Herzschlag. Die Worte hatte er verstanden, aber … das konnte nicht alles sein, das konnte nicht …

„Nur draußen essen", wiederholte Beau und legte eine Hand sanft auf Rorys Wange. „Es ist okay, du musst nicht. Ich kann allein gehen oder bleibe daheim. Ich bin nicht verärgert. Es war nur eine Idee. Ich war mir nicht einmal sicher, ob du bereit bist, ich dachte, vielleicht sollte ich dich gar nicht fragen, aber vielleicht würde es dir auch gefallen. Ich werde den See vermissen, das ist alles. Aber es ist keine große Sache. Du musst nicht mitkommen."

Rorys ganzes Gesicht fühlte sich taub an, aber endlich begriff er. Beau wollte lediglich wissen, ob Rory mit ihm zum See kommen wollte, ein Picknick machen. Das war alles, und Rory hatte … hatte …

Abrupt öffnete er seine Hand, die Bratpfanne fiel in seinen Schoß und rutschte über seine Knie. Beaus Hand löste sich von seiner Wange, um sie aufzufangen, und Rory kniff die Augen zusammen – dumm, dumm, überreagiert, warum war er wegen so etwas ausgeflippt, es war gar nichts. Es war *nichts*, und er hatte … und wie konnte Beau ihn jemals irgendwo mit hinnehmen, wenn er sich so anstellte? Seine ganze Aufgabe bestand darin zu zeigen, dass Beau einen Gefährten hatte, der sich um ihn kümmerte und ihm durch sein Praktikum half. Rory konnte nicht einmal zu einem Picknick eingeladen werden, ohne Panik zu bekommen.

Beaus Hand kam zurück, glitt in seinen Nacken, Zeigefinger und Daumen massierten seinen Schädelansatz.

Bei dem süßen, harten Druck sog Rory scharf die Luft ein, dann rutschte er vom Stuhl, genau wie die Bratpfanne. Beau fing ihn ebenfalls auf und zog Rory auf seinen Schoß, ehe er sich auf den Boden setzte.

„Es ist in Ordnung", wiederholte Beau, wobei er ein wenig heiser klang. „Baby, es ist in Ordnung. Ich hätte nicht so eine große Sache daraus machen sollen. Es ist nur ein See, es ist egal. Es ist in Ordnung."

Für eine kurze Weile atmete Rory lediglich Beaus Geruch ein, bis Beau schwieg und ihn nur festhielt. Rory zitterte und bebte, das Adrenalin eines Kampfes, der nicht stattgefunden hatte, flutete seinen Körper.

„Es tut mir leid", wisperte Rory. Er wagte nicht, lauter zu sprechen. „Es tut mir leid, ich weiß, du … ich weiß."

Er klammerte sich an Beau, unfähig, ihn loszulassen, obwohl es Beau gewesen war, vor dem er sich gefürchtet hatte – auch wenn er es nicht gewesen war, nicht wirklich. Er hatte vor Martin Angst gehabt, vor den anderen vor ihm – Sean, Greg, alle von ihnen, wenn die Waage kippte und er erkannte, dass sie alle gleich waren.

Nicht Beau. Vor Beau hatte er keine Angst. Solange er bei Beau war, war er in Sicherheit. Beau war nicht wie jeder andere Alpha, mit dem er je zusammen gewesen war.

„Wenn du willst", schaffte Rory zu sagen. „Ich kann, ich werde …"

„Shhh", machte Beau. „Shhh, mach dir keine Sorgen, lass uns einfach hinlegen, hm? Lass mich dich einfach eine Weile festhalten."

Beaus Griff wurde stärker und Rory entspannte sich dabei instinktiv. Beau hatte ihn noch nie darum gebeten – ihn festzuhalten. Abgesehen davon, dass Beau ihm gelegentlich ins Bett half, hatte er ihn seit ihrer Heirat kaum berührt. Selbst nachts, wenn Beau das Bett mit ihm teilte, behielt er seine Hände und alles andere vorsichtig bei sich, immer zur Wand gedreht.

Aber jetzt hob er Rory hoch, die Arme fest und stark um ihn gelegt, und als er Rory ablegte, ließ er ihn nicht los und streckte sich mit ihm aus. Rory rutschte näher, verbarg sein Gesicht gegen Beaus Brust, klammerte sich an sein Shirt. Er wagte es sogar, einen Knöchel über Beaus Bein zu legen.

„Shhh, ich habe dich, ich habe dich", murmelte Beau. „Ich bin hier, Baby, ich gehe nirgendwohin. Nicht ohne dich."

„Kannst du aber", versuchte Rory zu sagen, aber er konnte seinen Griff nicht lösen.

Beau beruhigte ihn weiter und hielt ihn fest, und schließlich fiel Rory in einen schweren, traumfreien Schlaf, jedes Glied war schwer vor Erschöpfung.

Als er aufwachte, hatte er Hunger, und das einfallende Sonnenlicht fiel auf eine Weise kühl und indirekt in das Zimmer, was bedeutete, dass sie bereits hinter dem Gebäude auf der anderen Seite der Gasse versunken war. Also war es schon nach sechs.

Und Beau lag halb auf ihm und drückte ihn in das Bett.

Rory konnte sein Gesicht nicht vollständig sehen, aber er konnte echten Schlaf im Gewicht von Beaus Körper spüren, der besondere warme Geruch stieg von seiner Haut auf. Beau hatte gesagt, er schliefe im Liegen fester als im Sitzen, aber anscheinend war selbst das nichts verglichen mit dem Schlaf in den Armen seines Omegas. Es war, als sei er ohnmächtig.

Rory sah zur Decke auf, zu dem „Bin bald zurück"-Schild, das sich nach wie vor am Fußende des Bettes befand, und bewegte sich nicht. Sie hatten beide eindeutig das Abendessen verpasst, ob nun im Freien oder nicht; Rory war sich sicher, dass er sofort aufgewacht wäre, wenn Beau das Bett verlassen hätte. Und Beau brauchte die Ruhe offensichtlich noch, sonst würde er selbst mit Rorys Einfluss nicht dermaßen tief schlafen.

Das ist gut, dachte Rory. Er schloss die Augen und versuchte, diesen Moment in seinem Gedächtnis zu verankern: Das leise Geräusch von Beaus Atem, das Gewicht von Beaus Körper auf seinem, ihre Gerüche, die auf bereits vertraute Art vermischt aus den Laken und ihren Kleidern entströmte, das noch vorhandene Licht eines Sommerabends.

Als ihm der Gedanke schließlich durch den Kopf schoss – ich könnte aufstehen und er würde es nicht einmal wissen – hing das nur mit dem Bedürfnis zusammen, dass er pinkeln musste. Selbst als er realisierte, was er gedacht hatte, und sich an all die Male erinnerte, als er in dem einen oder anderen Bett gelegen hatte und zu entscheiden versuchte, ob er es wagen konnte, sich aus dem Griff eines Alphas herauszuwinden, verfiel er nicht in Panik. Vielleicht hatte er sich an diesem Morgen daran gewöhnt, oder es waren die weiteren acht Stunden, die er in Beaus Armen verbracht hatte, jedenfalls war sein Hirn endlich von etwas überzeugt.

Es fühlte sich einfach immer gut an, Beaus Gewicht auf sich zu haben, die Nase voll von Beaus Duft. Es reichte, um etwas in seinem Gehirn, seinem Körper zu verankern.

Er konnte sich nicht daran erinnern, wann er das letzte Mal Sex wollte, außer um das gedankenlose Bedürfnis der Hitze zu befriedigen oder um den nächstbesten Alpha zu beschwichtigen, aber er glaubte, dieses Gefühl sei dem zumindest ähnlich. Er hätte gern mehr von Beaus Gewicht auf sich, mehr von Beaus Berührung und … vielleicht noch einen Kuss wie ihren ersten. Vielleicht mehrere solcher Küsse und Beaus Berührung in seinem Nacken, und Beau, der ihn ansah und Baby nannte, wenn er nicht zu ängstlich oder krank war, um es zu genießen.

Er wurde nicht hart oder nass, das waren nicht ganz diese Art Gedanken, und sein Körper schien das ohnehin nicht mehr außerhalb der Hitze zu liefern. Dieses neue Verlangen wurzelte nicht so tief in seinem Inneren. Aber er dachte, er würde Beaus Berührungen mögen, Beaus Aufmerksamkeit, und wenn es zu mehr führte, wenn Beau mehr wollte …

Beau würde es nicht verlangen, das hatte er schriftlich versprochen, alles offiziell und rechtsverbindlich. Vielmehr würde er wahrscheinlich lieb, vorsichtig und freundlich sein und wollen, dass es Rory gefiel. Das war okay, Rory hatte ein ganzes Repertoire an Möglichkeiten, um einem Alpha zu versichern, dass er alles mochte, was mit ihm gemacht wurde. Er wäre in der Lage, Beau etwas für das zurückzugeben, was Beau ihm gegeben hatte, und mehr von diesem Teil, mehr von den Berührungen und Küssen.

Natürlich hing das davon ab, ob er Beau überzeugen konnte, ihn zu wollen. Rory hatte bisher keine Anzeichen dafür bemerkt, aber sie hatten bis jetzt kaum Zeit miteinander verbracht, wenn keiner von ihnen schlief, und Rory hatte einen starken ersten Eindruck als jemand, der bald sterben würde, hinterlassen. Danach würde sich kein Alpha umdrehen.

Aber Beau war dennoch nicht angewidert von ihm, und er war ein junger, starker Alpha. Falls Rory sich ihm anbot, wenn er gesund war, würde er wahrscheinlich nicht Nein sagen.

Er konnte sich nicht daran erinnern, wie es sich anfühlte, eingeladen zu werden, bevor er genommen wurde, oder sich anzubieten, wenn es nicht schon eine abgemachte Sache war. Beau war nett und ordentlich, er würde es hübsch und normal wollen. Vielleicht romantisch.

Rory schloss die Augen und kuschelte sich in Beaus Wärme, um sich daran zu erinnern, wie wenig er jemals darüber gewusst hatte, wie normale Leute flirteten.

Kapitel 11

Beau erwachte mit dem Wissen, dass irgendetwas falsch war. Es brauchte eine Sekunde, bis ihm klar wurde, was. Rory war weg. Er musste Rory finden.

Das geschah, sobald er aufgestanden war und sich umgesehen hatte. Rory saß am Küchentisch vor einem leeren Teller. Die Bratpfanne stand auf dem Ofen. Die Bratpfanne, das war. Etwas. Wichtiges.

„Alles in Ordnung?"

Rory sah auf und lächelte ihn an, süß und glücklich, wie jemand aus Beaus Träumen. Hatte er von Rory geträumt?

„Ja, Schlafmütze. Ist bei *dir* alles in Ordnung?"

Beau blinzelte ihn an. Das war nicht ... Rory brauchte sich um ihn keine Sorgen machen. „Was ... was kann ich tun?"

Er musste es in Ordnung bringen. Das war etwas, das er in Ordnung bringen musste. Wenn er es in Ordnung brachte, konnte er weiterschlafen.

Rory lächelte nicht mehr. „Hast du Hunger, Beau?"

Beau schüttelte den Kopf. „Nein, es ist ..."

Er rieb sich über das Gesicht und begriff endlich, dass er nicht wirklich wach war, obwohl er auch nicht träumte. Er war in einem wirren Halbschlaf gefangen, als wäre er krank. Die Semesterende-Müdigkeit hatte ihn nun doch erwischt, sein Körper versuchte, alles auf einmal aufzuholen, was er in den Monaten voll Stress und Anstrengung vermisst hatte. Er hatte gehofft, dass es erst in Minnesota so weit sein oder in dem Chaos des Umzugs, den Beginn seines Praktikums und der Fürsorge um Rory ganz untergehen würde.

„Ich bin nur ..." Beau sah sich um, dann starrte er die Uhr an, versuchte, aus den Ziffern und dem Licht schlau zu werden. „Geht es dir gut? Du warst weg und ich ... ich musste dich finden. Hast du gegessen? Fühlst du dich okay?"

Rory stand auf und stellte sich dicht vor ihn, und Beau legte automatisch einen Arm um ihn.

„Du hast mich gefunden", sagte Rory, und Beau glaubte, er würde sogar lächeln, obwohl er sein Gesicht gesenkt hatte, sodass Beau es nicht sehen konnte. Er fühlte sich warm gegen Beaus Seite an, nicht fieberheiß, sein Atem und der Herzschlag waren gleichmäßig. „Nachdem du jetzt weißt, wo ich bin, soll ich wieder mit dir ins Bett kommen? Damit du weiterschlafen kannst?"

Beau nickte und drückte Rory noch enger an sich, und Rory stieß ihn immer noch nicht weg oder wirkte verängstigt. Nach einer Minute gab Rory ihm einen kleinen Schubs. Beau nickte, drehte sich mit ihm zum Bett um und brachte Rory jeden Schritt des Wegs neben sich zum Bett, bis sie sich zusammen wieder hinlegten.

Er presste seine Lippen auf die pfirsichsamtige Haut auf Rorys Kopf und schloss die Augen erneut. Rory war hier bei ihm. Jetzt war alles in Ordnung.

✳✳✳

Als Beau aufwachte, war es Morgen. Rory lehnte leicht lächelnd über ihm.

Aus einem Reflex heraus lächelte Beau zurück, auch als er sagte: „Was ... was ist ..."

„Umzugstag", erwiderte Rory. „Kannst du lange genug wach bleiben, um uns dahin zu bringen?"

Beau setzte sich auf, rieb sich fest über das Gesicht. Natürlich konnte er. Er konnte immer tun, was getan werden musste, besonders wenn er sich um Rory kümmerte. Kein Problem.

Sein Magen knurrte, als hätte er gerade einen Wolf darin, und Beau senkte die Hand, um Rory anzusehen. „Habe ich ... einen ganzen Tag verschlafen?"

Rory lächelte immer noch, zuckte jetzt jedoch die Schultern. „Du warst an der Reihe, denke ich. Hast du, ähm ..." Sein Lächeln verblasste, seine Haltung versteifte sich. „Es ist nicht mehr viel im Kühlschrank, aber ..."

„Shhh, nein", sagte Beau sofort und drückte Rorys Schulter. „Ich kann uns etwas zum Frühstück holen, oder wir gehen frühstücken, wenn du dich gut genug fühlst, und dann werde ich den Umzugswagen holen. Okay?"

Rory nickte und entspannte sich unter Beaus Hand ein wenig. In der nächsten Sekunde verspannte er sich bereits wieder, als er seine Hand zum Kragen seines Shirts hob, gerade unterhalb der silbernen Brandwunden, dann zu seinem Kopf, bedeckt mit Stoppeln, abgesehen von einigen kahlen Flecken, die sich gerade mit feinem, hellen Flaum füllten.

Dennoch sagte er entschlossen: „Ich kann ausgehen. Ich meine, irgendwo müssen wir ja anfangen, richtig?"

Beau versuchte, ihn zu sehen, wie es ein Fremder tun würde, anstatt nur zu sehen, um wie viel besser er aussah als letzte Woche. Anstatt nur zu sehen: *Rory* und *meiner.*

„Ich habe deinen Winterschal gewaschen", bot Beau an, während er zu dem marineblau-roten Schal nickte, der über ein paar Kartons ausgebreitet war und von der Nachmittagssonne beschienen wurde. „Oder du kannst deine Krawatte anlegen? Sie ist in dem Schrank bei deinen aufgehängten Kleidern."

Rory sah zu der Schranktür, und etwas in dem verstohlenen Blick sagte Beau ohne Zweifel, dass Rory sich nie getraut hatte, hineinzusehen. Vielleicht hatte er nicht einmal gewusst, wohin seine Kleidung verschwunden war.

„Bist du sicher?", fragte Rory, sein Blick glitt zu dem weichen, warmen Schal, den er an dem Tag getragen hatte, als sie sich getroffen hatten. „Es ist Sommer. Das wird merkwürdig aussehen."

„Du trägst, was du willst, Baby", sagte Beau entschlossen. „Es kümmert mich nicht, was andere Leute im Diner über deinen Modegeschmack denken. Ich möchte nur, dass du dich entspannen und frühstücken kannst, okay?"

Rorys Blick wanderte zu ihm zurück und er lächelte Beau schüchtern an. „Ich könnte ein Hipster sein, hm?"

„Absolut", stimmte Beau zu, als wüsste er irgendetwas über Hipster. Sie trugen Flanellhemden, richtig? Warum also keinen Strickschal im Sommer?

Vielleicht gab es keine Möglichkeit, dass Rory für einen gewöhnlichen Betrachter etwas anderes als *fürchterlich krank* aussah, aufgrund seiner Magerkeit und seinen Haaren. Die meisten Menschen würden genug Anstand haben, um irgendwelchen seltsamen Sachen Aufmerksamkeit zu schenken, die damit irgendwie zu tun haben könnten.

Und wenn sie diesen Anstand nicht hatten – wenn überhaupt jemand unhöflich zu Rory war – dann würde Beau … damit umgehen.

Ruhig, sagte er sich. Höflich. Ohne Rory zu erschrecken oder eine Szene zu machen. Auf jeden Fall, ohne dass jemand die Polizei wegen eines Werwolfs anrief, der sich bedrohlich verhielt. Eine Verhaftung würde den ganzen Tag vermiesen und möglicherweise mehr als das bedeuten, wenn die Rochester-Klinik davon in Kenntnis gesetzt wurde.

Er wiederholte diesen Plan in Gedanken immer wieder, während er sich anzog. Es wäre gut, ihn nicht zu vergessen.

***

Auf einige neugierige Blicke in Rorys Richtung hin erwachte in Beau der Beschützerinstinkt, aber er erntete lediglich entschuldigende oder mitfühlende Blicke, bei keinem Menschen zeigte sich Wut oder schrillten die Alarmglocken. Nach dem dritten erkannte Beau, dass niemand sie für Werwölfe hielt, weil Werwölfe nie sichtbar krank wurden. Er wusste nicht, was er von dieser bequemen sozialen Tarnung halten sollte. Stattdessen versuchte er sich auf das Vergnügen zu konzentrieren, Rory zuzusehen, wie er ein Omelett aus drei Eiern, Toast, Pfannkuchen und die Beilage aus Früchten verschlang, ohne den geringsten Hauch von Übelkeit oder Zögern.

Beau schob seine eigenen Erdbeer- und Orangenscheiben zu Rory, und in dem Moment wirkte Rory ein wenig verschüchtert.

„Ich, ähm …" Er senkte den Kopf. „Ich glaube, ich habe meinen Appetit zurückbekommen?"

„Gut. Ich bin froh darüber", sagte Beau, spießte die Erdbeere auf und hielt sie Rory vor die Lippen. Selbst als er das tat, wusste er, dass es etwas anderes war als letzte Woche, als er Rory gefüttert hatte, während er krank und halb bewusstlos gewesen war und niemand zugesehen hatte, aber er konnte und wollte es nicht zurücknehmen.

Rory sah zu ihm auf und dann, mit einem Lächeln, das unter der Schüchternheit verspielt war, biss er zu, sodass nur der Stiel und etwas Saft auf Beaus Fingern übrig blieb.

Beau senkte den Blick und musste plötzlich mit der Kontrolle über seine Reaktion kämpfen. Er spürte, dass er rot wurde und sein Herz losrasen wollte. Er ließ den Erdbeerstiel auf seinen Teller fallen und leckte sich die Finger sauber, ohne an Rorys gesund pinke Lippen und das Blitzen seiner Zähne zu denken.

Es fühlte sich an, als würde sich der Boden unter ihm bewegen, als würde sein Kopf von innen nach außen gekrempelt, während sich das Paradigma verschob. Rory war niemand, der eine Reihe von Symptomen und eine Krankengeschichte aufwies. Er war kein Patient, den Beau auf eine etwas ungewöhnliche Weise aufgenommen hatte.

Rory war eine Person, Beaus Ehemann, der zufällig über eine Krankheit hinwegkam, durch die Beau ihn gepflegt hatte.

Es hatte sich nichts geändert, oder sollte es zumindest nicht. Rory brauchte einen sicheren Ort, an dem er sich erholen konnte. Er sollte sich keine Sorgen darum machen, dass Beau ihn wollte und deswegen unter Druck setzte. Gestern hatte ihn ein Mittagessen im Freien noch erschreckt, der Mond wusste, was er tun würde, wenn er dachte, Beau könnte irgendetwas mit ihm geplant haben. Und Beau hatte sicher nicht die Absicht, etwas zu fordern, nur weil ... nur weil Rory heute wesentlich besser aussah und sich verspielt gab und seine Lippen rosig waren.

Rorys Herz schlug ein wenig schneller, aber noch geriet er nicht in Panik. Beau hob den Blick und stellte fest, dass Rory seinen eigenen Teller aufmerksam studierte, seinen Mund in den dunklen Falten des Schals verborgen, und ... errötete. Nicht die hektische Färbung einer Panik, nur eine rosa Färbung auf seinen Wangen und den Ohren. Das brachte Beau dazu, einen Arm um ihn legen und seine Lippen auf diese Stellen legen zu wollen, um festzustellen, wie viel wärmer sie sich anfühlten.

Beau verdrängte diesen Gedanken entschlossen und konzentrierte sich auf das, was er in Rorys Miene und Körpersprache lesen konnte, was ... keine Angst war.

Er war ein wenig angespannt, doch das war Rorys Dauerzustand, aber er kauerte sich nicht zusammen oder suchte einen Fluchtweg. Er hätte fast lächeln können, und dann warf er Beau einen Blick zu. Als sich ihre Augen trafen, lächelte Rory und Beau musste grinsen.

Beide schauten weg, hatten kaum noch Blickkontakt und sprachen für den Rest des Frühstücks auch nicht mehr viel, aber es war keine unerträgliche Stille oder ... nein, nicht unangenehm, nicht besorgniserregend. Es war wie die

Stille, wenn man sich auf einen Scherz einließ, wenn man kein Wort zu sagen brauchte.

Beau wusste, dass er sich Gedanken darüber machen sollte, was Rory dachte, weil er keine Ahnung hatte, warum Rory alles so ruhig hinnahm, aber das Gefühl, zusammen etwas zu machen, war zu gut, um es zu verderben.

Als sie das Diner verließen, verflüchtigte sich der Zauber ein wenig und brachte sie in die Wirklichkeit und zu den Tagesplänen zurück. Beau sah auf seine Uhr, die ihm bestätigte, dass die Autovermietung inzwischen offen war.

„Ich hole den Umzugswagen", sagte er. „Es ist ein langer Weg, du brauchst nicht mitkommen. Hier, nimm meine Schlüssel. Hast du dein Handy dabei?" Rory nickte und berührte die Tasche seiner Jeans, wo Beau den großen rechteckigen Umriss sehen konnte.

Beau zog seine Brieftasche hervor und entnahm ihr ein paar Scheine. „Hier, du solltest ein wenig Geld dabei haben, falls dir noch etwas einfällt, was du brauchst. Das Geschäft bei unserer Wohnung ist netter, als du meinst, und ein paar Blocks von hier entfernt gibt es eine Bäckerei, wenn du noch hungrig bist, oder einen hübschen kleinen Park ..." Beau deutete nach Osten. „Falls du einfach frische Luft genießen willst oder so. Es wird wahrscheinlich mindestens eine Stunde dauern, bis ich den Truck habe, und ich rufe an, wenn es noch länger dauert. Okay?"

Rory steckte das Geld in die andere Hosentasche und behielt die Schlüssel in der Hand. Es waren nur drei Blocks zurück zur Wohnung und Beau hatte ihm Spielraum gegeben. Zeit, Susan anzurufen und um Hilfe zu bitten, wenn es sein musste. Rory würde klarkommen.

„Okay", sagte Rory, als Beau einfach nur dastand und ihn wie ein Idiot anstarrte. „Ähm ..."

Er lehnte sich leicht vor, stellte sich auf die Zehenspitzen und hob das Kinn an, bis Beau begriff, was er still anbot oder vielleicht sogar darum bat. Und, verdammt, sie gewöhnten sich besser an solche Art Dinge, oder niemand in Rochester würde ihnen glauben, dass sie tatsächlich verheiratet waren.

„Okay", wiederholte Beau, lehnte sich ebenfalls vor, schlang einen Arm leicht um Rory, um ihn zu stützen, während er einen sanften kleinen Kuss auf seine Lippen presste. „Okay. Wir sehen uns in einer Stunde, Baby."

Rory nickte, schabte mit den Zähnen über seine Unterlippe, dann winkte er, lächelte ein kleines, schüchternes Lächeln und drehte sich um, wobei er geschickt aus Beaus Griff schlüpfte.

Beau stand da und sah ihm nach, bis er die Ecke erreicht hatte, stehen blieb und auf die grüne Ampel wartete. Beau drehte sich auf dem Absatz um und marschierte los, bevor Rory zurückblicken und ihn ihm nachstarren sehen konnte.

∗∗∗

Als Beau in das Apartment zurückkam, stand eine weiße Bäckertüte auf dem Küchentisch und Rory packte gerade das letzte Geschirr in einen Karton.

„Hey", sagte Beau lächelnd. „Prima. Die bringe ich gleich runter."

Er packte einen Stapel Kartons und marschierte geradewegs die Treppe hinunter, und für eine kurze Zeit ging es so weiter, er trug das Zeug hinunter zum Truck – zuerst alle Kartons und die Mülltüten, dann seinen kleinen Tisch und zwei Stühle, die Bücherregale. Als er wieder nach oben kam, zog Rory gerade das Bett ab und sah sich nach etwas um, in dem er das Bettzeug verstauen konnte.

„Oh", sagte Beau. „Äh …"

Er hatte nicht vorgehabt, das Bett mitzunehmen. Es war alt und wirklich nicht sonderlich bequem, oder groß genug für ihn, damit er sich ausstrecken konnte, ohne dass seine Füße über den Rand hinaushingen oder sein Kopf gegen die Wand stieß. Er hatte Betten bestellt, die an die neue Adresse geliefert wurden, aber nicht vor morgen. Der leere Mond stand bevor und diese neuen Betten würden steril und nach Einsamkeit riechen ...

„Hier", sagte Beau, griff nach einem weiteren Müllsack und schüttelte ihn auf, damit Rory die Laken und Decken darin verstauen konnte, eine konzentrierte Geruchsexplosion von ihnen beiden im Schlaf. Plötzlich überrollte ihn die körperliche Erinnerung daran, wie er mit Rory in den Armen auf dem Bett gelegen, ihn mit seinem eigenen Gewicht in die Matratze gedrückt und dort festgehalten hatte.

Beau sah auf und traf auf Rorys Blick, Rory errötete erneut, aber er wirkte nicht verängstigt. Er hatte überhaupt nicht mehr verängstigt ausgesehen. Beau konnte nichts falsch gemacht haben, wenn sich Rory so benahm. Vielleicht war das nur ein Traum gewesen, selbst wenn er sich an den Druck von Rorys Knochen gegen seinen Leib und Rorys warmen Schlafgeruch in seiner Nase erinnerte.

„Was ist mit den Handtüchern?", fragte Rory und nickte zum Badezimmer.

„Wir kaufen neue Handtücher", antwortete Beau, weil er in den letzten neun Jahre keine neuen gekauft hatte, außer er hatte eines beim Abtrocknen zerrissen – und selbst das war bereits ein paar Jahre her. Die Handtücher, die er neu nannte, waren beinahe ebenso zerschlissen und ausgefranst wie die, die für ihn alt waren.

Trotzdem holte Beau einen weiteren Müllsack und ließ Rory ihre zum Glück trockenen gebrauchten Handtücher hineinwerfen, zusammen mit dem Duschvorhang. Die Duschmatte ging in den richtigen Müll, und Beau fing an, Seife, Shampoo und Reinigungsmittel in eine andere Schachtel zu packen, unter dem Handwaschbecken und anschließend unter dem Spülbecken auszuräumen, während Rory den Schrank kontrollierte.

Am Ende dauerte es eine knappe Stunde, bis sie das Apartment leer geräumt hatten, selbst mit der Zeit, die sie brauchten, um die Matratze und das Boxspringbett nach unten und in den Truck zu schaffen. Rorys Einkaufstasche war gegen einen von Beaus alten Rucksäcken ausgetauscht worden und Rory trug ihn eigenhändig zum Umzugswagen hinunter, zusammen mit der Bäckertüte und einer Wasserflasche, die er zwischen sie stellte, als er auf den Beifahrersitz kletterte.

„Reiseproviant, huh?", sagte Beau und warf einen Blick auf die Tüte. Er konnte Schokolade und Gebäck riechen, aber er wollte sich nichts nehmen, wenn Rory es ihm nicht anbot.

Rory nickte und lächelte wieder sein schüchternes Lächeln. „Du hast hart gearbeitet."

„Du auch", sagte Beau. Er konnte sehen, wie die Müdigkeit in Rory aufstieg, aber er hatte es mit dem Ausflug zum Frühstück und der Mithilfe bei der letzten großen Pack- und Putzaktion wirklich prima gemacht. „Wir haben uns beide ein paar Süßigkeiten verdient, was?"

Rory nickte und öffnete die Tüte. „Trotzdem musst du fahren."

Beau hob die Augenbrauen. Das erinnerte ihn daran, dass er *tatsächlich* zu fahren hatte, also kontrollierte er die Spiegel, damit er sicher in den Verkehr einfädeln konnte. Als er wieder in Rorys Richtung sah, hielt der ihm einen schokoüberzogenen Donut hin und biss sich auf die Lippe.

Beau grinste. „Danke, Baby."

Er biss ab und zwang sich, seine Augen auf die Straße zu richten, während er den Truck in die Gänge brachte, anstatt seine Aufmerksamkeit Rory zu schenken, der an seinem eigenen Donut knabberte. Als sie auf die I-90 einbogen, hatte Rory ihn mit einem ganzen Donut gefüttert, mit einem Stück Kuchen und einer Art Obsttörtchen, und Beau hatte es beinahe vollständig vermieden, weder Rorys

Finger abzulecken oder zuzusehen, wie er sie selbst ableckte. Rory hatte einen Donut und einen Muffin gegessen und schien ruhig und zufrieden zu sein. Er zog seine Knie an die Brust und sah sich um, während sie über die Autobahn rollten, obwohl es nicht viel zu sehen gab. Bis jetzt waren es nur Plakatwände und die Nordseite der Stadt.

Es dauerte nicht lange, bis Rory mit unbeholfen auf dem Knie abgelegtem Kopf eindöste. Er trug seinen Schal, der dabei wie ein kleines Kissen war, aber nicht viel mehr. Beau streckte die Hand nach ihm aus und drückte ihn an der Schulter nach hinten. Rory folgte der Bewegung und lehnte sich gegen die Rückenlehne. Das wirkte ein wenig bequemer, und Rory schlief fester ein, als sie den dichtesten Verkehr hinter sich hatten und schneller fuhren.

Beau überlegte, in Wisconsin zum Mittagessen anzuhalten, doch als er mit dem Nachtanken fertig war, schlief Rory immer noch tief auf dem Beifahrersitz, sodass Beau entschied, so schnell wie möglich weiterzufahren.

Er ließ Rory schlafen, fuhr auf die Straße zurück und in den Nachmittag, bis er in die doppelbreite Auffahrt einbog und den Truck abstellte.

Rory schrak hoch, als der Motor ausging, blinzelte zum Haus und dann zu Beau hinüber.

„Hey, Baby", sagte Beau lächelnd. „Wir sind Zuhause."

Kapitel 12

Rory starrte Beau an, dann das Haus, anschließend wieder Beau. Er hatte gewusst, dass sie in eine größere Wohnung zogen, nachdem er Beau geholfen hatte, eine große Couch und einen Sessel auszusuchen, die unter keinen Umständen in eine kleine Studiowohnung passten. Und Beau hatte ihm versprochen, ein eigenes Zimmer zu bekommen, in dem er die Hitzen verbringen konnte, was heißen musste, dass sie zumindest zwei Schlafzimmer hatten.

Aber das war ... ein *Haus*. Ein *großes* Haus, größer als das, in dem er als Kind gelebt hatte, mit einem großen, grünen Grundstück drumherum. Die Bäume waren noch klein und das Haus sah brandneu aus, alles perfekt, unberührt. Er konnte sich nichts vorstellen, das noch gegenteiliger von den Unterkünften war, in denen er gelebt hatte, seit er in die Stadt ausgerissen war.

Es sah aus wie das Zuhause von irgendwem.

„Das?", sagte Rory gerade noch laut genug, um nicht zu flüstern. „Wir ..."

„Yeah", erwiderte Beau und drückte seine Schulter. „Ja, das gehört uns. Ich meine, außer es gefällt dir nicht, dann muss ich schnell eine Menge Anrufe erledigen und ich weiß nicht einmal, was dann mit der Hypothek geschieht. Also sollten wir es uns vielleicht doch von innen ansehen. Schauen, ob es in Ordnung ist?"

Rory konnte den sanften Scherz in seiner Stimme hören, aber er konnte die Worte kaum begreifen, weil er immer noch wie angewurzelt das Haus anstarrte. Beau hatte das getan, für ihn, für ...

„Nur ... nur für uns? Das ist nur für dich und mich?" Rory schaffte es endlich, Beau anzusehen, gerade rechtzeitig, um zu bemerken, wie seine Miene ganz weich und warm wurde.

„Ja, Baby", sagte Beau in einem Tonfall, der Rory dazu brachte, zu zittern und sich näher an Beau zu schieben. „Nur für uns. Und, ich meine ..." Beau legte die Nase in Falten. „Vielleicht irgendwann eine Dinnerparty? Oder wenn du jemanden einladen willst? Aber es ist unser Haus. Wir können uns eine Höhle für den leeren Mond bauen und du wirst hier auch sicher sein, wenn ... wann immer du zu Hause sicher sein musst."

Wenn seine Hitzen zurückkamen. Plötzlich fiel ihm ein, dass das, was immer Beau auch mit der Flasche Beruhigungsmittel angestellt hatte, in Chicago zugeblieben sein musste.

Rory wusste nicht, wo er welche herbekommen könnte, selbst wenn er sie an diesem fremden Ort haben wollte.

In Chicago hatte er gewusst, wo er eine Hebamme finden konnte, die keine Fragen stellte, aber jetzt ...

Jetzt musste er Beau wirklich vertrauen.

„Okay", sagte Rory, obwohl er nicht glaubte, dass Beau ihm eine Frage gestellt hatte. „Ja, lass ... lass uns reingehen."

Das Haus war riesig und leer, kühl und dunkel mit eingeschalteter Klimaanlage und den Schatten, die über jedes einzelne der vielen Fenster fielen. Der vordere Raum, fast so breit wie das Haus, hatte Holzböden und einen Kamin am anderen Ende, ein breiter Torbogen führte in die Küche, die in einem hübschen, sonnigen Gelb gestrichen war und viel Platz für einen Tisch und Stühle neben der Glasschiebetür zur hinteren Veranda und dem großen Garten bot. Darüber hinaus gab es einen weiteren Raum hinter der Garage, eine Stufe unterhalb der Küche, der mit Teppich ausgelegt war.

Alles roch neu, frisch gestrichen und absolut sauber, ohne den Geruch ehemaliger Bewohner.

„Ist das ... gerade gebaut worden?" Es war nicht für sie gebaut worden, dafür war sicher keine Zeit gewesen –

obwohl Beau natürlich viel eher gewusst haben musste, dass er nach Minnesota kam; es musste nichts mit Rory zu tun haben.

„Nein – es wurden einige Renovierungsarbeiten durchgeführt, und ich hatte einen Wolfs-Immobilienmakler, der dafür gesorgt hat, dass alles vollständig gereinigt, gestrichen und geruchsneutral behandelt wurde. Sie haben gute Arbeit geleistet, hm? Willst du als Nächstes das Obergeschoss sehen, oder nach unten?"

Er deutete auf eine Tür neben der Küche, die zur Kellertreppe führen musste, und Rory nickte und ging voraus, als Beau ihn mit einer Handbewegung dazu einlud.

Der Keller hatte eine niedrige Decke und war sogar noch kühler als der Rest des Hauses. Er roch auf beruhigende Weise trocken. Eine große zentrale Fläche hatte einen grau gestrichenen Betonboden, und die Waschmaschine, der Trockner und ein Waschbecken befanden sich unter hohen Fenstern. Aber eine fertige Wand trennte mindestens ein Drittel des Raumes ab, und Beau ging dorthin voraus.

„Es gibt ein kleines ... Gästezimmer, wie sie es nennen, hier unten", erklärte Beau. „Ich dachte ... nachdem wir das alte Bett mitgenommen haben, können wir es vielleicht hier runter bringen und ein paar Nächte darin schlafen, bis der Rest der Möbel da ist und der Mond wieder zunimmt?"

Das kleine Schlafzimmer hinter der Tür war winzig, überraschend gemütlich und höhlenartig. Es gab einen weichen, dicken Teppich auf dem Boden, und ein paar weitere hohe Fenster ließen gesprenkeltes Licht ein, was hieß, dass sie zum Teil von Büschen verdeckt wurden. Die Decke war niedriger als im Erdgeschoss, und Rory hatte das Gefühl, dass die Schlafzimmer in der obersten Etage sogar noch größer und luftiger sein mussten.

Das war ... fast so, als wären sie wieder in Beaus Apartment in Chicago. Rory war sich ziemlich sicher, dass alles vom Umzugswagen in diesen Raum passen würde, obwohl das Zimmer dann wahrscheinlich noch überfüllter wirken mochte als das Apartment.

Für einen Augenblick hatte er die Vision, den Rest des Hauses zu dekorieren wie eine Wohnung aus einem Magazin, während er und Beau nur in diesem Zimmer lebten, zusammengekauert und versteckt, geheim und sicher. Fremde würden eine menschliche Fassade sehen, aber sie könnten hier unten ihre gemeinsame Höhle haben.

Wenigstens für eine kurze Zeit.

„Das klingt toll", sagte Rory, stellte sich nah an Beau, und Beau legte einen Arm um ihn und hielt ihn fest, sagte nichts darüber, wie viel sie noch zu tun hatten, bis sie eingezogen waren.

***

Die nächsten Stunden wurden viele Kisten ausgepackt und festgestellt, dass Beaus Besitztümer die widerhallende Leere des Hauses in keiner Weise füllten: Das wenige Geschirr und die Pfannen ließen die Küchenschränke nur größer und leerer aussehen, und die Bücherregale im vorderen Zimmer machten deutlich, wie viel Nichts es im Rest des Raumes gab.

Keiner von ihnen ging in den zweiten Stock. Sie aßen Pizza in einem Flecken Sonnenlicht auf dem Küchenfußboden, bevor Beau losfuhr, um den Lastwagen zurückzugeben, und Rory ging zurück in das Schlafzimmer im Keller, um das Bett zu machen und das Klebeband von der verschrammten alten Kommode zu ziehen, damit die Schubladen wieder genutzt werden konnten.

Beaus Anzüge hingen alle im Schrank, Rorys gute Hose und sein Hochzeitshemd samt Krawatte hingen daneben, zusammen mit einem meergrünen Hemd, das Rory noch nie zuvor in der gleichen Größe gesehen hatte wie sein Hochzeitshemd. Es hatte fast die Farbe von Rorys Augen.

Er strich mit den Fingern über die weiche Baumwolle und hielt den Stoff fest. Beau musste geglaubt haben, dass er ein weiteres schönes Hemd brauchte, um Leute aus der Klinik zu treffen, die Ärzte, von denen Beau ausgebildet werden würde, und deren Ehepartner. Er musste vorzeigbar aussehen, wie ein unterstützender Ehemann.

Jetzt allerdings richtete Rory das Schlafzimmer ein und räumte alles auf, so gut er konnte.

Dann setzte er sich auf den Boden am Fußende des Bettes und öffnete seinen Rucksack.

Alles darin war in Plastiktüten eingewickelt, die sich über die Jahre von hier und da angesammelt hatten.

Er hatte drei saubere T-Shirts und vier Unterwäsche-Sets zum Wechseln, sechs Paar Socken – obwohl drei altersgrau und an den Fersen und Zehen durchgescheuert waren.

Er hatte ein bisschen Geld, einschließlich dem, was von dem Geld übrig war, das Beau ihm gestern gegeben hatte. Scheine und Münzen waren sorgfältig voneinander getrennt – ein paar steckten in seiner Unterwäsche, einige Scheine waren flach zwischen den Seiten einer zerfledderten Taschenbuchausgabe von *I, Robot* versteckt, das Rorys Vater – *der Ehemann seiner Mutter* – ihm zum achten Geburtstag geschenkt hatte.

Er war in Versuchung gewesen, es zurückzulassen, als sie ihn weggeschickt hatten, aber irgendwie hatte er es nie fertiggebracht, sich davon zu trennen. Es war nie verloren gegangen und er war immer vorsichtig damit umgegangen. Er hatte zwar kein Foto seiner Familie behalten, aber er hatte dieses Buch, das immer noch ganz schwach den Duft des Hauses trug, in dem er aufgewachsen war, wenn er seine Nase auf die Seiten in der Mitte presste.

Jetzt öffnete er es nicht.

Er sah sich in dem Raum um, der der sicherste Ort in diesem Haus sein würde, in dem er bleiben durfte, das

Recht hatte zu bleiben. Sein Haus und das seines Mannes, alles legal und auf Menschenart, auf Papier.

Er zog das Spannbetttuch hoch, um die Kordelgriffe der Matratze an der Wandseite freizulegen, und steckte das Buch behutsam durch den Griff, sodass es fest gegen die Matratze gedrückt wurde. Als er das Laken wieder an seinen Platz zog und die Decke glattstrich, gab es kein Anzeichen, dass dort etwas versteckt war.

Rory stopfte alles andere zurück in seinen Rucksack, verstaute ihn in der hinteren Ecke des Schrankes, rollte sich dann auf dem ordentlich gemachten Bett zusammen und schlief ein.

***

Er wachte auf, als Beau nach Hause kam. Die Sommersonne ging unter, aber das Haus war nach wie vor erhellt, es gab keine anderen Gebäude, die nahe genug waren, um das Licht abzuschirmen. Beau war mit einem leuchtend blauen Mietwagen zurückgekommen – „Nur vorläufig, wir haben eine Menge zu erledigen und ich konnte heute kein Auto kaufen." – und der Kofferraum war mit Lebensmitteln vollgestopft. Rory half ihm, sie im Kühlschrank und in der Speisekammer zu verstauen.

Als sie an der Anrichte saßen und Gebäck aus der Bäckerei des Lebensmittelgeschäfts aßen, sagte Rory: „Was, ähm … was passiert jetzt? Nicht morgen, aber danach?"

Morgen würden die meisten Möbel geliefert werden; morgen war die Nacht des leeren Mondes. Beau hatte beiläufig ein halbes Dutzend Erledigungen aufgezählt, die erledigt werden mussten – die Bank, die Führerscheinstelle, noch mehr Dinge, die für das Haus gekauft werden sollten. Nur über den tatsächlichen Grund, warum sie nach Minnesota gekommen waren, hatte er nicht viel gesagt.

„Die Einführung beginnt am Donnerstag", erklärte Beau und klang ein wenig grimmig über diese Aussicht. „Ich werde Donnerstag und Freitag den ganzen Tag unterwegs sein. Am Samstag gibt es ein Barbecue für uns alle samt Familie, also …"

„Ich könnte das grüne Hemd tragen?", bot Rory an und brachte Beau damit zum Lächeln.

„Sicher, wenn es dir gefällt", erwiderte Beau. „Vielleicht mit einer Jeans?"

Rory nickte zustimmend, sah auf seinen Cookie hinunter und erlaubte sich die Vorstellung, dass Beau ihn in diesen Kleidern bei dem Barbecue sehen wollte und nicht, weil er kaum etwas anderes zum Anziehen hatte.

„Ich weiß nicht, wie es dir geht", sagte Beau nach einem weiteren stillen Moment, „aber ich habe das Gefühl, dass der leere Mond früh kommt. Ich möchte mich nur zusammenrollen, wo alles vertraut riecht."

Rory warf ihm einen Seitenblick zu und sagte hilfsbereit: „Wahrscheinlich musst du noch Schlaf nachholen. Du bist heute die ganze Strecke gefahren und hast auch alles selbst geschleppt."

„Du hast deinen Rucksack und deinen Anteil an Lebensmitteln getragen", erwiderte Beau und lächelte leicht. Er war nicht verärgert über Rory, weil er nicht genügend getragen hatte. Noch nicht.

„Können wir die Cookies mitnehmen?", fragte Rory. Beau lachte tatsächlich und küsste seine Stirn.

Fünf Minuten später lagen sie zusammengerollt im vertrauten Bett, die Cookies standen bereits vergessen auf dem Nachttisch. Rory schlief mit der Nase an Beaus Brust ein und dachte:

So fühlt es sich an, ein Zuhause zu haben.

***

Rory war sich nicht sicher, wo der Traum aufhörte und die Realität begann, selbst nachdem er sicher war, wach zu sein, denn alles war warm und weich und schummerig beleuchtet. Die Sonne und der leere Mond standen beide knapp über dem Horizont, vergossen das Licht eines langen Sommerleermondtages, und ließen ihn nichts anderes wollen, als sich nahe an seinen Partner zu schmiegen und mit ihm sicher in ihrer Höhle zu bleiben. Das tat er eigentlich schon, träumend und wach.

Er war eng von Beaus Armen umschlungen, eines von Beaus Beinen legte sich über seine, um ihn festzuhalten, und Beaus Mund strich sanft über seinen, warm und leicht schlafsauer, und fühlte sich bereits vertraut an, obwohl sie sich zuvor noch nicht so geküsst hatten.

Ihre Lippen waren aneinander leicht geöffnet, schläfrig und locker, ohne den schrecklichen Hintergedanken von Sex. Das war nur ... als wäre nichts zwischen ihnen, als ob sie eine Kreatur wären, die atmete und sich hin und her bewegte, ohne dominieren oder sich unterwerfen zu müssen. Es gab kein Gefühl der Invasion, als Beau seine Zunge in Rorys Mund schob, genauso wenig wie wenn sich seine Lungen ausdehnten oder sein Herz schlug. Alles war genau so, wie es sein sollte.

Selbst als er bemerkte, dass Beaus Schwanz hart gegen seinen Bauch stieß, kam kein Gefühl der Angst auf, nicht einmal das gelangweilte, resignierte Gefühl von *Jetzt geht das schon wieder los.*

Rory war so weit davon entfernt, in der Hitze zu sein, wie es nur möglich war, und wollte nur die schützende Nähe des Körpers seines Partners, aber das war ein Teil seines Partners, ein Teil der Sache, die sie zusammen hatten, keine größere Bedrohung für ihn als seine eigenen Zähne.

Rory wand sich hilfsbereit gegen Beau und lud ihn ein, sich zu bewegen, zu stoßen. Beaus ganzer Körper zuckte und beruhigte sich wieder, erschütterte die schläfrige Leichtigkeit und zerbrach sie wieder in zwei eigene Teile.

Rory biss sich auf die Lippe und senkte den Blick, blieb so ruhig wie möglich und wartete auf Beaus Reaktion. Er wusste nicht, was es war, aber als er endlich nachdachte und nicht nur in der halben Traumillusion gefangen war, die das gewesen war, wusste er, dass es Sex war, was die Menschen änderte. Was vor allem Alphas änderte. Er hatte keine Ahnung, was genau Beau wollen oder wie Rory sich dabei fühlen würde.

„Rory", sagte Beau mit rauer und heiserer Stimme. „Es tut mir leid, ich werde … ich werde gehen und …"

Rory sah schnell auf, erschrocken genug, um nach Beau zu greifen, ohne nachzudenken. „Nein, nicht, geh nicht."

Beau bewegte sich nicht, sah ihn nur an, besorgt die Stirn runzelnd, und Rorys Verstand begriff bei diesem Anblick etwas mehr. Beau machte sich Sorgen um ihn. Beau erwartete, dass er das nicht wollte oder sich darüber aufregte, so aufzuwachen.

Rory zog eine Hand von Beau, fiel zurück auf das Kissen und legte sich die Hand auf die Stirn. „Beau, es macht mir nichts aus. Du bist ein Alpha, diese Reiberei fühlt sich jeden Tag im Jahr gut für dich an. Und wir sind verheiratet."

Beau blinzelte ihn an, als hätte Rory das alles in einer Fremdsprache gesagt, schüttelte den Kopf, als müsste er Wasser aus seinem Ohr bekommen. „Das musst du nicht, das … wir haben das vereinbart. Ich werde nichts von dir verlangen. Ich …"

„Ich fühlte mich nicht, als hättest du es verlangt", sagte Rory und lächelte schief. „Es hat sich gut angefühlt. Wie es dir gefallen hat. Das gefiel mir."

Beau blinzelte ihn immer noch an und seine Unsicherheit sorgte bei Rory für ein Gefühl irgendwo zwischen Kühnheit und Befreiung. Es war besser, etwas zu provozieren, als von seinem Alpha alleingelassen zu werden – nicht heute, nicht an einem Leermondtag an einem fremden Ort. Nicht, wenn es sich vor ein paar Minuten so gut, so warm und sicher angefühlt hatte.

„Wenn du mich ficken willst, brauchen wir wahrscheinlich Gleitgel", sagte Rory, seine Wangen erhitzten sich, obwohl er das geradeheraus sagte, wie eine Bedingung, die er stellen durfte, und nicht etwas, mit dem er gebrochen worden war. „Ich werde nicht wirklich nass. Außerhalb der Hitze. Aber mein Mund ist in ziemlich guter Verfassung oder ..."

Beau kniff die Augen zusammen. „Rory, du ..."

„Bitte", flüsterte Rory und griff nach dem Saum seines T-Shirts. „Beau, bitte, lass mich ..."

„Ich habe noch nie", zischte Beau abrupt, scharf wie ein Messer, das Rorys Betteln abschnitt. Er öffnete seine Augen wieder, seine Wangen liefen rot an wie Rorys, sein ganzes Gesicht verspannte sich, als erwartete er hier etwas, das wehtun könnte. „Ich war im Medizinstudium und davor hatte ich nie Zeit, nicht seit ich sechzehn war. Also habe ich das nie gemacht. Nichts davon."

Kapitel 13

Rory starrte ihn nur an, und Beau fletschte die Zähne wegen der dummen, brennenden Schande, weil er kein richtig erfahrener Alpha war. Es hätte keine Rolle spielen sollen, nicht mit Rory. Sie sollten wirklich, wirklich nichts tun, dass es überhaupt wichtig machte, aber das war etwas, was Beau nicht oft zugab. Er hatte gedacht, er könnte gut genug sein, könnte sich gut genug um Rory kümmern, ihn befriedigen, für ihn sorgen. Er hatte gedacht ...

Rory bewegte sich plötzlich, stürmte vorwärts und presste sich gegen Beau, und Beaus erschlaffender Schwanz wurde beinahe augenblicklich wieder hart. Er reagierte in reinem Reflex, erwiderte Rorys rauen, hungrigen Kuss ohne nachzudenken.

Er konnte nichts anderes riechen oder schmecken oder fühlen außer Rory, erkannte nicht den geringsten Hauch von Mitleid oder Spott, weder Angst noch Widerstand.

Da war nur Rory in seinen Armen, drückte sich an ihn und küsste ihn.

„Ich weiß, dass du jemanden verdienst, der ...", murmelte Rory und zog sich dabei gerade genug zurück, um zu sprechen. „Aber wenigstens kannst du ... du kannst mit mir üben, damit du bei einem Treffen ..."

Beau schnitt ihm das Wort mit einem weiteren Kuss ab, er wollte nicht über einen anderen Omega nachdenken, an eine Zeit nach dieser hier, wenn Rory weg war. Nicht jetzt, nicht mit dem leeren Mond am Himmel, wenn sie sich hautnah und unversehrt brauchten. Er versuchte Rory das zu sagen, mit Küssen und mit seinem Körper, doch er rieb sich nicht an ihm und pinnte ihn auch nicht unter sich fest, sondern hielt ihn einfach nur eng bei sich und stippte mit der Zunge in seinen Mund, um ihn wieder und wieder zu schmecken.

Rory entspannte sich in seinen Armen, geschmeidig, als schliefe er wieder, und strahlte ein Willkommen aus. Beau seufzte gegen seine Lippen und neigte ihre Köpfe zueinander, Stirn an Stirn.

„Das ist keine Übung, Rory", sagte Beau leise. „Das sind du und ich, egal wie lange es anhält, wie lange du bleiben willst. Das ist echt. Egal was wir tun oder nicht tun, das ist …"

Beaus Handyalarm ging in schrillem Zwitschern los, was ihn nur zu genau daran erinnerte, wo sie sich befanden. Sie würden einen stundenlangen Strom von Lieferungen erhalten, und zumindest Beau musste wach und angezogen sein, um sie in Empfang zu nehmen, und zwar innerhalb der nächsten Stunde.

Ein paar Sekunden später zwang sich Beau, Rory wenigstens so weit loszulassen, dass er sich umdrehen und den Alarm abstellen konnte. In der Stille, die folgte, legte er sich auf den Rücken und dachte an alles, was sie heute und morgen zu tun hatten. Und danach begann sein Praktikum, warf ihn unter all die Menschen, die ihn ansahen und *Werwolf* dachten und auf Anzeichen von Gefahr und Instabilität achteten.

„Beau?" Rorys Stimme war leise, zögerlich. Beau drehte sich schnell zu ihm um und sah den verlorenen Ausdruck in seinen Augen. Zusätzlich zu allem anderen war leerer Mond, wenn alles, was Werwölfe wollten, zu Hause sein war, im Rudel und der Sicherheit einer vertrauten Höhle. Der Mond wusste, wie das für Rory in den letzten Jahren gewesen sein musste, aber heute würde es nicht leicht für ihn sein.

„Ich bin hier", antwortete Beau leise. „Ich habe es so gemeint, Rory, alles, was ich gesagt habe. Ich glaube nur, wir sollten nichts überstürzen. Ich möchte, dass du dir sicher bist, was du willst, und dass es das ist, was du willst. Du schuldest mir nichts davon, okay?"

Rory nickte, aber er entspannte sich nicht wie zuvor in Beaus Armen, so süß und hingebungsvoll.

Beau könnte diese Reaktion wieder aus ihm herauskitzeln, ihn glücklich und weich werden lassen, aber was dann? Es wäre für keinen von ihnen gut, nicht länger als die nächsten fünf Minuten.

„Ich werde mich oben duschen und anziehen", sagte Beau leise. „Ich will sicherstellen, dass ich ab sieben Uhr für die ganzen Lieferungen bereit bin, nur für den Fall. Du kannst so lange schlafen, wie du willst, ich komme schon klar. Okay?"

Rory nickte und senkte den Blick. Beau wollte ihn für eine Antwort an sich pressen, ihn fragen, wie er sich fühlte oder was er dachte, aber dafür war keine Zeit.

„Okay", wiederholte Beau leise, dann beugte er sich vor, um Rory auf die Stirn zu küssen, ehe er aufstand.

✳✳✳

Als Beau nach der Dusche wieder nach unten kam, stand Rory bereits in der Küche. Er trug Beaus alte Jeans und ein langärmeliges Hemd, sein Winterschal war um seinen Hals geschlungen, was Beau so auffasste, dass er bereit war, Fremden gegenüberzutreten.

Beau wünschte sich so sehr, ihm den Schal vom Hals zu ziehen, die blasse, unverletzte Haut über den heilenden Verbrennungen zu küssen und ihn dorthin zurückzubringen, wo es für ihn sicher war, er selbst zu sein.

Leerer Mond, sagte er sich. Das war nur der leere Mond, und seine Alphainstinkte, und ein Haufen anderes Zeug, das nicht helfen würde, das Haus fertig zu möblieren, damit Rory eine Couch zum Sitzen und einen Tisch zum Essen und einen Fernseher zum Ansehen hatte, während Beau ihn für sechzehn Stunden von praktisch jedem Tag in den kommenden drei Jahren hier allein ließ.

Beau kniff die Augen zu und fuhr sich mit der Hand über die Haare. Als er die Augen öffnete, beobachtete Rory ihn leicht misstrauisch. „Ich dachte … Frühstück? Ich hätte angefangen, aber …"

Seine Stimme verlor sich in Unsicherheit. Beau glaubte zu sehen, wie sich Rory darauf gefasst machte, etwas falsch gemacht zu haben: Weil er etwas tat, das Beau nicht wollte oder er es nicht gut genug machte, oder dass Beau sich über ihn ärgerte, weil er kochte, anstatt den Vorschlag auszuschlafen anzunehmen, oder wer wusste was sonst noch.

Beau lächelte so sanft er konnte und unterdrückte die anderen Gedanken und Sorgen. „Das ist toll, Baby. Du brauchst nicht für mich kochen, aber wenn du es willst, wäre ich glücklich zu essen, was immer du mir machen magst."

Rory nickte langsam. „Ich dachte, vielleicht Pfannkuchen? Da sind Blaubeeren."

„Klingt gut", stimmte Beau zu. „Ich habe Sirup. Und Speck."

Rory rümpfte die Nase, entspannte seinen Ausdruck ebenso schnell und sagte: „Okay."

Beau überlegte, wie er herausfinden konnte, welche Zutat von beiden er nicht mochte – Sirup und Speck schienen ihm beide ziemlich wichtige Pfannkuchenbeilagen zu sein, und er hatte guten Ahornsirup bekommen, nicht das klebrige, falsche Zeug, das Rory am Tag zuvor beim Abendessen gemieden hatte.

Beau betrat die Küche und fing an, die Zutaten für Pfannkuchen bereitzustellen, und Rory zuckte nicht zurück, als er den Speck in eine Pfanne legte, um sie auf dem Herd zu braten, also war das wohl nicht das Problem. Er entspannte sich, als sie sich in der Küche umeinander bewegten, und schien sich beinahe wieder wohlzufühlen, als sie sich zusammen an den Tisch setzten, um zu essen, und dann verteilte er mit einem vorsichtigen Blick auf Beau nur Butter und sonst nichts auf seinen Pfannkuchen.

„So magst du sie?", fragte Beau. Ihm fiel ein, dass Rory im Diner Zucker über seine Pfannkuchen gestreut hatte, aber hier hatte er keine passenden Zuckerbeutel. „Nur Butter?"

Rory zuckte die Achseln. „Oder mit Puderzucker oder … Schlagsahne, wenn …"

Beau holte sein Handy heraus und fügte seiner Einkaufsliste Puderzucker und Sahne hinzu. „Sonst noch etwas, das du magst und wir nicht haben?"

Rory stopfte sich einen Bissen Pfannkuchen in den Mund und schüttelte den Kopf. Beau begriff, dass er nach Dingen Ausschau halten musste, die Rory mochte oder wollte, aber nicht danach fragte. „Ich habe mir überlegt, dass wir uns einen Lebensmittellieferservice suchen, damit keiner von uns aus dem Haus gehen und das erledigen muss. Wir können uns später auf der Website ansehen, ob du damit bequem einkaufen kannst. Wenn wir das zum Laufen bringen, kannst du einfach Sachen hinzufügen, wann immer du daran denkst, anstatt es mir zu sagen, okay?"

Rorys Blick hing fest auf seinen Teller, doch er nickte. Beau wandte seine Aufmerksamkeit erneut den Pfannkuchen zu.

Der erste Lastwagen kam, nicht lange, nachdem sie mit dem Abwasch fertig waren. Rory erstarrte wie ein Reh, und Beau biss sich auf die Zunge, um nicht vorzuschlagen, dass er nach unten gehen sollte. Rory hatte sich entschieden, hier oben zu sein, und er wusste, wo der Keller war. Wenn er eine Pause von den Fremden im Haus brauchte, war er absolut in der Lage, sie sich zu nehmen.

„Na dann los", sagte Beau mit einem kleinen Lächeln, das Rory erwiderte, schmal und zittrig, aber entschlossen.

Anschließend versuchte Beau, sich nicht zu sehr auf Rory zu konzentrieren, sondern nur die Parade an Lieferungen zu dirigieren – Sofas, Bettrahmen, Matratzen, einen Esstisch und Stühle, Schachteln mit Kissen und Bettzeug und so weiter.

Fast alle Lieferanten waren männliche Werwölfe, es war einer der Jobs, bei denen Werwolfstärke alles schneller und leichter machte, und Beau hatte keinen der Lieferservices herausgesucht, die garantierten, dass nur Menschen das Haus eines Kunden betraten.

Zwei von ihnen – einer der beiden, die die Sofas lieferten, und einer, der ein paar Stunden später den Flachbildfernseher brachte – waren Alphas. Beim ersten Mal stand Beau wie beiläufig im Durchgang zur Küche, während Rory einige Teile des neuen Geschirrs auspackte und abwusch, damit der Verpackungsgeruch verschwand.

Die Jungs mit dem Fernseher tauchten auf, als Beau im ersten Stock die neuen Betten an die richtigen Stellen bringen ließ. Er ging nach unten – eigentlich wollte er Rory nach oben holen, damit er selbst entscheiden konnte, wo er das Bett im großen Schlafzimmer hin haben wollte – und fand Rory auf den Knien vor einem der Bücherregale, damit beschäftigt, die Bücher einzuräumen. Die Jungs mit dem Fernseher standen wie erstarrt an der Türschwelle, der Alphawerwolf starrte Rory direkt an.

Beau bekämpfte seinen ersten, heftigen Impuls – es war offensichtlich, dass der Alpha sein Bestes versuchte, nicht in den Bereich eines verpartnerten Omegas einzudringen. Er ging zu Rory, kniete sich neben ihn und legte ihm einen ausgestreckten Arm um die Schultern. „Hey, B…"

Rory wirbelte herum und knallte ihm ein Fachbuch mit der Ecke voran gegen die Brust. Beau erschrak genug, um auf seinem Hintern zu landen. Rory starrte ihn eine Sekunde lang an und raste schließlich wie ein geölter Blitz in den Keller, wobei er sich nach wie vor an das schwere Buch klammerte.

Beau rieb sich mit der einen Hand über die Brust und deutete mit der anderen, sah die Lieferanten jedoch nicht an. „Auf das Gestell dort, bitte."

Als sie fertig waren, den Fernseher auszupacken und alles anzuschließen, waren die anderen ebenfalls fort. Für diesen Tag waren sämtliche Lieferungen erledigt.

Beau stieg bis zur untersten Stufe der Kellertreppe hinunter und rief, ohne den Betonboden zu betreten, leise zu der geschlossenen Tür: „Rory? Sie sind jetzt alle weg. Es tut mir leid, dass ich dich erschreckt habe. Ich bin nicht böse, ich verstehe, warum du so reagiert hast."

Dann wartete er einen Moment. Er konnte Rorys Herzschlag hören. Nicht so rasend schnell wie beim ersten Mal, als er sich hier unten versteckt hatte, aber auch nicht annähernd ausgeruht. Sicher hörte er jedes Wort, das Beau sagte; wahrscheinlich hatte er die ganze Zeit jedem Wort gelauscht, das Beau gesagt hatte, und nach Hinweisen gesucht, was als Nächstes passieren würde.

„Du hast mich nicht verletzt", versuchte es Beau. „Ich verstehe es." Er verstand es nicht wirklich. Wenn er sich vorzustellen versuchte, was nötig war, um ein Omega so auf seinen eigenen Alpha reagieren zu lassen, müsste er nach Chicago zurückfahren und jemanden töten. Und selbst dann würde er nicht wissen, wie es war, so zu leben, diesen Rand der Gefahr immer unter seinen Füßen zu spüren.

„Ich werde gehen und ein paar Erledigungen machen", bot Beau an, nachdem Rory noch immer nicht antwortete. „Ich werde mindestens ein paar Stunden aus dem Haus sein, also wenn du nach oben kommen und dir etwas zu Essen nehmen willst, wirst du niemanden sehen. Bevor ich gehe, werde ich alle Türen verschließen, damit niemand hereinkommen und dich überraschen kann, während ich weg bin. Ich ... Ich seh dich dann später."

Beau wartete, und diesmal bekam er ein leises, genuscheltes Flüstern zur Antwort. Irgendwo in dem Kellerschlafzimmer, vermutlich mit gegen die Knie gedrücktem Gesicht, sagte Rory: „Okay."

Beau setzte sich auf die Stufen, seine Beine wollten ihn beim Klang von Rorys Stimme, so dünn und heiser und verängstigt, nicht länger tragen.

„Okay", wiederholte Beau nach ein paar Minuten und zwang sich, Rory in Ruhe zu lassen.

***

Es dauerte peinlich lange, bis Beau bemerkte, dass sein wachsendes Gefühl der Frustration darüber, wie lange seine Besorgungen dauerten, darauf zurückzuführen war, dass der leere Mond zusammen mit der Sonne am Himmel versank. Je näher sie der dunkelsten Nacht kamen, in der der Mond der Sonne unter der Erde folgte, desto stärker zog es ihn nach Hause zu seinem Rudel. Als er es begriff, ließ er beinahe seinen Einkaufswagen voll mit Lampen, Glühbirnen und einem Werkzeugkasten stehen. Er holte sein Handy heraus und tippte auf Rorys Kontakt, ohne es sich zweimal zu überlegen.

„Hallo?" Rory nahm schier vor dem ersten Klingeln ab, seine Stimme klang hoch und angespannt.

„Ich bin es, Baby, geht es dir gut? Ich werde bald zu Hause sein, ich ..." Beau wusste nicht, was er sagen sollte.

Rory wusste ebenso gut wie er, was leerer Mond bedeutete, und er hatte vermutlich *nicht vergessen, dass es passierte,* was Beau während dem College und dem Studium zumindest einmal in drei Monaten gelungen war, obwohl er es noch nie zuvor so stark gespürt hatte.

„Ich vermisse dich", flüsterte Rory. „Es tut mir leid, Beau, es tut mir so leid, bitte, komm einfach nach Hause."

141

Beau warf einen Blick auf den Wagen und traf die wichtige Entscheidung, dass alles darin bis morgen warten könnte.

„Ich komme, Rory, ich komme gleich nach Hause, halt es nur noch ein bisschen länger für mich aus."

Auf den relativ leeren Straßen von Rochester ging die Fahrt nach Hause unglaublich schnell, ganz anders als im verrückten ständigen Verkehr von Chicago. Bevor er es für möglich hielt, bog er in die Einfahrt ein, und Rory sprang von der Veranda auf, wo er mit um die Knie geschlungenen Armen gesessen hatte. Das Licht fiel von Westen her ein, in ungefähr einer Stunde oder so würde die Sonne untergehen, obwohl die sommerliche Abenddämmerung andauern würde.

Sobald Beau aus dem Auto stieg, Rorys Geruch einatmete und wusste, dass er zu Hause war, schien die Anziehung des leeren Mondes die Hälfte seiner Kraft zu verlieren. Und als er Rory in seinen Armen hielt, als die Tür hinter ihm ge- und verschlossen war, konnte er sie fast ganz vergessen. Solange er Rory nicht losließ.

„Ich habe Sandwiches gemacht", murmelte Rory nach einer Weile gegen seine Schulter.

Beau drückte ihn. „Dann lass uns zu Abend essen."

Sie aßen zusammen an der Anrichte und ignorierten all die neuen Möbel. Jeder Bissen schmeckte besser als alles, was Beau jemals gegessen hatte, aber er war sich bewusst, dass dies der leere Mond war, gepaart mit dem Wissen, dass sein Omega ihn füttern wollte. Es kümmerte ihn nicht. Nicht jetzt. Sie stellten die mit Krümeln übersäten Teller in die Spüle, stiegen in stillem, gegenseitigem Einvernehmen geradewegs die Treppe hinunter, zogen sich bis auf die Unterwäsche aus und krochen zusammen ins Bett, um sich noch fester aneinanderzuklammern.

Rory schlief fast augenblicklich ein und erschlaffte, sein Gesicht auf Beaus Brust gelegt, während Beau wach lag und beobachtete, wie draußen das Licht verblasste. Es war unmöglich, nicht an die Weise zu denken, wie der Morgen begonnen hatte, genau hier, so ähnlich und doch so verschieden.

Wenn sie nicht unterbrochen worden wären, wenn er gesagt hätte, zur Hölle mit der absoluten Pünktlichkeit und Rory noch einmal geküsst hätte …

Er spürte nicht, wie es sich angefühlt hatte, das leichte Entfalten des Vergnügens und das warme, einladende Gefühl von Rory in seinen Armen, seinen leichten, vertrauensvollen Geruch. Aber er glaubte, es sei real gewesen, ebenso wie dies jetzt real war.

Nur dass da außerdem ein nachlassender, ziehender Schmerz war, der ihn daran erinnerte, dass der Nachmittag ebenfalls real gewesen war. Alles, was Rory geschehen war, war immer noch real, auch wenn die schlimmsten körperlichen Auswirkungen vor Beaus Augen verblassten. Der leere Mond und ein stressiger Tag hatten dazu beigetragen, sie an die Oberfläche zu bringen, aber Beau konnte die Angst nicht vergessen, mit der Rory so lange gelebt hatte.

Rory hatte an diesem Morgen nicht erregt gerochen und er hatte gesagt – was war es? Etwas über Alphas, die es die ganze Zeit wollten, was bedeuten muss, dass er es nicht wollte. Nicht konnte? Und natürlich nicht erwartete, sodass es das Beste, was er aus dem machen konnte, was immer er anbot, war, seinem Alpha zu gefallen.

Beau hatte nicht die Absicht, ein weiterer solcher Alpha in Rorys Leben zu sein.

Ihm fiel nicht auf, dass er seinen Griff verstärkt hatte, bis sich Rory dagegen wand, und da musste Beau seinen Kopf senken und Rorys Geruch einatmen. Er wusste, dass es nur am Mond lag, aber jetzt war eindeutig nicht die Zeit, darüber nachzudenken, Rory gehen lassen zu müssen.

„Schlaf", murmelte Rory und drückte seine Lippen gegen Beaus Schlüsselbein.

143

„Es ist okay, Schatz, ich bin hier. Schlaf weiter."

Ob es der Mond oder die Wärme war, die von Rory in seinen Armen ausging, oder dieser schläfrige, bereitwillige Befehl, Beau hatte nicht die Kraft, sich zu widersetzen.

Kapitel 14

Rory wachte bei Sonnenaufgang auf, der ersten Stunde des Tages nach dem leeren Mond, während der Mond noch immer untergegangen war. Heute Nacht, falls der Himmel klar war, war vielleicht ein Splitter des Mondes im Westen sichtbar, nachdem die Sonne untergegangen war. Ein neuer zunehmender Mond. Ein neuer Anfang.

Beau wickelte sich von hinten um ihn, ein Arm ruhte schwer über seiner Taille, und als Rory aufgewacht war, wusste er, dass Beau ebenfalls nicht mehr schlief. Beau knabberte an seinem kahlen Hinterkopf, und Rory erschauerte und wimmerte leise.

Beaus Hüften zuckten zurück, weg von ihm, und Rory hielt still. Der gestrige Tag war urplötzlich glasklar in seinem Gedächtnis gegenwärtig, zusammen mit der Art und Weise, wie er sich von vielversprechenden Anfängen zu etwas gewandelt hatte, das er als Katastrophe ansehen würde, wenn er nicht bereits viel Schlimmeres erlebt hätte, mit dem er es vergleichen konnte.

Rory griff hinter sich und packte eine Falte von Beaus T-Shirt. Er konnte sich nicht vorstellen, *geh nicht* oder *es tut mir leid* oder *gib mir noch eine Chance* auf eine Weise zu sagen, die Beau ihm glaubte. Eine Weise, die ihn nicht denken ließ, Rory sei verrückt, gebrochen, zu zerbrechlich zum Anfassen oder könnte jeden Moment explodieren.

Beaus Griff um ihn veränderte sich, drückte ihn von sich und zog ihn gleichzeitig zärtlich an ihn, und Rory ließ sich von Beau herumdrehen, um ihm ins Gesicht zu sehen.

Natürlich sah Beau besorgt aus, denn wie sollte Beau sonst aussehen? Was könnte Rory jemals anderes für ihn sein als ein Grund zur Sorge?

„Willst du über gestern reden?", fragte Beau, eine kleine Linie erschien zwischen seinen Augenbrauen. „Im Augenblick weiß ich nur, dass ich dich nicht berühren sollte, wenn du mich nicht sehen kannst, und dass es dich nervös macht, fremde Alphas in unserem Haus zu haben. Zumindest sind das meine logischsten Vermutungen. Gibt es noch etwas, das ich wissen sollte?"

Rory öffnete und schloss den Mund und versuchte, das mit allem in Einklang zu bringen, was er gedacht hatte, was er jemals erwartet hatte. Das war so ... *Beau*.

„Ich mag es, mit dir aufzuwachen", sagte Rory, obwohl Beau das vielleicht eher nicht gemeint hatte. Es war immer noch das, was Rory ihn wissen lassen wollte. „Ich mag es, wenn du mich festhältst, während wir schlafen."

Beaus Mimik wurde weicher und er zog Rory näher an sich. Rory schloss den schmalen Raum zwischen ihnen und schmiegte sich in die Umarmung.

„Gestern Morgen", flüsterte Beau neben seinem Ohr. „Was du mir angeboten hast ... du musst nichts für mich tun, was du nicht auch willst, okay? Du kannst auch ohne das neben mir aufwachen."

Das war als Erleichterung für ihn gemeint, wusste Rory. Vermutlich sollte er froh sein, dass Beau nichts verlangte, nicht drängte, und er die guten Sachen ohne den Rest haben konnte. Aber etwas daran brachte ihn dazu, sich darüber zu ärgern und zur Wehr zu setzen.

Allerdings war er gut darin, diesen Impuls zu unterdrücken. Und Beau sagte nicht eindeutig nie. Wahrscheinlich könnte Rory einen Weg finden, Beau davon zu überzeugen, dass er es auch ohne Hitze mochte. Vielleicht fand er sogar heraus, warum zum Teufel er es wollte.

Im Moment nickte er an Beaus Schulter und genoss die Umarmung seines Alphas.

***

Mittwoch war eine ganz andere Nervenprobe im Vergleich zum Vortag.

Rory zog sich sorgfältig seine Hochzeitskleidung an und ließ sich von Beau die Krawatte um den Hals binden. Er wünschte, Susan würde sich um sein Gesicht kümmern, aber es hatte keinen Sinn, sich das zu wünschen. Er musste mit Beau in die Welt hinaus, und das Gesicht, das er hatte, musste einfach genügen.

„Sag mir, wenn du müde bist", sagte Beau, ehe sie gingen. „Oder es zu viel wird oder ... irgendwas. Ich werde alles tun, um es dir so leicht wie möglich zu machen."

Rory nickte und rief ein winziges Lächeln auf seine Lippen. „Es ist sowieso Tradition, auf Passbildern schrecklich auszusehen, oder?"

Beau lächelte zurück und küsste seine Stirn, ohne über diesen Punkt zu diskutieren.

Bei der Führerscheinstelle führte Beau den größten Teil des Gesprächs, beantragte einen neuen Führerschein und erklärte dann, dass Rory einen staatlichen Ausweis benötigte. Er reichte Rorys Papiere über den Schreibtisch, damit sie überprüft werden konnten. Sie konnten beieinander sitzen, während sie warteten, aber dann wurden ihre Nummern gleichzeitig aufgerufen. Beau sah besorgt aus, doch Rory blieb nichts anderes übrig, als seine eigenen Unterlagen zu nehmen und zu dem Fenster zu marschieren, zu dem er gerufen worden war.

Er schob alles über den Tresen, und die Angestellte – natürlich menschlich – warf einen Blick darauf, nickte sich selbst zu und begann etwas in ihren Computer zu tippen. Rory warf einen Blick auf den Bildschirm, verschwommenes Grün auf Schwarz, und schaute weg, ohne auch nur zu versuchen, etwas zu lesen.

Er nickte lediglich, als sie seine und Beaus neue Adresse herunterratterte, und bestätigte die Schreibweise seines Namens.

„Augenfarbe ..." Sie sah ihn an, dann zurück auf den Monitor. „Grün. Haarfarbe?"

147

Rory hob eine Hand an seinen Kopf, spürte den Flecken-
teppich aus Stoppeln und ... uh, Flaum, mehr als die
glatten kahlen Stellen, die er erwartet hatte. „Blond?"

„Blond", stimmte sie zu. „Größe und Gewicht?"

Rory biss sich auf die Lippe. „Eins ... zweiundsiebzig?
Fünfundsechzig?"

Sie schnaubte, aber sie widersprach seinen Übertrei-
bungen nicht. „Mensch oder Werwolf?"

„Wolf", wisperte Rory.

Sie nickte und tippte es völlig unbeirrt in ihren Computer.
„Okay. Fünfunddreißig Dollar."

Rory erschrak für einen Moment – *Geld*, er hatte nicht an
Geld gedacht, wie sollte er bezahlen? – doch dann erinnerte
er sich und streckte die Hand in seine Tasche. Beau hatte
ihm erneut etwas Geld als Notgroschen gegeben. Hoffentlich reichte es. Blind schob er die Scheine durch das
Fenster. Die Angestellte zog eine Augenbraue hoch, schob
zwei zu ihm zurück, steckte zwei weitere in eine Schublade
und gab ihm einen Fünfer, zusammen mit einem Zettel.
„Stellen Sie sich drüben bei der Schlange für die Fotos an."

Rory nickte ruckartig, schob sein restliches Geld in die
Tasche und nahm den Zettel. Beau befand sich immer
noch an dem anderen Fenster.

Rory wäre gern zu ihm gegangen, wollte ihn jedoch nicht
ablenken oder seinen Sachbearbeiter ärgern. Nachdem zwei
verschiedene Leute beinahe in ihn hineingelaufen waren,
weil er schwankend zwischen dem Serviceschalter und den
Sitzen stand, biss er die Zähne zusammen und ging zur
Fotoschlange, die mit einem Schild versehen war. Es war
groß genug, dass selbst Rory es lesen konnte. Hier sollte er
sein, und es war nicht so, als könnte Beau ihn nicht finden.
Beau musste sich selbst fotografieren lassen, also kam er
früher oder später auch hierher.

Zu guter Letzt.

Beau kam auf ihn zu, sagte jedoch nur: „Ich muss einen Test machen, um meinen Führerschein zu bekommen – gleich da drüben. Du kannst zum Auto gehen, wenn du fertig bist, oder hier auf mich warten."

Rory lehnte sich für eine Sekunde an ihn – das war ein Vorteil davon, kein Make-up zu tragen, wenigstens brauchte er sich keine Sorgen machen, es an Beaus Hemd zu schmieren. „Ich warte hier."

Als Beau das nächste Mal zu ihm kam, saß er auf einem Klappstuhl um die Ecke vom Fotobereich. Er hatte aufgehört, Flecken zu sehen, und wenn er ein Auge schloss und blinzelte, konnte er sein eigenes Gesicht auf dem kleinen Bild erkennen und das Wort MINNESOTA oben auf der Karte ausmachen.

„Hey", sagte Beau und hockte sich vor ihn. „Wie sieht es aus?"

Rory sah Beau an, dann wieder die Karte. Nie zuvor hatte er auch nur etwas Ähnliches besessen, nichts Echtes, auf dem sein Name stand und sein Geburtsdatum und sogar *Werwolf* vermerkt war, gleich neben seiner Haar- und Augenfarbe.

„Es ist real", murmelte Rory, während er auf die kleine Karte hinuntersah. „Es ist ... ich bin ... real."

Beau umarmte ihn und küsste ihn auf den Kopf und sagte ihm nicht, dass das dumm wäre.

***

Rory überstand sogar einen Besuch in einem großen Kaufhaus, bei dem sie alles besorgten, was Beau noch nicht gekauft hatte, weil er wegen des leeren Monds zeitig zu Hause sein wollte, und einen Ausflug zur Bank, wo er auf alle Konten von Beau hinzugefügt wurde und für eine Debitkarte unterschrieb. Anschließend bekam er sein eigenes Konto, das nicht mit Beaus verbunden war. Er wusste nicht, woher er jemals Geld bekommen sollte, um es darauf einzuzahlen, außer … außer dass Beau ihn bezahlte, sobald sie geschieden waren.

Also war das Konto vermutlich Beaus Art zu sagen, dass er das tun konnte, wann immer er wollte.

Natürlich wollte Beau keinen Sex mit ihm, nicht, wenn er Rory wegschicken wollte. Er wollte nicht in Versuchung geraten, ihn mitten bei der Sache zu beißen und dann an ihn gefesselt zu sein. Er würde sich all das für einen Omega aufheben, den er wirklich wollte, einen Omega, der ihr Haus mit dunkeläugigen, pausbäckigen Babys füllen konnte, während Rory irgendwo allein war und von dem Geld lebte, das Beau ihm schickte.

Als ihm diese Idee kam, versuchte Rory verzweifelt, die Papiere nicht zu zerknüllen, sondern starrte sie lediglich in seinem Schoß an.

„Ich denke, das war eine ganze Menge für dich für heute, oder?", sagte Beau neben ihm. „Bereit, nach Hause zu fahren?"

Rory nickte, schloss die Augen und öffnete sie nicht mehr, bis sie wieder in ihre Einfahrt bogen.

***

„Nun", sagte Beau, als sie beide bequemere Kleidung angezogen und sich einen Imbiss gegönnt hatten. „Ich glaube, es ist an der Zeit, die neuen Sachen einzuweihen."

Es würde noch Stunden dauern, bis die Dunkelheit einbrach, bis die schmale Scheibe des Mondes am Himmel stand, die bedeutete, dass er zunahm, aber Rorys Gedanken wanderten sofort zu den beiden breiten Betten in zwei getrennten Schlafzimmern im oberen Stockwerk. Die Laken lagen in einer Kiste auf der Waschmaschine im Keller, die Kissen und Decken und alles andere stapelten sich in ihren jeweiligen Schlafzimmern.

Beau setzte sich auf die große dunkelblaue Couch im Wohnzimmer, lümmelte sich in eine der Ecken, sodass seine Beine auf dem mittleren Kissen lagen. Er klopfte auf das Kissen neben seinem Oberschenkel.

„Komm her, Baby, lass uns für einen Moment nur entspannen."

Rory atmete durch und ließ sich auf der Couch nieder, streckte die Beine aus und lehnte sich an Beaus Brust. Beau hielt ihn fest und rutschte ein bisschen nach unten, und Rory schmiegte sich so nah wie möglich an ihn. Beau hatte vielleicht vor, ihn eines Tages wegzuschicken, aber bis dahin war noch Zeit. Im Augenblick hatte Rory seinen Alpha.

Zum Geräusch von Beaus Herzschlag schlief er ein.

***

In dieser Nacht schliefen sie unten, ohne darüber zu sprechen.

„Morgen", sagte Rory, als sie sich in ihr vertrautes Bett kuschelten. „Ein großer Tag, was? Dr. Jeffries?"

Beau stieß den Atem aus. „Ja. Ich meine, es ist erst die Orientierung, aber … ja. Ein großer Tag." Er schlang die Arme fester um Rory und fügte an: „Ich bin … Ich bin froh, dass du hier bei mir bist, Rory. Es gefiel mir nicht, dass mir gesagt wurde, ich bräuchte jemanden, aber wenn ich während der vergangenen Wochen alleine gewesen wäre, wäre ich …"

Er schüttelte den Kopf, dann drückte er einen Kuss auf Rorys Hinterkopf.

Rory runzelte die Stirn und stellte es sich vor. Wenn Beau ihn nicht mitgenommen hätte … nun, vermutlich hätte er dann nicht so ein großes Haus oder hätte es mit viel mehr neuen Sachen vollgestellt.

Tatsächlich wäre er wahrscheinlich in ein anderes kleines Studio gezogen und hätte deshalb die letzten Tage nicht so viel zu tun gehabt, er hätte … ausspannen können oder die neue Stadt erkunden oder …

Irgendwie konnte sich Rory Beau nur beim Schlafen vorstellen, eingerollt in seinem Bett, alleine während des leeren Mondes, ohne jemanden, den er festhalten konnte, und ohne jemanden, der ihm half, aus diesem fremden Platz ein Zuhause zu machen. Rory legte seine Hand über Beaus und verwob ihre Finger. „Ich bin auch froh, hier zu sein."

***

Er wachte kurz auf, als sich Beau neben ihn auf den Rand der Matratze setzte. Er trug Khakis und ein Poloshirt und roch sauber und nach Minze.

„Ist es schon Zeit zu gehen?", murmelte Rory. Der Mond war noch nicht einmal aufgegangen, obwohl die Sonne bereits am Himmel stand.

„Ja, ich dachte, ich könnte dich genauso gut schlafen lassen. Ruf mich an, wann immer du willst. Ich werde meine Nachrichten abhören, sobald ich Gelegenheit dazu habe. Ich bin mir nicht sicher, wann ich zu Hause sein werde – die geplanten Punkte gehen bis fünf, aber es könnte noch einige offiziell inoffizielle Sachen danach geben, Dinner oder was auch immer. Ich werde dich anrufen und dich wissen lassen, ob es später als sechs Uhr sein wird, okay?"

Rory nickte, und als er die Hand ausstreckte, beugte Beau sich vor und küsste seine Wange. Rory drehte den Kopf, um den Kuss zu erwidern, sein Mund landete genau in Beaus Mundwinkel. Beau lächelte und zog die Decke wieder über ihn.

Als Rory das nächste Mal aufwachte, wusste er mit Sicherheit, dass er allein im Haus war. Es war nicht ganz so schlimm wie vorgestern, als Beau ohne ihn gegangen war, nachdem Rory ihn geschlagen hatte und der leere Mond in Richtung Horizont sank, aber es war immer noch seltsam.

Rory konnte sich nicht erinnern, wann er vor den vergangenen Tagen das letzte Mal allein gewesen war – nicht nur allein in einem Raum, sondern allein in einem ganzen Gebäude und mit einem großen, leeren Rand ringsum.

Wenn er allein in Beaus Wohnung oder dem Asyl gewesen war oder sonst wo, wo er zuvor gelebt hatte, waren noch andere Leute irgendwo im Gebäude oder gegenüber der kleinen Feuerstelle im nächsten Haus, oder gingen oder fuhren in Hörweite auf der Straße. Er konnte immer Stimmen, Schritte, Automotoren hören, all das Klappern und Klopfen von Menschen, die ihr Leben lebten.

Hier war es ... ruhig. Er konnte das Haus selbst knarren hören, Wasser in den Rohren ... Wenn er sich konzentrierte und sich weiter hören ließ, als er sich beigebracht hatte, um in der Stadt zu überleben, gab es ein paar Nachbarn und Autos auf der Hauptstraße ein paar Blocks entfernt. Hunde und Katzen und Kinder. Es klang wie Zuhause zu sein. Es klang wie Kindheit in einer Wohneinheit, die sich nicht allzu sehr von dieser unterschied. Sich zu erlauben, der Nachbarschaft zuzuhören, fühlte sich für ein paar Sekunden seltsam und gefährlich und dann fast schmerzhaft vertraut an.

Er stand auf und steckte die neuen Laken in die Waschmaschine, damit das rauschende und herumwirbelnde Wasser etwas von der Stille im Haus ausfüllte. Er wusch sich, zog frische Kleidung an und stapelte seine eigenen schmutzigen Sachen zu einem sehr kleinen Haufen, um sie als Nächstes zu waschen.

Das brachte ihn dazu, Beaus getragene Wäsche zu erschnüffeln, die er im Wäschekorb im oberen Bad fand. Er hob sie sich auf die Arme, inhalierte Beaus Duft und erwischte dabei etwas, das er zuvor noch nicht an Beau gerochen hatte. Es war nur eine Spur, aber ...

Rory ging auf die Knie und vergrub sein Gesicht in Beaus Wäsche, einschließlich der Boxershorts, die er nur wenige Stunden zuvor ausgezogen hatte, die Boxer, die eine verblassende Spur von – nicht nur Erregung, sondern Lusttropfen trugen. Sie mussten einen nassen Fleck gehabt haben, als Beau sie ausgezogen hatte.

Beau hatte ihn schlafen lassen und war hier heraufgekommen, um sich einen runterzuholen, danach hatte er geduscht. Er war erst zu Rory zurückgekommen, um sich zu verabschieden, als es keine Spur von Verlangen oder Erlösung mehr an ihm zu riechen gab.

Er dachte daran, wie Beau aufrecht sitzend auf dem Boden geschlafen hatte, wie Beau verwirrt aufgewacht war und gefragt hatte, ob mit *ihm*, Rory, alles in Ordnung sei. Er dachte daran, dass Beau beim leeren Mond allein gewesen war – an wie vielen leeren Monden in diesem Studioapartment? – und was Beau darüber gesagt hatte, wie lange er bereits alleine war, dass er nie Sex mit irgendwem gehabt hatte.

Er ertappte sich bei dem Gedanken an Beau nicht als Alpha, sondern nur als ... eine Person, eine Person, die alleine war und sich einen runterholte, weil er keine andere Möglichkeit hatte. Es fühlte sich merkwürdig an, über einen Alpha, seinen Alpha, auf diese Weise zu denken. *Seit ich sechzehn war*, hatte Beau gesagt, und Rory blickte auf seine Jeans hinunter, die Beau getragen hatte, als er etwa so alt gewesen war.

Er dachte an sich selbst mit sechzehn. An diesen Hunger, nicht allein zu sein, den ständigen Drang, jemanden zu finden, der ihn verstand, der ihn haben wollte, nicht trotz dem, was er war, sondern genau deswegen.

Damals hatte sich Rory oft einen runtergeholt. Allein vom Gefühl einer steifen Brise auf seiner Haut war er hart geworden, nass geworden. Mit sechzehn war er in dieser Hinsicht ziemlich schamlos gewesen, hatte seine Finger in sich geschoben und seine eigene Nässe genutzt, um abzuspritzen. Die ganze Zeit hatte er daran gedacht, wie viel besser es wäre, wenn er nicht allein wäre, wenn es nicht seine eigenen Hände wären. Wenn er einen Alpha hätte, der ihn fickte, der den Hunger in ihm befriedigte, der nie gestillt werden konnte.

Rory presste sein Gesicht ganz bewusst in Beaus Kleider, erinnerte sich, und er spürte die undeutliche Aufregung in seinem Körper. Es war nicht genau Verlangen und definitiv nichts, was er gefühlt hatte, als er jung und ungebrochen gewesen war, aber es bestand eine Möglichkeit, dass etwas erwachte.

Seine Hand zitterte leicht, als er seine – *Beaus* – Jeans öffnete und hineinfasste, um seinen Schwanz durch die Unterwäsche hindurch zu massieren. Er war nicht hart, aber vielleicht ein wenig fester als üblich, und dann dachte er daran, wie es wäre, wenn es Beaus Hand wäre, die ihn berührte. Beaus Hand, so sanft wie seine eigene, nur größer, stärker. Nicht sein zitternder, unsicherer Griff, sondern eine feste Berührung.

Rory wimmerte leise in Beaus Wäsche und massierte sich, rieb auf und ab, während sich sein Schwanz aufrichtete.

Es wäre nur Beaus Hand, Beau würde ihn festhalten, sich um ihn schlingen, in sein Ohr flüstern. Ihn *Baby* nennen und ihm sagen …

Das ist keine Übung, Baby. Das ist wirklich. Du und ich, das ist real. Du gehörst mir. Ich passe auf dich auf.

Rorys Atem wurde schnell und zittrig, er zog seine Hand aus seiner Hose und schob sie wieder hinein, diesmal unter die Unterwäsche, um seine Finger um seinen Schwanz zu wickeln. Halbhart außerhalb der Hitze, zum ersten Mal seit Jahren.

Für Beau. Wenn Beau ihn nur berühren wollte, würde es sich so anfühlen, nur besser. Es würde gut für ihn sein, und er würde gut für Beau sein, wenn Beau nur – wenn Beau wollte –

Das Bild zerbrach, nahm seine Sicherheit mit sich, und das zaghafte Aufglimmen von Verlangen flackerte und verblasste.

Das Einzige, was er sicher wusste, war, dass Beau ihn schlafen lassen und sich allein in der Dusche einen runtergeholt hatte. Beau hatte gesagt, *was wir machen, ist real,* aber dann hatte er sichergestellt, nichts davon mit Rory zu machen. Selbst der Abschiedskuss war auf Rorys Wange gelandet und er hatte sich zurückgezogen, bevor Rory daraus einen richtigen Kuss machen konnte.

Es war vielleicht real, aber es war temporär. Beau war offensichtlich bereit gewesen, einfach allein weiterzumachen und sich um sich selbst zu kümmern, wenn er Rory nicht mit in das Programm hätte nehmen müssen. Wenn er weiterhin auf jemand Besseren warten wollte, jemand, den er wirklich wollte …

Aber er ist der, den ich will, dachte Rory. *Ich könnte mein Leben lang warten und doch nie einen Besseren finden als ihn.*

Rory wischte sich die Augen an Beaus T-Shirt ab und atmete dabei einen weiteren Hauch von seinem Geruch ein.

Dann muss ich einfach versuchen, jemand zu sein, den er wollen würde.

Er hatte drei Jahre dafür. Drei Jahre, um Beau davon zu überzeugen, dass er ihn wollte. Das war genug Zeit. Oder?

Er stemmte sich auf die Füße, ohne Beaus Wäsche loszulassen. Jemand zu sein, der ein paar Hausarbeiten erledigte, während Beau den ganzen Tag arbeitete, war vielleicht ein guter Anfang.

Kapitel 15

Beau hatte gehofft, dass Wichsen unter der Dusche ihn seinen ersten Tag im Programm weniger wahrscheinlich sexuell frustriert und mit dem Gedanken an Rory verbringen lassen konnte, aber nach fünfzehn Minuten Eröffnungsrede des Programmdirektors war es offensichtlich, dass er sich verrechnet hatte. Übel.

Als er aufgewacht war, sich an Rory gekuschelt hatte und steinhart wurde, hatte er gewusst, dass er so schnell wie möglich aus dem Bett raus musste. Er hatte sich ein Zögern verboten. Gerade in der Nacht zuvor hatte er beschlossen, nichts mit Rory anzufangen, und er wollte vor allem nicht, dass Rory auf diese Weise aufwachte, sich vielleicht nicht einmal daran erinnerte, mit wem er zusammen war, und instinktiv reagierte.

Andererseits konnte er nicht gehen, ohne sich zu verabschieden. Aber das bedeutete, dass er mit dem warmen Geruch eines schläfrigen Omegas in der Nase gegangen war, der den ganzen Tag in seinen Kleidern hing. Als Rory versucht hatte, aus diesem Abschied einen echten Kuss zu machen ...

Beau zwang seine Aufmerksamkeit gerade rechtzeitig zurück zu der Sprecherin, um sie sagen zu hören: „Die vielfältigste Gruppe von Programmteilnehmern, die wir jemals akzeptiert haben."

Beau saß ganz ruhig und versuchte, seine Fähigkeit zu schulen, absolut unbeteiligt zu bleiben, als hätte nichts, was sie sagte, etwas mit ihm zu tun. Wenn sie seinen Namen aufrief, wenn sich die anderen einundfünfzig Teilnehmer alle umdrehten, um den Werwolf in ihrer Mitte zu suchen ...

Aber sie fuhr mit ihrer seichten Rede fort, wie das Programm sie alle unterstützen wollte und dass sie hoffte, sie würden sich auch gegenseitig unterstützen. Beau sah sich nicht vorsichtig um, um festzustellen, ob jemand aussah, als wüsste er, was sie meinte, was er war. Er wollte es nicht geheim halten, aber er war noch nicht bereit, sich dem Rest der Teilnehmer zu stellen.

Niemand schien offensichtlich neugierig, aber das war fast noch schlimmer. Er verbrachte die nächsten Stunden damit, grimmig den Überblicken und Einführungen zu lauschen, und wurde sich zunehmend bewusst, von Menschen umgeben zu sein. Normalerweise bemerkte er das überhaupt nicht – er verbrachte die meiste Zeit hauptsächlich unter Menschen – aber nach den vergangenen Tagen, in denen er fast seine ganze Zeit allein mit Rory verbracht hatte, war es beunruhigend.

Sogar im Medizinstudium hatte er wenigstens die anderen Werwolfstudenten und Dr. Pavlyuchenko gehabt. Bei dieser Versammlung von Mitstudenten und Administratoren gab es nicht einmal Werwolfsicherheitskräfte, die er umsichtig nicht bemerken konnte. Er war völlig allein.

Zur Mittagszeit machte er sich nicht einmal die Mühe, sich zu den anderen Teilnehmern zu setzen, um zu essen, sondern nahm sein Lunchpaket vom langen Tisch und zog sich aus dem Gebäude zurück, setzte sich an die erste schattige Stelle, die er fand, wo er sich ein wenig umsehen und umhören konnte. Er zog sein Handy heraus und war enttäuscht – und überrascht über seine Enttäuschung – als er sah, dass Rory weder angerufen noch geschrieben hatte.

Es bedeutete nichts; er war noch im Halbschlaf gewesen, als Beau ihm sagte, er könne anrufen, und Rory war vielleicht wieder eingeschlafen oder kümmerte sich um das Haus oder erkundete die Nachbarschaft oder …

Oder fragte sich, ob Beaus Angebot, ihn anzurufen, ein Befehl gewesen war, um ihn zu kontrollieren. Beau zögerte noch ein paar Sekunden – würde Rory glauben, dass er ihn überwachte, wenn er anrief? – und entschied dann, dass Wissen besser war als nicht Wissen, und drückte die Taste.

Das Telefon klingelte lange genug, um Beau daran zu erinnern, dass sie Rorys Voicemail noch nicht eingerichtet hatten, und dann nahm Rory ab und meldete sich atemlos. „Beau! Hallo, tut mir leid, ich habe gerade die Betten gemacht und mein Handy unten gelassen, also habe ich … ich hoffe, du musstest nicht lange warten?"

„Nein", sagte Beau und sein Magen sank bei dem Gedanken an diese verdammten Betten im ersten Stock in ihren separaten Schlafzimmern, die Rory anscheinend bis heute Abend benutzbar machen wollte. „Nein, ich … es ist kein Problem. Ich wollte nur deine Stimme hören."

„Oh!" Beau hörte, wie Rorys Atmung ruhiger wurde, und wünschte sich, er wäre nicht auf das beschränkt, was das Telefon übermittelte, sondern dass er Rorys Herzschlag hören könnte, seinen Duft riechen, doch selbst sein Atem war vertraut und gerade jetzt beruhigend. „Ähm. Gibt es irgendwas Spezielles, was du hören wolltest?"

Sag mir, dass du mich brauchst, dachte Beau. *Sag mir, dass du dich fürchtest, und ich komme auf der Stelle nach Hause.*

Beau schüttelte den Gedanken ab, fragte sich, ob es irgendjemand ironisch finden mochte, dass er einen Omega daheim hatte, der die Höhlenmenschen-Alpha-Instinkte in ihm weckte, die er sein gesamtes Erwachsenenleben zu kontrollieren lernen versuchte, anstatt ihn menschen-freundlicher und stabiler zu machen.

„Erzähl mir …" Beau warf einen Blick auf sein unappe-titliches Mittagessen. „Erzähl mir, was es zum Abendessen gibt. Oder hast du schon gegessen?"

„Oh", antwortete Rory. „Hm, ich schätze … vielleicht Sandwiches? Ich, äh, ich bin kein guter Koch. Vielleicht sollte ich daran arbeiten, nachdem ich – wir – jetzt diese große Küche haben. Ich habe viel Zeit und du bist dafür viel zu beschäftigt."

Beau wollte *das brauchst du nicht* sagen, aber der Gedanke an seinen Omega zu Hause, der kochte, war zu schön, um sich darüber zu streiten. Und er sollte Rory ohnehin nicht entmutigen, neue Sachen lernen zu wollen.

„Du kannst versuchen, was du willst", bot Beau an. „Ich verspreche, dass es mir nichts ausmacht, wenn du alles anbrennen lässt, solange du dich dabei nicht verletzt."

Rory gab ein leises Geräusch von sich, das Beau nicht interpretieren konnte, und er fühlte den Drang, ihm nah zu sein und seinen ganzen Körper wahrzunehmen. Er musste Rorys Gesicht sehen, seinen Herzschlag hören, seinen Geruch einatmen und die Wärme seiner Haut spüren. Wie sonst sollte er wissen, was Rory mit kaum hörbaren Lauten wie diesem meinte? Wie sonst sollte er wissen, was Rory brauchte?

„Ich bekomme die Wäsche hin, ohne alles kaputtzumachen", sagte Rory, seine Stimme war flach und farblos. „Ich habe nicht mal den Keller überschwemmt."

Beau zuckte zusammen, er begriff, was er Rory mit dem Verbrennen von Sachen unterstellt hatte. „Natürlich, Baby, ich meinte auch nicht … danke, dass du das machst. Das ist mir viel wert."

„Kein Problem", murmelte Rory. Seine Stimme hatte wieder etwas an Ausdruck gewonnen, aber es klang nach Unglück.

Beau hatte keine Ahnung, wie er das wieder hinbiegen sollte; er stolperte in einem Minenfeld herum. Das Telefonat zu beenden wäre nicht besser, und … er wollte mit Rory reden, sich ihm nahe fühlen und all die Menschen vergessen, denen er sich einmal mehr stellen musste, wenn die Mittagspause vorbei war.

„Ich …" Beau hob die Lunchbox hoch. „Ich muss meinen Lunch essen, aber wenn es dir nichts ausmacht, mir beim Kauen zuzuhören, würdest du … ähm … mir von deinem Lieblingsessen erzählen? Schieb das Kochen beiseite, einfach nur … dein absolutes Lieblingsmahl?"

Das war etwas, was er über den Omega wissen sollte, den er geheiratet hatte, oder?

„Oh, hmmm." Rory klang nachdenklich und weniger unglücklich. Beau wickelte sein Sandwich aus und biss davon ab, damit Rory wusste, dass er nicht unterbrochen wurde und sich Zeit nehmen konnte. „Nun, ich bin kein Fan von Süßigkeiten, denke ich. Ich weiß, normalerweise ist es etwas wie … Kuchen oder, oder … etwas in der Richtung, etwas Spezielles oder … Verrücktes."

Beau *hmmm*te ermutigend, das Beste, was er mit vollem Mund machen konnte.

Rory schwieg noch ein wenig länger, während Beau sich grimmig über sein Essen hermachte, und schließlich sagte er zögerlich: „Brathähnchen vielleicht? Nein, das ist …"

„Hey, wenn du das magst, dann magst du es", warf Beau ein. „Erzählst du es mir?"

„Na, es ist nur … Es ist immer lecker, schätze ich? Es ist nicht so, als ob … meine Mutter ein geheimes Familienrezept gehabt hätte oder so. Ich kann mich nur erinnern, dass sie es ein paarmal gemacht hat, und ich glaube, sie hat einfach nur irgendeine Kräutermännchenmischung aus dem Gewürzregal verwendet …"

Beau wollte ihn nicht wieder unterbrechen, aber: „Kräutermännchenmischung?"

„Kräutermännchen, du weißt schon, das … das Gewürzgeschäft?", erwiderte Rory zögernd.

Beau hatte immer noch keine Ahnung, wovon er sprach, aber er würgte gerade einen weiteren Bissen des Sandwiches hinunter und wartete darauf, dass er weiter redete.

„Es war … da gab es so viele Dinge zu riechen, Georgie und ich drehten fast durch. Mom verhinderte das immer, indem sie uns nach draußen schickte. Und selbst dann konnte man jedes Mal, wenn die Tür aufging, mehr Dinge von drinnen in der Luft riechen. Immer, wenn wir daran vorbeifuhren, bettelten wir, hingehen zu dürfen, und ich glaube, meine Mutter kaufte immer nur ein kleines Glas auf einmal, aber … ich glaube, sie muss es ebenfalls geliebt haben", erzählte Rory, sein wehmütiger Ton wurde nachdenklich. „Huh, ich dachte nie … aber ich schätze, wenn wir es gemocht haben, alles zu riechen, muss sie das auch getan haben, oder? Sie war nur ein bisschen weniger, äh", Rory lachte leise. „Weniger aufgedreht deswegen."

„Klingt ganz danach", wagte Beau einzuwerfen. „Was hat sie sonst noch mit den Gewürzen aus dem Geschäft gemacht?"

„Oh", sagte Rory und stieß seinen Atem aus. „Ich meine … alles? Da gab es eines für Barbecue, eines für Hackbraten, eines für … na, eher vier oder fünf Verschiedene für Muffins oder Kekse oder Kuchen …"

Beau lief bei dem Gedanken an all das hausgemachte Essen das Wasser im Mund zusammen, und er benutzte es, um den Rest des Sandwiches hinunter zu bekommen, während er sich vom Klang von Rorys Stimme beruhigen ließ, bis Rory abrupt sagte: „Beau, wie lange dauert deine Mittagspause? Ich kann ewig weiterreden."

Beau zwang seine Aufmerksamkeit auf das Innere des Gebäudes und er hörte die unmissverständlichen Geräusche von Menschen, die sich auf den Weg zurück zu den Hörsälen machten. „Scheiße, ja, ich sollte gehen. Aber ich …" *Ich würde dir viel lieber zuhören, wie du über alles Mögliche sprichst.*

Aber das würde er nicht. Er war hier, um zu lernen, zu üben, die wichtigste Sache der Welt zu machen. Leben zu retten. Es war schwer, sich daran zu erinnern, wenn er Rory am anderen Ende der Leitung atmen hören konnte.

„Danke", sagte Beau und stand mit der Frischhaltefolie seines Mittagessens in der Hand auf. „Dass du mir Gesellschaft geleistet hast."

„Oh", erwiderte Rory, dabei klang er wieder überrascht. „Oh, das … das hab ich gern gemacht, Beau. Natürlich."

Mit einem Anflug von schüchternem Humor in der Stimme fügte er an: „Jederzeit. Mein Zeitplan ist ziemlich flexibel."

Mit dem Echo von Rorys Stimme in seinem und dem Wissen, dass er es geschafft hatte, sie – hauptsächlich, wahrscheinlich – aus dem Fettnäpfchen zu lenken, in das die Unterhaltung anfangs gesteuert war, fühlte Beau sich, als würde er jeden Augenblick umkippen. Dabei hatte er nach der Mittagspause zwei weitere Stunden Unterricht, und danach sollten sie sich in einer großen, weitläufigen Halle einfinden, um verschiedene Verwaltungsdinge zu erledigen: ihre ID-Karten abholen, Papierkram ausfüllen und so weiter.

Beau lauschte den Unterhaltungen um sich herum, seine neuen Kollegen stellten sich gegenseitig vor und verglichen ihre Werdegänge. Er sollte sich einbringen, das wusste er, aber dann hätte er zu entscheiden, ob er ihnen erzählte, was er war, oder sich zu fragen, ob sie es nicht bereits längst wussten, oder …

Er hielt seinen Kopf gesenkt, gab vor, in sein Handy vertieft zu sein, und ließ seine Körpersprache nicht einladend wirken. Die Zeit, die Leute kennenzulernen und festzustellen, wie sie ihn kennenlernen konnten, kam schon noch. In diesem Chaos musste es nicht heute sein.

Beau wartete auf seinen Ausweis, nachdem das Foto dafür gemacht worden war. Irgendetwas lief mit dem Drucker schief und einer der Angestellten verfluchte ihn leise und schickte eine vermutlich wütende Nachricht an die IT-Abteilung, wenn man von dem zornigen Takt an Fingerschlägen auf den Touchscreen ausging. Beau schlenderte zum Rand der Gruppe, entzog sich somit selbst dem Geruch von Stress, der an Panik grenzte, und fragte sich gerade, ob er sich mit einem Anruf bei Rory ablenken könnte, als er eine Berührung an seinem Arm spürte.

Beau drehte sich um, um festzustellen, ob er jemandem im Weg war, und wurde bei dem Anblick des Mannes, der vor ihm stand, vorsichtig. Er war körperlich nicht beeindruckend – er hatte in etwa Rorys Größe und eine schlanke, drahtige Statur, aber er war weißhaarig und trug eine weißgerahmte Brille. Zuvor hatte er sich selbst vorgestellt, während einer der ersten Übersichtsdiskussionen, und hatte auf dem Rednerpodest größer gewirkt.

Sein Name lautete Dr. Evan Ross und er war Beaus Berater für die nächsten drei Jahre. Was bedeutete, dass es an ihm lag, festzustellen, ob Beau die Anforderungen des Programms erfüllte.

„Dr. Ross", sagte Beau und versuchte, sich aus seiner Starre zu befreien, um einen einigermaßen freundlichen Ausdruck aufzusetzen. „Ich, äh …"

Die Treffen mit den Beratern waren für morgen geplant. Beau war jetzt noch nicht bereit dazu.

Dr. Ross lächelte und tätschelte Beaus Arm. „Es ist in Ordnung, Sie werden noch nicht bewertet. Aber ich dachte, angesichts Ihrer einzigartigen Situation sollten wir uns kurz vor unserem geplanten Treffen unterhalten. Wenn Sie also einen Moment Zeit haben?"

Beau nickte. Es gab eindeutig keine andere Antwort.

Er folgte Dr. Ross aus dem riesigen, hallenden Saal voller Kollegen zu einem wunderbar leeren und ruhigen Konferenzraum. Dr. Ross setzte sich nahe ans Ende des Tisches, und nach einer lässig aussehenden Geste nahm Beau auf dem Sessel gegenüber Platz. Dr. Ross stellte einige Ordner vor sich ab und faltete die Hände darüber. Beau legte seine eigene, dünne Sammlung an Papieren ab, dankbar darüber, seine OP-Kleidung und den weißen Kittel noch nicht erhalten zu haben.

„Also, kommen wir gleich zum Elefanten im Raum: Sie sind ein Werwolf, ich nicht, niemand in der Verwaltung ist einer, soviel ich weiß. Ich nehme an, das wissen Sie sogar noch besser als ich?"

Beau entschied sich, auf den lockeren Ton einzugehen, und wiederholte ihn, so gut er konnte. „Das könnte ich beantworten, wenn ich mit einem zusammengearbeitet habe. Aber wenn sie sich mir gegenüber nicht offenbaren, würde ich sie nicht verraten."

Dr. Pavlyuchenko zum Beispiel war von jedem an der Northwestern als Mensch behandelt worden. Beau war sich ehrlich nicht sicher, ob sie wussten, warum er sich für die ganzen Werwolfstudenten interessierte, und sich blind stellten oder einfach nicht dafür interessierten, oder ob er sein eigenes Geheimnis während der großen Offenbarung tatsächlich bewahrt hatte. Man fragte nicht.

Dr. Ross nickte verständnisvoll. „Werwölfe outen sich nicht gegenseitig."

Beau legte den Kopf schief. „Es geht nicht um Loyalität untereinander. Wir greifen nicht in die Privatsphäre anderer ein, ungeachtet dessen, was unsere Sinne zulassen. Was gehört, gerochen oder gefühlt wird, wird als nicht-existent betrachtet, bis man aufgefordert wird, es zu bemerken. Sonst würden wir es schwer haben, miteinander zu leben."

„Ah!", meinte Dr. Ross. „Und das erlaubt Ihnen, keine ständige Verletzung der Privatsphäre Ihrer Patienten zu sein?"

„Ich schütze die Privatsphäre der Patienten genauso wie alle anderen Angehörigen der Gesundheitsberufe", erwiderte Beau vorsichtig. „Jeder könnte Dinge sehen oder belauschen, wenn er in einem Krankenhaus oder einer Klinik arbeitet."

Dr. Ross nickte. „Aber wenn ich mich nicht irre, beabsichtigen Sie, Ihre Sinne für diagnostische Zwecke aktiv zu nutzen."

Nun nickte Beau. „Ich glaube – mit Übung und einigen Arbeiten zur Dokumentation der Genauigkeit meiner Beobachtungen – dass ich eine große Hilfe bei der Diagnose sein könnte. Nicht invasiv, schneller als Labortests …"

„Nicht invasiv, solange der verletzliche menschliche Patient nicht bedenkt, dass von einem Werwolf beschnüffelt zu werden auch invasiv ist", warf Dr. Ross in demselben milden Tonfall wie zuvor ein. „Und was ist mit der Anfälligkeit für menschliche – verzeihen Sie mir, tödliche? Persönliche? – Fehler, die es bei Labortests nicht gibt?"

„Ich habe nichts dagegen, in diesem Sinne als Mensch bezeichnet zu werden", antwortete Beau, gleichbleibend vorsichtig. „Es ist nicht anstößig. Und es ist auch nicht so, dass Labortests keinen Spielraum für menschliches Versagen haben. Ich schlage nicht vor, dass ich alle anderen diagnostischen Tests persönlich ersetze, ich möchte nur helfen, genau wie jeder andere, der Arzt wird. Und ich habe diese besondere Fähigkeit zu helfen, und ich möchte lernen, sie zu nutzen. Rochester schien der bestmögliche Ort dafür zu sein."

Dr. Ross nickte, als wäre das genau die Antwort, die er erwartet hatte. „Nun, wir werden sicher sehen. Und auf jeden Fall wurden Sie sehr empfohlen. Vorbildlicher Bewerber, abgesehen davon, dass er ein nicht gebundener Alpha-Werwolf ist."

Jetzt kamen sie zu diesem Thema.

„Nicht länger ungebunden. Ich habe meinen Mann nach Rochester mitgebracht."

Dr. Ross hob die Augenbrauen, er lehnte sich leicht zurück; der kleine Sprung seiner Herzfrequenz könnte auf leichte Überraschung hingedeutet haben. Beau spekulierte nicht.

„Ah, gut. Herzlichen Glückwunsch. Sie haben vor Kurzem geheiratet, nehme ich an?"

Beau reagierte nicht sichtbar, sondern sprang durch ihren Reifen. Er würde ihnen keinen Grund zu der Annahme liefern, dass er eine Art halbwilder einsamer Werwolf war, der eine Bedrohung darstellte. „Tatsächlich letzte Woche. Aber es ist nicht ungewöhnlich für Werwölfe, sich schnell zu binden." Dr. Ross nickte langsam. „Ja, ich ... als wir Ihre Situation mit ein paar lokalen Werwölfen besprachen, erwähnten sie das. Sobald Sie jemanden getroffen haben, mit dem Sie zusammenpassen, würden Sie sich wahrscheinlich schnell binden."

Beau musste vorsichtig Luft holen, um sich ruhig und seine Reaktion unsichtbar zu halten. „Sie ... haben über mich gesprochen?"

„Ja, nun, wir nahmen an, dass Sie ein bisschen zusätzliche Unterstützung von Ihrem Berater benötigen würden und dass Ihr Berater selbst ein wenig Rat brauchen könnte, wie man das am besten vermittelt ..." Dr. Ross schlug einen Ordner auf und zog ein Blatt Papier heraus. Kontaktinformationen.

Niemi Rudel.

Jensen Rudel.

Bryson Rudel.

Fraser Rudel.

„Das sind die Personen, die mir als geeignet genannt wurden, um als Kontakt für einen neuen Werwolf in der Stadt, der vielleicht eine vorübergehende Verbindung haben oder sich einem Rudel anschließen möchte, zu fungieren. Offensichtlich wusste niemand, mit welchem Rudel Sie zusammenpassen oder ob Sie hier bereits familiäre Bindungen haben ...?"

Beau hatte ehrlich gesagt keine Ahnung. Er war ein wütender Junge gewesen und ein Alpha; solange er bei den Hebammen des Rudels herumgehangen und versucht hatte, das Bisschen zu lernen, was es über die Werwolf-Version der medizinischen Praxis zu wissen gab, hatte er sich nicht sonderlich für die anderen traditionellen Omegaanliegen wie Familienforschung und die Aufrechterhaltung von Rudelverbindungen interessiert. Er könnte Cousins in einem der Rudel haben – verdammt, wenn die Dinge anders gelaufen wären, könnte eines dieser Rudel das beabsichtigte Ziel für sein Austauschjahr gewesen sein.

Aber er hatte all dem den Rücken gekehrt, um hierher zu kommen. Und sie hatten ihm den Rücken gekehrt. Er hatte sich nicht hier angemeldet, um all das noch mal durchzugehen.

Trotzdem wusste er die richtige Antwort. Er brachte ein Lächeln zustande und steckte das Blatt in seinen eigenen Ordner. „Danke, Sir. Ich werde darüber nachdenken."

***

Im Anschluss folgte eine weitere Stunde des Herumstehens in dem riesigen, widerhallenden Saal, umgeben von Menschen, die er anlächeln und mit denen er sich freundlich unterhalten musste. Er wusste, er sollte sich mehr anstrengen, um die Leute um sich herum zu beobachten, damit er ein Gefühl für seine Klassenkameraden und das Personal bekommen konnte. Doch alles, was er tun konnte, war, das Empfinden niederzukämpfen, schrecklich allein unter all diesen Fremden zu sein, unter Leuten, die ihn vielleicht hassten oder Angst vor ihm hatten, wenn sie Bescheid wüssten, und er konnte nicht anders, als seine Sinne auf das möglichste Mindestmaß herunter zu regeln.

Auf der anderen Seite bedeutete sein umwerfend unsoziales Verhalten, dass er zu keinem der gemeinsamen Essen oder Kneipenausflüge, die organisiert wurden, wie er gehört hatte, eingeladen wurde. Das war eine Erleichterung, ein Fluchtweg, und ihm fiel unweigerlich sein erstes Jahr im Medizinstudium ein, als er automatisch und unwiderruflich zu den anderen Werwolfstudenten gehörte.

An diesem Punkt war er bereits sechs Jahre lang auf eigenen Beinen gestanden und hatte nur Kontakt zu anderen Werwölfen gehabt. Er hatte nicht gedacht, dass er sie brauchte, und war bereit gewesen, sich über ihre Eingriffe in sein Leben zu ärgern, aber so ein Rudel waren sie gar nicht gewesen. Und jetzt …

Jetzt wartete Rory daheim auf ihn.

Er fand seinen Leihwagen und fuhr die Route vom Morgen in entgegengesetzter Richtung. Sie würden wirklich ein Auto kaufen müssen. Sonntag? Es müsste am Sonntag passieren. Das Grillfest war für Samstag angesetzt und Beau hatte keine Ahnung, wie lange es dauerte, ein Auto zu kaufen, aber er schätzte, dass das nichts war, was man auf die Schnelle an einem Samstag vor dem Mittagessen erledigen konnte. Als er in die Einfahrt seines Hauses einbog, war er es leid, die Pläne umzuwerfen und zwischen der Angst sowohl vor dem nächsten Tag als auch dem sozialen Kampf des Grillfestes zu hoffen, dass die örtliche Werwolf-Kreditgenossenschaft ihm zusätzlich zu seiner brandneuen Hypothek noch einen Autokredit genehmigte.

Beau blieb für einen Moment im Auto sitzen und starrte das Haus an. *Ich lebe jetzt hier. Wir leben hier.*

Rory wartete nicht auf der Veranda auf ihn und auch die Haustür öffnete sich nicht, während er dort saß. Er spürte einen weiteren einsamen Schmerz und schob das Gefühl weit von sich, als er es erkannte. Rory schlief wahrscheinlich oder war mit etwas im Haus beschäftigt.

Aber was wäre, wenn etwas nicht stimmte? Was wäre, wenn er sich verletzt hätte oder versuchte, zum nächsten Lebensmittelgeschäft zu wandern, das kilometerweit entfernt war, oder …

Beau sprang aus dem Auto, ließ sämtliche Unterlagen der Orientierung auf dem Beifahrersitz liegen und eilte zur Haustür, schloss sie auf und schoss durch den Eingang, um gleich darauf scharf anzuhalten.

Rory sah zu ihm auf und blinzelte, als sei er gerade aufgewacht oder hätte eine Trance hinter sich. Er saß vor einem Bücherregal, sämtliche von Beaus zerlesenen, alten

Taschenbüchern um sich herum aufgestapelt, und hatte sich die Zeit genommen zu lesen. Rory hielt ein Buch in seiner Hand, auf Seite 43 aufgeschlagen. *Lobgesang auf Leibowitz*, erkannte Beau, während Rory ihn nach wie vor anstarrte.

„Rory? Bist du … ist alles …"

„Ich wollte nur sehen, ob ich sie alphabetisch ordnen kann", sagte Rory und senkte den Blick auf das Buch. „Und dann habe ich das hier gefunden und ich … ich habe einfach … zu lesen angefangen. Ich vergaß, was ich tun wollte, weil ich gelesen habe."

Beau spürte, wie der ganze Tag von seinen Schultern abfiel, als er zu grinsen anfing, und er erinnerte sich gerade noch daran, die Eingangstür zu schließen, ehe er zu Rory huschte. Er kniete sich neben ihn und schloss ihn in die Arme, samt Buch und allem. „Das ist toll, Baby. Das ist so großartig."

Rory packte eine Falte seines Hemdes und vergrub sein Gesicht an Beaus Schulter, während Beau hinzufügte: „Außerdem hast du einen guten Geschmack. Hast du das zuvor bereits einmal gelesen?"

„Ja, mein V… ich meine, ähm. Als ich ein Kind war. Wir hatten Tausende Bücher. Ich dachte gern darüber nach, was die Werwölfe in diesem Universum machten. Ich glaubte, viele von uns würden überlebt haben. Vielleicht waren sogar einige der Mönche Werwölfe."

Beau grinste, als er sich zurücksetzte. „Ja, darüber habe ich auch nachgedacht."

Die postapokalyptischen Mönche schienen das Gegenteil seines eigenen Rudels zu sein, als Beau das Buch zum ersten Mal las, in dem Sommer, nachdem er Chicago verlassen hatte. Mit Leib und Seele dabei, Wissen zu bewahren, es zu schützen, nicht alles zu ignorieren und jeden zu bestrafen, der versuchte … Beau schüttelte diesen Gedanken ab.

Rory sah wieder auf das Buch hinunter. „Unser Haus, als ich ein Kind war", sagte Rory leise. „Ich glaube nicht, dass mir klar war, wie sehr es in unserem Haus nach Büchern roch, bis ich hier die Schachteln mit den Büchern öffnete."

Mein Vater, hätte Rory fast gesagt, als er über das Buch gesprochen hatte. Und früher, als er Beau von diesem Gewürzladen erzählt hatte und über seine Mutter und seine Schwester sprach ... er musste in einem Haus und einer Stadt, dieser mehr oder weniger ähnlich, irgendwo in Wisconsin aufgewachsen sein. Ein Leben wie die Menschen, bis seine Hitze ihn verriet und das Geheimnis seiner Mutter enthüllte und er weggeschickt wurde. Anschließend hatte er nur wenige Jahre später das Rudel seiner Mutter verlassen und anscheinend nie zurückgeschaut, selbst wenn der einzig sichere Ort für ihn das Asyl gewesen war.

„Hast du ..." Beau legte eine Hand auf Rorys Knie. „Willst du mit ihnen in Kontakt treten, Rory? Vielleicht nur mit deiner Mutter oder deiner Schwester? Ich wette, sie wüssten gerne, dass es dir gut geht."

Kapitel 16

Schweigend starrte Rory Beau für einen Moment an, verstand kaum die Frage. Er wurde gerade aus so vielen verschiedenen Lagen der Flucht gerissen – er hatte in dem Buch gelesen und sich wieder gefühlt wie das Kind, das sich in einem anderen Haus an einem sonnigen Tag in diesem Buch verloren hatte – und dann realisiert, was er getan hatte, und in der Lage gewesen war, es zu lesen – dass er für eine Sekunde nicht verstand, warum sich jemand fragen sollte, wo er war. Es war noch nicht einmal Zeit für das Abendessen.

Dann traf ihn alles auf einmal. Beau fragte, ob er seine Mutter anrufen wollte, oder Georgie, und ihnen sagen, dass es ihm gut ging.

Er sah sich unsicher um, in Anbetracht der Tatsache, dass er zum ersten Mal seit sehr langer Zeit wirklich in Ordnung war. Sicher. In einem Haus. Mit seinem Ehemann.

Seine Mutter und Georgie waren nicht bei seiner Trauung gewesen.

Seine Mutter und Georgie *wussten nicht, wo er war.*

Plötzlich legten sich Beaus Arme um ihn und zogen ihn sanft an Beaus Brust.

„Tut mir leid, Baby, ich wollte nicht … ich habe nicht nachgedacht. Ich weiß, dass es viel ist, dass es eine schwere Entscheidung ist. Es tut mir leid."

Rory schüttelte den Kopf gegen Beaus Brust, klammerte sich an sein Hemd. „Ich habe nur … ich habe nicht einmal daran gedacht … ich … ich war …"

Beau schlang sich um ihn, presste seine Nase gegen Rorys Kehle. „Ich gehörte tausendmal geschlagen, weil ich dir heute alles verderbe, sobald ich mit dir rede, hm? Es tut mir so leid. Aber ich bin froh, dass deine Augen besser geworden sind, Ror."

172

So hatte ihn Georgie genannt. Sie hatten Bilder von sich selbst als Monster gemalt: JOR und ROR, und hatten über die roten Augen und bedrohlichen Fangzähne gekichert, die sie sich gegeben hatten. Zumindest bis ihre Mutter ihnen das Buntstiftbild weggenommen hatte, blass vor Horror oder Ärger oder beidem.

Ihr seid keine Monster, hatte sie ihnen scharf gesagt. *Ihr seid vielleicht anders, aber ihr seid keine Monster. Ihr verletzt keine Menschen. Es ist nichts falsch mit euch.*

Das letzte Mal, als er seine Mutter gesehen hatte, war sie ebenfalls bleich gewesen, aber die Grimmigkeit war da längst vergangen. Sie hatte müde gewirkt, und das nicht nur von der vier Stunden langen Fahrt in den Norden, um ihn bei dem Rudel zu besuchen. Sie sprach nie über ihren Ehemann, aber sie erzählte ihm von Georgie und seinem kleinen Bruder, Spencer, der damals acht Jahre alt war. Er begriff, dass er gar nicht zu fragen brauchte, ob Georgie eines Tages mit ihr mitkommen oder vielleicht sogar eine Weile hier in dem Rudel bleiben könnte.

Er hatte gedacht, es wäre eine Erleichterung für sie, ihn nicht mehr besuchen zu müssen und in der Lage zu sein, ihn zu vergessen. Aber sie hatte ihn wie jedes Mal, bevor sie wieder wegfuhr, festgehalten und an sich gedrückt. Sie hatte ihm ein Sweatshirt mitgebracht, sie wusste, um wie viel kälter es im Norden war. Sie hatte ihm gesagt, dass sie ihn liebte.

Er erinnerte sich sogar noch an die Telefonnummer des Hauses, in dem er aufgewachsen war. Wenn sie immer noch dort wohnte, wenn sich die Nummer nicht geändert hatte ... wenn sie diejenige war, die den Hörer abhob und nicht ...

„Ich mache uns das Abendessen", murmelte er in Beaus Hemd. „Ich werde ... ich werde uns irgendwas machen."

„Ja", erwiderte Beau und küsste ihn auf den Scheitel. „Na, wir können es auch zusammen machen."

173

***

Während sie das Abendessen zubereiteten und aßen, war es für Rory offensichtlich, dass Beau erschöpft war. Beim gemeinsamen Abwaschen der Teller schlief er fast mit offenen Augen ein.

Die Betten im Obergeschoss waren ordentlich gemacht, mit frisch gewaschenen Laken, die einen leichten, angenehmen Seifenduft verströmten und nicht mehr nach Plastik und fremden Orten roch. Und auch nach nichts anderem. Auch nicht nach ihnen.

Der Geruch des Essens, das sie sich gemacht hatten, hing noch in der Küche, und Beaus Bücher füllten allmählich die Regale im Wohnzimmer, aber oben roch nichts vertraut. Rory wollte da oben nicht schlafen, ebenso wenig wollte er Beau allein im ersten Stock schlafen lassen, nicht bevor Beau sagte, dass er genau das wollte.

Bis dahin schien Beau an Rorys Seite bleiben zu wollen, selbst wenn er im Stehen einschlief.

„Wie war es heute?", fragte Rory, hauptsächlich um sicherzugehen, dass Beau wach blieb, während er den Topf schrubbte. „Anstrengend?"

„Es, ähm … ja, schätze ich", antwortete Beau.

Rory wartete, fragte sich, was die ganze leere, unbekannte Zeit geschehen war, die Beau nicht bei ihm gewesen war, außer diesem Anruf, bei dem er nur Rory reden hören wollte und ihm nichts darüber erzählte, was er erlebt hatte.

„Es war …" Beau gähnte, und Rory zog den Kopf ein, als er selbst ebenfalls gähnte. „Äh, die meiste Zeit habe ich in einem Vorlesungssaal gesessen, während uns fünfzehn Leute begrüßt haben und uns vor allem erzählten, was wir zu tun hätten, wie die Dinge in diesem Jahr laufen. Und – oh, das liegt noch draußen im Auto, ich sollte es holen. Ich habe meinen Kittel bekommen und die Unterlagen für den

Wechselturnus und meinen Ausweis und ..." Beau gähnte erneut. „Habe meinen Ausbilder getroffen."

Beaus Herzschlag veränderte sich leicht, sein Geruch drückte Unglück und Angespanntheit aus, aber er verlor darüber kein Wort.

„Hast du ... ihnen von mir erzählt? Über ..." Das war der Grund, warum Rory hier war: um sicherzustellen, dass Beau an dem Programm teilnehmen konnte, um zu zeigen, dass er nicht allein oder unzuverlässig war.

Beau nickte rasch, lächelte Rory an und drehte sich, damit er sich gegen die Anrichte lehnen konnte. Rory richtete seine Aufmerksamkeit wieder auf den Topf, den er schrubbte.

„Ja, er sagte, dass es gut ist. Er schien irgendwie überrascht zu sein, als hätten sie nicht gedacht, dass ich so schnell jemanden finde, aber wir haben einander, hm? Also ist alles okay."

Rory spülte den Topf ab und schenkte Beau ein Lächeln, als er ihm den Topf zum Abtrocknen in die Hand drückte.

„Na komm", sagte er, als alles fertig war. „Legen wir uns auf die Couch."

„Perfekt", erwiderte Beau. „Ich hole nur noch schnell meinen Kram aus dem Auto. Ich muss mir für morgen noch einiges durchlesen."

Rory ging zurück ins Wohnzimmer, betrachtete die Bücherstapel und hob *Lobgesang auf Leibowitz* wieder auf. Beau kam mit einem Armvoll in Plastik verschweißter Kleidung und einem Stoß Aktenordner zurück, und Rory nahm ihm die Kleider ab. „Die musst du morgen aber nicht tragen, oder?"

Beau schüttelte den Kopf, sah dabei verwirrt aus.

„Sie riechen schrecklich", erklärte Rory. „Ich werde sie waschen, bevor du sie brauchst. Und jetzt komm."

„Oh, das geht schon", setzte Beau an, doch Rory drehte sich einfach weg und legte den Kleiderberg auf den Esstisch, ging anschließend ins Wohnzimmer zurück. Beau folgte ihm und bald saßen sie nebeneinander auf der Couch, ihre Beine miteinander verschlungen, Rorys Kopf fiel gegen Beaus Brust, das Buch wurde von einem Kissen vor ihm abgefangen.

Er ließ seine Augen geschlossen, statt sich aufzurichten und weiterzulesen. Ein klein wenig fürchtete er, dass das jetzt nicht sonderlich gut funktionieren könnte, aber ebenso … gingen ihm die Dinge, die Beau gesagt hatte, im Kopf um.

Wir haben einander, also ist es in Ordnung.

Ich wette, sie wüssten gerne, dass es dir gut geht.

Gab es Menschen, die wissen wollten, ob es *Beau* gut ging? Nun, natürlich ging es ihm gut. ER war ein Alpha, ein Arzt; er brauchte Rory nicht auf die gleiche Weise, wie Rory ihn brauchte. Um sich selbst den Menschen zu beweisen, ja, aber nicht zum *Überleben*.

Aber Rory wusste, wie schlimm es war, allein zu sein. Es war nicht so, als wäre er noch nie von einem beschissenen Alpha sitzen gelassen worden, selbst vor dem letzten Mal, als er endlich den Weg ins Asyl gefunden hatte. Selbst als er noch gesund gewesen war, hatte er es nicht einfach gefunden, allein über die Runden zu kommen, aber es war nicht mehr als … schwer.

Schlagzeilen und Nachrichten über einen weiteren Werwolf zu sehen, der von der Polizei erschossen wurde, Werwölfe, die dieses oder jenes Gewaltverbrechens verdächtigt wurden, und sich zu fragen, ob man sich gut genug versteckt hatte, ob die Menschen um einen herum vermuteten, was man war. Leere Monde allein zu verbringen, keinen sicheren Ort zu haben, kein Rudel, niemanden, an den man sich wenden konnte, der es verstand.

Deswegen blieb er immer bei beschissenen Alphas hängen, wo ihn jeder schlechter behandelte als der Vorhergegangene. Und er dachte nicht, dass es für Alphas recht viel anders war. Beau schien nach dem heutigen Tag wie tot auf den Beinen zu sein – nach all der Zeit allein mit Fremden, die ihn vielleicht nicht dort haben wollten, vielleicht nicht wollten, dass er in dieser Sache Erfolg hatte, die für ihn so wichtig war, dass er sogar Rory geheiratet hatte für die Chance, sein Ziel verfolgen zu können. Er war so lange allein gewesen und jetzt, wo er jemanden hatte, war es nur … Rory. Er konnte kaum selbst auf sich aufpassen, und jetzt war er alles, was ein anderer hatte. Sicher, er konnte Susan um Rat fragen, aber dennoch war nur er es, zu dem Beau nach Hause kam, wenn er Trost und einen sicheren Ort brauchte.

Wenn Rory seine Mutter anrufen konnte – was ein fürchterlich großes Wenn war, wenn man als Maßstab nahm, was alles passiert war, bevor und nachdem er das Rudel verlassen hatte – konnte Beau dann auch seine anrufen?

Es gab nichts, über das sich Beau in den Jahren, in denen er allein gewesen war, zu schämen brauchte. Er war Sanitäter gewesen und hatte Menschen gerettet. Er hatte das College und das Medizinstudium absolviert, um Arzt zu werden und noch mehr Leben zu retten. Wer wäre nicht stolz auf ihn? Wer wollte ihn nicht als Teil seiner Familie, seines Rudels haben?

Er versuchte sich genau zu erinnern, was Beau darüber gesagt hatte, wie es kam, dass er alleine war. Sein Rudel hatte seinen Plänen, Arzt zu werden, nicht zugestimmt, und hatte ihn mehr oder weniger vertrieben? Das konnte nicht die ganze Geschichte sein, nicht nachdem er so lange allein gewesen war.

Und an irgendeinem Morgen hatte er im Bett gesagt, er sei allein – oder hätte zumindest keine Dates gehabt – seit er sechzehn war. Das war das Alter, in dem Rory mit einem süßholzraspelnden, zehn Jahre älteren Alpha durchgebrannt war. Beaus Rudel hätte sich noch um ihn kümmern sollen, als er sechzehn war, egal wie sehr ihnen seine Karrierepläne missfielen.

Rory rutschte näher an ihn heran, legte sein Ohr direkt über Beaus Herz. Beaus Arm spannte sich an, hielt ihn fest, obwohl Beau bereits halb schlief. Die Ordner, die er mitgebracht hatte, lagen alle noch auf dem Boden neben der Couch.

„Beau?", fragte Rory leise, weil er ihn nicht wecken wollte, falls er schon schlief. „Darf ich dich etwas fragen?"

„Ja, natürlich", erwiderte Beau schläfrig, unbekümmert. „Alles, Baby, du kannst natürlich alles fragen."

Rorys Gesicht rötete sich und für eine Sekunde war er versucht, etwas ganz anderes zu fragen – über diesen Morgen, warum Beau oben geduscht hatte, während Rory schlief – aber er ließ nicht locker.

„Es ist ... du willst vielleicht nicht darüber reden, ich weiß nicht."

Er spürte, wie Beau unter ihm ein wenig wacher wurde und ein wenig alarmiert klang, als er antwortete: „Wenn ich nicht antworten will, sage ich es dir. Aber ich bin nicht sauer, wenn du mir Fragen stellst. Wir sind verheiratet, du hast das Recht, über mich zu wissen, was sonst niemand weiß."

Rory rutschte ein bisschen herum, bis er sein Kinn auf Beaus Brust legen konnte. Beau sah neugierig auf ihn herab.

In dieser Position holte Rory so tief Luft wie möglich und sagte: „Was ist passiert, als du sechzehn warst?"

Beau runzelte die Stirn. „Woher ... habe ich gesagt ...?"

„Du hast gesagt, dass du ..." Rory errötete leicht. „Du hast gesagt, du wärst zu beschäftigt gewesen, um Dates zu haben, seit du sechzehn warst."

„Oh." Beau legte eine Hand über seine Augen und gab ein müdes Geräusch von sich, das nicht ganz ein Lachen war. „Ich habe vergessen, dass ich das sagte. Und gerade heute habe ich viel darüber nachgedacht."

„Es hatte etwas damit zu tun, dass du Arzt werden wolltest?"

Beau nahm die Hand von seinen Augen, musterte Rory für einen Moment und nickte.

„Du hast gesagt, dein Rudel wollte das nicht. Und heute ging es um nichts anderes."

„Du, ähm ... Du erinnerst dich daran, hm? Ja, es waren ... es waren viele Dinge, die alle irgendwie ..." Beau wedelte mit den Händen durch die Luft. „Miteinander verwickelt waren, weißt du? Die Enthüllung war erst ein paar Jahre her, also waren alle nervös, und ... da war dieser Junge in der Schule."

Rory zog die Augenbrauen nach oben. „Ein Mensch?"

Beau nickte. „Ich mochte ihn sehr. Ich wusste, ich konnte nicht ... Ich wusste, dass ich im nächsten Jahr weggehen musste, um zu einem anderen Rudel zu wechseln. Ich wusste, dass ich eigentlich einen Omega als Partner wollte, aber ..."

Beau lächelte schwach, traurig und liebevoll zugleich, als er auf die Erinnerung zurückblickte: „Ich mochte ihn so sehr. Ich wusste es besser, als mit ihm auszugehen oder so etwas, aber ich konnte nicht widerstehen, bei Schulprojekten sein Partner zu sein und solche Sachen. Dafür konnten wir aber nicht in unserem Haus arbeiten, weil ich auf Rudelland lebte. Aber niemand sah einen Schaden darin, wenn ich zu ihm ging. Ich war sechzehn und ich wusste, wie ich mich unter Menschen zu benehmen hatte."

Rory verstärkte seinen eigenen Griff um Beau, wollte zu diesem Jungen zurückkreisen und ihn beschützen, ihn von dem zurückhalten, was ihm geschehen war, um so allein gelassen zu werden.

„Er hatte eine kleine Schwester", erzählte Beau. „Bloß ein kleines Kind in der ersten Klasse, und ..."

Beau bewegte sich, bis sich Rory leicht in die Höhe stemmte, dann drehte er sich auf die Seite, sodass sich sein Rücken zum Raum hin befand und Rory zwischen den Kissen und Beau lag. Rory presste sein Gesicht gegen Beaus Schulter, und Beau senkte den Kopf auf Rorys.

„Sie roch falsch", flüsterte Beau. „So etwas hatte ich noch nie zuvor gerochen. Ich wusste nicht, was es war, aber ich wusste, dass es schlecht war. Allerdings konnte ich ihr nicht allzu viel Aufmerksamkeit schenken, ohne merkwürdig zu wirken, aber ich wusste sicher, dass etwas nicht stimmte. Krebs, fand ich schließlich heraus. Sogar das dauerte Wochen, während es in ihr wucherte und schlimmer wurde, und niemand außer mir wusste es."

Rory wollte ihm sagen, er solle aufhören; er wusste bereits, dass diese Geschichte nicht gut endete, nicht gut enden konnte, und er wollte es nicht hören. Aber er konnte Beau nicht sagen, dass er still sein sollte, nicht nachdem er gefragt hatte. Nicht wenn es sonst niemanden gab, mit dem Beau reden *konnte*.

„Ich konnte es weder meinem Freund noch seinen Eltern sagen, ohne zu verraten, was ich war – und wenn sie über mich Bescheid wussten, wussten sie auch über meine Familie, mein gesamtes Rudel Bescheid. Michigan war ein Jagd-Staat, und das erste Urteil des Bundesgerichts war gegen uns gefallen – erst ein Jahr später entschied der Oberste Gerichtshof für uns. Aber ich konnte nicht glauben, dass er oder seine Familie uns schaden wollen würde, vor allem wenn ich ihrer Tochter half.

Doch mir war klar, dass es nicht meine Entscheidung war. Also fragte ich meine Eltern, und als sie mir nicht einmal zuhören wollten, versuchte ich, mit anderen Leuten vom Rudel zu sprechen – den Hebammen und sogar dem Alpha. Niemand wollte mich anhören. Niemand wollte auch nur darüber nachdenken. Ich besuchte immer noch das Haus meines Freundes und sah seine kleine Schwester.

Ich konnte sehen, dass sie kränker wurde, und ich konnte meinem Rudel nicht ungehorsam sein, also konnte ich nichts machen. Ich überlegte hin und her, wie ich es ihnen sagen konnte, ohne mich selbst zu verraten. Dabei biss ich mich an der Idee fest, dass die Ärzte den Krebs finden würden, wenn sie verletzt wäre, aber ich wollte sie nicht verletzen. Ich wollte nicht, dass mein Freund dachte, dass ich ...“

Rory stemmte sich ein wenig in die Höhe und legte seine Hand in Beaus Nacken, brachte so ihre Gesichter näher aneinander. Beaus alter, abgegriffener Kummer darüber hing so schwer in der Luft zwischen ihnen, dass Rory beinahe daran erstickte.

Er erwischte sich, dass er an Spencer dachte, seinen eigenen kleinen Bruder. Wenn Spencer jemals so krank geworden wäre, seine Mutter hätte es augenblicklich gewusst.

Was, wenn es so war?

Rory hätte nicht die geringste Ahnung davon. Es war lange her, und einem menschlichen kleinen Kind konnte alles passieren, selbst wenn eine Werwolfmutter und eine Werwolfschwester darauf aufpassten. Wenn Rory Kontakt aufnahm ...

Aber darüber konnte er jetzt nicht nachdenken. Er hatte hier bei Beau zu sein und ihm zu helfen, die Worte zu finden, die er wahrscheinlich noch zu niemandem zuvor gesagt hatte.

„Was ist passiert?“, fragte Rory leise.

Beaus Griff um ihn wurde fester, dann stieß Beau ein schrecklich kleines Geräusch aus, halb Lachen, halb Schluchzen.

„Ich habe überhaupt nichts getan“, sagte er. „Ich habe niemandem geholfen. Sie wurde so krank, dass ihre Eltern es bemerkten, und sie wurde zu einem Arzt gebracht; so hätte alles geendet, wenn ich nicht ...“ Beau atmete einen

Moment schwer und rau, dann fuhr er fort. „Mein Freund erzählte mir, dass bei seiner Schwester Krebs diagnostiziert worden war, und es war – nach all der Zeit überlegen, warten, wissen und nichts tun konnte ich nicht verstecken, wie erleichtert ich war. ER war wütend, verletzt, dachte, ich nähme es nicht ernst, und dann, irgendwie … Ich versuchte es zu erklären, ohne mich zu verraten, aber wahrscheinlich sind mir dabei alle möglichen Sachen herausgerutscht. Ich war wohl längst nicht so geschickt, wie ich geglaubt hatte, das haben Teenager generell so an sich. Wie auch immer, er fand es heraus. Was ich war, und dass ich es gewusst und nichts gesagt hatte. Nichts unternommen hatte. Nicht geholfen hatte, als ich es konnte."

„Es war nicht dein Fehler", erwiderte Rory sanft, aber Beau schien ihn nicht zu hören.

„Leute, selbst einige Werwölfe, reden über den Wolf in einem, das Biest, als würde der innere Wolf uns befähigen zu verletzen, Tiere zu sein. Aber Menschen sind ebenfalls Tiere, wenn du sie weit genug treibst. An diesem Tag … ich dachte, er würde mich umbringen. Nicht wegen dem, was ich war, sondern weil ich ihn so sehr betrogen hatte. Ich konnte mich nicht einmal wehren; ich wusste, ich hatte es verdient, ich wusste …"

„*Nein*", sagte Rory so scharf, dass Beau einen kleinen Satz von ihm weg machte und ihn besorgt ansah. Besorgt über ihn, besorgt, weil er *Rory* irgendwie aufgeregt hatte, indem er solche schrecklichen Dinge über *sich selbst* sagte.

„Nein", wiederholte Rory sanfter und legte eine Hand auf Beaus Wange. „Du wusstest es nicht. Du hättest es dir vielleicht denken können, aber du konntest es nicht wissen, weil es *nicht stimmte*. Du hast das niemals verdient."

Beau runzelte die Stirn, atmete tief ein, und dann verzog sich sein Mund zu einem halben, schiefen Lächeln. „Dir, ähm … dir wird der Rest der Geschichte dann erst recht nicht gefallen."

Rory kuschelte sich an Beau und zog ihn fester an sich. „Ich mag aber immer noch *dich*. Also erzähl es mir."

Beau seufzte gegen seine Brust und festigte einmal mehr seinen Griff um Rory. „Ich ... nun, ich dachte, ich würde es verdienen. Ich ließ ihn mich schlagen, bis mir klar wurde, dass er nicht aufhören würde, und dann rannte ich davon. Ich raste nach Hause, in die Sicherheit, in ... Ich weiß nicht genau, was ich dachte, dass passieren würde, aber ich hatte außer meinem Rudel niemanden. Ich zitterte wie Espenlaub, ich konnte nicht einmal versuchen, zu lügen oder es zu leugnen, oder ... irgendwas. Also wurde ich ... bestraft. Vom Alpha. Zufälligerweise meinem Groß-vater. Und nur weil meine Eltern ihn anflehten, wurde ich nicht auf der Stelle verbannt."

Bestraft, so wie Beau es sagte, konnte nur bedeuten, dass er geschlagen worden war, hart genug, um bleibenden Ein-druck bei einem jungen Alphawerwolf, der beinahe ausge-wachsen war, zu hinterlassen.

Beau war sechzehn gewesen, in der Highschool, und zum ersten Mal verknallt in einen Jungen. Er hatte nur ein Kind retten wollen und dabei nicht einmal den Gehorsam ver-weigert. Nur durch einen Zufall hatte er sich verraten, weil ihm sein Rudel durch das Verbot zu helfen Kopfzerbre-chen bereitet hatte, und weil er den Jungen, den er so mochte, nicht wirklich gut anlügen konnte.

„Für den Rest meiner Zeit im Rudel lebte ich im Gäste-haus anstatt bei meinen Eltern", sagte Beau leise. „Ich bekam von demjenigen zu essen, der abends damit dran war, die Fremden zu verkösten, und Klamotten von den Leuten, die etwas spendeten. Ich machte jede Arbeit, die ich finden konnte, jede Stunde, die sie mich arbeiten ließen. Und mein ... der Junge, der mein Freund gewesen war, sprach nie wieder mit mir, aber er hat auch niemandem etwas über mich erzählt. Seine Schwester wurde noch behandelt, als ich achtzehn wurde, also weiß ich nicht einmal ..."

Einen Moment lang drückte Beau ihn noch fester, dann sagte er: „Also das ... das ist passiert, als ich sechzehn war. Deswegen habe ich keinen ..."

Rory fing einen scharfen Hauch von etwas wie Scham auf, die von Beaus Haut ausging, und er drückte sich in die Höhe, um Beaus Worte mit einem Kuss abzuschneiden, grob und leidenschaftlich. *Nein, nein, nein, du hast nichts falsch gemacht.*

Beau ließ ihn einen Augenblick gewähren, und einen Moment lang befiel Rory die Angst, Beau würde gar nicht reagieren, sondern einfach den Kuss hinnehmen.

Dann übernahm Beau, benutzte sein Gewicht, um Rory in die Kissen zu pressen, und unterbrach den Kuss, nur um ihn neu zu beginnen. Diesmal war er zärtlich, ein federleichtes Streifen der Lippen und ein schwaches, sanftes Stupsen von Beaus Zunge gegen Rorys geöffneten Mund. Rory seufzte und spürte, wie er dahinschmolz, er wurde sogar ein wenig nass und nachgiebig für alles.

Ja, dachte er, öffnete seine Hand, um seine Finger in Beaus Nacken und Rücken zu drücken. *Ja, ich gehöre dir, du wirst nie wieder alleine sein. Ja, nimm mich, ja.*

Doch einen Augenblick später zog Beau sich zurück. Er sah Rory einen langen, stillen Moment an, in dem sich alles anfühlte, als käme es ins Schwanken. Rory dachte, wenn er nur das richtige Wort wüsste und es sagte, den richtigen Weg zu fragen fände, käme Beau zurück in seine Arme und wäre in Wirklichkeit und vollständig seins.

Aber ihm fiel kein Wort ein, und Beaus Blick senkte sich auf die heilenden Brandwunden, die sich um Rorys Kehle wanden.

„Du hast ebenfalls nicht verdient, was dir passiert ist", sagte Beau sanft, dann stand er auf und bückte sich, um seine Sachen aufzuheben, während Rory nur auf der Couch lag und ihn hilflos anstarrte.

„Danke fürs … Zuhören", sagte Beau, nachdem er sich aufgerichtet hatte. „Ich … glaube, ich schlafe heute Nacht oben. Nachdem du dir schon die Mühe gemacht hast, die Betten zu beziehen."

Nein, wollte Rory sagen. *Nein, verlass mich nicht, geh nicht allein weg.*

Beau drehte sich um, ehe er noch wusste, was er sagen sollte, damit Beau wieder zu ihm kam, damit Beau klar wurde, dass Rory nicht gebrochen war, nicht dreckig und durch Narben entstellt und zu nichts anderem als dem hier zu gebrauchen.

Keiner von ihnen hatte verdient, was ihnen zugestoßen war, dachte Rory, während er auf den Platz starrte, wo Beau gestanden hatte. Keiner von ihnen verdiente es, jetzt allein und noch immer verletzt zu sein, wenn sie sich zumindest gegenseitig trösten konnten. Beau hatte es selbst gesagt. *Wir haben uns, also geht es uns gut.*

Aber Rory hatte keine Ahnung, wie er Beau davon überzeugen sollte, und wusste es besser, als einem Alpha seine eigenen Worte unter die Nase zu reiben.

Nach einer Weile schleppte er sich die Treppe hinauf zu dem riesigen, leeren, nach nichts riechendem Bett, das er am Morgen gemacht hatte. Wenn er angestrengt lauschte, konnte er Beaus Herzschlag aus dem Zimmer am Ende des Flurs hören, und er hatte sich beinahe selbst davon überzeugt, dass das immer noch besser war, als vollkommen allein zu sein, ehe er endlich einschlief.

Kapitel 17

Am nächsten Morgen schlüpfte Beau früh aus dem Bett und gestattete sich auch nur einen Moment im Flur oben, um den Geräuschen von Rorys Schlaf zu lauschen. In der Nacht war er wieder und wieder mit dem Wunsch aufgewacht, Rory suchen zu gehen, um sicherzustellen, dass mit ihm alles in Ordnung war, aber jedes Mal hatte er es geschafft, in seinem eigenen Schlafzimmer zu bleiben und nur nach ihm zu lauschen. Manchmal war Rory wach gewesen, manchmal hatte er geschlafen, aber immer war er in der Nähe und absolut sicher gewesen.

Nur nicht in Beaus Armen. Nicht in seinem Bett. Nicht dieses süße Nachgeben, als würde er Beau alles machen lassen, was der wollte, weil ... was? Weil er Rory eine traurige Geschichte erzählt hatte? Weil er Rory behandelt hatte, wie es jede halbwegs anständige Person machen würde?

Rory verdiente Besseres als das; Beau hatte ihm Besseres als das *versprochen*. Nicht wie der nächste Alpha, der sich ihn schnappte und sein Leben übernahm und seinen Vorteil aus Rorys verletzlicher Position und der Natur eines Omegas zog.

Rory verdiente es, die Wahl zu haben. Er verdiente seine Familie zurück. Er verdiente *alles*.

Und Beau hatte versprochen, ihn am Ende dieser drei Jahre gehen zu lassen, also war das hier jetzt besser. Ihn nach und nach frei zu lassen, ihm nie zu nahe zu kommen. Wenigstens war ihm gestattet zu helfen. Und wenn das bedeutete, dass er sich selbst von anderen Werwölfen fernhielt ... dann war es das, was er tun würde. Das, was er zu tun hatte.

Er war gut darin geworden zu tun, was er zu tun hatte. Er konnte damit weitermachen, bis ...

Ihm fiel kein Zeitpunkt ein, an dem er damit aufhören konnte, aber das war das Leben, nicht wahr? Er konnte damit weitermachen. Es brachte ihn nicht um.

∗∗∗

Als er an diesem Tag eine Pause hatte, rief er nicht Rory an, wie er eigentlich wollte, sondern schrieb stattdessen eine kurze E-Mail an Adam, der an irgendeinem Forschungsauftrag teilnahm, den er nach dem Medizinstudium erhalten hatte. Beau ahnte, dass es etwas mit Omega-Gesundheit zu tun haben würde; auch wenn es nicht das war, woran er formell arbeitete, kannte Beau niemanden, der sich leidenschaftlicher für dieses Thema interessierte als Adam. Wenn er Beaus Fragen nicht beantworten konnte, würde er wissen, wer es konnte, wenn überhaupt.

Beau hatte kaum Zeit, zwei Bissen von dem Sandwich zu nehmen, das in seiner Lunchbox lag, als sein Telefon klingelte und Adams Name auf dem Display angezeigt wurde.

Beau runzelte die Stirn, während er schluckte. Er hatte es nicht so dringend klingen lassen wollen, und er hatte angenommen, dass Adam Hals über Kopf in seiner Arbeit steckte.

„Hallo?"

„Was genau meinst du, wenn du mich fragst, wie viel ich über Omega-Genetik weiß?", verlangte Adam ohne Einleitung zu wissen. Small Talk war definitiv nicht Adams Stil.

Beau lehnte sich zurück, entspannte sich bei dem ersten Gespräch seit Tagen mit jemandem, den er gut kannte. Er musste nicht auf seine Worte achten – außer denen, die Adam als so unglaublich dringend erachtete, obwohl Beau sie als sehr allgemeine Frage gestellt hatte.

„Nun", antwortete Beau. „Ich … ich habe geheiratet, bevor ich in das Ausbildungsprogramm gegangen bin."

187

„Einen Omega, den dir eine Agentur vermittelt hat, ja, ich bin immer noch in der SMS-Gruppe", sagte Adam ungeduldig. „Was ist mit ihm los? Geht es ihm nicht gut? Ist er …"

Beau runzelte erneut die Stirn. Niemand an der Northwestern hatte Rory je getroffen, und Beaus wenige Erwähnungen in den sporadischen SMS mit seinen früheren Klassenkameraden hatten nichts über Rorys Gesundheitszustand ausgesagt.

„Es geht ihm gut", antwortete Beau. „Ich meine … Er hat bereits zu lange Unterdrücker genommen, als wir uns kennenlernten, aber er ist davon weg und jetzt geht es ihm besser."

Adam stieß ein Geräusch aus, das fast ein Knurren war, Beau konnte beinahe den Warngeruch eines Alphas riechen, der von ihm ausginge, wenn sie sich gegenüberstünden. Doch da keine Gefahr bestand, einen echten Kampf zu provozieren, und Adam noch nicht aufgelegt hatte, sprach Beau weiter.

„Der Grund, warum ich mit dir reden wollte, ist, weil er sich seiner Familie entfremdet hat, mehr oder weniger seit er herausgefunden hat, dass er ein Omega ist."

„In der Pubertät?", riet Adam und klang dabei weniger ärgerlich, sondern vielmehr fasziniert. „Als seine Hitzen einsetzten? Also hat er keine Omega-Mutter?"

Beau nickte langsam. „Richtig. Er wurde in einem menschlichen Krankenhaus geboren, wuchs mit seiner Familie unter Menschen auf, hat eine ältere Werwolfschwester und einen jüngeren menschlichen Bruder. Der Vater ist ein Mensch, oder – nun, jeder schien zu glauben, er sei Rorys Vater, bis sie bemerkten, dass Rory ein Omega war, und dann … schien es, als könnte er es nicht sein."

„*Ah.*" Jetzt war sämtlicher Ärger aus Adams Stimme verschwunden, einzig wissenschaftliches Interesse war zurückgeblieben. „Ohne eine genetische Untersuchung beider

188

Elternteile und vorzugsweise aller drei Geschwister kann ich nichts wirklich Konkretes sagen. Wir haben erst die DNA einer Handvoll Omegas entschlüsselt. Jemanden dazu zu bringen, uns Proben zu geben, ist schlimmer als Zähne ziehen, und die ethischen Voraussetzungen sind bei den meisten, die dazu bereit sind, ein Albtraum. Wenn ich zumindest deinen Ehemann untersuchen könnte, wenn er bereit wäre – genau wie du, als sein *Alpha* – würde das meinen Datensatz signifikant erhöhen."

In Adams Stimme lag ein Hauch von Spott, wie es fast immer der Fall war, wenn er über Alphas sprach, die mit Omegas verpaart waren. Beau war sich nicht besonders sicher, ob er es nicht verdient hatte, also fing er keine Diskussion an, obwohl ihm das immer ein bisschen scheinheilig vorkam. Immerhin war Adam selbst ein Alpha; er sollte wissen, dass die meisten Alphas nie einen Omega misshandeln würden.

„Ich werde mit ihm reden", sagte Beau. „Aber ist das überhaupt möglich? Könnte sein Vater ein Mensch sein? Wie kann er ein Omega ohne Omega-Eltern sein?"

„Wahrscheinlich liegt das am Y-Chromosom", erwiderte Adam. „Sein Vater – wenn er der leibliche Vater ist – und sein Bruder würden eine wirklich interessante Fallstudie ergeben. Hast du Kontaktdaten von ihnen?"

„Adam", schnappte Beau. „Was ist mit dem Y-Chromosom?"

„Oh, nun, es ist wahrscheinlich das, was einen Omega zu einem Omega macht", sagte Adam und schlug bei seiner Erklärung einen Vortragston an: „Es scheint ziemlich klar zu sein, dass Omegas eins haben, und zwar unabhängig vom Geschlecht. Daher ist es logisch, dass sie mit dem Y verknüpft sind. Und natürlich müssen es Werwölfe sein – es gibt keine menschlichen Omegas, weshalb Menschen so verdammt merkwürdig auf sie reagieren und warum Omegas einer so einzigartigen Diskriminierung bei Menschen sowie systematischer Unterdrückung innerhalb der Werwolfgemeinschaft ausgesetzt sind ..."

Beau biss ein weiteres Mal von seinem Sandwich ab und fand sich damit ab, dass Adam sich über die Notlage der Omegas lustig machte. Er kam jedoch ziemlich schnell auf den Punkt zurück.

„Aber es gibt Menschen – Cisgender-Männer, Menschen mit XY-Chromosomen – die nach einem Biss zum Omega werden. Der Biss verändert die menschliche DNA nicht, sondern führt nur die Lykanischen Körper ein, die den Übergang zur Wolfsform erleichtern, sowie einige epigenetische Effekte. Aber was einen gebissenen Werwolf zu einem Omega macht, muss zu diesem Zeitpunkt bereits in seiner DNA enthalten sein, denn sobald sie sich verändern, ist es auch in der humanen Form vorhanden."

Beau hatte diese Theorie bereits kurz in Betracht gezogen, als er darüber nachgedacht hatte, dass Rory als Mensch geboren worden war – dass er nach einem Biss ein Omega geworden sein musste. Aber selbst wenn er es von einem Elternteil hätte vererbt bekommen müssen, dann musste das Merkmal bereits in den Menschen vorhanden sein.

„Wahrscheinlich von einem Werwolf-Vorfahren", fuhr Adam fort. „In der männlichen Linie, wenn ich mit dem Y-Chromosom recht habe. Dein Mann könnte von einem Menschen gezeugt worden sein, der davon nie erfahren hat, weil er nie gebissen wurde. Aber wie gesagt, ich müsste die DNA der ganzen Familie untersuchen, um sicherzugehen."

„Ich werde ... sehen, was ich tun kann", sagte Beau und legte auf, ohne sich um die Nettigkeiten zu kümmern, die Adam sowieso nicht interessierten.

Wenn Rory wirklich das leibliche Kind seines Vaters *war* ... es würde sicher nichts von dem ungeschehen machen, was mit ihm passierte, als er dreizehn war, oder alles, seit er sechzehn war. Aber es könnte für ihn einfacher werden, sich mit seiner Familie zu versöhnen und endlich die Kluft zu überwinden, die entstanden war, nachdem er sich als Omega gezeigt hatte. Zumindest würde er nicht jedes Mal zurückschrecken und sich korrigieren müssen, wenn er anfing, etwas über seinen Vater zu erzählen.

Aber was, wenn ein Test das Gegenteil bewies? Was wäre, wenn Rory endlich Kontakt mit seiner lange verlorenen Familie aufnahm, nur um zu erfahren, dass alles, was sie gesagt hatten, als er noch ein Kind war, der Wahrheit entsprach und all diese Bitterkeit erneut aufkochte? Beau konnte ihm diesen Hoffnungsschimmer nicht anbieten, nur um ihn dann wieder zu zerstören.

Aber er wusste bereits den Namen von Rorys Schwester und aus welcher Stadt sie stammten, also gab es vielleicht einen Weg, sich zuerst Gewissheit zu verschaffen. *Sie hat immer auf mich aufgepasst*, hatte Rory gesagt. Beau war bereit zu wetten, dass sich daran nichts geändert hatte.

***

An diesem Nachmittag wurde alles andere aus Beaus Gedanken vertrieben: Sie erhielten ihre Einsatz- und Bereitschaftspläne für die Dienstzeiten des ersten Monats.

Die Pläne für den Wechselturnus in den einzelnen klinischen Bereichen waren einige Monate zuvor verschickt worden, sodass er bereits wusste, dass er in vier Wochen in die Abteilung für Lungenkrankheiten versetzt wurde. Er war sich vage bewusst gewesen, dass er sich Gedanken darüber machen musste, weil er auf Abruf bereitstehen und auch Nachtschichten machen musste, auch bei Voll- oder leerem Mond. Allerdings war ihnen inzwischen mitgeteilt worden, dass sie in diesem ersten Turnus nicht für Nachtschichten eingeplant waren.

Er hatte nicht darüber nachgedacht, was passieren würde, wenn die Klinik versuchte, ihren ersten Werwolf in den

Plänen unterzubringen. Sein Dienstplan war nicht nur für die Vollmondnacht, die in weniger als zwei Wochen stattfand, sondern auch für den Tag davor und danach auf seine Bedürfnisse ausgerichtet. Einen Moment starrte er den Plan an und dachte daran, durchgehend sechsunddreißig Stunden nichts anderes zu tun zu haben, als zu Hause zu sein. Dabei war er sich der Auswirkungen des Mondes auf seine eigene Libido, ebenso wie Rorys, nur allzu sehr bewusst.

Dann glitt sein Blick über die Seite zum Ende seines Dienstplans auf der Suche nach den Tagen, an denen er die freie Zeit wieder einarbeiten sollte, und ... oh ja. Natürlich.

Er arbeitete zwei Samstag-Nachtschichten, die letzten beiden Samstage dieses Einsatzplanes. Einschließlich der Nacht des leeren Mondes, genau, wenn er am verzweifeltsten mit Rory zu Hause sein wollte, zusammengerollt mit ihm im Bett.

Gut. Es war wahrscheinlich besser, wenn er lieber früher als später lernte, diesem Drang zu widerstehen; er sollte dankbar sein, beim leeren Mond zu arbeiten, um seine Selbstbeherrschung zu trainieren.

Als er sich das überlegte, fragte er sich gleichzeitig, ob er es durchziehen konnte. Das war das einzige Zugeständnis, das er in den letzten zehn Jahren an seine Natur gemacht hatte, während Sanitätsschichten und Abendkursen und den ganzen Herausforderungen des Medizinstudiums. In der Leermondphase hatte er sich in seine Höhle zurückgezogen, ohne jemanden in seine Wohnung oder sein Bett zu lassen. In der dunkelsten aller Nächte, wenn kein Wolf allein unter Fremden sein wollte, hatte er dafür gesorgt, dass er sich so sicher wie möglich fühlte.

Er hatte an vielen Vollmondnächten gearbeitet, und egal wie misstrauisch die Menschen um ihn herum anfangs waren, sie vergaßen das bald. Der Vollmond zerrte an ihm, doch er zwang ihn nicht, sich zu verwandeln oder frei herumzustromern. Meistens fühlte er sich wacher, begierig darauf, sich zu bewegen ... etwas zu verfolgen. Ein Ziel funktionierte ebenso gut wie eine Jagd. In diesen Nächten war er schneller, seine Sinne schärfer. Jedes Leben, das er jemals in einer Vollmondnacht gerettet hatte, war in seine Erinnerung gemeißelt, hell und klar und triumphierend.

„Jeffries? Alles in Ordnung mit Ihrem Dienstplan?"

Beau sah auf und entdeckte Dr. Ross in seiner Nähe stehen. Er bemerkte, dass alle Praktikanten um ihn herum aufgeregt über ihre Einteilungen diskutierten oder in den Kalender auf ihren Handys eingaben. Er begriff, als er Dr. Ross leicht erwartungsvollen Ausdruck bemerkte, dass es nur eine mögliche Antwort auf diese Frage gab.

Er konnte all diese menschlichen Fremden nicht davon überzeugen, dass er bei Vollmond in Sicherheit war. Sie würden nie vergessen, dass er ein Werwolf war oder wie der Vollmond in den monatlichen Dienstplänen fiel. Das war das Entgegenkommen, das sie anboten. Und er konnte nicht um mehr freie Tage bitten, damit er bei leerem Mond zu Hause sein konnte. Bis sie ihn kannten, bis er sie überzeugen konnte, ihn bei Vollmond arbeiten zu lassen, konnte er die Schichten nicht einarbeiten, um sich bei leerem Mond freizunehmen – und sicher war diesen Monat nichts mehr zu machen, nicht ohne drei andere Studenten und weiß Gott wen sonst noch zu fragen, um die Pläne kurzfristig umzustellen.

Eine Sekunde lang fragte er sich, ob jemand die örtlichen Werwolfrudel zu *diesem* Thema konsultiert hatte, oder sie einfach nur umsetzten, was alle Menschen über Werwölfe wussten.

Fast kein Mensch außerhalb der Rudel wusste, dass der leere Mond eine Bedeutung hatte. Selbst jetzt, mit all dem gesetzlichen Schutz und der nachlassenden ersten Hysterie der Menschen, die in den fünfzehn Jahren seit der Enthüllung immer weniger geworden war, zögerten die Werwölfe zu offenbaren, wann sie am verwundbarsten waren, wann sie sichergingen, zu Hause zu sein, oder sich an einem Ort versammelten und dadurch leicht anzugreifen waren.

Er glaubte nicht, das selbst zugeben zu können, nicht vor diesen Menschen. Vielleicht wenn er sie besser kannte – wenn er zumindest begann, sich ihnen zu beweisen – und wenn er diese Bitte mit etwas Vorlaufzeit stellen konnte, damit er sie nicht zwang, einen bereits abgeschlossenen Zeitplan zu überarbeiten. Dann konnte er danach fragen. In der Zwischenzeit musste er einfach damit klarkommen.

„Ja, Sir", antwortete er Dr. Ross und öffnete den Kalender auf seinem Handy, um seine Schichten einzutragen. „Alles ist gut."

Kapitel 18

Rory konnte nicht sagen, wer von ihnen angespannter war, als sie an diesem Wochenende zu dem offiziellen Willkommensgrillfest gingen. Seit der Zeit vor dem Asyl war er nicht mehr von so vielen Leuten umgeben gewesen. Und selbst da konnte er sich an nichts Vergleichbares erinnern, wo sein Ziel war, normal zu wirken, gemocht zu werden – nicht Strafe zu vermeiden, sondern ein Teil von irgendwas zu sein.

Natürlich *machte* sich Beau Gedanken darüber, Strafen zu vermeiden. Der Gedanke, dass Beau versuchte, die Verantwortlichen seines Programms zu beruhigen, genauso wie Rory seine Abfolge von beschissenen Alphas hatte beruhigen müssen, schmerzte in Rorys Herz. Das war eine Fähigkeit, die man mit der Zeit lernte, und er glaubte nicht, dass bei Beau jemals zuvor die Notwendigkeit bestanden hatte, sie zu lernen.

Sein Rudel hatte es ihm offensichtlich nicht beigebracht; er war weggegangen, anstatt nachzugeben.

Rory wollte nicht, dass er es jetzt lernen musste.

Rory musste nur beweisen, dass Beau alles richtig machte, alles tat, was sie wollten, damit sie ihn in Ruhe ließen. Dann brauchte Beau niemals den Moment erleben, in dem die Spannung und Angst in einem aufkamen.

Rory presste sich dicht an Beaus Seite, dankbar für die Ausrede zum Hautkontakt. Beau hatte sorgfältig Abstand zu ihm gehalten, seit er alleine ins Bett gegangen war, nachdem er Rory erzählt hatte, was ihm mit seinem Rudel passiert war. Letzte Nacht hatte Beau Rorys Stirn geküsst und war dann einmal mehr alleine ins Bett gegangen, und an diesem Morgen war es nicht anders gewesen.

Beau war nicht böse oder gleichgültig – Rory wusste nur zu gut, wie man solche Zeichen las – aber er war auf eine

Weise vorsichtig, von der Rory sich wünschte, er wäre es nicht.

Das war allerdings gewesen, als sie alleine waren. Vor all diesen Menschen mussten sie sich als Paar präsentieren, und Rory konnte nicht anders, als es ein wenig zu genießen, wenn es das war, was nötig war, um Beau wieder in seiner Nähe zu haben.

Beaus Arm legte sich um ihn und Rory bezweifelte, dass jemand, der sie sah, merkte, wie steif Beau seinen Arm hielt. Rory konnte ehrlich gesagt nicht sagen, ob es die Menschen waren, die ihn nervös machten, oder ob Beau das Gefühl hatte, Rory berühren zu müssen. Es war egal. Sie mussten das tun und es gut machen.

„In Ordnung, Strategie", murmelte Rory, wobei sich seine Lippen kaum bewegten und er zu tief sprach, als dass ein Mensch ihn hätte hören können, selbst wenn er ihm so nahe war wie Beau. Seine Augen scannten die Menschenmenge, lasen Körpersprache, Körperhaltung und die Entfernungen zwischen den Körpern, um herauszufinden, wer verantwortlich war, wer die anderen Programmteilnehmer waren – und wer die Ehepartner, die mitgebracht worden waren, um mit ihnen anzugeben. Zumindest waren die ganzen Kinder selbsterklärend.

„Wollen wir erst deinen Vorgesetzten unsere Aufwartung machen, oder machst du mich mit deinen Klassenkameraden bekannt und wir lassen die Alphas auf uns zukommen?"

„Mein Studienberater, Dr. Ross, ist auf zwei Uhr", murmelte Beau. „Gestreiftes Hemd, weißes Haar. Sieht es aus, als wäre er beschäftigt? Holen wir uns zuerst etwas zu essen?"

Das war keine Antwort auf seine Frage. Rory hatte das Gefühl, dass Beau keine Ahnung hatte, wie er seine Frage beantworten sollte.

Nun, warum sollte er auch? Er war ein Alpha. Sein ganzes Leben lang hatte er zu einem Rudel gehört, bis sie ihn verjagt hatten, und dann hatte er seinen Weg einfach alleine gemacht. Er war noch nie der Dreizehnjährige gewesen, der in ein fremdes Rudel gekommen war und versucht hatte, sich anzupassen. Er hatte noch nie die Schwierigkeit meistern müssen, freundlich, aber nicht zu freundlich zu den Freunden seines Alphas zu sein.

„Sicher", sagte Rory. „Lass uns Essen holen."

Er ließ sich von Beau zu den Tischen führen, an denen bereits Essen serviert wurde, und lauschte aufmerksam den Gesprächsfetzen um sie herum. Beaus erste Versetzung war auf die Lungenstation – sie war auf dem Kalender vermerkt, zusammen mit den Namen der fortgeschrittenen Programmteilnehmer und der behandelnden Ärzte, denen Beau Bericht erstatten würde. Alles, was Rory tun musste, war zuzuhören und …

„… Dr. Lidstrom dort drüben, und ich sehe Dr. May noch nicht, aber sie sollte hier sein …"

Wie ferngesteuert befüllte Rory seinen Teller – während er über vier verschiedene Sorten von Kartoffelsalat Blicke mit Beau austauschte, ehe er sich für den letzten mit Mayo entschied – und zog Beau schließlich in die Richtung der Stimme, die er erkannt hatte, die Stimme einer schwarzen Frau, die sogar kleiner als Rory war und ihre zu vielen Zöpfen geflochtenen Haare zu einem Knoten auf ihrem Kopf zusammengedreht hatte. Sie sprach mit einigen Leuten – die rothaarige Frau war auf sie eingestimmt und hörte ernsthaft zu, während der blonde Mann, der besitzergreifend neben ihr stand, aß und sich träge umsah.

Die schwarze Frau war möglicherweise im dritten Studienjahr, aber dem Ton ihrer Stimme nach zu urteilen, mit dem sie über Dr. Lidstrom und Dr. May gesprochen hatte, war sie wahrscheinlich Seniorin. Die Rothaarige würde wohl eine von Beaus Mitpraktikanten in der Lungenabteilung sein und der Blonde war ihr Ehemann oder Partner oder was auch immer.

Das wird nicht lange halten, diagnostizierte Rory gedanklich, als er so langsam und scheinbar ziellos wie möglich dahinschlenderte, ohne Zeit zu verlieren. Beau befand sich einen halben Schritt hinter ihm, blickte sich um, konzentrierte sich jedoch nicht auf etwas Spezielles.

Rory fragte sich, ob die Leute sie ansahen und dabei dachten, dass das mit ihnen nicht von langer Dauer wäre.

Nun, wenn es tatsächlich so war, lag es bestimmt nicht daran, dass sich Rory nicht für die Angelegenheiten seines Mannes interessierte. Es gelang ihm, sich so der Gruppe anzunähern, dass sie in einer Gesprächspause bei ihnen ankamen. Rory nahm sich zurück, sodass Beau an seiner Seite stehen blieb.

Beaus Hand glitt wie magnetisch an seinen Rücken, Rory lächelte ihm über die Schulter hinweg zu und sagte: „Es wäre einfacher, wenn alle ihre Namensschilder tragen würden, nicht wahr? Sie sollten sogar farblich codiert sein. Jeder in der Lungenstation … blau?"

Beau lächelte ihn verspielt an und sagte: „Oder vielleicht lila?", und genau wie auf ein Stichwort sprach die schwarze Frau Beau an: „Oh, ist dein erster Einsatz Pulmo? Ich bin im dritten Jahr, ich werde eine deiner Senioren sein. Cora Benn."

„Oh!" Beau warf Rory einen winzigen Blick zu, der besagte, dass er wusste, was Rory getan hatte, ehe er lächelte und ihre Hand schüttelte.

„Beau Jeffries, und das ist mein Ehemann, Roland."

Coras Augen weiteten sich leicht, und Rory bemerkte, wie sich ihre Hand fester um Beaus schloss; ihr Herzschlag beschleunigte sich, ihr Geruch verstärkte sich auf eine Weise, die darauf hindeutete, dass ihre Körpertemperatur abrupt angestiegen war.

Also war allen in der Lungenabteilung gesagt worden, welcher neue Praktikant der Werwolf war.

„Ich bin der Werwolf", fuhr Beau unaufgefordert und mit einem Hauch Humor in seiner Stimme fort, und gab ihr damit die Möglichkeit zu erkennen, was sie offensichtlich wusste. „Ich meine, Roland und ich sind beide Werwölfe, aber ich bin der Einzige unter den Praktikanten, soweit ich weiß."

Die andere Praktikantin erstarrte, ihr Partner drehte sich zu Beau um, stellte sich zwischen seine Frau und Beau und sah ihn mit offenem Misstrauen an.

Cora fasste sich als Erste und lächelte in einer Weise, die nicht vollkommen unsicher wirkte. „Oh, wow! Schön, dich kennenzulernen! Ich glaube, ich bin mit dir zusammen in der Nachtschicht, die du hast. Normalerweise arbeiten Praktikanten nicht so schnell in einer Nachtschicht, aber sie wollten nicht, dass du zu viele Stunden verlierst wegen dem ganzen ... du weißt schon." Sie deutete auf die andere Praktikantin und sagte: „Das ist Kelly Latham, kennt ihr euch schon? Ich weiß, die ersten paar Tage hier sind immer irgendwie verschwommen."

Beau streckte ihr die Hand hin und Kelly ging um ihren Partner herum, um seine Hand zu schütteln. Ihr Partner musterte Beau immer noch misstrauisch.

„Das ist Jay", erklärte Kelly. „Mein Verlobter. Wir kommen aus Kalifornien ..."

„Eigentlich komme ich aus Texas", unterbrach Jay sie mit einem Ton, der besagte, dass seine Worte genauso gut *Ich habe eine Silberkugel, auf der dein Name steht* bedeuten konnten.

Kelly seufzte und warf Beau einen entschuldigenden Blick zu. Rory lehnte sich stärker gegen Beaus Seite, strahlte sie an und sagte, bevor Kelly oder Beau auf Jays Herausforderung eingehen konnten: „Hast du dann in Kalifornien Medizin studiert?"

„Oh ja, UCLA", antwortete sie schnell, offensichtlich froh über die Ablenkung. „Was ist mit dir, Beau?"

„Northwestern", erwiderte Beau. „Chicago war die größtmögliche Stadt, in der ich leben konnte. Ich weiß nicht, was ich vier Jahre lang in Los Angeles gemacht hätte."

Jay setzte an, etwas zu sagen, doch Kelly packte seine Hand fest und brachte ihn so effektiv zum Schweigen. Sie schafften es, sich durch weitere Small Talk-Floskeln zu manövrieren, ohne dass Rory einspringen musste, und dann hatte Beau den Verstand, sie aus diesem Gespräch zu entlassen, ehe es noch länger dauerte. „Wie auch immer, ich sollte jetzt Dr. Ross begrüßen. Es war schön, euch kennenzulernen, Cora, Kelly."

Jay stand wie versteinert und schweigend da, während sich die anderen verabschiedeten, und Rory lächelte nur und winkte, bevor sie sich umdrehten. Noch immer befand er sich wie angetackert unter Beaus Arm um seine Schultern. Sie waren kaum drei Schritte weit gekommen, als sie den Mann trafen, den Beau Rory anfangs gezeigt hatte – seinen Studienberater, der einzige Verantwortliche für die Entscheidung, ob Beau ihren Regeln voll und ganz folgte.

Rory sah zu Beau auf, und Beau stellte ihn rasch vor. Dr. Ross bot ihm seine Hand an, und Rory schüttelte sie. Er lächelte, dankte Dr. Ross für die Glückwünsche zu ihrer Hochzeit, und schaffte es beinahe, nicht nach hinten zu lauschen, ob irgendjemand auf sie zukam.

***

Bis zum Ende des Barbecues hatte es Rory geschafft sicherzustellen, dass Beau, scheinbar wie selbstverständlich, jeden getroffen hatte, mit dem er in seinem ersten Einsatzbereich zusammenarbeitete. Die Reaktionen darauf, einen Werwolfpraktikanten kennenzulernen, hatten von höflich versteckter Nervosität bis zu höflich versteckter Neugier gereicht. Niemand hatte wirklich feindselig gewirkt. Und keiner von ihnen hatte seine Herkunft aus einem Jagd-Staat kundgetan. Es hätte wesentlich schlimmer laufen können, und Rory war sich nicht wirklich sicher, ob es noch recht viel besser hätte gehen können.

Dr. Ross und die Mitglieder der Programmleitung, die sie getroffen hatten, waren durchweg freundlich gewesen und nicht überrascht über Rorys Anwesenheit. Ein oder zwei hatten ziemlich spitz wirkende Fragen gestellt, wie die, ob es ihnen etwas ausmachen würde, nur zu zweit zu sein, anstatt ein ganzes Rudel um sich zu haben, aber Rory hatte es geschafft, sich nicht über die Schlussfolgerung zu ärgern, dass er nicht tun konnte, was Beau brauchte.

Als er und Beau nach Hause kamen, zu erschöpft, um etwas anderes zu tun, als gemeinsam auf die nächste Couch zu fallen, begann Rory zu denken, dass das alles vielleicht zu etwas führen würde.

Normalerweise wäre es nicht wie gerade eben, oder? Beau musste sich mit einigen dieser Leute befassen, zusätzlich zu den Patienten, und Rory wurde normalerweise Däumchen drehend daheim gelassen, machte die Wäsche und hatte im Allgemeinen nichts Besseres zu tun, als sich um Beau zu kümmern, wenn er nach Hause kam.

Doch auf der positiven Seite bedeutete all diese vorsichtige, auffällige Nähe während des Grillens und ihr gegenseitiger Zustand des totalen Zusammenbruchs, dass Beau sich nicht die Mühe machte, jetzt zu versuchen, irgendeine Art von Abstand zu Rory zu halten.

„Hast du eigentlich etwas gegessen?", murmelte Beau nach einer Weile.

Rory schüttelte den Kopf. Er hatte für alle sichtbar an Dingen herumgeknabbert, um sein Schweigen zu entschuldigen, während er unterstützend an Beaus Seite stand, aber er war zu sehr in Alarmbereitschaft gewesen, um irgendetwas in seinen Hals zu zwingen, und er wusste, dass Beau seinen Teller nach etwa zwanzig Minuten einfach hatte stehen lassen. Danach war er mit einer Tasse in der Hand herumgewandert.

Beau schwieg eine Weile nach Rorys Antwort und sagte schließlich: „Pizza?"

Rory schloss die Augen, nickte gegen Beaus Schulter und war fast eingeschlafen, als er spürte, wie Beau sein Handy aus der Tasche zog und ihr Essen bestellte.

Es würde nicht immer so sein, sagte sich Rory. Konnte es nicht. Es würde ihnen gut gehen. Er konnte sich um Beau kümmern. Er konnte sich seinen Platz in ihrem Haus, in Beaus Armen verdienen. Aber zuerst musste er ein kleines Nickerchen machen.

***

Ein Auto zu kaufen war tatsächlich noch schlimmer als das Barbecue. Rory war sich Stunden später immer noch nicht sicher, ob seine Panikattacke über die Möglichkeit, dass der Autoverkäufer wegen Beau die Polizei rief, nicht doch gerechtfertigt war, obwohl sich nach Rorys raschem Ausflug in den Waschraum die Gemüter beruhigt hatten und Beau von seiner Frustration abgelenkt war.

Keiner von ihnen schaffte es in dieser Nacht in ein Bett, sie schliefen miteinander verschlungen auf der Couch im Wohnzimmer. So gut hatte Rory seit dem leeren Mond nicht geschlafen, und er wusste, dass es Beau ebenso ging. Als Beaus Handyalarm am nächsten Morgen lospiepte, erwachte Beau mit strahlenden Augen und voller Energie.

Rory fühlte sich ähnlich, aber er hielt seine Augen halb geschlossen und hoffte, Beau damit zu einer anhaltenden Berührung oder einem heimlichen Kuss einzuladen.

Doch Beau seufzte nur und ging nach oben, also stand Rory auf und machte Frühstück.

***

Am Dienstag war Rory langweilig.

Er hatte *Ein Lobgesang auf Leibowitz* ebenso beendet, wie die alphabetische Ordnung von Beaus Büchern. Er hatte sich eines der am leichtesten zu lesen aussehenden von Beaus gesamten Sachbüchern herausgepickt und las etwa drei Seiten der Einführung in die Biologie auf College-Niveau, bevor die Buchstaben vor seinen Augen verschwammen und er hämmernde Kopfschmerzen hatte. Er war nicht sicher, ob er irgendetwas von dem Gelesenen verstanden hatte, folglich war es sowieso nutzlos gewesen.

Das Haus war sauber. Es gab nichts zu tun. Er hatte noch nie viel ferngesehen und glaubte auch nicht, dass es seiner Sicht oder seinen Kopfschmerzen half, wenn er jetzt damit begann.

Am Vormittag ertappte er sich dabei, im Wohnzimmer im Kreis zu laufen, dann anzuhalten und die Eingangstür anzustarren.

Er könnte nach draußen gehen. Er könnte einfach … gehen. Er hatte Schlüssel, Schuhe und ein Telefon. Er hatte eine Brieftasche mit seinem Ausweis und Bargeld und Kreditkarten. Er könnte …

Er wusste nicht, was er tun würde. Es war sehr lange her, dass er sich keine Sorgen über sein Überleben machen musste, ob das nun bedeutete, Essen und eine Unterkunft zu finden, oder zu vermeiden, dass er seinen Alpha wütend machte. Es fühlte sich an wie Science-Fiction – als wäre er schwerelos.

Er wusste nicht, was richtig war, und das verursachte ihm leichte Übelkeit.

Nach einem weiteren Moment wurde ihm klar, dass er zu diesem Zeitpunkt gar nicht *nicht* nach draußen gehen konnte. Er würde sich nicht durch *das Fehlen von offensichtli-*

chen Dingen, vor denen er Angst hatte, davon abhalten lassen, wenigstens das zu tun. Selbst wenn es nur ein Spaziergang auf dem Bürgersteig oder um den Block herum war, musste er es tun, nachdem er jetzt daran gedacht hatte. Sonst war es möglich, dass er es nie wieder konnte.

Er sah an sich hinunter. Er war angezogen wie immer – barfuß, in seiner abgetragenen Jeans und einem langärmeligen T-Shirt. Er hatte sich nicht die Mühe gemacht, seine Kehle zu bedecken, außer beim Grillfest und für das Autohaus ein Hemd mit Kragen zu tragen, und dort hatte sich niemand besondere Anzeichen anmerken lassen, dass seine Verbrennungen mehr auffielen als sein kahler Kopf oder seine allgemeine Kratzerei.

Seine beiden guten Hemden hingen oben im Schrank in seinem Zimmer, er konnte eines davon anziehen oder seinen alten Schal oder seine Krawatte holen oder …

Rory ging in das kleine Badezimmer im Keller und betrachtete sich selbst im Spiegel; er erlaubte sich nicht, den Anblick seiner Reflexion zu vermeiden. Absichtlich hatte er sich lange nicht mehr auf diese Weise angesehen, vielleicht seit er das letzte Mal feststellen musste, wie schnell ein Bluterguss heilte. Er war nicht sicher, wann das gewesen war.

Bei seinem Anblick erschrak er.

Er sah beinahe normal aus. Vielleicht zu dünn, aber nicht skelettartig, nicht offensichtlich krank. Sein Haar war immer noch kaum vorhanden, aber ein dünner, blonder Flaum bedeckte jetzt seine Kopfhaut. Er drehte sich hin und her, suchte nach kahlen Stellen, konnte jedoch keine offensichtlichen finden. Mit der Hand fuhr er sich über den Kopf, es fühlte sich seltsam an – halb nach der seidigen Weichheit von neu gewachsenem Haar, halb nach den samtigen Stoppeln von früher, wo das Haar, das er sich abrasiert hatte, nachwuchs. Aber er konnte keine komplett kahlen Stellen finden.

Selbst seine Narben waren nicht so abscheulich, wie er sie sich vorgestellt hatte. Und jetzt waren sie eindeutig Narben, vollständig verheilt. Es gab zwei oder drei Stellen, wo helle pinke Flecken über dem Kragen seines T-Shirts sichtbar waren – auf jeder Seite vorn an seiner Kehle und über der Wirbelsäule – aber der komplette verbrannte Ring, an den er sich erinnerte, war verschwunden. Es war nicht mehr offensichtlich, dass er ein Halsband getragen hatte, gezwungen gewesen war, seine menschliche Form zu behalten, gezwungen gewesen war, sich seinem Alpha zu unterwerfen.

Es waren nur Narben.

Er berührte sie mit den Fingern, danach fuhr er mit der Hand über seinen Bauch, wo die geheimen inneren Narben noch vorhanden waren. Selbst Beau konnte sie nicht sehen, und niemand, den er nur draußen traf, hätte eine Ahnung davon. Wahrscheinlich wussten sie nicht einmal, dass er ein Werwolf war, oder ein Omega, bis er es ihnen sagte. Und falls er einen anderen Werwolf traf, würde der keine Macht über ihn haben. Er war verheiratet, wenn auch nicht völlig mit seinem Alpha-Ehemann verbunden; er war eine Person mit jedem Recht zu sein, wo immer er sein wollte. Niemand würde ihn wegen Herumlungerns vertreiben oder ihn misstrauisch beobachten und darauf warten, ob er etwas stahl.

Dieser Gedanken fühlte sich nach ... sehr viel an. Und Beau hatte den Wagen, was hieß, dass Rory gehen konnte, wohin immer er gehen wollte. Er brauchte nichts und er glaubte nicht, dass er sich zwingen würde, eine halbe Meile die Straße hinunter zur nächsten Einkaufsmeile zu wandern, nur um sich etwas zu beweisen.

Vielleicht sollte er sich das für morgen aufheben. Heute würde er einfach nur nach draußen gehen. Er hatte sich noch nicht mal wirklich ihren eigenen Garten angesehen. Angesichts der Tatsache, wie gründlich das Innere des

Hauses vor ihrem Einzug gereinigt worden war, war sich Rory ziemlich sicher, keinen Wolfsbann oder Gifteiche im Garten zu finden, aber er hatte keine Ahnung, was sich da draußen befand.

Mit diesen Überlegungen marschierte er wieder zur Haustür. Er dachte daran, seine Schlüssel zu holen, beschloss dann jedoch, einfach die Innentür offen zu lassen und nur die Sturmtür hinter sich zu schließen. Wenn er sich nur im Garten befand, konnte niemand das Grundstück betreten, ohne dass er es hörte. Natürlich wäre es einfacher, sich dessen sicher zu sein, wenn er genau wüsste, wo ihr Eigentum begann und endete.

Rory ging durch das Gras, das lang wurde und merklich höher war als das der Nachbarn, zum Bürgersteig. Er musste Beau fragen, ob sie einen Rasenmäher kaufen konnten, es sei denn, es war nicht bereits einer in der Garage versteckt, oder sie würden bald *Diese* Leute in ihrem Block sein.

Vielleicht waren sie auch schon *Diese* Leute, gemessen am Fehlen der Nachbarn, die mit Keksen oder Aufläufen vorbeikamen. Oder machte man das heute nicht mehr? Oder machte man es hier nicht?

Oder vielleicht wussten die Nachbarn, dass das Haus an Werwölfe verkauft worden war, und sie bestellten alle Wolfsbann über das Internet, um es in ihren Gärten zu pflanzen und so ihr Eigentum zu schützen.

Trotzdem. Sie mussten das Gras mähen. Er bezweifelte, dass Beau jemals an so etwas gedacht hatte, nachdem er zehn Jahre lang in einem Apartment und nicht mehr auf dörflichem Rudelland in Michigan gelebt hatte.

Das war etwas, um das sich Rory für ihn kümmern konnte. Vielleicht war er für lange Zeit noch nicht bei vollen Kräften, aber seit er zehn Jahre alt war, war er in der Lage, einen Rasenmäher in geraden Linien im Garten herumzuschieben. Sein Vater …

Rory verdrängte diesen Gedanken und sah auf seine Füße hinunter, wanderte gewissenhaft neben dem Gehweg her, bis er die perfekt gerade Linie erreichte, an der das Gras kürzer war, was die Grenze ihres Grundstücks anzeigte. Er warf einen Blick auf das nächste Haus, zog ein entschuldigendes Gesicht -- er konnte sich vorstellen, wie die Nachbarn ihr Haus anstarrten, während sie ihren Rasen genau bis zur Grundstücksgrenze mähten – bog um die Ecke und ging die Grenze ihres Gartens entlang.

Es gab Pflanzen in den Beeten entlang der Hausfront, die er einfach nur zur Kenntnis genommen hatte, aber nun nahm er sich die Zeit, sie eingehender zu betrachten als *Grünes Zeug, wie nett, grünes Zeug vor dem Haus zu haben.* Ein Paar kleine Zierbäume schmückten den Garten, einer an der Ecke der Veranda und einer an der Ecke des Hauses, und auf der anderen Seite des Hauses befand sich eine zufällige Auswahl an Strauchdingern und Blumenbüscheln.

Wahrscheinlich würde er herausfinden müssen, um was es sich dabei handelte, wenn er etwas damit anfangen wollte. *Wie schwarzäugige Rudbeckie, aber lila, und grünblättriges Zeug mit weißlichen Rändern* würde ihn nicht sehr weit bringen.

Im Moment machte er mit seinem Gang an der Grenze weiter, marschierte die Seite des Hauses entlang, wo zwei große blühende Büsche – vielleicht Flieder? – an beiden Enden eines leeren Beets standen, kahler Boden, in dem sich lediglich Löwenzahn zur Schau stellte und ein paar hoffnungsvolle kleine Ahornsprossen, die definitiv gezogen werden mussten, bevor sie größer wurden.

Der Rest des hinteren Gartens war ein ziemlich uninteressanter grüner Bereich, der an zwei Seiten von Zäunen und an der dritten Seite von einer geometrisch exakten Linie frisch gepflanzter kleiner Büsche begrenzt war.

Rory hockte sich neben einen, vorsichtig auf seiner Seite der Linie, und versuchte, einen Hauch von ihrem Duft zu bekommen. Zumindest Wolfsbann wuchs nicht in solchen Sträuchern, also war er sich ziemlich sicher, dass es keiner war. Hasel vielleicht? Beschützend, aber nicht feindselig. Und sie hatten keinen Zaun aufgestellt.

Er warf einen Blick zum Haus der Nachbarn, aber alle Jalousien waren geschlossen und er konzentrierte sein Gehör sorgfältig nicht darauf festzustellen, ob sich jemand im Haus befand. Er würde es wissen, wenn sie wollten, dass er das wusste.

In der Zwischenzeit stand er auf und beendete seine Runde, ging die Grundstücksgrenze auf dieser Seite zum Gehweg und über ihre Auffahrt. Dort zögerte er und überlegte, ob er sich die Pflanzen genauer ansehen oder in die Garage gehen sollte, um nachzusehen, ob Beau bei allen Dingen, die er bestellt hatte, vielleicht auch an einen Rasenmäher gedacht hatte.

Dann sah er eine Frau auf der anderen Straßenseite mit einem abgedeckten Teller in den Händen und einem strahlenden Lächeln im Gesicht auf sich zukommen, und er erstarrte.

Sie war ein Werwolf.

Er konnte es an ihrem Geruch erkennen, aber es gab auch das Zeichen eines Bindungsbisses über dem Kragen ihres T-Shirts, völlig unbedeckt.

Sie kam die Auffahrt hinauf, genau dort, wo der Gehweg kreuzte – genau dort, wo sie ihr Territorium betreten hatte. „Hallo, willkommen in der Nachbarschaft! Ich bin Jennifer Niemi, ich wohne gleich die Straße runter. Ich wurde irgendwie zu Ihrem persönlichen Empfangskomitee gewählt, da es den Anschein hat, als wären Sie mit einigen meiner Cousins verwandt?"

Die halbe Bestätigung – ich weiß, dass du ein Werwolf bist und ich kann dir sagen, dass ich auch einer bin – wurde so reibungslos durchgeführt, dass es normal wirkte, nichts zu befürchten, kein Risiko abzuwägen. Sie standen im strahlenden Sonnenschein, sichtbar für alle Nachbarn, und Rory nickte und sagte: „Ja, ich ... denke, wahrscheinlich bin ich es wirklich. Oder wir, mein Mann und ich. Ich bin Roland, er ist Beau. Jeffries."

Sie lächelte breiter. „Herzlich willkommen! Ich weiß nicht, ob ihr nach einem Rudel sucht ..." Ihr freundliches Lächeln schwankte und sie hielt inne; Rory war sich nicht sicher, was sein Gesicht und sein Körper bei diesem Wort gemacht hatten, aber es fühlte sich reichlich überflüssig an, als er erwiderte: „Äh, nein. Sind wir nicht. Wir hatten beide ziemlich schlechte Erfahrungen mit den Rudeln, aus denen wir gekommen sind, wir sind also ganz glücklich, nur zu zweit zu sein. Ist das ...?"

Er wartete darauf, dass ihr Lächeln verblasste und sie sich umdrehte oder ihm den Teller vor die Füße warf oder blass und gereizt wurde.

Genau in diesem Augenblick bemerkte er, dass sie ein klein wenig wie seine Mutter roch – nicht auf die Art, die ihn wirklich glauben ließ, sie wären verwandt, aber sie war ein weiblicher Werwolf in diesem Alter und hatte diesen Muttergeruch an sich. Er verlagerte sein Gewicht ein wenig nach hinten, bereit zum Rückzug.

„Es tut mir leid", sagte sie und hielt ihm den Teller immer noch anbietend entgegen. „Es tut mir leid, dass euch beiden das passiert ist. Ich kenne eine Menge Leute, die ... nun, die Enthüllung war für jeden auf eine andere Art schwer. Ich bezweifle, dass das ein Trost für euch ist oder ihr deswegen eure Meinung ändert, aber ich verstehe euch. Wenn ihr je ein Rudel braucht, das euch bei was auch immer hilft oder wenn ihr wissen wollt, wo es sicher ist, verwandelt zu rennen – oder wenn ihr eine Tasse Zucker ausleihen wollt – wir sind im vierten Haus die Straße hinunter auf der anderen Straßenseite, das mit den grünen Fensterläden. Ich habe euch meine Telefonnummer und die E-Mail-Adresse auf einem Post-it mit auf den Teller gelegt."

Rory streckte endlich die Hand aus und nahm den Teller von ihr entgegen.

„Es sind nur Cookies, nichts Besonderes", sagte sie und lächelte schief. „Völlig unverbindlich, ich verspreche es. Nur … ruft uns an, wenn ihr jemals etwas braucht oder spazieren gehen oder reden oder sonst was wollt, in Ordnung? Oder wenn die anderen Nachbarn zu euch kommen." Jennifer warf einen Blick in die Richtung des Hauses, zu dem die brandneuen Haselsträucher gehörten, und Rory fragte sich, ob sich Jennifer darüber freute, dass ihre Familie nicht mehr die einzigen Werwölfe in dem Block waren und sie sich nicht die ganze Zeit allein mit misstrauischen Menschen auseinandersetzen musste.

„Danke", erwiderte Rory, sah auf die Cookies hinunter und zurück zu Jennifer und fragte sich, wie wohl ihre „Wahl" zum Begrüßungskomitee des neuen Werwolfs in der Nachbarschaft abgelaufen sein mochte. „Ich, ähm, ich werde versuchen … der Familie alle Ehre zu machen."

Jennifer grinste ihn schief, aber verständnisvoll an, von Werwolf zu Werwolf. „Ich bin sicher, das hast du schon. Wie auch immer, ich bin bei meinen Kindern zu Hause – sie sind noch nicht den ganzen Tag mit den Menschen in der Schule – also findest du mich normalerweise dort, und Troy arbeitet als Sicherheitsdienst in der Klinik, wahrscheinlich läuft ihm dein Beau ab und zu über den Weg. Ich sage dem Rudel Bescheid, okay? Damit sie euch nicht unter Druck setzen."

Rory nickte und fühlte sich von ihrer Freundlichkeit und Wärme so perplex, wie er es nicht über Wut und Kälte gewesen wäre. „Danke. Ich … danke, wirklich. Ich werde … Ich werde deine Nummer in meinem Handy abspeichern. Ich bin, ähm, ich bin normalerweise auch zu Hause, wenn du …"

Nicht dass sie etwas von ihm brauchen könnte, nachdem er neu in der Stadt war und nichts Eigenes hatte. Er glaubte nicht mal, dass es im Haus eine Tüte Zucker gab.

Aber Jennifer lächelte. „Danke, Roland. Es war schön, dich kennenzulernen. Und, ähm, wundere dich nicht, wenn du noch ein paar Teller bekommst, nachdem ich das Eis gebrochen habe. Ich meine, nicht *jeder* wird herkommen …" Diesmal warf sie keinen Blick auf das Haus der Nachbarn, aber Rory lächelte trotzdem ein wenig. „Aber ein paar wirst du wahrscheinlich doch bekommen. Die Leute hier sind sehr freundlich und noch neugieriger."

Rory sah sich erneut auf der Straße um, zu jedem Haus außer dem nebenan, und fragte sich, wie viele ihrer menschlichen Nachbarn Jennifer heimlich beobachteten, wie sie ihn auf der Straße begrüßte.

Jennifer zwinkerte, als er sie wieder anschaute. „Wir nutzen jetzt auch Facebook. Nicht jeder muss an seinem Fenster stehen. Bist du auf Facebook?"

Rory schüttelte den Kopf und lächelte leicht. „Ich werde das vielleicht noch machen, äh. Vielleicht melde ich mich an."

„Gut", sagte Jennifer, dann wurde die Tür des Hauses mit den grünen Fensterläden aufgerissen, ein Kind streckte den Kopf heraus und schrie: „MAMA! SUMMER *HAT SICH* …"

„Fünf Minuten", brummte Jennifer – Rory fragte sich, ob sie nur zu ihm gekommen war, um ein paar Minuten ihren Kindern zu entkommen – und grinste breiter. Sie winkte Rory ein letztes Mal zu, drehte sich um und rannte zurück zu ihrem Haus, wobei sie sich nicht die Mühe machte, ihre Werwolfgeschwindigkeit zu verstecken.

Kapitel 19

Das Haus roch nach fertigem Essen, als Beau hereinkam – nach etwas Reichhaltigem mit Sahne und Hähnchen und unterschwelligem süßen Duft. Das Wasser lief ihm im Mund zusammen und die Erschöpfung eines weiteren Tages mit einem Überschwang an Informationen und dem Druck der Menschen löste sich leicht.

„Rory?"

„Hey!", rief Rory aus der Küche, und Beau betrat sie und sah ihn an der Anrichte stehen, die Hände in die Hüften gestützt. Vier verschiedene Teller mit Cookies standen vor ihm.

„Auflauf und Apfelkuchen stehen im Backofen", erklärte Rory. „Sie brauchen noch zehn Minuten, aber dann können wir essen."

„Was …"

Keiner der Teller mit den Cookies sah bekannt aus und es gab keinen sichtbaren Hinweis darauf, dass Rory gekocht hatte.

Rory grinste ihn schief an. „Die Nachbarn haben uns gefunden. Jennifer – vier Häuser die Straße lang auf der anderen Seite – ist ein Werwolf, und nachdem sie das Eis gebrochen hatte …" Rory machte eine Handbewegung durch die Küche.

Beau konnte sich den Rest von Rorys Tag an den eindeutigen Ergebnissen erklären: ein Tag voller leichter, freundlicher Unterhaltungen, sich in der Nachbarschaft wohlfühlen, von allen begrüßt werden und sich unter der Anleitung einer Werwolffrau sicher fühlen. Das komplette Gegenteil zu seinem eigenen Tag, bis hin zum Kontrast dieser Fülle an hausgemachten Speisen im Gegensatz zu seinen schrecklichen Lunchpaketen.

Obwohl er zumindest die anderen Praktikanten in seinem Einsatzbereich dank Rorys subtilem, aber entschlossenem

Einsatz bei der Grillparty kannte; morgen würden sie zum ersten Mal gemeinsam Visite machen.

„Ich dachte nur, du solltest die hier probieren", fügte Rory an. „Und ich könnte ein paar Sachen einpacken, die du für den Rest der Woche jeden Tag mitnehmen kannst? Um mit Kelly, Jamie oder Doug zu teilen, oder ... ich glaube nicht, dass sie dir genug zu essen geben."

Beau kam auf ihn zu und stellte sich neben Rory an die Theke, nur ein bisschen näher als unbedingt nötig. „Meinst du nicht, dass ich mir das Abendessen verderben werde, wenn ich zuerst Cookies esse?"

„Es gibt mehr für mich, wenn du das tust", entgegnete Rory munter. „Und ehrlich gesagt ist alles, was du isst, bevor du im Stehen einschläfst, in diesem Moment ein Gewinn."

Beau würdigte das keiner Antwort, außer nach dem nächsten Schokocookie zu greifen.

∗∗∗

Die Cookies halfen – er hatte gar nicht begriffen, dass er mehr zu essen brauchte als das, was er während des Tages bekam – und die ganzen Neuheiten fingen an, nicht mehr so völlig neu zu sein. Als in der folgenden Woche die Orientierungsphase endete und die normalen Schichten begannen, war Beau gleichzeitig ungeduldig, endlich anzufangen, und hatte Angst, direkt vom Start weg alles zu versauen, aber alles war geplant, reguliert und überwacht. Er ließ sich Stunde um Stunde von der riesigen Maschinerie des Rochester Klinik Programms bewegen.

Und am Ende jeder Schicht ging er nach Hause zu Rory.

Mit Menschen zusammen zu sein, die krank und verletzt waren und den ganzen Tag nur schwer atmen konnten – nahe genug, um ihre Gerüche einzufangen und ihre Not zu hören, selbst wenn er sich nicht im gleichen Raum befand wie die Patienten – machte es jedes Mal, wenn er nach Hause kam, offensichtlicher, wie sehr Rory sich erholt hatte.

Der bittere Krankheitsgeruch der hemmenden Medikamente war längst verschwunden, ebenso die ausgetretene Säure der Erschöpfung, die um ihn herumgewabert war.

Jetzt roch Rory gesund, sogar glücklich, und als der Mond voller wurde, roch er für Beau stärker und stärker nach *Omega* und *Partner* und *meins*. Es kostete ihn jeden Tag mehr Anstrengung, ihn nicht an sich zu ziehen, ihm in sein Bett zu folgen und direkt hineinzuklettern.

Und dann hatte sich Beau am Ende seiner Schicht ausgestempelt und Cora hatte strahlend gesagt: „Fröhlichen Vollmond! Wir sehen uns am Montag!"

Beau hatte in ihre Richtung geblinzelt und gesehen, wie ihr ihre Worte peinlich wurden, und lächelte rasch zurück. „Danke. Ich, ähm, hatte das beinahe vergessen. Bis Montag."

Cora warf ihm einen zweifelnden Blick zu, fragte jedoch nicht, wie er den bevorstehenden Vollmond eigentlich vergessen konnte, sondern ließ ihn flüchten.

Trotzdem gab es nicht wirklich die Möglichkeit zur Flucht, weil er nach Hause zu Rory fuhr, der jetzt mit Sicherheit noch besser roch als vor zwölf Stunden.

Beau hatte noch immer nicht mit Rory darüber gesprochen, wie sie mit der morgigen Nacht umgehen würden.

Nicht, dass er wirklich einen Plan brauchte, einen anderen als sein Versprechen, Rory allein zu lassen. Er konnte ihm auch anbieten, die Vollmondnacht im Schlafzimmer im Keller zu verbringen, so weit weg von Rory, wie er in diesem Haus sein konnte.

Bei diesem Gedanken pochte sein Schwanz: Die Anziehungskraft des Vollmonds, die Wildheit rief ihn. Er hatte nichts zu tun, keine Ablenkung davon, und er würde umgeben sein von Rorys Duft vermischt mit seinem eigenen. Die Erinnerung an Rorys Körper, der sich gegen seinen presste, Rorys Küsse …

Als er in ihre Einfahrt einbog, war Beau, um genau zu sein, mehr als nur halbhart, benebelt durch eine Lust, die die Erschöpfung des Tages verjagte. Einen Moment blieb er ruhig sitzen, sah sich um, um festzustellen, ob irgendwelche Nachbarn in Sicht waren, während er seinen Körper zwang, sich zu beruhigen. Er glaubte, im Haus links eine Bewegung bei den Vorhängen zu sehen, aber vielleicht bildete er sich das auch nur ein.

Als er endlich aus dem Wagen stieg und auf sein Haus zuging, fragte er sich eine Sekunde lang, wo er Rory wohl vorfand – und was er machte. In der Sekunde, in der er die Tür aufschloss und sie aufstieß, zuckten schreckliche Bilder durch seinen Verstand, doch sie hörten sofort auf, als er das Haus betrat.

Rory saß mit Blick zur Tür am Küchentisch, die Seiten ihres Ehevertrags lagen vor ihm. Er lächelte angespannt, als sich ihre Blicke trafen. „Hi Beau. Ich weiß, du bist vermutlich müde, aber wir sollten über morgen Nacht sprechen."

„Oh", sagte Beau, und da Rorys Bitte eigentlich ein Befehl gewesen war, verblasste die brodelnde Energie in ihm. Müde, ja. Er sollte müde sein, er war immer müde, wenn er zu Rory nach Hause kam. „Oh, okay. Natürlich. Das ist eine gute Idee."

„In Wirklichkeit war es nicht meine", gestand Rory, verzog das Gesicht und stand auf. Es gab kein Anzeichen dafür, dass *er* den Gedanken an die bevorstehende Nacht unbeschreiblich erregend fand. „Aber ich habe mit Susan geredet und sie wollte wissen, wie meine – unsere – Pläne aussehen, und nachdem ich ihr nichts Genaues sagen konnte, meinte sie, dass wir besser Pläne *hätten*, und, na ja. Ich möchte Susan nicht erzürnen."

Während er sprach, wanderte er zum Kühlschrank, und Beau kam näher, um ihn im Auge zu behalten. Rory holte einen Teller mit Sandwiches und eine Schüssel Salat aus dem Kühlschrank und brachte sie zum Tisch.

„Hier, wir können reden, während wir essen", sagte Rory. „Ich weiß es besser, als dich vor die Wahl zu stellen, was von beidem du noch aushältst, ehe du einschläfst."

„Ich kann zwei Sachen machen, bevor ich einschlafe", brummte Beau, obwohl dies in der letzten Woche nur dann der Fall gewesen war, wenn die zweite Sache die Couch beinhaltete, auf die er sich setzte und vage schuldig fühlte, nicht mehr tun zu können, bevor er einschlief.

„Natürlich kannst du das", sagte Rory leichthin. „Aber warum wählen? Komm her, setz dich. Iss."

Beau setzte sich, weil es gar keine Alternative gab, und nahm sich ein Sandwich. Rory füllte für ihn einen Teller mit Salat und schob ihn näher zu Beau, dann schenkte er ihm ein Glas Wasser ein. Beau trank einen Schluck, murmelte seinen Dank, und beobachtete während dieser ganzen Zeit nur Rorys Hände, die erst die Papiere wegschoben, die er sich angesehen hatte, und anschließend seinen Teller mit Essen beluden.

„Was, ähm", Beau hob seinen Blick zu Rorys Gesicht und zwang sich, eine vernünftige Frage zu stellen. „Welche Art von Plan hast du im Sinn?"

Rory biss sich auf die Lippe, seine Schultern sanken ein wenig nach unten. „Ich schätze … was immer du willst? Solange wir beide darüber Bescheid wissen, richtig?"

Rory biss von seinem Sandwich ab, und Beau hatte das Gefühl, dass sie das Ende von dem erreicht hatten, zu dem Rory bereit gewesen war. Er hatte sich unter Druck gesetzt, sich weit genug getraut, um dieses Thema buchstäblich auf den Tisch zu bringen, und jetzt …

Gut. Vielleicht brauchte er jetzt seinen Alpha, der die Führung übernahm.

Beau warf einen Blick auf die Unterlagen und fragte sich, wonach Rory in ihnen gesucht hatte. Susan und Ms.

Dawson hatte ihm beide geschworen sicherzustellen, dass Rory alles in ihrem Ehevertrag verstand, ehe sie zum Standesbeamten gingen, aber Rory war damals nicht gerade in Bestform gewesen oder in einer Position, die ihm erlaubte, mit Beau um das zu streiten, was er Rory anbot.

„Ich erwarte nichts", bot Beau zögernd an. „Ich habe dir gesagt, ich würde dir deinen Freiraum lassen. Du hast dein Zimmer, in dem du allein und sicher sein kannst."

Rory nickte, aber über sein Gesicht blitzte etwas – eine Spannung, die Beau als *Schmerz* interpretiert hätte, wenn er sie bei einem seiner Patienten gesehen hätte. Sein Geruch ließ bei der Bestätigung nicht nach. Seine Atmung – wunderbar gesund und das sogar nach den Maßstäben der Lungenstation – hatte einen zu gleichmäßigen Rhythmus, zu leise, zu flach. Er kontrollierte sie bewusst und hielt sich im Zaum.

Beaus Bestätigung war nicht das, was er hören wollte.

„Bist …" Beau versuchte, seinen eigenen Atem unter Kontrolle zu bringen und sich davon abzuhalten, allzu eifrig zu klingen. „Wärst du lieber bei Vollmond *nicht* alleine, Baby? Ist es das?"

Rorys gesamter Körper zuckte bei Beaus Frage, seine Augen weiteten sich. In seinen Pupillen flackerte es, als er für ein paar Sekunden vor sich hinstarrte, seine Lippen öffneten sich leicht, ehe er ein Nicken zustande brachte.

Beau kämpfte mit sich, um seine eigene Reaktion zu unterdrücken. Er hatte das hier so sehr gewollt, davon geträumt, aber es war nicht so einfach, als würde Rory sagen, dass er Beau wollte. Rory hatte in den vergangenen acht Jahren vermutlich eine Menge Dinge zu anderen Alphas gesagt, das wahrscheinlich ebenso geklungen hatte, vielleicht hatte er sogar so ausgesehen, aber Beau würde Rory nicht so behandeln, wie ihn die anderen behandelt hatten, selbst wenn das alles war, was Rory erwartete.

„Sag mir, was du willst", lockte Beau. „Einfach nur irgendwie zusammen zu sein, draußen rennen oder so, oder ...?"

Rory leckte sich über die Lippen. „Ich glaube, ich würde es wollen. Sex. Mit dir. Wenn du es möchtest ... und du sagtest, ich komme noch nicht in die Hitze, ich bin noch nicht stark genug. Es fühlt sich auch irgendwie gar nicht so an oder – rieche ich danach, was denkst du?"

Beau atmete tief ein, schüttelte den Kopf und sagte dann: „Kann ich ...?"

Rory nickte und Beau stand auf und kam um den Tisch herum, um sich über ihn zu beugen. Rory lehnte sich in seinem Stuhl zurück, die Schultern lockerten sich, er legte den Kopf in den Nacken und zur Seite, bot seine Kehle an. Beau lief das Wasser im Mund zusammen und sein Schwanz zuckte, aber er konzentrierte sich. Das hier war eine Diagnose, wirklich, Hormonlevel feststellen und so weiter, selbst wenn er nicht wusste, wie er irgendetwas hiervon in medizinische Fachbegriffe übersetzen sollte.

Er presste seine Nase gegen die Halsschlagader und inhalierte, dann machte er das Gleiche hinter Rorys Ohr. Sein Haar wuchs, die weichen Stoppeln kitzelten an Beaus Wange, während er schnupperte.

Rory roch gut – *Omega, Partner, meins, Verlangen, ja, ja* – aber dieser Extraduft war nicht vorhanden, diese berauschende scharf-sauer-süße Note, die eine aufwallende Hitze versprach. Sie wäre vorhanden, wenn sich Rorys Körper so kurz vor Vollmond auf eine Hitze vorbereiten würde.

Beau brauchte noch einen Moment, bis er sich zurückziehen konnte, bis er aufhören konnte, Rorys warmen, zarten Duft einzuatmen, und sich aufrichtete. „Nein. Du hast morgen Nacht keine Hitze – natürlich keine volle Hitze, und ich glaube nicht mal eine sehr deutliche Pseudo-Hitze."

Rory nickte. „Ich spüre trotzdem den Mond. Und ich will ... ich will nicht alleine sein. Und du sagtest, wenn wir irgendwas miteinander machen, ist es echt, aber ich muss es auch wollen, oder wir können nicht."

Nichts davon klang genau nach dem, was Beau Rory zu verstehen gegeben haben wollte, und dennoch war nichts davon wirklich falsch.

„Und ich weiß, dass du es zuvor noch nie gemacht hast und vielleicht willst du auf jemanden warten, den – aber ich wollte nur wissen, ich wollte einfach nur sichergehen, dass sich nichts ändert, wenn wir es machen. Ich kann nach dem Ende der drei Jahre immer noch gehen, wenn wir Sex haben, solange wir keine Kinder haben, aber ich ... ich kann nicht ..."

Rorys Stimme war während dieser Ansprache dünner und dünner geworden, und nun schmolz sie komplett in sich zusammen.

Beau fühlte bei der Hoffnungslosigkeit in Rorys Stimme einen Kloß im Hals anwachsen. Das hier war nichts, was Rory anbot, um Beau Vergnügen zu bereiten oder einer Verpflichtung nachzukommen, die er empfand. Nein, Rory bat um etwas, von dem er nicht glaubte, es je zu bekommen. *Wenn du auf jemanden warten willst, den ...* Was? Was dachte Rory, auf was Beau möglicherweise warten könnte? Beau hatte ihn nie unter Druck setzen wollen, aber ...

„Rory", sagte er langsam. „Es gibt niemanden, auf den ich warten wollen würde. Du bist mein Ehemann. Mein Omega."

Rory wandte den Blick ab, doch Beau konnte seine Wangen erröten sehen, konnte den Duft riechen, der plötzlich stärker wurde, weil das Erröten die Temperatur seines gesamten Körpers in die Höhe trieb.

„Ich habe nie – ich wollte dich nie glauben lassen, du *müsstest* das tun. Ich dachte, nach allem, nach den anderen Alphas, die Art, wie sie dich behandelt haben …"

Rory zuckte zurück, sank in sich zusammen, und ja, es hörte sich vielleicht an, als verurteilte Beau ihn dafür, nicht jungfräulich und unberührt zu sein. „Nein, ich wollte nur – ich dachte, du würdest es nicht machen wollen. Weil du es tun musstest, vorher, und so …"

Rory hob den Kopf an und starrte Beau für einen Moment an, seine Brauen zogen sich zusammen. „Aber du sagtest … Ich habe dich gefragt, das weiß ich. Bevor ich eingewilligt habe."

Beau musterte ihn ebenfalls mit gerunzelter Stirn. „Ich sagte …?"

„Du sagtest, sonst keiner. Nur du und ich und sonst niemand. Und ich gehöre dir, ganz korrekt und legal und alles."

Beau blinzelte Rory an und kämpfte mich sich, um sämtliche körperliche Reaktionen zu unterdrücken, als er auf einmal begriff, was Rory ihm da sagte. Soweit es Rory betraf, war anscheinend jeder sexuelle Missbrauch, der ihn wie eine Hure darstellte, Beaus Recht als sein Alpha, und er wollte nur sichergehen, dass er nicht gegen seinen Willen geteilt werden konnte.

Gut. Kein verdammtes Wunder, dass er nervös und schreckhaft wurde, als sich viele seltsame Alphas im Haus aufgehalten hatten.

„Es tut mir leid", flüsterte Rory, und Beau riss sich selbst aus dem Kampf um seine Selbstkontrolle heraus, um festzustellen, dass sich Rory auf seinem Küchenstuhl kleingemacht hatte. „Ich bin … vielleicht hast du es nicht bemerkt. Wie viele. Wie … es tut mir leid. Ich …"

„Nein", sagte Beau, weil sich der Kern der Sache selbst nach dieser kleinen Bombe nicht geändert hatte. Rory dachte immer noch, es ginge darum, dass Beau ihn nicht wollte, dass ihn möglicherweise gar niemand mehr wollen könnte, wegen dem, was er hinter sich hatte. Beau streckte die Hand über dem Tisch nach ihm aus, legte sie auf Rorys Hand. „Nein, Baby, bitte, es gibt nichts, was dir leidtun müsste. Du hast nichts falsch gemacht."

Rory sah weniger ungläubig aus, vielmehr unbeschreiblich müde. Er zog seine Hand nicht weg, doch sie blieb unter Beaus völlig bewegungslos. „Du brauchst nicht zu lügen, Beau. Ich weiß, was ich getan habe. Was ich bin. Ich weiß, ich …"

Worte allein konnten daran nichts ändern, Rory brauchte etwas, das keine Lüge sein konnte. Beau stand auf, ging zu Rory und bückte sich, um seinen Geruch wieder einzuatmen. Jetzt war er sauer und kalt und aschig, als würde er aufhören wollen, einen Duft zu haben, wenn er ihn in sich selbst, in seine Arme und Beine zurückziehen konnte.

„Baby", wiederholte er leise und schlang trotz des ungünstigen Winkels seine Arme um Rory. „Du gehörst mir. Ich habe dich ausgewählt. Ich habe dich in dem Asyl gesehen und dich ausgewählt. Und ich wollte nur, dass auch du Wahlmöglichkeiten hast, das ist alles. Ich wollte nicht, dass du das Gefühl hast, etwas für mich tun zu müssen, ich wollte, dass du wählen kannst."

„Ich habe gewählt", flüsterte Rory. „Ich wählte dich. Ich sagte ja. Ich meinte es auch so."

Jetzt war definitiv nicht die Zeit, Rory verständlich zu machen, dass dies kaum eine Wahl gewesen war, nachdem seine andere Option gewesen war, allein unter Fremden zu sterben. Er würde es später verstehen, wenn es ihm besser ging, wenn er mehr Abstand davon hatte. Aber das würde er vielleicht niemals schaffen, wenn er daran festhielt, dass selbst sein eigener Alpha nicht darüber hinweg sehen konnte, wo er gewesen war und was er getan hatte.

„Okay", sagte Beau leise und erinnerte sich dabei an die stille Art, mit der Rory ihn gewählt hatte, an die Zustimmung ohne Fanfarenklänge. „In Ordnung. Dann gehöre ich dir, Baby, und wenn du nicht allein sein willst, brauchst du nicht alleine sein. Wenn du mich morgen Abend willst, bin ich bei dir."

Rory drehte sich in seinen Armen, um zu ihm aufzusehen, sein Geruch erwärmte sich vor Hoffnung und – endlich – Erleichterung. „Bist du sicher? Du brauchst nicht – nur weil *ich* will …"

Beau brachte ihn mit einem Kuss zum Schweigen, anfangs zärtlich, dann abrupt heißer werdend, während er Rory an sich zog und sich Rorys Arme um seinen Nacken schlangen. Hungrig leckte er in Rorys Mund, hielt Rory eng an sich gedrückt, und Rory beantwortete das eifrig, presste sich enger und erwiderte den Kuss.

Einzig das scharfe Klirren der Teller ließ Beau einhalten und begreifen, dass er Rory vollständig aus seinem Stuhl gezogen hatte; sie lehnten ungeschickt gegen den Tisch, und Rory hatte ein Bein angehoben und um Beau geschlungen, um sein Gleichgewicht zu behalten.

Beau war hart, sein ganzer Körper heiß vor Verlangen bei dem Gefühl seines Omegas in seinen Armen, gierig nach seinen Küssen. Er konnte gar nicht anders, als sich ein wenig gegen Rory zu reiben, und Rory drückte sich noch enger an ihn und machte ein ermutigendes Geräusch – aber es gab nichts Gegenseitiges in dieser Bewegung, kein Zeichen, dass er sein eigenes Vergnügen suchte. Er war nicht hart, und …

Beau lockerte seinen Griff und presste seine Nase gegen Rorys Hals, atmete seinen Duft ein anstatt die Luft zwischen ihnen, die ihre erhitzten Gerüche zu einem einzigen vermischte.

Es gab kein Aroma von Erregung hier, keinen scharfen Geruch nach Omega-Bereitschaft.

„Beau, bitte, ich verspreche …"

„Shhh." Beau küsste ihn wieder, zärtlicher jetzt, und hielt ihn nah bei sich. „Das heißt nur, dass wir bis morgen Nacht warten, um mehr zu machen, okay? Nicht mehr als das, bis du bereit bist. Ich werde morgen Nacht meine Tür offen lassen, und du kannst zu mir kommen, wenn du mich willst. Morgen, zum Mond, gehöre ich ganz dir."

„Morgen", echote Rory, aber er behielt seine Arme um Beaus Hals geschlungen und küsste ihn einmal mehr. „Aber für jetzt …?"

„Für jetzt", Beau nahm Rory ordentlich in seine Arme, und Rorys Beine wickelten sich automatisch um ihn. Als er sein Gleichgewicht gefunden hatte, drehte sich Beau vom Küchentisch weg und steuerte auf die nächste Couch zu. „Jetzt machen wir, was sich gut anfühlt, hm?"

Ehe sie an der Couch ankamen, küsste Rory ihn erneut, und Beau sagte sich selbst, dass das genug war. Er würde jetzt nicht nein zu Rory sagen, nicht wenn er nichts anderes als eine Zurückweisung hören konnte. Beau würde seinen Omega nicht allein lassen.

Wie Rory gesagt hatte, es würde nichts ändern. Rory würde immer noch am Ende der drei Jahre frei sein. Beau konnte jetzt das hier haben, auf ihn auf seinem Weg aufpassen, und es würde sich trotzdem rein gar nichts ändern.

Kapitel 20

Als Rory zu Bett ging, spürte er nach wie vor das Prickeln am ganzen Körper, Wärme flutete ihn von den Finger- bis zu den Zehenspitzen, und vor Glück bekam er fast keine Luft mehr. Beau hatte ihn auf der Couch festgehalten und geküsst, bis sie beide eindösten, und es hatte kein Zögern, kein Wegstoßen gegeben, bis er Rory zur Tür seines Schlafzimmers getragen hatte.

Selbst da hatte Beau ihm noch ein paar letzte Küsse gestohlen, ein leises Versprechen, dass seine Tür offen stünde, dass er darauf wartete, bis Rory zu ihm kam.

Es schien unmöglich, verwunschen zu sein. Etwas aus einem Film, etwas, das einem Omega wie ihm niemals wirklich passierte.

Rory lag stundenlang wach und fühlte den anwachsenden Mond, auch wenn er ihn nicht sehen konnte, und dachte an Beau, der ihn hielt. Er hatte riechen und spüren können, wie sehr Beau wollte, und dennoch hatte Beau ihn nie unter Druck gesetzt, nie mehr verlangt, und schien Rory nie dafür zu bestrafen, weil er ihm nicht mehr anbot.

Rory hatte trotz der Anziehungskraft des Mondes durchgeschlafen und er wachte erst auf, als der Mond bereits untergegangen war. Er hörte Beau im Erdgeschoss, roch den Duft des Frühstücks und lächelte in sein Kissen. Genau wie am Anfang in Chicago, als er immer aufwachte, wenn Beau ihm Frühstück bereitete. Offensichtlich hatte Beau die Erschöpfung der vergangenen Nacht abgeschüttelt.

Rory zog sich an und stieg die Treppe hinunter, wo Beau ihn mit einem Grinsen und einem Berg Pfannkuchen begrüßte – und Schlagsahne und Puderzucker, die bereits bereitstanden.

Während sie aßen, sagte Beau: „Ich werde heute irgendetwas machen müssen. Ein Projekt oder so. Ich kann es fühlen, ich werde verrückt, wenn ich versuche, den ganzen Tag herumzusitzen, und darauf zu warten." Beau sah ihn an und wandte dann den Blick ab. „Der Mond."

Rory wand sich ein wenig auf seinem Stuhl, Schmetterlinge stoben in seinem Magen auf, ungeachtet des Gewichts des Essens. „Du könntest …" Er zögerte instinktiv. Das hier war Beau, er wusste, dass es Beau war, er wusste, dass Beau ihn ermunterte, selbst etwas vorzuschlagen, aber die Worte verfingen sich immer noch in seiner Kehle. Besonders wenn sie auf … den Mond warteten.

„Rory? Wenn du eine Idee hast, würde ich sie sehr gerne wissen. Seit wir eingezogen sind, kennst du das Haus sehr viel besser als ich, du weißt, was zu tun ist."

Rory biss sich auf die Lippe. Genaugenommen war der Garten nicht das Haus, und natürlich sah Beau zumindest den Vorgarten jeden Tag, wenn er zur Arbeit fuhr und nach Hause kam. Wenn Rory das aussprach, sagte er damit, dass Beau es nicht bemerkt, etwas nicht beachtet hatte.

Aber Beau hatte gefragt, und Beau würde nicht wütend werden. Rory war sich fast vollkommen sicher, dass Beau nicht wütend wurde.

„Das Gras", brachte Rory heraus, seine Stimme war leise und dünn. „Es, ähm, es ist …"

Beau sah zum Fenster, runzelte die Stirn leicht, dann stand er auf, ging zur Hintertür und schaute hinaus. Rory konnte sehen, wie er sich umsah und ihren Garten mit denen verglich, an die er grenzte.

„Oh, wow, das Gras reicht uns bald bis zu den Knien", sagte Beau, drehte sich mit einem Lächeln zu Rory. „Ich schätze, wir kaufen uns zuerst einen Rasenmäher, hm? Oder … machen uns erst einmal schlau, denke ich, denn ich habe nicht die geringste Ahnung von Rasenmähern. Ich habe noch nie einen benutzt."

Rory biss sich auf die Lippe und stippte ein dreieckiges Stück eines Pfannkuchens in eine Pfütze zerlaufender Sahne. „Ich …"

Er hatte schon Nachforschungen angestellt und darauf gewartet, bis er genug Mut hatte, mit Beau darüber zu reden, damit sich sein Alpha keine Gedanken um diesen Teil machen musste. Dann war ihm eingefallen, dass das vielleicht anmaßend war, wenn er seinem Alpha sagte, wie der sein Geld ausgeben sollte, und dann hatte er sich überlegt, mit der Karte, die Beau ihm gegeben hatte, selbst einen zu kaufen und ihn sich liefern zu lassen, sodass sein Alpha überhaupt keine Zeit damit verschwenden musste.

Und dann hatte er bis jetzt nichts von alldem gemacht.

„Oh, hey, ja, du bist ja in den Vororten aufgewachsen, ihr müsst einen Rasenmäher gehabt haben, huh?" Beau kam zum Tisch zurück und setzte sich auf den Stuhl neben Rory anstatt an das andere Ende, und rutschte näher. „Hey, Baby. Wenn du weißt, was wir brauchen, ist das toll, denn das heißt, ich kann losziehen und einen kaufen, statt rumzusitzen und Nachforschungen zu betreiben. Und wenn du es nicht weißt, ist es auch okay, dann finden wir es raus."

„Ich weiß es", wisperte Rory und konnte nicht anders, als sich aufrecht hinzusetzen, als Beau ihn angrinste. Beau schnellte vor und drückte ihm einen schnellen Kuss auf, in den Rory hineingrinste und dabei vor Freude glühte.

***

Rory überstand den Ausflug zum Kaufhaus, damit sie einen Rasenmäher kaufen konnten – und, nachdem Beau begonnen hatte, sich mit dem Verkäufer zu unterhalten, auch einen Rasentrimmer und ein elektrisches Heckenschneideding, das aussah wie eine kurze Kettensäge und *möglicherweise* ausreichte, den Flieder zuzuschneiden. Er konnte Beau sogar seine Rasenmähtechnik demonstrieren und blieb bei Beau stehen und beobachtete, wie der übernahm und es ausprobierte.

Natürlich hatte Beau den Dreh sofort heraus und mähte den Rasen in klinisch geraden Linien, also ging Rory zurück ins Haus und richtete Mittagessen für sie beide her. Beau aß sein Sandwich im Stehen auf der Veranda, betrachtete dabei den nächststehenden Fliederbusch, als würde er ihn zu einem Kampf herausfordern. Rory hätte es nicht überrascht, wenn er die Heckenschere liegen lassen und den Busch stattdessen mit Zähnen und Klauen attackiert hätte.

Rory brachte die Teller zurück in die Küche zum Abwaschen. Als er damit fertig war und sich nach etwas umsah, womit er sich nun beschäftigen konnte, traf es ihn: Das Gefühl des nahenden Vollmondes, das Gefühl, auf seinen Alpha zu warten, auf einen Fick zu warten, auf weiß-Gottwas zu warten.

Er versuchte, sich selbst die Dinge zu sagen, die er wusste. *Es ist Beau, nur Beau, er wird mich nicht verletzen, er würde nicht einmal in mein Zimmer kommen. Er will, dass es mir gefällt.*

Aber jetzt verwandelte sich das in nur mehr Angst. Beau erwartete, dass es ihm gefiel, dass er es mochte, dass er *glücklich* war, und das war mehr, als jeder andere Alpha jemals von ihm verlangt hatte. Selbst wenn sie ihn mit Mitteln, die die Hitze hervorriefen und was auch immer sonst noch, vollgepumpt und damit willenlos gemacht hatten, verlangten sie nicht, dass es ihm gefiel. Nur dass er zur Verfügung stand, nur dass sie ihn benutzen konnten. Oder vielleicht hatte es ihm gefallen, wenn er sich in der Hitze befand, vielleicht war das Teil von dem, was später gnädig weggespült wurde. Vielleicht *würde* es ihm heute Nacht gefallen, vielleicht würde er gar nicht anders können, als es zu mögen.

Ich will es mögen, ich will mich gut fühlen, ich will es mit ihm mögen, versuchte sich Rory selbst einzureden, aber es war wie ein Flüstern im Sturm. Die Angst wuchs und überschwemmte ihn, bis er das Gefühl hatte zu ertrinken. Er schnappte nach Luft und hielt sich an der Anrichte fest.

Die Hintertür ging mit einem Knall auf und Beau stand da, seine Hände waren zerkratzt und bluteten und waren halb zu Fäusten geballt. Sein schwitzender Körper verströmte den Geruch von *Alpha Alpha Alpha*, seine Augenbrauen waren gesenkt, seine Augen lagen dunkel und eindringlich auf Rory.

Rorys Knie zitterten. Er spürte, wie er heiß wurde, anfing nass zu werden, und er drehte sich um und rannte die Treppen hinauf und in sein Zimmer.

Er konnte nicht anhalten, bis er seine Tür und die Badezimmertür hinter sich verschlossen hatte. Dann ertastete er sich seinen Weg in die gewaltige Dusche und drehte sie voll auf, er kümmerte sich nicht darum, ob das Wasser kochend heiß oder eiskalt herauskam. Er musste nur diesen ganzen Geruch vor seiner Nase wegspülen, all die Geräusche von seinen Ohren, in weißem Rauschen und dem reinigenden Strahl untergehen.

Er wusste nicht, wie lange er bereits hier stand, als er realisierte, dass die wilde Panik aus seinem Denken verschwand und ihn lediglich angespannt und nervös mit dem herannahenden Mond zurückließ, und er sich angenehm warm und sauber unter dem Strahl heißen Wassers fühlte, obwohl das Gewicht seiner triefend nassen Kleidung ihn nach unten zog, weil er sich nicht damit aufgehalten hatte, sich auszuziehen.

Der erste zusammenhängende Gedanke, der ihm kam, war: *Beau hat sich Sorgen um mich gemacht.*

Er war nicht wütend gewesen. Er war nicht ins Haus gerannt, weil er Rory unbedingt haben wollte, bevor ihn der Mond so nahe an die Bereitschaft bringen konnte, wie es möglich war. Er war nicht ... wie irgendein anderer Alpha vielleicht gewesen wäre. Beau hatte gehört, dass Rory wegen nichts einer Panik nahekam, und war zu ihm geeilt, besorgt um ihn. Seine Hände hatten vom Kampf gegen den Fliederbusch geblutet, nicht ...

Rory sah – für den Bruchteil einer Sekunde – die Einblendung der starken, blutverschmierten Hände einer Hebamme, spürte, wie der reißende Schmerz durch seinen Bauch und tiefer flammte, die Finger der Hebamme und etwas anderes, das zu tief in ihn eindrang. Da. *Du brauchst dir keine Sorgen machen, jetzt schwanger zu werden, Omega.*

Rory hatte die Flasche mit den Hitze hemmenden Mitteln aus der Tasche der Hebamme gestohlen, während sie mit Martin beschäftigt gewesen war. Er hatte es nicht gewagt, die Pillen tatsächlich einzunehmen, bis er geflüchtet war, aber so hatte alles angefangen. Zu diesem Zeitpunkt hatte er begonnen, seinen endgültigen Weggang wirklich zu planen, obwohl er mehr als ein Jahr brauchte, um es tatsächlich zu tun.

Und er war davongekommen. Er war jetzt bei Beau, und Beau hatte ihm versprochen, bei ihm in Sicherheit zu sein, und Rory hatte sich von Beau diese Flasche mit den Hemmern endgültig wegnehmen lassen. Inzwischen war er stärker geworden, gesund, und nun kam der Vollmond, er war nur Stunden entfernt.

Und Beau musste sich doppelt so viele Sorgen als zu Anfang um Rory machen, denn als Beau kam, um nach ihm zu sehen, war Rory weggerannt, weil er dachte, Beau würde ihn verletzen.

Beau würde ihn nicht verletzen. Beau hatte versprochen, heute Nacht seine Tür offen zu lassen, damit Rory zu ihm kommen konnte, wenn er wollte, aber Beau verlangte es nicht oder bestrafte ihn, wenn er nicht kam.

Beau würde keines der Dinge tun, die Martin oder diejenigen vor ihm je getan hatten.

Rory stellte das Wasser ab und schnappte sich ein großes, flauschiges Handtuch, um sich darin einzuwickeln. In der

Stille, ohne das rauschende Wasser, musste er die verschlossene Badezimmertür nicht öffnen, um zu wissen, wo Beau war. Er konnte Beaus Atem und seinen Herzschlag hören.

Er befand sich im oberen Flur, genau vor der Tür zu Rorys Schlafzimmer.

Die Tür war nichts Besonderes, selbst wenn Rory angehalten hätte, um sie zu versperren. Beau war ein Alpha und das hier war sein Haus. Er hätte die Tür eintreten können, wenn er gewollt hätte. Doch er hatte gewartet und wartete immer noch, draußen. Er musste die Treppe hochgekommen sein, als Rory die Dusche eingeschaltet hatte – aber nicht vorher. Wenn Rory gehört hätte, dass Beau ihm folgte – er wusste nicht, was er getan hätte. Mit Sicherheit jedoch hätte er es nicht überhört.

„Beau?" Rory setzte sich auf den Plüschhocker neben der Dusche und kuschelte sich in sein flauschig neues Handtuch. „Es tut mir leid. Ich habe nicht ..."

„Es ist okay", erwiderte Beau sofort, seine tiefe, sanfte Stimme war perfekt zu hören. „Du hast nichts falsch gemacht, Baby. Ich hätte es besser wissen sollen, als dich heute so zu erschrecken."

Rory musste sein Gesicht einen Augenblick im Handtuch verstecken, er empfand zu viele Dinge auf einmal – Tränen sprangen ihm in die Augen, seine Haut fühlte sich zu klein für seinen Körper an und prickelte überall. Der Klang von Beaus Stimme war wie eine Liebkosung überall am Körper, genau an der Grenze zwischen Wohlfühlen und zu viel Gefühl, und war alles andere als furchterregend.

„Sind deine Hände in Ordnung?", fragte Rory. „Sind sie geheilt?"

„Meine ... oh." Beau klang erschrocken. „Das habe ich nicht einmal bemerkt. Sie sind in Ordnung, aber ich sollte sie mir wahrscheinlich waschen, bevor ich etwas anfasse.

Ich muss nachsehen, ob ich auf dem Weg nach oben keine Handabdrücke hinterlassen habe."

Trotzdem gab es kein Geräusch, das darauf hindeutete, dass er sich von Rorys Tür wegbewegte.

„Ich kann helfen", sagte Rory, die Hände fest zu Fäusten geballt, während er das Handtuch eng um sich herum festhielt. „Putzen, meine ich. Falls du Handabdrücke zurückgelassen hast."

„Das ist lieb von dir, Baby", antwortete Beau. „Aber es ist meine Sauerei. Ich kümmere mich darum, wenn es nötig ist. Ich habe nicht sechs Jahre als Notfallhelfer gearbeitet, ohne zu lernen, wie ich Blut von allem, was mir gehört, wegputze."

„Oh", murmelte Rory und lehnte seine Stirn gegen seine Knie. „Ja, natürlich …"

„Baby", sagte Beau sanft, dann einen Moment lang nichts mehr. Rory saß nur da und lauschte seinem Herzschlag, dem zarten Geräusch seines langsamen Atems, bis Beau sagte: „Kannst du mir sagen, was passiert ist?"

Rory atmete scharf ein. „Ich bin nicht – ich war nicht – ich habe keine Angst vor *dir*. Ich habe nur … Angst. Und irgendwie habe ich vergessen, dass du nicht so bist. Dass es nicht so wird. Ich meine, ich habe es nicht wirklich vergessen, ich weiß es, aber …"

„Ja", sagte Beau ruhig. „Das bist du gewöhnt, nicht wahr? So war es für eine lange Zeit. Und du sagtest, selbst zuvor waren es die Monde, die dir klargemacht haben, dass du ein Omega bist. Also war es der Vollmond, der …"

Rory kniff die Augen zusammen, weinte nicht und dachte auch nicht an diese Monde. Es brauchte ein paar Minuten, bis er in der Lage war zu sagen: „Ja. Der … der Mond nimmt immer nur Dinge weg, wie es scheint."

Beau machte ein leises Geräusch, bei Weitem kein Wort, das Rory das Gefühl gab, Beau würde seine Arme um ihn legen, wenn er könnte. Rory schlang seine eigenen Arme um sich und wünschte sich so sehr, dass Beau ihn so festhielt, dass selbst der Wunsch an sich momentan furchterregend war.

„Erinnerst du dich an das letzte Mal, als es gut war?", fragte Beau nach einer Weile. „Oder … an jedes Mal, wenn es gut war? Als du klein warst, du und Georgie und deine Mutter?"

Bei der Art, wie Beau über seine Familie sprach, als wären sie Menschen, die er kannte, zu denen Rory noch immer eine Verbindung hatte, machte sein Herz etwas Lustiges. Er brauchte einen Augenblick, um überhaupt an eine Zeit zu denken, in der der Vollmond keine Bedrohung dargestellt hatte und keine Dunkelheit in diesem nächtlichen Licht verborgen gewesen war.

„Wir hatten einen Hobbyraum", sagte Rory langsam. „Schalldicht, also war er sicher. Wir spielten die ganze Nacht dort unten und jagten uns gegenseitig. Ich und Georgie, aber auch Mama. Und Da…" Rorys Atem stockte, aber er korrigierte sich nicht. Damals war sein Vater noch sein Vater gewesen. „Dad stand früh auf und machte Frühstück für uns, und wenn der Mond unterging, kam er herunter oder schickte Spencer zu uns, der die Tür öffnete und uns sagte, es sei Zeit zu essen."

„Und davor?", fragte Beau leise. „Als du den Mond fühlen konntest, obwohl er noch nicht da war?"

Rory sah sich im Bad um, schätzte das Licht ein und versuchte, das panische Gefühl beim kommenden Vollmond zu filtern, um ein Gespür dafür zu bekommen, wie weit er tatsächlich noch entfernt war. Es war jetzt früher Nachmittag.

„Wir mussten zur Schule gehen. Mama hätte nicht riskiert, dass es jemand bemerkt. Ich hörte auf Georgies Herzschlag und sie hörte auf meinen, und es war wie ein Spiel, wer von uns ruhiger sein konnte. Georgie gewann normalerweise, aber mir ging es gut. Nach der Schule …

Hausarbeit, für gewöhnlich, oder Mama fand eine Entschuldigung, um uns immer wieder nach oben und unten zu schicken, damit wir uns bewegen konnten, aber immer noch ..."

Sie waren unter Kontrolle gewesen. Versteckt. Nicht offensichtlich, nichts, was die Nachbarn vielleicht bemerken konnten.

„Nun", sagte Beau. „Wir hatten einen ganzen Garten und die Nachbarn wissen bereits, was wir sind. Wenn sie uns den ganzen Nachmittag Fangen spielen sehen, wissen sie wenigstens, dass wir nicht im State Park sind und mit unseren Zähnen Hirsche erlegen."

Rory blinzelte, während er sich das vorstellte. Beau jagte ihn im Garten herum, nur aus Spaß, und wurde nicht böse, dass Rory vor ihm davonlief, trieb ihn nicht in die Enge ...

Beau sagte: „Du bist dran!"

Rory starrte zur Tür, als er den Klang von Beaus Schritten hörte, die sich von der Tür entfernten, erst langsam, dann schneller.

Du bist dran.

Er wollte, dass Rory *ihn* jagte?

Rory stand auf, samt Handtuch und allem, und kletterte in die riesige Badewanne unter dem Fenster, das in den hinteren Garten zeigte. Er konnte hören, wie Beau die Hintertür schloss, dann erschien der Alpha unter ihm im Gras. Er winkte und trabte anschließend langsam rückwärts.

Es war die Art und Weise, wie Rorys Mama vorgegeben hatte, vor ihm und Georgie davonzulaufen, als sie klein waren, die Weise, wie er und Georgie mit Spencer gespielt hatten, der niemals hatte hoffen können, ihre Geschwindigkeit zu erreichen.

Rory starrte ihn einen Moment an, dann sah er an sich selbst hinunter. Er trug immer noch Beaus Jeans. Sie waren klatschnass und klebten jetzt kalt und schwer an seinen Beinen. Er schälte sich aus ihnen heraus und stand danach in Duschwasser getränkter Unterwäsche und einem T-Shirt da, ein Handtuch war von den Schultern bis zur Taille um ihn gewickelt. Er stellte sich vor, wie er einfach so nach draußen rannte, kaum bekleidet, und seine Arme ausbreitete, sodass das Handtuch wie ein Umhang hinter ihm flatterte, während er durch den Garten rannte.

Ein Kloß wuchs in seinem Hals, doch ein Geräusch schaffte es aus seiner Kehle. Es dauerte ein paar Sekunden, bis Rory begriff, dass es ein Lachen war. Er stand in einer Whirlpoolwanne, die er nie benutzt hatte, und schaute aus dem Fenster auf seinen Mann im Garten, der immer noch in Zeitlupe rannte und ihn mit hoffnungsvollem Blick beobachtete.

Der Vollmond war nur wenige Stunden entfernt. Und Rory lachte.

Er wandte dem Fenster den Rücken zu, rannte zur Tür und schloss sie auf, ehe er die Nerven verlieren konnte. Dann schnappte er sich eine Flanellhose, die hinten an der Schlafzimmertür hing, und sauste durch das Haus, als würde er verfolgt werden. Er wagte nicht, länger anzuhalten, damit seine Angst nicht aufholen konnte.

***

An der Hintertür zog er seine Hose an – es war ein komischer Gedanke, aber er würde auf keinen Fall so gut wie nackt durch den Garten rennen. Sobald er anständig bekleidet war, jagte er Beau durch den Garten und grinste vor lauter Freude, seinen Körper zu benutzen, laufen und springen zu können. Zum ersten Mal seit langer Zeit geriet die Anziehungskraft des Mondes nicht in schmerzhaften Konflikt mit der Schwäche seines Körpers oder den Befehlen seines Alphas. Beau hielt sich immer außer Reichweite, sodass nie Gefahr bestand, dass sich das Blatt wendete und er derjenige war, der gejagt wurde. Sie machten das bereits so lange, dass sein T-Shirt und seine Unterhose getrocknet waren und seine Schlafanzughose bis zu den Knien voller Grasflecken war, als Rory Beau auf das Dach der Garage jagte und auf dem Giebel des Daches abrupt stehen blieb. Beau befand sich ein Stück weit unter ihm und hockte auf den schrägen Schindeln.

Unter ihnen, unten in der Einfahrt, standen Jennifer und drei kleine Werwolfkinder.

„Hey, Leute", sagte Jennifer und klang dabei ein wenig gelangweilt, aber nicht wirklich genervt. „Ich habe den Kindern gesagt, dass es eine Sache unter Eheleuten ist, aber sie wollten wissen, ob sie mit dir spielen können, bis es Zeit für uns ist, in den Park zu gehen. Wenn nicht ist es vollkommen okay, aber …"

Beau sah über seine Schulter zu Rory, und Rory konnte nicht anders, als auf die drei Kinder hinunterzusehen.

Das Kleinste war lediglich ein Kleinkind, ein Junge mit unordentlichem dunklem Haar und molligen Gliedern. Die beiden älteren waren Mädchen, blonde Haare lösten sich bereits aus ihren Zöpfen, und sie hüpften vor Eifer, zu rennen und zu spielen.

Er dachte an sich und Georgie und daran, wie es gewesen wäre, am Nachmittag des Vollmonds mit ihren Nachbarn zu spielen, vor den Augen aller Menschen. Zu sein, was sie waren, offen und sicher.

Und das würde dann auch die Angst abwehren, die Erinnerungen, die ihn immer wieder beschlichen. Mit Kindern Fangen zu spielen, sie lachen zu hören, ihre sauberen Baby-Gerüche einzuatmen, war das genaue Gegenteil von jedem Vollmond, den er in den letzten Jahren erlebt hatte.

Rory nickte und schaute Beau an, der ihn nur beobachtete und ihn entscheiden ließ, was er sagen sollte, dann blickte er zu Jennifer. „Ja, natürlich. Kommt um das Haus herum nach hinten."

Alle drei Kinder jubelten und rannten von ihrer Mutter weg, ohne einen Blick zurückzuwerfen. Rory sprang hinunter und jagte sie und Beau für eine Weile, die wie eine von goldenem Sonnenlicht beschienene Ewigkeit wirkte, immer und immer wieder durch den Garten, auf Bäume hinauf, auf das Dach. Beau hob den Kleinsten hoch, wenn Rory zu nahe kam, und rannte mit ihm davon, was ihn immer zum Lachen und Jubeln brachte. Manchmal sprangen die älteren Mädchen auf Beau und verlangten, dass er sie auch beschützte, was er ohne Zögern machte.

Irgendwann vervielfachte sich die Anzahl der Kinder im Garten, und Rory erkannte, dass menschliche Kinder ebenfalls mitspielten. Sie waren größtenteils daran zu erkennen, dass sie mehr kreischten als lachten und Beau sie häufiger „retten" musste, aber sie lachten und machten mit, genau wie die Werwolfkinder. Rory sah sich um und entdeckte ein paar Eltern, die zuschauten – zwei Frauen, die draußen auf einer Terrasse in einem nahe gelegenen Garten saßen, ein Vater, der im Nachbargarten verweilte. Die Dame von nebenan, auf der anderen Seite der Haselsträucher, spähte aus ihrer Hintertür. Rory winkte ihr in einem schwindelerregenden Ansturm von Furchtlosigkeit zu, und eines der Niemi-Kinder sah ihm zu und blieb stehen, um zu schreien: „Hallo, Mrs Lindholm!"

Jedes andere Kind im Garten folgte seinem Beispiel, schrie und winkte, was fast das durchdringende Flüstern von Summer an Rory übertönte.

„Mama sagte, sie macht sich Gedanken über Wölfe und Kinder und Fremde, also müssen wir noch *viel netter* zu ihr sein."

Rory war sich nicht sicher, ob er lachen oder weinen sollte, aber er wollte das auch nicht vor Mrs Lindholms Augen tun, also fing er einfach wieder an zu rennen und achtete vermehrt darauf, niemanden wirklich zu fangen.

***

Endlich mussten die Kinder nach Hause gehen, um zu Abend zu essen oder mit ihrem Rudel durch die Nacht zu rennen.

„Ihr seid herzlich eingeladen, mit uns zu kommen", rief Jennifer ihnen zu, während sie ihre drei Kinder einsammelte. Rory war noch immer nicht sicher über ihre Namen – der Kleinste hieß Oliver und eines der Mädchen war Summer, aber er hatte keine Ahnung welches. „Oder ich zeige euch auf der Karte die unbeanspruchten Gebiete – normalerweise regt sich niemand darüber auf, wenn dort ungebundene Wölfe laufen."

„Wir kommen klar", warf Rory ein, ohne Beau anzusehen. „Aber danke."

Jennifer zwinkerte, grinste wissend und sagte: „Jederzeit gern. Danke, dass ihr die Welpen beschäftigt habt!"

In schockierend kurzer Zeit war er mit Beau alleine, sie standen in ihrer Auffahrt, die Spätsommersonne versank hinter den Bäumen. Plötzlich war alles, was er spüren konnte, die Nähe des Mondes, ein Summen in seinem Blut und ein Prickeln auf der gesamten Haut. Er atmete rasch ein, beinahe ein Luftschnappen, und konnte Beau riechen, *Alpha* und *männlich*, sein Körper war heiß durch die Bewegung, sein Geruch vollkommen strahlend und überschäumend vor Glück.

Rory spürte, wie sein Schwanz zuckte, sein Loch war plötzlich nasser, als es sich seit langer Zeit angefühlt hatte, und er wandte sich um und raste ins Haus, ehe er denken oder etwas sagen konnte.

Dieses Mal war es keine Panik oder nicht *nur* Panik. Das Gefühl, das durch ihn hindurch hämmerte, war teilweise auch dieses verräterische Verlangen. Es fühlte sich wie diese Schwäche in ihm an, dieser Hunger, der ihn jedes Mal nach einem neuen Alpha suchen ließ, wenn er dem alten entkommen war, aber es war auch noch etwas anderes, etwas Elementares und Körperliches. Er konnte sich nicht erinnern, wann er es das letzte Mal so klar und rein empfunden hatte, wahrscheinlich nicht mehr, seit er ein Teenager gewesen war, einsam und gelangweilt und entschlossen alles zu hassen, was mit dem Rudel zu tun hatte, in das er verbannt worden war.

Damals hatte er sich selbst berührt, sich weggeschlossen und dabei gefühlt, als widersetzte er sich damit jemandem, irgendwie, indem er seine Omega-Anteile selbst genoss. Seine Hände waren mit seiner eigenen Nässe beschmutzt gewesen, er hatte seinen Schwanz mit glitschigen Händen massiert und die empfindlichen Ränder seiner Öffnung nachgezeichnet und war wieder und wieder gekommen. Er hatte das Jucken gekratzt, das Verlangen befriedigt, und dann einfach weitergemacht, weil es nichts Besseres für ihn gab, nichts, was er sonst hätte tun können.

Und dann hatte er Sean getroffen, und Sean hatte ihm erzählt, dass nichts, was er sich selbst Gutes tat, einem Vergleich standhielt mit dem, was ein Alpha für ihn tun konnte, dass Selbstbefriedigung Kinderkram war. Rory hatte ihm geglaubt – und dieser Teil war sogar wahr gewesen, anfangs. Nur alles andere war schlimmer gewesen.

Es mochte vielleicht die Wahrheit sein, dass er niemals das mit sich selbst machen konnte, was ein Alpha mit ihm gemacht hatte. Ohne einen Alpha – ohne all diese Alphas.

Aber es hatte keinen Sinn, darüber nachzudenken. Der Mond kam und er hatte wieder einen Alpha, aber diesmal einen anderen. Einen Alpha, der die Stunden vor dem Mond damit verbracht hatte, im Sonnenschein Fangen zu spielen und Werwolfkinder und auch menschliche Kinder um sich sammelte, damit sie alle so schnell rennen konnten wie ein Alpha.

„Beau", murmelte er atemlos. Nicht *ein Alpha*. Beau. Sein Mann, der jeden Tag bis zur Erschöpfung unter Menschen arbeitete, weil er sie heilen wollte. Der vor Rorys Tür wartete, wenn Rory vor ihm davonlief, und versprach, seine eigene Tür heute Nacht für Rory offen zu lassen. Der noch nie zuvor einen Omega gehabt hatte, überhaupt noch nie jemanden gehabt hatte – nur seine eigenen Hände, wie Rory es früher getan hatte … alles.

Er wünschte, er hätte es mit Beau haben können. Er wusste, dass das Timing nicht funktioniert hätte, aber er wünschte, er wäre zur gleichen Zeit aus seinem Rudel geflüchtet, als Beau von seinem vertrieben wurde, dass sie sich irgendwie gefunden hätten, in selben Moment in Chicago angekommen und aufeinandergetroffen wären und …

Rory lachte leise, obwohl das Geräusch erstickt und jetzt fast verzweifelt klang. Mit sechzehn Jahren, unberührt, nur ein Kind, hätte er nicht gewusst, was er mit einem guten Jungen wie Beau anfangen sollte. Er hatte sich über all die höflichen und gut erzogenen Jungen seines eigenen Rudels lustig gemacht und ihre Versuche, ihn zu umwerben oder sich mit ihm anzufreunden, kaum bemerkt. Er hatte zuerst den Weg in die Katastrophe gehen müssen. Hundert Katastrophen. Er hatte zuerst fast sterben müssen, bevor er einem guten Alpha erlaubte, sich um ihn zu kümmern. Und nun hatte er Beau. Jetzt gehörte er Beau und Beau gehörte ihm. Wenigstens für jetzt.

Heute Abend.

Die Panik war immer noch da, und das Verlangen und die Anziehungskraft des Mondes und das verblassende Sonnenlicht. Aber Rory konzentrierte sich auf die Geräusche, die Beau verursachte, während er unten umherging. Er versperrte die Türen, schloss alle Fenster und ging in die Küche, um etwas zu holen … mehrere Dinge … und jetzt kam er die Treppe hoch.

Rory stand völlig still, atmete kaum und hörte zu, wie Beau am Ende der Treppe die andere Richtung einschlug und in sein eigenes Zimmer ging. Er stellte etwas ab, dann gab es ein leises Flüstern – hatte er die Bettdecke zurückge-schlagen oder nur glatt gestrichen? Er hatte sich nicht aus-gezogen.

Er hatte die Tür nicht geschlossen.

Beau. Rory befeuchtete seine Lippen und atmete ein paarmal bewusst ein, dann sprach er es laut aus. „Beau?"

Er hörte Beau innehalten, hörte die plötzliche Beschleu-nigung von Beaus Herzschlag. Er wollte ihn, wollte dem Ruf des Mondes antworten, doch er blieb ganz ruhig. Beau war immer so vorsichtig mit ihm.

„Ich bin hier, Baby. Die Tür ist offen, wann auch immer du hereinkommen willst. Aber wenn du …"

Rory schüttelte den Kopf. Er war jetzt hier mit Beau, nach all dieser Zeit, nach allem, was er falsch gemacht hatte. Er hatte Beau und er würde dieses unvorstellbare Glück nicht verschwenden. Rory streifte seine grasbefleckte Pyjamahose ab, warf seine eigene Tür auf und eilte den Flur entlang, geradewegs über die Schwelle und in Beaus Zimmer, ohne anzuhalten.

Beau hockte am Ende des Bettes – immer noch ange-zogen, mit ein paar Grasflecken auf seinen Kleidern, die den Sonnengeruch vom Spielen im Garten ausstrahlten. Er sah zu Rory auf, die Hände zwischen seinen Knien und seine dunklen Augen weit aufgerissen und hoffnungsvoll und fixiert auf Rorys Gesicht. Rory trug nur seine Unterwä-sche, sein harter Schwanz musste offensichtlich sein, die Nässe, die er zu produzieren begann. Aber Beau blickte nur weiter in sein Gesicht und wartete.

„Ich will", sagte Rory atemlos, als wäre er einen Kilo-meter gelaufen, um Beaus Zimmer zu erreichen. Als wäre er acht Jahre gelaufen. „Ich will es. Dich. Bitte, Beau."

Kaum hatte er fertig gesprochen, spürte er einen plötz-lichen Energieschub: Der Vollmond hatte den Horizont durchbrochen und rief sie, wie er jeden Werwolf rief. Er sah, dass Beau es genauso fühlte wie er, aber Beau sprang nicht vom Bett auf, selbst jetzt, nachdem Rory zu ihm gekommen war, um alles gebeten hatte, was Beau ihm geben wollte.

Beau hob seine Hände und öffnete sie zur Einladung. Rory eilte auf ihn zu, setzte sich auf seinen Schoß, die Knie auf der Matratze und die Hände auf Beaus breiten Schultern. Er fühlte, wie Beau von einem Schauer geschüttelt wurde; er konnte diese Alpha-Kraft unter seinen Fingern spüren, der Duft des Verlangens eines Alphas erfüllte ihn mit jedem Atemzug, multipliziert mit dem Vollmond, der auf sie schien.

Aber als Beau ihn zu sich zog, war es nur für einen Kuss, mit einer von Beaus Händen im Nacken, die andere ruhte auf seiner Hüfte. Beaus Mund lag heiß auf seinem, aber nicht rau, nicht fordernd. Überredend und süß.

Rory gab ein hilfloses, zittriges Geräusch von sich, als Beau an seiner Unterlippe saugte und seine Zunge neckte. Rorys Schwanz war jetzt definitiv hart und er selbst innerlich so heiß. Sein Eingang öffnete sich und er wurde nass, und das hatte er schon so lange nicht mehr gespürt. Der Mond beschleunigte sein rasendes Blut, aber es war immer noch nur der Mond, keine Hitze. Sein Kopf war klar; es war nur so, dass er es wollte. Beau wollte. Er konnte sich kaum daran erinnern, wie sich dieses Wollen anfühlen konnte, rein und einfach und gut.

„Du kannst", versuchte er zu sagen. „Ich bin bereit …"

Beau küsste ihn einfach weiter und hielt ihn kaum fest. Rory wand sich unter seinen Händen, aber sie zogen sich nicht zusammen, drückten ihn nirgendwo hin. Schließlich ergriff Rory die Initiative und rutschte herum, um sich direkt auf Beaus Schoß zu setzen. Die Ausbuchtung seines Schwanzes drückte sich durch seine Jeans und Rory rieb sich daran, um Beau zu ermutigen, weiterzumachen.

Beau stöhnte gegen seine Lippen und seine Hüften zuckten nach oben, pressten sich härter gegen Rorys Arsch.

Rory verspürte eine schärfere Erregung aus Angst und Hunger, eingefasst mit Vergnügen durch diese halbe Reibung. Er war vielleicht noch nicht *bereit*, technisch gesehen, noch nicht so sehr, als wenn er sich in der Hitze befände, aber er wollte es tun. Er wollte, dass das Warten vorbei wäre, und er wusste, Beau würde zumindest versuchen, dass es sich gut anfühlte. Selbst wenn es wehtat, er wollte es. Er wollte ganz sein. Er wollte seinen Alpha.

„Bitte", murmelte Rory gegen seinen Mund. „Beau, bitte, nur ..."

„Okay", nuschelte Beau und legte seinen Kopf zurück, um zu Rory aufzusehen. Seine immer dunklen Augen waren schwärzer als je zuvor, doch strahlend unter den schweren Lidern. „Okay, Baby. Kann ich dir die Kleider ausziehen?"

Rory nahm an, dass das zu der ganzen Sache gehörte, in der er in Beaus Zimmer kam, um bei Vollmond Sex mit ihm zu haben, doch er fand nicht die richtigen Worte, um Beau über seine Vorsicht zu necken. Stattdessen nickte er, sah fest in Beaus Augen, während sich Beaus Hände an der Taille an den Saum seines Hemdes legten.

„Hände hoch." Beaus Stimme war ein leises Grollen, das Rory erbeben ließ, während er gehorchte, Beaus Schultern losließ und seine Arme über den Kopf hob. Beau berührte ihn nicht direkt, als er das T-Shirt in die Höhe und über seinen Kopf zog und es beiseite warf, und dann sah Rory auf seinen Alpha hinunter, die Hände hingen immer noch in der Luft über seinem Kopf.

Von den Kanten seiner Hüftknochen an bis nach oben war er entblößt, und für einen langen, sich hinziehenden Moment betrachtete Beau ihn lediglich. Rory wusste, dass er nichts Besonderes sehen konnte – selbst jetzt, nachdem er sich größtenteils erholt hatte und weniger ausgehungert aussah, zeigten sich seine Knochen noch immer zu deutlich durch sein blasses Fleisch, und die scharfen Narben um seinen Hals waren alles andere als die einzigen, die auf ihm prangten.

Aber vielleicht zeichnete ihn das bisschen Mondlicht, das durch das Fenster drang, nachsichtig, denn Beau schien überhaupt nichts zu sehen, was er nicht mochte. Er schaute und schaute nur, und dann lehnte er sich vor und drückte einen Kuss auf Rorys Brustbein, genau dort, wo sein Herz hämmerte.

Das Streicheln von Beaus Lippen presste ein leises Geräusch aus Rory und er spürte seine Nippel hart werden und seinen Schwanz unter der dünnen Bedeckung durch seine Unterwäsche zucken. Beaus Hände lagen wieder auf seinen Hüften, so nah.

Rory war kurz davor, gierig zu werden, falls Beau weiterhin so freundlich war.

„Mehr", keuchte er, ohne nachzudenken, ohne sich Zeit zu nehmen, Angst zu haben.

Beau sah zu ihm auf und grinste, seine Zähne funkelten im Mondlicht, und dann küsste er erneut Rorys Brust, sein Mund streifte eine steife Brustwarze.

Bei diesem Nervenkitzel des Vergnügens, leicht und unerwartet, schnappte Rory nach Luft, was Beau als Ermutigung auffasste und dann saugte und leckte.

Rory konnte fühlen, wie Beaus Schwanz immer fester gegen ihn drückte, aber Beau machte immer noch keine Anstalten, einen von ihnen weiter auszuziehen, und benutzte seinen Mund auf Rorys Brust so gut er konnte. Er neckte ihn weiter, bis Rory kaum noch Luft bekam und sich ständig auf Beaus Schoß wand.

Als Rory es kaum noch aushielt, zog er am Bund seiner eigenen Unterwäsche, versuchte, sie nach unten zu schieben, und keuchte Wörter, die ihm durch den Kopf gingen, hauptsächlich *Beau* und *bitte* und *mehr, mehr*.

Alles wirbelte plötzlich herum, versetzte Rory in Stille, als er auf dem Rücken auf Beaus Bett landete. Es gab einen scharfen Augenblick des Begreifens, der Erleichterung und des Anerkennens: *Oh, hier ist es.*

Beau kniete sich auf den Boden, warf Rorys Unterwäsche zur Seite und ließ seine Hände sanft über die Innenseiten von Rorys Oberschenkel gleiten.

„Ich habe dir gesagt, dass ich das noch nie getan habe", sagte er und lächelte immer noch, als sich Rorys Beine instinktiv öffneten. „Also, du weißt schon, du musst mir sagen, ob ich es falsch mache."

„Du hast immer noch deine Hose an", bemerkte Rory sanft, und Beau lachte, als er den Kopf senkte, um an Rorys steifem kleinem Schwanz zu knabbern. Rorys Mund klappte auf und er spürte, wie er noch nasser wurde, aber Beau berührte ihn dort immer noch nicht, sondern streichelte weiter die Innenseiten seiner Schenkel und – oh – leckte –

Rorys Kopf fiel nach hinten gegen das Bett, er starrte an die Decke und schnappte nach Luft, als sich Beaus Mund weiter über ihn bewegte. Jede zaghafte Berührung war ein weiterer Nervenkitzel aus unmöglichem Vergnügen, und über allem schwebte die sinnesraubende Realität, dass sich Beau für Rory auf die Knie begeben hatte und seinen Mund, seine Hände für nichts anderes benutzte. Nicht einmal, um ihn zu öffnen, nur um ihm Vergnügen zu bereiten.

„Ist das gut, Baby?", fragte Beau, sein Atem dampfte gegen Rorys Schwanz, und Rory musste seinen Kopf anheben und ihm zusehen.

Beaus Mund war rosa und nass und hing knapp außerhalb der Berührung mit Rorys Schwanz. Rory wimmerte und nickte.

Beau grinste, seine Zähne blitzten auf, und Rorys Beine fielen automatisch weiter auseinander.

„Du schmeckst so gut", sagte Beau und senkte erneut seinen Kopf. „Ich will gar nicht mehr aufhören."

Rory machte ein Geräusch, das bei Weitem kein wirkliches Wort war, und Beaus Mund glitt tiefer, bis zur Unterseite seines Schwanzes, über seine Eier und schließlich dorthin, wo er heiß und nass war. Rorys Hüften schnellten in die Höhe, eine Ferse erreichte das Ende des Bettes und rutschte hinunter. Beaus Hand schloss sich um seinen Knöchel, er hob Rorys Bein auf seine Schulter. Rory bäumte sich auf, stieß in seinen Mund und schluchzte.

Beaus Zunge zuckte nur gegen ihn, aufreizend, und Rory fühlte sich schwindelig und heiß und dennoch irgendwie klar bei Verstand. Es war kein bisschen wie Hitze, sondern einfach nur *Wollen*. Er konnte nicht fassen, dass er vergessen hatte, wie sich das anfühlte, dieses fundamentale, animalische Bedürfnis.

„Beau, Beau, bitte, ich brauche …"

Er wusste nicht, was er brauchte, doch Beaus Zunge presste sich fester gegen ihn, Lippen versiegelten sein Loch, und Beau schlang eine Hand um Rorys Schwanz. Rory versuchte instinktiv, den Laut, der seine Kehle fast zerriss, zu unterdrücken, trotzdem entkam ihm ein stotternder Schrei, als das Vergnügen der Berührung seines Alphas durch ihn raste. Er verlor aus den Augen, was Beau tat. Er wusste nur, dass es sich gut anfühlte, einfach nur gut ohne eine Spur von Schmerz oder Angst, nichts Krankes oder Verdorbenes lag versteckt darunter. Das Vergnügen sammelte sich an, mehr und mehr, bis er es nicht mehr bei sich behalten konnte.

Rorys gesamter Körper bäumte sich auf, als er kam, sein Schwanz pulsierte und sein Loch schnappte hungrig nach Beaus Zunge. Es lag etwas jenseits des Vergnügens, er fühlte sich, als ob sich sein ganzes Selbst für einen Moment öffnete und Mondlicht in einer blendenden Welle aus Helligkeit durch ihn strömte.

Als er danach wieder zu Bewusstsein kam, hob er den Kopf und suchte nach Beau. Er war genau dort, wo er zuvor gewesen war, er kniete zwischen Rorys übermütig gespreizten Schenkeln, sein Mund und sein Kinn glänzten feucht von Rorys Erguss. Die Luft roch nach Sex und Vergnügen und verzweifelt erregtem Alpha, und der Vollmond schien auf sie, hell in jedem Schlag von Rorys noch immer rasendem Herzen.

Es lag eine lange Nacht vor ihnen und nun war Beau an der Reihe. Rory grinste, krümmte einen Finger und winkte ihn zu sich.

Kapitel 21

Stundenlang hatte sich Beau selbst gesagt: *Verletze ihn nicht. Verängstige ihn nicht. Verlier nicht die Kontrolle.* Er hatte bei allem befürchtet, dass die Kombination aus dem Mond, dem Duft seines Omegas und dem Verlangen, das er sein ganzes Leben lang kontrolliert hatte, ihn den Verstand kosteten. Der halbwilde Alpha, den die Menschen fürchteten, hatte in seinem Hinterkopf gelauert, eine Vorstellung davon, was er werden könnte, wenn er sich gehen ließ.

Er hatte jedoch nicht viel Zeit gehabt, sich darüber Sorgen zu machen, weil er damit beschäftigt gewesen war, sich um Rory zu kümmern, ihn abzulenken und ihm zu helfen sich sicher zu fühlen. Und dann war Rory zu ihm gekommen, schüchtern und verängstigt und entschlossen und wollte alles auf einmal, noch bevor die Anziehung des Mondes ihre volle Kraft entfaltete.

Er hätte Beau alles tun lassen, das war offensichtlich, aber vom ersten Moment an schenkte er Rory Vergnügen, und nichts anderes hatte Beau erreichen wollen. Was könnte besser sein, um Rory die Angst auszutreiben, indem er sie durch Freude ersetzte? Beau fiel nichts ein, was sich damit vergleichen ließ, Rory zu beobachten, ihn zu schmecken, während er jede Zurückhaltung verlor und durch die Berührung von Beaus Zunge und dem Griff seiner Hand in purer Ekstase dahinschmolz. Als er zusah, wie Rory kam, konnte er nur denken: *Ich will das für immer. Ich möchte dich das auf jede erdenkliche Art fühlen lassen. Nur dich.*

Und dann lockte Rory ihn mit einem Finger zu sich, und Beau wurde sich plötzlich des erschöpften Omegas bewusst, der sich nackt in seinem Bett ausbreitete, und dass sein eigener Schwanz vor Verlangen pochte. Er war ein Wunder, dass er noch nicht gekommen war.

Einen Moment lang erstarrte er und widerstand dem Drang, sich auf ihn zu stürzen und das zu holen, was Rory eigentlich nicht wirklich anbieten wollte.

Rory bewegte sich schneller als Beau, glitt vom Bett, sodass er wieder auf Beaus Schoß saß, wie zuvor auf dem Bett. Beau konnte den Unterschied in jedem Zentimeter von Rorys Körper spüren, jede Bewegung war feucht-locker und absolut entspannt. Er küsste Beau langsam, leckte an Beaus Lippen und holte sich damit seinen eigenen Geschmack aus Beaus Mund zurück.

Seine andere Hand landete auf dem Reißverschluss von Beaus Jeans, und Beau stöhnte in seinen Mund. „Baby, du ... du musst nicht ... oh *verdammt.*"

Rory hatte den Knopf geöffnet und den Reißverschluss nach unten gezogen, und Beaus Schwanz schob sich durch die Öffnung und drückte sich gegen seine Unterwäsche. Seine Schwanzspitze sprang bei der kleinsten Berührung von Rory über den Bund, und Beau klammerte sich an Rorys schlanke Hüften, ohne darüber nachzudenken, er wollte, *brauchte* ihn.

Aber er drängte ihn nicht, bewegte sich nicht. Er hielt sich an seinem Omega fest, der ihn wollte, der keine Angst hatte. Rory küsste ihn erneut und legte seine Hand um Beaus Schwanz.

„Oh, *oh*", stöhnte Beau. Rorys Hand begann sich zu bewegen und Beau konnte vor Verlangen kaum noch atmen, es war von schockierender Richtigkeit. Die Luft war voll vom Geruch eines zufriedenen Omegas, der Mond schien auf sie und in ihnen, und er hatte noch nie etwas so sehr gebraucht wie Rorys Berührung.

„Bitte, Baby, irgendwas, ich ... ich werde nicht ..."

Rorys Mund legte sich über seinen und Rory setzte sich tiefer auf ihn, so nah, dass Beau seine Hitze spüren konnte. Rory zappelte ein wenig herum, dann glitt seine andere Hand zu Beaus Schwanz und zog ihn vollständig aus der

Hose. Die Berührung war glitschig und heiß, der Omega-Geruch stieg stärker zwischen ihnen auf.

Rory hatte seine Hand mit seinem eigenen Erguss benetzt.

Beau *drängelte*, stieß hoch in Rorys Griff, kippte Rory nach hinten gegen das Bett und küsste ihn leidenschaftlich. Rory stöhnte in seinen Mund, massierte Beau im gleichen Rhythmus, in dem Beau in harten, unkoordinierten Bewegungen in seine Hand stieß.

Nicht, sagte Beau sich selbst, *noch nicht*, aber er konnte es nicht zurückhalten. Das Vergnügen erreichte seinen Höhepunkt, und er kam in Rorys Hand und über seinen Bauch. Der Orgasmus raste ungebändigt durch ihn, pure Lust, ein blendender Ansturm auf das Ende.

Einen Moment später hob er den Kopf. „Sorry, Baby", murmelte er und ließ Rory los, der immer noch gegen die Kante der Matratze gepresst wurde.

Rory blinzelte ihn an, nahm jedoch keine weniger unbequeme Haltung ein, seine Schenkel waren nach wie vor weit über Beau gespreizt. Beaus Samen war über seinen ganzen Bauch gespritzt und Rory war wieder – oder immer noch – halbhart und seine Schenkel waren nass vor Sperma.

„Sag mir", begann Beau, doch dann wusste er nicht, was er sagen sollte. *Sag mir, was du willst* oder *Sag mir, dass das okay war*, obwohl er Rorys Befriedigung riechen konnte, nach wie vor ohne jeglichen Hauch von Angst oder Schmerz.

„Zieh dich aus", sagte Rory atemlos, doch ohne zu zögern. „Und bring mich ins Bett."

Erst musste Beau ihn noch mal küssen, diesen nassen, rosa Mund erobern, seine Lippen, die bereits heiß von Küssen waren. Rory zerrte an seinem T-Shirt, und Beau hob die Arme und unterbrach ihren Kuss gerade lange genug, damit Rory ihm das Shirt komplett ausziehen konnte. Beau stand unter ihm auf – Rorys Schenkel schlossen sich um ihn – und drehte sich um, um sich rückwärts auf das Bett fallen zu lassen, sodass Rory auf ihm landete.

Rory schüttelte den Kopf, küsste Beau aber erneut und schob dabei seine Hose nach unten. Beau bog seinen Rücken durch, um ihm zu helfen, rutschte anschließend über das Bett, während er sich aus seiner Jeans wand, und strampelte sie zu Boden. Dabei küsste Rory ihn weiter, rieb sich gegen ihn, sein süßer kleiner Omegaschwanz versteifte sich gegen Beaus Bauch, ihre vermischten Gerüche erfüllten die erhitzte Luft. Beau packte ihn an den Hüften und zog ihn hoch, bis er Beaus Brust streifte und Beau sich auf einen Ellbogen stützen und ihn wieder schmecken konnte.

Beau nahm die Spitze von Rorys Schwanz in den Mund, schmeckte die Lusttropfen, die sich darauf bildeten, und seinen eigenen Samen, der darauf getropft war. Rory bebte über ihm, seine Hüften zuckten ein wenig, und Beau strich mit den Lippen über seinen Schwanz, als er sagte: „Du kannst, Baby. Gib es mir. Ich will es. Ich will, dass du bekommst, was du möchtest. Kannst du das für mich tun?"

Rory starrte auf ihn hinab, das Grün seiner Augen sah aus wie der dünnste Rand aus silbrigem Mond um Seen aus Schwarz herum. „Beau, du …"

Beau öffnete den Mund, leckte mit der Zunge über Rorys Schwanzspitze, und zog sanft an Rorys Hüfte, um ihn anzuspornen. Rory bewegte sich, ein vorsichtiger kleiner Stoß, seine Augen fixierten Beaus, dann senkte sich sein Blick, als sich sein Schwanz in Beaus offenen Mund drückte.

Beau stöhnte bei seinem Geschmack, dem Gefühl des Verlangens und Vergnügens seines Omegas, das schwer auf seiner Zunge lag, und sein eigener Schwanz richtete sich wieder in voller Härte auf.

Rory wimmerte, presste sich etwas tiefer und begann darauf zu vertrauen, dass Beau das meinte, was er angeboten hatte. Beau saugte hungrig an ihm und spürte, wie er hart wurde und auf Beaus Zunge pulsierte. Rorys Schwanz stand in perfektem Verhältnis zu seinem Körper, nicht viel mehr als ein Mundvoll, und Beau wollte jeden Zentimeter, jeden Tropfen seines Omegas. Er behielt Rory im Blick, beobachtete, wie er sich vor Vergnügen gehen ließ, vergaß, schockiert darüber zu sein, dass ein Alpha das für ihn tat, und gab sich Beau hin.

Trotzdem war Rory ein Omega und nur seinen Schwanz zu lecken war nicht das Einzige, was er brauchte. Nach ein paar weiteren Stößen jammerte Rory und seine Bewegungen wurden unruhiger. „Beau", japste er. „Alpha, ich brauche, ich brauche dich …"

Beau gab Rorys Schwanz mit einem obszön nassen Geräusch frei und rieb mit der Hand über Rorys Oberschenkel. Sein eigener Schwanz stand hart und pochte vor Bereitschaft, aber das war egal, wenn es nicht das war, was Rory wollte. Beau hungerte mehr nach Rorys Vergnügen als nach seinem eigenen und verfolgte es, als wäre er auf der Jagd.

„Wo, Baby? Was brauchst du?"

Rorys Finger wanderten ohne Zögern zwischen seine weit gespreizten Schenkel, berührten seine Öffnung, aus der jetzt konstant Nässe tropfte. Beaus Hüften zuckten instinktiv, sein Schwanz schmerzte vor Verlangen, genau dorthin zu kommen, aber er ignorierte das.

„Brauche … brauche dich. Bitte, Beau."

Beau legte seine Finger auf Rorys, verschränkte sie miteinander, damit er ihn genau dort berühren konnte, wo Rory es auch tat. Rory berührte immer noch nur seinen Eingang, drückte die Finger nicht weiter, und Beau glitt mit seinen Fingern über den Rand, wo er so nass war, und spürte, wie der Muskel bei der Berührung weicher wurde. Rory stöhnte

251

und drückte einen Finger in sich hinein, Beaus Finger folgte ihm, um fest hineingepresst zu werden.

Rory schnappte nach Luft, kippte nach vorn, um seine Stirn gegen Beaus zu drücken. Sein keuchender Atem strömte gegen Beaus Gesicht. Beau krümmte seinen Finger, streichelte und suchte nach den besten Stellen, die er berühren konnte. Er spürte, wie mehr Nässe über seine Fingerspitze lief und über seine Hand tropfte. Rory jammerte, sein Schwanz zuckte, ohne angefasst worden zu sein, aber er zog seinen Finger aus sich, und Beau folgte ihm sofort.

„Was …" *brauchst du*, wollte er sagen, aber so weit kam er nicht, weil sich Rory nach hinten bog und seine Hand zielsicher um Beaus Schwanz schloss.

Nun war es an Beau, nach Luft zu schnappen. Die plötzliche Berührung und das, was sie versprach, schoss durch seine Nerven.

„Bitte", sagte Rory und hob seinen Kopf, um Beaus Blick zu erwidern. „Alpha. Beau. *Bitte*, ich brauche dich. In mir. Lass mich dein sein. *Bitte*."

Beau konnte nicht atmen oder denken, verzehrt von der Notwendigkeit, sich gegen das zu wehren, was der Wolf in ihm wollte – Rory unter sich zu werfen und ihn zu nehmen, den Körper seines Partners mit seinem eigenen zu bedecken und seinen Anspruch auf ihn mit seinen Zähnen zu markieren, seinen Samen tief in ihn zu pflanzen, ihn zu ficken und an sich zu binden und ihn nie wieder gehen zu lassen, nie mehr aufzuhören ihm das zu geben, wonach er soeben gebettelt hatte.

Aber *das* war nicht das, um das Rory wirklich gebeten hatte, und Beau würde lieber sterben, ehe er jemals das Flehen in Rorys Augen und den Eifer in seinem Geruch bemerkte und feststellen musste, dass es sich in Angst und Schmerz verwandelte.

„Okay", schaffte es Beau nach einem Moment zu sagen, dann stemmte er sich mit enormer Anstrengung von Rory weg. Er streckte die Hände aus und stützte beide Handflächen flach auf das Kopfteil des Bettes, während Rory ihn verwirrt anstarrte.

„Okay", wiederholte er, stieß leicht in Rorys Hand. „Ich gehöre ganz dir, Baby. Nimm dir, was du willst. Nur was du willst, nur was sich gut für dich anfühlt. Das ist alles, was ich möchte."

Rory starrte ihn einige Sekunden lang an und Beau beobachtete, wie das Verstehen in seinem Gesicht aufleuchtete, als er realisierte, was Beau ihm anbot. „Du ... *Alpha*."

„Du, Omega", stimmte Beau grinsend zu. „Wenn du es willst, nimm es dir, Baby."

„Du verdammter ..." Rory knickte über ihm ein, küsste ihn wild, seine Finger umrahmten Beaus Gesicht, während Beau seine Hände weiter fest gegen das Brett des Kopfteils stemmte, jeder Muskel in seinen Armen angespannt und hart wie Eisen. Doch seine guten Absichten endeten hier; Rorys offener Mund war zu verführerisch, um sich nicht hineinzudrängen, ihn zu schmecken und zu erkunden und ihn auf die eine Weise zu beanspruchen, die er sich gerade noch zu erlauben wagte.

Rory wimmerte gegen seinen Mund und wand sich über ihm, und schließlich unterbrach Beau den Kuss, um Atem zu holen. Beaus Schwanz schmerzte, nachdem sich Rory tief über Beau beugte und deshalb seinen Schwanz nicht mehr anfasste, und er konnte Rorys Verlangen riechen, die Nässe tropfte aus seinem Eingang, um ihm den Weg zu erleichtern.

„Mach weiter, Baby", sagte Beau leise. „Lass dich gehen, hol dir die guten Gefühle. Kannst du das machen? Ist es das, was du willst?"

Rory nickte knapp, seine Augen waren nach wie vor geweitet, aber er wirkte anwesend, bei vollem Bewusstsein.

Er hatte sich nicht im Mond verloren; es gab noch immer kein Anzeichen von Hitze, nicht einmal einen Hauch davon, in seinem Duft. Rory hatte sich unter Kontrolle. Der Mond hatte ihn lediglich angeheizt.

„Sag mir, was du willst", sagte Beau so sanft, wie er es mit schmerzhaft hartem Schwanz fertigbrachte, da sein Omega über ihm kniete, nass und nach mehr bettelnd und sie beide am Rande des Höhepunktes haltend. Er würde Rory nicht zwingen, wenn der sagte, dass er es nicht konnte, aber Beau musste wissen, ob er ihm den Weg freigab, den er endlich gehen wollte.

„Du", brachte Rory schließlich heraus, und dann: „Deinen Schwanz. Ich will dich in mir."

„Dann mach weiter, Baby", sagte Beau, hob die Hüften an und deutete mit dem Kinn in die Richtung, in die sich Rory bewegen sollte. „Ich gehöre ganz dir. Mach es so langsam, wie du es brauchst."

„*Beau*", keuchte Rory, aber es war keine Frage oder der Anfang von irgendwas. Es schien alles zu sein, was er sagen würde – und dann schoss er nach hinten, die Augen weiterhin auf Beau gerichtet, als er sich in Position brachte und über Beaus Hüfte in die Grätsche ging. Sein angespannter Schwanz presste sich gegen Rorys Oberschenkel, er spürte glatte Haut und tropfende Nässe, und Beau stöhnte hilflos und presste sich gegen die Matratze, um ruhig zu bleiben. Das hier hatte er Rory angeboten, sich selbst angeboten. Er musste das sein, was Rory brauchte.

Er konzentrierte sich so sehr darauf, still liegen zu bleiben, dass er überrascht war, als er die erste heiße, nasse Berührung an seiner Schwanzspitze spürte. Beau stieß ein erschrockenes Geräusch aus und erlaubte sich, zu Rory zu sehen.

Rory hatte den Blick nicht abgewandt und beobachtete ihn mit großen Augen, doch es dauerte nur eine Sekunde, bis Beaus Blick zu seinem Schwanz zwischen Rorys weit geöffneten Schenkeln wanderte. Er konnte sie zittern sehen, bemerkte, wie Rory zögerte und mit sich kämpfte, obwohl seine Öffnung nur Beaus Eichel küsste.

Er war dort so heiß, Nässe tropfte aus ihm, alles zusammen ließ Beaus Atem stocken, dieses Gefühl, fast in ihm zu sein, das Wissen, dass diese exquisite Berührung nur der Anfang war.

„Das fühlt sich so gut an, Baby." Beau konnte nicht anders, als das zu sagen. „So gut. Ich könnte nur davon schon kommen. Du bist so …"

Rory atmete zittrig aus und bewegte sich, und Beaus Worte verwandelten sich in hilflose Laute, als sich sein Schwanz in diese enge Öffnung drückte. Das Vergnügen war überwältigend, aber Beau konnte nicht aufhören, auf den Punkt zu starren, an dem ihre Körper verschmolzen. Er befand sich jetzt in seinem Omega, wurde fest umklammert, auch wenn es nur ein paar Zentimeter waren, und es gab keine Worte dafür, wie gut, wie richtig sich das anfühlte.

Nur du – er konnte nicht anders, als das zu denken; er wollte ihn anfassen, küssen, sich selbst um jeden Zentimeter von Rory schlingen, während Rory so fest drei Zentimeter von ihm umfasste.

Dann stieß Rory einen weiteren Atemzug aus und bewegte sich wieder, sank tiefer, nahm mehr in sich auf, und Beau schloss die Augen und konzentrierte sich darauf, nicht zu kommen, während sein Schwanz von der engen Hitze verschluckt wurde. Rory glitt leicht und nass über ihn, Beaus Eier zogen sich fest zusammen, und noch immer konnte er keinen Schmerz feststellen – kein Geruch, kein Geräusch verriet Rory.

Rory wollte das. Wollte ihn. Und Beau hatte niemals zuvor etwas so sehr gewollt.

Rorys Hände landeten auf seiner Brust, als Rory sich bewegte, sich um Beaus Schwanz zusammenzog und ent-

255

spannte, und Beau öffnete die Augen, als Rory sich wieder tief über ihn beugte. Seine Augen glitzerten vor Tränen, aber sein Mund war zu einem Grinsen verzogen.

„Baby", keuchte Beau.

„Es ist gut", flüsterte Rory. „Es ist so verdammt *gut*, Beau. Ich hatte es vergessen. Ich hatte vergessen, dass es … es war nie …"

Beau musste ihn küssen und bevor er es realisierte, legte sich seine Hand an Rorys Hinterkopf und er eroberte Rorys Mund, küsste ihn tief und hart und wild. Seine Hüften begannen hilflos zu zucken, stießen in kleinen Bewegungen nach oben, sein Schwanz glitt dort, wo er in Rory vergraben war, kaum vor und zurück.

Rory reagierte in jeder Hinsicht, begegnete dem Hunger in Beaus Kuss, wiegte seine Hüften im gegensätzlichen Takt zu Beaus Bewegungen. Sein Schwanz war zwischen ihnen eingequetscht, drückte hart gegen Beaus Bauch, und seine Finger gruben sich in Beaus Schultern und hielten sich fest, anstatt zu versuchen, ihn von sich zu drücken.

„Gut?" Beau schnappte nach Luft und unterbrach den Kuss. Er konnte spüren, wie er auf den Rand zusteuerte – nicht kommen, noch nicht – aber seine Kontrolle verblasste und er fragte: „Baby, ist es … ist es gut? Du …"

„Es ist gut, verdammt, so gut", japste Rory und bewegte sich fester auf ihm. „Komm schon, Beau, du weißt, dass es gut ist, du spürst es, du …"

Endlich nahm Beau seine andere Hand vom Kopfteil des Bettes, er fand das Ende von Rorys Wirbelsäule und spreizte die Finger weit, um Rorys Bewegungen zu steuern, während er sich erhob und dann auf seinen Schwanz fallen ließ. Rory stöhnte, nickte und schnappte für einen Kuss nach Beaus Mund, und Beau ließ sich in das alles fallen – in Rory und den Mond, in das Vergnügen und die Verbindung, die zwischen ihnen stattfand. Rorys Körper und sein eigener schienen eine Kreatur zu ergeben, angefüllt mit strahlendem Mondlicht, übersprudelnd vor Lust und mehr Empfindungen, als ein einziger Körper im Zaum halten konnte.

Sie waren ein vollständiger Kreis, ein Kreis, so rund und voll und perfekt wie der Mond, der auf sie schien, Geben und Nehmen, Begierde und Befriedigung. Es ging weiter und weiter und war doch zu schnell vorbei, krachte in einen zerschmetternden Höhepunkt, als sie mit einer Stimme aus zwei Kehlen aufschrien.

Die Gedanken strömten zurück in einen Geist, der vor Lust ausgelöscht worden war: Beau lag auf dem Rücken und starrte aus dem Fenster, seine Arme um Rory geschlungen, sein Schwanz steckte immer noch in ihm, obwohl er nun ein wenig schlaffer wurde. Er hatte sich nicht zurückgehalten, war genauso schnell und hart gekommen wie beim ersten Mal, und jetzt lag Rory schwer auf seiner Brust und roch zufrieden und schläfrig.

Beau schmiegte sich an Rorys Haare, und Rory gab einen müden Laut von sich. Er wand sich ein wenig, war aber nicht angespannt. Noch immer gab er sich völlig hin, war vertrauensvoll und zufrieden, und schlief halb mit seinem Alpha um und in sich.

„Mehr?", murmelte Rory. „Du kannst …"

„Nicht jetzt", nuschelte Beau. Der Mond rief nach wie vor, aber er schloss die Augen und konzentrierte sich auf etwas, das viel näher und viel wichtiger war: Sein Partner befand sich nicht in der Hitze, nichts drängte sie, weiter und weiter und weiter zu machen.

Beau würde nicht vollkommen einschlafen, aber er konnte sich ausruhen, während Rory schlief, und darauf warten, bis er mehr wollte.

***

Irgendwann nach Mitternacht konnte sich Beau nicht mehr stillhalten. Er wälzte sich herum, legte Rory, der immer noch schlief, vorsichtig auf der Matratze ab, und stand auf, um sich zu strecken und ein bisschen zu bewegen, hob ihre Kleider auf und holte sich von dem Tablett, das er zuvor nach oben gebracht hatte, etwas zu trinken und einen kleinen Snack.

Rory regte sich hinter ihm, und Beau huschte ohne darüber nachzudenken zurück ins Bett, an die Seite seines Omegas. Noch bevor Rory etwas sagen konnte, hielt Beau ihm die Flasche an die Lippen. Beau konnte alles, was er wissen musste, in Rorys schwerlidrigem Blick lesen, in dem Hauch Rot, der über seine Wangen blitzte, und in der Art, wie sich seine Finger locker um Beaus Handgelenk legten, während er das angebotene Getränk schluckte.

Beau wurde allein vom Anblick von Rorys sich bewegender Kehle schon wieder hart, allein von seiner Nähe, und als Rory auch den letzten Rest aus der Flasche getrunken hatte, warf sie Beau weg, ohne ihr einen weiteren Blick zu schenken, und beugte sich zu einem Kuss über ihn. Rorys Mund war unter seinem weich, die Bewegungen seiner Zunge und Lippen nach wie vor leicht und träge, ohne jegliches Drängen.

Beau löste seine Lippen von Rorys Mund, küsste seine Nasenwurzel und die Stelle über den Augenbrauen, während sich Rory unter ihm wand und den warmen Geruch nach langsam brennendem Verlangen ausströmte. „Was willst du, Baby? Noch länger schlafen? Wir müssen nicht ..."

Rory schüttelte den Kopf und richtete sich gerade weit genug auf, um sich in Beaus Schoß zu lehnen. Beaus Atem stockte, als sich Rorys Hand locker um seine Schwanzwurzel legte, dann gab es eine leichte, weiche Berührung, Rorys Lippen strichen über seine Schwanzspitze.

Beau legte eine Hand auf Rorys Schulter und ballte die andere in den Laken zur Faust, erlaubte sich keine Ungeduld. Rory bewegte sich mit träger Leichtigkeit, leckte und schmeckte, streichelte hin und wieder Beaus Schwanz. Es gab keinen Rhythmus, keine Eile, aber jede Berührung ging Beau tiefer unter die Haut, Lust flammte in ihm auf, seine Eier zogen sich zusammen, als sein Puls in seinem Schwanz hämmerte.

„Baby", keuchte er schließlich, das Wort kam abgerissen über seine Lippen. Rory hob den Kopf und lächelte Beau wissend und zufrieden an. Es raubte Beau den Atem, als er diesen neckenden Blick auffing und wusste, dass Rory mit ihm gespielt hatte. „Ror…" Weiter kam er nicht, weil Rory seinen Kopf erneut senkte und Beaus Eichel in den Mund nahm. Beau verstärkte seinen Griff an Rorys Schulter und schnappte nach Luft, als diese heiße, nasse Enge die empfindlichsten Stellen an seinem Schwanz bearbeitete, während ihn Rorys Hand in gleichmäßigen Bewegungen, die schneller und schneller wurden, massierte. Beau japste nach Luft und stöhnte. „Fuck, fuck, Baby, so … so gut, oh, fuck …"

Rory zuckte zurück, als Beau kam, beide Hände bewegten sich allerdings weiter an Beaus Schwanz, bis er über Rorys Lippen kam und ihm mitten ins Gesicht spritzte.

Ihn markierte.

Es fühlte sich so gut an, so richtig, dass Beau nicht einmal zu Atem gekommen war, bevor ihm aufging, dass es das war, was er nicht haben konnte. Nicht wirklich – keine bleibende Markierung, egal wie sehr er danach hungerte, wie sehr seine Zähne sich verlängern wollten und in seinem Mund juckten, wie sie es seit Jahren nicht mehr getan hatten. Die blasse Haut an Rorys Kehle schien im Mondlicht zu leuchten, bettelte um ein dauerhaftes Zeichen, eine Bindung.

Er schüttelte den Kopf und verlagerte seinen Griff um Rorys Schulter, zog ihn hoch, damit er sich auf Beaus Knie setzen konnte, während Beau ihn küsste, sich selbst auf Rorys Lippen schmeckte und die Beweise wegleckte, die er auf Rorys Gesicht hinterlassen hatte.

„Gott, Baby, das war … ich habe dir nicht wehgetan? Es war nicht zu viel?"

Es lag nichts als Lust und ein gewisser Triumph in Rorys Geruch und der leichten Bewegung seines Körpers. Er schlang seine Arme um Beaus Hals und hob sein Gesicht, damit Beau ihn küssen und sauber lecken konnte. „Mir geht es sehr gut, Beau. Es geht mir gut. Besser als gut."

Beaus Hand, die auf Rorys Hüfte lag, drückte leicht zu. „Bist du sicher, dass ich nicht …"

Rory schüttelte den Kopf. „Es war gut, es war so gut. Wenn du mich gezwungen hättest, hätte ich vielleicht auch etwas davon gehabt, aber das war …"

Beau konnte nicht länger widerstehen, drückte Rory auf das Bett und setzte sich auf ihn. Sein Gesicht war sauber, aber Beau fuhr damit fort, seine Kehle entlang zu küssen und zu lecken, über seine Schlüsselbeine, er saugte und schmeckte jeden Zentimeter auf seinem Weg, aber er biss nicht zu und verweilte auch nicht an einer Stelle, um wenigstens ein temporäres Zeichen zu setzen. Rory kicherte und wand sich unter ihm, aber er versuchte nicht zu entkommen – er nahm auch keine Abwehrhaltung ein. Beau verfolgte seinen Weg nach unten weiter, küsste über Rorys Rippen, über die Senke seines Bauches, hinunter zu dem spärlichen Fleck dunkelblonder Haare und Rorys Schwanz.

Diesmal war er nicht hart, nur ein klein wenig geschwollen und gerötet, die Spitze zeigte ein wenig schräg nach oben. Beau sah hoch und entdeckte, dass sich Rory auf die Lippe biss – vielleicht war er nervös, aber nicht ängstlich, nicht widerstrebend. Beau küsste den kurzen

Weg nach unten weiter und Rorys Beine spreizten sich weiter, ein leises Stöhnen entkam ihm zittrig. Beau nahm Rory in den Mund, und obwohl er nicht steif war, war er weit davon entfernt, schlaff zu sein. Beau saugte und leckte die heiße kurze Länge, sie zuckte auf seiner Zunge und entlockte Rory Stöhnen und Keuchen.

Trotzdem wurde er nicht hart, und Beau wusste, er konnte seinen Omega auf diese Weise nicht zum Abschluss bringen. Deshalb entließ er Rory aus seinem Mund und rutschte tiefer, näher an den berauschenden Duft von Rorys Nässe, vermischt mit seinem eigenen Erguss. Er leckte über Rorys Loch, nass und weich, und es öffnete sich bereitwillig für ihn, der kleine Muskelring bot keinerlei Widerstand mehr, war nach dem letzten Mal immer noch bereit.

Dort vergrub Beau sein Gesicht, zwischen Rorys Schenkeln, leckte und saugte, bis Rory seine Lust laut herausschrie, seine Füße auf Beaus Schultern standen und seine Hüften sich vom Bett hoben. Beau ließ zwei Finger in ihn gleiten und benutzte seinen Mund stattdessen an Rorys empfindlichen Damm und seinem halbharten Schwanz. Er drückte seine Finger gegen die empfindlichen Stellen in Rorys Innerem, und Rorys Schwanz begann zu spritzen, nasse kleine Samentropfen schossen heraus, obwohl er noch immer nicht hart war. Beau machte weiter, bis Rory seinen Höhepunkt zu haben schien, er bog den Rücken durch, rieb sich an Beaus Fingern und in seinem Mund und fiel schließlich matt auf das Bett und keuchte.

Seine Augen waren kaum noch geöffnet, als sich Beau neben ihn legte und an sich zog, aber sein Mund war zu einem Lächeln verzogen. Beau küsste die geöffneten Lippen und steckte ein Knie zwischen Rorys Schenkel, seine Hand streichelte Rorys Rücken und über die kleine Kurve seines Hinterns, bis Rory einschlief.

Beau blieb neben ihm liegen, hielt ihn einfach fest. Niemand, nicht einmal er, durfte seinen Omega stören, wenn er derart zufrieden schlief und darauf vertraute, von seinem Alpha beschützt zu werden.

***

Rory schlummerte immer noch, als Beau spürte, wie er selbst wieder hart wurde und seine Erregung sich zu etwas aufbaute, das er nicht ignorieren konnte, nur von der Nähe seines Partners und der Dringlichkeit, mit der der Mond in seinem Blut hämmerte. Trotzdem versuchte er es für eine Weile, oder hielt sich wenigstens still, während er unfähig war, an etwas anderes zu denken als daran, wie verdammt hart er war. Er drehte sich Stück für Stück um, bis er auf dem Rücken lag, einen Arm nach wie vor um Rory geschlungen, ein Bein immer noch zwischen Rorys Schenkeln.

Er schloss seine freie Hand um seinen Schwanz und schaffte es nur halbwegs, sein Stöhnen der Erleichterung zu unterdrücken.

Rory regte sich neben ihm, gab einen schläfrigen, neugierigen Laut von sich, während er näher an Beau heran rutschte. Er legte seinen Kopf auf Beaus Schulter, einen Arm über seine Brust, und seine Beine verknoteten sich mit Beaus. Einer von Rorys Schenkeln befand sich aufreizend nah an Beaus Schwanz. Beau festigte seinen Griff, rieb seine Nase gegen Rorys kurze Haare und gab die sanftesten, beruhigendsten Geräusche von sich, damit Rory wieder einschlief.

Als Rorys Atemzüge wieder gleichmäßig waren, sein Körper entspannt und warm halb über ihm lag, wagte Beau, seine Hand weiter zu bewegen und sich schmerzhaft langsam einen runterzuholen.

Er hatte kaum einen Rhythmus gefunden, als Rory den nächsten Laut von sich gab und sein Arm über Beaus Brust nach unten rutschte, seine Hand fand Beaus, seine Finger verwoben sich mit Beaus Fingern, legten sich eng um Beaus Schwanz.

Beau konnte nicht anders, als bei der Berührung aufzustöhnen, weil es sich so viel besser anfühlte, Rorys Finger auf sich zu spüren als nur die eigenen. Dann schloss er die Augen, hielt sich absolut still und sagte: „Baby? Bist du wach?"

„Mm hm", murmelte Rory und kuschelte sich an seine Brust, ohne wirklich wacher zu wirken.

„Dann sag mir meinen Namen, Baby. Sag mir, dass du weißt, wo du bist."

Rory machte ein kleines, amüsiertes „Tsk", das Beau dazu brachte, die Augen wieder zu öffnen und gerade noch rechtzeitig nach unten zu schauen, um zu sehen, dass Rorys Gesicht nach oben gerichtet war. Ein grünes Auge war eben weit genug geöffnet, um Rory etwas durch seine Wimpern hindurch sehen zu lassen. „Wer sonst würde versuchen, mich schlafen zu lassen, wenn er ficken will? Mein Ehemann. Beau."

„Rory", sagte Beau hilflos. Er musste sich zu ihm hinunterbeugen und ihn so zärtlich küssen, als ob sogar der Druck seiner Lippen einen blauen Fleck hinterlassen könnte. Rory erlaubte das für einen Moment, dann schmiegte er sich wieder an Beau und spannte seine Finger um Beaus herum an, die immer noch seinen Schwanz umschlossen.

Beau stöhnte und bewegte seine eigene Hand, verschränkt mit Rorys, und gab sich den Empfindungen, der Lust hin, etwas Ruhigem diesmal, zart, weich wie das Mondlicht bei anbrechendem Morgen, wenn der jüngste und kleinste des Rudels nicht mehr durchhielt. Das Gefühl wuchs und wuchs, herrlich langsam, aber er erwischte sich dabei, wie er beim Höhepunkt nach Luft schnappte, weil er diesen Abschluss ebenso brauchte wie die anderen zuvor.

Rory drückte einen Kuss über sein Herz und gab Beaus Hand frei, um ihn selbst zu massieren. Beau japste, seine Hüften schnellten nach oben, sein Schwanz ergoss sich wieder über ihre beiden Hände.

Einen Augenblick lag Beau still und versuchte, zu Atem zu kommen, und plötzlich fiel ihm ein, dass er noch nie so einen Vollmond gehabt hatte und dass er sich erinnerte, wie sich andere Alphas in der hellsten Nacht des Monats ebenso verhalten hatten. Diejenigen, deren Partner schwanger waren oder vor Kurzem geboren hatten, machten bei der Jagd nicht mit, gingen aber auch nicht in eine der isolierten Hütten, die für Omegas in der Hitze reserviert waren. Sie blieben zu Hause, in der Nähe der Häuser, kümmerten sich um das Lagerfeuer und die kleinsten Kinder und warteten vor allem auf ihre Gefährten.

Ab und zu ging ein Paar ein Stück in den Wald oder in ihre Häuser, ein offensichtliches Signal dafür, dass sie außen vor bleiben wollten. Und wenn sie zurückkamen, rochen sie nach ... na ja, nach Partnern, die gerade eine private Zeit miteinander verbracht hatten. Aber der Mond schien sanft auf sie und wusste, dass sie eine unbeschwertere Zeit brauchten, als durch den Wald zu rennen oder die Wildheit der Hitze zu durchleben – wie er jetzt auf ihn und Rory schien und wusste, dass sie noch nicht zu mehr bereit waren.

Rory machte ein selbstgefälliges, zufriedenes Geräusch, hob seine Hand an die Lippen und fing an, seine Finger sauber zu lecken, und sämtliche Erinnerungen an die Vollmonde seiner Kindheit verblassten in Beaus Kopf. Er ergriff Rorys Hand, saugte zwei von Rorys Fingern in seinen Mund und schmeckte sich an ihnen.

Rory öffnete beide Augen – immer noch mit schweren Lidern und nur halb wach –, nahm zwei von Beaus Fingern zwischen die Lippen und reinigte sie mit der Zunge. Beau musste seine Augen schließen, saugte jedoch immer noch an Rorys Fingern.

Er konnte kaum den Mond dafür verantwortlich machen, was er heute Abend wollte, wie es schien. Aber zumindest konnte er sicher sein, dass er nicht zu weit gehen und Rorys Vertrauen missbrauchen würde. Und Rory schien es nicht zu stören, als Beau damit fertig war, seine Hand zu säubern, und stattdessen Rorys Mund zum Küssen fand.

„Brauchst du noch mehr Schlaf, Baby?", murmelte Beau zwischen zwei Küssen. „Soll ich dich für eine Weile alleine lassen?"

Rory küsste ihn lediglich und kuschelte sich enger an ihn, und das war Antwort genug für jetzt.

Kapitel 22

Rory erwachte mit einem warmen und sicheren Gefühl und immer noch köstlich müde, war aber trotzdem bereit, für einen Snack und etwas zu trinken, aus dem Bett zu schlüpfen, anschließend kletterte er wieder unter die Decke, um den Tag zu verschlafen.

Es war der Morgen nach Vollmond, das er wusste ohne den Hauch eines Zweifels, obwohl er niemals nach einem Vollmond aufgewacht war und sich so gefühlt hatte. Sein Partner lag um ihn herum gerollt, hielt ihn in seinen starken Armen und wärmte ihn und …

Beau war bereits wach, begriff Rory, als seine eigene Schläfrigkeit verging. Beaus Hand lag locker auf seinem Bauch, die Fingerspitzen streichelten in einem Rhythmus hin und her, der zart, aber nicht träge war.

Rory schloss die Augen. Er wollte nicht wissen, was das bedeutete, wollte *darüber* nicht nachdenken, weil der Morgen so ruhig und gut war, aber … wer wusste, was Beau nach der letzten Nacht dachte? Rory konnte sich nicht vor ihm verstecken, nicht mehr. Nicht wenn … nicht jetzt.

„Kannst du es spüren?", fragte Rory leise.

Beaus Lippen berührten den Übergang von seinem Hals zur Schulter, seine Finger lagen weiterhin auf Rorys Bauch.

„Wo … wo ich zerbrochen bin", sagte Rory, zwang die Worte förmlich aus seinem Mund. Er hatte es Beau ganz am Anfang gesagt, aber danach hatten sie nie wieder darüber gesprochen. „Kannst du es mir sagen?"

Beaus Atem war, als er ihn ausstieß, erst warm und dann kühl auf Rorys Haut. Deshalb erschauerte Rory.

Beau nahm seine Hand von Rorys Bauch und fand eine Decke, die sie aus irgendeinem Grund nicht vollkommen vom Bett getreten hatten, und zog sie über sie beide. Erst als sie zugedeckt waren, rutschte er leicht von Rory weg und zwang ihn somit auf zärtliche Weise, sich umzudrehen und ihn anzusehen.

Rory drehte sich so, wie Beau es wollte, aber er konnte nicht von sich aus in Beaus Augen sehen. Er konnte den Blick seines Ehemanns auf sich spüren, so warm und zart und ruhig wie Beaus Hände.

„Das ist nichts, in dem ich Übung hätte", erwiderte Beau weich. „Ich bin keine Hebamme. Ich weiß die Dinge nicht, die eine Hebamme weiß, was für einen Omega normal oder abnormal ist. Es besteht ein leichter Unterschied zu Menschen, und ... all die Unterschiede sind Kleinigkeiten, verglichen damit. Aber ... nichts fühlt sich wirklich ersichtlich gebrochen an. Für mich zumindest."

Nun musste Rory aufblicken und in Beaus Augen schauen. Seine eigenen fühlten sich geweitet an, er wusste nicht, was er von der Vorsicht in Beaus Stimme halten sollte, der Möglichkeit, die Beau andeutete.

„Ich weiß es nicht", wiederholte Beau sanft. „Aber du solltest ohnehin bald eine Hebamme aufsuchen. Ich verspreche dir, wir werden eine finden, wenn du wieder gesund bist. Ich wette mit dir, dass du dich nächsten Monat sogar noch besser fühlen wirst als jetzt, also solltest du das noch aufschieben."

Rory schloss die Augen wieder. Hemmer. Gift. Aber auf der anderen Seite: keine Hitze. Keine dieser Gefahren, keine dieser Ängste, kein Gefühl, verloren und außer Kontrolle zu sein, der Gnade seines Alphas ausgeliefert ...

Keine Vollmondnacht mit Beau, in der er mehr als ein oder zweimal ficken und schläfrig Hand anlegen konnte, wenn Beau wieder geil war. Keine Chance herauszufinden, ob eine Hitze auch gut sein könnte, wenn sie mit Beau stattfand, auf die Art wie letzte Nacht.

Und er würde zu einer Hebamme gehen müssen. Beau würde ihm nicht einfach die Hemmer besorgen, ohne dass Rory zuvor eine Hebamme konsultierte. Beau würde das nicht für sicher halten. Vielleicht war es auch nicht sicher. Also musste Rory einer Hebamme erzählen, wie und warum er gebrochen worden war, sie ihn untersuchen lassen, sie möglicherweise sogar Dinge in ihn stecken und sie schließlich ihr Urteil fällen lassen.

Er zitterte, Beaus Arme legten sich fest um ihn. Beau drückte Küsse auf seinen Kopf und murmelte dazwischen: „Schhhh, Baby, es ist okay, ich halte dich. Du bist in Sicherheit, du bist in Sicherheit, ich werde nicht zulassen, dass dich jemals wieder jemand verletzt."

„Es war", Rory rang nach Atem, klammerte sich an Beau und versuchte sich nicht daran zu erinnern, wie er mit dem Hintern nach oben über dem Rand der Badewanne lag, harte Hände ihn festhielten und andere Hände sich in ihn pressten. „Es war eine Hebamme. Die es getan hat. Mich gebrochen hat. Nicht geheilt, gebrochen. Was auch immer sie taten, sie – sie wussten, was sie taten. Sie sagten, ich kann nicht, ich würde nicht …"

Er roch Wut und versuchte sich zu entspannen. Es würde weniger wehtun, wenn er sich nur entspannte und keine Möglichkeit hatte, sich zu wehren – er lag mit dem Rücken auf der Matratze. Beau hielt ihn nicht an Ort und Stelle fest, sondern stützte sich schützend über ihm ab und verteilte sanfte Küsse auf seinen Wangen und der Stirn.

Rory weinte. Er wusste nicht, wie lange schon.

„Das ist … Rory, es tut mir so leid. Das war … das ist gegen alles, was ein Mediziner tun sollte, so … so etwas gegen deinen Willen zu tun."

„Er sagte", Rory verschluckte ein Schluchzen und versuchte die Worte auszusprechen. „Martin. Nannte es. Mich heilen. Aber ich *war nicht gebrochen*, sie *haben mich gebrochen*. Er war mein Alpha, er sagte, es sei seine Entscheidung. Aber wir waren nicht verbunden, wir waren nicht verheiratet, er hatte kein Recht dazu. Ich versuchte es ihr zu sagen, ich habe es versucht, aber er wollte nicht … und sie wollte nicht … und sie sagte, es sei ohnehin das Beste, sagte, ich sollte nicht schwanger werden, nur um … um …" Rory schluchzte erneut, erinnerte sich an den matten, unfreundlichen Blick der Hebamme und an Martin, der sich freute. Das Halsband lag bereits um seinen Hals und verhinderte, dass er sich bewegte. Wenn er sich verwandeln könnte, morgens und abends vom Voll- bis zum leeren Mond, wie es ihm beigebracht worden war, hätte er sich keine Sorgen machen müssen, schwanger zu werden. Aber er hatte angefangen, jeweils für ein paar Tage seine Wolfsform anzunehmen, weil er versuchte, seine Hitzen zu vermeiden, Martins Partys mit seinen Freunden, ihren Händen und Schwänzen zu vermeiden.

Martin hatte das amüsant gefunden, bis Rory anfing, sich gegen die Hitze einleitenden Drogen mit Klauen und Zähnen zu wehren, und dann hatte er entschieden, das Problem zu lösen. Dauerhaft. Ein Halsband, dann die Hebamme, und Rory konnte den Hitzen nicht durch eine Schwangerschaft entgehen. Niemals.

Rory erinnerte sich bei dem frisch abnehmenden Mond auch an die erste Hebamme, die er je getroffen hatte, damals als er dreizehn gewesen war. Diejenige, die in ihr Haus in Waukesha gekommen war, in sein Schlafzimmer gekommen war und ihm gesagt hatte, er solle sich *entspannen*, ihm gesagt hatte, sie müsste nur *nachsehen*: Rory hatte versucht, brav und leise zu sein, wie seine Eltern es wollten, aber er war nicht in der Lage gewesen, sich selbst zu helfen, und es hatte keinen Unterschied gemacht.

Die Hebamme bestätigte, dass Rory ein Omega war und hatte Rory mitgenommen. Rory hatte seinen Bruder oder seine Schwester nie wieder gesehen, sein Vater war plötzlich nicht mehr sein Vater, und alles hatte damit begonnen, dass diese Hebamme ihm gesagt hatte, er solle die Beine spreizen und ruhig sein.

Er weinte jetzt nicht nur, erkannte Rory. Er schrie jetzt, jammerte in Beaus Schulter.

Beau berührte ihn kaum, ließ ihn sich festhalten, aber Rory konnte nicht aufhören.

„Nicht", schluchzte Rory. „Schick mich nicht weg, bitte, bitte, lass nicht zu, dass ich weg muss, schick mich nicht zu der Hebamme ..."

Bitte behalte mich. Bitte lass mich gut genug sein, um behalten zu werden.

Beaus Arme schlangen sich um ihn, hielten ihn fest und wiegten ihn wie ein Kind, und er erinnerte sich an den Traum, den er gehabt hatte, als er die Hitzehemmer absetzte, in dem er gebettelt hatte, nach Hause zu gehen. In dem er um seine Hemmer gebettelt hatte und so festgehalten und beruhigt worden war wie jetzt.

„Ich halte dich, Baby, ich werde dich nicht gehen lassen. Ich werde dich nirgendwohin schicken. Ich werde bei dir bleiben, ich werde nicht zulassen, dass dich jemand verletzt. Ich werde niemanden etwas tun lassen, was du nicht willst, nie wieder. Ich verspreche es, Rory. Ich verspreche es."

„Noch nicht", bettelte Rory an Beaus Schulter, die Worte ein verstümmeltes Durcheinander. „Noch nicht, bring mich noch nicht dorthin."

„Noch nicht", wiederholte Beau leise. „Noch nicht, Baby, und nicht allein. Ich verspreche es."

***

Beau hielt ihm Essen an die Lippen und Rory aß. Beau hielt ihm Wasser an die Lippen und er trank. Beau trug ihn in die Dusche – nicht in die riesige neben Rorys Zimmer, sondern in die im Flur, gegenüber von Beaus Zimmer – und fing an, ihn zu waschen, und Rory musste akzeptieren, wach zu sein. Das Leben ging weiter und *noch nicht* kam mit jedem Atemzug, den er machte, näher.

Beau fuhr mit einem seifigen Waschlappen über seinen Bauch, schrubbte ein wenig, um ihn sauber zu bekommen, und Rory sagte: „Muss ich?"

Beau hielt inne und sah ihn an. „Ich werde dich zu nichts zwingen, Baby, aber ich glaube nicht, dass dir eine auch nur entfernt vertrauenswürdige Hebamme die Hitzeblocker verschreibt, ohne dich zumindest persönlich zu sehen. Und ich glaube, wenn man bedenkt, was diese andere Hebamme getan hat, wäre es gut, wenn dich jemand untersucht. Wenn du dazu bereit bist."

Rory sah an sich hinab, als gäbe es ein sichtbares Zeichen, aber das hatte es nie gegeben. Beaus Hand, Waschlappen und alles, rutschte tiefer. Beau hatte ihn zuvor forschend berührt und gesagt, dass er in Rory keine Zerbrochenheit spüren konnte. Als ob er dachte, dass Rory vielleicht nicht …

„Denkst du … aber ich habe nie. Ich habe nie – ich trug fast zwei Jahre lang dieses Halsband, ich konnte mich nicht verwandeln, um sicherzugehen, dass ich nicht empfange, und ich wurde nie schwanger. Nicht ein einziges Mal, nicht einmal ein Hauch von …"

Beaus Lippen teilten sich, und Rory konnte nicht anders als herauszuplatzen: „Und es ist nicht so, als wäre ich nicht genug gefickt worden."

Beau zuckte ein wenig zusammen, aber seine Stimme war ruhig und gelassen, als er sagte: „Ich weiß, Baby, ich weiß. Aber … es ist schwer, einem Werwolf etwas tatsächlich Dauerhaftes anzutun, das nicht wirklich, wirklich offensichtlich ist." Er blickte auf und begegnete Rorys Augen in stiller Frage. War es etwas Offensichtliches?

Rory schüttelte langsam den Kopf. Das war in gewisser Weise das Schlimmste daran gewesen, die Tatsache, dass – abgesehen von dem Gefühl der Erschütterung über das, was die Hebamme und Martin ihm sagten und Martin immer wieder darüber sprach, was für eine tolle Sache es war, dass Rory geheilt worden war – es auch gar nichts hätte sein können. Es hatte nur diese eine Nacht lang wehgetan und am Tag danach noch ein bisschen.

Aber es war nicht nichts. Es war alles.

Beau senkte den Blick. „Vielleicht wissen Hebammen etwas, das ich nicht weiß. Ich bin mir sicher, dass Hebammen *viele* Dinge wissen, die ich nicht weiß. Aber vielleicht ist etwas verletzt, das ... geheilt werden könnte."

Nicht *repariert*. Er war froh, dass Beau dieses Wort nicht benutzte, auch wenn es der richtige Ausdruck war.

Rory drückte seine Finger in seinen eigenen Bauch, versuchte es sich vorzustellen. Wenn es nicht für immer war, wenn es eine Heilung gab ...

Wenn es Heilung gab, würde Beau sie für ihn finden. Wenn es Heilung gab, könnte Rory Kinder bekommen, die sicher und geliebt aufwuchsen und nie fortgeschickt wurden. Er konnte ein richtiger Partner sein für ... irgendwen.

Für Beau? Könnte Rory dann gut genug für ihn sein? Könnte er wirklich bleiben, nicht nur für drei Jahre, sondern für immer?

Das wollte er, und während er hier stand, Beaus Hand mit dem Waschlappen ansah, das Wasser noch warm auf sie niederprasselte, wurde ihm klar, dass es nicht viel gab, was er nicht für diese Chance tun würde.

„Okay", sagte Rory kaum lauter als das plätschernde Wasser, aber er sah, dass Beau ihn hörte. Beau lächelte ihn verhalten an und fuhr dann fort, ihn zu waschen. Rory schloss die Augen und ließ ihn machen.

„Ich könnte die Rudel hier in der Gegend kontaktieren", sagte Beau ruhig, während er die Arme ausstreckte, um Rorys Rücken sauber zu machen. „Die Nachbarn sind ... welches Rudel?"

„Niemi", antwortete Rory und lehnte sich an Beau. „Du musst das nicht machen. Ich werde mit Jennifer reden und schauen, wann … wann wir uns mit der Hebamme treffen können."

Beaus Arm legte sich um ihn, aber er sagte nur: „Mein Dienstplan hängt am Kühlschrank. Lass mich einfach wissen, wann, okay?"

Rory nickte gegen seine Brust und ließ Beau weitermachen, ihn zu waschen. Er sparte sich seine eigene Kraft für etwas sehr, sehr viel Schwereres auf.

***

An diesem Tag und der folgenden Nacht sprach Beau das Thema nicht mehr an, da sie sowieso die meiste Zeit verschliefen und sich von der Mondnacht erholten. Beau schlug nicht vor, dass Rory in dieser Nacht in sein eigenes Zimmer zurückkehrte, und Rory regte nicht an, die Laken zu wechseln. Sie kuschelten sich im Durcheinander ihrer geteilten Gerüche aneinander, tauschten ein paar schläfrige Küsse, ehe sie gemeinsam einschliefen.

Am nächsten Tag, nachdem Beau zur Arbeit gefahren war, wartete Rory bis zum Vormittag – bis die Hektik, Kinder zu füttern, anzuziehen und sich mit ihren morgendlichen Beschäftigungen auseinanderzusetzen, größtenteils vorbei war – und rief dann Jennifer an.

Theoretisch hätte er nur über die Straße gehen brauchen, aber auf diese Weise konnte niemand sehen, wie er sich um das Kissen herum zusammenrollte, das Beaus Geruch am stärksten trug.

„Roland!", sagte Jennifer, sobald sie das Telefon abhob. „Hi, wie gehts? Hattet ihr einen schönen Vollmond?"

Rory holte vorsichtig Luft. Die Hintergrundgeräusche an ihrem Ende der Leitung waren nicht laut – keines der Kinder war zu nahe oder machte etwas Lautes.

„Du sagtest, dein Rudel", begann Rory, zögerte dann aber.

Jennifer schwieg, wartete auf ihn.

„Ich brauche einen Termin bei einer Hebamme", sagte Rory schließlich, und als die Worte aus seinem Mund kamen, wurde ihm klar, wie das klingen mochte, und wie Jennifer ihn und Beau vor dem Vollmond angesehen hatte. Aber sie hörte mehr die Art, wie er das sagte, als die Worte.

„Ich werde sie anrufen, sobald wir unser Gespräch beendet haben", erwiderte Jennifer eintönig, ohne einen Hauch von Glückwünschen oder Mitgefühl. „Du wirst vielleicht das Rudelland für den Termin nicht betreten wollen, aber ich wette, sie könnte einen Hausbesuch machen – du könntest rüberkommen, um mit ihr zu reden, oder ich bringe sie zu dir nach Hause und stelle dich ihr vor?"

„Ich", Rory schloss die Augen. „Wenn du sie herbringen könntest. Wenn mein Mann daheim ist. Nach … sieben, etwa? Jeden Abend diese Woche."

Kurz herrschte Stille, dann sagte Jennifer: „Roland, du – wenn du einen Termin bei einer Hebamme willst, ohne …"

Rory lachte unkontrolliert auf und presste sich eine Hand auf den Mund, um sich zu stoppen. „Nein. Danke dir. Aber nein. Beau ist hier nicht das Problem, glaub mir. Ich könnte das ohne ihn gar nicht machen. Ich will es nicht."

„Okay", erwiderte Jennifer ein bisschen weniger vorsichtig. „Okay, ich werde … sehen, was wir tun können, und lasse es dich so schnell wie möglich wissen."

„Danke", sagte Rory und dachte nicht daran, noch etwas hinzuzufügen, ehe er das Gespräch beendete.

∗∗∗

Anschließend war alles, was er noch machen konnte, Susan einige SMS zu schicken – und ein Selfie, das ihn zusammengerollt in der sichtlichen Unordnung von Beaus

Bett zeigte – um ihr zu versichern, dass die Vollmondnacht für ihn wirklich gut verlaufen war. Sie sandte Ermutigungen zurück und ein paar indirekt unanständige Emojis, und Rory vergrub sich in den Kissen, um ein Nickerchen zu halten, bis sein Handy das nächste Mal bei einem Nachrichteneingang summte.

Eine Nachricht von Jennifer: *Heute Abend, 7:30, okay? Ich werde Casey rüber bringen.*

Er schickte ihr einen Daumen-hoch-Smiley, dann schrieb er Beau: *Heute Abend, 7:30.*

Die Antwort kam nicht sofort – natürlich nicht, Beau befand sich mitten in der Visite oder sonst was. Er stand auf und zog sich an, machte das Bett, bezog es aber immer noch nicht neu, und lag mit einem Buch auf der Couch, als sein Telefon endlich wieder summte. *Ich werde da sein, Baby.*

Er grinste, fühlte sich törichterweise überall ganz warm. Er widerstand dem Drang, einen Screenshot der Nachricht zu machen, und steckte das Handy unter seine Hüfte, bevor er sich wieder seinem Buch zuwandte.

***

Beau kam kurz nach sechs Uhr nach Hause, und das Erste, was er tat, war Rory in die Arme zu nehmen und ihn festzuhalten. Rory klammerte sich für die Dauer einiger Atemzüge an ihn, erinnerte sich jedoch schließlich daran zu sagen: „Dinner?"

„Okay", antwortete Beau, hielt ihn für eine weitere Minute fest, küsste ihn dann auf den Scheitel und ging Hand in Hand mit ihm in die Küche.

Während des Essens unterhielten sie sich kaum, ebenso beim anschließenden Abwaschen, und als sie sich auf der Couch im Wohnzimmer zusammenrollten – mit Blick auf die Haustür – konnte keiner von ihnen weiter so tun, als würden sie etwas anderes machen, als zu warten. Rory ver-

275

barg sein Gesicht an Beau und atmete seinen Alpha-Geruch ein. Sicher. Er war sicher. Diese Hebamme würde nicht wie die andere sein, diese gehörte einem ordentlichen Rudel an.

Und er hatte Beau an seiner Seite, und Beau war nicht wie Martin.

Er hörte die Schritte, sobald sie die Auffahrt erreicht hatten, und zuckte trotzdem zusammen, erstarrte, als es an der Tür klopfte.

Beau drückte ihn fest und küsste ihn auf den Kopf. „Soll ich aufmachen?"

Rory wusste genau, was Jennifer *darüber* denken würde. Er schüttelte den Kopf und löste sich von Beau, zwang sich, zur Tür zu gehen. Auf der anderen Seite waren zwei Herzschläge zu vernehmen. Zwei Werwölfe. Jennifer und die Hebamme.

Rory öffnete die Tür und erstarrte, als er sah, dass die Hebamme ein männlicher Omega war, in etwa sein Alter und nicht viel größer. Er trug Jeans und ein T-Shirt, das seine blanke Kehle ohne Anzeichen eines Partnerbisses erkennen ließ. Er trug abgetragene, aber saubere Sneakers an den Füßen, hatte einen dunklen Wuschelkopf und verblüffend strahlend blaue Augen.

„Roland", sagte Jennifer, und nach einem Blick über seine Schulter fügte sie an: „Beau, das ist Casey Niemi, von dem ich euch erzählt habe."

„Hi", brachte Rory heraus, verfranste sich zwischen Angst und keiner Angst, und war zum größten Teil verwirrt.

„Danke, dass ihr beide gekommen seid", fügte Beau an. „Bitte, kommt herein."

Jennifer betrachtete Rory forschend, und Rory senkte den Kopf und nickte leicht. *Es geht mir gut.*

„Eigentlich muss ich zurück zu den Kindern", sagte Jennifer und machte einen halben Schritt zurück. „Sehen wir uns später, Case?"

Casey hatte Rory mit einem langsam tiefer werdenden Stirnrunzeln gemustert, aber beim Klang seines Namens wanderte sein Fokus zurück zu seinem Rudelmitglied, und er nickte rasch. „Ja. Danke, Jen."

„Kein Problem", antwortete Jennifer und drehte sich entschieden um.

Rory trat zurück, um Casey hereinzulassen, und stolperte nicht zufällig gegen Beau. Beaus Arm legte sich um ihn, während Casey hereinkam und die Tür hinter sich schloss. Die letzten vergrabenen Fragmente von Manieren ließen Rory sagen: „Kann ich dir etwas zu trinken anbieten, Casey?"

„Ein Glas Wasser wäre nett", stimmte Casey zu, ohne ein Zeichen erkennen zu lassen, dass er es seltsam fand, sich nach wie vor kaum im Inneren des Hauses zu befinden.

Rory nickte und Beau drehte sich leicht um, damit er zwischen Casey und Rory stand, wenn Rory sich abwandte. Rory machte sich auf den Weg in die Küche und hörte aufmerksam zu, als Beau Casey hereinbat und zum Küchentisch begleitete. Er goss drei Gläser Wasser ein und Beau kam, um sie zum Tisch zu bringen, und überließ es Rory, einen Teller mit Keksen mitzubringen.

Beau stellte zwei Gläser nebeneinander vor die Stühle, die Caseys Platz gegenüberstanden. Casey lächelte leicht, sein Blick wanderte zwischen ihnen hin und her.

Als sie sich beide ihm gegenüber gesetzt hatten und Beau Rorys Hand festhielt, sagte Casey: „Also ... willkommen in Minnesota. Ich habe gehört, keiner von Ihnen ist auf der Suche nach einem wirklichen Platz im Rudel, aber Sie brauchen jemanden mit meinem Fachwissen? Ich weiß, ich sehe jung aus, aber ich verspreche Ihnen, dass ich richtig ausgebildet bin. Ich habe früh damit begonnen."

Rory nickte, Beau an seiner Seite ebenso. Casey trank einen Schluck Wasser und studierte sie noch einen Moment nachdenklich, bevor sich sein Blick auf Rory konzentrierte. Plötzlich war es, als wäre Beau für ihn unsichtbar geworden, sein Fokus war vollkommen ungeteilt.

„Sie wissen, dass wir normalerweise nicht so arbeiten – Hebammen, meine ich. Normalerweise ist das eine Omega-Angelegenheit, nicht die von Alphas, die sich dazwischendrängen."

An seiner Seite spannte sich Beau ein wenig an und schluckte etwas in der Art, was Rory für sie beide aussprach. „Nun, wenn alle Hebammen so arbeiten würden, bräuchte ich dich nicht zu treffen."

Caseys Augen weiteten sich leicht, er lehnte sich auf seinem Stuhl zurück und legte beide Hände auf die Tischkante. „Ah. Ich verstehe. Dann tut es mir leid um die Erfahrungen, die du bisher mit Hebammen gemacht hast. Willst du mir davon erzählen?"

Rory hatte sich gefragt, so weit er überhaupt in der Lage war, über das alles nachzudenken, wie er seine ganze Geschichte erklären sollte. Aber die Art, wie Casey fragte, machte es beinahe einfach.

„Eine Hebamme hat mir etwas angetan", sagte Rory. „Ich weiß nicht genau, was. Es ist ungefähr zwei Jahre her, dass mein Alpha – mein Ex-Alpha, nicht Beau – etwas von ihr verlangte. Sie machte, dass ich nicht schwanger werden kann. Niemals."

Ein Anfall von Wut rauschte durch Casey wie eine Welle durch Wasser. Rory konnte es sehen, es riechen, es hören, wenn auch nur für eine Sekunde. Dann schloss Casey die Augen, umklammerte einen Moment die Tischkante fester. Und genau wie diese Welle, die am Strand brach, war es vorbei, als Casey seine leuchtend blauen Augen wieder öffnete.

„Es tut mir sehr, sehr leid", sagte Casey leise. „Seitdem warst du bei keiner Hebamme mehr?"

Rory schüttelte den Kopf und zuckte die Schultern. „Ich war eine Weile in einem Asyl für Omegas in Chicago. Da gab es eine Hebamme, aber ich habe ihr nicht erzählt, was passiert ist, sondern nur um eine Salbe gebeten für ..." Rory berührte seine Kehle. Casey presste die Lippen aufeinander, dann entspannte er sich, seine Ruhe kehrte diesmal schneller zurück. „Ich habe nicht ... ich wollte nicht, dass es jemand erfährt. Was mit mir los war. Dass ich gebrochen war."

Beaus Hand schloss sich fester um seine.

„Davor", sagte Rory, die Worte sprudelten plötzlich über seine Zunge, obwohl er eigentlich gar nicht darüber sprechen wollte. Es war etwas an der Art, wie Casey einfach zuhörte, die Dinge einfach aufnahm, die Weise, wie Beau ruhig neben ihm blieb.

„Als ich ... als ich dreizehn war. Ich wusste nicht, dass ich ein Omega war. Niemand wusste es, ich – mein Vater war ein Mensch, wir lebten wie Menschen, aber dann bekam ich bei den Monden diese Fieberschübe, und meine Mutter bat eine Hebamme aus ihrem Rudel, uns zu besuchen, und er – diese Hebamme sagte, er müsste mich innen untersuchen, um festzustellen, ob ich ein Omega war. Er sagte, das hätte eigentlich bereits untersucht werden müssen, als ich ein Baby war, aber jetzt müsste es sein, und ich, ich wollte nicht, dass er mich anfasst, aber er tat es. Meine Eltern mussten mich festhalten und dann ... danach musste ich fortgehen. Und mein Vater war nicht wirklich mein Vater, vermute ich."

Bei diesem Gestammel aus nur halb zusammenhängenden Worten senkte Casey die Lider zur Hälfte, aber er blieb still und ruhig. Beau sagte ebenfalls nichts, hielt aber weiter seine Hand fest, bis sein Redefluss holprig endete.

„Wow", sagte Casey nach einem Moment leise. „Okay. Also, ich schwöre bei Gott, ich denke, eine Hebamme zu sein ist eines der wichtigsten Dinge, die ein Omega tun kann, und ich liebe jede Minute meiner Arbeit und würde dir persönlich keinerlei Schuld geben, wenn du eine jener Hebammen mit Zähnen und Klauen angegriffen hättest. Du hast das Schlimmste erlebt, was ich jemals über eine Hebamme gehört habe, und ich fühle mich geehrt, die Chance zu bekommen, mit dir zu arbeiten und dir bei allem zu helfen, was in meiner Macht steht."

Rory atmete tief ein und nickte.

„Du sagtest Jennifer, dass du eine Hebamme brauchst", fuhr Casey fort, seine Aufmerksamkeit galt eine Sekunde Beau, ehe er sich wieder voll und ganz auf Rory konzentrierte. „Und, ich meine, nach dem Vollmond haben wir eine ganze Menge zu tun, aber ... ich schätze, deine Gründe unterscheiden sich ein klein wenig von den üblichen."

Zum ersten Mal senkte Rory den Blick. Das war die einfachste Sache, die Sache, die ihm immer absolut klar gewesen war, und doch brachte er es nicht über die Lippen. Er sah zu Beau, ihre Blicke trafen sich. *Bitte.*

Beau erwiderte den Blick lediglich. Rory dachte, Beau würde ihm möglicherweise sagen, dass er dieses Gespräch selbst führen musste, ihn dazu anstachelte, und er wusste nicht, ob er es wirklich konnte. Er wusste nur, dass Beau ihn dazu bringen konnte.

Aber dann nickte Beau leicht und konzentrierte sich auf Casey. Rory atmete erleichtert auf und legte seinen Kopf auf Beaus Schulter.

„Als wir uns trafen, stand Roland seit mehreren Monaten ununterbrochen unter Suppressiva. Er stand offensichtlich nicht unter der Aufsicht einer Hebamme und hatte die Dosis und Art der Einnahme auf gut Glück geraten. Infolgedessen war er sehr krank – nahe am Leberversagen, glaube ich. Ich überredete ihn, die Einnahme der Hemmer einzustellen, bis sich sein Gesundheitszustand gebessert hatte, aber ... angesichts der Art und Weise, wie die Dinge unter dem Mond gelaufen sind, scheint es möglich, dass er nächsten Monat eine Hitze, zumindest eine Pseudo-Hitze erwarten könnte, wenn er nicht wieder auf irgendeine Form von Blockern zurückgreifen kann, und ich habe ihm versprochen, dass er die Hitze nicht durchmachen muss, wenn es eine Möglichkeit gibt, es zu vermeiden."

Rory öffnete die Augen, während Beau sprach, wandte den Kopf so weit, dass er Casey beim Zuhören beobachten konnte. Seine Augen blieben auf Rory gerichtet, bis Beau schwieg, dann blickte Casey den Alpha an. „Du bist Arzt?"

Beau neigte den Kopf leicht. „Ich habe meinen Doktor abgeschlossen und gerade mit dem Programm an der Rochester-Klinik begonnen. Ich kann auf kein Fachwissen zurückgreifen, das für Rolands Fall nützlich ist."

„Du weißt mehr über Suppressiva als ein durchschnittlicher Alpha", betonte Casey.

Bestätigend legte Beau den Kopf schief. „Ich bin in einem Rudel aufgewachsen, in dem die Hebammen meine Neugier tolerierten, und einer meiner Kollegen beim Medizinstudium interessiert sich für die Erforschung der Omega-Medizin."

Casey runzelte die Stirn leicht. „Ein Omega an der medizinischen Fakultät?"

„Nein", erwiderte Beau mit einem leicht entschuldigenden Ton in der Stimme. „Er ist ein Alpha."

Caseys Miene blieb beherrscht, er fuhr sich mit einer Hand über die Augen und murmelte kaum hörbar: „Der Mond rette uns vor Alphas, die glauben, es am besten zu wissen."

Beau holte Luft, Casey hob seinen Kopf und senkte seine Hand, um Beau einen äußerst unbeeindruckten Blick zuzuwerfen.

Beau schüttelte leicht den Kopf. „Ich … Vielleicht handele ich vorschnell. Mir ist klar, dass ich nichts darüber weiß. Und …“ Beau schaute zu Rory hinüber. „… mein Eindruck ist, dass der Hauptgrund, warum Rory dich sehen wollte, nur darin besteht, um Hemmer zu bitten. Aber ich denke, die wichtigere Frage ist doch, was genau diese Hebamme vor zwei Jahren gemacht hat.“

Casey runzelte die Stirn und konzentrierte sich wieder auf Rory.

„Ich möchte dich etwas fragen“, fuhr Beau fort. „Weil ich eine Vorstellung davon habe, wie es für einen Menschen sein könnte, aber … wenn du von einem Alpha angesprochen wirst, der will, dass ein Omega, mit dem er nicht einmal richtig verbunden ist … sterilisiert wird … und wenn du den Eindruck hast, dass der fragliche Omega das gar nicht will, aber auch, dass besagter Omega nicht bereit ist, sich von dem Alpha zu trennen, und es nicht ungefährlich ist, schwanger zu werden … was würdest du tun?“

Casey Gesicht verzog sich zu einem Stirnrunzeln, während Beau redete. Er sah wieder zu Rory und sein Blick senkte sich auf Rorys Mitte, als könnte er direkt durch den Tisch zu der Stelle in seinem Inneren sehen, wo Rory verletzt war.

„Roland“, sagte er langsam. „Was die Hebamme gemacht hat … hat es irgendwelche Narben hinterlassen? War da eine Menge Blut oder hattest du das Gefühl, Silber in dir zu haben?“

Rory schüttelte den Kopf und klammerte sich mit der zweiten Hand an Beaus fest. Zu dem Zeitpunkt, als es passierte, hatte es beinahe unerträglich wehgetan, aber er war angespannt gewesen und hatte nicht aufhören können, sich gegen die Gewalt der Hände der Hebamme zu wehren. Es war nicht mehr Blut geflossen als bei einem kleinen Unfall, und Silber … es war an seinem Hals irgendetwas zwischen einem Ärgernis und einer Qual gewesen, aber das war

282

nichts im Vergleich dazu, wie es gewesen wäre, wenn es ihn innerlich berührt hätte.

„Was sagst du? Du denkst, es war nicht …?"

Casey warf einen Blick zu Beau und musterte dann Rory einmal mehr. „Offensichtlich hatte es den gewünschten Effekt. Wenn sie nicht viel Schaden verursachte, es aber die Effekte gab … Hast du dich seitdem verwandelt? Wenigstens einmal?"

Rory biss sich auf die Lippe und schüttelte den Kopf, seine Kehle wurde eng bei der Erinnerung an das erstickende Gefühl, das er gehabt hatte, als er sich zu verwandeln versuchte, während er das silberne Halsband trug. Die Verbrennungen auf seiner Haut waren das wenigste gewesen. Als das Halsband weg war, sogar noch bevor er so krank geworden war, wie Beau ihn gefunden hatte, hatte er sich nicht aufraffen können, es zu versuchen.

„Ich habe noch nie gehört, dass das gemacht wurde", sagte Casey und warf einen weiteren schnellen Blick zu Beau, der seinen Kopf schief legte. „Zumindest nicht bei einem Werwolf. Aber ich denke, es könnte sein, dass die Hebamme in dir nichts kaputtgemacht hat oder … etwas entfernt hat. Ich glaube vielmehr, sie hat dir etwas eingesetzt, das an Ort und Stelle bleibt – ein Intrauterinpessar, einen Gegenstand, der sich in deiner Gebärmutter befindet und dich davor schützt, schwanger zu werden."

„Ein …" Rory sah Beau an, der leicht lächelte und ihm einen zögerlich hoffnungsvollen Blick zuwarf. „Du meinst, dann könnte das jemand auch wieder rausnehmen? Und dann …"

Casey biss sich auf die Lippe und blickte wieder zu Beau.

„Menschen benutzen das", erklärte Beau. „Normalerweise hat so etwas ein angebrachtes Bändchen, damit sie es ganz leicht wieder rausziehen können. Wenn die Hebamme sichergehen wollte, dass niemand dieses Ding bemerkt, du nicht und auch dein Alpha nicht, ist das Band vielleicht

nicht dort, wo es sein soll, was es schwerer macht, aber ...
ja, die Grundidee ist, dass es entfernt werden kann, dass
kein Schaden zurückbleibt."

Rory sah Casey wieder an. „Aber wie ... wie hätte ich das
wissen können? Woher weißt du, dass es ... nichts anderes
war?"

Casey zuckte die Schultern. „Ich weiß es nicht, wirklich.
Aber andererseits kenne ich auch nichts, was Hebammen
machen könnten, um Schwangerschaften zu verhindern,
das so funktioniert, wie du es beschrieben hast. Ich habe
Geschichten von ... Dingen gehört, die du definitiv
gemerkt hättest, wenn die Hebamme sie getan hätte. Wenn
es etwas relativ Schnelles war, das im Moment vielleicht
wehgetan hat oder blutete, aber nicht zu schlimm oder
noch lange danach ..."

„Mein Bauch schmerzte, es ging mir nicht gut, aber ..."
Rory schüttelte den Kopf. „Ich habe immer ... ich fand es
immer seltsam, dass etwas so Schnelles etwas derart
Dauerhaftes bewirken kann. Ich dachte sogar, dass es vielleicht nicht wirklich das war, was die Hebamme sagte,
aber ... aber dann habe ich mich nie verwandelt und bin
nie schwanger geworden."

Casey nickte. „Wenn du dich verwandelt hättest ... wenn
es etwas gibt, das wir entfernen können, würdest du es
spüren, wenn sich deine Form darum herum ändert. Das
wäre eine Möglichkeit, es zu überprüfen. Ansonsten könnte
ich es von außen ertasten, aber das würde wahrscheinlich
wehtun und eventuell auch nicht funktionieren, wenn du
sehr angespannt wärst, wozu du jeden Grund hättest, wenn
ich mit dir allein in einem Raum bin, ganz zu schweigen
davon, dass ich dich anfassen muss. Und wenn ich mir auf
diese Weise nicht sicher sein kann ... du könntest einen
menschlichen Arzt dazu bringen, einen Scan durchzu-
führen, aber das ist schrecklich ..."

Beau verzog das Gesicht und nickte zustimmend. Rory dachte an das Geräusch einer laufenden Mikrowelle und zuckte zusammen.

„Oder wir müssen dich einfach … innerlich untersuchen und danach tasten", beendete Casey, der nun selbst eine Grimasse zog. „Und du wirst sicher nicht wollen, dass ich … äh … in dir herumstochere, wenn ich keine Ahnung habe, ob überhaupt etwas da ist. Wenn du es also nicht eilig hast, schwanger zu werden, würde ich sagen, versuche dich zu verwandeln, und schau, was du spürst. Von da aus können wir dann weitermachen."

Rory nickte, unfähig die Möglichkeiten zu realisieren. Aber Casey sagte *schwanger werden*, als wäre das eine absolut machbare Sache, als ob … als ob er dachte, Rory könnte wirklich …

„Was ist mit den Blockern?", fragte Beau und holte Rory damit zurück in die Wirklichkeit. „Wäre es sicher für ihn, sie beim nächsten Mond zu nehmen?"

Casey lehnte sich wieder zurück und studierte Rory noch ein bisschen. „Ich könnte dir etwas zusammenmischen, glaube ich. Nur eine kleine Dosis für ein paar Tage, direkt vor dem Vollmond – nicht zu stark, gerade genug, um das Schlimmste abzuwenden und dir zu helfen, ruhig zu bleiben. Ich möchte deinen Stoffwechsel nicht zu sehr belasten, vor allem, wenn du noch keine vollständigen Hitzen hast. Wäre das okay?"

Beau sah ihn besorgt an, und Rory dachte darüber nach – ein weiterer Vollmond wie dieser, und doch mehr, aber immer noch nicht die stumpfsinnig vergeudete Verschwommenheit der Hitzen, die er früher gehabt hatte. Wenn er zu viel Angst hatte, wenn es zu viel wurde, musste er nicht in Beaus Nähe kommen. Aber wenn er wollte …

„Okay", wiederholte Rory.

Beau sah immer noch besorgt aus, aber er drückte Rorys Hände und nickte entschlossen. „Was immer du willst."

Als ob es so einfach wäre. Als ob Rory eine Ahnung hätte, was er wollte, außer dass Beaus Hände seine festhielten und Beau an seiner Seite war.

Kapitel 23

Beau hätte arbeiten sollen – er hinkte schon bei den Aufzeichnungen hinterher – aber er verbrachte den Rest des Abends damit, in Rorys Nähe zu bleiben. Es war ein berauschendes Gefühl, das ihm half, sich sicher zu fühlen und den dünnen Faden der Hoffnung zu spüren, der seinen Geruch versüßte und ihn die ganze Nacht lang von Zeit zu Zeit Beau mit geweiteten, verwunderten Augen ansehen ließ, selbst nachdem sie sich gemeinsam hingelegt hatten.

Irgendwann nach Mitternacht zuckte Beau aus leichtem Schlaf hoch, als Rory sagte: „Was ist, wenn ich nicht kann?"

„Das wird keinen Unterschied für mich machen, Baby", murmelte Beau und war sich im Halbschlaf bewusst, dass das wahrscheinlich gar nicht der Punkt war, aber er war nicht wach genug, um zweimal darüber nachzudenken, ehe er antwortete.

Rory schnaufte und schmiegte sich kopfschüttelnd an ihn. „Wenn ich mich nicht verwandeln kann, meine ich. Es ist so lange her und ich … ich weiß nicht, ob ich meinen Wolf überhaupt noch spüren kann. Es ist, als ob sich ein Teil von mir immer noch versteckt, selbst wenn ich weiß, dass es sicher ist. Dass ich in Sicherheit bin."

Beau zog ihn näher an sich. „Dann müssen wir nur noch Geduld mit dem Teil haben, der Angst hat, das ist alles. Es hat keine Eile. Du bist in Sicherheit und wirst weiterhin in Sicherheit sein. Früher oder später wird jeder Teil von dir das wissen."

Rory nickte gegen seine Schulter und Beau fügte hinzu, während er bereits wieder einschlief: „Es heißt sowieso, dass es eine furchtbare Idee ist, im ersten Jahr ein Baby zu bekommen."

***

287

Während des ersten Momentes des Tages, als er die Möglichkeit gehabt hätte, sich seine Aufzeichnungen durchzusehen – abgesehen von Notfällen, Neuaufnahmen oder unverständlichen vielleicht-schikanierenden-vielleicht-ehrlich-gut-gemeinten Ratschlägen der älteren Programmteilnehmer – hatte Beau stattdessen ein Treffen mit seinem Ausbilder. Er war darüber nicht überrascht, außer vielleicht über die Tatsache, dass er einen Tag Zeit hatte, einfach zurückzukommen und seine Arbeit zu erledigen, bevor sein Berater nach dem Vollmond nach ihm sah.

Vielleicht hatte Dr. Ross einen zusätzlichen Tag gebraucht, um bei allen örtlichen Rudeln nachzufragen, ob sie etwas über ihn zu berichten hatten. Beau ertappte sich bei der Überlegung, ob Jennifer – oder Casey – irgend etwas gesagt hatte, das die Runde bis zu Dr. Ross gemacht hatte, dann schob er die ganze Frage beiseite. Er hatte den Vollmond mit Rory verbracht, und genau das hatte er tun sollen. Er war mit keiner Pfote – oder keinem Zahn – aus dem Rahmen gefallen, weder im Dienst noch außerhalb. Er hatte nichts zu befürchten.

Er war froh, dass Dr. Ross nicht hören konnte, wie schnell sein Herz trotzdem schlug.

„Nun, wie war der Vollmond?" Dr. Ross lächelte freundlich, so unergründlich wie immer.

Beau wurde absolut nicht rot. „Es war, äh …. Ich bin dankbar, dass ich die Nacht frei hatte, Sir, definitiv."

Dr. Ross zwinkerte ihm zu. „Da bin ich mir sicher, da bin ich mir sicher. Und anscheinend haben sie gestern die Arbeit wieder aufgenommen, ohne aus dem Tritt zu kommen. Also hat die Planung gut geklappt."

Beau nickte, ohne darauf hinzuweisen, dass es möglicherweise nicht gut war, die Stunden über den leeren Mond hinweg nachzuarbeiten. Irgendwie würde er damit schon umgehen. Irgendwie. Vielleicht war es auch gar nicht so schlimm.

„Und des Weiteren, wenn Sie hier waren …", fuhr Dr. Ross fort. „… gab es bisher keine Beschwerden von Patienten über die Behandlung durch einen Werwolf, das sind gute Nachrichten!"

Beau blinzelte. „Ich … habe mich nicht als einer vorgestellt. Ich bin nicht verpflichtet, das außerhalb von …"

Dr. Ross wedelte mit der Hand und war sich offensichtlich der Umstände bewusst, unter denen Beau seine Lykanthropie einem Patienten offenbaren musste. „Nein, genau. Was wir jetzt wollen, ist eine solide Erfolgsbilanz, die zeigt, dass Sie ein Programmteilnehmer sind wie jeder andere auch und gute Arbeit leisten, ohne für Aufruhr zu sorgen. Es ist wichtig, dass Sie sich jetzt absolut professionell verhalten – ohne den kleinsten Anflug von Unprofessionalität, richtig? Wir müssen einen untadeligen Ruf nachweisen."

Beau nickte und hörte die Nachricht laut und deutlich. Behalte den Kopf unten. Mach nicht auf dich aufmerksam, lass dich nicht gehen. Gib niemandem einen Grund, dich anzusehen und „Werwolf" statt „Doktor" zu denken. Das konnte er tun. Er hatte Jahre damit verbracht, das zu tun.

„Ja, Sir. Ich verstehe."

Dr. Ross nickte. „Andererseits möchten wir Ihre besonderen Fähigkeiten nicht vernachlässigen, daher möchte ich Ihre Beobachtungen zu einigen der Patienten hören, die Sie seit Beginn ihres Einsatzes getroffen haben."

Beau verspürte einen panischen Blitz von Oh nein, ich habe für diesen Test nicht gelernt, aber dann rief Dr. Ross eine Patientenakte auf, die Beau erkannte. Er konnte sich leicht an den Eindruck des Geruchs dieses Patienten erinnern. Das einem Menschen zu beschreiben war schwieriger, aber Dr. Ross war geduldig und stellte die richtigen Fragen.

Es war eine solche Erleichterung, über die Dinge sprechen zu können, die ihm aufgefallen waren und die er normalerweise zu ignorieren oder zu vergessen versuchte, dass es ihm nichts ausmachte, heute keine Zeit zum Mittagessen zu haben, ehe er zur Station zurück musste, um einen Patienten aufzunehmen.

***

Am Nachmittag hatte er eine Schicht in der an Rochester angeschlossenen Ambulanz, die ihm die Möglichkeit gab, einheimische Patienten mit einer Reihe ziemlich gewöhnlicher Beschwerden zu untersuchen, anstatt der meist schweren und oft seltenen oder komplexen Fälle, die in das renommierte Krankenhaus eingeliefert wurden. Es war eine Befreiung, klcinere Fälle behandeln und heilen zu können und Patienten zu sehen, die ein paar Stiche bei einer Schnittverletzung oder ein Antibiotikum für eine Stirnhöhlenentzündung benötigten, ansonsten aber grundsätzlich gesund waren. Eltern, die Kinder brachten, oder Familienmitglieder, die einen Patienten begleiteten, waren vielleicht ein wenig gestresst und besorgt darüber, in die Ambulanz fahren zu müssen, aber das war nichts im Vergleich zu der lang anhaltenden Mattigkeit und Trauer einiger Menschen in der Umgebung einiger Patienten, die er während seiner regulären Schichten sah.

In der Ambulanz war Beau die erste Anlaufstelle für die Patienten, er stellte seine eigenen Diagnosen, selbst wenn es nur darum ging, eine Erkältung von einer Grippe zu unterscheiden oder einen Bruch von einer Verstauchung, wie tief ein Schnitt ging und ob er sich von selbst schießen würde oder genäht werden musste. Er machte sich zusätzliche Notizen zu seinen Beobachtungen und stellte fest, dass er sich fast darauf freute, sie bei seinem nächsten Treffen mit Dr. Ross zu besprechen.

Er notierte sich gerade, wie sich eine sauber gerinnende Wunde anfühlte und roch, als Cora auf ihn zukam. Alle Praktikanten auf der Lungenstation hatten die gleiche Schicht in der Klinik, sodass die Hälfte des medizinischen Personals aus bekannten Gesichtern bestand. Cora war sein Liebling bei den älteren Programmteilnehmern, sie schien sich ihm gegenüber auch ungezwungener zu verhalten als alle anderen, aber jetzt war ihr Gesichtsausdruck ernst.

„Hey", sagte sie. „Hast du gerade keine Patienten?"

Beau nickte sofort alarmiert. Coras Herz schlug schnell, ihre Stimme klang angespannt. „Brauchst du mich?"

„Ich möchte, dass du mitkommst, um dir einen Patienten anzusehen", sagte Cora. „Du sollst ihn nur beobachten, und danach werden wir darüber reden, in Ordnung?"

Beau nickte und warf einen Blick auf die ungewöhnlich dicke Akte in ihrer Hand. Ein Patient mit einer langen und komplizierten Vorgeschichte hier in der Ambulanz. „Ja, natürlich."

Cora nickte entschlossen. „Lass mich reden. Offiziell schaust du mir nur über die Schulter, okay?"

Beau nickte erneut und tat zusätzlich so, als würde er seinen Mund verschließen.

Cora drehte sich auf dem Absatz um und ging durch das Labyrinth der Untersuchungsräume zu einem mit einem pinken Hinweisschild neben der geschlossenen Tür, die eine Patientin der Pädiatrie anzeigte, die nicht ansteckend oder akut verletzt war.

Cora klopfte kurz und öffnete fast sofort darauf die Tür, wobei sie ein sympathisches Lächeln aufsetzte. „Amy, Mr Vaughn, hallo. Das ist Dr. Jeffries, er ist ein neuer Praktikant. Er begleitet mich heute in der Ambulanz, um zu lernen, wie es hier abläuft. Er wird nur zusehen, wenn das in Ordnung ist?"

Amy war auf eine Weise krank, auf die Beau seinen Finger nicht legen konnte. Sie war schlank und klein, und er vermutete, dass sie älter war als sie aussah, vielleicht zehn oder elf, aber noch längst nicht in der Pubertät. Ihr Haar trug sie in zwei blonden Zöpfen, ihre Haut war blasser als bei jedem der Kinder, die gekommen waren, um bei Vollmond durch ihren Garten zu rennen. Sie trug eine Brille mit glitzerndem lila Rahmen, die die dunklen Ringe darunter nicht ganz verbarg.

Sie roch … vielleicht müder, vielleicht ängstlich, vielleicht nach einer Art anhaltenden Schmerzes? Vielleicht nur krank. Ihr Herz schien stärker zu schlagen, als es sollte, nachdem sie noch voll bekleidet auf dem Untersuchungstisch saß. Die Knochen an ihren Handgelenken standen deutlich sichtbar hervor, aber ihre Kleidung war sauber und passte und ihre Schuhe waren neu.

„Für mich ist das in Ordnung", sagte Mr Vaughn munter. „Für dich auch, Kleines?"

Amy hob den Blick, mit dem sie ihre Hände angestarrt hatte, zuckte steif mit den Schultern, nickte und sah wieder nach unten.

Mr Vaughn, der einen hellen Teint und goldblonde Haare wie seine Tochter hatte, war schätzungsweise vierzig und hatte einen stämmigen Körperbau. Er trug Jeans und Arbeitsschuhe, aber seine Hände waren weich, der goldene Ehering an seinem Finger zeigte keine Kratzer. Er roch und klang irgendwo zwischen den meisten Eltern, die er heute getroffen hatte, und denen, die er bei stationär aufgenommenen Patienten gesehen hatte. Er war müde, ein wenig ungeduldig, vielleicht besorgt, aber nicht traurig. Körperlich schien er gesund zu sein, der Gesundheitszustand seiner Tochter hatte von seinem noch keinen Tribut gefordert.

„Antworte der Ärztin, Amy", sagte Mr Vaughn streng.

Beau warf Cora einen Blick zu, aber ihre Miene war ruhig und dezent erwartungsvoll.

„Okay", stimmte Amy mit einem leisen, heiseren Flüstern zu, das sie offensichtlich Mühe kostete. Nachdem sie ihr Einverständnis gegeben hatte, warf sie Cory einen kurzen Blick zu.

Cora lächelte. „Danke, Amy. Willst du jetzt deinen Lutscher oder einen Schluck Wasser?"

Amy schüttelte den Kopf und vollführte ein paar schnelle, steife Zeichen, einige der wenigen einfachen, die Beau kannte. *Nein, danke.*

„Kein guter Tag zum Reden?", fragte Cory. „Ist es in Ordnung, wenn mir dein Vater sagt, was dich heute zu mir führt, oder möchtest du es mir aufschreiben?"

Amy schaute über ihre Schulter – ihr Vater stand nicht so, dass er ihre Zeichen leicht mitbekam oder sie ihn sehen konnte – und gab ein leises Geräusch von sich, das nicht ganz ein Wort war. Aus der Bewegung ihres Kiefers vermutete Beau, dass sie mit den Lippen *Daddy* formte.

Ihr Vater seufzte, seine Miene wurde müde, aber liebevoll. „Ja – ich habe sowieso alles aufgeschrieben, es ist nur das Übliche." Er zog ein kleines, ramponiertes Notizbuch aus der Tasche, machte einen Schritt nach vorn und hielt es Cory entgegen. „Sie braucht eine Sonde. Es sei denn, Sie glauben, Sie können diesmal tatsächlich herausfinden, was mit ihr los ist."

Amy zog bei diesen Worten den Kopf ein, ihr schmaler Körper krümmte sich leicht zusammen. Ihr Herzschlag trommelte ein wenig schneller und ihr bereits kranker Geruch wurde noch saurer-schärfer.

Cora nahm ihr Notizbuch und drehte es in Beaus Richtung, während sie es durchblätterte. Es war ein Lebensmittelprotokoll, in dem ordentlich jeder noch so kleine Happen aufgeschrieben worden war, die mehr oder weniger durch Protein-Shakes ergänzt wurden. Das Protokoll wurde alle zwei oder drei Tage durch eine Notiz über eine spezielle Ernährung unterbrochen. Die Handschrift schien überall die gleiche zu sein, ein schneller, männlicher Stil. Mr Vaughns, wenn Beau raten müsste. Nicht Amys Schrift, auch nicht die eines anderen Elternteils, trotz des Rings, den Mr Vaughn trug.

Cora studierte die neuesten Einträge, die sogar angaben, wie viel Flüssigkeit Amy zu sich genommen hatte. Abgesehen davon und einem halben Protein-Shake hatte sie in den letzten vierundzwanzig Stunden gar nichts gehabt.

„Auch kein guter Tag zum Essen, hm?", sagte Cora mitfühlend. „Gibt es Gründe, warum es gestern und heute so schlimm war?"

Amy legte eine Hand auf ihren Bauch und formte mit den Lippen: „Tut weh."

Cora nickte, von dieser Antwort eindeutig nicht überrascht. „Okay. Macht es dir etwas aus, wenn mir Dr. Jeffries hilft, dich zu untersuchen, ehe wir die Sonde holen?"

Amys Blick schwenkte zu Beau und lag etwas länger auf ihm als beim ersten Mal. Beau setzte sein sanftestes, unbedrohlichstes Lächeln auf. Amy schaute wieder zu Cora und nickte, hob die Hand, bildete mit Daumen und Zeigefinger einen Kreis und streckte die restlichen drei Finger in die Höhe. *Okay.*

„Okay", stimmte Cora zu. „Dr. Jeffries, untersuche bitte zuerst den Hals und taste anschließend den Bauch auf Empfindlichkeiten oder Schwellungen ab und achte auf Darmgeräusche."

Beau nickte gehorsam und wusch seine Hände, bevor er sich einen Zungenspatel holte. Cory blieb an seiner Seite, als er sich vor Amy stellte und leicht in die Hocke ging, damit Amy ihr Kinn nicht gerade nach oben strecken musste, und Cora, die ihm nur aufgrund des kunstfertigen Flechtwerks der Zöpfe auf ihrem Kopf über die Schulter schauen konnte, auch etwas sah.

„Sagst du mal Ah für mich?", fragte Beau. „Es ist auch in Ordnung, wenn es nur ganz leise ist."

Amy öffnete gehorsam ihren Mund weit und bewegte ihre Zunge, damit er ihren Hals untersuchen konnte – es gab einige Rötungen und Reizungen, aber kein Blut, keine Wunden, nichts Offensichtliches. Ihr Atem roch leider nach Minze, sodass er nur sagen konnte, dass sie sich noch nicht in der Ketose befand – aber die Sonderernährung schützte sie eindeutig vor schwerer Unterernährung.

Er untersuchte sie auch äußerlich, presste seine Finger sanft unter ihren Kiefer und gegen den Kehlkopf, doch sie zeigte keine Schmerzreaktion und es gab auch nichts Ungewöhnliches zu ertasten.

„Okay", sagte Beau. „Leg dich zurück, dann untersuche ich deinen Bauch, in Ordnung? Ich werde so sanft sein, wie ich kann, aber heb die Hand, wenn es wehtut."

Amy blickte ihn erneut an und nickte einmal, ehe sie ihre Augen gegen die Decke richtete. Beau begann mit einer langsamen, vorsichtigen Untersuchung ihres Bauches. Er konnte fühlen, wie wenig Unterhautfett sie hatte, die Umrisse jedes Organs und Knochens waren deutlich unter seinen Fingern zu spüren, aber trotz allem konnte er nichts Abnormales finden, abgesehen von dem leichten Zittern der Muskeln vor Schmerz oder der Erwartung des Schmerzes.

Sie zuckte ein paarmal zusammen, als er gegen scheinbar zufällige Punkte auf ihrem Bauch drückte, aber wenn irgendwo in ihrem Bauch etwas nicht stimmte, konnte er nicht sagen, was es war.

„Das fühlt sich alles völlig in Ordnung an", sagte Beau. „Sieht so aus, als hättest du einige schmerzhafte Stellen, also lass mich mal hören."

Er holte sein Stethoskop heraus, nicht nur zur Show. Es war eine nützliche Möglichkeit, sein Gehör auf einen bestimmten Punkt zu konzentrieren. Es gab keinerlei Geräusche von aktiver Verdauung, aber das würde er nach einer derart langen Fastenzeit auch nicht erwarten, es gab auch keine Hinweise auf tote Bereiche oder Verstopfungen. Er warf Cora einen Blick zu. Sie nickte leicht und sagte zu Amy und Mr Vaughn: „Okay, wir holen nun das Kit, wir sind in ein paar Minuten zurück. Amy, versuchst du ein bisschen Wasser zu trinken?"

Mr Vaughn hatte bereits eine lila Wasserflasche hervorgeholt, verziert mit verschiedenen Stickern und mit Filzstift gemalten Motiven. Er nickte bei Coras Anweisung müde und resigniert.

Beau verließ den Raum und marschierte auf die Schwesternstation zu, Cora folgte ihm. Hinter der Theke wartete bereits ein Ernährungssondenset mit Amys Namen auf den Etiketten, aber Cora zog ihn in das Arztzimmer und schloss die Tür.

„Okay, also", sagte Cory. „Kannst du mir etwas sagen?"

Beau schüttelte den Kopf. „Nichts außer dem Offensichtlichen. Sie ist unterernährt und gestresst."

„Ja, aber ..." Cora atmete tief durch. „Schau, das geht seit meinem ersten Jahr so. Wir waren noch nie in der Lage, etwas Organisches zu bestimmen – das Kind hat so viele Untersuchungen und Scans, dass es im Dunkeln leuchten sollte, und sie hat buchstäblich jede dem Menschen bekannte Eliminationsdiät eingehalten – ihr Vater hatte sie etwa drei Monate lang auf FODMAP. Und das macht sie zur einzigen Person, von der ich glaube, dass sie diese Sache wirklich durchgezogen hat. Nichts hilft, nichts funktioniert."

„Also ... was? Magersucht?" Dafür schien sie zu jung zu sein, aber ... „Wie alt ist sie überhaupt?"

„Zwölf", sagte Cora fest. „Dreizehn im Dezember. Sie passt zu keinem der bekannten psychologischen Faktoren für Magersucht – sie ist nicht stolz darauf, dünn zu sein, sie wehrt sich nicht und versucht nicht, die Sondennahrung wieder auszuspucken, obwohl sie sich darüber beschwert, dass sie davon Magenschmerzen bekommt. Sie macht buchstäblich alles mit, aber sie ist ein Kind, also was hat das alles zu bedeuten?"

„Es bedeutet ... dass ihr wahrscheinlich der Magen wehtut", schlug Beau vor, aber es war klar, dass dies keine Antwort war. Sie hatten jede erkennbare Ursache des Schmerzes ausgeschlossen.

„Die aktuelle Theorie lautet Münchhausen-Stellvertreter-Syndrom", sagte Cory, ohne sich von Beaus nutzloser Antwort ärgern zu lassen, und verschränkte die Arme vor der Brust. „Also frage ich dich: Hast du etwas gespürt, etwas gemerkt, das dich glauben lässt, dass ihr Vater ihr das antut? Das verursacht?"

Beau überlegte konzentriert, ob das möglich wäre. Amys Vater hatte sie nicht schikaniert oder kontrolliert, was auf direkten Missbrauch hindeuten könnte – er hatte Amy für sich selbst sprechen lassen, selbst als sie nur Zeichen gab, und sie hatte sich nicht vor ihm weggeduckt. Er dachte an die Selbstverständlichkeit, mit der sie sich zu ihm umgedreht hatte, ihrem ungehörten, nur mit den Lippen geformten „Daddy", als sie ihn bat, für sie zu sprechen.

Das Münchhausen-Stellvertreter-Syndrom unterschied sich von gewöhnlicher Misshandlung, das Opfer selbst erkannte es möglicherweise nicht einmal als Missbrauch, insbesondere ein Kind.

Aber Mr Vaughn hatte sich nicht in den Vordergrund gedrängt, um durch Amys Krankheit die Aufmerksamkeit auf sich zu ziehen. Er hatte leicht resignierte Frustration darüber gezeigt, weil er nicht wusste, was mit ihr los war, aber er hatte Amy nicht hofiert, hatte nicht einmal dicht neben ihr gestanden.

Beau schüttelte langsam den Kopf. „Du weißt aber schon, dass wir keine Psychiater sind, ja? Ich wäre vielleicht in der Lage, einfacher zu sagen, ob sie Angst oder Schmerzen hat, aber das ist normalerweise ohnehin sichtbar, wenn du darauf aufpasst. Warum geben wir ihrem Vater die Schuld? Weil wir nicht herausfinden können, was mit ihr los ist?"

„Sie hatte ein paar … Remissionen", sagte Cory und wedelte mit der dicken Akte in seine Richtung. „Was ebenfalls gegen Magersucht spricht – Zeiten, in denen sie ohne oder zumindest mit weniger Schmerzen essen konnte und das auch getan hat. Dadurch erreichte sie fast gesundes Gewicht und wuchs sogar einigermaßen normal. Beides fiel mit einer normal identifizierbaren Krankheit zusammen und dauerte eine Weile an.

Lungenentzündung im letzten Herbst, diese Remission dauerte etwa zwei Monate. Eine böse Rachenentzündung in diesem Frühjahr, die sie ungefähr einen Monat in den Fängen hatte."

Beau vermutete, dass ihr Vater – als er mit ihren echten Krankheiten beschäftigt war – sie nicht vom Essen abhielt, wie sie ihn verdächtigten.

Beau schüttelte erneut langsam den Kopf.

„Das ist komisch, aber … vielleicht ist es etwas anderes? Ich sehe es ihn immer noch nicht tun."

Cora schnaufte auf. „Ich ebenfalls nicht. Aber wenn jemand von unserer Schmerzabteilung bei ihm anrufen oder ihn dazu drängen würde, sich einer Therapie zu unterziehen oder Amy zu einer Therapie zu bringen – in der sie sich aktuell tatsächlich befindet, es scheint nur keinen Unterschied zu machen – wüsste ich nicht, was er machen würde. Vielleicht Magensonden aus dem Internet kaufen und aufhören, sie zu den Ärzten zu bringen, aber das bedeutet, dass niemand jemals eine Chance bekommt herauszufinden, was tatsächlich vor sich geht."

„Ah", sagte Beau und rief sich erneut die Dicke von Amys Akte in den Kopf, zusammen mit der Tatsache, dass es sich um eine Einrichtung zur ambulanten Behandlung handelte. „Ihr vorheriger Arzt …?"

„Ihr vorherigen fünf Ärzte", korrigierte Cora. „Im ersten Jahr. Er hat sie für Amy herbringen lassen, damit sie in der Klinik arbeiten können, aber sie hatten keine Zulassung für hier. Sie lebten in Iowa, bevor sie krank wurde – ihre Mutter starb einige Jahre zuvor und jetzt ist sie alles, was er hat. Ich denke, er ist mit seinem Latein am Ende, und ich kann ihm keine Vorwürfe machen. Ich will nicht lügen, ich hatte irgendwie auf magische Werwolferkenntnisse gehofft, aber ... wie ist deine Intubationstechnik?"

„Nun, ich glaube, Amy ist ein alter Profi", erwiderte Beau und dachte dabei an ihre raue Stimme, die leichte Reizung in ihrem Hals. „Und ... ja, ich habe ruhige Hände."

„Okay. Dann bringen wir es hinter uns." Cory öffnete die Tür zum Arztzimmer und ging mit ihm zurück in die Schwesternstation, wo sie im Vorbeigehen die Sonde samt Nahrung und die dazugehörige Dokumentation mitnahm.

Amy *war* ein alter Profi dabei, den Schlauch ihre Kehle hinunter zu bekommen, sie trank kleine Schlucke Wasser, um mitzuhelfen, während Beau die Sonde vorsichtig einführte. Ihr Vater überprüfte die Beschriftung auf der Packung der Sondennahrung und machte mit dem Handy ein Foto davon, ehe er Cory gestattete, es an das andere Ende der Sonde anzuschließen.

Sobald die Sonde gelegt war und die nährstoffreiche Mischung durchlief, sagte Cora: „Amy, Liebes, macht es dir etwas aus, wenn dein Dad und ich vor die Tür gehen und reden? Dr. Jeffries wird bei dir bleiben."

Amy blinzelte zu Beau auf, dann nickte sie Cory zu. Ihr Vater drückte ihre Hand, bevor er Cory aus dem Behandlungsraum folgte. Beau zog einen Stuhl heran und stellte den Sitz so ein, dass er sich auf gleicher Höhe mit ihr befand, als er sich setzte. Er konnte es *fühlen*. Amy rollte sich kleiner zusammen, jeder Muskel in ihrem Körper spannte sich an. Noch hatte sie keine Schmerzen, aber sie wartete darauf.

„Amy", sagte Beau leise. „Sind deine Hände kalt? Sie sehen kalt aus."

Sie zuckte minimal die Schultern, er streckte seine eigenen Hände aus, legte sie ganz leicht zu beiden Seiten über ihre kleinen Hände, die sich in einem so festen Griff aneinanderklammerten, dass ihre Knöchel weiß hervortraten.

„Kann ich deine Hände wärmen?"

Amy zögerte, nickte dann leicht und lockerte den Griff.

Beau schloss seine Hände um ihre und begann sie sanft zu reiben. Sie fühlten sich kalt an, kälter als es bei Menschen üblich war. So dünn, wie sie war, war ihr vermutlich die meiste Zeit kalt.

„Dir geht es gut", sagte Beau leise. „Ich weiß, dass du auf den Teil wartest, in dem dein Magen schmerzt."

Amy sah auf und schaute ihm tatsächlich in die Augen, und er bemerkte, dass ihre haselnussbraun waren, eine Mischung aus Braun und Grün.

Ihm schoss durch den Kopf – *falls Rory und ich jemals ...* – und er unterdrückte den Gedanken und konzentrierte sich auf seine Patientin. „Aber es hilft ein bisschen, dass es weniger wehtut, wenn du keine Angst hast, also möchte ich, dass du dich nur auf deine Hände konzentrierst, nicht auf deinen Bauch, okay? Es ist in Ordnung, wenn du merkst, wie sich dein Magen anfühlt, aber dann möchte ich, dass du jedes Mal deine Aufmerksamkeit wieder auf deine Hände lenkst. Spürst du, wie warm meine Hände um deine herum sind?"

Amy nickte und richtete ihren Blick wieder auf ihre Hände.

Beau stupste ihre Daumen mit seinen hin und her; sie sträubte sich einen Moment, dann wurde sie lockerer.

„Das ist es, spür einfach, wie leicht sich deine Daumen hin und her bewegen. Schön warm, schön locker, es tut gar nicht weh. Schön locker. Kannst du deinen Hals auch so schön locker machen wie deine Daumen?"

Amy neigte ihren Kopf im Takt der langsamen Bewegung ihrer Daumen von einer Seite zur anderen.

„Gut, prima, so ist es richtig. Konzentrier dich einfach weiter darauf, wie sich deine Hände anfühlen, Amy. Du machst das großartig, das ist gut. Schön warm, schön locker."

Er sprach weiter in dem ruhigen, gleichmäßigen Ton, bewegte ihre Finger einzeln und stupste dabei jede Fingerspitze an. Er führte sie durch die Lockerung ihrer Schultern, ihres Rückens, ihrer Arme und Beine, bis sie kaum noch aufrecht sitzen konnte, sogar kaum noch wach war. Die Lider ihrer Augen wurden schwer und er konnte nicht anders, als einmal mehr zu bemerken, dass ihre Augen wie eine Mischung aus seinen und Rorys aussahen. Wenn sie ein Kind hätten, hätte es vermutlich diese Augen, und wenn ...

Als er weitersprach, fiel ihm ein, dass er das von seinem Vater gelernt hatte, der ihm so beigebracht hatte, an den Tagen vor Vollmond ruhig zu bleiben. Sein Dad hatte Beaus Hände ebenso zwischen seinen gehalten und mit ihm geredet, ihn zu diesem ruhigen Ort in seinem Geist geführt, den sogar der Mond nicht erreichen konnte. Daran hatte er seit Jahren nicht mehr gedacht.

Er sah auf und stellte fest, dass der Nahrungsbeutel fast leer war, dann bemerkte er Cora und Mr Vaughn beobachtend neben der Tür stehen.

Tränen standen in Mr Vaughns Augen.

„Okay, Amy, wir sind fertig", sagte Beau sanft und konzentrierte sich wieder auf sie. „Wir müssen nur noch den Schlauch entfernen, dann hast du es für heute geschafft."

Amy blinzelte, kam wieder zu sich; sie schaute nach unten an ihren Händen vorbei auf ihren Bauch, dann hoch zu dem Beutel, anschließend zu ihrem Vater und zuletzt, fragend, zu Beau.

Er lächelte. „Siehst du? Es hilft, wenn du an etwas anderes denken kannst. Ich wette, dein Dad kann auch helfen, das hin und wieder zu machen. Es braucht nur ein bisschen Übung."

Natürlich durchbrach die Entfernung der Sonde den meditativen Zauber, und Beau konnte spüren, wie sie sich anspannte, sich selbst verkrampfte, während er sämtliche Utensilien in den Biomüll warf. Aber ihr Vater zog sie an sich, umarmte sie und murmelte Worte, die Beau vorsichtig überhörte.

Er entschuldigte sich und ließ Cora den Rest übernehmen – Amy war ohnehin ihre Patientin, nicht Beaus, und kaum stand er auf dem Flur, sagte eine Schwester: „*Hier* sind Sie. Untersuchungsraum sechs", und drückte ihm eine Akte in die Hand.

Beau konzentrierte sich bewusst auf den nächsten Patienten, und den nächsten, und schrieb keine Einschätzung über Amy auf. Sie war sowieso nicht seine Patientin; Dr. Ross würde ihn nicht über sie befragen. Offiziell war Beau ja nicht einmal bei ihr gewesen.

✳✳✳

Als er nach Hause kam, fand Beau Rory ausgestreckt auf der Couch. Rory schob gerade sein Handy wieder in seine Tasche, als Beau die Tür öffnete. Er stand auf, lächelte, streckte die Arme aus, und Beau eilte zu ihm, zog Rory in seine Arme und atmete den gesunden, unverletzten, gut ernährten Geruch seines Ehemanns ein.

„Du siehst fertig aus", murmelte Rory, dann schnüffelte er auffällig an seiner Schulter und fügte an: „Ambulante Klinik, hm?"

Es stand auf seinem Plan, Rory hätte nicht den Geruch nach mehr Fremden als üblich erschnuppern brauchen, um das zu erraten. Trotzdem wärmte diese Fürsorglichkeit Beau und er drückte Rory fester. „Ja. Es lief ganz gut, meistens. Nur … es sind so viele Patienten."

Rory nickte an seiner Schulter. „Komm, lass uns essen und du kannst mir dabei alles über die guten Dinge erzählen. Oder die nicht so Guten, worüber auch immer du reden willst."

Beau hob Rorys Kinn an, um ihm in die Augen zu sehen – grün, rein und strahlend wie Tau, der auf Frühlingsblättern schimmerte. Weder irgendwo blutunterlaufen – er konnte nicht umhin, das festzustellen – noch gelblich. Er verjagte die diagnostischen Gedanken aus seinem Verstand und senkte den Kopf, um Rory sanft zu küssen.

Rorys Arme wanderten um seinen Hals, er ergab sich dem Kuss und erwiderte ihn süß, bis Beau sich aufrichtete. Rory sah zu ihm auf, benommen und aus dem Konzept gebracht, und Beau drückte ihm einen letzten, schnellen Kuss auf die leicht geöffneten Lippen. Dann nahm er Rorys Hand und zerrte ihn Richtung Küche. „Dinner?"

„Dinner", stimmte Rory zu.

Beau beobachtete ihn, während er in der Küche herumwirbelte, einen Teller aus dem Ofen und einen aus dem Kühlschrank holte. Er war immer noch schlank, aber seine Schlüsselbeine stachen nicht mehr so scharf unter seinem Shirt hervor und die Knochen seiner Handgelenke standen nicht mehr so deutlich heraus. Es schien ihm besser zu gehen – es *ging* ihm besser.

Rory drehte sich um, bemerkte, dass er von Beau gemustert wurde, und lächelte. „Gefällt dir, was du siehst?"

Beau grinste. „Sehr, Baby. Aber noch mehr gefällt mir, wenn ich dich essen sehe."

Immer noch lächelnd verdrehte Rory die Augen und setzte sich zu ihm an den Tisch. „Also, wie war es heute? Nur meistens gut?"

„Da gab es einen Fall – ein kleines Mädchen …" Beau wollte nichts lieber, als Rory von ihr zu erzählen, aber er wusste nicht, wie er das machen sollte, ohne die Vertraulichkeit zu verletzen, und ohne das Schreckgespenst von Rorys eigener fragiler Gesundheit zur Sprache zu bringen. Und es gab keinen Heilungsansatz für Amy, also war es eine traurige, unvollendete Geschichte.

Außerdem wusste Beau nicht, ob er sich davon abhalten konnte, von seinen Gedanken über Rorys und seine Kinder zu erzählen, und wie sehr er ihnen beibringen wollte, sich zu beruhigen, wenn der Mond lauter rief, als sie es ertrugen.

Rory hatte ihn nicht geheiratet, um Kinder zu haben oder bei ihm zu bleiben. Beau konnte ihm das nicht antun und ihm die Traurigkeit eines entmutigenden Falles aufbürden. Nicht, wenn Rory lächelte und zufrieden war.

„Es war … kompliziert", sagte Beau kopfschüttelnd und senkte sein Haupt, um sich ein Stückchen Hühnchen abzuschneiden. „Wir haben unser Bestes für sie getan, das ist alles. Aber ich habe auch fünf andere Leute zusammengeflickt und daran gearbeitet, wie man beschreibt – kennst du den Geruch von Blutgerinnung? Und du kannst sagen, wie lange es dauern wird, bis es verheilt ist?"

Rory nickte und Beau fing an, etwas zu erklären, und ging dann zu den besseren Teilen seiner Unterhaltung mit Dr. Ross über. Auch da ließ er den Rest beiseite. Rory musste sich keine Sorgen machen, dass Beau es vermasseln, sich offenbaren und so eine Patientenbeschwerde einhandeln würde.

Das würde er nicht machen, das war alles. Wenn er seinen Praktikumsplatz verlor, musste er auch Rory gehen lassen, um jemanden zu finden, der … stabile Jobaussichten hatte, zum Beispiel.

Er würde sein Praktikum nicht verlieren. Er würde nichts tun, um Rory früher zu verlieren, als Rory von sich aus entschied zu gehen.

Rory hörte zu und ließ ihn manches ein paar Mal umformulieren, um es besser zu erklären, was ihm half, darüber nachzudenken, was er tatsächlich wahrnahm. Er machte sich gedankliche Notizen über die besten Sätze, mit denen er seine Beobachtungen erklärte, und sagte schließlich: „Was ist mit dir, Baby? Wie war dein Tag? Schön entspannend?"

Rorys Lippen verzogen sich zu einem halben Lächeln. „Ja. Irgendwie langweilig, ehrlich, nachdem ich jetzt einen ganzen Tag durchstehe, ohne die Hälfte davon zu verschlafen. Ich meine, nicht dass es nicht eine Menge für mich gäbe, mit dem ich mich beschäftigen kann", fügte er hastig an. „Ich beschwere mich nicht! Ich ... es ist nur seltsam, das ist alles. Mir zu überlegen, was ich mit mir anstelle, wenn ich nicht ..." Rory wedelte vage mit der Hand.

„Nun, ich bin sicher, du findest noch heraus, was dich interessiert", sagte Beau und wusste dabei, dass es eine nutzlose Phrase war. Allerdings hatte er keine Ahnung, was er sagen sollte, ohne Rory damit in eine Richtung zu drängen, die er nicht wirklich wollte. „Wenn du Bücher oder irgendwas brauchst, zögere nicht, deine Karte zu benutzen, okay? Oder wenn du ausgehen willst – hast du die ThereWolf App, für Fahrgemeinschaften und so? Ich denke, hier läuft sie."

Sie holten beide ihre Handys heraus und aßen weiter, während sie die App installierten und mit Beaus Kreditkarte verbanden. Die Suche nach geeigneten Mitfahrgelegenheiten zeigte, dass Rory mit diesem Service ohne Weiteres ganz einfach herumkommen würde; es gab jede Menge Wolf-freundliche Fahrer – und auch Fahrer, die Wölfe waren – im Gebiet von Rochester.

„Da", sagte Beau und lehnte sich zurück. „Das hätte ich schon vor Wochen machen sollen, aber wenigstens brauchst du ab jetzt nicht mehr die ganze Zeit im Haus hocken, hm? Du kannst die Gegend erkunden und schauen, ob es irgendetwas gibt, wo wir an meinen freien Tagen hingehen könnten. Ich glaube nicht, dass es hier einen Penzeys gibt, aber vielleicht einen anderen Gewürzladen, den wir ausprobieren können."

Rory warf ihm einen erschrockenen Blick zu, als hätte er nicht damit gerechnet, dass sich Beau an diese Geschichte erinnern würde, dann lächelte er und sah auf sein Handy. „Danke, Beau. Das ist … danke. Bist du dir sicher, dass du nicht … dass es egal ist, wohin ich gehe?"

„Wo immer du auch hin willst, Baby", sagte Beau bestimmt. „Ich werde dich nicht kontrollieren, ich verspreche es. Wenn du deinen eigenen Account machen willst und deine Nummer benutzen …"

Rory schüttelte den Kopf. „Ist schon gut, ich weiß, du wirst das nicht tun. Es ist nur … neu."

Einmal mehr lächelte er Beau an und Beau beugte sich vor und küsste ihn sanft, bis er aufhören musste, weil er sonst mehr gewollt hätte. Es war kein Vollmond und Rory hatte jetzt sicher keine Lust.

Beau überlegte weiter, während sie den Tisch abräumten und gemeinsam abwuschen. Rory *hatte* seit dem Vollmond eine klare Vorliebe dafür gezeigt, sein Bett zu teilen, und Beau spürte sein eigenes Verlangen aufbrodeln. Eine weitere Knutscherei und er würde es nicht mehr aushalten. Vielleicht würde es Rory gar nichts ausmachen, genauso wie es ihm nichts ausgemacht hatte, sich gegen Ende der Vollmondnacht neben Beau zusammenzurollen und bei ihm Hand anzulegen, aber … möglicherweise wäre es besser, dieses Thema überhaupt nicht zur Sprache kommen zu lassen.

Es wäre auch aus anderen Gründen gut, dachte er. Und es war zu lange her. Außerdem könnte Rory von dem Beispiel profitieren; sein Wolf würde natürlich auf Beaus reagieren.

Nachdem sie sich beide die Hände abgetrocknet hatten, blieb Beau am Spülbecken stehen. „Baby, würde es dir etwas ausmachen, wenn …"

Rory sah leicht schüchtern und erschrocken zu ihm auf, und Beau bemerkte, dass sein Verlangen, das er loswerden wollte, sich ein wenig in seinen Geruch mischte. Beau schüttelte den Kopf und schwächte diese Botschaft unverzüglich ab, indem er sich vorbeugte und Rory einen raschen Kuss auf den Mundwinkel gab.

„Eigentlich dachte ich … ich glaube nicht, dass es für mich so lange her ist wie für dich, aber ich kann mich trotzdem kaum noch an das letzte Mal erinnern, als ich mich verwandelt habe. Ich dachte, ich könnte das heute Nacht vielleicht ausprobieren, nur um ein wenig zu entspannen, und eventuell würde es dir helfen, wieder ein Gefühl dafür zu bekommen?"

„Oh", erwiderte Rory, sein Ausdruck zeigte eine Leere, die Beau nicht lesen konnte, und verwandelte sich dann in Neugier. „Das würde mir gefallen, denke ich. Vielleicht … oben? So kann ich die Bettwäsche wechseln, wenn du überall dein Fell verlierst."

„Sicher", stimmte Beau zu, der eigentlich nie gewollt hatte, dass Rory das Bettzeug wechselte, vielmehr sollten sie für immer nach Vollmond riechen. Aber Rory hatte vielleicht nicht das Bedürfnis, in einem Bett zu schlafen, das nach Sex roch, wenn er nicht daran interessiert war, und je weiter der Mond abnahm, desto weniger verlangte ihn danach. „Ja, natürlich. Aber bestimmt halte ich das auch noch aus, was meinst du?"

Rory zuckte die Schultern und wandte den Blick ab, und Beau erkannte, dass das wahrscheinlich nach Kritik geklungen hatte, als hätte er erwartet, dass Rory die Laken sofort nach Vollmond wusch. Ehe er überlegen konnte, wie sich das besser formulieren ließe, wandte sich Rory ab und sagte: „Ich mache mich bettfertig und du kannst ... dich verwandeln."

„Ror", sagte Beau und streckte die Arme nach ihm aus. Rory lehnte sich in die Umarmung und gönnte Beau, ihn einen letzten Augenblick zu halten, in dem er es noch konnte. Es war dumm – er musste sich nicht verwandeln und er konnte sich zurückverwandeln, wann immer er wollte – trotzdem war er sich bewusst, dass er Rory in gewisser Weise verließ, und das hatte er eigentlich nie gewollt.

Schließlich drückte Rory leicht gegen seine Brust. „Na los, Beau. Geh dich verwandeln."

Beau ging. Er zog sich aus, ohne dafür die Schlafzimmertür zu schließen, und zwang sich, nicht auf die Geräusche zu achten, die Rory ein paar Zimmer den Gang entlang beim Ausziehen machte, sondern auf seinen eigenen Körper, dessen derzeitige Form nur die Hälfte seines Wesens war. Der Wolf wartete unter seiner Haut, in seinen Knochen, in jeder Zelle, und Beau musste ihn nur herausrufen.

Es dauerte einen Moment, um ihn zu finden, um jedem Teil von ihm klarzumachen, dass er jetzt Wolf sein durfte, nachdem er so viel Zeit damit verbracht hatte, das vor sich selbst zu verstecken. Aber dann fand er die Veränderung in sich selbst und im Bruchteil einer Sekunde verwandelte er sich.

Kapitel 24

Rory hörte die Geräusche von Beaus Verwandlung in einen Wolf. Einen Moment lang erstarrte er neben dem Kleiderschrank in dem unglaublich großen Schlafzimmer, von dem er ehrlich hoffte, nie wieder darin schlafen zu müssen. Der Drang, sich zusammen mit seinem Alpha zu verwandeln, raste durch seine Nervenbahnen, weckte den Wolf in seinem Inneren. Es war kein wirklich schlechtes Gefühl, aber jedes winzige Bisschen von ihm, Wolf und Mann, spürte die Gefahr von etwas Neuem und Unbekanntem, und wollte sich verstecken.

Dann war da das leise Tappen riesiger Pfoten und ein tiefes *Wuff* direkt vor seiner Schlafzimmertür. Beau war dort, wartete auf ihn. Er war noch immer Beau, in jeder Form, und Rory wurde plötzlich von der Neugier überrollt, wie die andere Gestalt seines Alphas aussah. Rory flitzte zur Tür und öffnete sie. Beau stand davor.

Er hatte haargenau die Art von Pelz, die Rory erwartet hatte – eine einheitlich kaffeedunkle Färbung, nicht wirklich schwarz, dick und weich wirkend und in alle Richtungen abstehend. Rory fragte sich, ob Beau in seiner menschlichen Form die Haare deshalb so kurz trug, weil sie sonst genauso aussehen würden, wenn er sie wachsen ließ.

Sein Kopf befand sich auf der Höhe von Rorys Hüfte, und er sah aus, als hätte er bei seiner Verwandlung kaum Muskeln oder Gewicht verloren, aber sein Schwanz wedelte langsam und zurückhaltend. Mit aufgeweckten Augen sah er zu Rory auf, die Ohren eifrig nach vorn gespitzt.

Rory konnte nicht anders, als zu lächeln. „Hey, Beau, da bist du ja. Bereit, dich im Bett zusammenzurollen?"

Beau machte einen Schritt vorwärts, nahm die Kordel von Rorys Schlafanzughose sanft, beinahe feinfühlig zwischen die Zähne und zerrte daran.

„Ja, klar, natürlich komme ich mit", stimmte Rory zu.

Es war irgendwie leichter, so mit Beau zu reden. Er war immer noch er selbst, die gleiche Person mit derselben Intelligenz in den Augen, und er verstand nach wie vor, was Rory ihm sagte, aber die Worte selbst waren für einen Wolf nie so wichtig wie das Gefühl darin. Rory brauchte sich nicht so viele Gedanken darum zu machen, alles richtig zu sagen.

„Lass mich nur noch mein Handy holen", fügte Rory an und deutete über seine Schulter.

Beau ließ die Schnur der Schlafanzughose los und setzte sich auf dem Flur hin, wobei er ihn nach wie vor mit dem gleichen Ausdruck geduldiger, glücklicher Erwartung beobachtete. Noch immer setzte er keinen Fuß in das Zimmer, das Rory alleine gehörte.

Rory zwang sich gerade lange genug sich umzudrehen, um sein Handy zu nehmen, das er beim Umziehen in den Kleiderschrank gelegt hatte. Er steckte es in die Tasche seiner Pyjamahose, ehe er nach der Kordel griff und sie Beau anbot.

Beau nahm sie ihm behutsam aus den Fingern und schritt rückwärts den Gang entlang, zog ihn Schritt um vorsichtigen Schritt mit sich, während Rory bei dem Anblick eines ausgewachsenen Alphawolfs, der seinen Omega, buchstäblich an der Leine, zu seinem Bett führte, gegen wildes Kichern ankämpfte.

Sobald sie durch die Tür gegangen waren, ließ Beau die Kordel los, um Rory von hinten zu stupsen und ihn auf das Bett zu zutreiben. Falls Beau irgendwelche Beschwerden über Rorys Haushaltsführung und die Unordnung des Bettes hatte, schien er sich jetzt nicht darum zu kümmern. Und Rory bemerkte, dass er seine eigenen Kleider dort liegen lassen hatte, wo sie hingefallen waren, bevor er sich verwandelt hatte. Rory wollte sie aufheben, aber Beau gab ihm keine Gelegenheit dazu.

Nun gut. Rory würde sich später darum Gedanken machen, ob Beau erwartet hätte, dass er vorher die Laken wechselte. Es war nur so, dass es so gut roch, sich so richtig anfühlte, in den Armen seines Alphas einzuschlafen, umgeben von ihren Düften aus der kürzlich vergangenen Vollmondnacht. Und es war nicht so, als hätte er eine Hitze gehabt, so schmutzig waren die Laken nicht. Nicht wirklich.

Beau sprang hinter ihm auf das Bett. Er gab sich nicht damit zufrieden, Rory einfach auf dem Bett sitzen zu lassen, sondern drückte und stupste, bis sich Rory bequem zusammenrollte, wobei jedes Kissen auf dem Bett hinter ihm lagen und er zugedeckt war. Rory brach bei der Hälfte der Aktion in Lachen aus, aber Beau ließ nur mit einem wölfischen Grinsen die Zunge heraushängen und setzte dann seine Bemühungen fort. Als er endlich zufrieden war, legte er sich hinter Rory, sein Schwanz rollte sich um ein Kissen, sein Kopf ruhte auf Rorys Oberschenkel, und er stieß einen langen zufriedenen Seufzer aus.

Rory lächelte, seufzte ebenfalls leise und legte seine Hand auf Beaus Rücken. Seine Finger versanken in dem dichten, weichen Fell, er ließ seine Hand einfach liegen, kein direktes Streicheln und kein wirkliches Festhalten. Er konnte Beaus Kraft unter seiner Hand spüren, den Herzschlag des großen Wolfs unter dem Fell, den Muskeln und Knochen.

Mit der anderen Hand zog Rory sein Handy aus der Tasche, schaltete es ein und rief eine Internetseite auf.

Beaus Ohren neigten sich kurz in diese Richtung, aber als Rory das Telefon nur auf die Matratze legte, wo er es sehen und leicht erreichen konnte, schien Beau sich nicht weiter darum zu kümmern. Beaus Augen waren halb geschlossen, der Schlag seines Herzens und das Heben und Senken seines Brustkorbs beim Atmen waren langsam und ruhig. Entspannt, wie er es gebraucht hatte.

Weil er heute einen komplizierten Fall gehabt hatte, einen, den er Rory nicht einmal zu erklären versucht hatte. Er war geduldig mit Rorys Fragen gewesen, als er über alles Mögliche geredet hatte, schien sogar erfreut zu sein, ihm etwas erklären zu können, aber die andere Sache, die Sache, die Rory erkannte und die ihn tatsächlich störte … er hatte es nicht einmal versucht. Offensichtlich dachte er, dass es zu hoch für Rory wäre, um überhaupt zu erklären, was daran schwer gewesen war.

Rory navigierte mit ein paar Fingerbewegungen zu dem gespeicherten Warenkorb, den er gestern gefüllt und doch nicht gekauft hatte. Er enthielt ein paar Bücher, die ihm bei der Vorbereitung auf eine Prüfung halfen, die gleichwertig mit der einer Highschool war, sowie eines mit dem Titel Arbeitsbuch der medizinischen Terminologie.

Mit einem entschiedenen Tippen klickte er *Jetzt kaufen* an und wurde darüber informiert, dass die Bücher in ein paar Tagen eintreffen sollten.

Er wusste, dass er Beau niemals einholen oder genug lernen konnte, um wirklich alles zu verstehen, was Beau tat. Aber er konnte damit anfangen. Er konnte es versuchen und sobald er damit irgendwelche Erfolge hatte, konnte er Beau zeigen, dass er es versuchte. Die Lücke zwischen ihnen wäre dann nicht mehr ganz so groß und Beau würde sehen, dass Rory durchaus lernen konnte, also wäre es keine verschwendete Zeit, mit ihm zu reden, oder unmöglich, ihm etwas zu erklären.

Rory war sich ziemlich sicher, dass er lernen konnte.

Nun, er hatte ja jede Menge Zeit alleine, um es zu probieren. Durch die Mitfahrgelegenheiten könnte er vielleicht sogar Nachhilfe bekommen, wenn er bei etwas hängen blieb. Er war sich sicher, dass es Beau nichts ausmachte, wenn er Unterricht nahm. Er würde es nur hassen, Beau sagen zu müssen, dass er in diesem Unterricht versagte oder peinlicherweise etwas Einfacheres nehmen musste.

Also: Bücher. Er würde damit anfangen, und wenn die Zeit reif war, wenn er genug gelernt hatte, um stolz darauf sein zu können, dann konnte er es Beau sagen. Dann würde Beau wissen, dass er nicht nutzlos und hilflos war und nur den ganzen Tag herumlag und nichts tat, während Beau bis zur Erschöpfung arbeitete.

Und wenn das, was Casey gesagt hatte, stimmte, dann wäre er vielleicht ... vielleicht gut genug. Immerhin hatte er mit Beaus Kollegen und Lehrern bei dem Grillfest alles richtig gemacht. Dort war es natürlich leicht gewesen, seinen eigenen Hintergrund zu verbergen. Unter anderen Umständen wäre das nicht so einfach. Aber Rory hatte noch nicht alles vermasselt, also vielleicht. Vielleicht gab es Hoffnung. Vielleicht war er in der Lage, Beau am Ende der drei Jahre zu beweisen, dass sie einfach zusammenbleiben sollten.

Vielleicht ...

Er hatte gehört, was Beau gesagt hatte, ehe er in der vergangenen Nacht eingeschlafen war. *Jeder sagt, dass es eine dumme Idee ist, im ersten Jahr ein Baby zu bekommen.*

Bedeutete das, dass er im zweiten oder dritten Jahr damit einverstanden war? Oder ... sich nicht aufregte, wenn es einfach passierte? Rory wollte Beau nicht *austricksen*, um ein Baby mit ihm zu haben, aber ... wenn Beau es wollte, wenn Rory gut genug war, vielleicht ... vielleicht würde es einfach passieren, irgendwie, und dann konnte Rory bleiben. Vielleicht, wenn er Beau ein Baby schenken konnte, eine Familie, dann war er gut genug, damit Beau ihn behalten wollte.

Vielleicht könnte Beau ihn dann sogar lieben, ein bisschen.

Er musste es nicht, Rory würde es nichts ausmachen, wenn er es nicht tat, nicht, wenn er so freundlich zu ihm war und Rory nur für sich selbst wollte. Rory konnte sich vorstellen, wie er Beau glücklich machen, ihn an sich binden konnte. Er könnte eine richtige Bindung mit ihm eingehen, eine Familie gründen, und dann …

Beau schnupperte und stand auf, legte sich an Rorys Vorderseite, sein Kopf schwer auf Rorys Brust. Rory drückte auf einen Knopf an seinem Handy, um es zu sperren, und schob es unter ein Kissen und schloss die Arme um Beaus pelzige Wärme.

Genug Gedanken über ein vielleicht. Er hatte Beau jetzt bei sich und er sollte die Chance, das zu genießen, nicht vergeuden.

***

Am nächsten Morgen stand Rory auf, als Beau aus dem Bett stieg, richtete das Frühstück her, während Beau sich duschte, und zog ihn an der Haustür noch einmal für einen zögernden Kuss zurück. Während Beau zum Wagen ging, schaute er gut ein halbes Dutzend Mal zurück, fuhr rückwärts aus der Einfahrt und dann die Straße entlang, und Rory sah ihm dabei wie immer zu, zählte jeden Blick und hoffte.

Für einen Moment fühlte es sich seltsam an, und er war sich nicht sicher warum. In den vergangenen Jahren hatte er schrecklich viel Zeit mit Hoffen verbracht – und dann hatte er begriffen, dass er darauf hoffte, etwas *würde* passieren, anstatt zu hoffen, dass das, was er wusste, *nicht* eintraf.

Rory drehte sich schließlich von der Tür weg. Herumsitzen und hoffen fühlte sich diesmal anders an, aber er glaubte nicht, dass es tatsächlich besser *funktionierte* als die Male zuvor.

Zuerst ging er nach oben, zog die Laken von Beaus Bett, bevor er sich selbst davon abhalten konnte. Er warf sie auf den Boden, holte frische Laken, machte das Bett wie gemalt, schüttelte jedes Kissen auf und strich die Decken

314

spiegelglatt. Als er damit fertig war, hob er Beaus getragene Kleider auf, und als er die Laken und die Wäsche in einem Bündel auf den Armen hatte, schwankte er und inhalierte den Duft, der daraus strömte.

Es war nicht nur Beaus Duft, obwohl das der beste Teil daran war. Es waren *sie*, gemeinsam. *Partner*, auch wenn sie nicht richtig, ehrlich verbunden waren. Selbst wenn er auf keinen Punkt seines Körpers zeigen konnte, den Beau ausgelassen hätte, seinen Anspruch zu markieren, roch es real genug. Wenn er den Geruch einatmete, erinnerte er sich an den Mond und wie lieb und geduldig Beau sogar da mit ihm gewesen war und Rory erst einmal so viel Lust schenkte, wie er vertragen konnte, ehe Beau sich um sein eigenes Verlangen kümmerte.

Rory ertrug den Gedanken nicht, *das* in die Waschmaschine zu stecken, es in seifigem Wasser zu ertränken, bis nichts mehr davon übrig war. Nach einem Moment des Zögerns nahm er die schmutzige Wäsche mit in sein eigenes leeres Zimmer, das nur seinen eigenen einsamen Geruch verströmte. Das Bett hier war anständig gemacht, wenn auch ohne besondere Sorgfalt, doch Rory zog es ab, legte die perfekt sauberen Laken frei und warf sie achtlos auf den Boden.

Er schüttelte die Laken aus Beaus Bett aus, um die meisten Wolfshaare davon zu entfernen, auch wenn es gar nicht viele waren, und bezog sein Bett dann mit den gebrauchten Laken. Ordentlich streifte er sie glatt, machte anschließend das Bett erneut, sodass der Unterschied von der Tür aus nicht offensichtlich war.

Ohnehin kam Beau nicht weiter in das Zimmer und die Decke würde den Geruch bewahren. Es war nur von Bedeutung, wenn Rory aus irgendeinem Grund wieder in diesem Bett schlafen musste – und dann wollte er sich hier nicht so allein fühlen.

Er ging, um seine eigenen Kleider zu holen, damit er sie zusammen mit Beaus waschen konnte. Er schüttelte die Jeans aus, die er am Nachmittag des Vollmonds voller Erde im Whirlpool liegen gelassen hatte – sie war nicht vollkommen getrocknet und verströmte einen bedenklich modrigen Geruch. Als er sie eingehender betrachtete, fiel sein Blick auf die kleinen Muster, die innen in den Bund eingestickt waren – die Amulette und guten Wünsche von jemandem aus Beaus altem Rudel.

Wenn er in dem Rudel geblieben wäre und einen netten jungen Alpha geheiratet hätte, wäre das Rorys Aufgabe gewesen, Kleidung für seine Familie herzustellen, zu flicken oder zu waschen und die Amulette einzunähen. Jemand hatte das für ihn getan, während der drei Jahre, die er im Rudel gelebt hatte, und Rory hatte die guten Wünsche jedes Mal, wenn er sie fand, beharrlich herausgetrennt. Er hatte nichts von dem Rudel annehmen wollen, schon gar nicht ihren Segen.

Das hatte er nie bereut, bis jetzt, weil es bedeutete, dass er nicht die geringste Ahnung hatte, wie er das für Beau tun sollte. Ein richtiger Omega würde es wissen, und dann hätte Beau die guten Wünsche in seiner Kleidung, um ihn heimlich unter all diesen Menschen bei sich zu tragen.

Rory studierte die Stickerei in seiner eigenen Jeans. Sie waren für Beau bestimmt gewesen – wenn Rory sie einfach kopieren könnte, vielleicht …?

Aber möglicherweise wäre das so, als würde ein Kind kopieren, was es für geschriebene Worte hielt und dabei totales Kauderwelsch produzieren. Beau mochte den Unterschied vielleicht nicht kennen, Rory allerdings schon. Wenn Beau nur Kopien der Zauber seines alten Rudels eingestickt haben wollte, hätte er es in den letzten zehn Jahren jederzeit selbst machen können. Was Rory ihm geben wollte, war etwas Reales, etwas Sinnvolles, nicht die grauenhaften Kopien eines Kindes.

Trotzdem war das etwas, für das er nicht einfach ein Buch kaufen konnte. Er brauchte …

Nun, er brauchte einen Omega, der ordentlich die Geschichten seines Rudels gelernt hatte.

Und wie es der Zufall wollte, hatte er Caseys Nummer bereits in sein Handy eingespeichert.

Er warf die Jeans auf den Stapel Schmutzwäsche und trug alles nach unten, während er darüber nachdachte.

Casey hatte gewusst, dass Rory und Beau nicht dem Niemi-Rudel beitreten wollten – Jennifer hatte offensichtlich darüber gesprochen. Aber Rory hatte bereits um die Hilfe der Hebamme bei den Tabletten und um Rat bezüglich seiner Situation gebeten. Um hierbei ebenfalls nach Hilfe zu fragen, nun ja … würde er sich selbst einbringen müssen. Sich mit ihnen zusammentun, mehr als er es bisher schon getan hatte. Aber er hatte Essen von Jennifer angenommen, und er und Beau hatten am Vollmondtag mit Jennifers Kindern gespielt. Sie waren … freundliche Nachbarn aus dem Rudel, wenn auch sonst nichts weiter. Eine weitere Verbindung würde keinen so großen Unterschied machen.

Und außerdem … Rory war einmal von seinem Rudel weggelaufen, aber jetzt wusste er, was aus einem Omega, der alleine war, werden konnte. Er hatte das Rudel gehasst, weil es nicht seine Familie war, aber sie hatten ihn nicht so misshandelt, wie es Beaus Rudel mit Beau getan hatte. Das Asyl war in gewisser Weise sein Rudel geworden, und ohne sie wäre er sicher gestorben. Ohne das Asyl, das ihn beschützt und ihn dazu gedrängt hatte, an seine Zukunft zu denken und bei der Partnervermittlung einen Vertrag abzuschließen, hätte Beau ihn nie gefunden und gerettet.

Es war sicher nicht schlecht, ein Rudel in der Nähe zu haben. Und selbst wenn sie nicht wirklich Teil des Rudels waren, war die Aufrechterhaltung der Beziehungen zwischen den Rudeln immer die Aufgabe von Omegas. Wenn er und Beau ein Zweier-Rudel waren, war es die Sache der Omegas, die Verbindung mit dem Niemi-Rudel zu festigen. In diesem Fall Rory und Casey.

Rory musste nur anrufen und fragen.

Casey hatte nicht gesagt, dass seine Nummer nur für Notfälle oder Hebammenangelegenheiten bestimmt war, und er hatte sie insbesondere Rory und nicht Beau gegeben. Das musste bedeuten, dass es nicht schlimm wäre, einfach zu fragen.

Er schaltete die Waschmaschine an und setzte sich anschließend auf das alte Bett mit den vertrauten Gerüchen im Kellerschlafzimmer, und rief die Kontaktliste auf seinem Handy auf. Inzwischen hatte er vier: Beau und Susan, Jennifer und Casey.

Er könnte zuerst Jennifer anrufen und sie fragen, ob sie glaubte, dass es Casey etwas ausmachte, wenn er ihn anrief; vielleicht wusste sie sogar selbst durch ihren Ehemann und die Kinder, wie man die Zauber in die Kleider einstickte. Susan würde es möglicherweise auch wissen. Sie war trotz allem ein Omega und eine Großmutter. Aber sie und das Asyl waren das Rudel, das er verlassen hatte, um Beau zu heiraten und hierher zu kommen; das Niemi-Rudel war das Rudel, mit dem er jetzt neue Verbindungen knüpfen musste.

Rory tippte eine SMS für Casey. *Kann ich dich etwas fragen? Eine Omega-Frage, keine Hebammen-Frage.*

Casey antwortete fast augenblicklich. *Sicher!* Ein paar Sekunden später, während Rory noch immer auf die erste Antwort starrte, fügte er hinzu: *Du kannst auch anrufen, wenn du willst, oder weiter SMS schreiben, wenn das für dich besser ist.*

Rory beschloss zu versuchen, zu erklären, was er fragen wollte; nur jedes Mal eine kleine Nachricht, doch dann drückte er auf die Wahltaste.

Casey hob beinahe vor dem ersten Klingeln ab. „Hey du! Es freut mich, von dir zu hören, Roland, wie geht's dir?"

Die Freude und die Geschwindigkeit, mit der er antwortete, ließ Rory in Schweigen verfallen. Zum ersten Mal ging ihm auf, dass es nicht nur seine Entscheidung war, um Hilfe zu bitten: Jennifer und Casey und vielleicht sogar das ganze Niemi-Rudel hatten entschieden, für Fragen bereitzustehen, selbst nachdem er und Beau gesagt hatten, dass sie kein Rudel wollten.

„Hi", sagte Rory verspätet. „Ich, ähm. Das ist vielleicht eine dumme Frage. Es ist kein Notfall oder so was. Ich habe mich nur gefragt ..."

Casey wartete ein paar Sekunden, nachdem er verstummt war, dann sagte er: „Nun, das ist schon in Ordnung. Es ist manchmal schön, über etwas zu reden, was kein Notfall ist. Wenn man Hebamme ist, denken die Leute meistens, dass das alles ist, worüber man sprechen *kann*. Ich freue mich, dass du an mich denkst, wenn du eine Frage hast, Roland."

Bei der Wärme und Freundlichkeit in Caseys Stimme und dem Wissen, dass er Casey immer noch nur bat, etwas Fachwissen zu teilen, errötete Rory leicht. Aber wenn Rory jemals eine Person sein wollte, die andere Leute anrufen konnten, musste er dieses Zeug irgendwie lernen, und das bedeutete zu fragen.

„Ich habe mich gefragt, was die Omegas und die Verwandten allen in die Kleider sticken, im Rudel. Wenn dein Rudel das macht. Meines tat es, aber ich habe nie darauf geachtet, weil ich ... na ja. Ich wollte nicht die Art Omega sein, die sie von mir erwarteten, denke ich. Beau hat noch ein paar Klamotten von seinem Rudel, ehe er es verlassen hat, und sie haben Stickereien darin angebracht, und ... ich weiß genug, um zu erkennen, dass es etwas bedeutet, aber ich weiß nicht wirklich ... was oder wie oder ... irgendwas."

„Oh", antwortete Casey. „Ja, ich weiß, was du meinst, die Niemis machen das auch. Eine unserer älteren Hebammen sagte mir einmal, dass es sich teilweise nur um Wäschezeichen handelt, um die Kleidung aller auseinanderzuhalten. Jeder hat sein Eigenes, das nur ihm gehört, normalerweise hinten am Kragen oder in der Taille. Diese Markierung auf Beaus Kleidung kennzeichnet sie also als seine."

Rory griff zu seinem Rücken und hakte seine Finger in den Bund der sauberen Jeans, die er trug und die einmal Beau gehört hatte. Er konnte das Zeichen spüren, das er zuvor gesehen hatte, überlappende Figuren in Gelb und Rot. Markiert als Beaus Besitz: die Jeans und vielleicht auch Rory selbst.

Hatte Beau daran gedacht, als er Rory die Jeans zum Anziehen gab? Es war sowieso so, nachdem er ihm Kleidung gegeben hatte, die Beau gehört hatte und seinen Geruch trug, aber insbesondere diese Jeans wies das besondere Zeichen von Beaus Rudel auf.

„Und dann gibt es noch andere, die wirklich gute Wünsche darstellen, obwohl ich glaube, in allem steckt eine bestimmte Absicht, weißt du? Aber die Zauber sind normalerweise einfachere Zeichen, denke ich. Ich weiß nicht, ob sie in jedem Rudel gleich sind. Wir machen irgendwo auf der rechten Seite einen Reißzahn oder eine Klaue – an der Schulter oder im Ärmel oder an der Hüfte – zur Stärkung, und einen Kreis oder leeren Mond zum Schutz. Vor allem Kinder haben immer Kreise auf der rechten Seite in ihrer Kleidung. Jeder Omega und jede Mutter im Rudel können der Kleidung eines Babys ihre eigenen Zeichen hinzufügen."

Rory zog an der rechten Seite der Jeans an der Hüfte und wusste bereits, welche Zeichen dort versteckt waren. „Was ist mit einem Stern?"

„Ah", sagte Casey. „Das ist … Führung, denke ich, ist die Absicht dahinter. Links soll jemand nach Hause geführt werden."

Rorys Finger umklammerten die Jeans. „Rechts bedeutet es, dass jemand weggehen wird?"

Das machte Sinn: Wer diese Jeans für Beau gefertigt hatte, hatte gewusst, dass er weggehen würde. Es war nett von ihnen, die Kleidung gemacht und den Wunsch für seine Sicherheit hinzugefügt zu haben.

Aber jetzt trug Rory sie, und er fragte sich, ob Beau gewusst hatte, dass er diesen Wunsch auch an Rory weitergab und ihm alles Gute wünschte, wenn er wegging.

Es war egal, sagte sich Rory. Das bedeutete nicht, dass er gehen musste, nur weil er diesen Zauber seit Tagen auf der Haut trug. Es bedeutete nur, dass jemand irgendwo gewollt hatte, dass Beau in Sicherheit war.

„Nun", sagte Rory und erkannte, dass Casey auf eine Antwort von ihm wartete. „Ich glaube, ich muss ein paar Nadeln und Faden kaufen, oder?"

Casey gab ein leises Geräusch von sich, nicht ganz ein Lachen, aber so warm und ermutigend wie eines. „Das wäre wahrscheinlich ein guter Anfang, ja. Hast du schon einmal gestickt?"

„Äh", murmelte Rory und versuchte, sich zu erinnern. „Nun, wie schwer kann es sein?"

Diesmal lachte Casey wirklich.

Kapitel 25

Beau schrieb Rory eine Nachricht, um ihn wissen zu lassen, dass er erst spät kommen würde, und blieb dann im Büro der Assistenzärzte, bis er absolut vollkommen alles nachgeholt hatte und abgelenkt Kaffee trank, um seinen knurrenden Magen zu beruhigen.

Er kam spät nach Hause, erschöpft und so hungrig, dass er sich fast krank fühlte, und der erste Geruch, den er wahrnahm, war Rorys Blut.

Adrenalin raste durch ihn wie ein Blitz und er schrie Rorys Namen, rannte durch das Haus. Gleichzeitig bemerkte er den Klang von Rorys Herz, das stetig schlug – jetzt schneller – dann sah er Rory, der aus dem Wohnzimmer auf ihn zuschoss.

Beau packte ihn, tätschelte ihn nervös, suchte nach einer Wunde, nach …

Rory hielt seine Finger hoch, die hier und da von Nadelstichen gerötet waren, und Beau begriff schließlich, dass das, was er an Blut gerochen hatte, nur ein Hauch war. Rory hatte sich in die Finger gestochen, das war alles.

„Ich habe versucht, etwas zu nähen", sagte Rory, als Beau es endlich schaffte, sich auf ihn zu konzentrieren und nicht auf das Brüllen der Panik in seinen Ohren.

„Das braucht etwas Übung, das ist alles. Und Fingerhüte sind wohl doch nicht unnütz. Ich werde morgen ein paar Fingerhüte besorgen."

Beau stieß einen tiefen Atemzug aus und küsste jede von Rorys Fingerspitzen, bevor er Rory an sich zog und ihn umarmte. „Entschuldigung. Entschuldigung, ich – wir hatten heute einen Patienten mit einer Blutung und es hat ewig gedauert, herauszufinden, woher das Blut kam, aber ich konnte riechen, dass er die ganze Zeit blutete und … Entschuldigung. Entschuldigung, Baby, ich habe nur …"

Rorys Arme schlossen sich eng um ihn. „Es ist okay, Beau. Du hast nichts falsch gemacht, wir sind beide nur erschrocken. Es ist in Ordnung. Du hattest einen langen Tag, hm? Komm, lass uns essen."

Beau zog sich zurück, hob eine Hand und legte sie an Rorys Wange, fuhr die Kontur mit dem Daumen nach. „Du hast doch nicht auf mich gewartet, oder? Du musst essen."

Rory schüttelte liebevoll den Kopf, weil Beau so lächerlich überfürsorglich war. „Ich habe eine Kleinigkeit gegessen. Ich mag es, mit dir zu essen. Komm schon, es ist zwar nur Suppe, aber sie ist warm. Ich verstehe nicht, wie du zwei Tropfen Blut über dem Duft riechen konntest."

„Prioritäten", murmelte Beau, aber er ließ sich von Rory zu einem Stuhl am Tisch in der Küche schieben. Dort standen bereits Brot und Käse bereit, Suppenteller, Löffel, Servietten und eine Kanne Wasser. Rory holte den Topf Suppe vom Ofen, und der volle, warme Duft stieg Beau endlich in die Nase und fachte den Hunger erneut an, den er bei der hektischen Eile, nach Rory zu sehen, vergessen hatte. Er schaffte er kaum, zuerst Rory den Teller zu füllen, ehe er die Suppe auf seinen eigenen gab. Rory schenkte ihnen derweil Wasser ein, ihre Hände wanderten über dem Tisch hin und her, bis sie beide bereit waren, um zu essen.

Beau tauchte seinen Löffel ein, aß schnell und ohne Unterbrechung: Er nahm Rory nur als beruhigende, stille Präsenz am Tisch wahr, und Beau fing Rorys Knöchel zwischen seinen ein, ohne darüber nachzudenken oder aufzusehen.

Rory machte ein murmelndes Geräusch, sagte aber nichts dagegen oder tat sonst etwas, um Beau von seinem Essen abzulenken.

Er kratzte seinen Teller nach der dritten Portion Suppe aus, als die Erschöpfung, die er den ganzen Tag verdrängt hatte, über ihn hereinbrach. Er saß wie benebelt am Tisch und dachte an all die Handgriffe, die jetzt nötig waren, um die Küche sauber zu machen, bis Rory um den Tisch herumkam und ihm die Hände auf die Schultern legte.

„Geh ins Bett", sagte Rory zärtlich. „Du schläfst schon im Sitzen ein. Mach schon, das hier bekomme ich allein in den Griff."

„Du hast gekocht", nuschelte Beau. „Du ..."

„Ich bin den ganzen Tag zu Hause und rette nicht die Leben von Menschen", sagte Rory geduldig, die Hände immer noch auf Beaus Schultern. „Komm, geh ins Bett."

„Ich ..." Beau konnte es nicht sagen, konnte nicht danach fragen. Aber er wollte diesen warmen, hellen Raum mit Rory darin nicht verlassen. Er wollte nicht alleine schlafen und auch nicht so tun, als versuche er es.

„In Ordnung", sagte Rory noch sanfter. „Dann ... leg den Kopf einfach hin, Liebling."

Rorys Hand drückte zwischen Beaus Schulterblätter, und er bemerkte, dass der Raum vor ihm wie durch ein Wunder bereits klar war, und so legte er seine Arme auf den Tisch und senkte seinen Kopf darauf ab. Rorys Hand strich über seinen Hinterkopf zu seinem Nacken und verschwand dann, aber da war er schon auf halbem Weg in einen Traum, in dem er mit Rory ins Bett ging, ihn in die Laken drückte und ...

Bei einer Berührung erwachte er ruckartig und sah zu Rory auf, der mit dunklen Augen zu ihm hinunterblickte. Sein Blick wanderte von Beaus Gesicht in dessen Schoß, und Beau öffnete den Mund, um sich für seinen halbharten Schwanz zu entschuldigen, dafür, dass er zu viel wollte.

Rory beugte sich zu ihm hinab, küsste ihn, unterdrückte die Worte.

Beau stöhnte in den Kuss und stieß sich vom Tisch ab, zog Rory auf seinen Schoß. Rory gab sofort nach. Sein ganzer Körper fühlte sich geschmeidig an, seine Arme schlangen sich um Beaus Hals, sein Mund stand für Beaus

Kuss bereits offen. Beau hielt ihn einfach fest, küsste ihn und versuchte dabei, ihn nicht zu mehr zu drängen – aber er trug immer noch die Arzthose, die keine Tarnung bot oder versteckte, wie sein Schwanz hart wurde und sich gegen Rory presste. Beau schaffte es, nicht nach oben gegen ihn zu stoßen, aber Rory zog sich nicht zurück, sondern küsste und hielt ihn weiter – und roch so warm und gut und süß und nach *seiner* – und genau das machte Beau wild.

Rory nahm die Hände von Beaus Nacken, lehnte sich zurück, und Beau erstarrte keuchend. Rory lächelte mit seinen kussroten Lippen.

„Ich dachte gerade, du könntest vielleicht eine Hand vertragen“, sagte Rory, wobei er sich so auf Beaus Schoß bewegte, dass er eine Hand unter den Bund der Arzthose schieben konnte.

Beau stockte der Atem, er umschloss Rorys Hand mit seiner. „Baby, du musst nicht ...“

„Schhh“, schnaufte Rory beinahe in Beaus Mund, während sich seine Finger um Beaus Schwanz wickelten. „Sch. Vielleicht ist es doch nur ein Traum, hm? Vielleicht hast du auf deinen Ehemann gehört und bist ins Bett gegangen, und jetzt träumst du von ihm.“

Beau öffnete die Augen, blickte in Rorys und sah nichts als Glück und Zuneigung darin. Jede Kraft für eine Diskussion verließ ihn.

„Vielleicht ist das so“, seufzte Beau und lehnte sich für einen weiteren Kuss nach vorn, als Rory ihn massierte. „Das würde auch sehr vernünftig von mir sein, oder? Auf meinen Ehemann zu hören?“

„Mhm“, stimmte Rory zu, lächelte in den leichten Kuss und massierte Beau in beständigem Rhythmus, während Beaus Hand auf seiner Brust ruhte und den schnellen Schlag seines Herzens spürte.

Es war wirklich wie im Traum, schlaftrunken und satt gegessen in der hell erleuchteten Küche, Rory warm und willig auf seinem Schoß, ihm mit jeder Handbewegung und jedem Kuss Lust verschaffend. Beau ergab sich, ritt auf den Wellen der Lust höher und höher, bis er Rory nicht mehr küssen konnte, weil er keine Luft mehr bekam und sein Körper sich verkrampfte. Er keuchte leise, als er sich über Rorys Hand ergoss, und presste sein Gesicht gegen Rorys Kehle, weil es zu viel war, sowohl zu sehen und fühlen als auch zu riechen, was passierte.

Anschließend hielt er sich still, bis er sich zu bewusst wurde, wie sich Rorys Finger immer noch um seinen Schwanz wickelten, wie sich Rorys anderer Arm um seine Schultern legte und Beau festhielt. Rorys Wange ruhte auf seinem Kopf, und er konnte Rorys langsames, stetiges Atmen spüren und die Weise, wie sich Rorys Herzschlag nur allmählich verlangsamte.

„Also", sagte Beau schließlich. „Wenn ich jetzt auf meinen sehr weisen Ehemann hörte, was würde er mir nun sagen?"

Rorys Atem stockte ein wenig, und Beau neigte den Kopf nach hinten, bis er Rory in die Augen sah und bemerkte, wie er sich auf die Lippe biss.

„Ich denke, ich sollte ins Bett gehen", murmelte Beau. „Und er ebenfalls, nicht wahr?"

Rory nickte und schlang seinen Arm fester um Beaus Schultern. Dann ließ er Beaus Schwanz los, nur um seine klebrig-nasse Hand flach gegen Beaus Bauch zu drücken, ohne ihn festzuhalten, aber … ihn vielleicht mit seinem Zeichen zu versehen.

Beau musste ihn erneut küssen, während er seinen Griff festigte, und als er aufstand, stieß Rory ein erschrockenes, leises Lachen aus, schlang aber gleichzeitig seine Beine fest um Beaus Taille.

„Ich hab dich, Baby", murmelte Beau und ging sicher zur Treppe, während er sich weiter kleine Küsse stahl. „Ich werde dich nicht gehen lassen, bis du mir sagst, dass du es willst, das verspreche ich dir."

„Dein Bett", forderte Rory zwischen den Küssen, als Beau die Treppe hinaufstieg. „Ich will nicht alleine schlafen."

Dazu konnte Beau nichts sagen, aber er küsste Rory erneut und trug ihn in das Schlafzimmer, das sie in den letzten Nächten geteilt hatten, zum Bett …

Das Bett, das sie geteilt hatten, obwohl man von dem ausgehenden Geruch nicht darauf schließen konnte, ebenfalls nicht vom Aussehen. Die Laken waren sauber gewaschen, die Decken zeigten keinen Hinweis darauf, dass sie jemals irgendwer zu Boden gestrampelt hatte, während er mit etwas viel Wichtigerem beschäftigt war.

„Ich, ähm", sagte Rory. „Ich habe sauber gemacht, aber …"

„Wünschst du dir, du hättest es nicht getan?", murmelte Beau und küsste ihn wieder, bevor er antworten konnte.

„Es scheint jetzt so einsam zu sein", stimmte Rory zu, als Beau seinen Mund freigab. „Ich schätze, wir müssen etwas dagegen tun."

„Ich vermute, dass wir das werden", meinte Beau, beugte sich vor, um die Decken aus dem Weg zu schieben, ehe er Rory in sein Bett fallen ließ.

Ehe Beau es sich noch anders überlegte oder Rory fragen konnte, was er wollte, schälte sich Rory aus seinen Kleidern – nur einem T-Shirt und Pyjamahosen.

„Du auch", forderte er, zappelte sich dabei aus seiner Hose, und Beau konnte nicht anders als zu gehorchen und sich auszuziehen, bevor er sich auf das Bett setzte und Rory einen langen, trägen Kuss gab. Rorys Arme hoben sich um seinen Nacken, ermutigten ihn zum Weitermachen, aber

Beau zog sich weit genug zurück, damit er ihm in die Augen schauen konnte.

„Sag es mir, Baby", sagte er leise. „Was immer du willst, aber ich werde nicht raten, was das ist."

Rory biss sich erneut auf die Lippe und wurde plötzlich schüchtern. Er war weder hart noch nass, hatte nicht auf die Art Lust, die er in der Vollmondnacht gehabt hatte, aber es war deutlich zu sehen, dass er das hier wollte.

„Ich kann neben dir liegen und dich küssen und sonst nichts machen", bot Beau leise an. „Ich kann dich berühren, wo immer du willst. Ich habe keine Hintergedanken, sondern halte das heute Nacht einfach für eine gute Idee."

Rory nickte. „Ich … ich will küssen. Und anfassen. Ich … ich will fühlen. Ich glaube, ich kann es, wenn du …"

Rorys Stimme stockte bereits. Wenn Beau ihn noch länger zappeln ließ oder versuchte, ihm noch mehr Worte aus der Nase zu ziehen, würde er einwenden, dass es ihm gut ging und er einfach nur schlafen wollte.

„Okay", sagte Beau, streckte sich langsam auf der Matratze aus und beobachtete die Art, wie Rorys Augen dunkel wurden und sich seine Lippen hungrig teilten. „Also werden wir küssen und anfassen, und ich werde mein Bestes tun, damit du dich gut fühlst. Sag mir, wenn ich zu weit gehe, ja, Baby?"

Rory nickte schnell, streckte die Arme nach ihm aus, und Beau kam ihm entgegen, bedeckte Rorys Körper halb mit seinem, setzte sein Knie zwischen Rorys. Er küsste Rorys geöffnete Lippen, eroberte seinen Mund mit trägen Bewegungen, während er sich an das Gefühl von Rorys nacktem Körper unter seinem gewöhnte. Rory wand sich unter ihm in keiner bestimmten Richtung, lediglich auf der Suche nach Empfindungen.

„Lass mich, Baby", murmelte Beau, schob sich völlig über Rory, küsste ihn und schnüffelte seine Kehle entlang, über die Brust, wo sich leichte Röte warm gegen Beaus Lippen über seine Haut zog. Rory konnte sich nicht stillhalten, als Beau an seiner Brustwarze saugte, dann stockte sein Atem, sein gesamter Körper versteifte sich für einen Moment.

„Hab dich gefunden", sagte Beau, sah auf zu Rory – der sich wieder auf die Lippe biss und dabei doch lächelte, die Augen waren in einem ersten Anflug von Lust noch ein bisschen dunkler geworden. Beau musste ihn einfach noch einmal küssen, er richtete sich für ein schnelles Streichen über seine Lippen auf, dann senkte er seinen Kopf über Rorys Brust, reizte ihn hier und da und entlockte ihm mit Lippen, Zunge und Fingern leises Stöhnen und unwillkürliche Bewegungen. Nach einer Weile nahmen diese Bewegungen Rhythmus und Richtung an, und Rory zog ihn wieder hoch.

Beau küsste ihn langsam, immer noch schmeichelnd, aber er fuhr mit einer Hand über Rorys Körper, zwischen seine begierig gespreizten Schenkel, um den Beweis zu erbringen, dass er anfing, es auf die Art zu fühlen, die er sich gewünscht hatte. Er wimmerte leise, als Beau mit dem Finger über seinen Eingang strich, der kaum feucht und weit davon entfernt war, etwas in sich aufzunehmen, aber genug, um zu zeigen, dass Rorys Körper anfing mitzuspielen.

„Kann ich meinen Mund noch irgendwo einsetzen?", murmelte Beau, als er den Kuss unterbrach, während er mit seinem Handrücken gegen Rorys Schwanzwurzel rieb und seine Fingerspitzen weiter nur den Rand seines Lochs reizten. „Würde sich das gut anfühlen?"

Rory atmete aus und nickte, drückte ihn sogar leicht nach unten. Beau grinste und rutschte über das Bett nach unten.

Er hielt Rorys Hüfte fest, damit er ruhig blieb, und nahm Rorys Schwanz – weich und klein, aber offensichtlich immer noch empfindlich – in den Mund. Dann fuhr er mit den Lippen tiefer, liebkoste und leckte sich einen Weg zu Rorys Eingang. Rory spreizte die Schenkel weiter, ein Wimmern saß ihm in der Kehle, ehe Beaus Zunge gegen ihn drückte.

Nichts von alledem war so ungezwungen oder offensichtlich oder *hastig* wie in der Vollmondnacht, aber Rory schmeckte für Beau immer noch besser als alles, was er jemals zuvor geschmeckt hatte. Beau konnte sich nach wie vor nichts vorstellen, dass er mehr wollte als die Laute, die Rory machte, wenn die Lust in ihm anstieg, die Art, wie sein Duft warm und offen und dringlich wurde, während Beau ihm Vergnügen bereitete. Das baute sich weiter und weiter auf, bis Rorys dünnes Japsen zu einem Stöhnen und dann einem Aufschrei wurde, seine Hüften wild zuckten, während er sich gegen Beaus Mund und Finger presste.

Beau fühlte sich beinahe wie hypnotisiert. Nicht einmal der Mond konnte ihn hier erreichen, jeder seiner Sinne konzentrierte sich einzig auf seinen Omega. Es fühlte sich an, als könnte er ewig weitermachen und Rory durch diese langsamen Stadien der Lust führen, doch dann verspannte sich Rory plötzlich unter ihm, wurde starr, während sein Schwanz pulsierte und sein Loch um Beaus Fingerspitzen herum eng zuckte. Er heulte beinahe, als der Höhepunkt aus ihm herausbrach, und Beau konnte nicht aufhören, ihn zu schmecken und zu berühren, bis er sich entspannte und schließlich zu zittern begann.

Beau ließ eine Hand auf Rorys Schenkel liegen, seine Wange ruhte auf dem anderen Schenkel, und er sah über Rorys Körper hoch zu seinem geröteten Gesicht.

Nach einem Moment schaute Rory nach unten und sagte: „Was machst du da unten? Deine Beine hängen aus dem Bett."

Beau grinste und küsste Rory in die Leiste, dann robbte er sich zurück auf das Bett, zog Rory in seine Arme und küsste ihn. Rory leckte ihm zaghaft über den Mund, seine

Lippen tauchten zwischen Beaus Lippen und er schmeckte sich selbst auf Beaus Zunge. Beau musste sich ein wenig zurückziehen und seinen Körper daran erinnern, dass er bereits sein Vergnügen gehabt hatte und er in deprimierend wenigen Stunden wieder aufstehen musste.

Rory ruckelte in seinem Griff, bis er sich bequem in seinen Armen niederlassen konnte, aber die ganze Zeit sah er Beau mit solcher Zuneigung, solcher schläfrigen Behaglichkeit an, dass Beau kaum denken konnte. Sein Puls schlug mit nichts als Alpha-Befriedigung beim Anblick seines Omegas, reizend und bereit, in seinen Armen zu schlafen.

Rorys Augen schlossen sich, und am Rande des Schlafes dachte Beau: *Niemand außer ihm. Niemand außer ich für ihn. Immer.*

Ich liebe ihn.

Beaus Augen blitzten auf. Es war nicht so, dass der Gedanke überraschend war – er hatte sich von Anfang an um Rory gekümmert – aber er kam mit äußerster Gewissheit.

Er konnte Rory dazu bringen, ihn zu lieben; Rory tat es wahrscheinlich schon fast oder dachte, es zu tun. Beau war zweifellos der beste Alpha, den Rory jemals gehabt hatte – aber was zum Teufel bedeutete das angesichts der Alphas, die Rory gehabt hatte?

Was bedeutete es überhaupt? Wenn Rory glücklich war und Beau ebenfalls glücklich war, was machte es dann aus, wenn es nur darum ging, dass Rory nie eine Chance auf etwas anderes gehabt hatte?

Beau fühlte sich ein wenig krank bei dieser habgierigen Wendung seiner Gedanken. Es war wichtig. Es musste wichtig sein. Er konnte – durfte – nicht versuchen, Rory in etwas Dauerhaftes zu locken, nicht so, wie die Dinge gerade standen. Nicht, wenn er der einzige Mensch auf der

Welt war, den Rory hatte, den er mit niemandem vergleichen und sich an niemanden sonst wenden konnte.

Aber vielleicht … wenn er einen Weg finden konnte, Rory andere Optionen zu bieten, ehe die drei Jahre um waren, wenn Rory andere Menschen hatte, auf die er sich verlassen konnte, damit seine Wahlmöglichkeiten nicht nur bei Beau bleiben oder wieder ganz allein auf der Welt sein lauteten. Dann würde es vielleicht in Ordnung gehen. Vielleicht fand Beau einen Weg, um alles in Ordnung zu bringen und ihn doch zu behalten. Ihn immer noch lieben und im Gegenzug Rorys Liebe verdienen.

Doch für jetzt hielt Beau ihn nur fest und schlief ein.

***

Am nächsten Tag, als er so etwas ähnliches wie eine Mittagspause in etwas ähnlichem wie Privatsphäre ergattert hatte – um halb drei nachmittags – googelte er auf seinem Smartphone.

Georgia Lea Wisconsin Werwolf

Das erste Ergebnis zeigte ein Facebook-Profil, das Beau antippte, obwohl er davon ausging, dass er raten müsste, ob er die richtige Georgia Lea gefunden hatte. Aber sie hatte die grünen Augen, in die er erst an diesem Morgen gesehen hatte, als sie ihn vom Kissen aus anblinzelten, und honigblondes Haar.

Direkt unter ihrem Foto stand *Intro*, und darunter befanden sich lediglich ein paar Zeilen Text. Die zweite besagte: *Ich vermisse meinen Bruder Rory unendlich. Bitte komm nach Hause.* Und dann gab es eine URL.

Beau klickte sie an und fand sich auf einer Webseite wieder, die anscheinend vermissten Omegas gewidmet war – die Seite lud langsam und stockend auf seinem Handy, aber im nächsten Moment blickte er auf ein grünäugiges, rundwangiges Kind an der Schwelle zur Pubertät,

Seite an Seite mit einem Bild, das eventuell den heutigen Rory zeigte, einschließlich vierzig Pfund mehr auf den Rippen und fünf Zentimeter langen Haaren, das an den Rändern zu glatt war und seinen künstlich erzeugten Ursprung verriet.

Darunter standen Basisinformationen über Rory und eine E-Mail-Adresse, an die man Informationen schicken konnte: bringroryhome@gmail.com.

Beau zögerte – vielleicht sollte er erst Rory fragen, es ihm überlassen – aber dann dachte er daran, wie es sich anfühlen mochte, Rory irgendwo in der Welt zu wissen und nichts zu glauben, als dass er allein und in Gefahr sein könnte, dass er möglicherweise gar nicht mehr lebte. Georgia Lea wartete seit acht Jahren darauf zu erfahren, wo ihr Bruder war.

Beau tippte auf den Link.

Ich weiß nicht, ob Rory bereit ist, nach Hause zu kommen oder überhaupt mit Ihnen in Kontakt zu treten, aber ich möchte Sie wissen lassen, dass es ihm gut geht.

Die Worte waren unzulänglich, aber Beau konnte es besser machen; er lud die Fotos von seinem Handy hoch. Gerade heute Morgen hatte er eines gemacht und Rory gesagt, er brauche etwas Schönes, das er sich tagsüber ansehen konnte. Nun er hatte fünf geschossen, aber mindestens eines davon war für Rorys Schwester geeignet: Eine Abbildung von Rory, der einen Hoodie von Beau trug, der etwas von seiner Dünnheit und den Narben am Hals verbarg, die Beau fast nicht mehr bemerkte, und sonnig lächelte.

Er hängte das Foto an, drückte auf Senden und schaltete sein Telefon aus, bevor er wieder an die Arbeit ging.

Kapitel 26

„Hey, da bist du ja", sagte Casey, nur einen Augenblick, nachdem Rory aus dem ThereWolf-Wagen gestiegen war, das ihm zu dem Nähgeschäft gebracht hatte, und schoss aus einem kleinen blauen Wagen, der reichlich mit Staub überzogen war.

Casey grinste und sah so erfreut aus, dass Rory die Worte, die er im Auto einstudiert hatte, völlig vergaß. Er hatte sich bei Casey dafür entschuldigen wollen, seinen Zeitplan durcheinandergebracht zu haben und ihm zu danken, weil er sich mit Rory traf und ihm beim Einkauf für sein Nähprojekt helfen wollte. Jetzt schaffte es Rory nur zu grinsen und ein „Hi" herauszubringen.

Casey knuffte ihn freundschaftlich mit der Schulter an seiner Schulter – sie waren beinahe gleich groß, deswegen funktionierte das – und ging mit ihm gemeinsam in den Laden.

„Ich freue mich, dass du mich gebeten hast, dich zu treffen", sagte Casey, während er sich in dem Leuchtstoffröhrenlicht des Geschäfts umsah, das voller Menschen war und aus dem ein Geruchsgemisch ausging, das in der Nase kitzelte. „Ich, äh …" Casey Blick wanderte rasch über ihn, dann schaute er schnell wieder weg. Er betrat den Laden selbstbewusst und sagte: „Ich kann nicht wirklich viel mit anderen Omegas abhängen, wenn ich nicht, du weißt schon … ihre Babys zur Welt bringe."

Casey war vielleicht in seinem Alter – möglicherweise ein bisschen zu alt, um nicht verheiratet zu sein, als ein Omega, der traditionell mit dem Rudel lebte. Es gab keinen Hinweis auf den Geruch eines Alphas an ihm, kein Zeichen in seiner Stimme, dass er sich danach sehnte, sein eigenes Baby zur Welt zu bringen.

Rory verdrängte seine eigenen vorläufigen Hoffnungen und sagte: „Abgesehen vom Asyl war ich auch nicht wirklich in der Nähe vieler anderer Omegas. Nicht für längere Zeit."

Casey lächelte ihn an und fügte an: „Außerdem bist du – ich meine, natürlich bist du ein Freund und Nachbar des Rudels, aber du warst die letzten zwanzig Jahre nicht hier. Du siehst mich nicht so an, als wäre ich, du weißt schon. Immer noch sechs Jahre alt und tragisch verwaist."

Hinter diesen leicht dahergesagten Worten hörte Rory das *bitte frag nicht danach, bitte hör nicht auf das, was andere darüber sagen.* Casey sah ihn nicht an, als wäre er nur das, was er erlebt hatte, und Rory konnte diesen Gefallen sicher erwidern.

Er hakte sich bei Casey ein und fühlte sich mutig und sicher mit einem anderen Omega, auch wenn der zufällig eine Hebamme war. Casey wusste über ihn Bescheid, schien zu verstehen und war hier, um zu helfen.

„Okay", sagte Rory. „Also, wo finden wir die Fingerhüte?"

∗∗∗

Als sie mit dem Einkaufen fertig waren und noch der größte Teil des Nachmittags übrig blieb, bis Beau nach Hause kam, bot Casey an, Rory mit zurück zum Land des Niemi-Rudels zu nehmen. Auf diese Weise konnte er einige der anderen Omega-Hebammen treffen und ihre Meinung zu seinem kleinen Nähprojekt einholen.

Rory hatte das Gefühl, dass Nähen nicht das Einzige war, worüber er die Anschauungen der Niemi-Hebammen hören sollte, wenn es sich um solche Omega-Hebammen handelte, an die er sich aus dem Rudel seiner Mutter erinnerte. Er hatte es damals gehasst, all die spitzen Bemerkungen, mit dem nur Rudelälteste davonkamen, der Rat, den sie zumindest als Entschuldigung anboten.

Jetzt freute er sich irgendwie darauf.

Casey wurde langsamer und bog von einer asphaltierten Straße auf eine unbefestigte ab, die so schmal war, dass sich die Bäume über ihren Köpfen trafen. Sie fuhren nicht weit, bis Casey sagte: „Jetzt sind wir auf Rudelland."

Rory glaubte, er hätte es wissen müssen, selbst ohne Caseys Ankündigung, allein durch die Art, wie Casey tiefer in seinen Sitz gesunken war und sich sein Griff um das Lenkrad lockerte. Auch die Straße selbst veränderte sich, wurde ebener.

Offensichtlich kümmerte sich das Rudel gut um sein Land.

Rory starrte auf das Armaturenbrett von Caseys Wagen, als Erinnerungen an all die Pflichten, die den Rudelbesitz unterstützten, als er dort gelebt hatte, auf ihn einströmten. Alphas und Betas hatten sich um die Straßen und Pfade zu kümmern, im Winter Schnee zu räumen und im Sommer Rasen zu mähen, Zäune auszubessern und Gebäude zu streichen. Rorys Aufgaben waren eher gewesen, Unkraut zu jäten, Essen zu kochen, Kleidung zu flicken und Wohnungen zu putzen. Das hatte ihn gewurmt, alles davon, plötzlich tatsächlich eines der Mädchen zu sein, selbst wenn jeder ihn noch einen Jungen nannte.

Er erinnerte sich an die Stimme seines Vaters – in der kurzen Zeitspanne, bis er nicht mehr Rorys Vater war – die in ärgerlichem Flüstern zischte, das für ein Werwolfkind, das seine Eltern belauschte, wenn es eigentlich schlafen sollte, so laut wie ein Schrei war. *Was soll das heißen, Omega? Ist er ein Junge oder ein Mädchen oder was?*

Rory hatte es auch nicht gewusst, außer dass er nicht das war, was er dachte, was er sein sollte, um in seine Familie zu gehören und in der Schule zu bleiben.

„Hey", sagte Casey leise und sah zu ihm herüber, und Rory bemerkte, dass er seine Hände in seinem Schoß zu Fäusten geballt hatte. Rory holte tief Luft und zwang sich zu entspannen. Er war nur zu Besuch; in ein oder zwei

Stunden ging er heim zu seinem Haus. Zu Beau, der sich zweifellos nicht um die Laken scherte oder erwartete, dass er etwas anderes als das war, was er war. Der ein Foto nach dem anderen von Rory gemacht hatte, als er heute Morgen in die Arbeit gehen musste, weil er sie sich ansehen wollte, während er in der Arbeit war.

Rory beschwor für Casey ein Lächeln auf seine Lippen und sagte: „Entschuldige. Ich war für eine lange Zeit nicht mehr in der Nähe eines kompletten Rudels."

Casey nickte. „Ich verspreche dir, es wird nicht das ganze Rudel sein. Sie würden gar nicht alle in das Hebammenhaus passen."

Rory nickte und erlaubte sich, sich umzusehen, wobei er all die Unterschiede aufnahm, die ihm sagten, dass dies nicht das Rudelland seiner Mutter war. Die Straße führte an einem See vorbei, anstatt einen steinigen Bach zu überqueren, und dann bog Casey in eine Abwärtskurve ein, und er sah die ersten Gebäude des Rudels – ein paar kleine Häuschen und eine lange, niedrige Garage.

Casey fuhr weiter und bog um eine weitere Kurve, die sie zu einem zweistöckigen Haus aus Stein mit einer breiten überdachten Veranda vor dem Gebäude führte.

Gerade befand sich niemand auf der Veranda, aber er konnte Körbe neben ein paar abgenutzten Holzstühlen stehen sehen, ein kleines pinkfarbenes Leintuch hing über dem Geländer. Die Tür und die Fenster standen offen, erwarteten sie zusammen mit der Nachmittagsbrise an diesem Spätsommertag.

Casey trödelte nicht, aus dem Auto auszusteigen, also konnte Rory das auch nicht. Das war ein neuer Ort, sagte er sich selbst, nichts wie irgendwas, wo er früher gewesen war, und wenn er von Hebammen umgeben war …

Caseys Hand glitt in Rorys und drückte sie, bevor er anfing, Rory die Stufen der Veranda hinaufzuführen.

Rory hielt sich fest. Er kannte Casey, er wusste, dass Casey ihn nicht verletzen würde. Casey hatte gesagt, es wäre falsch gewesen, was diese anderen Hebammen ihm angetan hatten. Er war nicht einmal hier, um sie irgendetwas über diese Sachen zu fragen, er war nur hier, um zu lernen, wie man richtig stickte.

Es war, dachte er, als er einen halben Schritt hinter Casey über die Schwelle trat, wahrscheinlich dumm zu glauben, dass er wirklich nur hier war, um sich Ratschläge zum Sticken zu holen. Aber …

„Oh, da seid ihr Jungs – meine Güte, du hast nicht gesagt, dass er so dünn ist! Lass mich erst einmal etwas Kuchen holen."

Rory konnte die Omega kaum sehen – er hatte nur einen Eindruck von kurz geschnittenem weißem Haar und mütterlichen Kurven – ehe sie sich wieder der Küche zuwandte.

Casey lächelte und verdrehte die Augen in Rorys Richtung und führte ihn in einen Raum, wo Sofas und Sessel vor einem Kamin standen. Ein Krug Limonade stand bereits parat, ein Krug Eistee und ein Teller mit Keksen befand sich auf dem Wohnzimmertisch, und Casey schleppte ihn in diese Richtung.

„Setz dich, wo immer du willst, ich schenke uns etwas ein", sagte Casey und ließ endlich Rorys Hand los. „Tee oder Limonade?"

Rory schluckte, setzte sich auf eine Couch, die durch den langen Gebrauch einen Rudelduft abgab, und knetete seine kleine Tasche mit Nähutensilien in seinem Schoß. „Ähm, Limonade?"

„Klar", erwiderte Casey, goss ihm ein, und als er sich neben ihn hockte und Rory das Glas reichte, kam die weißhaarige Omega mit cremeüberzogenem Kuchen, Tellern und Besteck zurück.

„Oh", murmelte Rory, schaute vom Kuchen zu den Keksen, während sich sein Magen so verknotete, dass er nicht sicher war, ob er überhaupt die Limonade in sich behalten konnte. „Ich, ähm, ich kann nicht ..."

„Nein, nein, das steht nur da, damit du dich erinnern kannst, wie es ist, Hunger zu haben, wenn du dich entspannt hast", sagte die Omega, wobei sie den Kuchen und die Teller abstellte. Rorys Augen wanderten zu dem Zeichen eines Bindungsbisses an ihrer Kehle, durch das Alter silbrig-blass und wie eine Dekoration auf ihrer weichen faltigen Haut wirkend.

„Ich bin Tante June, Liebes, und du musst Roland sein. Casey hat uns alles über dich und deinen Beau erzählt, und er sagte, du versuchst, dir selbst ein wenig der guten altmodischen Omegahandarbeit beizubringen."

Rory suchte Zuflucht in einem Schluck Limonade und nickte.

Tante June sah ihn weiter erwartungsvoll an, es war offensichtlich, dass sie wusste, was er lernen wollte, und ebenso offensichtlich wartete sie darauf, bis er etwas darüber sagte. Er schaute gerade rechtzeitig zu Casey, um zu sehen, wie er sich einen halben Keks in den Mund schob und dabei strahlend und nicht wirklich hilfreich lächelte.

„Ich, ähm ..." Rory blickte mit gerunzelter Stirn auf die kleine Tasche in seinem Schoß – lauter neue Sachen, alle frisch besorgt, nicht wie die überlieferte Geschichte eines Hauses wie diesem, die lange Kontinuität des Rudels. Es schien lächerlich, dieser Tante zu sagen, dass er seine eigenen Rudeltraditionen schaffen wollte, nur für sich und Beau, als ob man so etwas einfach erfinden und ihm dann eine Bedeutung geben könnte.

Aber deshalb war er schließlich hierher gekommen, weil er wusste, dass er sich bestimmtes Wissen vom Niemi-

Rudel leihen musste, um es Wirklichkeit werden zu lassen. Er musste nur etwas sagen.

„Ich möchte einfach etwas für Beau tun", sagte Rory, immer noch auf die Tasche in seinem Schoß starrend. „Er ist so gut zu mir, und er arbeitet so hart, die ganze Zeit unter Menschen. Er ist Arzt – Assistenzarzt, meine ich, aber er wird Arzt werden, weil er den Menschen so sehr helfen möchte. Er hat drei Jahre vor sich, und ich kann ihm bei den wirklich schwierigen Sachen nicht helfen. Alles, was ich tun kann, um es besser und leichter für ihn zu machen, möchte ich tun. Ich weiß nur nicht, wie."

„Nun, das Wichtigste weißt du ja", sagte Tante June in tröstendem Ton. „Das bedeutet es, zum Rudel zu gehören, wenn man in der Klemme sitzt."

Rory biss sich auf die Lippe. „Wir sind nicht, ich meine ..." Er zögerte und versuchte, richtig zu antworten, ohne Tante June und damit das ganze Niemi-Rudel zu beleidigen, und auch ohne etwas zu versprechen, was er nicht versprechen sollte, oder Beau in eine unangenehme Situation zu bringen.

„Keiner von uns hat sich im Guten von seinem Rudel getrennt. Ich gebe ihnen nicht die Schuld daran, dass sie mich nicht davon abgehalten haben, wie ein dummes Kind zu reagieren, aber Beaus Rudel ..." Rory schüttelte den Kopf. „So wie sie ihn behandelt haben, weiß ich, dass er kein Rudel mehr will, und ich nehme es ihm nicht übel. Er hat mich, und wir passen aufeinander auf. Hier waren alle sehr nett, aber ..."

„Nun, du bist der erste Freund, den Casey nach Hause gebracht hat, damit wir uns kennenlernen", sagte Tante June und warf dem jungen Omega an Rory vorbei einen bedeutsamen Blick zu. Rory erinnerte sich, was Casey gesagt hatte, dass er verwaist sei und die Leute ihn immer so ansahen, und beeilte sich, Tante Junes Aufmerksamkeit wieder auf sich zu lenken. „Casey tut mir wirklich einen großen Gefallen, also vielen Dank."

„Kein Problem", erwiderte Tante June. Ihr Blick wandte sich wieder Rory zu, und nach einer schnellen Musterung legte sie zwei Kekse auf einen Teller, den sie Rory mit so bestimmter Autorität reichte, dass er nicht daran dachte, zu zögern oder die Kekse abzulehnen. „Dein Alpha muss der Eine in der Rochester-Klinik sein?"

Rory wurde sehr still. Casey und Jennifer wussten beide, wo Beau arbeitete, aber die Art, wie sie *der Eine* sagte, klang, als wüsste sie mehr darüber.

Tante June war verstimmt. „Kau dein Essen, Kind. Die Niemi-Alpha und einige von uns Ältesten trafen sich im vergangenen Winter mit einigen Leuten aus Rochester. Sie wollten wissen, was ein Werwolf braucht, wie man es ihm ermöglichen kann, in der Klinik Erfolg zu haben. Sie kamen her, weißt du, auf das Rudelland – Menschen baten um einen Gefallen, allerdings baten sie jedes Rudel in der Gegend um diesen Gefallen, damit sie nicht von vornherein irgendwelche Verpflichtungen für deinen Beau eingehen mussten. Ich vermute, es war kein schlechter Kompromiss, dass er sich einen Partner suchen musste, wenn er sich schon keinem Rudel anschließen wollte, und es war ziemlich offensichtlich, dass sie ihn nicht ablehnen wollten, wenn es auch nur die kleinste Hoffnung gab, er könnte die Assistenzzeit durchzustehen."

Rory schaute wieder auf die Tasche in seinem Schoß. Sie hatten also die ganze Zeit gewusst, dass Beau ihn nur geheiratet hatte, weil er es musste.

„Aber ich habe noch nie einen Alpha gesehen, den man dazu bringen konnte, einen Partner zu nehmen, wenn er nicht wollte", fügte sie hinzu. „Nicht, ohne ihrem Partner und allen anderen um sie herum das Leben zur Hölle zu machen, also denke ich, dass es in Ordnung ist."

Rory sah erschrocken auf. Es lag ihm auf der Zunge zu erklären, dass Beau ihm nur diese drei Jahre versprochen hatte, dass er nur zugestimmt hatte, weil er musste, und dass es nur vorübergehend war, aber … Beau war glücklich mit ihm, dachte Rory. Und Rory wollte etwas Dauerhaftes daraus machen, wenn er konnte.

Tante June wäre sicher nicht erfreut zu hören, dass es als eine Art Schwindel begonnen hatte – das Fehlen eines Bindungsbisses an seiner Kehle war wahrscheinlich schon schlimm genug. Wenn er ihr sagte, dass sie nie vorgehabt hatten, diese Ehe für immer bestehen zu lassen, könnte sich das bei den Leuten in der Rochester-Klinik herumsprechen. Und Rory wollte bestimmt nicht die Verantwortung dafür übernehmen, es für Beau zu vermasseln.

Stattdessen lächelte er vorsichtig. „Er war immer gut zu mir. Ich war ziemlich krank, als wir uns trafen, und er hat sich um mich gekümmert. Das tut er immer noch, so gut er kann, bei all der Arbeit, die er leisten muss."

Tante June nickte zustimmend. „Das kann jeder sehen, der dich anschaut, Liebes. Aber manchmal wird es ein bisschen zu viel, nicht wahr? Wie Glas behandelt zu werden? Du wirst ihn nie ganz davon abhalten können – diese Art Alpha wird sich immer um seinen Omega kümmern wollen – aber es reicht auch nicht aus, für immer sicher in einem Käfig zu sitzen."

Sie streckte die Hand aus und tätschelte sein Knie. „Du musst ihm einfach zeigen, wie stark ein Omega sein kann – und mehr als bei jeder anderen Wolfsklasse liegt die Stärke eines Omegas im Rudel. Er kann stur sein, wie er will mit seiner Ansicht, dass alle Rudel gleich sind, aber du kannst dich einfach um seine Sachen kümmern, bis er den Kopf wieder frei hat."

Rory nickte zögerlich und lächelte erleichterter. Tante June redete, als sei er die gleiche Art Omega wie sie – der Partner seines Alphas, ebenso gut wie ein Mitglied des

Rudels, auch wenn er nicht wirklich dazugehörte. Nicht irgendein nutzloser, hilfloser, gebrochener Mensch, sondern jemand, der sich um seinen Alpha kümmern konnte wie ein richtiger Partner.

„Das ist es, was ich tun möchte", sagte Rory.

Tante June nickte fest. „Dann werden wir dir dabei helfen. Diese Alphas – je sturer sie den Alleingang wagen und die großen Beschützer sind, desto mehr brauchen sie einen einfühlsamen Partner, der mit ihnen klarkommt, das schwöre ich dir. Am besten ist es, sie nie merken zu lassen, dass sie gelenkt werden. Das ist einfacher, wenn man ein Rudel hat, das einem dabei hilft."

„Und reden, wenn es etwas zu sagen gibt", sagte Casey und erschreckte Rory ein wenig, weil er schließlich sein Schweigen brach. „Für eine offene, ehrliche Kommunikation zwischen den Partnern, meine ich", lächelte Casey verschmitzt. „Das habe ich jedenfalls gehört."

Tante June nickte zustimmend. „Und sei es nur, weil es eine bessere Strafe ist, sie dazu zu bringen, vernünftig zu reden, als alles andere, was man einem solchen Alpha antun kann. Aber es spricht auch für die alte Omegakunst, aufmerksam zu sein und das zu tun, was getan werden muss, ohne großes Theater darum zu machen. Also, mein Lieber – du willst lernen, wie man einen guten Wunsch stickt?"

„Ja", erwiderte Rory und spürte deutlich, dass er eine Prüfung bestanden hatte und nun belohnt werden würde. „Zumindest für die Kittel und Mäntel, die Beau bei der Arbeit trägt."

Tante June nickte. „Gut. Mal sehen, womit du anfangen kannst."

Rory öffnete seine Tasche und fing an, das Nähzeug herauszuholen, dann kippte er sie in seinem Schoß und über dem Kaffeetisch aus und steckte sich einen Fingerhut auf den Finger. Tante June rutschte näher zu ihm, nahm den Stickrahmen und den Stoff und zeigte ihm, wie er beides zu etwas zusammensetzen konnte, mit dem er arbeiten konnte. In der Folge gab sie ihm weitere Ratschläge, wie man das mit Kleidungsstücken machte, die Nähte oder Knöpfe im Weg hatten.

Sie holte einige Dinge aus ihrem eigenen Nähkorb, den er nicht einmal bemerkt hatte – darunter ein großes Tuch mit Dutzenden von Motiven, die in sauberen Reihen gestickt waren. „Das sind die einzelnen Zeichen, die wir verwenden", erklärte sie. „Jemand muss sie im Auge behalten – natürlich musst du nicht unser System benutzen, aber es ist eine Möglichkeit zu sehen, welches du als dein Alphazeichen und eigenes machen wollen würdest."

Daran hatte Rory nicht gedacht – in seine eigenen Kleider ebenso wie in Beaus Zeichen zu machen. Aber wenn sie ein Zweierrudel sein wollten, hieß das, dass er ebenfalls ein Teil davon war und auf sich genauso aufpassen musste wie Beau, sonst würde die ganze Angelegenheit nicht funktionieren.

„Ich, ähm, ich dachte, für Beau …" Rory holte sein Handy heraus, um ihr einige der Bilder zu zeigen, die er von den Zeichen in Beaus Jeans gemacht hatte. „Etwas Ähnliches zu seinem alten Zeichen, aber nicht genau das gleiche …"

„Oh, Himmel, das muss ein Rudel aus Michigan sein", sagte Tante June, als sie auf die Stickerei schielte. „Wie lautet sein Name jetzt? Jeffries? Beau, das müsste aus dem deVries-Rudel kommen, irgendwo in der John Beaumont-Linie …"

Rory blieb ganz still und sagte nichts. Beau hatte ihm den Namen seines alten Rudels nicht gesagt, nur seinen eigenen. Er wollte keine Geheimnisse verraten, die Beau nicht einmal ihm anvertraut hatte, geschweige denn jemand anderem.

Tante June tätschelte seine Hand. „Weder hier noch da, mein Lieber, nicht wenn er keiner von ihnen mehr ist. Alles in Ordnung. Also, wie wäre es mit …" Sie musterte die Zeichen in der Kleidung und zeigte verschiedene Elemente und Farben auf.

Rory vertiefte sich darin und hörte sich die eingestreuten Erklärungen über Stichtechniken und Rudelbeziehungen an. Es dauerte nicht lange, bis er sich ungeschickt dabei ertappte, wie er ein Muster auf sein Übungstuch zeichnete und ihr eine eingefädelte Nadel aus der Hand nahm, um seine ersten Stiche zu probieren.

„Nicht schlecht, nicht schlecht", sagte Tante June, als er die erste Linie nachstickte. „Du wirst mit der Übung noch schneller als jetzt, aber du weißt schon, was zu tun ist. Mach weiter, ich bin gleich wieder da."

Rory nickte mit über seinem Entwurf gebeugtem Kopf. Als Tante June weg war, bemerkte er, dass Casey irgendwann gegangen war, während er sich mit ihr beraten hatte, und Rory blieb nun ganz allein im Raum zurück. Aber er konnte die anderen Omegas irgendwo im Hebammenhaus hören. Das Summen der Aktivität war nicht allzu weit entfernt, was bedeutete, dass der Rest der Meute anderswo ihren Beschäftigungen nachging.

Als jemand in das Zimmer kam, schaute Rory nicht einmal auf, bis sich die Person neben ihn setzte. Es war nicht Tante June, sondern eine andere weißhaarige Omega, dünner und sogar noch älter.

„Ich bin Granny Tyne, Liebes, lass dich nicht stören", sagte sie. „Mach einfach weiter. Oh, das sieht gut aus, du machst das wunderbar."

Rory atmete auf, nähte weiter und schloss seine Augen nur für eine Sekunde, als er ihre Hand auf seinem schmalen Rücken spürte. Sofort tat sie nichts anderes mehr, und er ließ sich von der Berührung entspannen, atmete weiter und lauschte auf Casey und Tante June und den Rest. Sie

345

konnte ihm nicht wehtun. Das würde sie auch nicht. Das wusste er.

Ihre andere Hand berührte seinen Bauch, rutschte leicht nach unten und tastete ihn ab. Er wartete auf den Schmerz, auf Druck und Kraft, die Kraft, von der er wusste, dass sie in den Händen einer Hebamme verborgen war. Aber einen Moment später sagte sie nur: „Ah, Kupfer. Nun, das ist ein Trick, den Casey nicht kannte. Diesen Trick mussten wir hier schon seit Ewigkeiten nicht mehr anwenden."

Rory schaffte es gerade noch, sich nicht in den Finger zu stechen, als er sich neben der Hebamme zusammenkrümmte, und sie zog ihre Hände von ihm weg und lehnte sich zurück. „Was – bist du sicher?"

Sie lächelte und hob ihre Hände, die mit zunehmendem Alter dünn und knubbelig geworden waren. „Ich habe eine gewisse Begabung für Metall. Wie eine Wünschelrute. Und ja, ich bin mir ganz sicher. Kupfer in deinem Bauch – die letzte Hebamme, die du getroffen hast, hat dir eine Spirale untergeschoben, damit sich dort nichts anderes festsetzt. Das hat schon so manchem Omega erspart, sich mit seinem Alpha darüber zu streiten, ob sie noch ein kleines Kind in der Familie brauchen, und es ist sicherer als alles, was man tun kann, ohne Spuren zu hinterlassen. Wie ich bereits sagte, wir mussten in dieser Gegend schon lange keine mehr einsetzen, daher ist es keine Überraschung, dass Casey nicht genau wusste, was du beschrieben hast."

Rorys Herz raste und er zwang seinen Blick wieder nach unten auf den kleinen Entwurf, der unter seinen Händen Gestalt annahm. Er konnte es tun. Er konnte alles sein, was Beau brauchte.

Es dauerte einen Moment, bis er merkte, dass er lächelte, und als er es begriff, brach er in ein Lachen aus, das nicht aufhörte, bis ihm die Luft ausging. Zu diesem Zeitpunkt hatte Granny Tyne jedem von ihnen ein dickes Stück

Kuchen abgeschnitten, und Rory stellte fest, dass er ihn ohne jede Mühe essen konnte.

***

Nachdem Casey ihn daheim abgesetzt hatte, tappte Rory wie durch Nebel um das Haus, hob Sachen auf und legte sie wieder weg. *Nicht gebrochen, nicht für immer.*

Er wollte es Beau erzählen – er sollte es ihm erzählen – aber wie konnte er, ohne alles, was er wollte zu verraten, ebenso wie nahe er dem Rudel gekommen war? Es war zu früh für irgendetwas davon, und er wollte nicht, dass Beau glaubte, das Rudel führe etwas Düsteres im Schilde und war deswegen freundlich zu ihnen.

Aber wie *konnte* er sich davon abhalten, es heute zu erzählen? Er war nicht gebrochen! Es war nichts wirklich falsch bei ihm, er hatte nur ein *Verhütungsmittel* in sich gehabt, ohne es zu wissen. Er konnte eines Tages Kinder bekommen. *Beaus* Kinder. Er konnte dieses Haus mit rundwangigen Babys mit großen dunklen Augen füllen, ihnen Zaubersprüche zum Schutz in die Kleider sticken und mit ihnen mit den Nachbarn zum Spielen zum Rudel fahren, damit sie nicht fremd waren. Damit sie immer ein weiteres Zuhause als dieses hier hatten.

Ehe er gegangen war, hatte Tante June eine Babydecke aus ihrem Korb geholt, die bereits mit mehr als einem Dutzend Schutzzeichen in verschiedenen Farben versehen war, jedes eindeutig von anderen Händen gemacht.

„Du solltest eines hinzufügen", sagte sie. „Wir sammeln gerne so viele Wunschzauber wie möglich, bevor ein neues Baby in das Rudel hineingeboren wird. Du bist vielleicht keiner von uns, aber du kannst trotzdem deinen Zauber und dein Können mit einfließen lassen, wenn du willst. Ohne Zweifel kannst du dem Baby einen Glückwunsch schenken, an den niemand von uns im Rudel denkt."

Sie hatte ihm erklärt, dass dies das wahre Herz der Glückwünsche war – nicht nur das richtige Bild oder eine gut ausgeführte Technik, sondern der Wunsch, den sie ausdrückten, der Grund, aus dem eine Person eine Nadel nahm und zu sticken begann. Sie hatte die Decke für ihn auf einen Stickring gespannt und drängte ihn, eine Farbe zu wählen, dann betreute sie ihn bei der Auswahl der richtigen Nadel. Ehe er wusste, was geschah, beugte er sich über die kleine Decke, so weich wie nichts, was er jemals zuvor berührt hatte, und dachte: *Damit du immer weißt, wo deine Heimat ist. Damit du immer weißt, dass du nach Hause kommen kannst. Damit du immer weißt, dass das hier dein Zuhause ist.*

Das war es, was er seinen eigenen Kindern wünschen würde; er konnte noch immer noch glauben, dass Kinder für ihn eines Tages wahr werden konnten. Aber eines Tages – wenn Beau eine echte Verbindung mit ihm eingehen würde, wenn er und Beau Kinder hätten – dann könnte er unabhängig von allem anderen sicher sein, immer ein Zuhause bei Beau zu haben.

Noch konnte er nicht darum bitten, aber eines Tages, einem Tag, den er beinahe schon sehen konnte, war er vielleicht genug geheilt, vielleicht gut genug, um sich Beau dafür anzubieten. Wirklich. Für immer.

Er hörte, wie der Wagen in die Einfahrt bog, und erstarrte auf seinem Sitzplatz. Er hatte kein Abendessen gemacht, dafür war er zu zerstreut gewesen. Es war gut, dass er Beau nicht gleich heute fragen wollte, weil er keinen besonders guten Eindruck von sich selber machte. Aber er hatte Zeit, er hatte drei Jahre Zeit, wenn er so lange brauchte, bis er bereit war, obwohl er davon überzeugt war, dass er nicht so lange warten musste.

Beau kam nicht herein. Rory ging zur Haustür, lehnte sich dagegen und lauschte Beaus Herzschlag – immer noch in der Auffahrt, immer noch gedämpft im Auto. Er saß nur darin und kam nicht herein. Worauf wartete er? Was tat er da?

Rory wusste, dass er die Tür öffnen – aus dem Fenster sehen – sich einfach beruhigen – sollte, dann hörte er, wie die Autotür geöffnet wurde und Beau ausstieg. Rory stieß sich von der Tür ab, öffnete sie und beobachtete Beau dabei, wie er auf die Veranda zuging.

Er ließ sich geradewegs in Rorys Arme fallen. Rory klammerte sich an ihn und atmete den Geruch tief ein, kuschelte sich an Beaus Brust und suchte seinen vertrauten Körpergeruch unter all den Krankenhausgerüchen und den Duftnoten von Fremden, die an ihm hingen.

Beau hielt ihn ebenso fest, und Rory bemerkte kaum, wie Beau sie von der Tür wegdrängte, bis er hörte, dass sie sich schloss. Beau bewegte sich weiter, dirigierte sie zur Couch, auf die Rory dankbar mit ihm sank. Sie saßen zusammen, ohne ein Wort zu sagen, hielten sich fest und atmeten sich gegenseitig ein, bis sich ihre Atmung und der Herzschlag im Gleichklang befanden und ihre Körper bequem gegen den anderen anfühlten.

Er versuchte zu überlegen, was er sagen sollte, wenn er überhaupt etwas sagen konnte, als Beau ihm zuvorkam.

„Ich habe heute etwas getan, das ich wahrscheinlich zuerst mit dir hätte besprechen sollen", gestand Beau.

Rory verspannte sich, denn kaum hatte Beau das gesagt, dachte er, dass er wirklich zuerst mit Beau über das hätte reden müssen, was er heute getan hatte, und er hatte nicht vor, ihm das gleich hier auf die Nase zu binden.

„Es ist gut, oder zumindest denke ich, dass es eine gute Sache ist. Und wenn es doch nicht gut ist oder du einfach noch nicht bereit dazu bist, können wir es auch bleiben lassen, wenn du willst. Du musst damit nicht einverstanden sein. Aber ich habe heute eine Suche durchgeführt. Nach deiner Schwester."

Rory schoss kerzengerade in die Höhe, starrte Beau an und hatte dabei das Gefühl, vom Blitz getroffen worden zu sein. Das war so weit weg von allem, an was er gedacht hatte, und wie sollte er jetzt einen einzigen Tag nicht daran denken können? Wie hatte er nicht einmal an Georgie denken können, wenn er sich seine Zukunft vorgestellt hatte, mit einer Familie und einem Zuhause für sich selbst?

Beau sah besorgt aus, aber sein Griff an Rory ließ nicht nach. „Als ich sie gefunden hatte, wusste ich sofort, dass sie es war, weil praktisch die ersten Worte auf ihrem Profil lauteten, wie sehr sie ihren Bruder Rory vermisst und sich wünscht, er käme nach Hause. Und als ich das gesehen habe ... ich habe nicht wirklich nachgedacht, Baby, es tut mir leid. Ich konnte sie nur einfach nicht einen einzigen weiteren Tag in dem Unwissen lassen, ob es dir gut geht. Denn wenn ich dich jahrelang nicht gesehen hätte und nicht wüsste, dass du in Sicherheit bist, würde es mich innerlich zerfressen, jede Minute des Tages. Jede Sekunde, bei jedem Atemzug, den ich mache, ohne zu wissen, ob du überhaupt noch atmest."

Rory presste sich fest gegen Beau, vergrub sein Gesicht an Beaus Schulter. „Hast du ..."

Beau schlang einen Arm fester um ihn, ließ ihn jedoch mit dem anderen Arm los – um sein Handy aus der Tasche zu holen, wie Rory eine Sekunde später begriff. Er schmiegte sich noch enger an ihn, drückte sein Gesicht noch fester an Beaus Schulter.

„Die erste Antwort kam in weniger als einer Minute", sagte Beau leise. „Und es ist gut, Baby. Sie war so froh zu hören, dass es dir gut geht. Ich habe ihr ein Foto von heute Morgen geschickt, damit sie sich wirklich sicher sein konnte, und sie war so glücklich, dich zu sehen."

„Was", sagte Rory, „Welches ..." Aber er wusste, welches Foto Beau ihr geschickt hatte. Keines von jenen, auf denen er noch im Bett lag, sich die Zähne putzte oder frühstückte. Es war das eine, auf dem er sich Beaus Hoodie zum Anziehen ausgeliehen hatte und Beau dümmlich angrinste. Das war es, was Georgie gesehen hatte. Und sie hatte zurückgeschrieben.

„Das, auf dem du dick eingepackt bist", bestätigte Beau. „Ich habe ihr nichts darüber erzählt, wo wir sind, auch kein Wort über mich, nur dass du in Sicherheit bist und vielleicht noch nicht bereit bist, mit ihr zu reden. Aber das war genug, Baby. Sie war so froh, das zu wissen. Wenn das alles ist, was für dich möglich ist, dann werde ich dich nicht drängen, mit ihr wieder Kontakt aufzunehmen, das verspreche ich dir."

Rory blieb still und atmete kaum noch, während er versuchte, bei all diesen Neuigkeiten einen klaren Kopf zu behalten. Beau hatte Georgie gefunden. Georgie wusste, dass er am Leben war, aber nichts sonst, nichts, was er ihr eventuell erzählen konnte, wenn sie sich wiedersahen. Wenn sie wieder seine Schwester war.

Aber sie hatte ihn vermisst. Nach all diesen Jahren hatte sie noch etwas im Internet stehen, das ihn beim Namen nannte und besagte, dass sie sich wünschte, er käme heim.

Rory wandte seinen Kopf, sodass er Beaus Hand sehen konnte, die das Telefon hielt, doch Beau hatte das Display noch nicht in seine Richtung gedreht. Es war da, wenn er es haben wollte. Er war sich nicht sicher, ob er das schon konnte, aber das Handy war in seiner Reichweite.

Und da war noch etwas anderes. „Du sagtest, das war die *erste* Antwort?"

Beau drückte ihn fester. „Ja, Baby. Die zweite kam vor einer Weile – während ich nach Hause fuhr. Deswegen saß ich vorhin noch im Auto, ich wollte sehen, um was es ging. Sie ... sie hat mir ein Video geschickt. Und auf dem ist nicht nur sie zu sehen. Willst du es dir ansehen?"

Rory stieß ein Schluchzen aus und schlug sich die Hand vor den Mund, dann umschloss ihn Beaus anderer Arm wieder, das Telefon verschwand hinter Rorys Rücken.

„Ich weiß, es ist viel, Baby", murmelte Beau. „Du musst das nicht auf der Stelle machen, es ist in Ordnung. Es ist okay, wenn du noch nicht bereit dazu bist."

„Aber es ist …" Rory konnte nicht mehr gleichmäßig atmen. „Es ist – sie sind – Georgie?"

„Ja, Baby", murmelte Beau. „Georgie hat das Video für dich aufgenommen und sie möchte, dass du es siehst. Ich glaube auch, dass das eine gute Idee ist."

„Ich habe nichts zum Abendessen gemacht", sagte Rory hilflos. „Ich bin nicht …"

Beaus Arme bewegten sich leicht. „Ich bestelle uns Pizza", sagte er, die Wange gegen Rorys Kopf gedrückt. „Und anschließend haben wir den Rest der Nacht Zeit, uns das Video anzusehen oder was auch immer zu machen, okay?"

Rory presste sein Gesicht gegen Beaus Brust, lauschte dem vertrauten Rhythmus der pochenden Schläge, bis Beau sagte: „Oder willst du es dir nur anhören, Ror? Wäre das einfacher für dich?"

„Kannst du", erwiderte Rory kaum hörbar, „es einfach … einschalten und …?"

„Klar", antwortete Beau. „Ja, okay, bitteschön."

Bei dem Klang einer Frauenstimme, fremd und gleichzeitig doch so vertraut, hielt Rory die Luft an. „Okay, Spence, Mom, Dad …"

Rory war nicht fähig, nicht hinzusehen, und das Video war genau dort auf dem Handy, das in Beaus Hand gehalten wurde: Sein kleiner Bruder war zu einem schlaksigen Teenager herangewachsen, und seine Eltern – *beide Elternteile* – saßen Seite an Seite an dem gewohnten Tisch.

„Ich wollte euch etwas zeigen, das ich heute bekommen habe, was sich wahrscheinlich ziemlich von selbst erklärt, aber – los geht's."

Ein Foto – Rory erkannte sich selbst trotz des seltsamen Winkels der Ansicht – glitt über den Tisch auf sie zu. Seine Mutter schlug sich eine Hand vor den Mund, und der Arm seines Vaters – ihres Ehemannes – legte sich um ihre Schultern. Es war Spencer, der ausrief: „Rory? Ist das *Rory*? Oh mein Gott, er ist es!"

„Wo", sagte sein Dad, sah erst an der Kamera vorbei, dann einen Augenblick lang hinein und anschließend zu seiner Frau. „Ist er ... Geht es ihm gut?"

„Ich weiß es nicht", antwortete Georgia. „Ich habe heute diese Nachricht bekommen – ohne echten Namen, aber es hieß, dass Rory vielleicht noch nicht bereit dazu wäre, mit uns Kontakt aufzunehmen, aber man wollte uns mitteilen, dass er okay ist. Also dachte ich mir, wir sollten ihn wissen lassen, wie glücklich wir sind, das zu erfahren."

„Total froh!", sagte Spencer sofort und fokussierte die Kamera mit einem leidenschaftlichen Gesichtsausdruck. „Rory, es war komplett scheiße, dass du fortgehen musstest, und egal, was seitdem passiert ist, es ist nicht deine Schuld! Wir lieben dich, das ist alles, was zählt."

Seine Mutter sagte nichts, ihre Hand presste sich nach wie vor gegen ihren Mund. Sie hob die andere Hand zu dem Foto auf dem Tisch, dann endlich, endlich sah sie in die Kamera auf, in ihren Augen glitzerten Tränen.

„Rory", wisperte sie hinter vorgehaltener Hand. „Mein Roland – Liebling – bitte ..."

Die Tränen kullerten über ihre Wangen, Spencer beugte sich vor, um sie zu umarmen.

Sein Vater räusperte sich, und Rorys Fäuste klammerten sich fester an Beaus Hemd.

„Es tut mir leid", sagte er auf dem Display. „Mein Sohn, es tut mir so leid. Spencer hat recht. Wir lieben dich, Rory, und nichts anderes ist wichtig."

Rory presste sein Gesicht gegen Beaus Brust und schluchzte laut auf, Beaus Arme schlossen sich erneut eng um ihn. Beau wiegte ihn, küsste seinen Kopf und murmelte Worte, die Rory nicht verstehen konnte.

Kapitel 27

Als die Pizza geliefert wurde, setzte sich Rory auf und aß, lehnte sich dabei gegen Beau, wollte aber nicht von Beau aus der Hand gefüttert werden. Anschließend bat er darum, das Video noch einmal sehen zu dürfen.

Während der ganzen Aufzeichnung strömten Tränen über sein Gesicht. Diesmal schaffte er es bis zum Ende, dem Moment, als die Kamera gedreht wurde und die Frau, die Rorys gesünderer Zwilling hätte sein können, unter Tränen hineinlächelte. „Du weißt, ich liebe dich, Ror. Ich vermisse dich. Wann immer du bereit bist, ich bin hier, kleiner Bruder."

Er schniefte, wischte sich die eigenen Tränen weg, dann streckte er die Hand aus, um zu der E-Mail zurückzunavigieren, die dem Video vorausgegangen war, diejenige, die Georgia innerhalb einer Minute nach Beaus erster Nachricht geschickt hatte.

WER IMMER DU BIST BITTE SAG IHM ICH LIEBE IHN

RORY ICH LIEBE DICH

BITTE KOMM HEIM ICH VERMISSE DICH ROR ICH LIEBE DICH

RUF MICH JEDERZEIT AN TAG ODER NACHT ICH BIN HIER ICH LIEBE DICH

Georgias Telefonnummer und ihre Adresse folgten.

„Kann ich", Rory schniefte erneut, „Kannst du mir das schicken?"

„Natürlich", sagte Beau und leitete die Nachricht sofort an die E-Mail-Adresse, die sie kurz nach ihrem Einzug für Rory erstellt hatten. „Hier bitte, gehört dir. Ich werde sie löschen, wenn du das möchtest."

„Nein, muss nicht sein." Rory zog sein eigenes Handy heraus, nur um die Benachrichtigung über die eingegangene E-Mail zu betrachten und das Telefon wieder in seine Tasche zu schieben. Er kuschelte sich an Beau, verbarg erneut sein Gesicht und erschauerte in seinen Armen. Er weinte nicht, aber er auch weit entfernt von ruhig.

Beau hielt ihn fest und verkniff sich die Fragen, die ihm auf der Zunge lagen und die man auf ein simples *Bitte sag mir, dass ich das Richtige für dich gemacht habe* oder *Bitte sag mir, dass ich dich nicht mehr verletzt als dir geholfen habe* herunterbrechen konnte. Es war nicht fair, Rory das zu fragen, solange er ganz offensichtlich kaum begriff, was die Nachrichten bedeuteten; selbst wenn Rory ihm das versicherte, konnte er noch nicht wissen, ob die Angelegenheit so gut war, wie Beau es hoffte.

Als Rorys Zittern einer erschöpften Schwäche wich, murmelte Beau: „Kann ich irgendetwas machen, Baby? Brauchst du jetzt irgendwas?"

Rory atmete bewusst tief ein und sagte: „Es ist nur ... es ist so viel, ich kann nicht ... denkst du ... könntest du dich wieder verwandeln? Ich glaube, wenn du das machst, dann könnte ich auch, und ich ... ich glaube, ich brauche das."

Der Geist eines Wolfes war einfacher, mit weniger Raum für die Art von Fragen und Komplikationen, die soeben zweifellos durch Rorys Verstand rasten. Es war ein natürlicher Weg, um eine Auszeit von zu menschlichen Sorgen zu bekommen, und es war Rory so lange nicht möglich gewesen. Wenn Beau ihm seinen Wolf zurückgeben konnte, genau wie seine Familie ...

„Natürlich", erwiderte Beau. „Willst du erst nach oben gehen? Oder bleiben wir hier?"

„Oben", sagte Rory, wobei er sich immer noch an Beau klammerte, und Beau rieb ihm über den Rücken und wartete darauf, dass er sich in Bewegung setzte. Es dauerte nicht lange, bis er es tat, doch dann bestand Rory erst darauf, die Pizzareste wegzuräumen und die Lichter zu löschen, ehe sie nach oben gingen. Beau trabte hinter ihm her und überprüfte die Fenster und Türen.

Schließlich standen sie in Beaus Zimmer und Beau hatte die Möglichkeit, die Tränen wegzuwischen und Rorys Gesicht zu küssen. Rory küsste ihn überraschend intensiv auf den Mund. Als er sich zurückzog, dachte Beau, er hätte es auch anders machen können, Rory mit anderen Mitteln ablenken können, aber Rory gab ihm einen kleinen Schubs, und Beau taumelte zurück, zog sich aus und bereitete sich auf die Verwandlung vor.

Er schaute über seine Schulter und fand Rory bereits nackt vor, auf dem Boden kniend und ihn beobachtend. Er wartete darauf, dass ihn sein Alpha führte.

„Los gehts, Baby", sagte Beau, dann schloss er die Augen und holte den Wolf aus seinem Inneren.

Diesmal war es einfacher, weil er das erst vor Kurzem gemacht hatte und weil er wusste, dass Rory das von ihm brauchte. Er spürte, dass Rory ihm folgte und fast zur gleichen Zeit seine Gestalt änderte.

Vor Schmerz schrie Rory erschrocken auf, als er sich bewegte, und Beau eilte zu ihm, nur um festzustellen, dass sich Rory zu einem Ball zusammengerollt hatte und an seinem Bauch schnüffelte.

Die Spirale. Casey hatte gesagt, dass er sie vermutlich fühlte, wenn er sich bewegte, und das war offensichtlich geschehen. Beau drückte seine Schnauze neben die von Rory und schnüffelte sanft an der Stelle. Rory wölbte sich leicht und leckte an Beaus Schnauze. Beau machte einen Schritt nach hinten und betrachtete die neue Form seines Omegas.

Er war natürlich dünn, obwohl sein Fell es in dieser Gestalt etwas besser verbarg. Er sah aus, als wäre er kaum dem Welpenalter entwachsen, die langen Gliedmaßen und leicht unregelmäßigen Konturen waren mit hellem Fell bedeckt. Beau schnupperte an seinen Rippen, schob seine Nase bis hoch zu seiner Kehle, wo er die unter dem Fell lauernden Narben fühlen konnte. Rory rollte sich auf den Rücken und bot sich seinem Alpha vorbehaltlos an.

Beau erhob sich über ihm und schnupperte seine Kehle entlang nach hinten, wo er seine Zähne sanft in Rorys Nackenfell trieb, um ihn vom Boden hochzuziehen. Rory ließ es bereitwillig geschehen, sprang auf das Bett, im nächsten Augenblick lagen sie zusammengerollt da, genauso, wie es sein sollte.

∗∗∗

In den folgenden Tagen hörte oder sah Beau Rory das Video mindestens ein halbes Dutzend Mal abspielen und ebenso oft die E-Mail lesen, und er war sich sicher, dass das nur ein Bruchteil der Zeit war, die Rory über den Nachrichten verbrachte. Die Reaktionen, die Beau bezeugen konnte, waren nicht leicht einzuschätzen. Manchmal war es fast Freude, manchmal Wut, manchmal Trauer oder Schuld, aber die Gefühle waren immer miteinander vermischt, und soweit Beau es beurteilen konnte, hatte nichts davon derart die Oberhand, dass Georgia eine Antwort erhielt.

Nachdem Rory ihn nicht gebeten hatte, es zu unterlassen, und Beau gegenüber auch keinen wie auch immer gearteten Ärger über die Kontaktaufnahme ausdrückte, nahm er sich die Freiheit, Georgia kurz zu unterrichten.

Danke für deine Nachrichten. Ich habe sie an Rory weitergeleitet und glaube, er überlegt immer noch, was er empfindet und zu welchen Schritten er bereit ist. Darüber hinaus werde ich dir nichts von ihm erzählen.

Georgias Antwort war noch kürzer – ein zurückhaltendes *Vielen Dank* – und das war es dann, es hing quasi in der

Luft, als Beau zu einem weiteren Dienstagnachmittag in der Ambulanz fuhr.

Sie waren unterbesetzt, aus Gründen, die Beau aus Zeitmangel nicht herausfinden konnte, und so hatte er nur wenig Gelegenheit, seine eigenen zusätzlichen Notizen über die Patienten zu machen, die er behandelte. Er bemühte sich, sich auf sie zu konzentrieren wie zu jeder anderen Zeit auch, um die Patienten nicht in Stress zu versetzen und um keine Anzeichen zu übersehen, die wichtig sein konnten.

Am späten Nachmittag forderte die Hektik bereits ihren Tribut – und seine Gedanken wandten sich zu Rory nach Hause und der Hoffnung, nachher noch etwas Zeit mit ihm auf der Couch oder im Bett zu verbringen zu können, bevor er vor Erschöpfung ohnmächtig wurde. Da kam eine Krankenschwester mit einer vertrauten dicken Akte auf ihn zu und sagte: „Amy Vaughn?"

Beau sah sich um und stellte fest, dass er Cora den ganzen Nachmittag nicht gesehen hatte, obwohl er hätte schwören können, dass sie am Morgen mit auf Visite gewesen war. War sie krank und nach Hause gegangen? Musste sie auf der Lungenstation bleiben, weil jemand anderer ausgefallen war?

Jetzt war nicht die Zeit, sich darüber zu wundern. Er streckte die Hand nach der Akte aus. „Hat Mr Vaughn nach mir gefragt?"

„Zuerst nach Dr. Benn, dann nach Ihnen", bestätigte die Schwester. „Normalerweise geben wir solchen Anfragen nicht nach, aber er war einverstanden zu warten, bis alle anderen Patienten dran waren, die wir für Sie eingetragen hatten, und ... Sie wissen schon."

Beau nickte. Er verstand, dass Mr Vaughn versuchte, vorsichtig bei den Ärzten zu sein, die Amy behandelten, in Bezug auf die Theorien, von denen Mr Vaughn durchaus wissen musste. Cora musste es ihm gesagt haben, wenn er nicht von selbst darauf gekommen war, dass man sich bei Beau darauf verlassen konnte, mitfühlend zu sein.

Er brachte die Akte zum Untersuchungsraum, wo Mr Vaughn und Amy bereits warteten, klopfte an und öffnete die Tür. Er begrüßte sie genau wie Cora in der Woche zuvor und bemerkte, dass sie beide genau wie vor einer Woche aussahen, außer dass sie bei seinem Anblick ein wenig strahlten – ob es nun war, weil die lange Wartezeit vorbei war, oder weil Amy letzte Woche eine relativ schmerzlose Ernährungssitzung gehabt hatte, konnte er nur raten.

Er veranstaltete die gleiche Prozedur wie Cora vor einer Woche, stellte die notwendigen Fragen, obwohl er die Antworten bereits kannte. Pflichtbewusst studierte er die Aufzeichnungen über Amys Mahlzeiten, nachdem Mr Vaughn sie ihm übergeben hatte.

„Es scheint, als sei das Essen für dich in letzter Zeit immer schwieriger geworden", sagte er zu Amy und versuchte, nicht deutlich zusammenzuzucken, als er begriff, was ihm die Aufzeichnungen sagten. In dieser Woche hatte sie kaum noch feste Nahrung zu sich genommen, jeden zweiten Tag war eine Sondenernährung notiert.

Amy nickte, ihre Schultern senkten sich.

„Der letzte Arzt hat ihr bereits gesagt, dass sie wohl eine Magensonde bekommen muss, wenn das so weitergeht", sagte Mr Vaughn. „Mir gefällt der Gedanke nicht – und auch wenn es so etwas wie die Sondenernährung ist, tut es ihr weh, aber es besteht ein erhöhtes Infektionsrisiko – aber langsam scheint es so, als gäbe es wirklich niemanden, der uns eine bessere Option bieten kann."

Beau lächelte erst Mr Vaughn und dann Amy entschuldigend an und sah sie fest an, als er sagte: „Ich wünschte wirklich, ich könnte dir eine andere Möglichkeit geben, Amy. In der Zwischenzeit, lass uns deinen Bauch untersuchen und sehen, was wir für heute machen können, okay?"

Amy warf ihm einen Blick zu und nickte. Beau fuhr mit der körperlichen Untersuchung fort, in der stillen Hoffnung, dass sich ein erkennbares, behandelbares Problem zeigen würde. Er nahm sich Zeit, nahm jede Empfindung auf, die er empfangen konnte, aber es gab noch immer nichts, was er als Ursache für Amys Schmerzen identifizieren konnte. Nichts, was auf eine mögliche Heilung oder Behandlung schließen ließ, die nicht noch alles schlimmer machte.

„Okay", sagte er endlich und ein Blick auf die Uhr zeigte ihm, dass er bereits mehr Zeit mit Amy verbracht hatte, als er eigentlich sollte. „Ich hole die Nahrungssonde."

Die Nahrungssonde lag im Schwesternzimmer bereit, aber als Beau sie nehmen wollte, hielt ihn eine der Schwestern – Allie – auf. „Geben Sie einfach die Anweisung, dann können Sie zu einem anderen Patienten gehen, der auf Sie wartet. Linda wird die Ernährung übernehmen."

„Ich …", begann Beau seinen Protest, hielt aber bei Allies Gesichtsausdruck von *Ich habe nicht die Zeit für das hier* inne. Sie versuchte, in respektvollen Worten und ruhigem Ton mit ihm zu diskutieren, denn sie war Krankenschwester und er Arzt, aber sie hatte jahrelang jeden Tag in dieser Klinik gearbeitet und er war ein neuer Assistenzarzt, der an einem Nachmittag in der Woche vorbeikam. Er konnte ausrasten und darauf bestehen, das zu tun, was er wollte, oder er konnte den Mund halten, auf die Schwester hören und nach dem nächsten Patienten sehen.

Allie wusste, dass er ein Werwolf war, auch wenn es keiner der Patienten wusste. Was jedem anderen Assistenzarzt, der zu besitzergreifend gegenüber seinem Patienten war, nur Tadel einbringen würde, sah ganz anders aus, wenn er das tat; je nachdem, wie Allie es drehte, konnte es ganz anders aussehen. Vielleicht meinte sie es nicht einmal böswillig. Sie könnte ehrlich denken, es sei ein schlechtes Zeichen, dass sie es melden musste, wenn er darauf beharrte, Amy selber zu behandeln, anstatt das einer Schwester zu überlassen.

Und sie waren unterbesetzt, die Leute warteten, Leute, die herbestellt worden waren und einen Arzt konsultieren mussten, Leute, denen er vielleicht wirklich helfen konnte. Amy konnte er für einen Moment lang beruhigen und ihr helfen, ihre Schmerzen zu bekämpfen, aber auf lange Sicht konnte er nicht wirklich etwas für sie tun. Er hatte keine bessere Option, die er ihr anbieten konnte.

Es wäre vielleicht doch einfacher, nicht wieder in das Behandlungszimmer zurückzukehren und weitere zwanzig Minuten, die er nicht übrig hatte, damit zu verbringen, sich der Tatsache zu stellen, nichts tun zu können. Und er war schon so schrecklich müde.

Das alles ging ihm in der Sekunde durch den Kopf, in der er sah, wie sich Allie anspannte, um mit ihm zu diskutieren, ohne den Anschein zu erwecken, mit ihm zu diskutieren.

„Ja, natürlich", sagte Beau und suchte nach dem Krankenprotokoll. „Ähm, der Code für die Sondennahrung …"

„Hier", antwortete sie erleichtert und reicht ihm ein Post-it, das ihm zeigte, wie er den Code richtig eintrug. „Und dann wartet ein zehn Monate altes Kind mit Durchfall auf Sie im Untersuchungsraum 4."

„Sehr schön, danke", sagte Beau abwesend, und Allie lächelte sogar ein wenig, als sie ihm das Krankenblatt abnahm.

***

Der Fall des Zehnmonatigen war relativ einfach, obwohl sein Versuch, sich geistige Notizen zu machen, in eine wenig hilfreiche Meditation über die menschliche Zimperlichkeit in Bezug auf bestimmte Gerüche und die Informationen, die diese Gerüche vermitteln konnten, ausartete. Er nahm sich einen Moment Zeit, bevor er zu seinem nächsten Patienten ging, um seine Gedanken wieder in die richtigen Bahnen zu lenken, indem er vor der Tür des Untersuchungsraumes stehen blieb und ostentativ das Diagramm in seiner Hand studierte.

Eine Tür am Ende des Flurs öffnete sich, und Beau registrierte einen bestimmten vertrauten Duft – *schmerzhaft krank* – und hielt seine Miene sorgfältig neutral und duckte den Kopf in einen ebenfalls neutralen Winkel, als Mr Vaughn mit schweren Schritten herauskam. Er trug Amy, deren Herz schnell schlug, ihr Atem war flach, aber abgehackt.

Konzentrieren, sagte Beau zu sich selbst. *Konzentrieren. Das geht dich jetzt nichts mehr an.* Er ließ nicht zu, dass er hörte, was Mr Vaughn zu seiner Tochter sagte – aber als sie gerade durch die Tür zum Warteraum gehen wollten, sagte er etwas, das Beau unweigerlich hörte.

„Vielleicht finden wir einen Werwolf, der dich beißt."

Beau hob den Kopf nicht, aber er konnte einem Blick in den Flur nicht widerstehen – und das war genug, um ihm zu zeigen, dass Mr Vaughn ihn direkt ansah.

Das konnte Zufall gewesen sein. Er manövrierte herum, um die Tür zu öffnen und hindurchzugehen, ohne mit einem von Amys Körperteilen gegen den Türrahmen zu stoßen. Vielleicht war das der Grund, warum er sich zu Beau umdrehte. Aber da war etwas in der Gleichmäßigkeit seines Herzschlags, während er sprach, die Direktheit seines Blickes, was Beau sicher sein ließ, dass es kein Zufall war.

Er schloss die Augen und verbot sich selbst zu fragen, was das bedeutete. Er konnte nicht. Er *hatte keine Zeit für so etwas.* Er öffnete die Augen, blickte auf das Krankenblatt und *konzentrierte* sich.

Danach gab es einen endlosen Strom von Patienten, und Beau konnte an nichts anderes mehr denken, als für jeden da zu sein und sich auf den einzelnen Fall zu konzentrieren. Er verbiss sich in die Untersuchungen bis eine Stunde nach

Sprechstundenschluss, nur damit er alle Patienten sehen konnte, die hereingekommen waren, ehe die Türen geschlossen wurden. Anschließend verbrachte er eine weitere Stunde damit, alle Krankenakten in Ordnung zu bringen, bevor er sich abmeldete.

Er war der letzte Assistenzarzt, der ging, und seine Schritte waren schleppend, als er aus der Klinik in die langen Schatten des späten Sommerabends kam.

Er ging den Bürgersteig entlang, der ihn auf halbem Weg über die angenehm weitläufigen Grünflächen des Campus der Rochester Klinik zu seinem Parkplatz vom Morgen führte. Die Gebäude waren miteinander verbunden, sodass er fast den gesamten Weg auch drinnen hätte gehen können, aber es war eine Erleichterung, in frischer, sauberer Luft und der relativen Ruhe draußen zu sein, wo nicht jedes Geräusch von Glas und Fliesen widerhallte.

Er dachte an Rory, an den Wohlgeruch ihres Hauses und hoffte, dass sie den Rest der Nacht einfach aneinander gekuschelt verbringen konnten. Da war ein vages, besorgtes Gefühl in seinem Bauch, das er auf den abnehmenden Mond zurückführte; Ende der Woche war leerer Mond, und er hatte immer noch keine Ahnung, wie er oder Rory mit der Tatsache umgehen sollten, dass er diese Zeit hier verbringen musste, weit weg von Zuhause und seinem Gefährten.

Andere Menschen gingen die Wege unter den Bäumen entlang, obwohl diese Pfade im Gegensatz zu den Gängen der Klinik leer erschienen. Beau kümmerte sich um keinen der Spaziergänger, bis einer von ihnen auf ihn zukam.

„Dr. Jeffries."

Es war Mr Vaughn. Er schien nur halb er selbst zu sein, denn Amy war nirgendwo in Hörweite, aber natürlich war er es. Nach dem ersten Moment der Verwirrung war Beau nicht einmal überrascht; es war fast eine Erleichterung. Was auch immer der Mann ihm sagen wollte, Beau würde sich zumindest nicht mehr fragen müssen, ob er sich die Szene vorhin nur eingebildet hatte, ob er sich aus reiner Paranoia Dinge ausdachte, über die er sich Sorgen machen musste.

„Mr Vaughn", sagte Beau, blieb eine Armlänge entfernt von ihm stehen, die Hände an den Seiten sorgfältig geöffnet. „Guten Abend. Ich bin überrascht, Sie noch hier zu sehen."

Mr Vaughn, der halb im Schatten des nächstgelegenen Baumes stand, die Dämmerung wirkte an dieser Stelle noch dunkler, stieß ein schnaubendes Lachen aus. „Nun, es ist ja nicht so, dass ich mein Kind nach Hause bringen und ihr etwas zu Essen machen muss, richtig?" Beau wandte den Blick ab, ließ ihn über die anderen Wege schweifen, die nahe liegenden Gebäude. Wo *war* Amy? Er konnte sie nirgendwo in der Nähe wahrnehmen.

„Mr Vaughn", begann Beau vorsichtig und rief sich dabei alles über Gespräche mit unglücklichen Patienten ins Gedächtnis, was er konnte. *Entschuldige dich nicht und gib nicht zu, etwas falsch gemacht zu haben, wenn kein Anwalt der Rochester Klinik dabei ist* war das Erste, was ihm in den Sinn kam. „Ich weiß, dass Ihre Besuche in der Klinik nicht so verlaufen, wie Sie das gerne hätten, aber wie ich heute Nachmittag schon sagte, kann ich Ihnen nichts anderes anbieten als das, was wir heute gemacht haben. Jeder in der Klinik gibt sein Bestes für Ihre Tochter."

Vaughn schüttelte den Kopf. „Nein, hey, ich versteh das schon", sagte er in einem überdrüssigen, herablassenden Ton, der sicher nur die Tarnung für etwas anderes war, obwohl Beau keine Ahnung hatte, um was es sich handelte. „Amy war nur enttäuscht, weil – wir haben die Sache versucht, die Sie mit ihr gemacht haben, dieses Entspannungszeug. Geleitete Meditation? Wir haben es zuvor ein oder zwei Mal versucht, aber diese Woche haben wir wirklich fest daran gearbeitet, aber ich glaube, ich habe den Dreh noch nicht heraus."

Das klang fast vernünftig, außer dass ihm der Mann aufgelauert und noch immer nicht klar gemacht hatte, worauf es ihm wirklich ankam.

„Sie, äh", Vaughn wippte auf den Fersen und zog den Kopf ein, sodass sein Gesicht vollständig im Schatten lag. „Sie schienen echtes Talent dafür zu haben. Letzte Woche war es wie Magie für sie."

Beau knirschte einen Moment lang mit den Zähnen, kämpfte gegen das kranke, ausgelieferte Gefühl an, das sich automatisch mit dem Wissen einstellte, dass ein Mensch wusste, was er war, und sich ihm gegenüber dabei schüchtern und ausweichend verhielt. Er sollte sich nicht mehr so fühlen müssen; er hatte sich seit Jahren nicht mehr versteckt. Die Leute wussten es oder auch nicht, aber sie konnten ihr Wissen normalerweise nicht wie ein Damoklesschwert über seinem Kopf baumeln lassen.

Und diesem Menschen würde er das auch nicht gestatten.

„Mr Vaughn, um es ganz klar zu sagen", begann Beau, seine Stimme war kühl und beherrscht und ruhig, obwohl sein Herz viel zu schnell schlug. „Ich bin ein Werwolf. Und obwohl ich das nicht jedem Patienten auf die Nase binde, ist es kein Geheimnis."

Mr Vaughn richtete sich auf und hob die Hand in einer Geste der Harmlosigkeit oder vielleicht der Abwehr. „Hey, das geht mich nichts an, okay? Ich weiß, es ist gemein, herumzulaufen und Vermutungen anzustellen oder … oder jemand zu beschuldigen. Ich hatte eine Ahnung, aber es ist mir ehrlich gesagt scheißegal. Ich weiß nur, dass Sie meinem Kind geholfen haben, und ich weiß, dass sie keinen Grund dazu haben, aber ich habe mich gefragt, ob Sie ihr wieder helfen würden, nur für eine Minute. Lassen Sie mich einfach sehen, was Sie anders machen, das ist alles. Ich schwöre es."

Das klang wie eine Lüge – oder zumindest klang es wie etwas, das von jemandem gesagt wurde, der mächtig unter Druck stand.

Es wäre sicherer, Nein zu sagen, den Kontakt mit einem Patienten außerhalb der Klinik zu verweigern und wegzugehen.

Das wäre auf jeden Fall richtig. Es wäre die Sache, die den *Anschein von Professionalität* unterstützte, einen *untadeligen Ruf*, von dem Dr. Ross ihm bereits gesagt hatte, dass er ihn brauchte.

Auf der anderen Seite hatte er gerade seinen Wolf enthüllt, obwohl mal ihm gesagt hatte, er solle sich davor hüten, von den Patienten als Werwolf wahrgenommen zu werden. Wenn Vaughn sich über ihn beschwerte ... Beau konnte in Schwierigkeiten geraten oder die Ambulanz konnte sich weigern, Amy weiter zu behandeln, da die Hälfte des Personals ohnehin bereits dachte, das Problem sei überhaupt nicht medizinisch.

Vielmehr hatte Vaughn bereits seit Stunden darauf gewartet, Beau allein zu erwischen. Wenn Beau Nein sagte und wegging, würde Vaughn es dann dabei belassen? Kein Mensch konnte Beau physisch überwältigen oder ihn in irgendeiner Weise so verletzen, dass er längere Zeit ausgeknockt war – nicht ohne Silber oder Eisenhut in der Hand, und Beau spürte keines von beidem bei ihm.

Aber alles, was Beau anstellte, um ihn aufzuhalten, wurde vermutlich zu einem Werwolfangriff auf einen Menschen verdreht, und selbst wenn es keine körperliche Auseinandersetzung wurde, konnte sich Vaughn so aufführen, dass er die Sicherheitsleute der Klinik auf sich aufmerksam machte und dies in einen Vorfall ausarten ließ, der sich stundenlang hinzog – während Amy irgendwo allein war und Schmerzen hatte und sich fragte, wohin ihr Vater verschwunden war? Während Rory zu Hause auf Beaus Rückkehr wartete?

Beau konnte weglaufen, nahm er an – Vaughn konnte ihn nicht einholen, wenn er wirklich die Schnelligkeit einsetzte, über die er verfügte – aber was dann? Zu Rory nach Hause gehen und die ganze Nacht darüber nachdenken, dass er vor einem Kind mit Schmerzen weggelaufen war, weil er Angst hatte, Ärger zu bekommen, wenn er nach Feierabend mit einem Patienten sprach?

Es war nichts anderes, wirklich. Er sprach nur mit einem kranken Kind.

„Ich kann keinen medizinischen Rat und keine Behandlung anbieten", sagte Beau nachdrücklich. „Ich bin nur Assistenzarzt – ich habe keine Zulassung und ich stehe im Moment nicht unter angemessener Aufsicht – und ich handle in meiner Eigenschaft als Privatmann, nicht als Angestellter der Rochester Klinik. Verstehen Sie das? Ich kann mit Ihnen und Amy über Entspannungstechniken sprechen, aber das ist auch schon alles."

Vaughn nickte eifrig, der Duft der Erleichterung entströmte ihm, sein müder Gesichtsausdruck verwandelte sich in ein Lächeln. „Ja, ja, natürlich. Ich meine, Sie sind der letzte Arzt, über den ich mich beschweren würde, oder? Sie denken nicht, dass ich verrückt bin oder dass Amy verrückt ist. Sie tun uns einen großen Gefallen, Doc, glauben Sie mir. Ich weiß das."

Beau nickte und wedelte mit der Hand, weil Vaughn ihm den Weg weisen sollte. Sie gingen in eine andere Richtung, weg von der Ambulanz, aber nicht dorthin, wo Beau geparkt hatte. Sie waren bereits einige Zeit unterwegs, bevor Beau auf den Gedanken kam, dass es vielleicht höflich wäre, sich zu unterhalten. Gewöhnlich erinnerte er sich daran, eine Art harmlosen Small Talk mit den Patienten zu führen – das war diagnostisch in mehrfacher Hinsicht nützlich, aber diese Situation war so außerhalb jeder Routine, dass er in Schweigen verfallen war.

Vaughn sprach ebenfalls nicht. Nun, es war wahrscheinlich auch für ihn ein langer Tag gewesen.

Schließlich erreichten sie den Parkplatz, der an eines der entfernteren Krankenhausgebäude angebaut war, und Beau scannte beinahe automatisch die Umgebung, als ihm das Geräusch von Amy Vaughns Herzschlag in einem am Rande des Parkplatzes geparkten Truck auffiel, der durch die Bäume, die an dieser Seite wuchsen, im Schatten stand. Die Fenster waren halb geöffnet, und sie lag zusammengerollt auf dem Vordersitz und starrte aufmerksam auf ein Telefon in ihren Händen, das leise Töne und Piepsen von sich gab, als sie mit ihrem Daumen darüber wischte.

Er kam sich ein wenig albern vor, weil er sich vorgestellt hatte, dass sie dort ganz allein zusammengekauert lag und vor Schmerz und Angst zitterte. Aber je näher er kam, desto mehr von ihrem Duft konnte er auffangen. Vielleicht lenkte sie sich selbst ab, aber ihr Gesicht wies angespannte Linien auf, die nicht in das Gesicht eines Kindes gehörten. Er hatte sich nicht völlig geirrt. Er war nicht umsonst hergekommen.

Sie blickte auf, als sie fast auf Armlänge an den Truck herangekommen waren, und ihr Gesicht leuchtete ein wenig auf, genau wie am Nachmittag in der Klinik. Diesmal jedoch errötete sie sofort und senkte den Blick.

Vaughn öffnete die Beifahrertür und winkte Beau heran, damit er sich auf den Platz neben ihr setzte.

„Hi, Amy", sagte Beau. „Dein Vater meinte, du könntest etwas mehr Übung beim Entspannen brauchen, so wie wir das letzte Woche gemacht haben, also dachte ich, wir könnten es noch einmal versuchen. Ich …" *Entschuldige dich nicht, gib kein Fehlverhalten zu.* „Ich dachte, dass wir das heute Nachmittag hätten machen können, aber wir hatten noch eine Menge Patienten zu behandeln."

Amy schüttelte den Kopf, blickte ihren Vater an und sah dann zu Beau. „Ist schon gut, ich verstehe das." Ihre

Stimme war das gleiche pergamentartige Flüstern wie immer, aber Beau konnte sie spielend leicht hören. Sie verzog das Gesicht ein wenig und fügte hinzu: „Das mit meinem Dad tut mir leid."

Beau lächelte über diesen Beweis eines normalen Kindes, dem etwas peinlich war. „Ist schon gut. Er will nur, dass es dir besser geht, und ich will das ebenfalls. Willst du mir deine Hände wieder geben?"

Das Telefon lag nach wie vor in ihrem Schoß, aber sie legte es rasch beiseite und reichte Beau die Hände, ihr Herzschlag stolperte ein wenig, als sich seine Hände um ihre schlossen. Sie waren immer noch kalt, obwohl die Hitze des Tages kaum verschwunden war.

„Okay", sagte Beau. „Jetzt gehts los. Fühlst du, wie warm meine Hände um deine sind …"

Er redete weiter, konzentrierte sich nur auf Amy, ignorierte Vaughns Anwesenheit an seiner Seite, ignorierte alles, außer sie in einen Zustand des Friedens zu versetzen. Sie ließ sich einfach fallen. Der schlimmste Schmerz von der Sondenernährung musste inzwischen verflogen sein, und mit dem seltenen Gefühl eines vollen Bauches wollte ihr ganzer Körper nichts anderes, als zu dösen, sobald sie in der Lage war, dem Schmerz zu entkommen. Sie rollte sich auf dem vertrauten Sitz des Trucks ihres Vaters zusammen, anstatt auf einem kühlen Untersuchungstisch zu sitzen, und schlummerte innerhalb von zehn Minuten ein. Beau redete noch einige Minuten weiter und ließ sie in einen tiefen Schlaf fallen, bevor er sie losließ.

„Das ist alles", sagte er und drehte sich mit einem Achselzucken wieder zu Vaughn um. „Wie ich schon sagte, es ist nur eine Frage der Übung."

Vaughn atmete zittrig aus, wie ein Mann, der den Tränen nahe war. „Nun. Wie ich schon sagte, Sie haben ein Händchen dafür. Danke, Doc."

„Ich bin nicht als Arzt hier", erinnerte Beau ihn. „Nur …
nur als ein Mensch, der sich sorgt."

Vaughn nickte und schüttelte Beau die Hand, ehe er ein-
stieg, um Amy anzuschnallen. Beau stieg aus, während er
mit seiner Tochter beschäftigt war, und war außer menschlicher Hörweite, bevor er sich wieder umdrehte.

Kapitel 28

„Du würdest doch keinen Fremden hereinlassen, der an der Tür auftaucht, wenn ich nicht zu Hause bin, oder?"

Rory verkrampfte sich unter Beaus Arm und war plötzlich völlig wach, obwohl er zuvor an den Rand des Schlafs gedriftet war. Beau hatte sich hellwach angehört, und die Worte lösten Erinnerungsechos aus. *Wer war hier? Mit wem hast du da gesprochen? Wen siehst du an? Ich kann ihn an dir riechen.*

„Hey, hey, ist schon gut", murmelte Beau und schmiegte sich an Rorys Hals. „Entschuldige, mach dir keine Sorgen, es ist nichts. Ich wollte dich nicht erschrecken."

Rory kam schlagartig in die Gegenwart zurück. Beau hatte nicht gesagt, dass er nicht wütend war. Er sagte, er wollte nicht, dass Rory Angst hatte.

„An was für einen Fremden denkst du?", fragte Rory und versuchte zu erraten, an was Beau dachte.

Beau schüttelte den Kopf. „Es ist nichts, ich denke einfach zu viel nach. Ich musste gestern einem Patienten gestehen, dass ich ein Werwolf bin. Und, ich weiß nicht, wahrscheinlich ist es nur der kommende leere Mond, und mich beunruhigt, dass die Menschen es wissen, das ist alles."

Rory drehte sich unter Beaus Arm, legte seinen eigenen Arm und sein Bein über Beau und dachte an die leeren Monde, die er mit sorgfältig ausgewähltem Garn, damit niemand sie bemerken konnte, in die Schultern von Beaus Kitteln und weißen Mänteln gestickt hatte. Als er mit ihnen fertig gewesen war, hatte er sie unten in den Stapel geschoben. Beau hatte noch keinen mit einem guten Wunsch getragen. Aber morgen. Morgen würde er den winzigen Schutz der Stickereien genießen, der aus Rorys vollstem Herzen kam.

„Ich werde keine fremden Menschen ins Haus lassen, wenn du nicht zu Hause bist", versprach Rory fest. „Wenn jemand kommt und nach dir sucht oder nach dir fragt, sage ich ihm, er soll die Klinik anrufen, und ich rufe Jennifer an, okay? Sie kann von ihrer Tür aus unsere Veranda sehen."

Beau atmete aus, lächelte leicht und nickte. „Danke, dass du mich aufmunterst, Baby."

Rory lächelte zurückhaltend. Vielleicht war das ein guter Zeitpunkt: Beau hatte es irgendwie sogar angesprochen. Und in ein paar Tagen würden sie das Thema nicht mehr vermeiden können. „Wo wir gerade vom leeren Mond sprechen ..."

Beau zuckte zusammen und presste seine Stirn gegen Rorys, sodass sich ihre Blicke nicht treffen konnten. „Es tut mir so leid. Ich sehe keine Möglichkeit, aus dieser Schicht herauszukommen. Ich hasse den Gedanken, dass du hier allein bist, aber wenn ich um einen freien Tag hätte bitten wollen, hätte ich es schon längst tun müssen, und ... ich will keinen Ärger machen. Sie haben mir bei Vollmond frei gegeben und dachten offensichtlich, das wäre genug Entgegenkommen."

Rory biss sich auf die Lippe. „Hast du ... es ihnen gesagt? Was der leere Mond bedeutet?"

Beau verkrampfte die Hände um ihn herum und schüttelte leicht den Kopf. „Ich kann nicht zu früh zu viel verlangen. Ich muss ihnen zeigen, dass ich wenigstens meine erste Einsatzphase überstehe."

Rory dachte darüber nach, Beau darauf hinzuweisen, dass die Leute von der Rochester Klinik die örtlichen Rudel um Hilfe gebeten hatten, damit sie lernten, was ein Werwolf im Assistenzarztprogramm brauchte – aber das würde bedeuten, Beau erklären zu müssen, woher er das wusste. Und wie auch immer es für die Rudel ausgesehen hatte – abgesehen vom Niemi-Rudel, das Caseys neuem Freund und Jennifers Nachbarn wohlgesonnen war – die kein

373

besonderes Interesse an derartiger Hilfestellung zeigten, so sah es für Beau, der sich beweisen musste, vielleicht anders aus. Er wusste am besten, was er verlangen konnte.

„Okay", sagte Rory. „Ich, ähm … Ich hatte eine Idee, wie es weniger schlimm werden könnte, aber ich glaube, es wäre besser, wenn ich dir nicht vorher davon erzähle. Ist das okay?"

Beau umklammerte ihn fest und küsste Rorys Wange. Beau roch unglücklich und besitzergreifend, und Rory klammerte sich an ihn, wodurch die Gefühle seines Alphas auf ihn übergingen. Wenn er seinen Plan nicht durchziehen konnte, wenn es schief ging und er alles ruinierte …

„Was immer du brauchst, Baby", murmelte Beau. „Du tust, was du tun musst. Ich will nur, dass du sicher bist und dich sicher fühlst. Wenn du irgendetwas von mir brauchst, wenn du … kannst du es mir sagen, wenn du irgendwo hingehen willst, ich werde dich nicht aufhalten. Ich würde es nicht tun."

Rory klammerte sich fester an ihn. Er glaubte nicht, dass das, wohin er gehen wollte, ganz das war, was Beau angesichts der resignierten Unzufriedenheit in seiner Stimme dachte.

„Du, ähm …", sagte Beau. „Ich habe gemerkt … oder eher nicht gemerkt, aber … du hast dir in letzter Zeit das Video deiner Familie nicht mehr so oft angesehen?"

Rory vergrub sein Gesicht an Beaus Schulter und kombinierte Beaus Gedankengänge vom leeren Mond zu diesem Thema. Dachte Beau, Rory wollte nach Waukesha gehen? Um den leeren Mond mit Menschen zu verbringen, die er zehn Jahre lang nicht gesehen hatte, und seinen Partner Hunderte von Kilometern entfernt allein zu lassen?

Beau rieb sanft über seinen Rücken. „Ich will dich nicht damit nerven. Das ist deine Sache. Aber was immer du willst, Baby, was immer du brauchst …"

„Das habe ich nicht", erwiderte Rory und hob den Kopf gerade hoch genug, um zu sprechen. „Ich … ich weiß, ich muss Georgie etwas antworten. Ich … Es gibt so viel zu erklären oder geheim zu halten, und dann geht es nicht nur um Georgie, sondern meine Mom und meinen Dad und … Spence war sieben, als ich wegging, und jetzt ist er dieser … Kerl. Und mein … mein Dad …?"

Beau drückte ihn an sich. „Es ist eine Menge, ja. Du musst selber wissen, ob du dazu bereit bist oder nicht."

Rory hielt sich zurück, dankbar, dass er nicht versuchen musste, es in bessere Worte zu fassen. „Ich werde nicht zum leeren Mond nach Wisconsin fahren, Beau. Ich würde es dir sagen, wenn ich an so etwas denke."

Beau atmete erleichtert durch. Etwas von dem Trübsal schien sich zu lösen, aber er fragte nicht nach Rorys Plan und schien auch so nicht viel glücklicher zu sein.

„Ruhig", murmelte Rory und wand sich in seinem Arm in dem Versuch, den verzweifelten gegenseitigen Griff in ein bequemes Kuscheln zu verwandeln. „Jetzt sind wir beide hier und kein Fremder in Sicht. Mach keinen Ärger, Alpha."

„Ah!" Beau löste seinen Griff und schnupperte durch Rorys Haare. „Da ist er wieder, mein weiser Ehemann. Vollkommen richtig."

Eines Tages, so dachte Rory, eines Tages würde Beau das sagen, ohne ihn zu necken. Aber für heute Nacht konnte Rory ihm zumindest beim Einschlafen helfen.

Kapitel 29

Beaus Schicht begann lange, bevor die Sonne tatsächlich unterging. Den ganzen Tag hatte er sich mit Rory im Kellerschlafzimmer zusammengerollt und döste, als er lange genug aufhören konnte, sich über die kommende Nacht Sorgen zu machen, um seine Augen zu schließen. Rory hatte so viel Essen vorbereitet, dass sie den ganzen Tag nicht in die Küche gehen mussten, und hatte noch mehr eingepackt, damit Beau es mit zur Arbeit nehmen konnte.

„Es wird alles gut werden, Schatz", sagte Rory ihm immer wieder. „Uns wird es gut gehen. Sicher und gesund, wir beide. Gesund und munter."

Rorys Finger krochen immer wieder zu der Stickerei an der Schulter von Beaus Hemd – ein guter Wunsch für Sicherheit, der nun alle seine Kittel und weißen Mäntel zierte. Er war darüber auf absurde Weise begeistert, und dann fühlte er sich schuldig, als er begriff, dass sich Rory deswegen in die Finger gestochen hatte. Beau hatte nicht einmal daran gedacht zu fragen, was er genäht hatte oder warum.

„Das hättest du nicht machen müssen", hatte er gesagt und den Gedanken gehasst, dass Rory das Gefühl hatte, er müsse ein perfekter traditioneller Omega sein, um ihm zu gefallen. Aber Rory hatte ihn geküsst und gesagt: „Ich weiß. Ich wollte es machen. Ich weiß, es ist keine wirkliche Hilfe, aber ich wünschte, ich könnte dir helfen. Also nimm wenigstens den Wunsch an."

Dafür hatte Beau ihn zurückküssen müssen. „Natürlich hilft das, Baby. Danke."

Und es half tatsächlich ein wenig, zu wissen, dass er etwas von Rory trug, als er gehen und sich zu seiner Schicht melden musste. Bevor er ging, hatte er Rory in das Bett im Keller gesteckt; er wusste, dass Rory dort nicht bleiben würde, dass er einen Plan hatte, um die Sache irgendwie erträglich zu machen. Er hatte nicht nachgefragt. Er wollte nicht mit Sicherheit wissen, dass Rory bei jemand anderem sicher sein würde – dass ein anderer seinen Omega beschützen würde, während er woanders war, allein unter Menschen, von denen einige genau wussten, was er war.

Logischerweise war es dumm, sich darüber Sorgen zu machen. Die Leute, die es wussten, waren die Ärzte und Krankenschwestern, mit denen er schon seit Wochen zusammenarbeitete: Cora war die leitende Assistenzärztin für diese Schicht, und sie war immer nur freundlich gewesen. Ihre Patienten schliefen größtenteils, und sie erwarteten für heute Abend keine neuen Einweisungen. Es würde nichts passieren.

Nichts, außer dass kein Mond am Nachthimmel stehen würde, und Beau würde die ganze Nacht weit weg von zu Hause verbringen, inmitten von beinahe Fremden, ohne zu wissen, wo sein Gefährte wirklich war. Er wusste nicht, ob Rory tatsächlich sicher war.

Innerhalb von etwa einer halben Stunde nach Beginn seiner Schicht wusste Beau, dass er das hier nicht noch einmal tun konnte. Er würde mit Dr. Ross sprechen müssen, mit jemandem, der seinen Schichtplan ändern konnte. Er musste sich ganz darauf konzentrieren, seinen Kollegen gegenüber einigermaßen höflich zu sein, nicht aus der Haut zu fahren oder einen Patienten zu gefährden. Zumindest war er sich bei Schichtbeginn sicher, dass er sich auf wichtige Dinge konzentrieren konnte, indem er sich um alle Details der Übergabe aus der früheren Schicht kümmerte. Und wenn sich die Nacht hinzog ...

Daran durfte er nicht denken. Er konnte nur an das denken, was vor ihm lag, nämlich hauptsächlich die sich für die Nacht verabschiedenden Ärzte und ein Stapel von Krankenblättern. Es dauerte bis eine Stunde nach Schichtbeginn, als ihm langsam die Dinge ausgingen, mit denen er jede Sekunde absolut beschäftigt war, und er konnte in jeder Zelle seines Körpers den Sonnenuntergang herannahen spüren.

„Entschuldigen Sie die Unterbrechung", sagte der Wachmann.

Beau erkannte sofort, dass er ein Werwolf war und vage vertraut roch und aussah. Auf dem Namensschild an seiner Uniform stand T. NIEMI. „Dr. Jeffries wird oben im Sicherheitsbüro im fünften Stock benötigt. Es wird nicht lange dauern."

Die anderen Ärzte sahen verblüfft aus – Cora sogar besorgt – aber Beau begann, eine wahnsinnig unvernünftige Hoffnung zu verspüren, die erste Möglichkeit der Erleichterung. Er stand auf. „Ja, natürlich. Entschuldigung, ich werde …"

„Los, los", winkte Cora ab. „Wir sind hier sowieso so gut wie fertig. Ich hoffe, es ist alles in Ordnung."

Beau nickte, drehte sich um und folgte Niemi zur Tür des Treppenhauses, das sich gegenüber dem Büro befand.

Rory stand auf dem ersten Treppenabsatz, trug einen Kapuzenpulli von Beau über seinem Pyjama und grinste breit. Beau nahm die Treppe in gefühlt einem einzigen Satz und schloss Rory in seine Arme, er klammerte sich an ihn, als würde er ertrinken, wenn er ihn losließ.

„Ich habe es dir gesagt", flüsterte Rory. „Ich habe dir gesagt, ich habe einen Plan. Gesund und munter."

Beau sah sich um und erinnerte sich, dass sie nicht allein waren. Niemi stand ein paar Schritte tiefer und beobachtete sie mit einem Ausdruck liebevoller Belustigung.

„Wir stehen hinter dir, Cousin", sagte er, als Beaus Blick seinen traf. „Ich glaube, wir haben uns noch nicht richtig kennengelernt – ich bin Troy, Jens Ehemann. Wir wohnen die Straße runter."

Beau atmete tief durch, und es fühlte sich an, als wäre es das erste Mal seit Stunden, dass er der Anspannung entkommen war. „Wir haben vor dem Vollmond mit Ihren Kindern gespielt."

Troy nickte und lächelte leicht. „Jen war ein verdammt froh, sie ein paar Stunden lang nicht einsperren zu müssen, also sind wir jetzt an der Reihe, Ihnen einen Gefallen zu tun, hm? Mehr als die Hälfte der Sicherheitsbeamten hier in Rochester sind Wölfe. Das bedeutet, dass wir nicht alle jedes Mal zu Hause sein können, wenn wir es wollen, aber wir können die Dinge so einrichten, dass wir funktionieren können – jeder, der heute Abend in diesem Gebäude für die Sicherheit zuständig ist, gehört zum Niemi-Rudel oder ist irgendwie damit verbunden. Das macht es einfacher, es als Schutz unseres eigenen Territoriums zu betrachte, wissen Sie? Sie haben also Wölfe, die heute Abend auf Sie aufpassen – einschließlich der Unterbringung dieses sehr freundlichen Eindringlings im Sicherheitsbüro im fünften Stock, bis sich jemand um ihn kümmern und ihn nach Hause fahren kann."

Beau blinzelte, blickte zu Rory hinunter und dann zurück zu Troy. „Ist das … du kannst …?"

Troy zuckte die Schultern. „Die Aufgabe des Sicherheitsdienstes ist es, Unbefugte von gesicherten Bereichen fernzuhalten. Roland hier ist offensichtlich nicht autorisiert, aber da er keine wirklichen Probleme verursacht, haben wir einen gewissen Ermessensspielraum, wie wir mit ihm umgehen. Es lohnt sich nicht, die Polizei rufen, und wir schmeißen Leute nicht ohne eine Möglichkeit, nach Hause zu kommen, einfach raus. Das führt nur dazu, dass sie auf dem Gelände herumlungern. Also, ja, der Schichtleiter kann es so aufschreiben, dass es völlig vernünftig klingt und nichts mit Ihnen zu tun hat. Aber Sie sollten in der Lage sein, ihn vom vierten Stock aus zu hören, und wenn Sie nach oben kommen und Hallo sagen wollen, wenn Sie eine Pause haben, das Sicherheitsbüro ist direkt gegenüber der Tür zum Treppenhaus."

Beau schaute zu Rory und fühlte sich, als sei er gerade in einem Traum gelandet. Rory strahlte immer noch und verströmte einen Duft von aufgeregtem Stolz.

„Ich dachte, es wäre besser, wenn du es nicht im Voraus weißt", erklärte Rory. „Für den Fall, dass wir es nicht bis zum Ende durchziehen konnten, und wenn dich jemand fragt, kannst du sagen, dass du vorher nichts davon wusstest."

Beau griff fest zu und vergrub sein Gesicht im Hals des Kapuzenpullis, wo seine Lippen Rorys Kehle streicheln konnten. „Baby, du ... ich kann das nicht glauben. Du bist unglaublich. Ich konnte mir nicht einmal vorstellen, wie ..."

Rory drückte ihn fest an sich. „Du musst deinem Mann einfach vertrauen, Schatz. Sicher und wohlbehalten, genau wie ich sagte."

„Sicher und wohlbehalten", stimmte Beau zu, obwohl ihm gerade etwas ins Ohr stach – ein Telefon, das klingelte und einen Notfall oder eine verspätete Einlieferung auf der Station ankündigte. „Ich muss ..."

„Ich weiß." Rory zog sich behutsam zurück, und Beau zwang sich, loszulassen. „Ich werde auf dich lauschen, und du lauschst mir, wenn du kannst. Aber wir werden beide in Sicherheit sein und nicht zu weit voneinander entfernt. Unter demselben Dach und alles."

Beau nickte, richtete seinen leicht zerknitterten weißen Mantel und streichelte mit den Fingern über die Stickerei auf der Schulter. Er wollte noch etwas sagen – er wollte sagen *ich liebe dich* – aber er konnte es nicht. Noch nicht, da sie noch nicht einmal allein waren und er nicht hierbleiben konnte. Er schaute Rory nur an und nahm wahr, wie er da stand, stark und klug und ohne Angst, und dann drehte er sich um und eilte die Treppe hinunter. Zurück an die Arbeit. Aber die ganze Zeit konnte er Rorys Herz schlagen hören, nicht allzu weit entfernt.

Es war immer noch nicht einfach – nichts war einfach, was nicht zu Hause bei Rory war – aber so konnte man es wenigstens aushalten. Beau schaffte es, sich zu konzentrieren, wenn er musste, wobei Rorys Herz wie ein Metronom schlug, um ihn zu beruhigen. Und wenn er Zeit zum Atmen hatte, Zeit, in der er sonst in Panik geraten wäre, konnte er Rorys Namen murmeln, und Rory fing an, laut vorzulesen.

Es klang, als hätte er das Glossar eines medizinischen Lehrbuchs gefunden, und Beau hoffte, dass er etwas Interessanteres zu tun hatte, wenn er Beau nicht seine Stimme schenkte, auf die er sich fixieren konnte.

Gegen Morgen gähnte er beim Lesen, und Beau blickte sich um, um sicher zu sein, dass er halbwegs allein war, und flüsterte: „Geh schlafen, Baby, es ist alles in Ordnung. Ich kann dir beim Schlafen zuhören."

„Bin hier", murmelte Rory. „Lerne über …" Ein weiteres Gähnen entkam ihm. „… das vaskuläre System."

Beau grinste. „Ich weiß bereits genug für uns beide über das vaskuläre System, Ror. Geh schlafen."

Rorys Herzschlag kam darüber ein wenig außer Takt, aber Cora kam auf Beau zu, und er konnte den Herzschlag eines Patienten hören, der durchdrehte, sodass er nicht sicher war, ob er überhaupt Rory gehört hatte.

Die Übergabe dauerte zwangsläufig ewig, aber die Sonne stand noch tief am Himmel, als Beau endlich wieder die Möglichkeit hatte, nach oben in das Sicherheitsbüro im fünften Stock zu gehen. Rory hatte ihn in der Nacht zweimal im Treppenhaus getroffen, aber dieses Mal schaffte es Beau bis ins Büro, bevor er ihn fand. Sein Mann schlief in einer Ecke, zusammengerollt in einem Nest, das aus einer Decke und einem Kissen aus dem Schlafzimmer im Keller gemacht worden war.

„Sind Sie hier, um sich um unseren streunenden Eindringling zu kümmern, Dr. Jeffries?"

Beau blickte erschrocken auf. Er hatte den Wachmann nicht bemerkt, der das Büro besetzt hatte – nicht Troy, sondern ein anderer Werwolf. Auf seinem Namensschild stand A. FRASER, und Beau erinnerte sich vage daran, dass Fraser der Name eines der örtlichen Rudel war.

„Ja", antwortete Beau. „Danke, dass Sie sich um ihn gekümmert haben."

Fraser nickte, machte eine Geste, als würde er sich an einen unsichtbaren Hut tippen und lächelte leicht. „Das ist doch nichts Besonderes, Cousin."

Dann trat er aus der Tür und drehte sich ostentativ um. Beau kniete sich neben Rory, schlang einen Arm um die mit einer Decke gepolsterte Gestalt und schmiegte sich an seine Wange, um den heimeligen Geruch seines schlafenden Omegas einzuatmen.

„Mmmmh." Rory bewegte sich leicht, seine Herzfrequenz stieg an, als er erwachte. „Guten Morgen, Schatz."

„Morgen, Baby", murmelte Beau. „Bereit, nach Hause zu gehen?"

Rorys Augen blitzten auf, sein Körper versteifte sich, als er erkannte, wo er war, oder vielleicht auch nur, wo er nicht war. Beau festigte seinen Griff. „Shh, gesund und wohlbehalten, erinnerst du dich, weiser Ehemann? Aber jetzt bin ich fertig, wir können nach Hause gehen und uns für den Tag verkriechen. Wie klingt das?"

Rory entspannte sich in Beaus Umarmung und nickte gegen seine Schulter. „Gut." Er begann sich zu rekeln, um sich von der Decke zu befreien. „Ich habe eine Tasche mitgebracht, damit niemand sieht …"

Beau sah in die Richtung, in die Rory deutete, und entdeckte einen alten Seesack, den er selten benutzt hatte. Er zog ihn zu sich und Rory stopfte das Kissen hinein. Etwas fiel aus den Falten der Decke und schlug mit einem scharfen Geräusch auf den Boden. Rory zuckte zusammen, schnappte jedoch zu spät danach, als Beau es aufhob. *Arbeitsbuch der medizinischen Terminologie.* Es sah neu aus, aber er konnte die scharfe Tinte der Notizen riechen, die er an den Rändern bemerkte, und es roch nach Rory und ihrem Haus.

Rory starrte unbeweglich in den Seesack, wie erstarrt, während er sein Kissen hineinstopfte. Röte überzog seine Wangen, ein Duft von so etwas wie Scham, und Beau dachte an diesen verschlafenen Protest, an seine eigene beiläufige Abweisung.

„Es ist gut, neue Dinge zu lernen, Baby", murmelte er und steckte das Buch sanft in eine Tasche des Seesacks, ehe er sich vorbeugte, um Rorys heiße Wange zu küssen. „Sag mir Bescheid, wenn ich dir etwas erklären kann, okay?"

Rory warf ihm einen kurzen Seitenblick zu, dann wanderten seine Augen an Beau vorbei zur Tür – wo Fraser immer noch stand, höflich nichts sehend und nichts hörend. Rory nickte schnell und griff dann nach der Decke, und Beau half ihm, sie in die Tasche zu stopfen, ohne weiter etwas dazu zu sagen.

***

Die Fahrt nach Hause war ein grauer Fleck der Erschöpfung, surreal im Morgenlicht: Auf halbem Weg musste er an einer Ampel anhalten und schaute zu Rory hinüber, der ihn mit einem Ausdruck der Besorgnis beobachtete.

„Weißt du, wie man fährt, Ror?"

Rory schüttelte den Kopf und sah zu der Ampel, die grün geworden war. Beau zwang seine Aufmerksamkeit wieder auf das Fahren, und es dauerte noch ein paar Minuten, bis er sagen konnte. „Ich sollte es dir irgendwann beibringen. Oder du solltest es auf jeden Fall lernen. Wenn du willst."

„Das könnte gut sein", sagte Rory leise. „Aber jetzt ist es nicht mehr weit und wir sind zu Hause."

Beau nickte und konzentrierte sich auf die Straße. Er wusste, dass seine Werwolfreflexe einsetzen würden, wenn etwas Unerwartetes passierte, aber es war besser, die Dinge langweilig zu halten, besonders wenn er Rory im Auto hatte.

Er döste fast in der Einfahrt ein und war sich vage bewusst, dass Rory ihn hineintrieb, ihm bei Ausziehen half und ihn ins Bett verfrachtete. Er war wieder in ihrem Bett, unten im Keller, verspätet in ihrer Höhle. Rory brachte das Kissen und die Decke, die er mitgenommen hatte, zum Bett zurück und kroch neben Beau hinein, wobei er sich an ihn kuschelte. Beau hätte sich damit begnügt, augenblicklich ohnmächtig zu werden, aber Rory bestand darauf, ihm einige der Snackreste vom Vortag zu füttern. Beau öffnete seine Augen nicht, aber er tat, was sein Mann ihm sagte, kaute und schluckte wie betäubt, und schließlich durfte er schlafen.

Ein paarmal wachte er auf, aber Rory war immer da – schlafend in seinen Armen oder im Bett sitzend, aber immer da. Einmal öffnete Beau die Augen und entdeckte, dass sein Kopf auf Rorys Schenkel lag, Rorys Hand durch sein Haar strich, während er mit der anderen Hand einen Füller hielt, den er sanft über die Seiten seines Arbeitsbuches führte.

Beau wollte etwas sagen – das Richtige, Ermutigende und nichts Herablassendes – aber er schlief unter Rorys abwesender Fürsorge wieder ein, ehe er darüber nachdenken konnte, was das wäre.

***

Am Morgen machte er ein neues Bild von Rory – der wieder oder immer noch Beaus Hoodie trug und mit einem Glas Orangensaft und einem anderen Lehrbuch als in der vergangenen Nacht am Küchentisch saß. Er hatte das Buch sinken lassen und schaute Beau schüchtern an. Beau lächelte nur und hob sein Handy.

Danach lehnte Beau sich vor, um sich einen Kuss zu stehlen, und Beau bekam sein Hemd zu fassen und hinderte ihn so daran, sich aufzurichten.

„Wirst du … Ich habe alles getan, um dir zu helfen, aber es war so schwer für dich", sagte Rory, sein blattgrüner Blick war fest, seine Stirn runzelte sich in Sorge. „Wirst du wegen nächstem Monat fragen oder wenigstens für den übernächsten Monat? Bitte?"

Beau schloss die Augen und küsste ihn erneut. „Natürlich, Baby. Ich muss auf meinen Ehemann hören, nicht wahr?"

„Eigentlich *musst* du nicht", murmelte Rory. „Aber du *solltest* es."

Während er das sagte, lief er einmal mehr rot an und biss sich auf die Lippe. Beau küsste die rote Wange, bevor er sich abwandte.

***

Wie beim Vollmond wurde ihm ein Tag Gnadenfrist eingeräumt, ehe er sich wieder mit Dr. Ross traf, ihre Sitzung war kurz vor seiner Sprechstunde dazwischen gequetscht worden. Er entschuldigte sich für den Zeitpunkt und Dr. Ross deutete abweisend auf das Mittagessen, das Rory für Beau eingepackt hatte.

„Ja, Essen, natürlich. Verpassen Sie in den nächsten drei Jahren nie eine Gelegenheit zum Essen oder Schlafen."

Beau nickte gehorsam, öffnete einen Tupperware-Behälter und tauchte seine Gabel hinein.

„Ich nehme an, es wird schwierig werden, von Ihnen zu hören, wie es läuft, wenn Sie den Mund voll haben, aber wir werden schon zurechtkommen", fuhr Dr. Ross fort. „Immer noch keine Beschwerden von Patienten ...."

Beau kaute weiter, kontrollierte seinen Herzschlag und seine Mimik und hielt beides absolut stabil.

„Und auch von Ihren Vorgesetzten nicht, also volle Kraft voraus. Wir können einige Ihrer Beobachtungen durchgehen, aber zuerst – Sie haben drei Viertel Ihrer ersten Einsatzzeit hinter sich und beginnen wahrscheinlich, ein Gefühl für die Dinge zu bekommen. Oder zumindest glauben Sie das. Gibt es Ihrerseits irgendwelche Beschwerden?"

Beau hörte auf zu kauen und erstarrte völlig.

Dr. Ross lachte und wedelte mit der Hand. „Ja, ja, natürlich. Sie haben viele Beschwerden. Haben Sie irgendwelche Probleme, die Sie mit Ihrem freundlichen alten Berater in der diplomatischsten Sprache, die Ihnen einfällt, zur Sprache bringen möchten? Irgendwelche Zweifel, Bedenken?"

Beau schluckte langsam und benannte dann das harmloseste Thema, über das er sich in freien Momenten Gedanken machte, wenn er sich nicht um alles andere sorgte „Ich, äh, ich habe noch nicht viel dazugelernt. Ich war in zwei Vorlesungen, die für mich vorgesehen waren, aber ...."

Dr. Ross winkte einmal mehr ab. „Im ersten Monat sind Sie noch Feuer und Flamme. Sobald Sie sich an den Rhythmus gewöhnt haben, werden Sie herausfinden, für was Sie sich mehr Zeit nehmen können, und im dritten Jahr bekommen Sie mehr Zeit für konzentriertes Lernen in den Studiengruppen. Sie werden es schaffen. Machen Sie sich keine Sorgen. Egal, wie weit unten auf Ihrer Liste dieses Problem steht – da gehört es hin."

Beau nickte und nahm noch einen Bissen zu sich, um etwas Zeit zu schinden, sich darauf vorzubereiten, das zu sagen, was er sagen musste. Es war offensichtlich, dass Dr. Ross noch nicht damit fertig war, ihn zu den Themen zu drängen, die ihm auf dem Herzen lagen, aber er wollte nicht einfach mit seinen Forderungen zu seinen Einsatzzeiten herausplatzen – und es dauerte nur noch weniger als eine Woche bis zum turnusmäßigen Wechsel seines Einsatzortes, also mussten diese Dienstpläne bestimmt bereits fertig sein. Tatsächlich konnte sein nächster Dienstplan irgendwo in einer E-Mail stehen, die er als gelesen markiert und nicht weiter beachtet hatte, weil er zu besorgt über den leeren Mond gewesen war, um an etwas anderes zu denken.

„Wie kommt Ihr Ehemann damit zurecht?", fragte Dr. Ross, während Beau kaute. „Er schien irgendwie ein geselliger Mensch zu sein. Haben Sie sich schon darüber gestritten, dass er sich langweilt, während Sie weg sind, oder dass er sich vernachlässigt fühlt, weil Sie zu Hause kaum noch zu etwas Lust haben?"

Beau hörte kurz mit dem Kauen auf und versuchte, sich vorzustellen, er würde sich tatsächlich mit Rory streiten. Bei dem Gedanken wurde ihm schlecht, das Essen, das Rory zubereitet hatte, verwandelte sich in seinem Mund in Klebstoff.

„Wow, okay, Frischvermählte, ich schätze, das ist entweder ein klares Ja oder ein klares Nein?"

Beau schluckte mit Mühe. „Nein, er ist ... Er versteht das. Er unterstützt mich. Er macht sich Sorgen, wie schwer es für mich ist."

„Ah", sagte Dr. Ross. „Es ist also schwer für Sie."

Beau wandte den Kopf ab und holte tief Luft. Er könnte es einfach sagen. Er beschwerte sich nicht, verlangte nichts anders, er könnte es einfach sagen. Dr. Ross war sein

387

Berater, und Beau sollte von ihm Rat und Unterstützung bekommen. Das funktionierte aber nicht, wenn er nicht zeigte, wo er Rat und Unterstützung brauchte, auch wenn es sich so anfühlte, als würde er seinen Hals oder seinen Bauch entblößen. Als wenn er einem anderen die Macht eines Alphas über sich geben und die Strafe einfordern wollte, die unweigerlich folgen musste.

„Der, äh …" Beau holte vorsichtig Luft und betrachtete das Essen in seinen Händen. Rory hatte ihn gebeten, zu fragen. Rory hatte recht. „Die Nachtschicht an diesem Wochenende fiel auf den … Neumond, wie die Menschen sagen."

Er sah nicht auf; die leichte Veränderung im Herzschlag von Dr. Ross, in seinem Geruch, bemerkte er auch so und er hörte, wie er sich auf seinem Sitz leicht zurücklehnte. Neugierig, interessiert. „Werwölfe haben einen anderen Namen dafür?"

Beau nickte. Es war kein wirkliches Geheimnis, das er verriet. Er brachte keine anderen Werwölfe in Gefahr. Troy, der unten in der Straße mit Jennifer und ihren Kindern lebte, Fraser, der ihm zur Seite gestanden hatte, als er Rory aufweckte, Casey … keiner von ihnen wurde verletzt, wenn er nur das Wort sagte. Niemand würde ihnen wehtun, und Beau würde niemandem helfen, der ihnen etwas antun wollte.

„Leer", sagte er, kaum mehr als ein Flüstern. „Es ist … das Gegenteil von voll."

Es war dumm, so etwas zu sagen. Offensichtlich nannte man deshalb den einen voll, den anderen leer.

„Das Gegenteil", wiederholte Dr. Ross, sein Tonfall war nachdenklich. „Hm. Die Rudelvertreter, mit denen wir sprachen, erwähnten, dass sich Werwölfe bei Vollmond … mächtig energiegeladen fühlen. Nicht unbedingt gefährlich für irgendjemanden, obwohl die Jagd eine traditionelle Aktivität ist, aber … wenn der leere Mond das Gegenteil davon ist, nehme ich an … das ist wahrscheinlich etwas, das normalerweise sehr … privat ist?"

Beau starrte auf sein Essen und zwang sich zu einem Nicken, obwohl die Bewegung vielleicht zu gering war, als dass ein Mensch sie als solche hätte registrieren können. „Normalerweise … bleiben wir an diesem Abend zu Hause. Es war also etwas schwierig, stattdessen hier zu sein."

„Nur ein bisschen schwierig, weshalb Sie bei dem Versuch, darüber zu sprechen, an Ihren Worten ersticken", antwortete Dr. Ross sehr trocken.

Beau hielt seinen Kopf weiter gebeugt und seine Hände genau dort, wo sie waren: an seinem Essen. „Ja, Sir."

„Hm", sagte Dr. Ross. „Nun, Ihr Dienstplan für das nächste Einsatzgebiet ist natürlich schon festgelegt …"

Beau musste unbedingt seine E-Mails durchsehen, wenn er die Gelegenheit dazu bekam.

„Aber ich werde sehen, was ich gegen diese Situation tun kann. Von mir wird es … ein bisschen besser klingen als von Ihnen, glaube ich."

Es war nicht schwer, die Betonung zu hören und zu wissen, was Dr. Ross mit „ein bisschen" meinte. Beau schluckte hart und nickte. „Ich würde … ungern meinen nächsten Einsatz mit allen anderen auf dem falschen Fuß beginnen."

Dr. Ross nickte. „Definitiv nicht. Ihr nächster Vorgesetzter war … skeptisch gegenüber der Prämisse, sagen wir mal. Aber wenn Sie wirklich unfair behandelt werden, möchte ich, dass Sie deswegen zu mir kommen. Wir haben Sie hierher geholt, um Sie in Rochester zu einem Arzt auszubilden, nicht um Sie fortzujagen. Ist das klar?"

Beau nickte.

„Ich glaube, Sie haben in Ihren Bewerbungsunterlagen ein besonderes Interesse an der Onkologie erwähnt –

glauben Sie, dass Sie Ihre Sinne dort gut einsetzen können?"

Erneut nickte Beau, wobei er die alten Erinnerungen an ein kleines Mädchen und einen seltsamen kränklichen Geruch, den er nicht benennen konnte, in den Hintergrund drängte. Seitdem war er schon oft damit konfrontiert worden, und er war endlich an einen Ort gekommen, an dem jeder, dessen Krankheit er roch, die bestmögliche Behandlung erhielt.

„Ich glaube, ich habe eine Ahnung, wie ich Krebs im Allgemeinen erkennen kann", sagte er. „Die einzige Möglichkeit, das zu kalibrieren, besteht natürlich darin, mit vielen Patienten in Kontakt zu kommen, wo ich meine Beobachtungen mit den Diagnosen abgleichen kann."

Dr. Ross nickte. „Äußerst vernünftig. Ich schlage vor, dass Sie Ihrem Vorgesetzten und den behandelnden Ärzten gegenüber nichts davon erwähnen, nur damit wir uns richtig verstehen, aber ich möchte Ihre Beobachtungen hören. Und da wir gerade davon sprechen: Was haben Sie diese Woche erschnuppert?"

Beau lächelte ein wenig und öffnete sein Notizbuch, um seinem Gedächtnis auf die Sprünge zu helfen.

***

Seine Stunden in der Ambulanz vergingen wie im Flug, ungemein geschäftig, aber nicht so wahnsinnig rasend wie in der Woche zuvor. Erst nachdem sie die Türen geschlossen hatten, begegnete er Cora und fragte: „Hast du Amy heute gesehen?"

Sie sah erschrocken aus und schüttelte dann den Kopf. „Hast du sie nicht gesehen?"

Beau schüttelte ebenfalls den Kopf. Es lag ihm auf der Zunge, sie zu fragen, ob sie etwas zu Vaughn gesagt hatte, als sie ihn aus dem Behandlungsraum geführt hatte, ob er daher wusste, was Beau war, aber ... was spielte das für eine Rolle? Er wusste es, so oder so.

„Vielleicht hat sie ..." Cora drehte sich weg. „He, Allie? War Amy Vaughn heute hier?"

Allie machte ein besorgtes Gesicht und schüttelte den Kopf. „Ich habe sie nicht mehr gesehen, seit ..." Sie warf Beau einen Blick zu, und Beau wusste, was ihr auf der Zunge gelegen war.

„Vielleicht geht es ihr besser", wagte er den Vorstoß, aber er erinnerte sich an das, was Vaughn gesagt hatte, die Art und Weise, wie er sich an andere Ärzte gewandt hatte, um sie unter Druck zu setzen, zu einer anderen Lösung überzugehen. *Wir werden einen Werwolf finden, der dich beißt.* Und dann hatte er auf ihn gewartet.

„Vielleicht", stimmte Allie mit einer weiteren kurzen Grimasse zu, bevor sie in den letzten besetzten Untersuchungsraum hastete.

Cora warf ihm einen besorgten Blick zu – besorgt um Amy? Beunruhigt über das, was sie gesagt hatte? Das spielte jetzt kaum noch eine Rolle.

Beau wünschte ihr eine gute Nacht und sah sich nach seinem letzten Patienten um.

***

Die betreuende Ärztin der Ambulanz zog ihn zur Seite, als er von seinem letzten Termin kam. Alle anderen schienen bereits gegangen zu sein. „Sie fragten nach Amy Vaughn."

Beau hielt seinen Ausdruck neutral. „Ma'am."

„Hören Sie, sie ist natürlich Stammpatientin und wir behandeln alle akuten Fälle, wenn sie hierher kommen, aber wir sind nicht ihr Hausarzt, okay?" Die Ärztin schüttelte den Kopf. „Sie dürfen sich nicht emotional einmischen oder Patienten gegenüber besitzergreifend werden."

Besitzergreifend klang wie territorial, als sie diese besondere Betonung darauf legte, und er wusste es besser, als zu protestieren, dass sich auch Cora Sorgen machte. Die Vorgesetzte hatte wahrscheinlich von Allie davon gehört, und Allie war diejenige gewesen, die in der vergangenen Woche ein Machtwort gesprochen hatte, als es darum ging, wer sich um Amys Sondennahrung kümmern sollte. So viel zum Versuch, sanftmütig genug zu sein, um nicht aufzufallen. Dass Beau einem Patienten gegenüber besitzergreifend wurde und sich emotional einmischte, hatte etwas zu bedeuten. Es wurde als nicht streng professionell angesehen, über jeden Vorwurf erhaben.

Er schluckte sämtliche Einwände, all seine Bedenken darüber, welche alternative Behandlung Amy Vaughn erhalten könnte, und akzeptierte die Warnung in der Hoffnung, dass dies nicht weitergehen und auch Dr. Ross gemeldet wurde.

„Ja, Ma'am. Ja, Ma'am, ich verstehe. Wird nicht wieder vorkommen."

***

Diesmal war es keine wirkliche Überraschung, Beau hatte sich mit seinen Sinnen darauf eingestellt, und tatsächlich wartete Vaughn unter demselben Baum wie letzte Woche auf ihn. Beau blieb stehen und blickte ihn an, um zu sehen, wie sich das Ganze entwickelte.

„Sehen Sie mich nicht so an", sagte Vaughn. „Was hat es für einen Sinn, sie hierher zu bringen, wenn Sie nichts für sie tun können, was ich nicht auch zu Hause machen kann? Was hätte das verdammt noch mal für einen Sinn?"

„Ich nehme an, das liegt bei Ihnen", sagte Beau. „Sie kennen Ihre Tochter. Ich glaube, Sie tun Ihr Bestes, sich um sie zu kümmern."

Vaughn hob eine Hand und kippte sie von einer Seite zur anderen. „Es gibt immer mehr, was man tun kann, nicht wahr? Es ist vielleicht nicht einfach oder schön, aber …"

Beau behielt die Hände an den Seiten und biss die Zähne nicht zusammen.

„Es gibt nicht viele Ärzte wie Sie", sagte Vaughn. „Ich glaube, das würde die Leute interessieren, nicht wahr? Sogar diejenigen, die wissen, dass Sie ein Werwolf sind, wären wahrscheinlich sehr daran interessiert zu erfahren, dass Sie mit meinem Kind nach Feierabend auf einem Parkplatz herumhängen."

Beau schloss seine Augen. Er fühlte sich, als würde er fallen, als würde er nur darauf warten, auf dem Boden aufzuschlagen. „Was wollen Sie?"

„Kommen Sie bei uns vorbei. Nicht als Arzt, richtig? Nur als ein Mensch, der sich kümmert, wie Sie sagten. Sie ist nicht einmal Ihre Patientin, wenn sie nicht in die Ambulanz kommt. Sie kommen einfach vorbei und sprechen mit ihr. Nichts Schlimmes."

„Ich kann sie nicht heilen", sagte Beau, wobei er seine Stimme ruhig hielt. „Die Meditation – früher oder später wird sie damit vielleicht ihre Schmerzen in den Griff bekommen, aber sie wird sie niemals heilen. Dafür braucht sie medizinische Versorgung."

„Kommen Sie und reden Sie mit ihr", wiederholte Vaughn und hielt Beau eine Karte mit einer gekritzelten Adresse hin. „Morgen, um wie viel Uhr können Sie kommen?"

Er konnte nicht Nein sagen. Er könnte sagen, Vaughn solle zur Hölle fahren. Aber es würde nicht anders enden als letzte Woche; die Stärke und Unzerstörbarkeit eines Werwolfs war nutzlos gegen die Art von Druck, den dieser Mensch ausüben konnte. Er hatte bereits genug, um Beau in ernste Schwierigkeiten zu bringen, und er müsste nicht einmal lügen, um es viel schlimmer klingen zu lassen als es tatsächlich war. Beau stand vor einem Dienstbereich, in dem er wirklich, wirklich den Kopf unten halten musste. Wenn ihm das alles um die Ohren flog, während er unter einem unsympathischen Vorgesetzten arbeiten musste ...

„Früh", sagte Beau. „Wir bringen es vor meiner Schicht hinter uns. Sieben Uhr dreißig."

„Hey, sprechen Sie nicht so über Amy, sie ist ein gutes Kind. Das alles ist nicht ihre Schuld."

Beau zog den Kopf ein und kniff die Lippen zusammen, um die Zähne nicht zu fletschen. Er knurrte nicht. Er zeigte keinem Menschen einen bedrohlichen Aspekt, der irgendwen dazu bringen könnte, die Polizei oder den Sicherheitsdienst des Krankenhauses wegen eines gefährlichen Werwolfs anzurufen.

„Sieben Uhr dreißig", wiederholte Beau und ging an Vaughn vorbei, ohne ein weiteres Wort zu sagen und ohne sich umzudrehen.

***

Beau schlüpfte früh aus dem Bett und drückte Rory beim Umdrehen wieder auf die Matratze. „Frühes Meeting, Baby, ich muss los. Wir sehen uns heute Abend. Geh wieder schlafen."

Er packte seine Kittel und den weißen Mantel zum Umziehen für später ein und fuhr mit den Fingern kurz über Rorys gestickte Glückwünsche. Diese Kleider zog er später an, nach ... was auch immer er sich gerade einbrockte. Er konnte sich im Krankenhaus duschen und sich umziehen, sodass er die Überreste davon nicht den ganzen Tag mit sich herumtragen musste.

Um sieben Uhr sechsundzwanzig fuhr er auf den Parkplatz vor Vaughns Wohnhaus. Vaughn wartete direkt vor der Wohnungstür auf ihn und rauchte eine Zigarette, die seinen Geruch weitgehend unleserlich machte. Beau fragte sich, ob er das wusste oder ob er nur nervös war. Es konnte keine normale Gewohnheit sein, Beau hätte es bereits früher an ihm gerochen.

Als er vor ihm stand, deutete Vaughn zur Wohnungstür, ließ seine Zigarette fallen und drückte sie unter dem Absatz aus, ehe er Beau folgte. Beau überprüfte automatisch Amys Herzschlag, als er die Schwelle überquerte. Die Dusche lief, und das Geräusch, das er auffangen konnte, sagte ihm, dass Amy wahrscheinlich dort war.

„Also lassen wir den Quatsch", sagte Vaughn, schloss die Tür hinter sich ab und verriegelte sie. „jetzt habe ich dich bei den Eiern, du bist zu mir nach Hause gekommen, und wir wissen beide, dass du offiziell außerhalb der Grenzen bist. Wenn du also nicht willst, dass ich Rochester auf dich hetze, wirst du mein Kind heilen."

Beau wirbelte herum und starrte ihn an, als ihm dämmerte, was Vaughn meinte. Vielleicht hätte es offensichtlich sein sollen. Der Mann hatte es vor einer Woche direkt gesagt. „Sie sind wahnsinnig. Ich kann sie nicht heilen."

„Du bist ein Werwolf. *Ich kann sie nicht heilen*. Diese Scheiße passiert Werwölfen nicht", bestand Vaughn hartnäckig auf seiner Idee. „Wenn du sie beißt, ist sie geheilt."

Beau zwickte sich in den Nasenrücken, verdeckte sein Gesicht halb, konzentrierte seinen Geruchssinn vor allem auf seine eigene Haut. Er regulierte seinen Herzschlag und seine Atmung und versuchte, an die Worte zu denken, die jemanden erreichen konnten, der schon so weit gegangen war.

„Wenn das tatsächlich funktionieren würde, wie Sie sagen, dann wäre die Rochester-Klinik leer", versuchte Beau nach einem Moment, ließ die Hand fallen und sah direkt in Vaughns Augen. Er sah nicht verrückt aus, aber Beau hätte es besser wissen müssen, als diesem Eindruck zu vertrauen. „Wenn es funktionierte, würden die Leute es immer wieder tun. Es gibt dreihundert Millionen Menschen in diesem Land, Tausende von Menschen sterben jeden Tag an schweren Krankheiten. Sie sind nicht der erste Mensch, der an so etwas denkt. *Es funktioniert nicht.*"

„Willst du mir sagen, dass sich Menschen nicht in verdammte Werwölfe verwandeln, wenn sie gebissen werden?" Vaughns Gewissheit schwankte nicht.

Beau holte tief Luft. „Werwölfe beißen keine Menschen, die die Verwandlung nicht überleben würden. Sagen Sie mir – wer ist Amys nächster Werwolf-Blutsverwandter?"

Vaughn biss die Zähne aufeinander. „Wenn sie einen hätte, würde ich den fragen."

„Wenn sie überhaupt kein Wolfsblut hat, dann ist ihr Körper nicht für die Verwandlung vorbereitet", sagte Beau grimmig und widerstand dem Drang, die damit verbundene Zellbiologie, die Lykanerkörper, und die Elastizität der Zellwände und alles andere erklären zu wollen.

„Es wird nicht klappen. Sie ist bereits geschwächt. Ein Biss könnte sie töten – haben Sie jemals eine infizierte Bisswunde gesehen? Sie würde noch mehr Schmerzen erleiden, als sie bereits hat, und dann würde sie sterben."

Vaughn verengte die Augen zu Schlitzen. „Hast du das schon mal gesehen?"

Beau zögerte, und das war alles, was Vaughns wahnsinnige Fixierung brauchte.

„Du hast es noch nicht gesehen", bestand Vaughn darauf. „Du hast es noch nie gesehen. Du hast keine Ahnung. Das heißt, es gibt eine Chance."

„Dad." Beau fuhr herum und sah Amy, die Haare unter einem Handtuch versteckt, in einem weichen, dicken Gewand, das den Teil ihres Körpers bedeckte, der sichtbar war, als sie um die offene Badezimmertür herum schaute. Ihr Ausdruck war trotzig, aber Beau konnte die Angst darunter riechen. „Ich will das nicht."

Vaughn seufzte und ging zu ihr, während Beau versucht, die Tür nicht allzu offensichtlich zu beäugen, jetzt, da Vaughn nicht mehr zwischen ihm und der Tür stand.

„Ich weiß, Prinzessin", sagte Vaughn leise und zerrte Amy in eine halbe Umarmung. „Aber du willst doch auch nicht sterben oder die ganze Zeit Schmerzen haben, oder? Wir haben darüber gesprochen."

Amy schaute nach unten, dann warf sie Beau einen Seitenblick zu.

„Ich werde dich nicht beißen, wenn du es nicht willst", sagte er entschlossen. „Es wird definitiv nicht funktionieren, wenn du dich wehrst, wenn man es erzwingt."

Ganz zu schweigen davon, dass ein erzwungener Biss der kürzeste Weg für einen Werwolf war, der sich als Gefahr für Menschen erwiesen hatte, sich töten zu lassen; sein Leben wäre für immer verwirkt, wenn er Amy einen Biss aufzwang und jemand davon erfuhr. Selbst mit der richtigen Zustimmung würde er jede Chance verlieren, Medizin zu praktizieren – wie es sein sollte, denn Amy würde sterben.

„Dann solltest du wohl besser einen anderen Weg finden, ihr zu helfen", sagte Vaughn unbeeindruckt. „Oder du überzeugst sie, es zu wollen. Du bist die beste Chance, die ich für sie habe, und ich lasse dich jetzt nicht davonkommen."

Beau schloss die Augen und fragte sich, wie weit Vaughn gehen würde, was er wagen würde. Er hatte bereits genug, um Beaus Karriere zu zerstören, und wahrscheinlich genug, um zu behaupten, Beau habe ihn oder Amy in irgendeiner Weise bedroht, um seinen Tod zu rechtfertigen, aber das würde ihm nicht das bringen, was er wollte.

Und Beau war sich ziemlich sicher, dass Vaughn auf keinen Fall wissen konnte, dass Rory existierte oder wo er ihn finden konnte. Es war also nur Beaus Karriere, nur alles, auf was er ein Jahrzehnt lang hingearbeitet hatte, das Vaughn bedrohen konnte – das und Amys Wohlergehen.

„Okay, Amy", sagte Beau, öffnete die Augen und konzentrierte sich auf sie. „Ich nehme an, dein Vater hat jetzt alles, was man für die Sondenernährung braucht, zu Hause?"

Sie nickte.

„Dann wollen wir dich mal füttern. Das ist das Beste, was ich heute tun kann."

Morgen ... Er würde sich überlegen, was er morgen machen sollte, wenn es darauf ankam. Für jetzt konnte er gerade mit dem Heute klarkommen.

Kapitel 30

Beau war im Lügen schlechter als jeder andere Alpha, den Rory gekannt hatte, was in gewisser Weise tröstlich war.

Bisher war Rory noch nie mit einem Alpha zusammen gewesen, der wirklich gut darin war, oder sie hatten sich zumindest bei einem Omega nie Mühe gegeben. Sie waren davon ausgegangen, dass die Lügen, die sie erzählen, die Art von Unwahrheiten waren, die ein Omega glauben wollte. *Es wird nie wieder vorkommen. Ich liebe dich. Natürlich werde ich mich um dich kümmern. Du bist etwas Besonderes.*

Beau hatte ihm diese Lügen nicht erzählt, und die Dinge, die er sagte, fühlten sich immer nach Wahrheit an. Es fühlte sich immer wie Wahrheit an, wenn Beau jeden Abend zu ihm nach Hause kam, wenn Beau ihn in seiner Nähe wollte und neben ihm schlief.

Aber jetzt wachte Beau eine Stunde früher auf als sonst und schlich sich davon, ohne zu duschen oder sich einen Kittel oder weißen Mantel anzuziehen, in den Rory seine gut gemeinten Wünsche so sorgfältig und doch ungeschickt eingestickt hatte. Er ließ sich von Rory das Frühstück machen, aber er verweilte nicht darüber und machte auch keine Fotos von Rory, die er sich ansehen konnte, während er weg war.

Er hatte den neuen Dienstplan an den Kühlschrank gehängt. Der Plan zeigte, dass er den leeren Mond durcharbeiten würde, und es gab einen ungeschickt notierten Vermerk, aus dem hervorging, dass er jeden Werktag um sieben Uhr dreißig morgens eine Studiengruppe hatte.

Es war nicht einmal eine überzeugende Lüge. Beau hatte nicht wirklich versucht, Rory davon zu überzeugen; er sprach nicht darüber. Er ging einfach jeden Morgen früh weg, roch nach Schuld und Angst, und kam jedem Abend mit einer Tasche nach Hause, in der sich die Kleidung befand, die er am Morgen getragen hatte und die nach

Menschen roch, denen Rory noch nie begegnet war, nach Krankheit und Schmerz. Rory sagte nichts dazu, er wusch nur die Wäsche und vernichtete damit diesen Geruch, so schnell er konnte.

An Beaus schmutziger Wäsche war kein Hauch von Sex zu erkennen, aber Rory bezweifelte, dass Beau dazu käme. Immerhin hatte er sich mit Rory Zeit gelassen, und er hatte Rory zu Hause, von dem er es bekommen konnte, wann immer er wollte.

Aber Rory war nicht mehr krank und hilflos, und Beau hatte jemand anderen gefunden, der seine Fürsorge brauchte. Bisher waren es nur heimlich gestohlene Stunden vor den Klinikschichten, aber …

Rory legte sein Gesicht in die Hände und versuchte, die Gedanken wegzuschieben. Beau war Arzt, oder würde es sein. Selbst wenn es Rory gelang, Beau davon zu überzeugen, ihn zu behalten, würde Rory ihn immer mit kranken Menschen in Not teilen. Das war nicht schlimm, nicht wirklich. Beaus Kittel rochen auch nach kranken Menschen, und offensichtlich hatte Beau nicht gelogen, dass er den größten Teil des Tages mit ihnen verbrachte.

Nur dass Beau jeden Morgen, bevor er ins Krankenhaus ging, über das log, was er vor seiner Schicht tat, und jedes Mal, wenn Rory daran dachte, ihn zu fragen, was eigentlich los war, hatte er einen Kloß im Hals aus Angst vor der Antwort. Noch durchsichtigere Lügen? *Das geht dich nichts an?*

Er wusste, dass Beau ihn nicht schlagen oder wegschicken würde, nicht, weil er nur etwas fragte, aber das waren die einfachsten Szenen, die er sich vorstellen konnte, und sie wirbelten durch seinen Verstand und hinterließen alles, was sie berührten, matt und kalt. Er konnte sich nicht darauf freuen, dass Beau nach Hause kam, denn er brachte dieses Bündel Wäsche mit, das nach Fremden roch. Und er sagte Rory nicht die Wahrheit.

Beau würde lächeln und sagen, dass alles in Ordnung sei, und diese Lüge war ebenfalls offensichtlich. Seine Kittel und weißen Mäntel rochen nach Angstschweiß, und Beau kam mit zitternden Händen nach Hause, zu müde zum Essen. Wenn er ihn jeden Abend ansah, fühlte sich Rory wie die schlimmste Schlampe, weil er Beau alle Lügen, die er erzählte, übel nahm. Rory wollte Beau nur füttern, ihn knuddeln und trösten, was auch immer in ihm vorging.

Nur wenige Tage nach Beginn des neuen Dienstabschnitts wagte Rory es, dieses Thema zur Sprache zu bringen. Sie waren bereits im Bett, das Licht was aus, und Beau hielt ihn fest, die Nase an Rorys Haarflaum, der noch nicht lang genug gewachsen war, um an seinem Kopf anzuliegen.

„Es ist hart, nicht wahr?", sagte Rory leise. „Auf der neuen Station?"

„Es ist einfach neu", entgegnete Beau und zog Rory fester an sich. „Und meine Schichten sind jetzt länger. Ich werde mich daran gewöhnen, Baby, ich verspreche es."

Meine Schichten sind jetzt länger. Aber Rory ignorierte diesen Teil und konzentrierte sich auf den Part, für den Beau keinen Grund hatte, sich schuldig zu fühlen oder sich vor ihm zu verstehen. „Es muss dich daran erinnern, wie es war, als du sechzehn warst und die ganze Zeit den Krebs riechst. Menschen, die so krank sind, wie es die Schwester deines Freundes war. Das muss hart sein."

Beau erstarrte leicht und schien sich dann zu zwingen, seinen Griff um Rory zu lockern. „So habe ich das noch gar nicht gesehen. Aber … ja, ich nehme an, das … das ist ein Faktor."

Siehst du, wollte Rory schreien, *ich kann helfen! Ich kann Dinge verstehen!*

Er wollte einen Witz darüber machen, dass er der weise Ehemann wäre, aber er konnte Beau keinen wirklichen Rat geben, um ihm bei seinen Erinnerungen zu helfen. Statt-

401

dessen versuchte er, seine Atmung zu regulieren, seinen Körper geschmeidig und aufnahmefähig zu machen, und Beau einzuladen, mit ihm zu sprechen, und nach einem Moment funktionierte es.

„Ich schätze, es ist auch …" Beau lachte ein wenig, ein hohles, unglückliches Geräusch. „Viele der Patienten, die ich sehe, erhalten eine Chemotherapie. Und eine Chemotherapie ist im Grunde genommen Gift, das so dosiert und verabreicht wird, dass es hoffentlich den Krebs abtötet, ohne gesunde Organe zu beschädigen. Aber sie alle riechen auch so krank. Viele von ihnen verlieren ihre Haare und haben Probleme beim Essen."

Rorys Herz begann grundlos schneller zu schlagen, und er streckte den Arm aus, um sein eigenes, nachwachsendes Haar zu berühren. „Sie erinnern dich also auch an mich."

„Ich glaube schon", sagte Beau in einem nachdenklichen Ton, als ob ihm das auch erst jetzt klar geworden wäre. „Das macht es schwieriger, so distanziert zu sein, wie ich es sein muss. Aber wenigstens kann ich jeden Abend zu dir nach Hause kommen, Baby. Du weißt gar nicht, wie sehr es mir hilft, nach Hause zu kommen und dich einfach zu umarmen und dich gesund und glücklich zu sehen."

Das letzte Wort war nicht ganz eine Frage, aber Beaus Unsicherheit schrie so laut wie eine Sirene, selbst wenn seine Stimme leise war.

Rory kuschelte sich an Beaus Brust, er wollte die Lügen nicht erzählen, die er so gut erzählen konnte. Omegas mussten immer wissen, wie man log, aber bei Beau wollte er das nicht. Er wollte Beau nicht wie andere Alphas behandeln, nicht einmal in seinem Kopf.

„Mir gehts gut", sagte er leise. „Ich vermisse dich nur, und … Ich kann nicht anders, als besorgt zu sein, wenn du dir Sorgen machst, das ist alles. Aber wenn ich dir auf diese Weise helfen kann, werde ich daran arbeiten, so glücklich wie möglich für dich zu sein."

„Mir wäre es lieber, du würdest für dich glücklich sein", murmelte Beau und strich mit den Lippen über Rorys Schläfe. „Es ist in Ordnung, es nicht zu sein, wenn du es nicht bist. Ich will nicht, dass du so tust, als wärest du glücklich, wenn …"

Rory hatte vor allem daran gedacht, sich etwas Lustiges im Fernsehen anzusehen oder Musik einzuschalten und zu tanzen, bevor Beau nach Hause kam, damit sein Duft von Glück und gesunder Energie durchzogen wurde. Nur so zu tun, als sei er glücklich, wie Beau gemeint hatte, hatte nie funktioniert, oder zumindest nicht lange.

Wenn die Stunden, die Beau außer Haus war, länger wurden, war es natürlich keine große Herausforderung, eine solche Täuschung aufrechtzuerhalten, wenn Beau daheim war.

„Mir geht es gut", versicherte ihm Rory noch einmal und schob diesen Gedanken beiseite. „Ich halte mich auf Trab."

„Bist du …" Beau seufzte leise, lockerte seinen Griff und hob Rorys Kinn mit zwei Fingern an, bis sich ihre Blicke trafen. „Ich denke gern an dich, wenn ich nicht zu Hause bin, aber ich will nicht, dass du eingesperrt oder einsam bist."

Rory lächelte darüber leicht. „Das bin ich nicht, versprochen. Ich habe mich mit Jen die Straße runter angefreundet – ich werde morgen für ein paar Stunden auf Oliver aufpassen – und Casey …"

Rory hielt inne, abrupt etwas begreifend.

„Das ist gut", murmelte Beau und streichelte mit seinem Daumen sanft über Rorys Kinn. „Ich bin froh, dass du Freunde findest, Baby."

Rory schüttelte schwach den Kopf – nicht darüber, dass er keine Freunde fand, oder er dachte, dass Beau nicht erfreut war. Das war nicht der Grund, warum er vorhin gezögert hatte.

„Beau ... Casey macht Unterdrückungsmittel für mich, für den Mond. Willst du, dass ich sie nicht nehme? Werde ich wieder krank riechen, wenn ich es tue?"

Beau spannte sich eine Sekunde lang an, dann schüttelte er den Kopf und entspannte sich mit etwas, das wie eine Anstrengung aussah. „Ich glaube nicht, dass ... wenn Casey sie dir gibt, wenn du sie nur für eine kleine Weile nimmst und seinen Anweisungen folgst ... das sollte dich nicht krank machen, das glaube ich nicht. Wenn doch, dann stimmt etwas nicht."

Rory nickte langsam, doch er erinnerte sich daran, wie Beau reagiert hatte, als er den Geruch der wenigen Blutstropfen in der Luft aufgefangen hatte.

„Wenn du nicht willst, dass ich es mache", begann er, aber er konnte den Satz nicht beenden. Vielleicht war es sowieso gar keine echte Hitze, aber er wollte in der Lage sein, den Mond mit Beau zu verbringen. Er wollte für Beau etwas Gutes sein, zu dem er gern heimkam.

Wenn er krank roch, würde Beau ihn nicht verlassen wollen. Beau würde sich daran erinnern, dass Rory ihn ebenfalls brauchte.

„Nein, Baby", murmelte Beau. „Du machst, was du tun musst. Ich kann damit umgehen. Ich glaube ohnehin nicht, dass es dich krank macht. Nicht ... nicht so krank, wie du warst."

„Okay", nuschelte Rory, kuschelte sich wieder an Beau und versuchte, das schuldige Grummeln in seinem Magen zu ignorieren, ebenso wie das nur zu vertraute Gefühl, das jede Entscheidung die falsche war.

***

Oliver war bezaubernd und unterhaltsam und gleichzeitig anstrengend. Rory hatte ihn in Jens Haus abgeholt, zusammen mit einem Rucksack voller Spielzeug, Bücher, Windeln, Kleidung und Snacks.

„Äh … du sagtest zwei Stunden, richtig?"

Jen lachte. „Ja, wenn es länger dauert, musst du einfach improvisieren, denn glaub mir, zwei Stunden sind alles, wofür ich gepackt habe."

Rory blickte zu Oliver hinunter, der etwas zweifelnd zu ihm aufsah, aber als Rory die Hand anbot, nahm Oliver sie und wackelte an seiner Seite die Straße hinunter. Sie befanden sich im Haus, hinter ihnen war jede Tür fest verschlossen, bevor Rory höre, wie das Auto mit Jennifer und den Mädchen die Straße entlang fuhr, um eine Besorgung zu machen, die ohne Oliver leichter war.

Die nächsten zwei Stunden vergingen wie im Flug, als Rory Oliver um das Haus herum folgte, während das Kleinkind die Gegend erkundete. Rory las jedes Einzelne der Bücher im Rucksack – zwei davon jeweils fünf Mal hintereinander – , spielte mit Blöcken und Puzzles und wechselte ihm die Windeln, verabreichte ihm einen Snack und einen dringend benötigten Kleiderwechsel.

Jen lachte, als sie kam, um Oliver abzuholen. „Ich werde dich nicht fragen, wie bald du vorhast, ein eigenes zu machen."

„Oh", sagte Rory und fuhr mit einer Hand über Olivers seidiges Haar, während er sich an die Schultern seiner Mutter schmiegte. „Ich weiß nicht, es war …"

Jen grinste. „Nächstes Mal bitte ich dich vielleicht, auf ihn aufzupassen, während Beau daheim ist, dann kannst du sehen, wie *das* wird."

Beau biss sich auf die Lippe und versuchte sich auszurechnen, wann Beau zu Hause sein würde und wie es wohl wäre, Beau beim Lesen oder Spielen mit Oliver zu beobachten und ihn zu überreden, seinen Snack zu essen.

„Wie auch immer, ich gehe besser zu den Mädchen zurück, bevor sie etwas in Brand stecken", sagte Jen. „Nochmals vielen Dank, Rory!"

„Kein Problem", versicherte Rory ihr.

Das Haus war schrecklich ruhig und leer, als sie und Oliver weg waren. Er räumte alle Anzeichen der Anwesenheit eines neugierigen und energischen Kleinkindes weg und rollte sich dann auf der Couch zusammen. Seine Gedanken jagten sich gegenseitig im Kreis, so endlos und wenig hilfreich wie Oliver selbst.

Ein Baby – ein Baby von ihm und Beau – war schließlich hilflos. Und Rory würde die Aufmerksamkeit und Fürsorge seines Alphas brauchen, wenn er schwanger wäre. Außerdem würde Beau ihn dann nie, niemals gehen lassen.

Aber das bedeutete nicht, dass Beau ihm vertrauen oder ihm sagen würde, was vor sich ging, mit wem er sich heimlich traf. Es bedeutete nicht, dass Rory so gut für Beau sein würde, wie er es wollte.

Es bedeutete auch nicht, dass Beau ihn lieben würde.

Das war noch nicht vorbei, bei Weitem noch nicht, aber jetzt konnte Rory sehen, wie er daran scheitern konnte, seinen Platz bei Beau zu gewinnen, mit Beau etwas zu machen, das er mit einem Band, mit Kindern, besiegeln wollte. Und es darum ging, wegzugehen …

Dieses Mal bräuchte er einen Ort, an den er sich zurückziehen konnte. Nicht nur das Asyl, nicht ein Rudel, in dem ein einzelner Omega ein Problem wäre, das durch eine Verheiratung mit dem nächstbesten Alpha gelöst werden könnte. Schon gar nicht, wenn er feststellen musste, dass er vor dem Ende von Beaus Aufenthalt hier gehen musste, sodass die Zuflucht beim Niemi-Rudel hieß, viel zu nahe bei Beau zu sein.

Rory nahm sein Telefon und drückte den Daumen auf den Bildschirm mit den Kontakten, auf dem nun ein neuer Eintrag zu sehen war, illustriert mit einem sorgfältig ausgewählten Screenshot aus dem Video, das er sich so oft angesehen hatte, dass er es jederzeit im Kopf abspielen konnte, wenn er die Augen schloss.

Georgie.

Der Gedanke, tatsächlich mit ihr zu telefonieren, reichte aus, um ihm den Mund auszutrocknen und ihm die Kehle zuzuschnüren, aber irgendwo musste er ja anfangen. Sie hatte tagelang, jahrelang gewartet.

Er tippte auf das Textsymbol und buchstabierte seine Nachricht. *Hi, hier ist Rory. Du fehlst mir auch.*

Rory hatte kaum Zeit, sich zu fragen, ob es eine Weile dauern würde, bis sie seine Nachricht sah – es war immerhin fast eine Woche her, also erwartete sie wahrscheinlich nicht, dass er jetzt antwortete –, als er die Punkte sah, die anzeigten, dass sie gerade tippte.

Rory! Es tut mir leid, wenn die Nachrichten irgendwie verrückt waren. Ich habe dich so sehr vermisst.

Rory lächelte sein Telefon an. *Es war eine nette Art von verrückt, Jor. Ich habe mir das Video etwa hundert Mal angesehen.*

Georgie schickte ein kleines rotes Herz zurück, das ein Stechen in Rorys Augen verursachte, und dann *Hey, würdest du mir ein Selfie schicken?*

Rory schnaubte leise. *Ein Lebenszeichen?*

In etwa. Ja. Es ist irgendwie schwer zu glauben, nach all der Zeit.

Ja, verstehe ich, antwortete Rory und hielt sich nicht damit auf, ihr zu erklären, dass sie nicht die erste Person war, die ein Bild von ihm sehen wollte, um sicherzugehen, dass er in Ordnung war. Er kuschelte sich auf die Couch und kippte das Handy umsichtig, als er das Foto schoss. Dadurch wirkte sein Kinn schärfer, als es in Wirklichkeit war – und ließ den Rest von ihm wie von der Couch verschluckt aussehen – aber es verbarg seine silbernen Narben, und er lächelte, womit Georgie zufrieden sein könnte.

Er schickte es ihr, ehe er zu viel darüber nachdenken konnte, und einen Moment später bekam er ein Foto von Georgie zurück, die mit Tränen in den Augen lächelte.

Sie hatte ihr Haar nach oben gebunden und trug einen Anzug, offensichtlich war sie irgendwo an ihrem Arbeitsplatz.

Sollte ich dich zurück an deine Arbeit gehen lassen?

Ich kann ein paar Minuten für meinen Bruder opfern, versicherte Georgie ihm.

Rory biss sich auf die Lippe und fragte sich, was er sagen sollte. Er wollte nicht gerade jetzt über Beau reden, und alles in seinem Leben kreiste auf die eine oder andere Weise um ihn.

Reden wir über Geschwister, tippte Rory. *Erzählst du mir von Spencer? Er war noch so klein, als ich weggegangen bin.*

Er sah die Punkte, die besagten, dass sie ihre Antwort schrieb, ein paar Mal auftauchen und wieder verschwinden, dann kam ihre Nachricht durch.

Spence war derjenige, der dich nie aufgegeben hat. Er gab Dad die Schuld, nachdem du verschwunden bist, dafür, dass er dich weggebracht hat. Dass er dich nicht genug geliebt hätte. Zuvor habe ich Dad noch nie weinen sehen. Er war danach ein anderer, Ror. Vielleicht ein kleines bisschen zu spät, aber wenn du ihm eine zweite Chance gibst, wird er sie nicht verschwenden.

Rory blinzelte seine eigenen Tränen zurück und versuchte es sich vorzustellen. Als Rory ging, war Spencer erst zehn oder elf gewesen, nur ein kleines Kind, das seinen eigenen Vater für seinen Bruder verantwortlich machte, den er seitdem jahrelang nicht gesehen hatte.

Spence ist dieser verrückte kleine Internetaktivist für Werwolfrechte und Omegarechte. Mom und Dad schafften es, ihn größtenteils ruhig zu halten, seit er fünfzehn war, aber jetzt hat er einen YouTube-Kanal und ist in all diese Demonstrationen und Proteste und Kram involviert.

Ich mache mir Sorgen um ihn. Er ist menschlich, aber … das heißt, er ist auch zerbrechlich. Und die Leute behandeln ihn in vielerlei Hinsicht wie einen Wolf oder Schlimmeres.

Rorys Kehle verengte sich bei dem Gedanken, wie er das ganze Leben seines kleinen Bruders beeinflusst hatte, ohne es zu wissen. Es schien ziemlich offensichtlich, dass Spencers Passion mit Rorys Weggang angefangen hatte, und wer wusste, wo sie endete? Wenn Spencer wegen seinem Standpunkt verletzt wurde, wegen Rory, wie könnte Rory seinen Eltern jemals wieder in die Augen sehen? Wie könnte er jemals wieder nach Hause kommen?

Sag ihm, er soll vorsichtig sein, schrieb Rory, wusste dabei aber, dass das wenigstens so nutzlos war wie Warnungen an ihn, doch er konnte auch nichts anderes tun.

Ist er, antwortete Georgie schnell. *Ich wollte nicht, dass du dir um ihn Sorgen machst. Er ist okay, er ist nur … manchmal zu viel.*

Es entstand eine kleine Pause, in der Rory wusste, dass er fragen sollte, und er fragte sich, ob Georgie auch daran dachte, doch dann erreichte ihn eine Nachricht, die nur aus einer Telefonnummer bestand, sonst nichts.

Rory speicherte sie mit Spencers Namen und schrieb zurück: *Danke, Jor. Ich hab dich lieb.*

Ich hab dich lieb, Ror. Pass auf dich auf.

Rory wusste nicht, was er antworten sollte, also sagte er sich, dass das genug Kontaktaufnahme für einen Tag war.

Kapitel 31

Am letzten Tag vor dem Vollmond hatte Beau ein Treffen mit seinem Berater.

Normalerweise trafen sie sich nicht zu einem solchen Zeitpunkt, aber Beau war so kurz davor, zwischen dem zunehmenden Mond und einer Woche auf der Onkologie-station plus frühmorgendlicher Besuche bei Amy Vaughn aus seiner Haut zu fahren, dass er sich nicht einmal darüber wunderte. Er war zu sehr damit beschäftigt, sich darauf zu freuen, eine Ruhepause zu haben und dabei in einem kleinen Raum mit nur einem vertrauten, gesunden Menschen zu sitzen.

Dr. Ross runzelte die Stirn, als er seinen Platz einnahm. „Sie sehen ein bisschen fertiger aus, als ich es so früh im Ausbildungsjahr gerne sehen würde. Ich schätze, die Ausdauer eines Werwolfs ist nicht alles, nicht wahr?"

Beau schluckte seinen Ärger über die Art, wie die Menschen zu solchen Dingen nur ungebetene Bemerkungen machten. Dr. Ross, als sein Berater, hatte das Recht dazu; Dr. Pavljutschenko hatte manchmal dasselbe getan, obwohl er ein wenig mehr wölfische Umsicht an den Tag legte, außer wenn es wirklich schlimm war. Beau sah an sich selbst hinab und fragte sich, ob es etwas Offensichtliches gab, das er übersehen hatte und das Dr. Ross veranlasste, es zur Sprache zu bringen. Sein Kittel und der Mantel waren noch immer so ordentlich, wie man es mitten am Tag erwarten konnte. Er presste seine Hand an den Oberschenkel, um nicht mit den Fingern über die Nähte von Rorys guten Wünschen zu streichen; die Berührung seiner eigenen Schulter wurde bereits zur Gewohnheit und gab ihm hundertmal am Tag die Gewissheit, dass sein Mann an ihn dachte und am Ende des Tages für ihn da war.

Am Ende *dieses* Tages ... Aber Beau ließ sich das nicht anmerken und setzte ein höfliches Lächeln für Dr. Ross auf. „Die Onkologie war ein wenig ... intensiver, als ich erwartet hatte, Sir. Ich bin sicher, ich werde mich darauf einstellen."

„Auf Ihre Patienten? Ich bin sicher", sagte Dr. Ross und runzelte die Stirn über einige Papiere. „Ob sich Ihr Vorgesetzter und die Oberärzte an Sie gewöhnen werden, scheint eine offene Frage zu sein."

Beau knirschte mit den Zähnen, sagte aber nichts. Es gab nichts, was er sagen *konnte*. Sie hatten nichts *getan*, vor allem nicht, dass sie ihm unmögliche Aufgaben übertragen oder ihn ohne Grund Diagramme neu erstellen lassen hätten oder ihn bei Patienten als Werwolf verrieten. Nicht ganz.

Sie beobachteten ihn einfach die ganze Zeit, rochen nach Vorsicht oder Wut oder Angst oder *Interesse*, und machten Bemerkungen, die er überhören sollte, die er aber trotzdem hören musste. Es gab einen bestimmten Tonfall, wenn sie über ihn sprachen; sie hätten genauso gut jedes Mal seinen Namen schreien können, wenn sie über ihn flüsterten.

Ihm war vage bewusst gewesen, dass Rochester von Anfang an sein Bestes gegeben hatte, und die Menschen, die er bei seinem Vorstellungsgespräch und während seiner ersten Station getroffen hatte, mussten bis zu einem gewissen Grad ausgewählt worden sein, weil sie nichts gegen ihn hatten. Ihm war nicht klar gewesen, wie viele von der anderen Sorte es gab oder wie bald er sich unter ihnen wiederfinden würde.

„Das ist für alle neu", sagte Beau neutral. „Ich muss offensichtlich lernen, gut mit Menschen zusammenzuarbeiten, die sich nicht für die Arbeit mit einem Werwolf begeistern."

Dr. Ross nickte langsam. „Wenn es mehr als nur das ist ... wenn es eine Grenze überschreitet ... dann möchte ich, dass Sie zu mir kommen. Unverzüglich."

Gehorsam nickte Beau. Wenn die Dinge wirklich schlimm wurden, war es Sache seines Beraters, sich darum

411

zu kümmern. Das wusste er. Aber er wusste auch sehr gut, dass er nicht weinend zu seinem Berater rennen konnte, weil ihn niemand auf dieser Station *mochte*.

„Nun, dann genug davon", sagte Dr. Ross. „Haben Sie noch weitere Fragen, bevor ich von Ihnen wissen möchte, wie Krebs riecht?"

Beau schloss die Hände zu Fäusten und war plötzlich fast verzweifelt, er wollte diese Erinnerungen nicht in sich wachrufen, sein Magen drehte sich Übelkeit erregend. In seinem Kopf suchte er nach irgendeiner Möglichkeit, das Unvermeidliche hinauszuzögern, und kam auf die einzige Sache, über die er mit niemandem sprechen durfte: Amy Vaughn, und wie er ihr jemals helfen oder ihren Vater davon überzeugen sollte, dass er ihr nicht helfen *konnte*.

Er hatte nachgeforscht, wo er konnte, und versucht, alle Fälle oder Studien aufzuspüren, die zu ihren Symptomen passten, jede vernünftige Behandlung, die er anbieten konnte. Er hatte dafür nicht viel Zeit, zumal er nicht wollte, dass jemand entdeckte, wie er nach etwas suchte, das so offensichtlich nichts mit seiner derzeitigen Station zu tun hatte. Aber es gab eine Sache, die er noch nicht einmal zu erforschen versucht hatte. Er wagte es nicht, dieser Spur nachzugehen, und außerdem war er sicher, dass es nichts zu finden gab.

Er war sich fast sicher.

Aber er konnte Dr. Ross fragen, nicht wahr? Wenn er nicht sagte, warum, wenn …

„Darf ich eine … hypothetische Frage stellen?", sagte Beau vorsichtig und schaute auf, um die Reaktion von Dr. Ross zu beurteilen. „Nur … aus Forscherneugier, die nichts mit der jetzigen Station zu tun hat."

Dr. Ross lehnte sich ein wenig zurück, machte ein interessiertes Gesicht und gab ihm so die Genehmigung, weiterzureden.

„Ein Werwolf zu sein", sagte Beau zögernd. „Ich weiß, dass die Forschung über die Biologie des Werwolfs offensichtlich noch in den Kinderschuhen steckt. Aber neulich hörte ich ein Familienmitglied eines Patienten im Scherz sagen, wenn die Behandlung nicht wirke, müssten sie einen Werwolf finden."

Dr. Ross' Miene wurde kalt, er setzte sich aufrecht hin. Beau grub seine Fingernägel in seine Handflächen und hielt seine Stimme gleichmäßig.

„Ich fragte mich nur, ob irgendeine Art von Studie durchgeführt worden war, denn – ich bin sicher, das ist keine Antwort, aber ich habe nur ... Anekdoten. Eindrücke, Traditionen. Keine Daten."

Dr. Ross schüttelte heftig den Kopf. „Was genau haben Sie zu dem Angehörigen des Patienten gesagt, der das vorgeschlagen hat?"

Beau schluckte seine nutzlosen Argumente gegen Vaughn hinunter und konzentrierte sich auf diesen vergleichsweise unschuldigen Moment in der Klinik, und konnte so die Wahrheit sagen. „Es wurde nicht zu mir gesagt – ich hätte nichts hören können, wenn ich ein Mensch wäre. Also habe ich nichts gesagt. Ich frage mich nur ... Ich dachte, ausgerechnet ich sollte in der Lage sein ..."

„Sie niemals", erwiderte Dr. Ross grimmig. „Ausgerechnet Sie beschäftigen sich nie und nimmer mit dieser Frage, solange Sie in der Rochester-Klinik arbeiten, egal ob Sie im Dienst oder außer Dienst sind. Sie fassen sie nicht einmal mit der Kohlenzange an. Niemals. Besonders nicht, während Sie auf dieser Station arbeiten, um Himmels willen. Sie warten alle nur darauf, dass Sie vorschlagen, Patienten im Endstadium zu beißen."

Beau nickte verzweifelt, „Nein, Sir, ich ... ich weiß, natürlich. Natürlich. Es ist keine Medizin, es ist nicht ... Das würde ich nie tun."

Dr. Ross atmete aus und nickte. „Wenn Sie das jemals jemand fragt, sagen Sie, dass Sie diese Frage nicht beantworten können, suchen sich einen Oberarzt und rufen mich sofort an. Sofort. In derselben Minute. Klar?"

Beau nickte mit großen Augen und wünschte sich, er hätte diese Möglichkeit bei Vaughn gehabt. Dann wäre sein Verhalten jetzt nicht derart fragwürdig, dass er es nie jemandem erzählen konnte. Er bezweifelte, dass Dr. Ross in der Lage gewesen wäre, Vaughn davon zu überzeugen, dass der Biss Amy nicht rettete, aber ... es nützte nichts, sich das zu wünschen. Wenigstens wusste er, dass es kein Zurück mehr gab.

Dr. Ross lehnte sich leicht zurück, sein Gesichtsausdruck wurde ein klein wenig weicher. „Es waren einige Abhandlungen über die Auswirkungen eines Werwolfbisses im Umlauf, glaube ich – sie schafften es aber nie in eine der Fachzeitschriften, vermutlich weil es in den ersten ein oder zwei Jahren nach der Offenbarung waren und niemand bereit war, als Erster darauf zu wetten, dass alles echt war. Diese Abhandlungen betrafen anatomische Veränderungen – den, ah, Omega-Aspekt, nicht wahr? Geschlechtsunabhängig? – sodass es für das Establishment doppelt unattraktiv war. Und es war auch ein unabhängiger Gelehrter. Ich weiß nicht, warum er nie wieder aufgetaucht ist, nachdem alles offengelegt worden war, wenn man so darüber nachdenkt. Wie war der Name ... Vine? Vanek?"

„Vinick?", platzte Beau heraus und dachte an Adams Empfindlichkeit gegenüber allem, was Omegas betraf. Adam sagte, es gäbe XY Menschen, die zu Omegas wurden, wenn sie gebissen wurden.

Adams Nachname war Vinick, aber er war während der Offenbarung ein Kind gewesen: Er war nicht viel älter als Rory, und seine Ernsthaftigkeit hatte die von Beau immer erreicht oder übertroffen.

Trotz all seiner Leidenschaft für die Behandlung von Omegas sprach er nie über seine Mutter.

Dr. Ross runzelte die Stirn. „Das ... klingt bekannt. Erzähle ich Ihnen Dinge, die Sie bereits wissen? Haben Sie diese Unterlagen schon ausfindig gemacht?"

Beau schüttelte den Kopf. „Es ist der Name eines Kommilitonen aus dem Medizinstudium. Vielleicht wurde er von einem Familienmitglied inspiriert."

„Mm", machte Dr. Ross skeptisch. „Nun, diese Arbeiten wurden nie von Fachkollegen begutachtet oder in irgendeiner Weise anerkannt, also würde ich sie nicht als Beweis anführen, selbst wenn Sie sie finden. Und wo wir schon von unserer Verpflichtung zu einer angemessenen Empirie reden – lassen Sie uns über Ihre Patienten sprechen, in Ordnung?"

Beau sagte sich, dass das keine Strafe war, sondern nur sein Job, und öffnete sein Notizbuch.

✱✱✱

Der zunehmende Mond, eine Nacht vor dem Vollmond, war fast aufgegangen, als Beau nach Hause kam, für ein paar gnädige Tage endlich frei von seiner Station. Jeden Tag, an dem Beau in dieser Woche durch die Haustür gekommen war, war Rory irgendwo in Sichtweite gewesen, aber heute saß er auf der Veranda und sonnte sich im letzten Sonnenlicht des frühen Abends.

Beau blieb im Wagen sitzen und beobachtete ihn einen Augenblick lang, ließ seinen ganzen Körper sich beim Anblick seines Omega beruhigen, sicher und wohlbehalten, mit Sommersprossen auf der Nase, und Haaren, die in einem bezaubernden Hauch um seinen Kopf herum in die Höhe ragten. Nach einem Moment öffnete Rory die Augen und blickte zurück, lächelte auf eine warme, sorglose Art, von der Beau nicht dachte, dass er sie jemals zuvor gesehen hatte, und er begann, sich über die Beruhigungsmittel zu wundern, die Rory von Casey bekommen hatte.

Die kleine Glasflasche hatte gestern Abend auf dem Nachttisch gestanden, und Rory hatte nur gesagt, dass er noch nicht das Bedürfnis verspürt hatte, sie zu nehmen. Bevor Beau fragen konnte, ob das in Ordnung sei, ob sie überhaupt funktionieren würden, wenn Rory sie nicht alle nahm, hatte Rory ihn geküsst, ein wenig schüchtern, aber es war sehr klar, was er wollte.

Beau war gründlich abgelenkt worden und dann eingeschlafen.

Er fragte sich, ob Rory das Verlangen gehabt hatte, sie heute zu nehmen – oder ob er es nicht getan hatte. Sein Herz schlug jetzt aus einem ganz anderen Grund schnell, und Beau stieg aus dem Auto aus.

Etwas war anders an Rorys Geruch; das wusste er, sobald er an der frischen Luft durchatmete. Aber er hatte nicht den kränklichen Geruch der alten Beruhigungsmittel oder anderer Medikamente. Es war fast wie …

Rory stand auf und lächelte immer noch, als sich Beau näherte.

„Hallo Baby", sagte Beau und griff nach ihm, während er eine Stufe tiefer stand, sodass er sein Gesicht an Rorys Kehle schmiegen und seinen Duft einatmen konnte. Er hatte seine Narben nicht verdeckt, und Beau strich mit den Lippen über die Streifen und bemerkte die zarte rosa Haut, die sie umgaben, während sie heilten. „Wie geht es dir?"

„Mm, mir gehts gut", sagte Rory, verschränkte die Arme leicht um Beaus Schultern herum und kuschelte sich gegen ihn. „Ich habe eine dieser Pillen genommen, die Casey mir gegeben hat, und ich glaube, ich kenne die geheime Zutat."

Beau zuckte zurück und Rory kicherte. Seine Pupillen waren etwas weiter, als sie sein sollten, und die Sonne erhellte zwar immer noch den Himmel, aber sie versank bereits schnell hinter dem Horizont. Er war nicht gerade stoned, aber ...

„Süßer Eisenhut", bestätigte Rory. „Nur ein wenig, denke ich. Nicht genug, um den Verstand zu verändern, sagte er. Es wird mich nur beruhigen und dazu beitragen, dass der Mond nur wenig Einfluss auf mich hat. Das ist schön. Willst du eine? Du hattest einen harten Tag."

Irgendwie, mit Rorys Fingern in seinen Haaren, die sanft über die Schädelbasis fuhren, verflog Dr. Ross' Tadel, er sehe fertig aus. Beau kippte seinen Kopf nach hinten in die Berührung und bot seinem Mann seine Kehle an, und für eine Sekunde zog er Rorys Angebot tatsächlich in Betracht. Er würde es in den nächsten achtundvierzig Stunden vollständig verstoffwechselt haben, also selbst wenn er stichprobenweise auf Drogen getestet wurde ...

Die Idee war allerdings viel zu verlockend. Wahrscheinlich war es besser, nicht darauf einzugehen. Ganz zu schweigen davon, was passieren würde, wenn es ihn inspirierte, so gesprächig zu sein wie Rory es gerade war. Es gab insgesamt zu viele Dinge, die er nicht sagen durfte; er hatte angenommen, der Mond würde sie viel zu sehr beschäftigen, um überhaupt zum Reden zu kommen.

„Was, wenn ich möchte, dass du mir hilfst, auf anderen Weise zu entspannen?", fragte Beau, seine Stimme klang tief und rau.

„Ohhh ja, damit habe ich schon gerechnet", meinte Rory zustimmend, drehte sich halb weg und nahm gleichzeitig Beaus Hand, um ihn mit sich zu ziehen. „Komm, lass und reingehen und anfangen."

„Anfangen?" Beau folgte ihm bereitwillig, als Rory ihn geradewegs nach oben führte. Er überlegte, ob es das zurücknehmen und Rory erklären sollte, dass er ihm nicht auf diese Weise helfen musste zu entspannen, aber eigentlich wollte er es auch, außerdem würde er Rory niemals sagen, dass er nicht die Führung übernehmen sollte.

Rory führte ihn jedoch am oberen Ende der Treppe nach rechts, in Richtung des großen Schlafzimmers. Beau zögerte auf der Schwelle lange genug, damit Rory sich umdrehte, wobei er weiter Beaus Hand festhielt.

„Bist du sicher, dass du das wi...", begann Beau, weiter kam er jedoch nicht.

Rory strahlte ihn mit einem breiten Lächeln, das seine Zähne hervorblitzen ließ, an und zerrte an seinem Arm, bis Beau in das Zimmer stolperte. Beau lachte und fiel durch seinen Schwung direkt gegen Rory, schlang den freien Arm um ihn und zog ihn für einen Kuss an sich, atemlos und ungeschickt, weil sie jetzt beide lachten.

„Komm schon, wir sind fast da", drängte Rory und zappelte in Beaus Umarmung.

Beaus Augen wanderten automatisch zu dem unberührten Bett, das aussah, als hätte noch nie jemand darin gelegen, doch Rory zog ihn in die entgegengesetzte Richtung, und Beau bemerkte, dass er etwas roch – Kräuter und Salz und Essen in dampfig warmer Luft.

„Du hattest eine bestimmte Idee, hm?", fragte Beau und folgte Rory in das riesige Badezimmer, wo leicht getrübtem Wasser ein angenehm duftender Dampf entströmte. Daneben, auf dem breiten Rand der Wanne, stand eine Platte mit Sandwiches und Gemüse, das klein geschnitten war, damit es leicht mit der Hand gegessen werden konnte. Ein Krug mit Limonade, in dem Früchte schwammen, wartete neben zwei leeren Gläsern, die bereits halb voll Eis waren. „Das sieht nach mehr als nur einer Idee aus."

„Der Einfall kam mir vor ein paar Stunden", sagte Rory, wobei er wieder lächelte und sich anschließend aus seinem T-Shirt schälte. „Und dann hatte ich einen Plan, und jetzt werde ich mit meinem Mann ein schönes, entspannendes Bad nehmen, um ihm zu helfen, sich von der Arbeit zu erholen und sich auf den Mond vorzubereiten, wenn es mein Alpha erlaubt?"

„Dein Alpha ...", erwiderte Beau und zog Rory mit einem Ruck an sich, um ihn noch einmal zu küssen, ehe er sich ebenfalls auszog, „... ist mit einem Genie verheiratet. Ich würde es nie wagen, seinem außerordentlich klugen Mann zu widersprechen."

Rory verdrehte immer noch lächelnd die Augen, kletterte in die Wanne und glitt in das duftende Wasser. Er schien mehr, als nur aus Beaus Blick zu verschwinden, denn das Wasser überdeckte seinen Geruch, und Beau beeilte sich, zu ihm zu kommen, wobei er die seidige Wärme des Wassers kaum bemerkte, als er im Wasser nach Rory griff.

Rory lachte, erlaubte Beau aber, ihn an seine Brust zu ziehen, während Beau sich an die Seite der Wanne lehnte. Es gab ein praktischerweise geschickt platziertes Handtuch, an das er seinen Kopf lehnen konnte, und ein weiteres, an dem er sich die Hand abwischen konnte, damit er ein perfektes, wie ein Juwel schimmerndes Stück Paprika nehmen und an Rorys Lippen halten konnte.

Rory kaute gehorsam und stupste Beaus Hand an, bis er nach einem Sandwich-Viertel griff und selbst hineinbiss.

„Das hier wollte ich machen", sagte Rory, als er den Mund leer hatte. „Dich füttern, dir etwas Leckeres zu trinken einschenken, dir vielleicht die Haare waschen oder einfach die Schultern massieren ..."

„Das klingt toll", erwiderte Beau und schmiegte sich gegen Rorys Kopf. Er sollte sich bald die Haare vernünftig schneiden lassen, es begann genug herauszuwachsen, um sich zu kräuseln. „Aber das können wir später machen. Im Moment finde ich es sehr entspannend, dich im Arm zu halten und zu füttern, wenn das deinen ausgezeichneten Plan nicht zunichtemacht."

„Mmh, das kann ich gerade noch zulassen", stimmte Rory zu, ließ seine Zehen durch das Wasser auftauchen und wackelte damit, als er seinen Kopf nach hinten gegen Beaus

Schulter fallen ließ. „Ich möchte aber etwas von der Limonade, bevor das Eis schmilzt."

Es bedurfte einiger Manöver, aber Beau goss ein Glas ein, aus dem beide abwechselnd trinken konnten, und füllte es so weit wie nötig nach, während er Rory und sich selbst mit der Hälfte des reichlichen Essens versorgte. Die ganze Zeit über hatte er Rorys Körper gegen sich gedrückt, Haut an Haut mit nichts als dem Wasser, das sie bedeckte, seidig mit dem Badesalz und einem frischen Kräuterduft, der alle Krankenhausgerüche vertrieb, die ihm noch in der Nase steckten. Jetzt lag nichts in der Luft außer ihm und Rory, als sie sich mit einer trägen Sinnlichkeit, die wie eine Zeitlupenaufnahme wirkte, gegeneinander bewegten.

Als keiner von beiden mehr essen oder trinken wollte, genossen sie einfach eine Weile das Wasser. Es hatte sich leicht abgekühlt, aber es war nicht unangenehm. Beau bewegte eine Hand unter Rorys Oberschenkel unter Wasser auf und ab und fühlte dabei den festen, drahtigen Muskel unter der Haut, der anfing, von etwas Fett gepolstert zu werden. Bei diesem Tempo brauchte er sich keine Sorgen zu machen, dass Rory im Winter in Minnesota weggeblasen wurde oder erfror, selbst in seiner menschlichen Gestalt nicht.

Rory gab bei der Berührung ein leises, zufriedenes Geräusch von sich, drehte sich dann um und kniete sich rittlings auf Beaus Schoß. Auf diese Weise überragte er Beau und schaute nach unten, während Beau seinen Kopf auf dem gefalteten Handtuch ruhen ließ und seine Kehle vollständig entblößte. Einige Sekunden lang blickte Rory einfach nur nach unten, seine grünen Augen voller Wärme, die Beau mehr unter die Haut ging als die Hitze des Wassers.

„Ich bin dran", erklärte Rory leise. „Du wirst dich so schön und ruhig fühlen, dass du gar nicht mehr weißt, was du mit dir anfangen sollst."

Beaus Schwanz rührte sich unter Wasser, und er dachte, dass ihm wahrscheinlich das eine oder andere einfallen würde, was er tun könnte, egal, was Rory geplant hatte. „Was ist, wenn ich noch nicht mit meiner Runde fertig bin?"

Rory lächelte und schüttelte den Kopf. „Du bist morgen Abend an der Reihe. Ich habe das Gefühl, dass du dich die ganze Nacht um mich kümmern wirst, Alpha."

Es sollte keine Hitze werden, aber Rory war viel stärker und gesünder als vier Wochen zuvor. Bei dem Gedanken daran zuckte Beaus Schwanz deutlich, und Rory lächelte breiter, als er das spürte. Als hätte er es gewollt, als hätte er sich darauf gefreut.

„Ja", sagte Rory, senkte den Kopf, um Beau Küsse auf die Kehle zu drücken. „Genau so. Und jetzt bin ich dran."

„Verstanden", antwortete Beau heiser, schloss die Augen und ließ Rory seinen Willen durchsetzen.

Kapitel 32

Im frühen Licht am Morgen vor dem Vollmond schien alles wunderbar klar. Im Bett liegend, Beau beim Schlafen beobachtend, fühlte sich Rory, als hätte er neu angefangen, als ginge die Sonne über seinem ganzen Leben auf.

Er hatte nicht gemerkt, wie viel Angst er immer noch mit sich herumtrug, bis Caseys Pille alle schwirrenden Berechnungen in seinem Kopf zum Schweigen brachte. Er hatte sich nicht gefragt, ob Beau die Überraschung nicht mögen könnte, ob er etwas anders machen sollte, ob er genug tat, um einen Platz in Beaus Leben zu verdienen.

Er war in der Lage gewesen, alles loszulassen und einfach eine Nacht mit seinem Alpha zu genießen; zwischen dem Bad und dem Mond über ihm, der so nahe an der Vollmondphase war, hatte er keine Schwierigkeiten gehabt, sich an jeder Berührung zu erfreuen, die sie austauschten.

Der Mond war nun untergegangen, und Rory spürte, dass die Wirkung der Pille nachließ. Er konnte die Hintergrundgeräusche in seinem Kopf spüren, aber es war so viel einfacher, sie beiseitezuschieben, nachdem er eine Nacht ohne sie verbracht hatte. Es war viel leichter, sich daran zu erinnern, dass Beau nie jemand gewesen war, den er fürchten musste. Gestern Abend, als Rory sich frei gefühlt hatte, zu tun, was immer er wollte, hatte Beau mit nichts als Freude geantwortet.

Und heute Nacht war Vollmond – eine weitere Nacht wie die letzte, und doch mehr. Er würde nicht in Hitze verfallen; mit dieser neu gewonnenen Klarheit konnte er das spüren, ohne zu zweifeln. Aber der Mond würde an ihm ziehen, ihn und Beau an sich ziehen. Er könnte noch eine der Tabletten nehmen, die Casey ihm gegeben hatte, um sicherzugehen, dass die Anziehungskraft nicht zu stark wäre, seinen Geist nicht zu sehr beeinflusste, aber vielleicht …

Beau bewegte sich neben ihm, streckte sich mit leisem Stöhnen, das jeden Teil von Rory auf einmal zu berühren schien, und er drehte sich zu seinem Alpha, um den Morgen mit einem Kuss zu beginnen.

***

Sie verbrachten den Tag ähnlich wie den Tag vor dem letzten Vollmond, nur dass sie bereits einen Rasenmäher besaßen – und Rory hatte ihn benutzt, um den Rasen unter Kontrolle zu halten, wenn Beau nicht zu Hause war – und so jäteten sie Unkraut, bändigten den Flieder und schmiedeten ausgeklügelte und vielleicht etwas mondwilde Pläne für die Neubepflanzung der Blumenbeete.

Jedes Mal, wenn Rory seine eigene Meinung äußerte oder Beau bei irgendetwas korrigierte, bemerkte er den kleinen Schauer der Angst, der sich einmal mehr einschlich. Er konnte sie immer noch beiseiteschieben, aber es kostete im Laufe des Tages immer mehr Mühe, bis er tatsächlich einen Ansturm der Erleichterung verspürte, als er die Niemi-Kinder entdeckte, die am Ende der Auffahrt standen und ihn hoffnungsvoll beobachteten. Die Kinder bedeuteten, dass er sicher war, dass Beau ihm nichts antun würde – aber nein, Beau würde ihm nichts antun, selbst wenn niemand in der Nähe war. Das wusste er.

Ja, das wusste er.

Beau hatte die Kinder natürlich ebenfalls bemerkt und lächelte. „Wollt ihr wieder Fangen spielen?"

Summer und Amber nickten eifrig. Oliver versuchte, die Griffe seiner Schwestern an seinen Händen loszuwerden und zu Rory hinüberzulaufen, aber die Mädchen hielten ihn fest.

„Brauchst du eine Pause, Ror?", fragte Beau. „Musst du dich fertig machen oder so?"

Rory schüttelte fest den Kopf. „Es geht mir gut. Ich kann spielen."

Beau studierte ihn einen Moment lang und sagte dann: „Okay, wenn du eine Minute brauchst, du weißt, es macht mir nichts aus, wenn du rein gehst. Eines der Kinder kann eine Runde den Fänger spielen."

„Ich weiß", sagte Rory und versuchte, das weder verärgert noch flehend auszusprechen.

Beau nickte und wandte seine Aufmerksamkeit wieder den Kindern zu. „Okay! Beeilt euch lieber, sonst erwischt Roland uns noch!"

Während er das sagte, schoss er los, stürzte auf die Kinder zu und schnappte sich Oliver. Rory schüttelte alles andere ab und rannte ihnen hinterher.

Es half, Fangen zu spielen, aber nicht so sehr wie vor dem letzten Vollmond; die Anziehungskraft des Mondes fühlte sich stärker an, und die Angst war schwerer in Schach zu halten. Jedes Mal, wenn er versuchte, sie zu verdrängen, war er sich dessen bewusst und trotzdem war ihm klar, dass er es eigentlich nicht brauchte.

Es half ihm nicht, dass er sich der Hitze viel näher als zuvor fühlte. Jedes Mal, wenn er einen zu direkten Hauch von Beaus Duft witterte, oder wenn Beaus T-Shirt hochrutschte, sobald er ein Kind aufhob und rannte, oder wenn er sich dabei ertappte, wie er auf Beaus Schenkel starrte ... er spürte, wie er nass wurde, fühlte diesen Sog der Begierde, und das verstärkte alles nur noch mehr. Es war das, was er fühlten sollte, was er fühlten wollte, aber es war alles mit der alten, tief verwurzelten Angst verbunden. All die Schichten des befangenen Zweifels fesselten ihn. Es war noch eine Stunde vor Sonnenuntergang, als der Anblick von Beau, der Oliver lachend in die Luft warf, seinen Schwanz hart werden ließ, und Rory erstarrte einfach mitten im Hinterhof. Nässe tropfte an der Innenseite seines Oberschenkels hinunter, und er wollte und musste absolut stillhalten, sonst würde er einfach die Flucht ergreifen. Er musste einfach aufhören, Angst zu haben, das wusste er, aber er schien seine eigenen schlüpfrigen, feuchten Gedanken nicht in den Griff zu bekommen.

Beau sah ihn direkt an und das Lachen verstummte, seine Augen wurden dunkel. Rory fühlte sich wie gelähmt, als hätte man ihm ein Halsband angelegt. Wehrlos. Beau schaute weg, lächelte wieder, als wäre nichts passiert. „Hey, Kinder, das reicht für heute. Zeit, nach Hause zu gehen."

Es gab einen allgemeinen Protestschrei der Kinder, aber Beau trieb sie alle aus dem Garten und ließ Rory einfach stehen. Er war immer noch wie eingefroren und brannte doch vor Hitze.

Er sollte hineingehen. Er sollte irgendwo hingehen und etwas tun, anstatt nur hier zu stehen und ins Nichts zu starren. Aber er blieb einfach stehen, bis Beau wieder auftauchte und sich ein wenig bückte, um Rory in die Augen zu sehen, ohne das Rory den Kopf heben musste.

„Baby", sagte er leise. „Weißt du, warum du heute Abend nicht noch eine dieser Tabletten nehmen willst? War gestern Abend nicht das, was du wolltest?"

Beaus Stimme war ruhig und dunkel, aber Rory hörte die Frage unter der Frage, die er stellte. *Habe ich dir wehgetan? Hast du Angst vor mir?*

Rory schüttelte den Kopf. „Ich habe nur …"

Er schloss die Augen und kam sich dumm vor, sowohl auf die übliche Art als auch auf die Art und Weise, bei der es schwer war, nachzudenken, da Beau und der Vollmond so nahe waren. „Heute Morgen war es vorbei. Und ich hatte immer noch keine Angst. Und ich wollte einfach weiter … keine Angst haben. Ohne …"

„Ah", sagte Beau, die einzelne Silbe war warm und verständnisvoll. Rory spürte, wie sich sein Gewicht verlagerte und seine Arme sich hoben. Er trat in die halb angebotene Umarmung, bevor Beau sie zurückziehen konnte, drückte sein Gesicht an Beaus Brust und klammerte sich an ihm fest.

Rory hatte keine Angst vor ihm. Absolut nicht. Auch wenn er manchmal dachte, er hätte Angst, auch wenn sein Körper manchmal verwirrt war.

Beau legte seine Arme leicht um ihn, ohne ihn festzuhalten, und Beau drückte ihm einen Kuss auf den Scheitel. „Du hattest viel Übung darin, Angst zu haben, Ror, und lange Zeit war es wichtig, dass du sie nicht vergisst. Auf diese Weise hast du dich jahrelang geschützt. Kein Wunder, dass man mehr als eine Nacht üben muss, keine Angst zu haben, oder?"

Ihm lag das Argument auf der Zunge, dass er schon mehr als eine Nacht geübt hatte, aber Beau hatte recht. Susan hatte ihm von Anfang an gesagt, dass es Zeit brauchte. Dass es Jahre dauern könnte.

„Das schaffen wir schon", murmelte Beau leise. „Wir müssen nur weiter üben. Aber für heute Abend, wenn eine Pille es leichter macht, keine Angst zu haben, und du dich so fühlen willst, vielleicht ..."

Er drängte nicht, sprach es nicht einmal aus. Rory dachte, wenn der Mond nicht käme, wäre Beau bereit, stundenlang bei ihm zu stehen, bis er sich entschieden hätte. Aber der Mond kam, und Rorys Herz schlug schneller, je näher er kam, und er atmete einfach weiter Beaus Geruch ein, *Alpha*, schweißig-warm und gut und ...

Rory nickte, während er sich von Beau löste, und lief hinein, ohne sich umzudrehen. Er hielt erst an, als er die kleine Flasche auf dem Nachttisch erreichte, und erlaubte sich kein Zögern, bevor er eine der beiden verbleibenden Tabletten in seine Handfläche kippte und sie sich in den Mund warf. Die Flasche ließ er wieder dorthin fallen, wo sie gewesen war, und begann, sich die Kleider vom Leib zu reißen. Er wollte nicht zögern, wollte keinen Moment verlieren. Er wollte keine Angst haben. Also *beschloss* er, keine Angst zu haben.

Rory warf sich auf das zerknitterte Bett und umklammerte die Laken gegen den Drang, sich zu bedecken. Sein Herz raste, und er konnte nicht einmal sagen, was er fühlte, außer dass er nass und halbhart war und die Sonne am Horizont versank und der Mond jeden Augenblick aufgehen konnte.

Beau blieb in der Tür stehen und starrte ihn an, erschrak kurz, bevor er lächelte, sein Blick wurde weicher und heißer, als er über Rorys trotzig entblößten Körper wanderte. „Also gut, Baby."

Rory stemmte sich auf die Ellbogen. „Komm her, ich will ... Lass mich ..."

Beau zog sich beim Näherkommen sein T-Shirt aus und ließ beim nächsten Schritt seine Shorts fallen. Seine Unterwäsche trug nicht viel dazu bei, seinen Schwanz zu bändigen, er wölbte sich hart und riesig unter dem Stoff. Rory lief das Wasser im Mund zusammen, sein Arsch tropfte glitschig, dann kniete er auf dem Bett und griff nach Beau, als er fühlte, das etwas in ihm einfach ... losließ.

Er hielt inne, erschrocken über das Gefühl. Es dauerte einen Moment, bis er das Gefühl der Furcht und seines Widerstandes gegen die Furcht erkannte, alles löste sich auf und wurde weggespült, als sein rauschendes Blut Caseys Gemisch zu jeder Zelle seines Körpers trug.

„Oh", sagte Rory und schaute zu Beau auf, und er grinste, als er den Anblick seines Alphas in dieser neuen Perspektive aufnahm. Jetzt gab es überhaupt keine Angst mehr, nichts, was ihn davon abhielt, einfach zu wollen. Davor, alles zu haben, was er wollte. „Oh ja. Das ist schon in Ordnung."

Beau grinste ihn wieder an. „Sieht ganz so aus, Baby. Aber warum machen wir nicht einfach ..."

Beau setzte sich, immer noch in Unterwäsche, die jetzt nur noch im Weg war, auf das Bett. Er fing Rorys Hände ein, als Rory nach ihm griff und ihm die Wäsche herunterziehen wollte.

„Halt dich fest", sagte Beau und zog an seinen Händen, bis Rory auf seinen Schoß krabbelte. „Lass uns einfach ..."

Natürlich wollte Beau es langsam angehen. Beau wollte vorsichtig mit ihm sein. Rory konnte Worte auf der Zunge spüren, ohne Angst, sie zurückzuhalten, und er stürzte sich auf Beau, um ihn zu küssen, bevor sie ihm doch noch entkamen. *Ich liebe dich, ich liebe dich, wie kann ich dich jemals verdienen?*

Es war nicht die richtige Zeit für dieses Problem. Vorerst küsste er Beau, und Beau stieß heiße, kleine, zufriedene Geräusche aus und fuhr mit den Händen so leicht über Rorys nackte Haut, bis Rory zittern und schreien wollte.

Stattdessen küsste er seinen Alpha weiter und neckte ihn zurück, wobei er mit seinen Händen in ähnlichen Bewegungen über die nackte Haut glitt, die Beau ihm anbot. Aber er verstand, warum Beau nicht aufhören konnte; es machte süchtig, ihn einfach nur zu berühren, erlaubt und eingeladen, sich die Zeit dafür zu nehmen. Er drängte und zerrte, bis Beau in ihrem Kuss lachte und sich auf dem Bett breitmachte. Dann konnte sich Rory über ihn legen und ihn überall berühren, mit nur dieser dünnen und zunehmend feuchter werdenden Stoffschicht zwischen der dicken Härte von Beaus Schwanz und Rorys Bauch.

Sie würden weitermachen, sie konnten sich Zeit lassen. Denn jetzt küssten und berührten sie sich und warteten.

Der Vollmond ging auf wie eine Seifenblase, die zerplatzte, und beendete diese köstliche, noch nicht ganz abgeschlossene Zeit. Rory konnte spüren, wie sein Licht auf ihn fiel und seinen Körper mit Lust erfüllte. Keine Hitze, aber ihr so nah wie schon lange nicht mehr, und es fühlte sich so seltsam an, dass er für einen Moment erstarrte und wartete auf ...

Er wartete auf die Angst oder den Verlust seiner selbst. Aber nichts davon trat ein. Da war nur die Röte über jedem Zentimeter seiner kribbelnden Haut, der nasse Drang zwischen seinen Beinen, und Beau, der ihn mit vor Lust dunklen Augen beobachtete und genauso still hielt wie Rory.

„Ja", keuchte Rory, griff nach ihm, und dann hielt überhaupt niemand mehr still. Sie küssten sich hektisch, Rory hakte seine Finger in den Bund von Beaus Unterwäsche und riss sie mehr oder weniger nach unten. Beaus Hände lagen auf seinem Arsch, dann seinen Oberschenkel, spreizten sie weit. Rory wusste nicht, ob er *ja* sagte oder nur *ja, ja, ja* dachte, aber es war klar, dass Beau beides verstand.

Zwei dicke Finger drückten sich in ihn, glitten leicht tiefer, und Beau stöhnte, oder war es Rory, der stöhnte, als Beau ihn streichelte? Er war bereits geil nass und innerlich so heiß, dass sich Beaus Finger kühl anfühlten – oder vielleicht war das nur die Erleichterung, endlich einen Teil seines Alphas in sich zu haben.

Rory bekam seine Hand an Beaus Schwanz, aber er wurde von seiner Absicht, ihn in sich zu bekommen, abgelenkt durch das Geräusch, das Beau bei seiner Berührung machte, und die Art, wie sich Beaus Finger als Reaktion darauf grob in ihm krümmten. Rory konnte nicht anders, als zu schreien, und er musste Beau immer wieder anfassen, streicheln und ihm weitere Töne entlocken.

Beide beglückten sich gegenseitig in einem endlosen Zyklus und verlängerten die Vorfreude, köstlich und verrückt zugleich.

„Ich brauche ...", keuchte Rory, als er merkte, wie kurz er vor dem Höhepunkt stand, und wie viel mehr er noch wollte. „Beau, ich brauche ... Du musst ..."

Beau knurrte ihn an und küsste ihn, und Rory vergaß, dass er etwas anderes brauchte als das hier, verloren im Mund seines Alphas, der nach ihm verlangte.

Dann bewegte sich Beau, unterbrach Rorys Griff, und zog seine Finger aus ihm, sodass Rory sich vor der Leere fürchtete. Aber Beaus Hände legten sich auf Rorys Hüften, hielten ihn fest und dirigierten ihn, bis Beaus Schwanzspitze gegen ihn stieß, fast dort, wo er ihn brauchte. Rory keuchte bei diesem Gefühl und ließ sich dann von Beaus Händen bewegen, bis er sich auf Beaus Schwanz senkte.

Rory konnte spüren, wie nass er im Inneren war. Er musste gefüllt werden, geöffnet, um in sich Raum für Beau zu schaffen, damit sie zusammenkommen konnten. Er ahnte, dass er vielleicht noch nicht ganz bereit war, aber es war ihm egal, und er hatte keine Angst. Er sank hinunter und nahm sich, was er brauchte, was Beau ihm schließlich zu geben bereit war.

Sein Atem entströmte ihm mit einem rauen Geräusch, als Beaus Schwanz in ihn eindrang. Die Dehnung war schockierend, ein wenig schmerzhaft, aber es war, was er brauchte. Rory wand die Hüften, um den richtigen Winkel zu finden, und dann sank er noch tiefer und nahm Beau weiter in sich auf. Das einzige Geräusch war das nasse Klatschen von Fleisch auf Fleisch; er atmete nicht und glaubte, Beau atmete ebenfalls nicht, und Beau hielt sich vollkommen still, damit Rory sich nehmen konnte, was er brauchte.

Rory lehnte sich keuchend an seine Brust, als Beau vollständig in ihm steckte. Beau wechselte den Griff, die eine Hand legte sich zwischen seine Schulterblätter, die andere auf Rorys Nacken und kippte seinen Kopf sacht nach hinten. Beau senkte seine Lippen federleicht auf Rorys, und Rory stöhnte und nickte auf eine ungestellte Frage hin.

Beaus Hüften bäumten sich unter ihm auf und trieben seinen Schwanz irgendwie noch tiefer. Rory heulte und grub seine Nägel in Beaus Schultern, um sich durch den unmöglichen Ansturm von Lustschmerz an ihm festzuhalten. Beaus Arme spannten sich um ihn, und Beau drückte inbrünstige Küsse auf seine Kehle, bis Rory still wurde.

„Bist du", keuchte Beau. „Baby, ich werde …"

Rory schüttelte den Kopf, schlang die Beine um Beaus Hüften und bemerkte lustvoll, wie sich dadurch Beaus Schwanz in ihm bewegte. „Nicht. Nicht aufhören. Ich will es. Ich will alles. Gib es mir, gib es mir …"

Beau stöhnte und küsste ihn erneut, diesmal auf den Mund, sodass Rorys Worte in ihrem Zungenschlag verloren gingen. Beau bewegte sich wieder, aber nun drehte er Rory um und drückte ihn ins Bett. Rory lockerte seine Beinklammer ein wenig, damit Beau sich in ihm bewegen konnte, zuerst schaukelte er nur, um sich dann für richtige Stöße zurückzuziehen. Die Ersten ließen ihn immer noch Schmerz keuchen, aber sein Körper passte sich schneller an, als er sich vorstellte, dass es möglich war. Bald war es nur noch Glückseligkeit, denn sein Alpha fuhr wieder und wieder in ihn, jedes Mal schneller und härter.

Rory ließ seinen Kopf nach hinten fallen und verlor sich in der Empfindung, im Sog des Mondes und in der Art, wie sein Alpha antwortete und sich mit der unaufhaltsamen Kraft der Gezeiten in ihn rammte, gegen und in Rorys Körper prallte. Das Bedürfnis, die Befriedigung und die Lust, die sich zwischen den beiden aufbauten, stiegen höher und höher, bis Rory am Rande eines Höhepunktes stand und dann von der Kante zurückgerissen wurde.

Plötzlich tat es wieder weh, zwischen einem Stoß und dem nächsten. Rory keuchte, packte Beaus Schultern, und Beau erstarrte. Seine dunklen Augen waren mondscheinhell und vor Lust benommen, aber er hörte abrupt auf, als Rory ihn packte, und hielt sich still, als wäre er eingefroren.

Rory zuckte unter ihm und bäumte sich auf Beaus Schwanz auf, und dieses Mal machte der Schmerz für ihn Sinn. Diesmal verstand er es. Es war nicht so, dass er sich irgendwie weniger an die Dicke von Beaus Schwanz gewöhnt hatte. Es lag daran, dass Beaus Schwanz an der Basis dicker wurde und die Wurzel anschwoll.

Beau schloss die Augen, lehnte seine Stirn gegen Rorys, schwitzende Haut an schwitzender Haut. „Das muss ich nicht, Baby. Ich werde es nicht tun. Ich werde dir nicht wehtun."

Rory schüttelte den Kopf und schob sich nach oben, wobei er seine Knöchel übereinander schloss, als er sich an Beaus Schwanzwurzel rieb. Es tat ein wenig weh, aber er konnte im Pochen des anschwellenden Schaftes Beaus Puls fühlen, und sein eigenes Herz schlug im gleichen Rhythmus.

„Ich habe alles gesagt", flüsterte Rory und erstickte fast an den Worten, die er sich auszusprechen verbot, als er um Worte rang, die Beau verstehen würde. „Ich will dich. Ich will dich. Ich will *alles*."

Beau atmete abgehackt und nickte dann. Er richtete sich auf den Knien auf, seine Hände umfassten Rorys Hüften, und Rory fühlte eine Erregung über etwas, das keine Angst war, aber vielleicht hätte sein sollen. Es war ein Alpha, der bereit war, bei Vollmond seinen Omega zu beanspruchen, absolut alles, was ihm angeboten wurde, zu nehmen und es zu seinem zu machen.

„Ja", keuchte Rory, hob beide Arme über seinen Kopf, um seine Hände ins Kissen zu klammern, und stemmte sich ein wenig gegen das Kommende – schützte sich aber nicht davor.

„Baby", ächzte Beau. „Baby, du …"

Und dann bewegte er sich, seine Hüften hämmerten, sein Schwanz drängte sich in Rory, hinein und heraus, während er ein unerbittliches Tempo vorgab. Rory überstreckte den

Kopf und entblößte seine Kehle, aber er konnte Beaus wilden, dunklen Blick ebenso sicher spüren wie das silberne Licht des Mondes, obwohl er es hier, unter einem Dach, nicht sehen konnte.

Jeder Stoß drückte den anschwellenden Schaft in ihn hinein, dann zog Beau sich zurück, um mit Wucht wiederzukehren und ihn zu dehnen und zu dehnen. Das wäre alles gewesen, wonach er sich gesehnt hätte, wenn er in Hitze gewesen wäre, wenn sein Körper wirklich bereit dafür gewesen wäre. Aber da dem nicht so war, holte sein Körper nur langsam auf, die Lust hinkte dem Schmerz hinterher, und trotzdem wollte er es, wollte er Beau, wollte sich dafür entscheiden, klar im Kopf und sicher.

„Rory", brummte Beau, fast ein Knurren, und Rory musste hinsehen, und als er in die Augen seines Partners blickte, konnte er nicht mehr wegschauen. Beau sah ihn an, als gäbe es nichts anderes auf der Welt, niemanden sonst, als gäbe es unter dem Mond niemanden außer ihnen, und er leuchtete nur für sie beide.

Rory atmete keuchend ein und stieß die Luft in einem Stöhnen aus, der Schmerz löste sich schließlich in vollkommener Lust auf, als Beau ein weiteres Mal in ihm versank.

Die nächste Bewegung von Rorys Hüften war nur ein scharfes, kleines Schaukeln, der Schaft in ihm glitt bis zur Wurzel in ihn und blieb dann so. Nun waren sie verbunden. Wie ineinander eingerastet. Er war so voll, so gründlich beansprucht, und Beau schaute ihn immer noch so an, als ob er nie mehr etwas anderes sehen wollte.

„Oh." Das Geräusch entkam Beaus Kehle und er krümmte sich wieder über Rory und zog ihn ganz nah an sich heran. „Oh, Mond, ich habe nicht … oh, oh, Ror…"

Beau zitterte leicht, seine Worte waren benommen, laut in der plötzlichen Stille. Rory war fast ebenso weit, fast.

„Fass mich an", forderte er schnaufend und zwang seine Hände, das Kissen, das er umklammerte, loszulassen, damit er seine Arme um Beaus Hals schlingen konnte. „Fass mich an, einfach …"

Beaus Hand glitt zwischen sie und krallte sich vorsichtig um Rorys Schwanz. Rory stöhnte und stieß in die Berührung, wobei er sich genauso um Beaus Schaft in seinem Inneren zusammenzog, wie der seine Hand um ihn schloss. Beau keuchte, und Rory wiederholte seine innere Bewegung, die Lust vermischte sich mit der seltsamen stillen Gewissheit und dem Nervenkitzel, die Macht über einen Alpha zu halten und ihn so viel zu besitzen, wie Beau ihn besaß.

Beau streichelte ihn noch einmal, sein Daumen rieb über Rorys Schwanzspitze, und Rory kam, spritzte über Beaus Finger und zog sich immer wieder um seinen Schaft herum zusammen, bis Beau hilflos an seinem Hals stöhnte. Die Lust schien immer weiter zu gehen, denn Beaus Schaft drückte gegen Rorys Sweetspot, hielt ihn hart und ließ ihn noch lange, nachdem er hätte fertig sein sollen, kommen.

Beau kam auch oder hatte damit begonnen und würde in diesen langsamen Wellen weiter kommen, die so lange anhielten wie seine Härte. Er klammerte sich an Rory und gab hilflose kleine Geräusche von sich, selbst nachdem Rory wieder klar denken konnte, und Rory konnte den Blick nicht von ihm abwenden.

Er wusste nicht, an wie viele Alphas er so gebunden gewesen war, aber er wusste, dass er sich bei keinem von ihnen so gefühlt hatte. Rory kippte den Kopf nach hinten und schaute in Beaus Gesicht, die glasigen Augen und geöffneten Lippen. Er war hilflos, überwältigt, und Rory erinnerte sich schlagartig daran, dass es das erste Mal war, dass Beau auf diese Weise verbunden war. Das süße Gefühl von gegebener und genommener Macht, die wieder von vorn begann, steigerte sich zu einer Zärtlichkeit, die fast wehtat.

„Oh, Schatz", flüsterte Rory. „Küsst du mich?"

Beau kam der Bitte unbeholfen nach, seine Hände bewegten sich unruhig. Es war, als ob er nach einem Weg suchte, Rory näher an sich zu ziehen, obwohl sie bereits so tief miteinander verbunden waren, wie es nur möglich war.

Rory nahm seine eigenen Hände nach unten, um Beaus zu fangen, verschränkte ihre Finger. Beau hob den Kopf, während er Rorys Hände drückte. Ihre Blicke trafen sich, und Rory konnte bei dem Anblick von Beaus Gesicht, bloß und offen für ihn, nicht atmen. Für einen Moment hatte er das Gefühl, als wäre nicht Beau in ihm, sondern er drängte sich in Beau; sein Alpha war nicht nur entblößt bei ihm, sondern irgendwie verletzlich, und brauchte etwas, das nur Rory ihm geben konnte.

Hier konnte es keine Lügen geben, keine Ausflüchte. Das war die Wahrheit. Das waren sie. Es gab keine Worte, also gab es nichts zurückzuhalten, nichts zu verbergen. Es gab nur sie, vereint zu einem Geschöpf unter dem Mond, eine Ekstase jenseits der Lust, jenseits ihrer Körper, eine silberfarbene Perfektion.

Es schien ewig zu dauern, oder nur die Zeitspanne zwischen zwei rasenden Herzschlägen, Rory hätte es nicht sagen können. Seine Augen füllten sich mit Tränen, die seinen Blick auf Beau verwischten, und er schnappte nach Luft, und dann übersäte Beau sein Gesicht mit Küssen, seine Hüften schaukelten, er trieb sich augenblicklich tiefer in Rory hinein und trieben ihn auf einen schwindelerregenden Gipfel der Lust zu. Er kniff die Augen zu und ließ sich fallen, ohne nachzudenken.

Kapitel 33

Es war Beau noch nie so schwer gefallen, aus dem Bett zu kriechen, wie am zweiten Tag nach Vollmond. Er und Rory hatte eine Nacht, einen Tag und noch eine Nacht zusammen im Bett verbracht und kaum einen Schritt aus dem Schlafzimmer gemacht. Es hatte ein paar hastige Ausflüge in die Küche zum Essen und ein weiteres langes Bad am Nachmittag gegeben, aber ansonsten waren sie unter dem Mond und der Sonne zusammen im Bett geblieben, schliefen und wachten nur auf, um sich wieder und wieder zu lieben.

Nach diesem ersten Mal waren sie nicht wieder so dermaßen verbunden gewesen, aber es war auch nicht notwendig. Näher konnten sie sich nicht sein.

Sie hatten nicht viel geredet, und auch das war nicht notwendig gewesen. Aber etwas hatte sich geändert, dessen war sich Beau sicher. Er konnte nicht leugnen, dass er wollte, dass Rory für immer blieb, und er wusste, dass Rory das auch wollte. Beau musste sich vielleicht anstrengen, um daraus die richtige Entscheidung zu machen, aber er hatte ein Leben lang Zeit, dafür zu sorgen, dass Rory es nie bereute.

Doch zuerst musste er aufstehen und zur Arbeit gehen. Rory stieß ein kleines Protestgeräusch aus, aber nachdem Beau ihn mit einem Kuss beruhigt hatte, lag er ruhig da und sah zu, wie Beau sich anzog und Kittel und Mantel zusammenpackte. Es war ihm noch nie so bewusst gewesen, dass Rory ihn beobachtete, und er fragte sich, ob dies der Tag sei, an dem Rory ihn endlich fragte, wohin er wirklich ging. Er hatte keine Ahnung, was er antworten sollte, wenn Rory es tat.

Als er zum Bett zurückschaute, hatte sich Rory völlig unter der Decke versteckt, sein Herzschlag verlangsamte sich bereits wieder in Richtung Schlaf.

Beau konnte nicht anders, als zu lächeln. Er wandte sich ab und sagte sich, dass es so das Beste war. Er konnte tun, was er tun musste, ohne Rory anzulügen oder ihn zu belasten.

Er musste einen Weg finden, dies alles in Ordnung zu bringen, aber das wusste er bereits. Die Situation konnte nicht ewig so bleiben; Amy würde kränker werden, oder … Aber ihm fiel keine Alternative ein, und er hatte auch noch immer keine Lösung.

Seine kreisenden Gedanken stockten kurz, als er aus dem Haus kam und erkannte, dass das schwache, gleichmäßige Geräusch am Rand seines Gehörs ein stetiger Regenguss war. Er erinnerte sich schwach daran, irgendwann in der frühen Morgendämmerung Donner gehört zu haben, aber er hatte Rory nur fester an sich gedrückt und sich unter der Decke vergraben. Die Welt außerhalb ihres Bettes war weit weg und unwichtig gewesen.

Jetzt konnte er ihr nicht mehr ausweichen, die Temperatur war seit seinem letzten Aufenthalt im Freien stark gesunken, da das Ende des Sommers über Nacht gekommen war.

Der stete Regen dämpfte die Reichweite seiner Sinne und ließ ihn nichts mehr riechen oder hören als den Regen jenseits seiner unmittelbaren Umgebung. Dadurch musste er langsamer fahren und würde sich halb blind fühlen, was bedeutete, dass er absolut keine Zeit zu verlieren hatte, doch er zögerte immer noch. Er wollte nicht, dass Rorys Geruch von ihm abgewaschen wurde. Er wollte nicht in den Regen treten und sofort den Klang von Rorys Herzschlag verlieren.

Beau schüttelte den Kopf und biss die Zähne zusammen. Es war nur Regen. Rory würde immer noch hier sein, wenn Beau nach Hause kam, und in der Zwischenzeit hatte Beau Verantwortung zu übernehmen. Er könnte seinem Omega nicht viel bieten, wenn er nicht nach draußen gehen und seine Arbeit erledigen konnte.

Beau machte einen Schritt in den Regen.

***

Dank des ständig strömenden Regens – und seiner eigenen rasenden Sorge – bemerkte er erst, dass die Wohnung der Vaughns leer war, als er zweimal geklopft hatte und dachte, er solle sich an die Tür lehnen und aufmerksam lauschen.

Die unerwartete Stille ließ seine Gedanken rasen. Er zerrte sein Telefon heraus und suchte nach irgendeiner Nachricht von Vaughn, aus welchem Grund auch immer sie verschwunden sein könnten. Wenn es Amy in seiner Abwesenheit schlechter gegangen war – aber es wäre gut, wenn sie endlich in einem Krankenhaus wäre, außer ...

Beau wirbelte herum, ehe die ausgestreckte Hand ihn berühren konnte. Er stand Vaughn von Angesicht zu Angesicht gegenüber, regennass und mit wild blitzenden Augen, und Beau wusste, dass etwas Schlimmes passiert war.

„Ich kann sie nicht finden", keuchte Vaughn und klang dabei fast so verzweifelt, wie er aussah. „Du ... du musst ... brauchst du etwas mit ihrem Geruch? Du musst sie finden. Ich weiß nicht, wo sie hin ist."

Beau spürte, wie sich seine Angewohnheiten automatisch einstellten, als er dem besorgten Vater eines Kindes in Gefahr gegenüberstand. Er regulierte seine Atmung und seinen Herzschlag und richtete seine Gedanken fest in Richtung der Auswahl-Checkliste. Er war diese bestimmte Checkliste noch nie zuvor durchgegangen, aber ihre Anfänge trug er in dem Moment zusammen, in dem er verstand: Amy war verschwunden und Vaughn suchte sie bereits seit einiger Zeit, konnte sie aber nicht finden.

„Lassen Sie uns am Anfang beginnen", sagte Beau ruhig. „Lassen Sie uns hineingehen."

Vaughn stampfte auf, sein Gesicht verzog sich, er hob die Hände; Beau machte sich bereit, doch es gab keinen Angriff, nur einen Wortschwall.

„Sie ist krank, ihr ist so kalt, sie hat nicht einmal einen Regenschirm mitgenommen, sie ..."

„Sie ist ein kluges Kind", erwiderte Beau sanft. „Sie steht nicht nur im Regen herum. Lassen Sie uns reingehen und überlegen, wie wir sie finden können."

Vaughn zögerte noch einen Moment, dann nickte er und gestikulierte an der Tür. „Mach schon, sie ist nicht verschlossen. Ich wollte nicht, dass sie draußen sitzen muss, falls sie zurückkommt. Hat sie ..."

Beau war kaum drinnen, als Vaughn an ihm vorbeihastete und sich eilig nach irgendeinem Zeichen von Amys Anwesenheit umsah, aber Beaus Sinne hatten ihn nicht getäuscht. Es war sonst niemand in der Wohnung. Wohin Amy auch gegangen war, sie war nicht zurückgekehrt.

Nun, da sie drinnen waren, außerhalb des Regens, nahm Beau sein Handy. Seine Kontaktliste war nicht lang, und mehr als die Hälfte davon bestand aus Nummern zu verschiedenen Büros in Rochester.

Vaughn drehte sich zu ihm, als er eine davon antippte. „Was macht du ... wen ...?"

Am anderen Ende wurde eine automatische Nachricht abgespielt, mit der Beau nie gerechnet hatte. Er verbot sich, darüber nachzudenken, oder darüber, was noch folgen könnte. Amy wurde vermisst: Er musste Vaughn helfen, sie zu finden, alles andere war egal.

„Hier ist Beau Jeffries, Assistenzarzt im ersten Jahr, Onkologie", rezitierte Beau freundlich. „Entschuldigen Sie die späte Mitteilung, aber ich habe einen familiären Notfall und werde meine Schicht heute nicht antreten." Er legte auf und vermied es so, weitere Erklärungen oder Entschuldigungen anzufügen. Dann schaltete er sein Telefon aus und steckte es wieder ein.

„Wenn Sie sie nicht finden", sagte Vaughn, seine Stimme zitterte, aber nicht genug, um die Drohung zu verbergen.

„Ich werde Ihnen helfen", antwortete Beau, ohne sich die Mühe zu machen, Vaughn ausreden zu lassen oder darüber nachzudenken, was mit ihm geschehen mochte, wenn Amy verletzt wurde, falls …

Nein. Nichts davon war von Bedeutung. Amy war wichtig. Amy wurde vermisst.

„Wann haben Sie bemerkt, dass sie weg ist?", fragte Beau. „Könnte sie nicht einfach zu einem Nachbarn gegangen sein, in einen Laden, oder …"

Vaughn schüttelte heftig den Kopf und griff in eine Innentasche seiner Jacke, um ein Handy herauszuziehen. Die Hartplastikhülle hielt den Geruch nicht gut fest, aber Beau erkannte es; Amy hielt es normalerweise in der Hand, wenn er mit ihr meditierte. Es war dasselbe Telefon, mit dem sie gespielt hatte, als Vaughn ihn das erste Mal vor der Klinik zu ihr brachte, als er sie im Auto zurückgelassen hatte. Damals war sie nicht wirklich allein gewesen – ihr Vater war nur einen Telefonanruf entfernt gewesen.

Beau nahm das Telefon, als Vaughn es ihm hinhielt, und tippte auf den Bildschirm. Der Sperrbildschirm war nicht das Familienfoto, an das Beau sich vage erinnerte – eine jüngere Amy mit ihren beiden Eltern –, sondern das Foto einer handschriftlichen Notiz.

Du brauchst eine Pause von mir und ich brauche eine Pause von allem. Keine Sorge, ich melde mich wieder. In Liebe, Amy.

Beau atmete auf und fühlte sich halbwegs beruhigt. Sie hatte nicht *Auf Wiedersehen* gesagt, sie versprach, sich zu melden. Es hätte schlimmer sein können.

„Okay", sagte Beau. „Sie hat also beschlossen, wegzulaufen. Wann?"

440

„Sie war weg, als ich sie heute Morgen wecken wollte. Ich bin aufgewacht, als ich das Donnern hörte, aber ich habe nicht nach ihr gesehen – sie schläft jetzt mit geschlossener Tür, sie wird, Sie wissen schon, erwachsen und will nicht, dass ihr Vater ständig in ihr Zimmer stürmt. Es war nur der Donner, ich habe nicht …"

„Sie hatten keinen Grund, etwas anderes anzunehmen", stimmte Beau zu. Und Vaughn hatte vielleicht wirklich nur das Donnern gehört; Amy hätte früher oder später gehen können, ohne dass er sie gehört hätte. „Wann ist sie zu Bett gegangen? Wann haben Sie sie zuletzt gesehen?"

„Kurz nach neun. Ich …" Vaughn zog eine Grimasse und fuhr sich mit den Händen durchs Haar. „Ich hatte ein paar Drinks und ging gegen Mitternacht ins Bett. Sie kann nicht rausgegangen sein, bevor ich im Bett lag." Vaughn wedelte mit der Hand zur Couch, von der er einen Blick auf die Küche und die Wohnungstür gehabt hatte. „Sie konnte es nicht. Ich war … Ich war genau dort."

Was bedeutete, dass sie es vermutlich doch hätte tun können, vermutete Beau. Und sie hätte wahrscheinlich verdammt viel Lärm machen können, als sie ging, nachdem Vaughn im Bett war, denn es waren wahrscheinlich mehr als zwei Drinks gewesen.

„Okay", sagte Beau, ohne sich die Mühe zu machen, mit Vaughn zu diskutieren. „Das ist ein ziemlich breites Fenster. Sie haben gesagt, sie hat keinen Schirm mitgenommen. Was hat sie mitgenommen?"

Vaughn nickte lebhaft. „Ihren Rucksack, eine Jacke, ihre Turnschuhe, Jeans, ein paar Notizbücher, ihren kleinen Laptop, das Buch, das sie gerade liest."

„Geld?", fragte Beau nach. „Irgendetwas, das ihr helfen könnte, sich fortzubewegen? Hat sie einen Ausweis oder Kreditkarten …"

„Sie … Ich weiß, dass sie Bargeld hatte, ich weiß nicht, wie viel", sagte Vaughn mit hängenden Schultern. „Von …

Geburtstagen und so, sie hat es gehortet, sie hat immer für etwas gespart. Und … sie hat einen Ausweis, aber da steht ihr verdammter Geburtstag drauf, niemand nimmt eine Zwölfjährige irgendwohin mit."

Beau zog die Augenbrauen nach oben. „Kreditkarte?"

„Ja, ich habe eine mit ihrem eigenen Namen darauf, auf mein Konto, nur für Online-Kram. Ich habe sie so eingestellt, dass ich eine Benachrichtigung erhalte, wenn sie sie benutzt." Vaughn grub sein eigenes Handy aus und tippte den Bildschirm an, wobei er bereits den Kopf schüttelte. „Nichts."

„Okay", sagte Beau. „Also … offensichtlich hat sie einen Plan. Sie packte ihre Sachen, schrieb eine Nachricht und brachte sie auf ihr Telefon, damit Sie sie finden können. Wo würde sie also hingehen? Sie hätte trotzdem einfach in die Wohnung eines Nachbarn gehen können."

Vaughn schüttelte schon den Kopf. „Sie kennt keinen … Wir kennen keinen der Nachbarn. Ich unterrichte sie zu Hause, sie hat keine Freunde. Es gibt einige Spiele, die so online mit anderen Kindern spielt, aber ich beobachte, was sie in diesen Chats sagt, sie ist nicht – sie würde das nicht tun. Es gibt niemanden."

Beau wies ihn nicht darauf hin, dass es nicht nur um ein Kind an der Schwelle zum Teenager ging, das ausgerissen war. Nicht, wenn alles, was er über Ausreißer wusste, bedeutete, dass sie im Krankenwagen landeten. Sie mussten sie finden.

„Familie?", schlug Beau vor. „Die in Iowa geblieben ist, oder woanders?"

Erneut schüttelte Vaughn den Kopf. „Wir haben … Wir haben keine wirkliche Verbindung mehr. Wir waren uns nie nahe, und nachdem ihre Mutter gestorben ist – nein. Sie ist alles, was ich habe. Wir sind nur – alles ist unwichtig, außer dass es ihr besser geht. Und wenn es ihr besser geht, können wir …"

Vaughn verstummte, sein Blick schweifte ohne bestimmte Richtung beunruhigt durch die Wohnung.

„Okay", wiederholte Beau. Er dachte nicht darüber nach, wie viele Gründe Amy hatte, so weit wegzurennen, wie sie konnte, ohne an die Konsequenzen zu denken. Er musste ruhig bleiben. Er musste die Checkliste abarbeiten, selbst wenn er sie erst erfinden musste. „Wo haben Sie schon überall gesucht?"

***

Eine Stunde später hatten sie den Wohnkomplex und alle offensichtlichen Verstecke in der Nähe durchsucht, darunter auch die nächsten Nachbarn. Niemand hatte Amy gesehen, und Beau hatte keine neue Spur von ihrem Duft entdeckt – was ihn nicht überraschte, da der Regen sich erst jetzt von einem Wolkenbruch zu einem stetigen, kühlen Nieselregen verwandelte.

Beau stand in der Tür von Amys Schlafzimmer und beobachtete Vaughn, wie er ihre Kommode und die schmutzige Wäsche durchstöberte und versuchte, genau festzustellen, was fehlte.

„Vaughn", sagte Beau nach einem Moment. „Sie müssen die Polizei rufen. Sie müssen ..."

Vaughn richtete sich ruckartig auf. „Einen Scheiß werde ich tun. Was glaubst du, was dann passieren wird? Selbst wenn sie sie finden, würden sie sie mitnehmen – jeder, zu dem ich sie gebracht habe, denkt bereits, dass das, was mit ihr nicht stimmt, ist, dass ich ihr wehtue oder sie verrückt ist. Denkst du nicht, das wäre ein weiterer Beweis dafür? Sie werden sie in eine Pflegefamilie oder ein Heim stecken, und was würde dann mit ihr geschehen? Niemand wird sich richtig um sie kümmern. Ich bin alles, was sie hat, und sie würden sie mir wegnehmen."

Beau ließ es nicht zu, dass die Antwort über seine Zunge kam oder sich auf seinem Gesicht zeigte. Er wusste, dass Vaughn Amy nicht absichtlich verletzte, aber die Art, wie sich ihr Leben um ihre Krankheit drehte, half ihr auch nicht. Das war allerdings ein Argument für eine andere Zeit.

Beau schluckte angestrengt. Es war auch nicht so, dass er sich in dieser Sache mit der Polizei einlassen wollte; das alles würde ein großes, öffentliches Durcheinander geben, aber Amys Sicherheit zählte mehr als alles andere. „Sie können mehr tun, um sie zu finden. Sie werden ihr Bild und ihre Beschreibung veröffentlichen. Sie haben die Fachleute, sie …"

„Nein", sagte Vaughn scharf. „Nein. Ich habe dich. Und du wirst sie finden. Du kennst ihren Duft." Vaughn warf Beau ein T-Shirt aus dem Schmutzwäschekorb zu, und Beau fing es automatisch auf. Er versuchte, es von sich wegzuhalten und fühlte sich irgendwie schuldig, nur weil er den kleinen rosa Stofffetzen in der Hand hatte. Die Luft hier drin war mit Amys Geruch geschwängert, das T-Shirt machte keinen Unterschied.

„Ich kann nichts Spezielles tun", sagte Beau. „Ich weiß, Sie denken, ich kann es, aber es regnet schon seit Stunden. Es gibt nichts zu riechen, es gibt keine Spur, der man folgen könnte. Ich kann sie nicht einfach finden, nur weil Sie es wollen."

„Weil *ich es will*?" Die brummende, verzweifelte Energie, die Vaughn während ihrer Suche durchströmt hatte und danach verebbt war, brach auf einmal wieder hervor. Er stürzte sich auf Beau und schubste ihn mit beiden Händen. Beau stolperte einen Schritt nach hinten, in den Flur, und Vaughn folgte ihm, wobei er ihm direkt ins Gesicht sah. „Du glaubst, ich *will das*? Das ist mein kleines Mädchen, das ist alles, was ich habe. Wenn sie nicht sicher nach Hause kommt, habe ich nichts zu verlieren und werde *dich vernichten.*"

Beau biss die Zähne zusammen und holte tief Luft, er wich nicht zurück, er stritt nicht. Vaughn war verständlicherweise aufgebracht. „Die Polizei ..."

„*KEINE VERDAMMTE POLIZEI!*", schrie Vaughn ihm ins Gesicht. „Hörst du mich, verdammt noch mal? *Du* wirst sie finden! Bisher warst du verdammt nutzlos, *aber du wirst sie finden*, oder ich fahre zu deinem verfickten Zuhause und stelle sicher, dass deine kleine Hure ..."

Beau dachte nicht, er fühlte nicht einmal, dass er wütend wurde; seine Hände lagen plötzlich auf Vaughns Schultern, hielten ihn auf Armlänge von sich, seine Fänge juckten, während sie sich verlängerten.

„Meinst du, ich weiß es nicht?", spottete Vaughn wild, fast lachend. „Er muss einer dieser Werwolf-Typen sein, die sich schwängern lassen können, oder? Warst du damit beschäftigt, das bei Vollmond zu tun? Wie wirst du dich fühlen, wenn ..."

Beau zwang sich, seine Hände zu öffnen und stieß Vaughn dabei nach hinten. Vaughn stolperte rückwärts in Amys Zimmer und fiel zwischen ihren verstreuten Kleidern zu Boden. Beau schloss seine Hände zu Fäusten und atmete gezwungen durch, wobei er gegen den schockierend starken Drang ankämpfte, *jeden zu töten, der seinen Omega bedrohte.*

„Du findest sie, verdammt noch mal", keuchte Vaughn, ohne sich der Gefahr bewusst zu sein, in der er schwebte. „Tu, was du willst – töte mich, ich habe die Informationen bereits, du wirst es nie vertuschen können. Ich vernichte dein Leben, wenn es sein muss, aber ich brauche meine Tochter zurück. *Finde sie!*"

Beau blieb einfach stehen und setzte alles daran, den Mann nicht umzubringen, der gerade Rory bedroht hatte, ihr hypothetisches Kind bedroht hatte. Er wusste, wo Rory lebte. Rory würde niemals sicher sein, solange Vaughn auf der Welt wandelte.

Rory war nicht sicher. Rory wusste nicht einmal, dass er in Gefahr war.

Beau drehte sich auf dem Absatz um, und Vaughn schrie ihm nach: „Los! Finde sie, verdammt! *FINDE SIE!*"

Beau knallte die Wohnungstür hinter sich zu und rannte zu seinem Wagen, wobei er den Regen gar nicht mehr registrierte.

***

Beau kam scharf zum Stehen, sobald er die Haustür aufstieß, der verzweifelte Schrei verstummte in seiner Kehle. Er konnte Rorys Herzschlag hören, und er war genauso, wie er gewesen war, als Beau ging: langsam und ruhig. Er schlief. Rory musste noch im Bett liegen.

Beau zog die Tür zu und schloss sie hinter sich ab, machte dabei ein paar tiefe Atemzüge. Der Geruch von Zuhause war nun überall um ihn herum, Rory, er selbst und dieser sichere Ort. Er gönnte sich einen Moment Zeit und dachte nach. Hier bestand noch keine Gefahr. Vaughn würde nicht sofort etwas Drastisches tun. Aber es gab immer noch Amy, an die man denken musste. Sie mochte einen Plan haben, aber sie war noch ein Kind, krank und voller Schmerzen und klein für ihr Alter.

Ungeachtet Vaughns Drohungen musste Beau sie finden und sicherstellen, dass es ihr gut ging.

Die Drohungen … Daran durfte Beau nicht denken. Er musste Rory beschützen, und er musste Amy finden. Um alles andere konnte er sich danach kümmern.

Nachdem ihm das klar war, erlaubte er sich, sich zu bewegen. Mit langsamen, gemessenen Schritten stieg er die Treppe hinauf und ging ins Schlafzimmer und sah Rory an, der dort schlief, so vertrauensvoll, so davon überzeugt, dass er an diesem Ort, den Beau für ihn geschaffen hatte, in Sicherheit war.

Dann wandte sich Beau ab und versuchte sich zu erinnern, wo er den Rucksack mit Rorys Sachen zuletzt gesehen hatte, als sie umgezogen waren.

Kapitel 34

Rory wachte auf und fand Beau auf der Bettkante sitzend, in Jeans und T-Shirt, obwohl das Licht von außerhalb der Fenster so hell geworden war, dass es Stunden her sein musste, seit er aufgewacht war, als Beau sich angezogen hatte. Beau schaute mit einem Ausdruck auf ihn herab, den Rory nicht lesen konnte, sehr entschlossen und sehr still.

Einen Moment lang hing alles in der Schwebe, seltsam, aber nicht beunruhigend. Rory fragte sich halb, ob er träumte. „Beau? Was ... warum bist du ...“

Beau wandte den Blick ab, sein Kiefer mahlte, als er mit den Zähnen knirschte, und Rory war sich plötzlich sehr sicher, dass dies real war. Beau trug nicht mehr die gleichen Kleider, die er getragen hatte, als er ging – sein Haar war noch feucht, aber die Kleider waren trocken, und der Regen prasselte beständig gegen die Fensterscheiben. Beaus Herzschlag war zu schnell, sein Duft bestand aus Spannung und Elend.

Etwas war sehr, sehr schief gegangen.

Rory setzte sich auf und sah erst dann, was vor Beaus Füßen auf dem Boden lag: der Rucksack, den Rory benutzt hatte, um seine wenigen Habseligkeiten zu tragen, als sie hier einzogen.

Rorys Ohren füllten sich mit dem Dröhnen seines eigenen Blutes, und Verstehen traf ihn mit einer Kraft, die ihm die Luft aus den Lungen trieb.

Beau war fertig mit ihm. Beau schickte ihn weg.

„Baby“, sagte Beau und klang dabei unglaublich weit entfernt, und wie konnte er es wagen, Rory jetzt so zu nennen, jetzt, wo Rory noch in seinem Bett lag, wo die Laken noch nach Vollmond rochen, den sie miteinander verbracht hatten, und doch wollte er Rory wegschicken.

Beau redete immer noch, aber Rory konnte es nicht hören, konnte nichts davon verstehen. Nichts davon ergab einen Sinn, aber das spielte keine Rolle.

Das Schlimmste war geschehen, und nun musste Rory herausfinden, wie er überleben konnte. Er beugte sich vor und schnappte sich die Tasche, krabbelte dann mit ihr auf die andere Seite des Bettes und ließ sich auf den Boden fallen, um in der Tasche zu wühlen. Seine Brieftasche und sein Telefon befanden sich darin, zusammen mit ein paar Kleidungsstücken zum Wechseln. Beau dachte wahrscheinlich, dass das eine nette Geste wäre. Zumindest war er nicht so grausam wie möglich.

Rory sah zu Beau hinüber, bevor er es wagte, sich aufzurichten. Beau saß immer noch auf der hinteren Bettkante, die Hände ausgebreitet. „Rory, ich will nur, dass du in Sicherheit bist. Es ist nur für den Moment. Bitte, nicht ..."

Rory schüttelte den Kopf und rannte auf die Tür zu, rannte in sein eigenes Zimmer und knallte die Tür hinter sich zu. Es regnete, wahrscheinlich war es kälter geworden. Er brauchte richtige Kleidung und festes Schuhwerk. Er musste von hier verschwinden. Er wollte sich die Lügen, die Erklärungen und Versprechungen nicht anhören, die ihn hinhalten und ihn hoffen lassen würden, dass es eine Möglichkeit gäbe, hierher zurückzukommen. Er konnte sehen, wo dies endete, und es hatte keinen Sinn, es hinauszuzögern.

Er war gerade dabei, Beaus Hoodie – das wärmste Kleidungsstück, zu dem er Zugang hatte – anzuziehen, als ihm klar wurde, dass er Beau gehörte und er ihn vielleicht nicht mitnehmen sollte. Aber es gab nichts anderes, und wenn Beau ihn im Regen wegschicken wollte, würde Rory mitnehmen, was immer er wollte. Er wollte das hier.

Er schlang die Arme durch die Rucksackschlaufen, schnallte ihn sich um und öffnete die Schlafzimmertür, nur um beim letzten Anblick, den er erwartet hatte, zu erstarren.

Beau saß auf der Türschwelle zu seinem Schlafzimmer und wischte sich hastig mit dem Handrücken die Augen trocken.

Nur das. Er schluchzte nicht laut, gab keinen Laut von sich. Er stand Rory nicht im Weg.

Für einen Augenblick schwankte Rory. Vielleicht – vielleicht war es gar nicht so schlimm. Vielleicht hatte er überreagiert, vielleicht gab es eine andere Erklärung. Vielleicht ...

Er machte ein paar Schritte vorwärts, die Augen wie festgeklebt auf Beau, und wartete, dass Beau etwas sagte, eine Erklärung anbot. Ihn bat, zu bleiben.

Beau sah zu ihm auf, sein Blick musterte ihn von Kopf bis Fuß, und er sagte: „Es tut mir leid, Rory, ich ...“

Rory machte einen weiteren Schritt, seine Knie wurden weich. Innerlich schrie er, sagte sich selbst, nicht darauf hereinzufallen, sich nicht wieder verarschen zu lassen, aber es war Beau, und Beau hatte ihn nie verletzt. Beau hatte versprochen, er könnte hierbleiben. Es musste eine andere Erklärung geben, und wenn Beau sie ihm erzählte, würde alles Sinn ergeben und er konnte bleiben. Sie konnten das gemeinsam durchstehen.

„Sei – einfach in Sicherheit, Baby“, sagte Beau, den Blick senkend. „Geh irgendwohin, wo es sicher ist, okay? Sei einfach ...“

Rory rannte los und hielt nicht an, bis er die Hauptstraße erreicht hatte, in die ihre Straße mündete. Er sah nicht mehr zurück.

***

Als er weit genug gegangen war, um die Geschäfte entlang der Straße zu sehen, anstatt nur Bäume und endlos verzweigte Unterteilungen, fühlte er etwas wie Ruhe in sich. Die längst tiefverwurzelten Berechnungen begannen automatisch: Er konnte nicht in einem Drugstore oder einen Supermarkt gehen, weil man ihn des Diebstahls verdächtigen und darauf bestehen würde, seine Tasche zu durchsuchen. Ein Schnellrestaurant würde ihn in Ruhe lassen, solange er etwas für einen Dollar kaufte, aber sie würden ihn nicht länger als eine halbe Stunde oder so herumlungern lassen. Am besten wäre eine Art Diner, aber nur, wenn er so sauber war, dass er nicht zu sehr auffiel.

Rory hörte tatsächlich auf zu laufen, als er merkte, was er dachte, und schaute an sich hinunter. Er war nass vom Regen, aber die Kleider, die er trug, waren sauber. Irgendwann in den letzten vierundzwanzig Stunden hatte er ein Bad genommen, und wenn er nicht absolut frisch roch, so lag das am Sex, nicht am Schmutz des rauen Lebens. Den Leuten machte das nicht so viel aus, und die Menschen bemerkten es oft kaum.

Außerdem hatte er Geld in seiner Brieftasche, einen Ausweis und sogar eine Kreditkarte. Er konnte überall hingehen und alles bestellen. Er konnte sogar ein Taxi rufen, das ihn abholte und irgendwohin fuhr.

Er rieb sich mit der regennassen Handfläche über das Gesicht und begann wieder zu laufen, hielt Ausschau nach einem Restaurant – der eine Teil seines Denkprozesses, der nicht völlig zur Gewohnheit geworden war, war der Hunger, der in seinem Bauch nagte. Er hatte das Frühstück verschlafen, und er war es nicht mehr gewohnt, hungrig zu sein.

Der Regen hatte so stark nachgelassen, dass er einen Hauch von gebratenem Essen und Keksen riechen konnte, kurz bevor er das Schild entdeckte, eines in einer Reihe von Schildern in einer Einkaufsmeile: *Grandma's Kitchen*. Seine Gedanken schweiften zum Haus der Hebamme, aber er schob diese Möglichkeit beiseite und eilte mit großen

Schritten über den Parkplatz zu der vor ihm liegenden Zuflucht.

Er atmete erleichtert auf, sobald er durch die Tür kam, aus dem Regen heraus und hinein in die warme, duftende Enge eines Cafés. Es saßen nur wenige Leute verstreut an den Tischen, eine Kellnerin mittleren Alters sah auf und lächelte ihn an, während sie zu den freien Tischen deutete. „Setz dich irgendwo hin, Schatz, ich bin gleich bei dir."

Eine gewisse Anspannung schmolz aus seinen Schultern, und Rory kam der Aufforderung nur nicht sofort nach, weil er sich die Füße auf der Matte abwischte und so viel Regenwasser abbürstete, wie er konnte. Anschließend ließ er sich in einer unbesetzten Nische nieder, der Tür zugewandt und so weit wie möglich von den anderen Gästen entfernt. Er beäugte den Stapel Portionspackungen Marmelade und überlegte automatisch, wie viele er nehmen konnte, ohne dass die Kellnerin wütend wurde, schüttelte dann den Kopf und starrte stattdessen aus dem Fenster.

Er zwang sich, auf das Erscheinen der Kellnerin zu lauschen, um nicht zu erschrecken, und versuchte, an nichts anderes zu denken. Als sie auf ihn zukam, blickte er auf und lächelte, als sie ihm die Speisekarte hinlegte. Sie war ein Mensch – er war sich ziemlich sicher, dass jeder in diesem Raum ein Mensch war – und älter als er, obwohl er nie gut darin war, zu erraten, um wie viel älter. Ihr Haar war blond gefärbt, ihr Make-up hell, das Lächeln war freundlich und wirkte mehr oder weniger echt.

„Etwas zu trinken? Etwas Warmes vielleicht? Sie sehen aus, als wären Sie vom Regen ganz schön erwischt worden."

„Ja, äh …" Rory sah auf die Speisekarte vor sich und erinnerte sich wieder daran, dass er Geld hatte, er konnte es sich leisten, zu trinken, was immer er wollte. „Heißer Tee mit Zitrone?"

„Klar, bringe ich Ihnen sofort", sagte sie und lächelte etwas breiter. Rory öffnete die Speisekarte und atmete den Geruch von gekochten Dingen ein. Er zwang sich, sich darauf zu konzentrieren, das, was er wollte, auf etwas einzugrenzen, was er bestellen konnte, ohne deswegen besonders aufzufallen. Glücklicherweise schien dies ein Lokal zu sein, das großzügige Portionen anbot, sodass es eine Frühstückskombination gab, die fast nach genug Essen klang. Er sagte sich, dass er ein Dessert bestellen konnte, wenn das nicht der Fall war, und als die Kellnerin zurückkam, hatte er seine Bestellung schon im Kopf.

Sie stellte die kleine Teekanne aus Metall – nicht aus Silber, das spürte er auf diese Entfernung – aus der Dampf aufstieg vor ihm auf den Tisch, dann eine leere Tasse mit einem Teebeutel darin und zwei Zitronenscheiben auf der Untertasse, und einen Plastikbären mit Honig. „So, das wärmt Sie sofort wieder auf. Hast du dir etwas ausgesucht, Schatz?"

Rory nickte und gab seine Bestellung auf, und sie nickte, freute sich über seinen Appetit und eilte davon. Rory spritzte Honig direkt über den Teebeutel und goss dann das heiße Wasser ein, wobei er sich auf jede Bewegung seiner Hände konzentrierte, aber es dauerte nicht lange, bis nichts mehr da war, womit er sich ablenken konnte. Er schlang seine Hände um die Keramiktasse, atmete den Dampf ein und schloss die Augen.

Beau hatte ihn weggeschickt. Beau hatte eine Tasche für ihn gepackt, während er noch geschlafen hatte. Beau hatte ihm nicht gesagt, warum, hatte ihm nichts erklärt, hatte ihm nicht gesagt, er solle nicht in solcher Eile weggehen. Nur um sicher zu sein. *Ich will nur, dass du in Sicherheit bist*, hatte er gesagt. *Geh an einen sicheren Ort.*

Rory holte tief Luft und dachte an Beau, der Tränen im Gesicht gehabt hatte, der immer noch nichts erklärte, sondern einfach nur auf dem Boden saß. Und ihm nicht den Weg versperrte.

Beau hatte gewollt, dass er ging. Beau hatte gewollt, dass er so schnell wie möglich ging. Denn Beau glaubte nicht, dass Rory in ihrem Haus sicher war.

Beau war zu Hause, in ihrem Haus, in … Rory sah sich um und entdeckte eine Uhr, auf der er zurückzählte, um herauszufinden, um wie viel Uhr Beau ihn geweckt und wie lange es bis dahin gedauert haben musste, bis Beau nach Hause kam, sich umzog und seine Tasche packte. Neun Uhr, vielleicht eine halbe Stunde, nachdem er seine Schicht in der Klinik hätte antreten sollen?

Er war nicht einmal in der Klinik gewesen. Rory wusste das mit glasklarer Gewissheit, sobald ihm der Gedanke kam. Es ging also um nichts, was in der Klinik passiert war – niemand in Rochester würde Rory etwas antun, selbst wenn dort etwas schief gegangen wäre.

Es ging um die Sache, über die Beau schon seit Wochen log. Der geheime Patient, die Studiengruppe. Etwas war schief gelaufen, sehr schief, und Beau war heute nicht zu seiner Schicht gegangen, was bedeutete, dass er in Rochester in Schwierigkeiten geraten würde – und dass das, was schief gegangen war, so schlimm war, dass es nicht einmal Beaus Hauptproblem war, in Rochester in Schwierigkeiten zu geraten. Er war besorgt um Rory; er war sich absolut sicher, dass Rory tatsächlich in Gefahr war, so ernst und sicher, dass es Beau egal war, in welche Schwierigkeiten er geriet.

Eigentlich hatte er Rory geheiratet, um seine Ausbildung machen zu können, und nun setzte er das für Rory aufs Spiel.

Der Tee war durchgezogen. Rory öffnete die Augen und sah bestätigt, was ihm seine Nase gesagt hatte. Wie ferngesteuert entfernte er den Teebeutel und fügte die Zitrone und noch mehr Honig hinzu, aber diesmal konnte seine Gedanken nicht vom Kreisen abhalten.

Rory war nicht der Grund für Beaus Schwierigkeiten. Beaus heimlicher Patient war die Ursache. Was auch immer Beau getan hatte ... es konnte nicht nur vor Rory geheim sein, es musste auch vor Rochester geheim sein. Deshalb sah sich Beau wahrscheinlich mit mehr Problemen konfrontiert als nur mit einer versäumten Schicht. Und dennoch hatte er es Rory nicht erzählt, hatte nicht daran gedacht, dass ihm sein *kluger Ehemann* vielleicht helfen könnte.

Nun, natürlich hatte er das nicht bedacht. Ein *kluger Ehemann* war nur zum Scherzen da, für dumme, triviale Omega-Dinge. Sicher, Rory hatte für Beau einen Weg gefunden, während des leeren Mondes zu arbeiten, als Beau es ohne Plan durchstehen wollte, aber es gab keine Möglichkeit, dass Rory bei irgendetwas anderem helfen oder seine eigene Entscheidung treffen konnte, wie er mit einer gefährlichen Situation umgehen wollte. Natürlich hatte Rory *keine Ahnung*, wie er sich schützen sollte. Natürlich brauchte er einen Alpha, der diese Entscheidungen für ihn traf.

Heißer Tee tropfte über seine Finger, und Rory hob seine Hand zum Mund, um ihn abzulecken, und merkte, dass er *wütend* war.

Er konnte sich nicht daran erinnern, wann er sich das letzte Mal so gefühlt hatte – nicht um sich schlagend, nicht wild, nur wütend. Die Hitze der Wut erwärmte ihn von innen heraus, und es fühlte sich gut an. Er hatte recht. Er hatte recht, und Beau hatte unrecht, und Rory war darüber wütend.

Er nippte an seinem Tee und dachte immer und immer wieder daran, wie völlig falsch und töricht und leichtsinnig es von Beau gewesen war, ihn ohne ein Wort der Erklärung so wegzuschicken, ohne auch nur daran zu denken, dass

Rory ihm helfen könnte. Er hätte ihm eventuell helfen *können*, wenn Beau ihm einfach gesagt hätte, was los war.

Die Bedienung brachte ihm sein Essen, und das Lächeln, das Rory ihr zuwarf, fühlte sich eine Spur zu heftig auf seinem Gesicht an. Sie hob nur die Augenbrauen und sagte: „Ist alles in Ordnung, Schatz?"

Rory schaute auf den Teller hinunter und erinnerte sich doch kaum noch daran, was er bestellt hatte, schaffte es aber, seinen Gesichtsausdruck höflicher werden zu lassen, bevor er sie wieder ansah. „Ja, danke."

„Gut", sagte sie. „Füttere das Monster in deinem Bauch, hm?"

Sie ging weg, ohne noch mehr zu sagen, und Rory stürzte sich auf sein Frühstück, wobei er sich fragte, was genau er mit seiner Wut anfangen sollte. Irgendwie wollte er deswegen zu Beau gehen und ihn anschreien, aber er wusste, dass das nicht funktionierte. Er wäre dazu nicht in der Lage, nicht mit seinem Alpha direkt vor sich, und wenn er es täte ...

Eine Sekunde lang stellte er sich Beau vor, wie er immer noch in der Schlafzimmertür saß und sich von Rory anbrüllen ließ.

Nein. Nein. Das war nicht hilfreich. Er wollte wütend bleiben, weil er recht hatte und Beau unrecht und ...

Er aß langsamer und starrte auf den Teller, während er darüber nachdachte. Beau hatte ihn weggeschickt. Beau hatte Geheimnisse vor ihm gehabt und ihn weggeschickt und ihm immer noch nicht gesagt, was vor sich ging, hatte ihn nicht helfen lassen oder ihm auch nur erklärt, wovor er in Sicherheit sein musste. Das war nicht fair. Das war nicht richtig.

Und Rory musste das nicht akzeptieren. Rory hätte nie mehr zurückkommen müssen. Er musste nicht zuhören, wenn Beau später zu ihm kam und sich entschuldigen wollte. Wenn Beau so viel Scheiße gebaut hatte, wie Rory vermutete, gäbe es vielleicht nicht einmal einen Grund für sie, verheiratet zu bleiben. Er konnte gehen und nie mehr zurückkehren. Das lag alles bei ihm.

Das Essen, das er bereits gegessen hatte, fühlte sich wie Blei in seinem Magen an, und plötzlich sah nichts auf dem Teller mehr appetitlich aus.

Er wollte es nicht. Er wollte nicht gehen. Er wollte nicht, dass alles vorbei war. Aber es könnte bereits geschehen sein, ob er es nun wollte oder nicht. Wenn Beau seinen Platz in dem Ausbildungsprogramm verloren hatte, wäre es das gewesen. Und wenn es nicht soweit war, wenn das alles in ein oder zwei Tagen vorbei wäre und Beau ihn anflehte, es zu vergessen und nach Hause zurückzukommen ... dann müsste Rory möglicherweise Nein sagen. Weil es nicht fair war, was Beau getan hatte. Es war nicht richtig. Und wenn Rory ihm das durchgehen ließ, dann gäbe es etwas anderes, nächste Woche oder in ein paar Monaten oder noch später, und es wäre schlimmer, und das nächste Mal wäre noch schlimmer, und je länger er es ihm durchgehen ließ, desto schwieriger wäre es, ihn zu verlassen.

Er hatte sich gerade erst daran erinnert, wie man wütend war. Er konnte nicht zurückgehen und es wieder vergessen. Wenn die Dinge mit Beau schlecht liefen ... würde er es nicht überleben. Er würde nicht entkommen. Beau war so freundlich und hielt ihn damit jahrelang fest, und dann ...

Rory fühlte das Brennen der Tränen und versuchte, sie zurückzuzwinkern, wobei er sich zwang, weiter zu essen. Das Essen musste er auf jeden Fall bezahlen, also sollte er es nicht verschwenden.

Es gelang ihm, die Gedanken an Beau beiseitezuschieben. Er konnte nicht wissen, was passieren würde. Stattdessen musste er sich überlegen, was er jetzt, heute, tun sollte. Er musste irgendwohin. Irgendwohin, wo er sicher war, irgendwo, wo er in Ruhe nachdenken und sich entscheiden konnte, was er machen wollte.

Wieder dachte er an das Haus der Hebammen. Sie würden ihn willkommen heißen, das wusste er. Bestimmt wäre er nirgendwo anders sicherer. Vielleicht würden sie es sogar verstehen, wenn er erklärte, dass er wütend über den Grund war, weswegen er nicht zu Beau zurückgehen konnte. Aber er müsste alles erklären, und er müsste eventuell argumentieren, weil sie ihm möglicherweise sagten, dass es nur darum ginge, richtig mit seinem Alpha umzugehen.

Und Beau würde ihn dort finden. Vermutlich würden sie wollen, dass Beau kam und mit ihm redete, und wenn er das tat, würde Rory nicht Nein sagen. Nicht mit Beaus Duft in der Nase, wenn Beau die Arme ausbreitete, damit Rory sich hineinstürzen konnte.

Er konnte aber weiter weg gehen. Er konnte zu Georgie gehen. Sie hatte ihm gesagt, er könne jederzeit kommen, und sie wusste überhaupt nichts über Beau. Er würde nichts erklären müssen. Es schien ihr offensichtlich, dass er vielleicht kam und bei ihr blieb. Sie würde sich auf seine Seite schlagen, sie würde wollen, dass er bei ihr blieb, zu Hause.

Es war ohnehin überfällig. Sie war seine Schwester, und er hatte sie nicht mehr gesehen, seit er dreizehn Jahre alt gewesen war. Seine Brust schmerzte plötzlich, das Heimweh bäumte sich in ihm auf, obwohl er gedacht hatte, es sei längst vergangen. Er wollte Georgie umarmen. Er wollte sehen, wie groß Spencer geworden war. Er wollte in der Küche seiner Mutter sitzen, er wollte sich mit einem ramponierten Taschenbuch im Sessel seines Vaters zusammenrollen.

Rory dachte an *I, Robot*. Er hatte es sorgfältig im Kellerschlafzimmer versteckt und dachte seitdem kaum noch daran. Es gab so viel anders, an das er zu denken hatte. Es war ihm noch nicht einmal in den Sinn gekommen, als er aus dem Haus gelaufen war, obwohl es das erste war, was er so oft gepackt hatte.

Rory schaute zum Rucksack hinüber. Er war unten im Kellerschlafzimmer gewesen, und Beau hatte ihn für ihn gepackt. Aber Beau wusste nicht, dass *I, Robot* an der Seite der Matratze versteckt war. Er hätte es nicht eingepackt. Oder doch? Wie könnte er?

Mit zitternden Händen öffnete Rory den Rucksack und griff hinein, schaute genauer hin als beim ersten panischen Blick. Sein Telefon und seine Brieftasche lagen immer noch ganz oben, darunter befanden sich Kleider in ordentlichen Bündeln zusammengerollt, darunter auch seine beiden guten Hemden – sein Hochzeitshemd – und die Khaki Hosen, die er dazu getragen hatte. Das Fläschchen von Casey mit einer Pille war zwischen den Kleidungsstücken verstaut, sicher von ihnen gepolstert, und die Krawatte, die er an seinem Hochzeitstag getragen hatte, war um eine vertraute rechteckige Form gewickelt und unter dem Rest versteckt.

Beau hatte sein Buch gefunden und für ihn eingepackt. Es gab überhaupt nichts, weswegen er jemals in dieses Haus zurückkehren müsste. Es gab nichts, was ihn hier hielt.

Rory zog sein Telefon heraus und entsperrte es, blinzelte die Tränen weg, als er eine Mitfahrgelegenheit bestellte, die ihn abholen und zum Busbahnhof bringen konnte.

***

Sobald er das Gebäude betrat, traf ihn der Geruch wie ein Schlag ins Gesicht. Es war der Geruch von Beaus Geheimnissen, der Geruch von Wäsche, die Rory rasch wusch, um diesen Geruch loszuwerden: die Krankheit und den Schmerz eines bestimmten Menschen.

Rory suchte automatisch nach der Quelle und entdeckte das junge Mädchen mit der violetten Brille in einer Ecke des Eingangsbereichs zwischen der Außen- und der Innentür des Busbahnhofs. Eine Frau beugte sich über sie, mehr besorgt als bedrohlich, aber dem Mädchen stand eindeutig der Fluchtgedanke ins Gesicht geschrieben.

„Liebling, ich glaube wirklich, du solltest mich jemanden anrufen lassen", sagte die Frau. „Ich kann nicht einfach eine Fahrkarte für dich kaufen und ..."

Eine Ausreißerin, erkannte Rory. Beaus Patientin, ein Kind, war verschwunden, weshalb Beau gerade seinen Verstand verlor. Vor wem auch immer sie weglief, derjenige musste Beau die Schuld gegeben und vielleicht gedroht haben, jemanden zu verletzen, um den Beau sich sorgte. Rory könnte Beaus gesamtes Problem sofort lösen, wenn er es wollte, indem er ihn anrief und ihm sagte, dass sich das Mädchen hier befand.

Aber löste das das Problem des Mädchens? Sie wollte weglaufen, sie musste ihre Gründe haben, und Rory war die letzte Person, die einer Ausreißerin jemals sagte, dass sie nach Hause zurückkehren müsse.

Auf der anderen Seite hatte das Weglaufen für Rory eigentlich gar nicht gut funktioniert, so oft er es versucht hatte. Und während das Mädchen anscheinend erfolgreich geflohen war, war sie eindeutig im Begriff, von dieser Frau oder den Behörden, die diese Frau einschalten würde, geschnappt zu werden, und dann würde sie höchstwahrscheinlich gleich wieder in das Heim zurückgeschickt werden, aus dem sie abgehauen war.

„Hey, da bist du ja", sagte Rory, ohne weiter darüber nachzudenken. „Entschuldige die Verspätung, Dr. Jeffries hatte eine Million Anweisungen für mich, aber sagte er dir nicht, dass ich dir dein Ticket besorge?"

Die Augen des Mädchens weiteten sich bei dem Namen *Dr. Jeffries*. Rory glaubte nicht, dass sie froh darüber war, aber sie duckte sich von der Frau weg und huschte an Rorys Seite, wobei sie ohne zu zögern ihre Hand in seine legte.

„Danke, dass Sie sich Sorgen machen", sagte Rory, lächelte die Frau an und drückte dem Mädchen die Hand. „Aber jetzt ist alles in Ordnung."

Die Frau runzelte die Stirn, schaute besorgt zwischen ihnen hin und her, bis sich Rory zu den inneren Türen drehte. Das Mädchen folgte ihm, blieb wie angeklebt an seiner Seite, und Rory führte sie in die ruhigste Ecke des Wartebereichs.

„Okay", sagte er und setzte sich neben sie. Die Frau betrat die Wartehalle, warf ihnen einen weiteren besorgten Blick zu und wandte ihre Aufmerksamkeit dann einem Trio von Kindern zu – das Mädchen hatte sich also an eine Frau mit Kindern gewandt, die ihr helfen sollte. Sie hatte sichergehen wollen, kluges Kind. „Also, lass uns unsere Geschichte aufeinander abstimmen. Ich bin dein Onkel Rory – Dr. Jeffries Ehemann. Du kennst ihn schon eine Weile, oder? Hat er Hausbesuche gemacht? Und du bist ..."

„Amy", hauchte sie und schielte ihn an. „Bist du ein Werwolf? Hat er dich gebissen?"

Rorys Augen weiteten sich und er fühlte sich ein wenig krank bei dem Gedanken, wovor sie weggelaufen sein mochte. „Das bin ich. Ich bin so geboren, niemand hat mich gebissen. Dachtest du, er würde *dich* beißen?"

Amy zuckte mit den Achseln und die Bewegung machte deutlich, wie dünn und scharf ihre Schultern unter der Schicht Kleidung waren. „Er wollte nicht. Er sagte, ich würde sterben, und er sagte, er würde es nicht tun, wenn ich es nicht will, und ich will es *nicht*. Aber mein Vater überlegte, wie er ihn dazu bringen könnte. Er wollte den Leuten in Rochester Sachen über ihn erzählen oder ..."

Sie biss sich auf die Lippe. „Ich glaube, er wusste vielleicht von Ihnen. Ich wollte zurück nach Iowa, zu meiner Großmutter, aber ..."

Rory nickte langsam. Wie lange würde es dauern, bis Amys Vater daran dachte, den Busbahnhof nach seiner Ausreißerin zu durchsuchen? Rory warf einen Blick auf die Liste der Busse – in der nächsten halben Stunde fuhr gar kein Bus, und die frühesten Busse fuhren nicht nach Iowa. Die Mutter mit ihren Kindern sah noch einmal zu ihnen herüber, immer noch besorgt, und Rory traf eine Entscheidung.

„Ich glaube", sagte er, während er sein Handy aus der Tasche zog, „wir müssen jetzt an einen sicheren Ort – du und ich, wir beide. Okay? Kommst du mit mir irgendwohin, wo dein Vater nichts tun kann, was er bereuen wird?"

Amy nickte einmal knapp, und Rory tippte den roten Button der ThereWolf-App: *Notfallabholung.*

Das Auto, das ihn abgesetzt hatte, hielt kaum zwei Minuten später wieder vor den Flügeltüren des Busbahnhofs, und Rory führte Amy nach draußen, mit ruhigen Schritten, und erst im Auto, als die Türen verschlossen waren, begann sie vor Aufregung zu zittern.

„Zum Gelände des Niemi-Rudels", sagte Rory zum Fahrer. „Beeilen Sie sich bitte."

Kapitel 35

Nachdem die Tür hinter Rory zugeschlagen war, blieb Beau auf dem Boden liegen und lauschte auf Rorys Herzschlag, so lange er ihn hören konnte.

Er musste aufstehen, um weitermachen zu können. Er musste Amy finden, um diese ganzen Probleme zu lösen. Er hatte nur das erste von allen notwendigen Dingen getan: Er hatte Rory gewarnt und ihn aus der Gefahrenzone gebracht. Vaughn war immer noch in seiner Wohnung, für den Fall, dass Amy nach Hause kam. Er würde nicht aus Rache nach Rory suchen, noch nicht. Und Rory …

Oh Gott, Rory hatte solche Angst gehabt. Er war so verletzt gewesen. Genau das hatte er eigentlich verhindern wollen, indem er nach Hause gerast war, und nun hatte er es Rory doch angetan. Er, nicht Vaughn. Er hatte Rory auf eine Weise verletzt, die Rory ihm nie verzeihen würde.

Rory *sollte* ihm wahrscheinlich auch nie verzeihen. Was würde danach für sie übrig bleiben? Es wäre besser, wenn Rory einfach wegblieb, in Sicherheit und weit weg von ihm.

Aber egal, was zwischen ihm und Rory passierte, Beau musste Amy finden, ehe ihr etwas geschah. Er stemmte sich in die Höhe und zwang seine Gefühle wieder in geordnetere Bahnen. Er konnte es sich nicht leisten, an Rory oder sich selbst zu denken. Er musste sich auf den wirklichen Notfall konzentrieren: Ein vermisstes Kind, das krank war, Schmerzen und jetzt wahrscheinlich obendrein Angst hatte. Was auch immer sie geplant hatte, sie war erst zwölf Jahre alt, und es war unwahrscheinlich, dass sie es durchziehen konnte, ohne sich in Schwierigkeiten zu bringen.

Beau schaltete sein Telefon ein, als er wieder im Auto saß, und löschte rücksichtslos jede Benachrichtigung – und es gab ein Dutzend Anrufe, SMS und E-Mails, meist von Dr. Ross. Nichts von Vaughn. Und auch nichts von der

Polizei. Amy wurde immer noch vermisst, und es lag an ihm, sie zu finden.

Er musste logisch vorgehen. Amy hatte einen Plan gehabt. Wenn er sie finden wollte, musste er versuchen, diesem Plan auf die Spur zu kommen und ihr zu folgen. Sie hatte nur von einer Pause gesprochen. Niemand wusste, wie lange sie wegbleiben wollte. Hätte sie einfach nur ins Einkaufszentrum, in die Bibliothek oder ins Kindermuseum gehen können? Es stellte sich immer noch die Frage, wie sie vorgehabt hatte, dorthin zu gelangen, wo sie hinwollte.

Beau parkte vor dem Wohnkomplex, außerhalb des direkten Sichtfeldes von Vaughns Wohnung, und schaute sich noch einmal um, auf der Suche nach irgendeinem Anhaltspunkt, wohin Amy gegangen sein könnte. Von hier aus war es weniger als eine Meile zur Rochester-Klinik, aber er war sich sicher, dass Amy nicht dorthin gegangen war – und wenn doch, wäre Vaughn benachrichtigt worden.

Beau ging zur Straße und schaute in beide Richtungen und stöhnte, als er das Offensichtliche entdeckte: ein grünes Bushäuschen, nur drei Blocks die Straße hinunter. Hätte Amy einen Stadtbus erwischt – ihr Ticket mit Bargeld bezahlt, vielleicht in einer frühmorgendlichen Menge von Pendlern eingestiegen oder dicht genug hinter einem Erwachsenen, um es so aussehen zu lassen, als gehörten sie zusammen – niemand hätte sie bemerkt. Von hier aus hätte sie überall hinfahren können.

Aber … in den Bussen hatte es nicht geregnet. Wenn er wüsste, in welchen Bus sie eingestiegen war, welche Route sie genommen hatte, könnte er zumindest den Hauch einer Ahnung bekommen, wo ihr Ziel lag. Rasch ging er zum Wartehäuschen. Dort standen bereits zwei Personen, die sich vor dem Regen schützten. Beau stellte sich in die gegenüberliegende Ecke, schloss die Augen, atmete tief durch und suchte nach einer Spur von Amys Geruch. Er dachte, er hätte einen Hauch davon aufgefangen, aber er wusste, dass es genauso gut Wunschdenken sein konnte. Es gab nichts im Bushäuschen, das den Geruch lange behielt, und wenn Amy überhaupt hier gewesen war, dann bereits vor Stunden.

Er holte sein Telefon heraus und überprüfte die Buslinien. Nur zwei hielten hier an, obwohl es nicht ersichtlich war, wie viele Busse diese Linien bedienten. Wenn der, in dem Amy gesessen hatte, nicht mehr im Dienst war ...

Beau schüttelte den Kopf. Er musste glauben, dass er sie finden konnte, denn die einzige Alternative war aufzugeben und die Polizei zu rufen, und das würde alles zum Einsturz bringen.

Aber um Amys willen ... wenn er sie nicht bis zum Einbruch der Dunkelheit fand, musste er es tun, egal was Vaughn sagte, egal, was es ihn kostete. Er verließ das Wartehäuschen, um die Ankunft des Busses zu beobachten. Die anderen beiden Wartenden musterten ihn, das wusste er. Er stellte sich nicht besonders gut an, wenn es darum ging, jetzt menschlich und ruhig und nicht bedrohlich zu wirken.

Es war gut, dass er nicht in der Arbeit war.

Wenn er jemals wieder zurückkäme, wenn er nicht aus dem Programm ausgeschlossen wurde – aber nein, daran durfte er nicht denken. Nur Amy. Ein Bus näherte sich, Beau ging auf den Bordstein zu, damit er zuerst einsteigen und ihre Witterung prüfen konnte, bevor noch mehr Leute in den Bus stiegen und ihn noch weiter verschmutzten. Verspätet durchsuchte er seine Taschen nach Bargeld und fand es schnell genug, damit er den Fahrpreis zahlen konnte, um dann endlose Sekunden zu verlieren, bis der Automat das Ticket ausspuckte. Die beiden anderen Fahrgäste schnaubten ungeduldig hinter ihm.

Die ganze Zeit über atmete er tief und bedächtig ein, wobei er nicht nur ruhig blieb, sondern die Luft nach jedem Hinweis auf Amys Anwesenheit durchschnüffelte. Als er endlich einsteigen durfte, ging er langsam den Gang hinunter und suchte bei jedem Atemzug, bei jedem Schritt die Gesichter der Fahrgäste ab – für den Fall, dass Amy einfach im Bus geblieben und im Kreis gefahren war – aber es gab überhaupt keine Spur von ihr. Er nahm bei den hinteren Türen Platz und stieg an der nächsten Haltestelle aus, lief zurück zum ersten Wartehäuschen und bereitete sich darauf vor, das Ganze zu wiederholen.

Und noch einmal.

Und noch einmal.

Nachdem es auch im fünften Bus keine Hinweise auf Amy gab, blieb er an Bord. Er hatte kein Bargeld mehr, um die Fahrkarten zu bezahlen, also musste er irgendwo hin, wo er mehr bekommen oder eine Tageskarte kaufen konnte. Der Bus war größtenteils leer, also ließ er sich auf einen freien Sitzplatz fallen und starrte aus dem Fenster, um sein Herzrasen zu verlangsamen, um die Gedanken zu beruhigen, die verzweifelt darauf bestanden, dass jede Sekunde, die er in diesem Bus verbrachte, ihn weiter davon entfernte, Amy zu finden.

Es musste einen Weg geben, aber ... Beau schloss die Augen und versuchte zu erraten, wie Amys Plan gelautet hatte. Wo wäre sie hingegangen? *Zu wem* wäre sie gegangen? Vaughn hatte darauf bestanden, dass es niemanden gab, keine Freunde, keine Familie. Beau selbst war die einzige andere Person, die sie jeden Tag sah, und sie sprach nicht mit ihm. Er hatte keine Ahnung, was sie denken könnte.

Beau dachte an Rory, was er nicht getan hatte, solange er in Bewegung geblieben war. Wo war Rory jetzt gerade? Rory war zu Fuß gegangen – nicht anders als Amy, obwohl er stärker war, da er sowohl ein Werwolf als auch ein Erwachsener war, und außerdem war er gewohnt, auf sich selbst aufzupassen. Trotzdem musste Rory irgendwo hingehen, genau wie Amy. Wohin würde Rory gehen?

Rory hatte zumindest mehrere Optionen. Rory war nicht allein auf der Welt, abgeschnitten. Rory konnte zu seiner Schwester gehen, oder zum Rudel der Niemi, oder sogar zurück zum Asyl in Chicago. Die Menschen liebten Rory. Jeder, zu dem er ging, würde auf ihn aufpassen.

Das war der rote Faden zu den Gedanken über Amy, aber Beau fragte sich: Wohin würde er selbst gehen, wenn er vor seinem Leben hier weglaufen wollte? Vielleicht würde er nichts haben, keinen Wohnsitz, keine Zukunft in der Medizin, keinen Ehemann. Was würde er tun? So lange hatte er an nichts anderes gedacht, als an seinen Plan, Arzt zu werden. Er hatte sich darauf konzentriert und war jeden Schritt gegangen, um hierher zu gelangen, und wenn er es jetzt vermasselt hätte … wohin würde er gehen? Was würde er tun?

An wen würde *er* sich wenden?

Ganz sicher nicht an seine Familie. Er hatte genau einen törichten Versuch unternommen, wieder Kontakt aufzunehmen, indem er seinen Eltern eine Einladung zu seinem College-Abschluss geschickt und sich vergewissert hatte, dass die schweren, professionell gedruckten Karten seinen Duft trugen, bevor er den Umschlag verschloss.

Eine Woche später war das Kuvert zu ihm zurückgekommen, zurückgeschickt an den Absender.

Zu ihnen konnte er nicht mehr zurückkehren. Wo also konnte er hingehen? Wer würde ihm helfen, seinen Weg zu finden?

Er brauchte keine Hilfe, sagte er sich. Er brauchte niemanden.

Aber der Gedanke war verzweifelt, und er wusste, dass er eine Lüge war. Er konnte den Gedanken nicht ertragen, zu dem Haus zu gehen, in dem Rory nicht war, und er wusste überhaupt nicht, was er als Nächstes tun sollte. Er wusste nicht, was er wegen Vaughn machen sollte. Er wusste nicht, wie er Amy finden sollte.

Er konnte das nicht alleine tun. Er zog sein Handy heraus und blätterte durch die Kontaktliste. Rorys Nummer stand ganz oben. Susan, die immer nur mit ihm gesprochen hatte, um sicherzugehen, dass Rory in Sicherheit war. Vaughn, der so allein wie Beau war und seine Tochter genauso isoliert hatte – und man sah, wohin ihn das gebracht hatte. Adam, der wahrscheinlich nie wieder mit ihm sprechen würde, wenn er zugab, dass er die Sache mit Rory ruiniert hatte. Und dann ein Dutzend Nummern von Leuten in Rochester, von denen keiner etwas mit ihm zu tun haben wollte, sobald sie herausfanden, wie sehr er alles versaut hatte.

Es gab nur einen von ihnen, mit dem er sprechen wollte, nur einen wollte er erreichen. Er wagte es kaum – er hatte keine zweite Chance verdient, er hatte Rorys Hilfe nicht verdient – aber er wusste nicht, was er tun sollte. Er hatte sonst niemanden, den er fragen konnte, und Rory ... Rory wusste, wie man mit Menschen umging, wie man sie verstand. Vielleicht hatte er eine Ahnung, wohin Amy gegangen sein konnte. Vielleicht konnte er das Niemi-Rudel bitten, Beau bei der Suche nach ihr zu helfen. Er könnte bereit sein, mit Beau zu sprechen, und selbst wenn er nichts anderes tun konnte, war Beau nur zu bereit, darum zu betteln.

Er tippte auf Rorys Namen und drückte sich das Handy gegen das Ohr.

„Es tut mir leid, Baby", platzte er heraus, sobald das Gespräch angenommen wurde. „Es tut mir so leid, ich habe alles falsch gemacht, ich muss ..."

Er hörte, wie jemand am anderen Ende Luft holte, und sein eigener Atem blieb ihm in der Kehle stecken. Das war nicht Rory.

„Rory möchte jetzt nicht mit Ihnen sprechen", sagte Casey, und Beau knirschte mit den Zähnen, gab aber sonst keinen Laut von sich, hin- und hergerissen zwischen Elend und Erleichterung, dass Rory in Sicherheit und nicht unerreichbar weit weg war.

„Aber er sagte, ich soll Ihnen sagen, dass Sie Amys Vater ins Rudel bringen sollen, wenn Sie die Angelegenheit in Ordnung bringen wollen."

„Amy", flüsterte Beau, sein ganzer Verstand war vor Schock wie leer gefegt. Casey kannte ihren Namen nicht. „Wie …"

„Omegas können das", sagte Casey und klang mehr grimmig als selbstgefällig. „Und hin und wieder erlauben wir den Alphas, Teil dieses Prozesses zu sein, wenn sie bereit sind, einfache Anweisungen zu befolgen."

Casey legte auf und Beau stellte sich an die Tür des Busses.

✳✳✳

Vaughn hatte die Wohnungstür noch immer nicht verschlossen, Beau konnte sich fast ohne zu zögern hindurchschieben, und Vaughn, der am Küchentisch saß, bewegte sich bis auf das Weiten seiner Augen nicht. Sein Telefon und eine Flasche Whiskey lagen vor ihm auf dem Tisch, aber es schien nicht so weit gekommen zu sein, dass er mit einem von beiden etwas anfangen konnte.

„Ich weiß, wo Amy ist. Sie ist in Sicherheit", sagte Beau scharf. „Kommen Sie mit."

„Was", stammelte Vaughn. „Wie … Hast du mit ihr gesprochen, wie hast du …"

„*Kommen Sie schon*", zischte Beau ungeduldig. Unbewusst war ihm klar, dass er jetzt ruhiger sein und sich besser beherrschen sollte, jetzt, wo keine Gefahr und keine Dringlichkeit mehr bestand, aber …

Aber er wusste, wo Rory war, und Rory wollte nicht mit ihm sprechen, und das musste er irgendwie in Ordnung bringen. *Diese* Verzweiflung war wie ein hungriger Wolf in seiner Brust, der versuchte, sich den Weg frei zu kratzen.

„Wo ist sie, woher soll ich wissen …"

Beau packte Vaughn am Arm, es kümmerte ihn dabei absolut nicht, was Vaughn ihm vorwerfen könnte, wenn das alles vorbei war. „Mein *Mann* hat sie tatsächlich gefunden, also können Sie Ihre Entschuldigung und Ihren Dank an ihn richten, wenn wir sie treffen."

Das brachte Vaughn zum Schweigen und er wehrte sich nicht, als Beau ihn zur Tür hinausschleppte und ihn nur lange genug anhalten ließ, um ihn hinter sich abschließen zu lassen, bevor er Vaughn zu seinem Auto bugsierte.

Beaus Tasche für seine Klinikschicht mit den Kitteln und weißen Mänteln, die Rory mit den guten Wünschen bestickt hatte, lag immer noch auf dem Vordersitz. Einen Moment lang verspürte Beau die klein karierte, wütende Versuchung, Vaughn auf den Rücksitz zu verfrachten, aber er wollte den Mann nicht so weit aus den Augen lassen. Er schwenkte die Tasche aus dem Weg, und Vaughn ließ sich auf den Beifahrersitz fallen, wo zuvor nur Rory gesessen hatte, wobei sich sein verzweifelter, unsicherer Angst-, Gefahren- und Erschöpfungsgeruch überall verbreitete.

Beau drehte die Lüftung auf, in der Hoffnung, dass sich der menschliche Geruch nicht zu sehr in dem kleinen Raum des Autos ansammelte, während sie fuhren.

Sie befanden sich auf halbem Weg, als Vaughn mit leiser Stimme und so unsicher, wie Beau ihn noch nie gehört hatte, sagte: „Dein … Ehemann …?"

„Ich habe ihn weggeschickt, damit Sie ihn nicht finden", erwiderte Beau und versuchte, sich nicht an das Hämmern von Rorys Herz zu erinnern, an sein kreideweißes Gesicht und die grünen Augen mit kaum kontrolliertem Terror und Verrat. „Er und Amy müssen gleich gedacht haben, und er brachte sie zum Rudel der Niemi. Sie wollten einen Werwolf, der Ihre Probleme für Sie löst, nicht wahr? Nun, Sie haben ein ganzes Rudel bekommen."

Vaughn erstarrte. „Wenn ihr einer von ihnen wehtut ..."

„Wir tun Kindern nicht weh", knurrte Beau. Vaughn schwieg für den Rest der Fahrt. Die Anweisungen auf seinem Handy führten sie von der Landstraße zu einer unbefestigten Straße, und ein paar Meilen weiter erreichte Beau die Kuppel eines Hügels und entdeckte das Empfangskomitee, das sie erwartete. Vaughn neben ihm versteifte sich und ballte die Fäuste.

„Seien Sie *still*", murmelte Beau und bremste, während sie den Abhang hinunter zu der Stelle fuhren, an der ein Trio von Werwölfen auf der Straße stand und ihnen den Weg versperrte.

Zuerst sah er nur, dass keiner von ihnen Rory war. Es dauerte noch einige Sekunden, bis er Casey erkannte. Der Mann und die Frau, die ihn flankierten, hatten beide eine deutliche Alphaaura um sich herum, sie standen aufrecht und mit geraden Schultern, während Casey krumm dastand und den Blick abwandte. Sie ließen sich nicht anmerken, wie ernst sie das hier nahmen, geschweige denn wollten sie sich einschüchtern lassen.

Beau knirschte mit den Zähnen, atmete durch und brachte den Wagen einige Meter vor ihnen sanft zum Stehen.

„Bleiben Sie sitzen", murmelte Beau, stellte den Motor ab, zog den Schlüssel ab und stieg aus.

„Ah, Sie sind gekommen", sagte Casey, warf Beau einen Blick zu und senkte anschließend die Augen wieder. „Geben Sie Tom Ihren Schlüssel, er wird Ihr Auto dorthin stellen, wo es hingehört. Sie und Mr Vaughn können mit uns kommen."

Es wurde keine Alternative angeboten. So sollte es ablaufen, und er sollte dafür dankbar sein. Beau holte tief

Luft und atmete den fast schon vertrauten Duft des Rudelgebiets ein, nicht unähnlich dem Ort, an dem er aufgewachsen war. Das war im Moment nicht der beruhigendste Vergleich, aber er dachte nicht weiter darüber nach, sondern warf dem männlichen Alpha seinen Schlüssel zu, ehe er sich bückte, um mit Vaughn zu reden. „Komm mit. Nicht streiten, einfach mitkommen."

Vaughn sah durch die Windschutzscheibe hinaus, und Beau dachte fast schon zufrieden, dass Vaughn zu begreifen begann, dass Menschsein nicht immer von Vorteil war. Aber er nickte und stieg aus dem Auto, ging hinten um den Wagen herum und stellte sich direkt hinter Beaus Schulter. Beau ging auf Casey und den weiblichen Alpha zu, den Casey nicht einmal vorgestellt hatte. Der Blick, den sie ihm zuwarf, war misstrauisch, aber nicht feindselig.

Casey führte sie die Bäume entlang, die die Straße säumten, und gab ein zügiges Tempo vor. Der Boden war nass unter den Füßen, aber die Bäume boten etwas Schutz vor dem anhaltenden Nieselregen, sodass es hätte schlimmer kommen können. Beau atmete weiter tief ein und lernte die leicht unterschiedlichen Gerüche dieses Ortes kennen – ein anderer Boden, der sich unter den Füßen in Schlamm verwandelte, eine andere Mischung von Bäumen, ungewohnte Gerüche von Werwölfen, die ihn hier und da in kleinen Schwaden erreichten. Er war nicht in der Zeit zurückgereist, dies war ein anderes Rudel. Die Dinge würden anders sein.

Zumindest dachte er mit düsterem Humor, wenn sie ihn dieses Mal dafür bestrafen wollten, dass er sie alle an die Menschen verraten hatte, könnten sie ihn nicht aus einem Rudel verstoßen, dem er nicht angehörte.

Aber Rory ... Rory war fast ein Teil des Rudels, nicht wahr? Weit mehr als Beau. Wenn das Rudel entschied, dass er keine Chance mehr bekommen sollte, Rory zu verletzen ...

Beau verbot sich diese Gedanken und richtete seine Aufmerksamkeit stattdessen auf den Boden unter seinen Füßen.

Das Alphaweibchen holte auf, bis sie sich an seiner Seite befand. Vaughn ging mit krachenden Schritten kurz vor ihnen, er klebte Casey förmlich an den Schuhen, und Casey ließ sich nicht herab, sich zu jemandem umzudrehen.

„Ich bin Callie", sagte sie. „Das, was für Casey einer Schwester am nächsten kommt. Der Alpha hier ist mein Vater."

Beau sah zu ihr hinüber und nickte leicht. Er war ihr einmal ebenbürtig gewesen, der Enkel des Alphas seines eigenen Rudels, dem wahrscheinlich sein Vater folgen würde. Sie hätten sich vielleicht im Austausch kennengelernt und wären Freunde gewesen. „Beau."

Sie nickte, dann neigte sie den Kopf in Caseys Richtung und rollte ein wenig mit den Augen. *Omegas, richtig?*

Beau schüttelte den Kopf und richtete seinen Blick wieder auf den Boden. Rory hatte möglicherweise heftig reagiert, aber Beau konnte nicht sagen, dass er sich geirrt hatte, und er konnte Caseys offensichtliche Missbilligung nicht auf die leichte Schulter nehmen.

„Ich hatte unrecht", sagte Beau leise, nur für ihre Ohren bestimmt, nicht für Vaughns. „Ich hätte … ich hätte … Ich habe nicht …"

Er konnte es nicht in Worte fassen, konnte nicht einmal anfangen zu erklären, weil er nicht wusste, wohin Casey sie führte und was als Nächstes kam.

„Ah, okay." Callie legte ihre Hand auf seine Schulter. „Man gewöhnt sich daran. Omegas sind nie glücklicher, als wenn sie uns richtig stellen."

Casey blickte scharf zurück und sagte: „Wir wären glücklicher, wenn wir das nicht müssten, Cal, ich schwöre es."

Callie lächelte heiter. „Du würdest etwas finden. Du bist von leichten Herausforderungen nur gelangweilt."

Casey warf Beau einen Blick zu und drehte dann seinen Kopf wieder nach vorn. Beau war sich nicht ganz sicher, wie er eine leichte Herausforderung darstellen konnte, um richtig gestellt zu werden, es sei denn, er würde einfach wieder weggeschickt werden. Aber Callie musste etwas von der Situation wissen, ihre Hand lag immer noch fest auf seiner Schulter.

Schließlich lichteten sich die Bäume und gaben eine Waldlichtung frei – und die Straße, die sie eindeutig hätten hinunterfahren können, da Beaus Wagen bereits dort geparkt war – wo sich ein großes Steinhaus befand. Ein Mann stand auf der Veranda, die Arme über der Brust verschränkt, und Beau musste seinen Duft – oder die familiäre Ähnlichkeit zu Callie – nicht einfangen, um zu wissen, dass dies nicht nur ein Alpha, sondern *der* Alpha des Niemi-Rudels war.

Casey schob sich an ihm vorbei, und der Mann streckte die Hand aus, packte seinen Arm und zog ihn für eine kurze Berührung an sich, bevor er losließ. Vaughn befand sich nun an Beaus Seite, und Callie, immer noch mit der Hand auf Beaus Schulter, brachte sie auf die Veranda.

„Alpha", sagte sie förmlich, allerdings mit einem Unterton, der Beau glauben ließ, sie sei von der Zeremonie ein wenig amüsiert. „Hier ist unser streunender Cousin, Beau Jeffries, und Amys Vater."

„Sir", sagte Beau, bot ihm die Hand an und fragte sich, ob er stattdessen seine Kehle anbieten sollte.

Alpha Niemi schüttelte sie fest, ohne sich die Mühe zu machen, Beaus Hand in seinem Griff zu zerdrücken, obwohl Beau nicht sonderlich daran zweifelte, dass er es könnte. Er mochte zwanzig Jahre älter sein als Beau, aber das lange Leben eines Werwolfs bedeutete, dass er in seinen absolut besten Jahren war.

Auch Vaughn reichte ihm die Hand, ohne zu sprechen, und der Alpha nahm sie mit entschieden strengem Blick an.

„Ich habe gehört, dass Sie unserem Cousin hier das Leben schwer gemacht haben, und auch Ihrem kleinen Mädchen nicht allzu leicht."

„Ich …", stammelte Vaughn, dann verstummte er und senkte den Blick.

„Mm", machte der Alpha und ließ die Hand los. „Nicht die schlechteste Verteidigung, die ich je gehört habe. Gehen Sie hinein und lassen Sie sich von den Hebammen sagen, wie es weitergehen wird. Beau, ich brauche Sie wieder hier draußen, sobald ich mit Dr. Ross gesprochen habe."

Beau konnte nicht umhin, seine Überraschung zu zeigen, von seinem heruntergefallenen Kiefer bis zu seinem Herzrasen. „Sie …"

„Wir werden nicht zulassen, dass Ihnen und wer immer nach Ihnen kommt, hierdurch alles zunichtegemacht wird", sagte der Alpha mit Nachdruck. „Sie scheitern zu lassen, wäre für uns alle fast so schlimm, als wenn ein Mensch auf die Idee käme, er könne einen Wolf herumschubsen. Ross ist Ihr Berater, nicht wahr? Das hat Rory uns gesagt."

Beau nickte und konnte nur denken, dass er Rory von Anfang an alles hätte erzählen sollen. Er hätte alles schon vor Wochen in der Hand gehabt. Rory hätte es dem Rudel vorgetragen, oder zumindest Jennifer oder Casey, und sie hätten es dem Rudel mitgeteilt. Beau hatte sich in seiner Entschlossenheit, seine Probleme allein zu lösen, von den Menschen abgeschnitten, die ihm tatsächlich helfen konnten.

„Nun", sagte der Alpha und hielt Beau damit davon ab, diesen Gedanken weiterzuspinnen. „Wir dachten, wir fangen am besten mit ihm an – er ist einer von denen, die den Winter über zu uns kamen, um mit uns zu sprechen. Er wird wissen, wie man das regeln kann, und er wird dafür sorgen, dass Sie wissen, was Sie in Zukunft tun müssen, wenn Sie auf diese Art von Problemen mit einem anderen Menschen stoßen."

Vaughn sah aus, als würde er den Schwanz zwischen die Beine klemmen, wenn er einen hätte, aber er warf auch immer schnelle Blicke in Richtung der Tür, zu der der Alpha sie gewunken hatte. Schließlich war Amy da drin. Und Rory war ebenfalls drin.

Beau nickte dem Alpha zu und schaffte es, „Danke, Sir" zu sagen, ehe er an ihm vorbeiging und Vaughn ins Haus begleitete.

Er nahm Rorys und Amys Gerüche sofort wahr, hörte ihre Herzschläge unter den anderen im Haus klopfen. Er trieb Vaughn ohne Umschweife in Richtung Küche, und Vaughn schoss von ihm weg, sobald sie den Durchgang erreichten, rannte mit einem Freudenschrei, der unmöglich vorgetäuscht werden konnte, auf Amy zu.

Beau registrierte es nur knapp. Er konnte den Blick nicht von Rory nehmen, der an der Spüle stand und Geschirr abwusch, ohne sich umzudrehen. Beau erinnerte sich plötzlich an seinen ersten richtigen Blick auf Rory, der auf einer Bank saß und für einen Junitag zu warm angezogen war, im Hof des Asyls. Beau hatte sich damals hingekniet, weil es das Richtige war, weil er ihn nicht erschrecken wollte.

Nun war er ehrlich gesagt nicht sicher, ob seine Beine stabil genug waren, um ihn durch den Raum zu tragen. Rory musste wissen, dass er hier war, aber er sah sich nicht hin und sah nicht hin und …

„Komm her und hör zu, Beau", sagte eine weißhaarige Frau lebhaft, und das Kommando setzte ihn in Bewegung, bis er Amy gegenüber am Küchentisch saß. Vaughn kniete neben seiner Tochter nieder, lehnte sich an ihren Stuhl, seine Brust hob sich, während er um Atem rang, als wäre er gerade einen Marathon gelaufen.

Beau hatte noch nicht das Gefühl, überhaupt Luft zu bekommen.

„Ich bin Tante June", erklärte die Hebamme. „Und Amy hat eingewilligt, in das Niemi-Rudel aufgenommen zu werden – so wie sie ist, menschlich – mit mir als ihrem persönlichen Paten. Granny Tyne und Casey sind bereits dabei, ihre Situation zu untersuchen, die sicherlich rätselhaft ist, aber in der Zwischenzeit ist es völlig legal, dass eine Rudelhebamme oder ein Lehrling unter der Aufsicht einer Hebamme einem Mitglied des Rudels, sei es Mensch oder Werwolf, angemessene traditionelle Pflege zukommen lässt."

Beau blickte von ihr zu Amy und dann zu Rory, der immer noch nicht zu ihm schaute, ehe er Tante June endlich in die Augen sah. „Habe ich das also gemacht?"

Sie nickte und sah erfreut aus, dass sie es nicht weiter aussprechen musste. „Sie studieren unter meiner Aufsicht die traditionellen Heilmethoden, um zu sehen, wie Sie Ihre medizinische Ausbildung ergänzen können. Sie haben es Ihrem Berater nicht gesagt, weil Sie befürchteten, dies stünde im Widerspruch zur modernen medizinischen Praxis. Natürlich werden wir in Zukunft versuchen, keine Krisen zu erleben, die dazu führen, dass Sie Ihre Schichten für Ihr Rudelstudium versäumen, aber dieses eine Mal stelle ich mir vor, dass sich das alles regeln lässt. Und was Amys Vater angeht …"

Vaughn hob den Kopf und sah nach seiner enormen Erleichterung wieder ängstlich aus. Er blickte verzweifelt von Amy zu Tante June und zurück. „Bitte nehmen Sie sie mir nicht weg. Sie ist alles, was ich habe."

„Tja, das ist das Problem, nicht wahr", sagte Tante June und schüttelte den Kopf. „Wie soll ein kleines Mädchen das alles schultern? Sie hat jetzt das Rudel – und Sie vielleicht auch, wenn Sie sich nützlich machen können oder zumindest nicht so viel Ärger machen, wie Sie es bisher getan haben. Sie könnten damit anfangen, sich bei meinem Lehrling hier zu entschuldigen, dass Sie versucht haben, ihn zu dummen Dingen zu zwingen, die niemandem geholfen hätten."

Zuerst sah Vaughn Amy an, dann blickte er über die Schulter zu Rory, bevor seine Augen an Beau hängen blieben. „Es … Es tut mir leid. Ich habe nicht … Es tut mir leid. Und … und danke, für … all das hier."

Tante June trat Beau ordentlich gegen das Schienbein, bis er sagte: „Ich verstehe. Ich wollte wirklich helfen."

Tante June nickte. „Amy?"

Amy hatte ruhig gesessen, den Kopf gesenkt, aber jetzt blickte sie auf und schaute zwischen ihrem Vater und Beau hin und her. Im Flüsterton sagte sie: „Ich werde eine Weile hierbleiben. Bei Tante June und Onkel Rory."

Die leisen Worte erwischten Beau in der Magengrube, aber diesmal schaffte er es, nicht zu offensichtlich zu reagieren, und es schaute ihn sowieso niemand an. Vaughn bemühte sich, nicht zu weinen, nickte und versuchte, verständnisvoll auszusehen.

„Wir können Sie irgendwo in der Nähe unterbringen und dafür sorgen, dass Sie nicht auf noch mehr lächerliche Ideen kommen", sagte Tante June, die sich vom Tisch wegdrückte und aufstand. „Kommt, ihr beiden, lasst uns sehen, was Oma Tyne denkt, und dann nimmt Casey euch beide mit, um ein paar Sachen zu regeln."

Einen Moment später waren sie verschwunden und ließen Beau am Küchentisch zurück. Rory – *Onkel* Rory anscheinend – stand an der Spüle, die Hände noch unter Wasser, aber unbeweglich.

Beau holte tief Luft und stand auf. Durch die Küche zu gehen fühlte sich an wie über Eis zu laufen, er musste jede Bewegung berücksichtigen, aber er behielt sein Ziel im Auge. Er hob ein Handtuch auf, als er fast bei Rory war, und streckte die andere Hand über das Abtropfgestell, wo das frisch gewaschene Geschirr arrangiert war. „Kann ich helfen?"

Rory hielt den Kopf gesenkt, genau wie Amy zuvor, aber er nickte minimal. Als Beau eine Tasse zum Abtrocknen nahm, zog Rory den Stöpsel heraus und stand dann da und beobachtete den Abfluss der Spüle, bis Beau fertig war und sich umsah. „Wo ..."

Rory räusperte sich und neigte den Kopf. „Zweiter Schrank."

Das war nicht das Ermutigendste, was Rory sagen konnte, aber Beau nahm nicht an, dass er viel Ermutigung verdient hatte. Er stellte den Becher ordentlich weg, kam zurück und holte den nächsten, während Rory seine Hände und das Waschbecken abspülte.

„Es tut mir leid", sagte Beau leise. Die Worte könnten unter dem spritzenden Wasser fast unhörbar sein, wenn Rory nicht darauf lauschte, ihn nicht hören wollte. „Ich hätte dir sagen sollen, was los war – ich wünschte, ich hätte es getan."

„Damit dein *kluger Mann* es für dich in Ordnung bringen kann?" Es lag eine hässliche Betonung auf den Worten, und Beau verkrampfte die Hände, fast zu fest, um Handtuch und Tasse.

„Ja, teilweise", antwortete Beau leise. „Rory ... Ich brauche dich wirklich für solche Dinge. Ich brauche dich. Nicht, dass das dein Problem wäre, wenn du es nicht willst, aber ... Ich habe mich geirrt, ich war töricht, ich brauchte deine Hilfe und ich hätte dir genug vertrauen sollen, um dich darum zu bitten. Es tut mir sehr leid. Und ich danke dir."

„Sie brauchte Hilfe", sagte Rory, wobei er ihn immer noch nicht ansah. „Ich weiß, wie es ist, so auf sich allein gestellt zu sein."

Beau zuckte zusammen und ging, um die Tasse aufzuräumen, kam zurück, um einen Teller abzutrocknen. Rorys Hände ruhten nun auf dem Rand des Waschbeckens. Er hatte den Kopf so weit angehoben, dass er aus dem Fenster schauen konnte.

479

„Wenn du mich nicht hier haben willst", sagte Beau leise, „werde ich ihnen sagen, dass ich das nicht machen kann. Dass ich eines der anderen Rudel um Hilfe bitte, oder ..."

Rorys Hände waren weiß geworden.

„Sag den ersten Teil noch mal", sagte Rory. „Nicht ... sag einfach den ersten Teil noch einmal."

„Es tut mir leid", wiederholte Beau. „Ich hatte unrecht, ich hätte dir vertrauen sollen, ich hätte dir erzählen sollen, was los ist. Selbst wenn du mir nicht hättest helfen können, hätte ich dir sagen müssen, was los ist. Ich hätte es nicht von dir fernhalten dürfen."

„Du hattest unrecht", wiederholte Rory, seine Stimme kaum mehr als ein Flüstern, die Augen geschlossen. „Du ... du hast es gesagt."

Beau legte den Teller und das Handtuch ganz sanft auf den Tresen, ließ seine Beine nachgeben, wie sie es schon lange wollten, knickte ein und kniete sich an Rorys Seite.

„Ich sage es dir", sagte Beau, wobei er sich davon abhielt, sich nach vorn zu beugen, um seine Stirn an Rorys Hüfte zu lehnen. „Es lag an mir. Ich hab's versaut. Es war meine Schuld, ich bin derjenige, der im Unrecht ist, und wenn – wenn das alles war, wenn du mir nicht verzeihen kannst und nicht nach Hause kommst ..."

Rorys nach Seife und dem Metall des Waschbeckens riechende Finger berührten seine Wange. Beau schloss die Augen und holte tief Luft. Rorys Hand bewegte sich, bis sie oben auf seinem Kopf liegen blieb.

„Ich weiß nicht ...", erwiderte Rory langsam. „Ich glaube dir nicht. Ich kann es nicht glauben. Ich glaube nicht, dass es an dir liegt, es ist nur ... Was du da sagst, ich ... ich warte immer noch auf das dicke Ende, verstehst du? Ich will nicht immer darauf warten, dass du mir wehtust."

Beau kniff die Augen fester zusammen und hielt den Atem an, damit er keinen Laut von sich gab. Rorys Hand lag nach wie vor auf seinem Kopf, und Rorys Stimme hatte nachdenklich geklungen, als ob hier etwas noch nicht entschieden wäre.

„Ich kann es dir noch nicht sagen", seufzte Rory schließlich. „Ich werde noch eine Weile hierbleiben, bei Amy. Es klang so, als ob Tante June meinte, dass du uns besuchen kannst, wann immer du Zeit hast, also wenn du auf eine Antwort warten kannst, dann ..."

Beau bedeckte sein Gesicht mit beiden Händen und holte tief Luft, als er den ersten Hoffnungsschimmer spürte. „Ich werde warten, Rory. Ich werde warten, ich werde ..."

„Dann beende, was du angefangen hast", sagte Rory, nahm die Hand von Beaus Kopf und zerrte dafür sanft an seiner Schulter. „Räum das Geschirr weg."

Beau stand auf, griff nach Teller und Handtuch, während Rory schweigend neben ihm stand und aus dem Fenster sah, als Beau das Geschirr abtrocknete und wegräumte.

Kapitel 36

Rory wusste nicht, wie er sich auf den Beinen halten konnte, wie er immer wieder den Anschein von Ruhe ausstrahlen konnte. Es war eine Erleichterung jenseits jeglicher Beschreibung, als Callie ihren Kopf durch die Tür streckte und sagte: „Beau, Alpha will dich jetzt sehen."

Noch bevor Rory auch nur Luft holen konnte, fügte sie hinzu: „Dich auch, Rory, wenn du willst."

Rorys Hände verkrampften sich um den Waschbeckenrand, und Beau drehte sich um und ging weg, ohne mit der kleinsten Geste sichtbar auf Callies Aufforderung einzugehen.

Rory wollte nichts anderes, als sich auf eines der Gästebetten im Obergeschoss fallen zu lassen, sich vor all dem zu verstecken und vielleicht von einer der alten Hebammen beruhigt und getröstet zu werden. Er konnte so nicht weitermachen, ganz ruhig und leise, als gäbe es hier keine wirkliche Gefahr, als ginge es um gar nichts.

Aber Beaus Karriere stand unter anderem auf dem Spiel. Wenn Rory nicht auf die Veranda hinausging und der Diskussion folgte, wusste er nicht, was ausgemacht wurde, es sei denn, jemand ließe sich herab, es ihm zu erzählen. Wenn er nicht im Ungewissen gelassen werden wollte, konnte er sich kaum weigern, zuzuhören, wenn er eingeladen wurde, oder?

Er zwang sich, das Spülbecken loszulassen, und ging auf die vordere Veranda hinaus, nahm ihm Vorbeigehen Beaus Kapuzenpulli vom Haken an der Tür und zog ihn sich wie eine Rüstung über. Als er auf die Veranda kam, warf Beau ihm einen suchenden, hoffnungsvollen Blick zu, aber Rory sah ihm nicht in die Augen. Er hatte keine Antwort, oder keine, der er trauen konnte.

Ja, ja, ja, bring mich nach Hause, brodelte immer wieder in ihm auf, aber er war schon vorher so dumm gewesen. Er wusste, wie das endete.

Alpha Niemi war da, zusammen mit Callie und Granny Tyne, und Troy Niemi in seiner Sicherheitsbeamten-Uniform, und Dr. Ross, der zwischen all den Werwölfen nur leicht deplatziert wirkte und sich sichtlich unbehaglich fühlte. Er war der einzige anwesende Mensch.

Beau hatte in der Nähe von Dr. Ross Platz genommen, aber nicht direkt neben ihm, und Alpha, Callie und Granny Tyne hatten sich auf verschiedene bequeme Sessel gesetzt. Troy lehnte sich ein wenig hinter ihnen an die Wand. Rory setzte sich auf das Verandageländer in der Nähe der Treppe, außerhalb des Kreises, den sie bildeten, aber in der Lage, jeden zu sehen. Der Regen war wieder heftiger geworden, ein stetiger Wasserschleier hinter dem Rand des Verandadaches.

„Ich habe einige interessante Berichte darüber gehört, was Sie in den letzten Wochen gemacht haben", sagte Dr. Ross. „Aber ich dachte, Sie möchten das vielleicht mit Ihren eigenen Worten erklären, Beau?"

Beaus Schulter sanken ein wenig ein, aber er nickte.

„Zuerst möchte ich sagen, dass mir jetzt klar ist, dass mein Fehler darin bestand, zu glauben, ich könnte und müsste das allein bewältigen, anstatt mich an einen von Ihnen zu wenden ..." Beau sah auf und schaute nacheinander in die Augen eines jeden Anwesenden. Als er den Kopf drehte, um zu Rory zu blicken, fühlte sich der Blick wie eine Berührung an, so also würde Beau wieder zu seinen Füßen knien, und Rory musste den Blickkontakt unterbrechen.

„Es tut mir leid", fuhr Beau fort und sah die anderen an. „Dass ich so lange gebraucht habe, um das zu erkennen. Und ich danke Ihnen, Ihnen allen, dass Sie mir trotzdem geholfen haben. Ich weiß, es ist nicht nur um meinetwillen – ich weiß, wenn es schlimmer geworden wäre, hätte es auch anderen Werwölfen Schwierigkeiten gemacht – aber ich danke Ihnen."

Er holte tief Luft und begann wieder in einem anderen Ton, Worte, die er offensichtlich nicht so sorgfältig durchdacht hatte. „Also, äh, was geschah, begann in der Ambulanz."

Er erzählte flüssiger, als er die Abfolge der Ereignisse darlegte, in ruhigen, gemessenen Worten, von denen Rory dachte, dass sie so sein müssten, wie er einem anderen Arzt berichten würde, wenn er die Geschichte des Falles eines Patienten beschrieb. Er erzählte über Amy Vaughns Besuche in der Ambulanz, die Geschichte, wie er ihr beim ersten Besuch geholfen hatte und wie ihr Vater ihn zu mehr Hilfe außerhalb der Klinik erpresst und den Biss verlangt hatte.

„Ah", sagte Dr. Ross. „Ja. Sie haben mich danach gefragt, nicht wahr? Ich hätte ein bisschen mehr Druck machen sollen."

Beau zuckte zusammen, duckte den Kopf und sah aus wie ein kleiner Junge, der ausgeschimpft wurde. Rory fragte sich, wie sehr er sich auch danach fühlte oder wie der Teenager, der er gewesen war und der nur einem Menschenkind helfen wollte und dafür bestraft wurde. Tante June hatte bereits herausgefunden, aus welchem Rudel Beau gekommen war – kannte sie die Geschichte vom Enkel des Rudelalphas, der ausgestoßen worden war, von der anderen Seite?

Rory war in Versuchung, es auszuplaudern oder Beau dazu zu bringen, es zu erzählen, aber das war nicht der richtige Weg. Rory und Beau waren auf dem Weg, Teil dieses Rudels zu werden oder zumindest fest mit ihm verbunden zu sein, wobei Beau Tante Junes Lehrling war und Rory auf unbestimmte Zeit hier blieb. Rory konnte zu Casey oder einer der anderen Tanten andeuten, was Beau mit seinem Rudel geschehen war, und die Geschichte würde ihren Weg zu denen finden, die sie wissen mussten, still, aber sicher. So funktionierten Rudel.

Rory schrak aus seinen Gedanken, als sich Beaus Geschichte seinem Ende entgegen neigte und sich Dr. Ross' Aufmerksamkeit sofort auf Rory richtete. „Stimmt das mit dem überein, was Sie bei seinem Verhalten beobachtet haben?"

Rory nickte, setzte das Puzzle für sich zusammen, während er sprach, obwohl er sicher war, dass Beau diesmal nur die Wahrheit gesagt hatte. „Er ging früh – und trug weder seinen Kittel noch den weißen Mantel, wenn er zu ihr ging. Ich glaube, er wollte eine Grenze ziehen. Er traf Amy alleine, es war keine formelle medizinische Versorgung, keine Klinikangelegenheit. Der Geruch ihres Zuhauses hing immer in der Kleidung, die er trug, als er ging, und niemals auf seinem Kittel. So erkannte ich sie, als ich sie kennenlernte – vom Wäschewaschen und ihrem Duft auf Beaus Kleidung. Hätte er seine Kittel getragen, wäre das mit all den Gerüchen des Krankenhauses vermischt worden, und ich hätte sie niemals erkannt."

Dr. Ross nickte langsam und sah dann zu Beau hinüber. „Ich habe versucht, Ihnen zu sagen, dass wir wollen, dass Sie Erfolg haben, nicht wahr? Dass Sie mir sagen können, wenn Sie in Schwierigkeiten geraten sollten?"

Beau blickte nicht auf, zuckte nur leicht mit den Schultern und nickte.

„Ich habe viel gesagt, nicht wahr? Nun", sagte Dr. Ross seufzend. „Verbuchen wir das als vertrauensbildende Maßnahme, ja? Und wir werden in Zukunft an Verfahren für ähnliche Vorfälle arbeiten."

„Wir auch", warf Troy ein. „Sie brauchen Rückendeckung durch die Sicherheitskräfte, wir stellen sicher, dass Sie jemanden haben, der die Situation einschätzen kann, Doc. Alle Wölfe, die für die Sicherheit verantwortlich sind, haben eine Ausbildung in diesem Bereich. Wir können mit Menschen umgehen, ohne sie zu bedrohen, und wissen, wie die gesetzlichen Bestimmungen aussehen. Jemand hätte Sie zu einer dieser Schulungen kommen lassen sollen."

Beau schaute abermals auf und nickte vorsichtig erst Troy und dann Dr. Ross zu. „Das ist ... alles?"

„Nun, Ihre Assistenzzeit soll schließlich eine Lernerfahrung sein, nicht wahr?" Dr. Ross klopfte Beau auf die Schulter. „Ich habe das Gefühl, Sie haben etwas gelernt, und wir haben auch etwas gelernt. Da wir in der Lage sein sollten, alle Formen bezüglich der gesetzlichen Bestimmungen zu erfüllen, glaube ich, dass dies alles ist. Natürlich werden Sie Ihre versäumte Schicht nachholen müssen."

Beau wandte seinen Blick nach oben, um Rorys zu treffen, aber er schaute weg, bevor Rory darin etwas lesen konnte.

***

An diesem Abend legte sich Rory mit Beaus Hoodie ins Bett – nicht, weil das Haus der Hebammen kalt war, sondern weil es so seltsam war, allein zu schlafen, an einem Ort, der überhaupt nicht nach Beau roch. Er schlief ohnehin nicht viel, und je elend müder er wurde, desto mehr sagte er sich, er sollte nicht auf dieses Gefühl hören.

Er würde darüber hinwegkommen. Er würde wieder lernen, allein zu schlafen. Er würde lernen, Beau nicht zu brauchen, ihn nicht zu lieben, wenn es sein musste. Er würde überleben.

Als er morgens das Bett machte, versteckte er den Kapuzenpulli unter einem Kissen, sodass sein eigener Duft den von Beau vor der nächsten Nacht nicht ganz überdecken konnte. Er machte sich keine Illusionen, dass die kommende Nacht viel einfacher werden könnte als die letzte, nicht so bald.

Tante June und eine andere Hebamme, die er noch nie zuvor getroffen hatte, Tante Helen, warfen ihm beim Frühstück zweifelnde Blicke zu.

„Ich würde dich ja gleich wieder ins Bett schicken", sagte Tante June, „Aber das würde dir nicht unbedingt gut tun, oder?"

Rory zuckte die Achseln und schüttelte den Kopf. Bei Tageslicht würde er auch nicht besser schlafen als in der Nacht. Er würde daliegen und sich fragen, wie Beau seine erste Schicht in der Klinik bewältigte, anstatt sich zu fragen, in welchen Bett Beau geschlafen hatte und ob er leicht eingeschlafen war, umgeben von Rorys Duft, während Rory wach lag und sich nach ihm sehnte.

„Nun, dann wollen wir dich mal beschäftigen", sagte Tante Helen. „Ich wette, ich kann in diesem Rudel jemanden finden, der so wenig geschlafen hat wie du, und das aus einem schöneren Grund."

∗∗∗

Einer der Omegas des Rudels hatte während des gerade vergangenen Vollmonds zum ersten Mal Zwillinge zur Welt gebracht. Jonas war mindestens zehn Jahre älter als Rory, und sein Gefährte Max, war in etwa so alt wie Alpha Niemi. Selbst mit ihrer Stärke von Werwölfen wurden sie von den zwei Tage alten Zwillingen auf Trab gehalten. Besonders Max hätte sich dreiteilen müssen, als er versuchte, Jonas zu verwöhnen und gleichzeitig auf die Babys aufzupassen.

Rory war froh, sich in hektische Hilfe zu stürzen, vor allem nachdem Tante Helen Jonas und Max ein gemeinsames Nickerchen verordnete und sie für ein paar Stunden ins Bett scheuchte. Rory wechselte die Windeln und brachte die Babys zu Jonas, wenn sie gefüttert werden wollten, und holte sie anschließend ab, um sie in den Schlaf zu wiegen. Der Tag verging in einem Gewirr aus kleinen, dringenden Aufgaben, eine nach der anderen, bis er zur Tür ging, bevor das Klopfen jemanden wecken konnte, und Beau vor der Tür stehend fand.

Es dauerte einen Moment, bis Rory erkannte, dass Tante June bei ihm war, und als sich Rorys Augen schließlich auf sie richteten, schnaubte sie und stürmte an Rory vorbei ins Haus. „Alle schlafen also? Gut. Du verschwindest und isst zu Abend – mein Lehrling hier hat versprochen, dafür zu sorgen, dass du unterwegs nicht einschläfst."

„Oh", sagte Rory leise und trat aus dem Haus in die spätsommerliche Dämmerung. „Ich ... Hallo."

„Hi", sagte Beau mit einem kleinen Lächeln.

Er sah aus wie Rory – als hätte er nicht geschlafen und wäre den ganzen Tag auf den Beinen gewesen und hin und her gerannt. Er trug immer noch seinen Kittel, über den er ein Flanellhemd gezogen hatte. Er hielt Rory den Ellbogen hin und bot ihm seinen Arm an wie der altmodischste aller Gentlemen. Rory lachte ein wenig hilflos, steckte aber seine Hand in Beaus Armbeuge.

Trotz seiner Erschöpfung durchzuckte ihn ein winziger Schauer. Wie lange war es her, dass er Beau überhaupt berührt hatte?

Beau atmete hörbar ein, als ob durch diese Berührung ein gewisser Schmerz gelindert worden wäre. Er führte Rory von der Veranda auf den Weg zurück in Richtung des Hebammenhauses.

Sie sollten reden, das war Rory klar. Es gab Dinge, die sie sagen sollten. Er sollte Beau etwas über die Antwort zu sagen haben, auf die Beau immer noch wartete, aber sein Verstand versank in grauem Nebel. Er hatte heute überhaupt nicht an Beau gedacht, zu beschäftigt und zu müde, wie er gewesen war – oder er hatte hundertmal an Beau gedacht, hundertmal kleine Schmerzen der Trauer oder Hoffnungsschimmer bei dem Gedanken, eines Tages wie

Jonas und Max zu sein, ihre eigenen Babys zu bekommen –
aber das hatte er nicht wirklich gedacht. Das fühlte er nur.

Und Rory wollte diese Entscheidung nicht nur nach
seinem Gefühl treffen.

Bevor ihm etwas einfiel, waren sie wieder im Haus der
Hebammen, und ihm fiel auf, dass auch Beau nichts gesagt
hatte.

An der Tür ließ Beau seinen Arm los, und Rory zögerte.
„Hast du schon gegessen? Ich bin sicher, es ist genug da.
Und du bist immerhin ein Lehrling hier. Das muss Mahl-
zeiten beinhalten."

Beau stockte kurz, und Rory zerrte sanft an seinem
Ärmel, während er die Tür aufstieß und das Haus betrat.
„Komm. Iss."

Das Abendessen verging in der gleichen Ruhe – einige
der anderen Hebammen aßen noch und sprachen über dies
und das. Rory beantwortete ein paar Fragen über die Zwillinge, und Beau sagte etwas über Amys Fall, aber obwohl
sie die ganze Mahlzeit über nebeneinander saßen und ihre
Schultern sich berührten, sprachen sie nicht miteinander.
Das war weder der richtige Zeitpunkt noch der richtige
Ort.

Nachdem er gegessen hatte, hätte Rory auf der Stelle einschlafen können. Es brauchte eine heroische Anstrengung,
aufzustehen und seinen Teller zur Spüle zu tragen, wo
Casey ihm das Geschirr abnahm und ihn wegschickte.

„Geh und schlaf, Cousin. Du hast morgen noch eine weitere Schicht mit den Zwillingen – und du, Cousin", fügte
Casey entschieden hinzu, und Rory erkannte, dass Beau
direkt hinter ihm stand, „Du hast morgen auch einen
anstrengenden Tag vor dir."

Sie schlurften beide aus der Küche, und Beau brachte
Rory zu dem Gästezimmer, in dem er die Nacht ver-
brachte. Vor der Tür standen zwei wiederverwendbare
Einkaufstaschen, die nach Zuhause rochen – nein, nach

Beaus Haus. Darin befanden sich noch mehr Kleider, seine Toilettenartikel, seine Arbeitsbücher und Nähutensilien und das Taschenbuch, das er auf der Couch gelassen hatte, mit einem Strang Garn als Lesezeichen.

Rorys Augen füllten sich mit Tränen. War Beau so entschlossen, dafür zu sorgen, dass er nie wieder zurückkommen musste?

„Ich dachte", sagte Beau und berührte zärtlich seine Schulter. „Du bist heute nicht zum Haus gekommen, um etwas zu holen. Ich dachte, das hättest du, wenn du wüsstest, dass ich nicht da bin. Und ich dachte ... du solltest bei den Sachen, an denen du arbeitest, nicht ins Hintertreffen geraten, nur weil ich Mist gebaut habe und du nicht bei mir sein willst. Das ist alles."

Rory schaute zu ihm auf, blinzelte Tränen weg, und sah, wie sich der Schmerz in seiner eigenen Brust sich auf Beaus Gesicht spiegelte. Einen Moment lang wollte er *ja* sagen, *ja, ich komme nach Hause, alles, um mich nicht mehr so zu fühlen.*

Beau schenkte ihm ein trauriges kleines Lächeln und wischte eine Träne von Rorys Wange. „Auf diese Weise kannst du dir Zeit lassen", sagte er leise. „Denk über alles nach. Nur ..."

Er ließ die Hand fallen und senkte den Blick. „Könnte ich ... Ich habe letzte Nacht nicht geschlafen. Ich weiß nicht, ob ich noch schlafen kann, ohne mit dir unter einem Dach zu sein. Ich weiß, das ist ..."

Rory schüttelte den Kopf und bekam Beaus Hemd zu packen – den OP-Kittel, den er noch immer trug, obwohl er es normalerweise hasste, den Geruch des Krankenhauses mit sich herumzuschleppen. Das Hemd, auf dessen Schulter Rorys gute Wünsche gestickt waren, wo sie sich auf Beaus Haut drückten. „Das kann ich auch nicht. Komm rein."

Beau diskutierte nicht, sondern ließ sich von Rory in den kleinen Raum bugsieren. Rory legte die Taschen, die Beau für ihn gepackt hatte, beiseite und hielt nur kurz inne, um die Tür zu schließen und zu verriegeln, bevor er anfing, sich aus seinen Kleidern zu schälen.

Beau zögerte und beäugte die Tür. „Du weißt, dass jeder im Haus …"

„Sie wollen sowieso alle, dass ich bei dir bleibe", sagte Rory, während er seine Kleider an die Haken hinter der Tür hängte. „Sie werden sich nicht beschweren, es sei denn …"

Rory verstummte abrupt, sein Gesicht wurde heiß. *Es sei denn, wir sind laut und halten sie wach.*

Aber *das* würde nicht passieren. Rory wusste nicht, ob er oder Beau zuerst einschlafen würden, aber keiner von ihnen war im Moment in ausgelassener Stimmung.

„Es ist nur zum Schlafen", murmelte er.

Beau nickte und wedelte die Arme aus dem Flanellhemd und hängte es zu Rorys Kleidung, bevor er sich seinen Kittel auszog.

Rory behielt seine Unterwäsche an, und Beau tat es ihm gleich, eine stille Übereinkunft. Bis hierher und nicht weiter. Rory kletterte in das Bett, das kaum die Größe des Bettes in ihrem Keller hatte, und gab den sich dem sauberen, verweilenden Geruch vieler anderer Wölfe, vielleicht Generationen von ihnen, hin.

Beau schaltete das Licht aus und kroch neben ihn. Es gab keinen Platz im Bett, um sich nicht zu berühren, zumal Beau schräg liegen musste, damit seine Füße nicht über das Ende hinaus hingen. Rory kuschelte sich eng an ihn.

„Nur zum Schlafen", murmelte er noch einmal, und Beau machte ein vages Geräusch der Zustimmung, dann wusste Rory nichts mehr.

***

Er erwachte in Dunkelheit, in Beaus Armen, und wusste, dass auch Beau wach war. Nun fühlte er sich etwas klarer –

er hatte bereits ein paar Stunden geschlafen, dachte er, aber die Morgendämmerung befand sich noch in weiter Ferne.

„Es tut mir leid", flüsterte Beau. „Ich … ich vermisse dich so sehr. Ich wollte nie, dass du für immer gehst. Ich wollte dich überhaupt nicht gehen lassen, ich hasste den Gedanken, dass unsere Zeit zu Ende geht."

„Du brauchst mich jetzt nicht zu vermissen", antwortete Rory leise. Es war nicht *ja* oder *für immer*, aber er konnte keines von beiden einfach so aussprechen. Noch nicht. „Schlaf weiter."

Beau seufzte, kuschelte sich aber wieder in das Kissen und drückte Rory nur ein wenig fester an sich. Rory legte seine Arme über Beau und blieb ihm weiter zugewandt.

Das war in Ordnung, dachte er und schwebte dem Schlaf entgegen. Es war sicher. Sie waren nicht wirklich allein, sicher in Begleitung. Sogar jetzt konnte er unten ein leises Treiben mitten in der Nacht hören. Irgendwer würde sofort wissen, wenn … wenn …

Oh, dachte Rory. *Oh. So konnte man auf Nummer sichergehen.*

Bevor er das in Worte fassen konnte, schlief er ein.

***

Die Hälfte des Morgens war vergangen, bevor seine Erkenntnis aus der Nacht zu ihm zurückkehrte, und Rory dachte sie in den folgenden Stunden wieder und wieder durch.

„Es ist nicht wirklich Beau, vor dem ich Angst habe", sagte Rory und probierte die Logik des Ganzen aus. „Es ist einfach so, *wie die Dinge laufen*. Weil er jedes zweite Mal gedankenlos war oder mir nicht zuhörte oder nicht glaubte, dass ich helfen könnte, und das war das erste Anzeichen dafür, dass es bergab geht. Aber Beau – Beau will es versuchen. Beau ist kein schlechter Kerl. Und mir geht es besser. Ich kann sehen, was nicht richtig ist. Ich kann ihm sagen, was ich brauche, oder ich kann ihn zumindest dazu bringen, es zu sehen. Glaube ich. Wenn ich es versuche."

Skyler, der um vierzehn Minuten jüngere Zwilling, blinzelte Rory mit schieferblauen Augen an und lutschte weiter am Daumen.

Rory nickte. „Und ob ich es versuche oder nicht – es ist jetzt anders, denn es geht nicht nur um mich. Da ist das Rudel, da ist meine Familie. Susan. Es gibt Leute, mit denen ich reden kann, die es sehen würden, auch wenn ich versuche, es zu verbergen. Es liegt nicht nur an mir, die Dinge in Ordnung zu halten. Es liegt auch nicht nur an mir und Beau. Wenn wir Teil von etwas sind, dann … dann kann es funktionieren. Denn es gibt so viele andere, die uns helfen können, es richtig zu machen, wenn wir anfangen, etwas falsch zu machen. Und ich … Ich will wirklich, dass wir es richtig machen."

Skylers Augen schlossen sich, dann blitzten sie wieder auf.

„Ich weiß, ich weiß", sagte Rory und lächelte ihn an. „Sehr interessant. Aber solltest schlafen. Du kannst mehr darüber hören, wenn du älter bist."

∗∗∗

An diesem Abend tauchte Beau wieder auf, und diesmal war keiner von beiden so erschöpft; die Erinnerung an die Nacht zuvor schien zwischen ihnen zu schweben, warm und ruhig. Nach dem Abendessen gingen sie hinaus, um sich auf einen umgefallenen Baum am Rande eines der kleinen Seen zu setzen, die in den Rudelgebieten verstreut lagen. Das leise Plätschern der Wellen machte es leicht, die Geräusche Dutzender anderer Werwölfe in Hörweite zu ignorieren.

„Du sagtest neulich Abend", begann Rory. „Du sagtest, ich brauche Zeit, um zu üben, keine Angst zu haben."

„Ist das …" Beau verschluckte den Rest, und Rory sah zu ihm hinüber und beobachtete, wie er eine Idee oder vielleicht einen Einwand gegen diese Idee formulierte, und dann konzentrierte Beau sich auf ihn, lächelte schief und hielt den Mund. Dafür öffnete er eine Hand in Rorys Richtung, gab schweigend nach und wartete, bis er seinen Gedanken zu Ende gedacht hatte.

Rory nickte. Richtig. Beau wollte zuhören, auch wenn er es vergaß. Er versuchte es wenigstens.

„Ich fühle mich hier sicher, so", sagte Rory und schaute auf den See hinaus. „Mit dem Rudel um uns herum, mit anderen Menschen, die uns kennen und wissen …" Rory gestikulierte vage. „Was passieren könnte. Auf welche Art die Dinge schief gehen könnten. Ich vermisse dich und ich möchte …"

… nach Hause kommen. Für immer bleiben. „Ich liebe dich" sagen und nicht einmal an die Kraft denken, die es dir gibt, das zu wissen. Dich lieben.

„Du fehlst mir auch", sagte Beau, als Rory eine Weile schwieg und sich durch all die Dinge hindurchkämpfte, für die er sich immer noch nicht sicher genug fühlte, um sie auszusprechen. „Und ich möchte, dass du dich immer sicher fühlst. Dass du sicher bist. Wenn es also das ist, was du brauchst, dann natürlich. Sollte ich … sollte ich nicht so oft herkommen?"

Rory schüttelte heftig den Kopf. „Ich glaube nicht, dass ich ohne dich schlafen kann. Das will ich auch nicht, ehrlich. Ich will einfach … Ich muss nur noch ein bisschen üben."

„Übe so viel, wie du musst", erwiderte Beau leise und streichelte mit den Fingern leicht über Rorys Handrücken. „Ich werde so oft hier sein, wie du mich lässt. Ich will nirgendwo anders sein."

Sie saßen eine Weile so, Beaus Finger berührten kaum Rorys Hand, obwohl sie beiden wussten, dass sie unweigerlich Haut an Haut lagen, sobald sie ins Bett gingen.

Es fühlte sich … schön an. Als wäre man wieder ein Kind, bevor eines der schlimmen Dinge geschah. Wie ein Neuanfang.

Rory lächelte, ein richtiges Lachen unterdrückend, und Beau beugte sich vor, um sein Gesicht zu betrachten. Und er fragte: „Was?"

Rory schüttelte den Kopf, sagte aber: „Ich dachte nur … Ich war nie wirklich so ein Teenager, aber …"

Beaus Hand schloss sich ganz über seine und Beau lächelte ebenfalls. „Ja. Vielleicht machen wir das alles verkehrt herum, aber eine Verabredung scheint doch eine gute Idee zu sein, oder?"

Rory sah ihn nur an, sein Herz schmerzte bereits vor Liebe zu ihm, vor dem Wunder, dass Beau existierte.

„Komm schon", sagte Beau, stand auf und zog Rory an der Hand. „Lass uns ein paar Steine zum Hüpfen lassen suchen. Kannst du das gut?"

Rory grinste, ließ Beaus Hand los und huschte vor ihm am Ufer entlang. „Schau mir einfach zu!"

Kapitel 37

Beau fühlte sich, als würde er durch die Tage schweben, als hätte er seit Wochen eine Röntgenschürze getragen, die ihm abgenommen worden war. Als ... als hätte er Gift genommen, das eigentlich Medizin hätte sein sollen, und schließlich damit aufgehört.

Er traf sich täglich mit Dr. Ross, kleine Rückmeldungen von zehn oder zwanzig Minuten, und mindestens einmal während jeden Gesprächs schaute ihm sein Berater fest in die Augen und sagte: „Denken Sie daran, ich bin hier, um Ihnen zu helfen, das durchzustehen."

Es hätte unnötig, peinlich und sinnlos sein sollen, aber das war es nicht. Es war ... etwas Reales. Etwas Sicheres, wie Rory gesagt hatte.

Rory. Beau musste immer lächeln, wenn er an ihn dachte, was seine Kollegen und das übrige Personal während seines Onkologie-Einsatzes verblüffte und er deshalb amüsierte Blicke auf sich zog. Eine der Krankenschwestern sagte am zweiten Tag zurück nach der ganzen verwirrenden Beinahe-Katastrophe des Tages nach Vollmond: „Sie müssen einen *wirklich* schönen familiären Notfall gehabt haben, was?"

Beau grinste über dem Krankenblatt, das er sich gerade ansah. Für einen Moment dachte er: *Nicht, nicht, zügle dich, versteck dich, sei normal,* aber ... wovor musste er sich fürchten? War es nicht besser, etwas zu erzählen, etwas zu teilen? Er versuchte, sich zu überlegen, wie Rory es sagen würde.

„Ich, äh ..." Beau schüttelte den Kopf, konnte sein Grinsen dabei nicht verbergen, ob es für das, was er zu sagen hatte, völlig unpassend war. „Es war schrecklich an diesem Tag. Mein Mann ... Ich dachte, er hätte mich vielleicht für immer verlassen. Aber er gibt mir noch eine

Chance. Wir sind jetzt ... irgendwie zusammen. Es ist ... es ist in Ordnung."

April schüttelte den Kopf, aber sie lächelte ebenfalls, der wärmste Ausdruck, den sie ihm seit Beginn seiner Ausbildung auf dieser Station gezeigt hatte. „Das ist gut, nehme ich an? Ich hoffe, Sie haben ein paar schöne Treffen geplant."

Beau biss sich auf die Lippe und schielte zu ihr hinüber. „Ich, äh ... Ich bin nicht gut darin. Haben Sie irgendeinen Tipp?"

Am Ende des Tages hatte ihm jede Krankenschwester auf der Station einen idiotensicheren Vorschlag für ein exzellentes Date gemacht – er kannte nun ein halbes Dutzend Filme und die besten Geschenke, die er mitbringen, Essen, die er kochen, oder Restaurants, in die er mit Rory gehen sollte – und die anderen Erstsemester beobachteten ihn mit einer Art bewundernder Eifersucht.

Nach der Übergabe fragte Tom: „Wie hast du dich plötzlich mit jeder Krankenschwester angefreundet?"

Das war das am wenigsten spöttische, was Tom in den letzten drei Wochen zu ihm gesagt hatte, und Beau fühlte sich körperlich fast aus dem Gleichgewicht – vor allem, als er merkte, dass es gar nicht so wichtig war. Er hatte keine lähmende Angst mehr davor, was passieren mochte, wenn Tom ihn genug hasste, um seine Geheimnisse herauszufinden und sie gegen ihn zu verwenden. Tom war nur ein weiterer Assistenzarzt, wie er, der wie alle anderen kämpfte.

Beau zuckte die Achseln und lächelte ein wenig. „Ich sagte ihnen, dass ich es mit meinem Mann vermasselt habe und es wieder gutmachen muss. Ich schätze, sie sehen sich als Problemlöser."

Tom blinzelte. „Sie haben einen Ehemann?"

„Hoffentlich noch", sagte Beau immer noch lächelnd, während er seine Sachen zusammenpackte. „Ich arbeite daran."

***

Mit all den Ratschlägen, die ihm in den Ohren dröhnten, hielt Beau an diesem Abend auf dem Weg zum Rudel an einer Gärtnerei an. Er hatte an diesem Morgen eine Ladung Wäsche gewaschen, als er vor der Arbeit nach Hause gefahren war, und eine Tasche gepackt, die ihn durch die Woche bringen sollte, sodass er direkt von der Gärtnerei zu Rory fahren konnte.

Als er dort ankam, wartete Rory auf der Veranda auf ihn, und als ihm Beau die Papiertüte entgegenhielt, sah er so verwirrt, aber glücklich aus wie alle anderen, die Beau heute gesehen hatte. Zugegeben, Beau gab ihm mehr Anlass zur Verwirrung als nur einen Stimmungsumschwung.

„Tulpenzwiebeln", erklärte Beau. „Ich dachte, ich sollte dir Blumen mitbringen, aber dann habe ich mir überlegt ... vielleicht möchtest du ein paar Blumen pflanzen, anstatt sie nur ein paar Tage lang anzuschauen. Es gibt auch einen Katalog, falls du ..."

Weiter kam er nicht, Rory stürzte sich auf ihn, die Tüte mit den Zwiebeln zwischen ihnen eingeklemmt. Es war es wert, wegen Rorys stürmischen Küssen keine Luft zu bekommen, und bis er wieder sprechen konnte, war es für Beau nicht nötig, die Sachen zu sagen, die er auf der Fahrt geübt hatte. Darüber, dass Rory die Blumen überall pflanzen konnte, wo er wollte, und Beau sich einfach nur wünschte, dass seine Zukunft schön wurde.

Stattdessen sagte er: „Sie müssen nicht vor Herbst in die Erde, also ... keine Eile."

Rory lehnte sich an ihn, nahm die Zwiebeltüte und bettete sie wie ein Baby in seinen Arm. „Das ist ... Das ist ... Ich habe noch nie ... *Beau.*"

„Ja", antwortete Beau leise und drückte Rory einen Kuss auf die Haare. Er wusste nicht genau, wie die Enden dieser abgebrochenen Satzanfänge gelautet hätten, und doch verstand er es perfekt. „Ja, ich auch nicht. Also können wir es doch gemeinsam versuchen, oder?"

Rory nickte gegen seine Schulter und küsste ihn noch einmal, und der Kuss schmeckte nach etwas Neuem. Etwas, das gerade erst begann.

***

Ein paar Tage später überprüfte Beau sein Telefon – er und Rory hatten SMS geschrieben, nur kleine Gedanken und Kommentare und gelegentlich ein Bild von ihrem Alltag – und entdeckte, dass er eine Nachricht von Adam hatte.

Bitte ruf mich an, wenn du einen Augenblick Zeit hast.

Er hatte ein wenig Zeit – es war ihm gelungen, mit seinem Mittagessen bis auf das Dach des Krankenhauses zu flüchten, und er musste mindestens zehn Minuten Zeit haben, bevor ihn jemand aus der Pause rief – also schob er sich ein paar hastige Bissen in den Mund und rief anschließend Adam an. Wenn Adam ihn darum bat, musste es wichtig sein.

„Beau", sagte Adam, als er abnahm. „Hallo."

Beau war kurz davor, sich zu vergewissern, dass er die richtige Person angerufen hatte, aber es war nicht wirklich so, dass er sich bei jedem anderen außer Rory, der ihn namentlich begrüßte, verwählt haben konnte. Und doch hatte Adam *Hallo* gesagt.

„Hallo?", erwiderte Beau zaghaft.

„Wie, äh, wie läufts denn so? Bei dir?", erkundigte sich Adam und klang dabei angespannt und unbeholfen, als er diese höflichen Phrasen in seiner gewohnt knappen und hastigen Art ausstieß.

„Gut", antwortete Beau zögernd, er wartete immer noch darauf, dass Adam das Gespräch in die Hand nahm. Aber dann dachte er daran, wie die Krankenschwestern alle auf ihn achteten, wie sehr es half, Dinge zu teilen.

Jedenfalls fragte Adam bestimmt nicht grundlos, führte Beau seinen Gedankengang fort. „Die Dinge stehen eigentlich gut, auch wenn ich – wir hatten vor einiger Zeit eine schwierige Phase. Ich hatte einige Probleme mit einer Patientin, und ... nun ja, es hätte fast alles zwischen mir und Rory ruiniert, aber jetzt arbeiten wir daran. Wie geht es dir?"

„Ja", sagte Adam, dann schien er zu merken, dass das keine richtige Antwort war. „Ich meine, gut. Forschung, weißt du. Ich bin froh, dass es zwischen dir und Rory gut läuft. Ich, ah, ich hatte mich eigentlich über die genetische Frage gewundert, die du mir gestellt hast."

„Oh." Beau lehnte sich ein wenig zurück und fragte sich, ob er noch einen Happen seines Mittagessens in den Mund schmuggeln konnte, ohne dass es am Telefon wirklich unangenehm wurde. „Wegen Rorys Dad? Ich glaube, es interessiert ihn nicht mehr wirklich, außer vielleicht aus Neugier – er hat wieder Kontakt zu seiner Familie aufgenommen, und jetzt ist alles in Ordnung. Gestern Abend stellte er mir seine Schwester und seinen kleinen Bruder per Skype vor."

Das war ein wichtiger Schritt gewesen, ein wirklich großer, und Beau war der Meinung, es wäre gut gelaufen. Georgia und Spencer waren beide sichtlich misstrauisch gegenüber allem an ihm gewesen, und Rory war offensichtlich hin- und hergerissen zwischen der Notwendigkeit, Beau zu verteidigen, und der Freude über den Schutz seiner Geschwister.

„Ah", sagte Adam. „Ich verstehe." Er klang nicht so, als hätte er überhaupt etwas verstanden; er klang ehrlich gesagt ein wenig verloren. „Ich ... ich nehme nicht an, dass er dann ... nur aus Neugier ..."

Beau verengte die Augen gegen den Horizont, als ihm schließlich klar wurde, warum Adam um seinen Anruf gebeten hatte. „Brauchst du Forschungsobjekte? Ist es das, worum es hier geht?"

Adam schnaubte frustriert. „Tut mir leid, schon gut, ich werde ..."

„Nein, nein", sagte Beau schnell. „Ich meine – ich schätze, es ist schwer, Omegas dazu zu bringen, äh, mit dir zu reden oder dir Proben zu geben oder so."

Einen Moment herrschte Stille, dann sagte Adam in einem sehr schwachen, aber durchaus mächtig grimmigen Ton: „Es war bisher eine Katastrophe. Ich werde unter Druck gesetzt, ein anderes Forschungsthema zu wählen."

Beau blies die Backen auf. Adam, das wusste er, war genauso leidenschaftlich in Bezug auf die Omega-Gesundheit wie Beau in Hinsicht auf die Hilfe für Menschen. Er dachte an die Abhandlung, die Dr. Ross erwähnt hatte, die von jemandem geschrieben worden war, der Adams Nachnamen trug – jemand, der genau wusste, wie sich ein gebissener Mensch in einen Omega-Werwolf verwandelte. Jemand, der nie die Chance gehabt hatte, tatsächlich zu publizieren, nachdem die Offenbarung wirklich begonnen hatte.

Jemand, über den Adam nie gesprochen hatte.

Jetzt, so dachte er, war nicht die Zeit, um danach zu fragen.

„Ich werde mit Rory sprechen", bot Beau an. „Ich glaube, es würde ihm nichts ausmachen. Und sein kleiner Bruder, der Mensch – er tut alles für Wolfsrechte und Omegarechte, also wenn er versteht, dass er damit Omegas helfen kann, wette ich, gibt er dir ebenfalls eine Probe. Und Rory wohnt gerade bei den Hebammen des örtlichen Rudels, also ..."

„Du kennst *Hebammen*?" Adam klang so, als hätte Beau beiläufig erwähnt, dass er das Heilmittel gegen Krebs in seiner Lunchbox hatte. „Du bist ein Alpha – und *Omega-Hebammen*? Und sie sprechen mit dir?"

„Ja, eigentlich bin ich bei ihnen in der Ausbildung", sagte Beau. Seine bisherige Ausbildung bestand hauptsächlich darin, Hausarbeiten im Haus zu erledigen, wenn er Rory besuchte, sowie ein paar intensive Literaturbesprechungen mit Granny Tyne – sie war entschlossen herauszufinden, was wirklich mit Amy los war, und sie hatte bereits einige vielversprechende Hinweise.

„*In der Ausbildung*." Adam klang wie ... Beau hatte ihn ehrlich gesagt noch nie so klingen hören. Er wünschte, er könnte seine Miene jetzt sehen, und dachte, er würde gern mit einem Adam abhängen, der sich so anhören konnte, anstatt die ganze Zeit hauptsächlich wütend zu sein. „Sie ... sie lassen dich ... sie ..."

„Ich könnte ... mich für dich umhören", schlug Beau vor, erinnerte sich dabei aber daran, nicht zu versprechen, auch wenn er dachte, dass er Adam vielleicht wiedersehen *könnte*, eine zweite Chance bekäme, eine echte Freundschaft mit seinem nicht wirklichen Rudelbruder aufzubauen, die sie im Medizinstudium nie zustande gebracht hatten. „Ich meine, du müsstest wahrscheinlich hierher kommen und dich mit ihnen treffen, um weiterzukommen, aber ich denke, sie würden zumindest zuhören. Und wir haben ein Gästezimmer, falls das Rudel dich nicht zum Bleiben einlädt oder wenn du nicht dort bleiben willst."

Ein paar Minuten sagte Adam gar nichts, aber Beau konnte hören, wie er darum kämpfte, nicht zu hyperventilieren. Beau biss erneut von seinem Mittagessen ab, dann piepte sein Telefon wegen einer eingehenden Nachricht. Er musste nicht hinsehen, um zu wissen, was das war.

„Tut mir leid, meine Pause ist vorbei, ich muss zurück auf die Station – schick mir die Einzelheiten darüber, was du von Rory und seiner Familie brauchst und was ich die Hebammen fragen soll, okay? Und ich meine es ernst, du solltest irgendwann einmal zu Besuch kommen, auch wenn die Hebammen dich nicht sofort einladen."

„Das werde ich", sagte Adam und klang dabei immer noch ein wenig verloren – oder vielleicht neu gefunden. „Ich ... Beau. Danke."

„Kein Problem", sagte Beau und packte den Rest seines Essens ein. „Jeder braucht doch andere Menschen, oder? Und wir sind Freunde. Eine Art Rudel."

Adam schwieg eine Sekunde, als wäre das für ihn eine Überraschung. Vielleicht war es das auch. Beau dachte nicht, dass er das vor einer Woche gesagt hätte, nicht so leicht. Er war sich nicht sicher, ob es sogar jetzt völlig richtig war, aber irgendwo mussten sie doch anfangen, oder?

„Ja", sagte Adam. „Ich ... ja. Ich danke dir."

***

In dieser Nacht erzählte Beau Rory von Adams Bitte, als sie zusammengekuschelt im Bett lagen, so allein, wie man auf Rudelland sein konnte. Die Stunden nach dem Abendessen hatten sie damit verbracht, mit Casey und Callie und ein paar anderen die Wolfsversion von Verstecken zu spielen, es war also die erste Gelegenheit, die sie hatten, sich akustisch zu unterhalten, und Beau hatte noch nicht alles durchdacht. Er musste von vorn anfangen, um zu erklären, wann und warum er Adam in erster Linie danach gefragt hatte.

„Entschuldige, ich hätte es dir vorher sagen sollen. Ich hätte ..."

Rory legte seine Finger sanft auf Beaus Lippen, um ihn zu beruhigen. „Nein, das ist jetzt Vergangenheit. Du erzählst es mir jetzt. Und ..." Er gähnte. „... ich glaube, du hast recht. Spence wäre wahrscheinlich interessiert. Ich muss Mom und Dad dazu bringen, ihm die Genehmigung zu geben, weil ... er erst siebzehn ist. Aber Adam wird auch Proben von ihnen wollen, also fragen wir sie einfach und sehen, was sie sagen."

Beau nickte. „Und ... glaubst du, dass die Hebammen mit ihm sprechen würden?"

Rory nickte, rutschte näher an Beau heran, und Beau schloss automatisch die Augen, als er Rorys vertrautes Gewicht auf seiner Brust spürte. „Kommt wahrscheinlich darauf an, was er will, aber ... wenn er ein Freund von dir ist, werden sie ihm zumindest zuhören. Zwar nicht Casey, er kann bei Alphas etwas seltsam werden, aber die Tanten und Granny Tyne werden ihn anhören, und sie haben sowieso das Sagen."

Beau nickte, er schloss seine Arme enger um Rory und genoss die simple Behaglichkeit ihrer sich aneinanderdrängenden Körper. Sie hatten nicht mehr getan, als sich hier und da zu küssen, und das Fehlen von Privatsphäre war nicht der einzige Grund – der Mond schwand und würde in ein paar Tagen leer sein. Omegas waren um den leeren Mond herum nie sonderlich interessiert an Sex, und Rory hatte natürlich noch weniger Interesse als die meisten. Das war in Ordnung, Beau würde so lange warten, wie Rory brauchte.

„Oh", murmelte Beau, als ihm etwas einfiel. „Dr. Ross sagte mir heute, dass sie meinen Dienstplan für den leeren Mond von nun an definitiv geklärt haben. Ich dachte mir ... meinst du, es stört die Hebammen, wenn ich am Tag davor und danach hier bin?"

Rory kuschelte sich enger an ihn und nahm ihn fester in die Arme. „Mm-mm. Sie wissen, zu wem du gehörst."

Beau lächelte bei den Gedanken, dass er zu Rory gehörte, und jeder hier es wusste. Einschließlich Rory. Er gehörte Rory, und solange das stimmte, was es ihm egal, wo sie schliefen oder wie sie es nannten. Rory liebte ihn.

„Immer", murmelte Beau, während er dem Schlaf entgegen driftete, in der Gewissheit, dass dies der beste leere Mond seines Lebens sein würde. „Ich liebe dich auch, Baby."

***

In einem von Rorys Texten an diesem Nachmittag hieß es: *Kannst du nach der Arbeit beim Haus vorbeifahren? Es wäre schön, wenn du ein paar Dinge abholen könntest.*

Kurz fragte sich Beau, welche Dinge Rory brauchte und warum er tagsüber nicht mitgenommen werden konnte, um sie selbst zu holen, da er nicht mehr ganze Tage mit den kleinen Zwillingen unterwegs war, aber er antwortete nur kurz mit dem Daumen-hoch-Emoji, ehe er wieder an seine Arbeit ging. Er rief sich den ganzen Tag ins Gedächtnis, dass er nach der Arbeit für Rory zum Haus fahren musste. Erst als er die Straße entlangfuhr, wurde ihm klar, dass er Rory nicht gefragt hatte, was er brauchte. Er konnte ihn aber anrufen, wenn er aus dem Auto stieg, oder …

Oder er fragte ihn einfach. Oder vielleicht musste er gar nicht fragen.

Rory saß auf der Veranda und wartete auf ihn.

Beau fuhr die Einfahrt hoch, sein Blut pochte in seinen Ohren wie Donner. Er zwang sich, auf die Gangschaltung zu achten, um sicher zu gehen, dass er einparken konnte, und auf seinen Sicherheitsgurt, um zu gewährleisten, den Gurt zu lösen und ihn nicht einfach aus Ungeduld oder schierer Unaufmerksamkeit herauszureißen. Er zog den Schlüssel ab und steckte ihn in die Tasche.

Als er endlich aus dem Wagen stieg, stand Rory auf und stakste auf die oberste Stufe, als überlegte er, Beau entgegenzukommen, mehr als er es durch seine reine Anwesenheit hier schon getan hatte. Beau überbrückte die Distanz, möglicherweise mit einem einzigen Sprung, wenn

505

man Rorys entzücktem, erschrockenem Gesichtsausdruck Glauben schenken durfte. Und dann hatte er Rory im Arm und hob ihn vom Boden hoch.

„Sag mir, dass es das ist, was ich einsammeln sollte", schaffte es Beau zu sagen, mit seinem Omega in den Armen, den um die Taille geschlungenen Beinen seines Gefährten und Rorys Herz, das so nahe an seinem schlug.

Rorys Antwort bestand aus einem Kuss, die Arme klammerten sich fester um seinen Hals, und Beau dachte nichts mehr, hielt sich an seinem Mann fest und verschlang ihn fast. Er wollte – konnte – nicht aufhören, aber Rory zog sich plötzlich zurück, und Beau erstarrte. Erst als Rory zu lachen anfing, merkte er, dass Mrs Lindholm gerade ihre Haustür sehr laut zugeschlagen hatte. Sie musste ihre gesamte Begrüßung beobachtet haben.

„Tut mir sehr leid, Mrs Lindholm", rief Rory fröhlich und taktlos wie eins der Niemi-Kinder. Sanfter fügte er an: „Drinnen, Alpha."

Beau tat genau, was sein kluger Ehemann ihm befahl.

Er hätte Rory geradewegs nach oben gebracht, aber einige Dinge, aufgereiht auf der dritten Stufe, versperrten ihm den Weg: Rorys Rucksack und die Taschen, die Beau ihm gebracht hatte, und ein Wäschesack, der Beaus sämtliche Kleidungsstücke enthalten musste, die in den letzten anderthalb Wochen ins Haus der Hebammen gewandert waren.

„Könntest du die auch für mich aufheben?", fragte Rory, beide Beine und einen Arm fest um Beau geschlungen.

Beau knurrte leise und küsste ihn erneut. Er ließ Rory mit einer Hand los, um alles in einer unhandlichen Masse aufzusammeln, und schleppte alles mit ihnen nach oben, während Rory lachte und sein Gesicht mit prickelnden Küssen bedeckte.

„Wohin?", fragte Beau am oberen Ende der Treppe, und Rory antwortete: „In dein Zimmer. Unser Zimmer."

Beau ließ sämtliche Sachen direkt hinter der Tür fallen – ihm gefiel der Klang von *unser Zimmer*, obwohl er vage überlegte, dass es, wenn sie es dauerhaft teilten, wirklich das Zimmer mit der schöneren Badewanne sein sollte – und trug Rory zum Bett.

Es war nach wie vor ungemacht, die Decken waren noch so unordentlich, wie sie gewesen waren, nachdem Rory am Morgen nach dem Vollmond aus dem Bett und vor ihm weggeklettert war. Beau zögerte. Rory schaute über die Schulter zum Bett und anschließend mit einem kleinen Lächeln in Beaus Gesicht. „Nun komm schon. Diesmal machen wir es besser."

Beau musste ihn noch einmal küssen, dann legte er Rory hin. Rory zögerte nicht und krabbelte über das Bett, um sich an derselben Stelle zusammenzurollen, an der er gewesen war, als Beau ihn hier zum letzten Mal gesehen hatte. Als er in Gefahr war und Beau an nichts anderes denken konnte, als an die Notwendigkeit, ihn wegzubringen.

Aber jetzt war Rory in Sicherheit. Sie waren jetzt in Sicherheit. Vaughn und Amy waren fest in die Obhut des Rudels gegeben worden – ebenso wie Beau und Rory.

Rory schmiegte sich in das Kissen und tat so, als ob er schliefe, und Beau erkannte, was Rory meinte. Er ging zur Seite des Bettes hinüber und setzte sich wieder hin, wie an jenem Morgen. Diesmal brachte er es nicht übers Herz, auch nur eine Sekunde zu warten und streckte sofort die Hand aus, um sie auf Rorys Seite zu legen. Rory atmete unter Beaus Hand tief durch und öffnete dann mit einer Kopie eines schläfrigen Blinzelns die Augen.

„Beau?"

Beau schnaubte und beugte sich vor, um ihn noch einmal zu küssen, halb überzeugt davon, dass er den unweigerlichen Morgenatem schmecken würde. „Hey, Baby."

Rory legte den Arm um seinen Hals und sagte: „Komm zurück ins Bett, Beau. Komm her."

„Ich bin … Ich sollte …" Er hatte noch nicht geduscht, er trug noch die Krankenhauskleidung des Tages. Er hatte nicht vergessen wollen, zu holen, was Rory brauchte.

„Nein", sagte Rory und hielt ihn fest im Griff. „Nur du, so wie du bist."

Beau gehorchte, kickte nur die Schuhe von den Füßen, bevor er sich neben Rory legte, sich um seinen Gefährten schlang und endlich wieder den Duft von ihm in ihrem Bett einatmete. „Du bist wirklich … Du bist wirklich zu Hause? Du bist …"

„Wirklich", versicherte Rory ihm. „Weißt du noch, was du mir gestern Abend gesagt hast?"

„Über … Adam?" Beau zerbrach sich den Kopf bei dem Versuch, daran zu denken, wie das … oh. Er hob seinen Kopf an, um Rory richtig in die Augen zu sehen. „Über … oh, Ror. Dachtest du, ich liebe dich *nicht*?"

Rory schüttelte den Kopf. „Es ist nicht so, dass ich darauf gewartet hätte, dass du die magischen Worte sagst, ich war nur – ich war nur so lange so vorsichtig, um es nicht zu früh zu sagen. Mindestens seit Wochen. Ich traute mir selbst nicht zu, diesmal die richtige Person ausgewählt zu haben, um das zu sagen. Und gestern Abend wurde mir klar … Ich weiß nicht, vielleicht werde ich immer ein bisschen Angst haben, vielleicht … vielleicht werde ich immer üben. Aber ich liebe dich, und …"

Beau musste ihn küssen, und Rory schien die Unterbrechung zu begrüßen. Er entspannte sich in Beaus Armen, sein Atem strömte nicht mehr so abgehackt.

„Ich liebe dich", wiederholte Beau leise. „Ich liebe dich, und ich möchte das so gerne richtig machen. Deiner würdig zu sein."

Rory sah zu ihm auf und schüttelte leicht den Kopf. „Meiner würdig", wiederholte er kaum hörbar. „Ich bin nur ..."

„Mutig", sagte Beau leise. „So mutig, es jemals wieder zu versuchen. Und stark. Und gütig und klug in einer Weise, die ich nie lernen werde, selbst wenn ich noch hundert Jahre zur Schule gehe, und – alles für mich, Rory. Du bist alles für mich. Du bist mein Zuhause. Mein Herz."

Rory lachte ein wenig, es klang fast nach einem Weinen, und flüsterte: „Du bist auch nicht so übel."

Beau grinste, Liebe und Stolz und alles andere ließen sein Herz anschwellen, sodass er dachte, er könnte keinen Laut mehr von sich geben, nicht einmal ein Lachen. Nach einem Moment schaffte er es schließlich: „Nun, ich gebe mir Mühe."

Rory strich mit einem Daumen über seine Unterlippe, dann wanderte der Finger höher. Über seine Zähne. Er bewegte sich leicht auf dem Bett und neigte gleichzeitig den Kopf. Legte seine Kehle frei. „Beau – wenn du wirklich ... wenn wir ..."

Beau kniff die Augen zusammen, senkte den Kopf und streichelte mit den Lippen über Rorys Kehle. Er verlangte nach einem Biss – nach einer Verbindung von Gefährten, die durch einen Biss besiegelt wurde.

Es war mehr als nur ein Biss, genauso wie ein Biss jemanden nicht automatisch zum Werwolf machte, der nicht bereit für die Verwandlung war. Beau fühlte einen Augenblick lang wilde Panik. Darauf hatte er sich nicht vorbereitet, er war nicht bereit, er wusste nicht, wie er einen Biss in eine echte Bindung umwandeln konnte, und dann fühlte er tief im Inneren eine Gewissheit.

Sein Wolf wusste es, das hieß, er wusste es auch. Er hatte keine Ahnung, *woher* dieses Wissen kam oder wie das Ganze funktionierte, oder was genau passieren mochte, aber er wusste, wenn er Rory das gab, worum er bat, bestand ein echtes Band zwischen ihnen. Sie würden Partner sein. Rory würde ihm gehören und er würde Rory gehören. Für immer.

Kurz wollte er fragen, ob sich Rory sicher war, er wollte zweifeln und zögern, aber Rorys Hände vergruben sich in seinen Haaren und Rorys Kehle lag blank vor seinen Zähnen. Er fühlte das Schlagen von Rorys Herz, und ihm war klar, dass Rory sich absolut sicher war. Er mochte Angst haben, genau wie er, aber so sicher war er sich auch. Was immer vor ihnen lag, sie konnten sich entscheiden, es gemeinsam herauszufinden.

Beau streichelte mit einem letzten sanften Kuss über Rorys verblasste Narben, fand die Stelle und versenkte seine Zähne. Rorys Blut quoll in seinen Mund, und Rory klammerte sich noch fester an ihn, als sich das Band zwischen ihnen entfaltete, hell und heiß und neu, und sie wussten beide, dass es genau das war, was sie gebraucht hatten.

Epilog
Sechs (einhalb) Monate später

Rory hatte ein wenig die Angst – oder die Hoffnung – gehabt, dass es ihm nicht gelang, das Geheimnis lange genug für sich zu behalten, um es tatsächlich erzählen zu müssen, aber Beau wurde von seinem letzten Einsatzbereich fürchterlich auf Trab gehalten. Die Hälfte der Zeit, wenn er von seiner Schicht nach Hause kam, hätte er Rory nicht einmal bemerkt, wenn er nackt und blau bemalt gewesen wäre, sofern er nicht zwischen ihm und der Dusche oder dem Bett gestanden hätte.

Rory war sich nicht sicher, ob das heute Abend nicht auch so sein würde. Beau würde vor seiner Pause alles in bester Ordnung verlassen wollen, aber die Aussicht auf eine ganze freie Woche, nach acht Monaten, an denen er nur zu den Monden und dem gelegentlichen sechsunddreißigstündigen Wochenende nicht gearbeitet hatte, könnte ihm Aufschwung geben.

Nun, wenn Beau nach Hause kam und schlafen wollte, war das in Ordnung. Dann unterhielten sie sich eben morgen.

Trotzdem packte Rory die kleine Schachtel ein und stellte sie in die Mitte des Küchentisches. Wenn Beau sie bemerkte, war es gut. Wenn nicht, würde er sie morgen beim Frühstück sehen. Dafür würde Rory sorgen. Auf keinen Fall wollte er es über morgen früh hinausgehen lassen.

Rory rieb sich mit der Hand über den Bauch und versuchte noch einmal zu entdecken, ob er sich anders anfühlte. Schaffte er aber nicht. Er war sich sicher, dass dem nicht so war. Und doch ...

Nun ... Beau und der Vollmond morgen Nacht konnten nicht früh genug kommen. Nur einen Moment, nachdem

Rory durch ihre Verbindung spürte, dass sich Beau umzog, bekam er eine Nachricht: *Bin unterwegs!*

Rory schickte ein Herz zurück und zwang sich, sich an den Küchentisch zu setzen und die nächste Seite Matheübungen aus seinem Studienbuch zu machen. Er hatte bereits den Test zur Ersatzqualifikation für die Hochschulreife für Schulabbrecher bestanden und hatte sich über die Kurse, die er dieses Semester am Community College belegte, informiert, aber Mathe fühlte sich genug nach Arbeit an, dass er sich darauf konzentrieren konnte, selbst wenn er zu nervös war, um zu lesen oder fernzusehen.

Er war so in seine Aufgabenstellung vertieft, dass er Beau kaum registrierte, als er hereinkam, und er schaute erst auf, als Beau die Hand auf seine Schulter legte. „Oh! Ich …"

Beau lächelte und küsste ihn zärtlich. „Mein glücklicher, beschäftigter, kluger Ehemann ist das einzige Willkommen Zuhause, das ich brauche, Baby. Mach weiter und beende es."

Rory küsste ihn noch einmal und nahm sich einen Moment Zeit, um abzuschätzen, ob Beau trotz seiner Worte seine Aufmerksamkeit brauchte – aber Beau hatte bereits im Krankenhaus geduscht und sich einen sauberen Kittel angezogen, wahrscheinlich bevor er die zusätzlichen ein oder zwei Stunden damit verbrachte, sämtliche Krankenblätter fertig zu machen, ehe er ging. Er schien nicht übermäßig müde oder gestresst zu sein, er war einfach nur glücklich, zu Hause zu sein, ohne dass seinen Worten eine geheime Bitterkeit zugrunde lag.

Das gab es nie, aber Rory hatte mehr oder weniger akzeptiert, dass er immer auf der Suche danach sein würde, und bemerkte die Abwesenheit. Es war gar nicht so schlimm, das zu entdecken, auch wenn es ihn ablenkte, als er die Hälfte der Beweisführung hinter sich hatte.

„Mach weiter", wiederholte Beau, drückte seine Schultern und machte einen Schritt von ihm weg. Rory kehrte zu seiner Arbeit zurück, hörte halb zu, als Beau das von Rory zubereitete Abendessen ausfindig machte, alles an den Tisch brachte und beiden Getränke einschenkte.

Rory beendete seine Beweisführung und schob die Papiere zur Seite, gerade als Beau sich hinsetzte – und sein Blick sofort auf die kleine Box in der Mitte des Tisches, auf dem sich jetzt das Abendessen befand – fiel. „Sollte ich …"

Rory schüttelte schnell den Kopf und fühlte sich plötzlich unsicher. Vielleicht war es dumm, diesen Weg einzuschlagen – vielleicht war es sogar ein Unglücksfall. „Wir sollten zuerst essen."

Beau nickte, akzeptierte das und schob die Schachtel beiseite, bevor er anfing, die Teller aufzufüllen. „Also, woran hast du gearbeitet?"

„Geometrie", sagte Rory. „Vielleicht werde ich im Sommer einen Mathekurs belegen – obwohl es auch einen Schreibkurs gibt, und Kunst …"

„Ich bin sicher, du könntest auch drei schaffen, wenn du willst", bot Beau an, und Rory schaute bewusst nicht auf das Geschenk, als er einen unverbindlichen Laut von sich gab und seine Prioritäten noch einmal überdachte. Beau erinnerte sich an einige der Kurse, die er besucht hatte, als er anfing. Er hatte ebenfalls das Community College besucht, ehe er sein richtiges Grundstudium begann. Er schien zuversichtlich, dass Rory das Gleiche tun könnte.

Wenn du es willst, sagte Beau immer. *Es ist nicht unbedingt für jeden geeignet. Es kommt nur darauf an, was du machen willst.*

Rory blickte das Geschenk immer noch nicht an, sondern fragte Beau, wie sein Tag verlaufen war. Beau grinste und stürzte sich zur beiderseitigen Freude in eine Geschichte über Cora, mit der er wieder bei dieser Station gelandet war.

Aber schließlich ging das Abendessen zu Ende, und beide saßen einfach nur da und starrten auf ihre leeren Teller und das letzte Essen, während das Geschenk direkt hinter Beaus Ellbogen lag.

„Oh, zum Mond, öffne es einfach", sagte Rory abrupt und bedeckte sein Gesicht mit beiden Händen. „Es ist albern, es ist nur ..."

Beau schob seinen Stuhl näher an Rory heran und legte einen Arm um seine Schultern. Rory lehnte sich in die Umarmung und spähte durch seine Finger, als Beau das Papier mit einer Hand aufriss und die Schachtel öffnete.

Rory hielt den Atem an, als Beau hineingriff und mit den Fingern über das weiche Gewebe des hellgelben Tuchs strich, das mit Dutzenden von ineinandergreifenden Kreisen in verschiedenen Farben bestickt war. Einige von ihnen waren mit metallischem Kupferfaden gestickt worden, und Beaus Finger glitten darüber.

Lange Zeit war er absolut still, abgesehen von seinem Herzrasen, aber schließlich sagte er: „Rory? Das ist ... das ist eine Babydecke."

„Ja", sagte Rory leise. „Ja, das ist es." Bestickt mit guten Wünschen von der Hälfte des Niemi-Rudels und verschiedenen Freunden und Nachbarn, sowie von Rory selbst.

„Aber", sagte Beau, sah Rory schließlich an, dann hinunter auf Rorys Bauch, wo es nichts zu sehen gab – es gab überhaupt nichts Neues, außer einer Möglichkeit. „Hast du ..." Seine Finger strichen erneut über die Kupferfäden.

„Das sind nur Fäden", sagte Rory. „Die Spirale ist in einem kleinen Glas – Casey und ich wussten nicht, was genau ich damit tun sollte, aber es schien nicht so, als sollte man sie einfach wegwerfen."

Beau drückte ihn an sich. „Weißt du, ich ..." Er beendete den Satz nicht, sondern rieb seine Wange kurz an Rorys Haaren, bevor er das Thema wechselte und fragte: „Hat es wehgetan?"

„Ich, äh …" Rory versteckte sein Gesicht und sein Lächeln an Beaus Brust. „Ich fühlte keinen Schmerz. Es ging mir gut."

Beau lachte ein wenig darüber. „Nun, dann ist es ja gut. Du, äh … hattest du geplant …?"

Rory zuckte die Achseln. „Ich dachte schon, es wäre an der Zeit. Ich glaube, ich war schon eine Weile bereit. Und dann sprach ich mit Casey darüber, und er erwähnte, sie so nahe am Mond zu entfernen, wäre ein guter Zeitpunkt, und …"

Beau küsste ihn auf die Stirn. „Es hat keine Eile, weißt du. Nur weil sie raus ist, heißt das nicht …"

„Ich weiß", erwiderte Rory. „Und wenn du denkst, es ist ein schlechter Zeitpunkt, um ein Baby zu bekommen, dann müssen wir diese Entscheidung gemeinsam treffen. Aber, weißt du, vielleicht klappt es nicht mal bei dieser Hitze …" Oder jemals, konnte er nicht aufhören zu denken. Die Angst, dass er trotz allem noch irgendwie innerlich zerbrochen war, dass er niemals das tun könnte, was jeder andere Omega so leicht zu tun schien, war immer noch präsent. „Aber ich dachte mir, selbst wenn es jetzt passierte, wären wir schon im zweiten Jahr, wenn das Baby kommt."

Er hörte das kleine Hüpfen in Beaus Herzschlag, das Aussetzen seines Atems, und dann zog Beau Rory aus seinem Stuhl auf Beaus Schoß und küsste ihn so inbrünstig, dass es gar nicht nötig war, dass das Partnerband zwischen ihnen *Ja, ja, ja* sang, um die halb gestellte Frage zu beantworten.

Draußen war der Schnee weitgehend geschmolzen, außer an den schattigsten Stellen, und einige der Tulpen sprossen an den sonnigsten Stellen, in der Nähe des Hauses. Der Mond war nahezu voll und der Frühling nahte, und Rory lachte und küsste seinen Partner, sicher in seinen Armen und bereit, es zu versuchen.

ENDE

Leseprobe:
Annabelle Jacobs
Bitten by Mistake

Jared lehnte sich gegen den Bartresen und ließ seinen Blick über die Menschenmenge schweifen. Zehn Uhr abends war in diesem Teil der Stadt für einen Freitag eigentlich noch relativ früh, aber trotzdem war der Club schon zu drei Vierteln voll. Heute Abend beeindruckte ihn niemand der Besucher besonders. Er seufzte, leerte sein Glas und drehte sich zum Barkeeper um.

Nachdem dieser das Paar neben ihm bedient hatte, blieb er vor Jared stehen und trommelte mit den Fingern auf dem Tresen. »Noch mal dasselbe?«

Der Mann war groß, schlank, und etwas an seiner arroganten Ausstrahlung schrie förmlich heraus: *Wandler.* Er war zwar heiß, aber Jared hatte kein Interesse daran, diesen Fehler noch einmal zu begehen. »Nein.« Er schüttelte den Kopf und lehnte sich nach vorn, um den Kühlschrank mit den Bierflaschen besser sehen zu können. »Mir steht der Sinn nach etwas anderem.«

Wie er erwartet hatte, grinste der Barkeeper und zwinkerte ihm zu. »Ist das so?«

Er flirtete ganz eindeutig mit ihm, doch Jared ignorierte es und zeigte auf den Kühlschrank. »Ja. Ich nehme ein Heineken, bitte.«

Viele Männer und Frauen im Club hätten sich um die Gelegenheit gerissen, es mit einem Wandler zu treiben. Aber Jared gehörte nicht dazu.

Der Typ hob zwar angesichts des mangelnden Interesses eine Augenbraue, aber sein Lächeln verschwand nicht, als er Jared die Flasche Bier reichte. »Lass es mich wissen, wenn ich sonst noch etwas für dich tun kann.«

Jared bezahlte und prostete ihm zum Abschied halbherzig zu. »Mache ich.«

Arrogantes Arschloch.

Als er sich durch die Menschenmenge kämpfte, konnte er spüren, wie der Barkeeper ihm nachschaute. Leider sandte diese Tatsache ein erfreutes Kribbeln durch seinen Körper. Wie er es hasste! Es war schließlich nicht so, als würde er ihn nicht attraktiv finden.

Hinter der Tanzfläche gab es einen kleinen Bereich mit Tischen und Stühlen und Jared drängte sich bis zu einem unbesetzten Tisch durch. Es war rappelvoll und als er sich auf einen Stuhl quetschten wollte, stieß er mit der Schulter gegen die Wand. »Fuck«, fluchte er. Obwohl es drei Jahre her war, tat es manchmal immer noch weh. Vor allem im Winter. Und es war natürlich nicht gerade hilfreich, wenn er sie sich anschlug. Jared stellte sein Bier auf dem Tisch ab, ließ seine Hand unter das T-Shirt gleiten und rieb sich abwesend die schmerzende Stelle. Er seufzte und schloss die Augen.

»Ist der Platz noch frei?«

Die leise, rauchige Stimme ließ Jared so sehr zusammenzucken, dass erneut gleißender Schmerz durch seine Schulter fuhr. Er riss die Augen auf.

Der Mann, der vor ihm stand, war ziemlich groß, sicher einen halben Kopf größer als Jared mit seinen ein Meter fünfundachtzig. Er stand für seinen Geschmack viel zu nahe und ging ihm schon jetzt auf die Nerven. Jared lehnte sich zurück, um ein wenig Abstand zu gewinnen, und sah ihn misstrauisch an. »Ja, aber es wäre mir lieb, wenn das auch so bliebe.«

»Hm, temperamentvoll. Das mag ich an Männern.« Der hochgewachsene Typ legte seine Hand auf Jareds Stuhllehne und sog kaum merklich die Luft ein.

Wenn er ein paar Drinks mehr intus hätte, wäre es ihm wahrscheinlich gar nicht aufgefallen. Aber noch machte sich der Alkohol nicht bemerkbar und er verstand sofort.

Verdammte Wandler.

»Verpiss dich.«

»Ich bin Nathan«, sagte der Kerl und grinste ihn selbstbewusst an.

Jared verdrehte die Augen und nahm einen demonstrativ langsamen Schluck von seinem Bier. »Und ich bin nicht interessiert. Wärst du also so nett, jemand anderes zu belästigen?«

Wie immer brachte diese Arroganz ihn zur Weißglut. Ständig taten die Wandler so, als könnten Menschen ihrem Charme unmöglich widerstehen, als müssten sie sich glücklich schätzen, von ihnen überhaupt beachtet zu werden. Vielleicht gab es ja irgendwo Wandler, die nicht so waren, aber Jared hatte noch nie einen von ihnen getroffen. Andererseits standen die Chancen in einem Lokal wie diesem auch nicht gerade gut, das musste er zugeben, als er sich in dem dunklen, verrauchten Club mit seinem zweifelhaften Publikum umsah.

Nathan ignorierte Jareds Worte und ließ sich auf den Stuhl ihm gegenüber sinken. Die Bewegung sah viel eleganter aus als bei Jared. Kein Wunder, denn die Wolfsgene verliehen Nathan eine Art von Stärke und Geschmeidigkeit, die er nicht besaß. Er konnte den Blick nicht von Nathan abwenden, als dieser es sich auf dem Stuhl bequem machte. Nathan drehte den Stuhl seitwärts, um mehr Platz zu haben, und setzte sich dann breitbeinig hin. Schwarzer Jeansstoff schmiegte sich an seine muskulösen Schenkel und saß im Schritt ziemlich straff, was Jared vermuten ließ, dass er einiges zu bieten hatte. Obwohl er genau wusste, dass sich Nathan mit voller Absicht so hingesetzt und die Bewegung wahrscheinlich in langer Übung perfektioniert hatte, konnte er nicht anders, als seinen Schwanz anzustarren, der sich unter der Hose abzeichnete. Hitze sammelte sich in seinem Bauch, als sein Körper gegen seinen Willen reagierte. Hastig griff er nach seiner Bierflasche und nahm erneut einen Schluck, um sich zu beruhigen. Vielleicht war es Nathan ja nicht aufgefallen. Jared schluckte und schaute auf, nur um zu sehen, dass er ihn süffisant angrinste. Er wusste also Bescheid.

Scheiße.

»Weißt du … dein Mund sagt das eine, dein Körper das andere. Wie wäre es, wenn wir nicht lange um den heißen Brei herumreden und zu mir gehen?« Nathan setzte sich aufrecht hin und griff nach unten, um die Ausbuchtung in seiner Hose zurechtzurücken.

Jared schaffte es diesmal, Augenkontakt zu halten, und amüsierte sich innerlich über den Anflug von Verärgerung in Nathans Blick.

Ganz genau. Ich bin nicht so einfach zu haben, wie du denkst.

Er grinste, als seine Selbstsicherheit zurückkehrte. Niemals würde er zulassen, dass ein Wandler die Oberhand gewann. Keine Chance. Nicht schon wieder. »Nur weil ich dir auf den Schwanz geschaut habe, heißt das nicht, dass ich dich ficken will. Ehrlich gesagt …« Er deutete mit seiner Flasche in Richtung Menschenmenge um sie herum. Die Tanzfläche hatte sich nun deutlich gefüllt und er erblickte zumindest drei Männer, die er ohne zu zögern mit nach Hause nehmen würde. »Ich sehe da einige Alternativen, die definitiv mehr mein Typ sind.« Natürlich konnte er aus der Entfernung nicht sagen, ob es Menschen oder Wandler waren, aber das war ja nicht so wichtig.

Nathan legte den Kopf schief und musterte Jared neugierig. »Du weißt, was ich bin«, stellte er fest.

Das war keine Frage gewesen, aber Jared antwortete trotzdem. »Ja, weiß ich.«

»Und du versuchst immer noch so zu tun, als wärst du nicht interessiert.«

Er ballte seine Hände zu Fäusten. Ob er sich für das nächste Mal ein T-Shirt drucken lassen sollte, auf dem *Ich treibe es nicht mit Wandlern* stand? Andererseits würden sie es vielleicht als Herausforderung ansehen und sich noch mehr ins Zeug legen, so wie dieser hier. »Hör zu. Ich kann nicht leugnen, dass ich dich attraktiv finde, aber entgegen der verbreiteten Annahme, gibt es immer noch ein paar Menschen, die sich nicht automatisch bücken, sobald ein Wandler mit den Fingern schnippt.«

Unser Programm auf www.deadsoft.de